나폴리 4부작 제2권

STORIA DEL NUOVO COGNOME
by Elena Ferrante

새로운
이름의
이야기

엘레나 페란테 지음
김지우 옮김

한길사

등장인물

체룰로 집안 구두수선공네 가족

- 페르난도 체룰로 릴라의 아버지. 구두수선공이자 제화공. 릴라에게 초등학교 이상의 교육을 허락하지 않았다.

- 눈치아 체룰로 릴라의 어머니. 가족을 사랑하지만 릴라를 돕기 위해 남편에게 대항할 만한 권위가 없다.

- 라파엘라 체룰로 '리나' 또는 '릴라'라고 불린다. 1944년 8월생이다. 66세에 나폴리에서 흔적도 없이 사라진다. 학교 다닐 때 뛰어난 우등생이었고 10세 때 『푸른 요정』이라는 소설을 쓴다. 초등학교 졸업 후 중학교에 진학하지 않고 아버지의 일을 배운다.

- 리노 체룰로 릴라의 오빠. 아버지처럼 구두수선공이자 제화공이다. 스테파노와 릴라가 결혼하여 스테파노의 재력 덕분에 체룰로 구두공장을 만든다. 스테파노의 동생 피누차와 약혼한다. 릴라의 아들과 동명이인이다.

- 릴라와 리노의 형제들

그레코 집안 시청 수위네 가족

- 엘레나 그레코 '레누차' 또는 '레누'라고 불린다. 1944년 8월생이다. 우리가 읽고 있는 이 소설의 작가다. 엘레나는 유년 시절의 친구이자 자신만이 '릴라'라는 애칭으로 불러온 리나 체룰로가 사라졌다는 사실을 알고 이 이야기를 써내려가기 시작한다. 엘레나는 초등학교를 졸업한 이후로도 공부를 계속하며 뛰어난 성적을 거둔다. 아주 어린 시절부터 니노 사라토레에게 반했지만 다른 사람들에게는 이를 숨기고 남몰래 사랑의 감정을 키워간다.

- 페페, 잔니, 엘리사 엘레나의 동생들
- 아버지 시청 수위
- 어머니 가정주부. 절뚝거리는 어머니의 걸음걸이가 엘레나의 트라우마다.

카라치 집안 돈 아킬레 가족

- **돈 아킬레 카라치** 동화 속에 나오는 괴물 같은 사람. 암시장 상인이자 고리대금업자로 살해됐다.
- **마리아 카라치** 돈 아킬레의 아내로 가족 소유의 식료품점에서 일한다.
- **스테파노 카라치** 살해된 돈 아킬레의 아들이자 릴라의 남편. 아버지가 축적한 재산을 관리하며 가족과 함께 잘나가는 식료품점을 소유하고 있다.
- **피누차 카라치** 돈 아킬레의 딸. 식료품점에서 일한다. 릴라의 오빠인 리노와 약혼한다.
- **알폰소 카라치** 돈 아킬레의 아들. 학교에서 엘레나와 짝이다. 마리사 사라토레와 사귄다.

펠루소 집안 목수네 가족

- **알프레도 펠루소** 목수. 공산당원으로 돈 아킬레의 살해자로 지목되어 유죄 선고를 받고 복역 중이다.
- **주세피나 펠루소** 알프레도의 아내. 담배 제조 공장에서 일했다. 복역 중인 남편과 아이들에게 헌신적이다.
- **파스콸레 펠루소** 알프레도와 주세피나의 장남. 벽돌공이자 열혈 공산당원이기도 하다. 동네 청년들 중 가장 먼저 릴라의 아름다움을 감지하고 고백한다. 솔라라 형제를 증오하며 아다 카푸초와 사귄다.
- **카르멜라 펠루소** 사람들에게 자신을 카르멘이라고 불러달라고 한다. 파스콸레의 여동생으로 잡화점에서 일하다 릴라의 도움으로 스테파노의 새 식료품점에서 일하게 된다. 엔초 스칸노와 사귄다.

카푸초 집안 미친 과부 가족

- **멜리나 카푸초** 릴라 어머니의 친척으로 미망인이다. 구시가지에서 건물 계단 청소를 한다. 니노 사라토레의 아버지 도나토 사라토레의 정부였다. 사라토레 집안은 이들의 불륜 때문에 동네를 떠나게 되고 멜리나는 이 일로 거의 이성을 잃을 지경에 이른다.
- **멜리나의 남편** 야채시장에서 짐을 나르던 인부. 사망 시 정황이 불명확하다.

- 아다 카푸초 멜리나의 딸. 어렸을 때부터 어머니를 도와 계단 청소를 한다. 릴라 덕분에 동네 구시가지에 있는 스테파노의 식료품점에 점원으로 취직한다. 파스콸레 펠루소와 사귄다.
- 안토니오 카푸초 아다의 오빠. 자동차 정비공이다. 엘레나와 사귀는 사이로 니노 사라토레를 몹시 질투한다.
- 아다와 안토니오의 동생들

사라토레 집안 시인이자 철도원의 가족

- 도나토 사라토레 철도원이자 시인이며 신문기자. 굉장한 바람둥이로 멜리나와 불륜 관계였다. 엘레나가 이스키아 섬으로 휴가를 갔을 때 사라토레 집안사람들과 같은 숙소에서 머물게 되는데 도나토 사라토레의 성추행 때문에 엘레나가 급히 섬을 떠나야 할 지경에 이른다.
- 리디아 사라토레 도나토의 아내
- 니노 사라토레 도나토와 리디아의 다섯 아이들 중 장남으로 아버지를 증오한다. 뛰어난 우등생이다.
- 마리사 사라토레 니노의 여동생. 비서가 되기 위해서 학교에서 지지부진하게 공부하고 있다. 알폰소의 여자친구다.
- 피노, 클렐리아, 치로 니노의 동생들

스칸노 집안 야채장수네 가족

- 니콜라 스칸노 야채장수
- 아순타 스칸노 니콜라의 아내
- 엔초 스칸노 니콜라와 아순타의 아들. 아버지의 뒤를 이어 야채 장사를 한다. 릴라는 어린 시절부터 엔초에게 호감을 보인다. 이들의 관계는 엔초가 학교에서 벌어진 경합 도중 산수에 대한 예기치 않은 재능을 선보이며 시작된다. 지금은 카르멘의 남자친구다.
- 엔초의 동생들

솔라라 집안 주점 겸 제과점을 소유하고 있는 가족

- **실비오 솔라라** 주점 겸 제과점 주인. 왕정복구주의자이자 파시스트다. 동네의 불법 거래에 연루된 나폴리 지역의 마피아 일당인 카모라의 일원이기도 하다. 처음에 체룰로 구두공장의 설립을 방해했다.
- **마누엘라 솔라라** 실비오의 아내. 고리대금업자로 마누엘라의 붉은 장부는 동네 사람들에게 공포의 대상이다.
- **마르첼로 솔라라** 실비오와 마누엘라의 장남. 허풍쟁이에 오만방자하지만 릴라를 제외한 동네 소녀들의 동경의 대상이다. 마르첼로는 릴라에게 반하지만 거부당한다.
- **미켈레 솔라라** 실비오와 마누엘라의 차남. 마르첼로보다 약간 어리지만 형보다 더 냉혹하고 영리하며 폭력적이다. 형과 함께 동네 소녀들의 동경의 대상이다. 제빵사의 딸 질리올라와 사귄다.

스파뉴올로 집안 제빵사네 가족

- **스파뉴올로** 솔라라 가게에서 일하는 제빵사.
- **로사 스파뉴올로** 제빵사의 아내.
- **질리올라 스파뉴올로** 제빵사의 딸이자 미켈레의 여자친구.
- **질리올라의 동생들**

아이로타 집안

- **아이로타** 그리스 문학 교수.
- **아델레** 아이로타 교수의 아내.
- **마리아로사 아이로타** 아이로타 집안의 장녀. 밀라노의 대학에서 예술사를 가르치고 있다.
- **피에트로 아이로타** 대학생.

선생님들

- **페라로** 초등교사이자 도서관 사서. 릴라와 엘레나가 어렸을 때부터 독서에 관한 아이들의 근면 성실함을 칭찬했다.

- **올리비에로** 초등교사. 릴라와 엘레나의 재능을 처음으로 알아본 사람이다. 릴라가 10세 때 『푸른 요정』이라는 첫 소설을 썼을 때 이야기에 매혹된 엘레나가 릴라의 글을 올리비에로 선생님에게 보여주지만 선생님은 릴라의 부모님이 릴라의 중학교 진학을 허락하지 않은 사실에 화가 나서 글에 대해 한마디도 언급하지 않는다. 그뿐만 아니라 이후 릴라를 보살피지 않고 엘레나를 성공의 길로 이끄는 데에만 신경을 쓴다.
- **제라체** 고등학교 저학년 시절 엘레나의 선생님.
- **갈리아니** 고등학교 고학년 시절 엘레나의 선생님. 교양이 풍부한 교사로 공산당원이다. 엘레나의 똑똑함에 단숨에 매료된다. 엘레나에게 책을 빌려주기도 하고 엘레나가 종교학 선생님과 마찰을 일으켰을 때도 보호해준다.

- **지노** 약국집 아들. 엘레나의 첫 남자친구.
- **넬라 인카르도** 이스키아 섬 바라노에 사는 올리비에로 선생님의 사촌. 방학 동안 엘레나를 초대해 바닷가에서 여름을 보낼 수 있도록 해준다.
- **아르만도** 의과 대학 학생. 갈리아니 선생님의 아들.
- **나디아** 학생. 갈리아니 선생님의 딸.
- **브루노 소카보** 니노 사라토레의 친구이자 나폴리 근교에 있는 산 조반니 아 테두초의 부유한 기업가 아들.
- **프랑코 마리** 대학생.

청년기

새로운 이름의 이야기

1

1966년 봄, 릴라는 극도로 흥분한 상태에서 내게 금속으로 만든 상자를 하나 맡겼다. 상자에는 공책 여덟 권이 들어 있었다. 남편이 읽을까봐 집에 둘 수 없다고 했다. 나는 별다른 말 없이 상자를 받았다. 과하다 싶을 정도로 칭칭 묶어놓은 상자의 상태에 대해서 내가 놀리듯 두어 마디 던졌던 기억이 있다. 당시 우리 관계는 최악이었는데 나만 그렇게 생각하는 것 같았다. 가끔 마주쳐도 릴라는 전혀 어색해하지 않았고 나를 여전히 다정하게 대했다. 예전처럼 모질게 말하지도 않았다.

릴라는 내게 절대로 상자를 열지 않겠다고 맹세하게 했고 나는 그렇게 하겠다고 했다. 하지만 기차에 몸을 싣자마자 나는 공책을 꺼내 읽어 내려가기 시작했다. 일기는 아니었다. 초등학교를 마칠 무렵부터 릴라에게 일어난 일상적인 일들이 상세하게 적혀 있기는 했지만 일기라기보다는 혼자 고집스럽게 써온 작문 연습의 흔적 같았다.

릴라의 글은 묘사력이 뛰어났다. 한 줄기 나뭇가지, 저수지와 돌멩이, 하얀 잎맥이 도드라져 보이는 나뭇잎 한 장, 집에서 사용하는 냄비, 모카 포트의 부품, 화로, 석탄 덩어리와 부스러기, 동네 뜰의

15

세밀한 지형도, 큰길과 저수지 너머로 보이는 녹슨 철제 구조물, 동네 공원과 성당, 철길을 따라 잘려나간 나무와 새로 지은 건물과 친정집, 페르난도 아저씨와 리노가 구두를 수선할 때 사용하던 연장과 그들이 작업하는 모습이 세세히 기록되어 있었다. 무엇보다도 색채에 대한 묘사가 인상적이었다. 시시각각 변하는 사물의 색상을 잘 표현하고 있었다.

릴라의 글이 처음부터 끝까지 서술형은 아니었다. 이따금 사투리나 표준어로 한 단어만 툭 던져놓은 곳도 있었다. 어떤 단어에는 아무런 설명 없이 동그라미를 쳐놓기도 했다. 라틴어와 그리스어 번역을 연습한 흔적도 있었다. 동네 상점과 상점에서 파는 물품, 야채와 과일을 가득 싣고 노새의 굴레를 잡아끌면서 하루도 빠짐없이 이 길 저 길을 돌아다니며 장사하는 엔초의 수레를 영어로 묘사한 문장도 있었다. 교구 성당에서 본 영화와 읽은 책에 대한 감상문도 많았다.

파스칼레와 토론한 내용이나 나와 대화를 나누면서 펼쳤던 주장에 대한 이야기도 많았다. 물론 글의 전개 방식이 일관적이지는 않았다. 하지만 어떤 주제가 되었든 릴라가 다루면 중요하게 느껴졌다. 11, 12세 남짓 된 나이에 썼는데도 유치하게 느껴지는 문장은 한 줄도 찾을 수 없었다.

모든 문장이 놀라울 정도로 정확했다. 구두점도 세심하게 썼고 올리비에로 선생님이 가르쳐준 우아한 필체도 그대로였다. 그러다가 어느 순간, 마약이라도 취한 것처럼 스스로 만들어낸 나름의 질서를 무너뜨릴 때가 있었다. 그럴 때면 문장이 열에 들뜬 듯 숨가쁘게 전개되면서 구두점마저 사라지곤 했다. 대개는 얼마 안 있어 본래의 여유 있고 명확한 전개 방식을 되찾았지만 가끔 글을 갑작스럽게 중단하고 뒤틀린 나무며 연기가 자욱한 거친 산, 음침한 표정의 얼굴

그림으로 나머지 페이지를 채우기도 했다.

나는 릴라의 글에서 느껴지는 질서와 혼란에 매료되었다. 읽으면 읽을수록 속았다는 기분도 들었다. 몇 년 전 이스키아 섬에 머물던 내게 편지를 보내기 위해 그녀는 얼마나 많은 연습을 했었던가. 그렇기에 그때 릴라의 편지가 그토록 훌륭했던 것이다. 나는 공책을 상자에 집어 넣고 다시는 들춰보지 않으리라 다짐했다.

하지만 얼마 못 가 그 다짐을 저버리고 말았다. 릴라의 공책들은 거부할 수 없는 매력을 발산했다. 어린 시절부터 릴라가 그랬던 것처럼. 고향 동네 전경과 자기 집 식구들, 솔라라 집안사람들, 스테파노에 대해서 쓴 글도 있었다. 사물과 사람에 대한 릴라의 묘사는 냉혹하게 느껴질 정도로 정확했다.

물론 나에 대한 글도 있었다. 릴라는 내 말과 내 생각, 내가 사랑했던 사람들, 내 외모에 대해서 나름대로 판단을 내렸다. 릴라는 자신의 삶에서 결정적이었던 순간들에 대해서 거침없이 써내려갔다. 릴라의 공책에는 자신의 첫 작품 『푸른 요정』을 완성했을 때의 성취감과 담임인 올리비에로 선생님의 침묵과 무시로 인해서 맛보았던 그에 못지않은 고통도 적혀 있었다. 내가 자신은 안중에도 없이 혼자만 중학교로 가게 되었을 때의 아픔과 분노, 구둣방에서 일을 배우면서 느꼈던 희열, 자신에 대한 보상심리 때문에 구두를 만들기로 마음먹었을 때의 심정, 오빠와 함께 처음으로 구두를 완성했을 때의 기쁨도 적혀 있었다. 아버지 페르난도 아저씨가 남매가 애써 만든 구두가 완벽하지 않다고 했을 때의 고통도 기록되어 있었다.

공책에는 릴라가 겪은 일과 감정이 고스란히 담겨 있었다. 그녀의 글을 읽고 있자니 솔라라 형제에 대한 증오심과 그 가문의 장남인 마르첼로를 가차 없이 거부하기로 마음먹었을 때의 결연한 의지, 성격이 온순한 스테파노와 약혼하기로 결심했을 때의 확고한 마음이 느껴졌다. 릴라는 스테파노가 자신을 사랑하기 때문에 자기가 처음으로 만든 구두를 구입하고 평생 간직하겠다는 맹세를 했다고 했다. 열다섯의 나이에 처음으로 부유하고 우아한 숙녀가 된 기분을 만끽하면서 예비 신랑의 팔짱을 꼈을 때 그녀는 얼마나 큰 성취감을 느꼈던가!

스테파노는 오직 릴라에 대한 사랑으로 그녀의 아버지와 오빠가 운영하는 구둣방에 거대 자금을 투자한 것이다. 그러고는 연달아 좋은 일만 일어났다. 릴라의 상상에서 시작된 구두 제작이 거의 완성 단계에 이르렀고 신시가지에 신혼집을 마련한 데다 열여섯의 나이에 결혼을 하게 되었다. 호화롭기 그지없는 결혼식이었다. 그러던 중 마르첼로가 그의 동생과 함께 피로연장에 나타난 것이다. 스테파노가 그토록 소중히 여겼던 그 구두를 신고서. 다른 사람도 아닌 자신의 남편 스테파노가 말이다.

릴라는 대체 어떤 인간과 결혼하게 된 걸까? 스테파노는 목적을 이루자 기다렸다는 듯이 가면을 벗고 흉측한 본모습을 드러낸 것이 아닐까? 릴라는 비참한 상황에 대해서 꾸밈없이 써내려가면서 질문을 던졌다.

나는 몇 주에 걸쳐 릴라의 글을 매일 읽고 또 읽었다. 어찌나 꼼꼼히 읽었는지 특별히 마음에 드는 부분은 달달 외우게 되었다. 릴라의 글은 때로는 나를 흥분시켰고, 매혹시켰으며, 비참하게 했다. 릴라의 글은 자연스러웠지만 어딘가 인위적이었다. 그 인위성이 어디에서 비롯되는지는 알 수 없었다.

결국 어느 11월 저녁, 나는 넌덜머리가 나서 상자를 들고 집을 나섰다. 이미 나폴리에서의 삶을 접은 지 오래였고 나름대로 많은 사람의 존경을 받고 있던 시기였다. 그런데도 릴라가 내 몸과 마음을 지배하는 것 같은 느낌을 나는 도저히 참을 수 없었다.

나는 솔페리노 다리에 멈춰 서서 차가운 안개 속에 희미하게 비치는 불빛을 바라보다 다리 난간에 상자를 올려놓고 천천히, 아주 천천히 상자를 밀었다. 마침내 상자가 강물 속으로 떨어졌다. 릴라의 말과 생각, 자신에게 상처를 준 주변의 모든 이에게 아픔을 되갚고야마는 독한 근성, 사람, 물건, 사건, 지식 할 것 없이 나를 포함해 자신을 둘러싼 주변의 모든 것을 장악하는 능력을 담은 상자는 그 자체가 릴라인 양 강물 속으로 빠져들어갔다. 책과 구두, 달콤한 추억과 폭력으로 인한 상처, 결혼식과 신혼 첫날밤, 신혼여행 후 라파엘라 카라치 부인으로서 고향으로 돌아온 후에 일어난 모든 일과 함께.

2

나는 그렇게나 상냥하고, 릴라를 끔찍이도 사랑하는 스테파노가 유년 시절 릴라의 흔적을, 어린 시절 릴라의 노고가 고스란히 담긴 그녀의 작품을 마르첼로에게 넘겼다는 사실을 믿을 수 없었다. 순간 식탁에 앉아 두 눈을 반짝이며 그들만의 대화에 푹 빠져 있는 알폰소와 마리사의 존재를 까마득하게 잊고 말았다. 거나하게 술에 취해 큰 소리로 웃고 있는 어머니의 모습도 눈에 들어오지 않았다. 흐르는 음악과 가수의 목소리, 춤을 추는 커플들, 질투심에 사로잡혀 테라스로 나가 유리창 너머로 보이는 어슴푸레한 도시와 바다의 전경을 바라보고 있는 안토니오의 모습까지 모두 희미해졌다. 성모 마리아에게 잉태의 소식을 전하지도 않고 사라져버린 대천사처럼 막 피로연장을 떠난 니노의 모습마저 아득히 멀어져갔다. 그 순간에는 격앙된 태도로 스테파노의 귀에 무어라고 이야기하고 있는 릴라의 모습만 보였다. 예복을 입은 릴라의 얼굴은 백짓장처럼 창백했고 스테파노의 얼굴에도 웃음기가 없었다. 스테파노는 심기가 불편한지 전체적으로 상기된 얼굴에 이마와 눈 언저리만 카니발 가면이라도 쓴 것처럼 하얗게 질려 있었다.

무슨 일이 일어나고 있는 건가. 내 친구는 두 손으로 남편의 팔을 잡아당기고 있었다. 릴라를 너무나 잘 알고 있는 나는 그녀가 할 수만 있다면 스테파노의 팔을 몸에서 뜯어내서 머리 위로 치켜들고 뚝뚝 떨어지는 핏방울에 옷자락을 적시면서 피로연장을 가로질러갈 태세라는 것을 알 수 있었다. 뜯어낸 팔을 몽둥이나 당나귀 턱뼈처럼 휘둘러 마르첼로를 정확히 내리쳐 그의 얼굴을 박살낼 것이라는 것을 알고 있었다.

그렇다. 릴라라면 그렇게 할 수 있다. 그런 생각이 들자 심장이 격렬히 뛰고 목이 타는 듯했다. 릴라는 두 사내의 눈알을 파내고 얼굴 가죽을 잡아 뜯을 것이다. 두 사내에게 달려들어 물어뜯을 것이다. 그래. 릴라는 그렇게 하고도 남을 것이다.

나는 내심 그것을 원하고 있었다. 그런 일이 실제로 일어나기를 바라고 있었다. 릴라와 스테파노의 사랑이 끝장나고, 견딜 수 없는 피로연이 끝나기를 바랐다. 아말피에서 릴라와 스테파노가 침대에 누워 포옹하는 일 따위는 일어나지 않게 되기를 바랐다.

눈앞에 있는 모든 것을 파괴하고 참혹한 대학살의 현장을 뒤로한 채 릴라와 함께 도망치고 싶었다. 홀가분한 마음으로 굴욕의 계단을 총총히 걸어 내려와 머나먼 미지의 도시로 함께 떠나고 싶었다. 그것이야말로 그날 일어난 모든 사건의 가장 올바른 결말인 것 같왔다.

돈도 남성의 육체도 학업조차도 우리를 구원해줄 수 없다면, 우리를 구원해줄 수 있는 것이 아무것도 없다면 차라리 지금 당장 모든 것을 파괴해버리는 것이 나았다. 가슴속에 릴라의 분노가 느껴졌다. 내 것이기도 하고 내 것이 아니기도 한 알 수 없는 힘에 이끌려 통제력을 잃었고 그 상실감은 내게 오히려 기분 좋은 만족감을 주었다. 나는 그 힘이 확장되기를 바라면서도 동시에 두려움을 느꼈다. 나중에야 깨달았지만 내가 평소에 불행을 조용히 감내하는 이유는 공격적인 반응을 나타낼 줄 모르기 때문이었다.

나는 그런 행동이 두려웠다. 그보다는 속으로 후회를 곱씹으면서 아무런 반응도 보이지 않는 것이 편했다. 하지만 릴라는 달랐다. 릴라는 식탁이 흔들려서 식기가 지저분한 접시 안으로 미끄러지고 컵이 엎어질 정도로 거칠게 자리에서 일어났다. 스테파노가 본능적으로 손을 뻗어 솔라라 부인의 옷에 와인이 쏟아지는 것을 막아내는 틈을 타서 릴라는 드레스가 밟힐 때마다 옷자락을 잡아당기며 빠른 걸음으로 쪽문을 거쳐 홀을 빠져나갔다.

나는 릴라를 쫓아가 손을 잡고 어서 여기서 도망가자고 속삭이고 싶었지만 그러지 못했다. 그러는 사이 스테파노가 엉거주춤 일어나 춤추는 커플 사이를 지나 릴라를 뒤쫓아갔다.

나는 주변을 돌아보았다. 모두들 신부가 마음이 상했다는 사실을 눈치챈 듯했다. 마르첼로는 이에 아랑곳하지 않고 릴라의 구두를 신고 있는 것이 당연하다는 태도를 보였다. 리노와 공범자처럼 이야기를 나누고 있었다. 피렌체에서 온 금속공예품 상인의 음란한 축사는 갈수록 수위가 높아지고 있었다. 가장 좋지 않은 테이블에 배치된 하객들은 불쾌하기 그지없는 상황에서 힘겹지만 기분이 좋은 것처럼 가장하고 있었다.

　나 말고는 아무도 이제 막 치른 결혼식이 이미 파탄났다는 사실을 눈치채지 못하고 있었다. 릴라와 스테파노가 죽음의 순간까지 평생을 함께하며 수많은 손자 손녀를 보고 기쁨과 고통을 나누고 은혼식과 금혼식까지 치른다 해도 릴라에게 그 결혼은 이미 끝난 것이었다. 스테파노가 용서받기 위해서 무슨 짓을 해도 이미 돌이킬 수 없는 일이었다.

3

　나는 아무 일도 일어나지 않은 것에 실망했다. 알폰소와 마리사 옆에 다시 자리를 잡았지만 그들의 이야기가 전혀 귀에 들어오지 않았다. 뭔가 일이 일어나기를 기다렸지만 결국 아무 일도 일어나지 않았다.

　릴라의 마음을 헤아리기는 정말 힘든 일이었다. 릴라가 스테파노에게 고함치거나 협박하는 소리도 들리지 않았다. 스테파노는 30분쯤 후에 정중한 태도로 다시 모습을 드러냈다. 그새 옷을 바꿔 입었고 이마와 눈가에 드러났던 창백한 분노의 흔적은 말끔히 자취를 감춘 상태였다. 신부가 돌아올 때까지 친척들과 친구들 사이를 유유자적 누볐고 릴라가 나타나자 바로 그녀 곁으로 다가갔다. 신부복을 벗은 릴라는 여행복 차림이었다. 미색 단추가 달린 연한 파란색 재킷에 푸른색 모자를 쓰고 있었다.

　릴라는 크리스털 용기에 담긴 사탕을 은스푼으로 떠서 피로연에 모인 아이들에게 나눠주고는 결혼 기념으로 만든 사탕봉지를 자기집안과 스테파노의 친척들에게 순서대로 나눠주었다.

릴라는 솔라라 집안사람들과 리노는 완전히 무시하는 태도를 보였다. 리노가 '이제 날 좋아해주지 않을 셈이야?'라고 묻는 듯한 불안한 미소를 지어보이는데도 릴라는 별다른 반응을 하지 않고 피누차에게 사탕봉지를 건넸다. 공허한 시선에 광대뼈가 평소보다 더 도드라져 보였다. 내 앞에 섰을 때도 우리만의 은밀한 미소를 지어보이지 않고 무심한 표정으로 하얀 망사 천으로 감싼 사탕이 가득 담긴 바구니 모양의 도자기를 내밀었다.

솔라라 집안사람들은 릴라의 무례한 행동에 잔뜩 예민해졌지만 스테파노가 이를 무마했다. 스테파노는 평안한 표정으로 솔라라 집안사람들을 한 명 한 명 포옹하면서 신부가 피곤해서 그러니 이해해달라고 귀에 속삭였다.

그는 리노의 뺨에도 입을 맞췄다. 리노는 인상을 찌푸리며 스테파노에게 말했다.

"스테파노, 릴라는 피곤해서 저러는 게 아니야. 태어날 때부터 저 모양인 아이야. 자네에겐 안 된 일이야."

스테파노가 사뭇 진지하게 대꾸했다.

"잘못된 일은 바로잡아야지."

나는 스테파노가 이미 문밖으로 나설 차비를 하고 있는 릴라를 뒤쫓는 것을 보았다. 그 와중에도 악단은 만취한 상태에서 연주를 계속했고 남은 하객들은 작별인사를 서둘렀다.

기대했던 난장판은 벌어지지 않았다. 릴라와 내가 미지의 세계로 도망치는 일도 일어나지 않았다. 나는 세련되게 차려입은 아름다운 한 쌍의 신혼부부가 오픈카에 타는 모습을 상상해보았다. 얼마 지나지 않아 그들은 아말피 해안의 호화로운 호텔에 도착할 테고 그때쯤이면 살벌한 욕설도 가벼운 투정 정도로 희석될 것이다.

이젠 돌이킬 수 없다. 릴라는 내게서 완전히 떨어져나간 것이다. 불현듯 그 거리감이 생각했던 것보다 더 멀게 느껴졌다. 릴라는 단순히 결혼만 한 것이 아니다. 릴라는 그저 결혼 후 의무를 다하기 위해 매일 남편과 한 침대에 눕지는 않을 것이다. 나는 그때까지만 해도 깨닫지 못했던 사실을 확실하게 깨달았다. 릴라의 어린 시절을 바친 노고의 산물을 두고 마르첼로와 그녀의 남편 사이에 어떤 거래가 오갔는지는 알 수 없지만, 그 사실을 받아들임으로써 릴라는 자신이 그 누구보다도 스테파노를 소중하게 여긴다는 사실을 인정한 것이다.

만약 릴라가 이미 그 사실을 받아들이고 나름대로 참고 견디어낸 것이라면 스테파노와의 관계가 정말 끈끈하다는 것을 의미한다. 그런 것이라면 릴라는 연애소설의 소녀들이 남자주인공을 사랑하는 것처럼 스테파노를 사랑하는 것이 틀림없다. 평생 자신의 능력을 스테파노를 위해 희생할 것이 틀림없다. 하지만 스테파노는 릴라가 자신을 위해서 희생했다는 것을 눈치조차 못 챌 것이다. 릴라 특유의 풍부한 감성과 지적 능력, 상상력을 옆에 두고서도 어떻게 활용해야 할지 몰라 결국에는 그녀를 망가뜨릴 것이다.

나는 릴라와 같은 사랑을 할 수는 없을 것이다. 니노라도 그렇게 사랑할 수는 없다. 내가 할 줄 아는 일이라고는 책 읽는 일밖에 없다. 내 자신이 동생 엘리사가 작은 고양이에게 먹이를 주기 위해서 사용했던 이빠진 그릇처럼 느껴졌다. 고양이가 사라지자 그릇은 텅 빈 채로 먼지 쌓인 층계참에 버려졌다.

생각이 여기에 이르자 불안감과 함께 상상이 지나쳤다는 생각이 들었다. 이제 그만 정신을 차려야 한다고 생각했다. 카르멘, 아다, 질리올라처럼 해야 한다고, 릴라처럼 해야 한다고 생각했다. 동네에 걸맞은 삶을 받아들이고 교만한 마음을 지워내야 한다. 주제넘은 생각을 버리고 나를 사랑해주는 이를 더 이상 비참하게 해서는 안 된다.

알폰소와 마리사가 니노와 한 약속 장소에 제시간에 도착하기 위해 자리에서 일어난 뒤 나는 어머니와 마주치지 않기 위해 일부러 멀리 돌아가 테라스에 있는 내 남자친구에게 다가갔다.

이미 해가 졌는데 옷차림이 가벼워서 날씨가 쌀쌀하게 느껴지기 시작했다. 안토니오는 나를 보자 담배에 불을 붙이고 다시 바다를 바라보는 척했다.

"나가자."

내가 말했다.

"도나토 사라토레의 아들 녀석이랑 꺼져버려."

"나는 너와 함께 가고 싶어."

"거짓말."

"왜?"

"네가 정말 원하는 건 그 자식이잖아. 그 자식이 원했다면 너는 내게 인사도 하지 않고 따라가버렸을 거야."

안토니오의 말을 부정할 수는 없었지만 막상 그가 조심성 없이 노골적으로 말하자 나는 화가 났다. 나는 안토니오에게 쏘아붙였다.

"언제 어머니가 쫓아와서 내 뺨을 때릴지 모르는데도 널 따라서 여기까지 나온 거야. 그런 내 마음을 이해해주지 못한다면 넌 정말 이기적인 사람이야. 나는 안중에도 없다는 뜻이야."

내가 사투리를 거의 쓰지 않고 접속사를 섞은 고급스러운 긴 문장을 쏟아내자 안토니오는 참을성을 잃었다. 담배를 집어던지고 통제력을 잃어갔다. 그는 내 팔목을 힘껏 잡았다. 목을 쥐어짜내는 듯한 소리로 자기는 순전히 나 때문에 결혼식에 온 거였다고 소리 질렀다. 성당에서도 피로연장에서도 곁에서 떠나지 말고 내 옆에 있어 달라고 부탁했던 것은 나였다고 했다.

"그래. 네가 나에게 그렇게 하겠다고 맹세하게 했잖아."

안토니오가 헐떡이며 말했다.

"맹세하라고 했어. 절대로 혼자 있게 하지 말라고. 그 말을 듣고 나는 새 옷까지 해 입었지. 솔라라의 마누라에게 돈까지 빌려야 했어. 어떡하든 네 마음에 들고 싶어서. 네 말대로 해주려고 한순간도 어머니와 동생들 곁에 머무르지 않았어. 그런데 그 대가가 뭐지? 넌 나를 개새끼만도 못하게 대했어. 시인의 아들 놈과 이야기하는 데 정신이 팔려 있었잖아. 너는 나를 친구들 앞에서 비참하게 만들었어. 바보 천치처럼 보이게 만들었다고. 난 네게 아무것도 아니야. 너는 제대로 교육받았는데 나는 그렇지 못했으니까. 난 네가 하는 말을 이해하지 못해. 정말이야. 이런 젠장. 나를 봐, 레누. 내 얼굴을 좀 봐. 너는 나를 마음대로 조정할 수 있다고 생각하지. 내가 너를 포기하지 못할 거라고 생각하지. 그렇지 않아. 너는 뭐든 다 아는 척하지만 지금 이 순간 내가 모든 것을 받아들이고 너와 함께 저 문밖으로 나간 뒤에도 학교에서든 어디서든 네가 저 병신 같은 니노 사라토레를 다시 만나면 널 내 손으로 죽여버릴 거야, 레누. 맹세코 널 죽여버릴 거야. 그러니까 잘 생각해. 아니면 차라리 지금 당장 나와 헤어지는 것이 나아!"

안토니오는 절망적으로 외쳤다.

"그 편이 네게 더 나을 거야."

안토니오는 이렇게 말하면서 핏발 선 커다란 눈으로 나를 바라봤다. 단어 하나하나를 입을 크게 벌려 발음했다. 목소리를 높이지 않았지만 사실은 고함을 치고 있었다. 새까만 콧구멍을 벌렁거리며 씩씩대는 그의 얼굴은 어디 아픈 게 아닌가 싶을 정도로 고통스러워 보였다. 가슴과 목에 맺혀 터져 나오지 못한 소리 없는 아우성은 날카로운 쇳조각처럼 그의 폐와 인두에 날아가 박혔다.

막연하게나마 내겐 안토니오의 그런 공격적인 행동이 필요했었던 것 같다. 내 손목을 잡은 그의 악력과 폭력에 대한 두려움, 고통스럽게 쏟아내는 그의 비난은 궁극적으로 내게 위안이 되었다. 적어도 안토니오만은 나를 정말 소중히 여기는 것 같았다.

"아파."

내가 속삭였다. 안토니오는 손의 힘을 약간 뺐다. 하지만 여전히 입을 다물지 못한 채 나를 계속 쏘아보고 있었다. 자신의 말에 무게와 권위를 부여하고 나를 자신에게 구속시키고 싶은 마음에 내 손을 어찌나 꽉 잡았는지 손목이 보랏빛으로 변하고 있었다.

"어떻게 할 거야?"

안토니오가 물었다.

나는 다소 퉁명스럽게 대답했다.

"너와 함께 있을래."

내 말에 안토니오는 입을 다물었다. 눈에 눈물이 차오르는 것이 보였다. 그는 눈물을 흘리지 않으려고 잠시 바다 쪽으로 시선을 돌렸다.

잠시 후 우리는 길을 나섰다. 파스콸레와 엔초와 다른 여자아이들을 기다리지 않았다. 아무에게도 인사하지 않았다. 그 순간 가장 중요한 일은 어머니의 눈에 띄지 않는 것이었기에 걸음을 재촉하며 그곳을 빠져나왔다.

밖은 이미 어두워져 있었다. 얼마간은 서로의 몸에 손을 대지 않고 나란히 걷기만 했다.

안토니오가 불안한 몸짓으로 한쪽 팔을 내 어깨에 둘렀다. 용서를 바란다는 뜻이었다. 자기가 잘못한 것도 아닌데 말이다. 나를 정말 좋아했기에 자기가 보는 앞에서 내가 니노를 유혹했고 그에게 매혹되던 장면을 착각으로 치부하기로 한 것이었다.

"나 때문에 멍들었어?"

안토니오는 이렇게 물으면서 내 팔목을 만지려 했다. 나는 아무런 말도 하지 않았다. 그는 큼지막한 손으로 내 어깨를 꽉 감싸 안으려 했다가 내가 귀찮다는 몸짓을 하자 즉시 팔의 힘을 뺐다. 안토니오는 기다렸고, 나도 기다렸다. 잠시 후 안토니오가 다시 한 번 자신이 잘못했다는 신호를 보내왔을 때 이번에는 나도 그의 허리에 팔을 둘렀다.

4

우리는 쉬지 않고 키스했다. 나무 뒤에서도 건물 현관 뒤에서도 어두운 뒷길을 걸으면서도 우리는 키스를 멈추지 않았다. 그러다 버스를 한 번 갈아타고 역에 이른 다음 저수지까지 걸어갔다. 인적이 드문 철길을 따라 걸으면서 계속 키스했다.

옷차림이 가벼운 데다 밤의 냉기에 온기를 잃어 소름이 돋았지만 몸은 뜨겁게 달아올랐다. 안토니오는 어둑한 곳을 지날 때마다 내게 몸을 밀착했다. 어찌나 격렬하게 껴안는지 몸이 아플 정도였다. 그의 입술은 불에 타는 듯했고 그가 입에서 내뿜는 뜨거운 열기는 내 상상력에 불을 지폈다.

릴라와 스테파노도 이미 호텔에 도착했을지 모른다는 생각이 들었다. 지금쯤 저녁식사 중일 거라고. 이미 잠자리에 들 준비를 하고 있을지도 모른다고 생각했다. 사내의 몸에 꼭 달라붙어 잠드는 것은 어떤 느낌일까. 더는 추위에 떨지 않는 것은 어떤 느낌일까. 안토니오의 혀가 내 입속에서 요동치는 것이 느껴졌다. 그는 옷 위로 내 가슴을 만졌고 나는 바지 주머니에 손을 집어넣어 그의 남성을 어루만졌다.

칠흑같이 어두운 하늘에 별빛이 안개처럼 흩날렸다. 이끼 냄새와 저수지의 묵은 흙냄새가 달콤한 봄 내음에 조금씩 옅어지고 있었다. 풀잎은 촉촉이 젖어 있었고 수면은 이따금 도토리나 돌멩이가 떨어지거나 개구리가 뛰어든 것처럼 딸꾹질하듯 일렁였다.

우리는 익숙한 길을 따라 걸어갔다. 그 길로 가다보면 빈약한 그루터기와 아무렇게나 부러진 가지가 달린 메마른 나무가 빽빽한 숲이 나타날 터였다. 그곳에서 조금만 더 들어가면 오래된 통조림 공장이 있었다. 무너져 내린 지붕에 고철과 철 조각들이 나뒹구는 곳이었다. 나는 쾌락의 욕구를 절박하게 느꼈다. 무엇인가가 내면에서 팽팽한 비단 끈처럼 나를 잡아당기고 있었다. 격렬한 만족감을 맛보고 싶었다. 그날 일어난 모든 일을 산산조각낼 만한 그런 만족감 말이다.

뱃속이 울렁거렸다. 어루만지는 것 같기도 하고 쿡쿡 찌르는 것 같기도 한 기분 좋은 느낌이었다. 평소보다 느낌이 강했다. 안토니오는 사투리로 사랑의 말을 속삭였다. 내 입에, 내 목에 대고 집요하게 속삭였다. 나는 아무런 말도 하지 않았다. 그와 이런 만남을 가질 때면 나는 언제나 입을 다물었다. 아무 말 없이 숨만 내쉴 뿐이었다.

"좋아한다고 말해줘."

안토니오가 애원했다.

"그래."

"말해줘."

"그렇다니까."

나는 더 말하지 않고 그를 끌어안았다. 온 힘을 다해 그를 껴안았다. 그가 내 온몸을 구석구석 어루만지고 입 맞춰주기를 바랐다. 온몸이 부서지도록 나를 세게 껴안고, 깨물어주기를 바랐다. 숨을 쉴 수 없을 정도로.

안토니오는 내 몸을 살짝 밀어내더니 키스를 하며 브래지어 안에 손을 집어넣었다. 하지만 그 정도로는 충분치 않았다. 적어도 그날 밤에는 그랬다. 그전까지 안토니오가 조심스럽게 내게 해왔던 행위가, 나 역시 그에 못지않게 조심스럽게 받아들여왔던 행위가 그 순간만큼은 충분치 않았다. 불편하고 조급하게 느껴졌다. 하지만 내가 더 많은 것을 원한다고 그에게 어떻게 표현해야 할지 몰랐다. 나는 이럴 때 적합한 언어를 알지 못했다.

은밀하게 만날 때마다 우리는 나름대로의 순서에 따라서 무언의 의식을 치르곤 했다. 그는 내 가슴을 어루만지고, 치마를 걷어 올리고 내 다리 사이를 만졌다. 그러다가 분위기가 무르익으면 바지 속에서 불쑥 일어난 부드러운 피부와 연골, 혈관과 피로 된 남성을 내몸에 밀어붙였다.

그날은 일부러 그의 페니스를 늦게 꺼냈다. 내가 손을 대는 순간 안토니오가 나의 존재를 잊고 내 몸을 계속 만져주지 않을 것을 알고 있었기 때문이다. 내 가슴과 허리와 둔부와 음모에 관심을 끊고 온 신경을 내 손에만 집중하리라는 것을 알고 있었기 때문이다. 내가 그의 페니스에 손을 대면 그는 자기 손으로 내 손을 감싸고 일정한 리듬으로 움직일 수 있도록 리드하려 할 것이다. 그러고는 가벼운 신음을 내뱉으며 그 위험한 액체가 몸 밖으로 빠져나오는 순간을 위해 휴지를 꺼내들 것이다. 그런 다음 쑥스러워서인지 약간 멍해진 표정으로 안토니오가 내게서 몸을 빼내면 우리는 함께 집으로 돌아갈 것이다.

일상적인 결말이었지만 그 순간만큼은 혼란스런 가운데 뻔하게 끝을 맺고 싶지 않았다. 결혼하지 않고 임신해도 상관없다고 생각했다. 죄악이라는 생각도 들지 않았다. 우주 어딘가에 자리 잡고 우리를 지켜보는 성스러운 존재들도 신경 쓰이지 않았다. 성령이나 그를 대신하는 어떠한 존재도 상관없었다.

안토니오는 이런 내 감정을 느끼고 혼란스러운 듯했다. 내게 점점 격렬하게 키스하면서 내 손을 아래쪽으로 계속 끌어당겼다. 나는 손을 빼내 내 몸을 어루만지는 그의 손에 내 음모를 갖다 대고 밀었다. 힘차게 반복적으로 밀면서 나는 긴 숨을 내쉬었다. 안토니오는 참지 못하고 손을 빼내더니 바지 단추를 풀려고 했다.

"기다려."

내가 말했다.

나는 안토니오를 뼈대만 앙상하게 남은 폐쇄된 통조림 공장 건물이 있는 방향으로 이끌었다. 어둡고, 다른 사람들의 눈길을 피할 수 있는 곳이었다. 대신 쥐들이 들끓었다. 쥐새끼들이 살금살금 재빠르게 기어 다니는 소리가 들렸다. 심장이 강하게 뛰기 시작했다. 그 장소도 나 자신도 두려웠다. 몇 시간 전에 느꼈던 이질감의 흔적을 행동거지와 목소리에서 지우려 애쓰는 내 집착이 두려웠다. 동네의 일상으로 돌아가 예전의 나로 돌아가고 싶었다. 공부 따위는 집어치우고 문제를 빽빽이 받아 적은 공책도 내다 버리고 싶었다. 그 많은 문제를 풀어 뭘 한단 말인가. 릴라가 없는 미래에 어떤 사람이 되어야 하는지 생각하는 것은 무의미했다.

신부복을 입은 릴라에 비하면 나는 아무것도 아니었다. 연한 파란색 재킷에 푸른색 모자를 쓰고 오픈카를 탄 릴라에 비하면 나는 아무것도 아니었다. 지금 이 순간 릴라는 바다가 보이는 호텔에서 린넨으로 만든 침대 시트에 누워 무심한 듯 느릿한 몸짓으로 옷을 벗고 나체가 되었을 것이다. 스테파노는 릴라의 합법적인 신랑으로서 그녀를 범하고 그녀 몸 깊숙이 들어가 그의 씨를 뿌려 릴라를 임신시킬 것이다. 그러는 동안 나는 고작 녹슨 고철더미 사이에서 쥐들이 기어 다니는 소리를 들으며 안토니오와 숨어 있는 것이다. 치마는 허벅지까지 들어 올리고 팬티는 다리까지 내린 채 죄책감에 시달리면서도 쾌락을 갈망하면서.

안토니오는 바지를 힘겹게 내리고 내 음모에 자신의 거대한 남성을 갖다 대고는 내 엉덩이를 꼭 끌어당겼다. 내게 몸을 밀착하고 몸을 앞뒤로 흔들며 헐떡거리고 있었다.

나는 내가 누구인지 알 수 없었다. 확실한 것은 그 순간의 내 모습이 내가 원했던 모습은 아니라는 것이었다. 나는 애무 정도로는 만족할 수 없었다. 나는 안토니오가 나를 범해주기를 바랐다. 릴라가 돌아왔을 때 나도 처녀가 아니고 네가 하는 일이라면 나도 할 수 있다고 말하고 싶었다. 나를 뒤처지게 하지 못할 것이라고 말하고 싶었다.

나는 안토니오의 목에 팔을 감고 그에게 키스했다. 뒤꿈치를 들어 올려 그와 키를 맞췄다. 굳이 말하지 않고 몸짓만으로 그의 남성을 받아들이려고 했지만 잘 되지 않았다.

안토니오는 내 의도를 알아채고 손으로 내 행위를 도왔다. 그가 내 안에 살짝 들어오자 나는 호기심과 두려움을 동시에 느꼈다. 안토니오가 행위를 멈추기 위해 안간힘 쓰고 있다는 것도 느낄 수 있었다. 안토니오는 그날 오후 내내 가슴속에 키워왔고 그 순간까지도 응어리져 있던 폭력적인 힘을 이제는 내 몸에 완전히 들어오고자 하는 욕망을 참는 데 쏟아부었다.

'멈추려는 거야.'

나는 깨달았다. 나는 그가 내 안으로 들어오게 하기 위해 내 몸을 그의 몸에 한껏 더 밀착시켰다. 순간 안토니오는 길게 한숨을 쉬더니 내게서 몸을 떼어내고는 사투리로 말했다.

"안 돼. 레누. 이런 식으로는 싫어. 이 일은 아내에게 하듯이 하고 싶어."

안토니오는 내 오른손을 잡더니 오랫동안 참아왔던 딸꾹질 같은 소리를 내면서 그의 페니스로 가져갔다. 나는 포기하고 그의 자위를 도왔다.

저수지를 떠나며 안토니오는 쑥스러워했다. 자신이 멈춘 것은 나를 존중하기 때문이라고 했다. 나중에라도 내가 후회할 일은 하고 싶지 않다고 했다. 그런 지저분한 장소에서 성의 없이 일을 치르고 싶지는 않았다고 했다. 안토니오는 진도를 너무 많이 나가려고 한 사람이 자신인 듯 말했다. 그는 정말로 그렇게 생각했을지도 모른다.

나는 돌아오는 내내 아무런 말도 하지 않았다. 그와 헤어지자 마음이 놓였다. 우리 집 현관문을 두드리자 어머니가 문을 열었다. 어머니는 말리는 내 동생들을 뿌리치고 소리 지를 새도 없이 내 뺨을 때렸다. 원망하는 기색도 없었다. 그 와중에 안경이 바닥으로 떨어졌다. 나는 기다렸다는 듯이 쓸쓸한 마음을 감추고 기세등등하게 표준어로 외쳤다.

"엄마가 무슨 짓을 했는지 알아요? 엄마 때문에 안경이 망가졌으니 이제 공부도 못하고 학교에도 가지 않을 거예요!"

어머니는 그대로 얼어붙었다. 나를 때리던 자세 그대로 손을 위로 쳐든 채 그대로 얼어붙어버렸다. 내 동생 엘리사가 바닥에 떨어진 안경을 주워 내게 내밀며 말했다.

"받아, 언니. 안경 안 망가졌어."

5

그날 이후 나는 극심한 피로감을 느꼈다. 아무리 피로를 풀려고 해도 도무지 나아지지 않아 처음으로 수업에 빠지기까지 했다. 내 기억으로는 보름쯤 학교에 나가지 않았던 것 같다. 안토니오에게도 공부가 잘 안 된다는 말을 하지 못했다. 매일 같은 시간에 집을 나서서 오전 내내 시내를 돌아다녔다.

그때 나는 나폴리에 대해서 더 잘 알게 되었다. 나는 알바 항 주변에 늘어선 헌책 노점상들이 판매하는 책을 들춰보았다. 별 생각 없이 작가의 이름과 책 제목을 읽으면서 톨레도 가를 따라 해변을 향해 걷곤 했다. 아니면 살바토르 로사 가를 따라 보메로 언덕에 올라가서 산 마르티노 수도원까지 갔다가 페트라이오 구역을 지나 아래로 내려오기도 했다. 그것도 아니면 도가넬라 구역을 돌아다니다 공동묘지까지 갔다. 조용한 길을 따라 걸으면서 죽은 사람의 이름을 읽기도 했다.

가끔 할 일 없이 거리를 배회하는 게으른 청년들과 멍한 표정의 노인들, 겉으로 멀쩡해 보이는 중년의 신사들이 내게 수치스러운 요구를 하기도 했다. 나는 위험을 감지하곤 눈을 내리깔고 빠른 걸음으로 자리를 피했지만 순례를 멈추지는 않았다.

학교에 빠지는 날이 늘어나고 도시를 배회하는 아침 시간이 길어질수록 6세 때부터 나를 옭아매온 공부라는 그물에 구멍이 뚫려 그 틈이 점점 커져가는 느낌이었다. 하교 시간에 맞춰 집에 돌아가면 내가 학교에 가지 않았을 거라고는 아무도 생각하지 못했다.

나는 오후 내내 소설을 읽다가 안토니오를 만나러 저수지로 달려갔다. 안토니오는 내가 항상 시간을 내주자 너무 기뻐했다. 안토니오는 내심 내가 도나토 사라토레의 아들을 만났는지 물어보고 싶었을 것이다. 그의 눈빛만 봐도 알 수 있었다. 하지만 안토니오는 감히 그 질문을 입 밖에 내지는 못했다. 나와 싸우게 될까봐 두려워했다. 내가 화가 나서 몇 분 되지 않는 쾌락마저 허락하지 않을까봐 두려워했다. 내가 그에게 몸을 허락하는 것을 확인하려고 나를 꼭 껴안았다. 그는 그런 식으로 의심을 떨쳐버리려고 했다. 그 순간만큼은 설마 내가 다른 사람을 만날 것이라고는 생각하지 않았던 것이다.

하지만 그것은 안토니오의 착각이었다. 안토니오에 대한 죄책감이 들기도 했지만 나는 니노에 대한 생각을 멈출 수가 없었다. 나는 니노와 이야기하고 싶기도 했고 두렵기도 했다. 니노가 자신의 우월함을 앞세워 내게 수치심을 느끼게 할까봐 두려웠다. 종교학 선생님과의 충돌을 다룬 내 글이 잡지에 실리지 못한 이유에 대해서 이야기하게 될까봐 두려웠다. 편집부의 냉혹한 비판을 전해들을까봐 두려웠다. 나는 그런 비판을 견딜 자신이 없었다.

시내를 배회할 때도, 늦은 밤 침대에 몸을 뉘일 때도, 잠이 오지 않아 내 자신의 무능력이 더 확실하게 느껴질 때면 차라리 지면이 부족해서 내 글이 실리지 않았다고 믿는 편이 낫다고 생각했다.

나는 감정을 가라앉히고 희석될 때까지 기다려야 했다. 쉬운 일은 아니었다. 나는 니노처럼 우수하지 못했다. 그의 곁에 있으면서 그가 내 말에 귀를 기울이게 하거나 내 의견을 표현하지 못했다.

내게 무슨 의견이 있단 말인가. 내겐 아무런 생각이 없었다. 이럴 바에는 차라리 모든 것을 포기하는 편이 나았다.

책도, 좋은 점수도, 칭찬도 이제 그만이다. 나는 모든 것을 서서히 잊어버리고 싶었다. 머릿속을 맴도는 생각, 살아 있는 언어와 죽은 언어, 이제는 동생들과 얘기를 나눌 때조차 나도 모르게 튀어나오는 표준어까지도.

나는 모든 것이 릴라 탓이라고 생각했다. 평범하게 살기로 작정을 했으니 릴라도 잊어야 한다. 릴라는 항상 자신이 무엇을 원하는지 알았고 원하는 바를 이뤘다. 나는 원하는 것이 아무것도 없다. 나는 무색무취한 존재일 뿐이다. 마음을 완전히 비우고 나면 나에 대한 안토니오의 애정과 그에 대한 내 애정만으로도 만족할 수 있겠지.

어느 날 집으로 돌아가는 길에 스테파노의 동생 피누차와 마주쳤다. 피누차에게서 릴라가 신혼여행에서 이미 돌아왔고 자신과 리노의 약혼을 축하하는 성대한 오찬도 준비했다는 소식을 들었다.

나는 깜짝 놀라는 척하며 물었다.

"리노랑 약혼했어?"

"그래."

피누차는 밝게 말하면서 리노가 선물한 반지를 내밀었다.

피누차와 이야기를 하는 내내 나는 삐딱한 생각에 사로잡혔다.

'릴라가 신혼집에서 파티를 열었는데 나를 초대하지 않았어. 하지만 이 편이 더 나아. 나는 괜찮아. 지금부터라도 끊임없이 나를 릴라와 비교하는 일은 그만둬야지. 다시는 릴라를 보고 싶지 않아.'

피누차에게 약혼식에 대한 설명을 상세하게 듣고 나서야 나는 조심스럽게 릴라에 대해서 물었다. 피누차는 심술궂은 미소를 지으며 사투리로 릴라는 배우는 중이라고 대답했다. 나는 피누차에게 릴라가 무엇을 배우는 중인지 묻지 않았다. 나는 그날 오후 내내 집에서 잠만 잤다.

다음 날 언제나처럼 아침 7시에 학교에 가기 위해서 집을 나섰다. 더 정확하게 말하면 학교에 가는 척하기 위해서 집을 나섰다. 큰길을 막 건넜는데 오픈카에서 내려 뜰 안으로 들어서는 릴라의 모습이 보였다. 스테파노가 운전석에 앉아 있었는데 뒤돌아 인사도 하지 않았다. 릴라는 세련된 옷차림에 햇볕도 없는데 커다란 선글라스를 끼고 있었다. 목에 두른 푸른색 스카프가 인상적이었다. 릴라는 스카프로 입까지 싸매고 있었다.

그때는 릴라에 대한 서운한 마음이 커서 그렇게 스카프를 두르는 것이 릴라의 새로운 스타일이라고만 생각했다. 재클린 케네디를 떠올리게 하는 스타일이 아니라 어린 시절부터 꿈꿔온 어두운 매력의 팜므파탈을 연상시켰다. 나는 릴라를 부르지 않고 뒤돌아섰다.

하지만 몇 걸음 못 가서 나는 되돌아왔다. 무엇을 어떻게 해야 할지 결정하지는 못했지만 어쨌든 돌아올 수밖에 없었다. 가슴이 콩닥거렸고 혼란스러웠다. 우리의 우정이 끝났다는 것을 그녀의 입으로 직접 듣고 싶었던 것 같기도 했다. 공부 따위는 집어치우고 나도 결혼해서 안토니오의 집에 들어가 그의 가족과 함께 살겠다고 소리치고 싶었던 것 같기도 했다. 정신 나간 안토니오의 어머니 멜리나와 계단 청소를 하면서 살겠다고.

나는 빠른 걸음으로 뜰을 가로질렀다. 시댁 건물의 입구 쪽으로 들어가는 릴라의 모습이 보였다. 나는 릴라를 따라 계단을 올라갔다. 어린 시절 돈 아킬레에게 인형을 돌려달라고 하기 위해 함께 올라갔던 바로 그 계단이었다. 릴라를 부르자 그녀가 뒤돌아봤다.

"너 돌아왔구나."

내가 말했다.

"그래."

"왜 나를 찾지 않았어?"

"적어도 네겐 내 꼴을 보이고 싶지 않았어."

"다른 사람들은 다 보는데 나는 볼 수 없는 거야?"

"다른 사람들은 상관없어. 하지만 넌 달라."

나는 불안한 눈빛으로 릴라를 찬찬히 살펴보았다. 내게 보이기 싫었던 것이 무엇이었을까. 나는 계단을 올라가 그녀에게 다가갔다. 조심스레 스카프를 풀고 선글라스를 벗겼다.

6

그날 층계참에 서서 릴라가 내게 직접 해준 이야기와 공책에서 읽은 내용을 바탕으로 상상력을 발휘해 릴라가 신혼여행에서 겪은 일을 재구성하려 한다.

결혼식 날 나는 릴라를 제대로 이해하지 못했다. 니노가 피로연장을 떠난 후 내가 한없이 위축됐던 것처럼 릴라도 나처럼 위축되었을 것이라고 생각했다. 모든 것을 포기하고 현실을 받아들였을 것이라고 생각했다. 내가 패배감을 느끼지 않기 위해 그녀까지 과소평가했던 것이다.

하지만 릴라에게 포기는 없었다. 피로연이 끝난 후 푸른색 모자와 연한 파란색 재킷을 입고 차에 탄 릴라의 눈은 분노로 불타오르고 있었다. 차가 출발하자마자 릴라는 스테파노에게 우리 동네에서 태어나고 자란 사내라면 도저히 참고 들어줄 수 없을 정도의 험한 욕지거리를 퍼부어댔다.

스테파노는 예의 미소를 띠고 릴라의 욕설을 묵묵히 참아냈다. 시간이 흐르자 결국 릴라도 입을 다물었지만 침묵은 오래가지 않았다. 릴라는 씩씩거리면서도 비교적 차분한 어조로 말을 이어갔다. 그녀는 스테파노와 단 한순간도 차 안에 함께 있고 싶지 않다고 했다. 당신과 같은 공기를 마신다는 생각만으로도 소름이 끼친다고 했다. 지금 당장 차에서 내리고 싶다고 했다.

스테파노는 릴라의 얼굴에서 모멸감을 읽었다. 그런데도 말없이 운전을 계속했다. 릴라는 차를 멈추라고 다시 소리치기 시작했다. 스테파노가 차를 갓길에 세우자 릴라는 정말로 문을 열려고 했다. 그 순간 스테파노가 릴라의 팔을 강하게 잡았다.

"자, 내 말 똑똑히 들어."

스테파노가 낮은 목소리로 말했다.

"오늘 일어난 일에는 중요한 이유가 있어."

스테파노는 침착하게 그날 일어난 일의 내막을 설명했다. 그는 구두공장을 열기도 전에 망하지 않기 위해서는 실비오 솔라라와 그의 자식들과 동업할 수밖에 없었다고 했다. 그들은 나폴리의 고급 상점에 체룰로 구두를 입점하게 할 수 있는 유일한 사람들인 데다가 오는 가을에 마르티리 광장에 체룰로 구두만을 판매하는 구둣가게까지 개업하기로 했다는 것이다.

"그거야 당신 사정이지. 나랑은 상관없어."

릴라가 몸부림치며 말했다.

"내 사정이 당신 사정과 다를 바가 뭔데? 당신은 내 아내야."

"내가? 난 당신에게 아무런 의미도 없어. 당신도 내게 마찬가지고.

이 팔 좀 놔!"

스테파노가 릴라의 팔을 놓았다.

"그러면 당신 아버지와 오빠도 아무런 의미가 없어?"

"그 더러운 입으로 우리 가족에 대해서 이야기할 생각일랑 말아. 당신은 아버지랑 오빠를 입에 담을 자격조차 없어!"

스테파노는 개의치 않고 이야기를 이어나갔다. 실비오 솔라라와 계약하기를 원한 사람은 다름 아닌 릴라의 아버지였다고 했다. 계약을 체결하는 데 가장 큰 장애물은 마르첼로였다. 마르첼로는 릴라를 비롯한 체룰로 가족 모두에게 화가 나 있었다. 특히 자동차를 박살 내고 그들 형제를 흠씬 두들겨 팬 파스콸레, 안토니오, 엔초 무리에 대한 분노는 엄청났다. 마르첼로를 달랜 사람은 다름 아닌 리노였다. 그는 끈기 있게 마르첼로의 말을 들어주었다. 마지막에 마르첼로가 계약을 하는 조건으로 리나가 만든 구두를 달라고 하자 리노는 마음대로 하라고 했다.

끔찍한 순간이었다. 이 말을 들은 릴라는 가슴이 찔린 것 같은 통증을 느꼈다. 릴라가 스테파노에게 소리쳤다.

"그래서 당신은 어떻게 했는데?"

스테파노는 잠시 민망해했다.

"내가 뭘 할 수 있었겠어? 당신 오빠랑 싸워서 가족의 미래를 망쳐야 했을까? 당신 친구들과 솔라라 집안 사이에 전쟁이 일어나는 것을 보고만 있어야 했을까? 내가 투자한 돈까지 몽땅 날릴 마당에?"

릴라에게 스테파노의 말투며 그가 말하는 내용은 자신의 과오에 대한 위선적인 변명으로밖에 느껴지지 않았다. 릴라는 스테파노의 말이 채 끝나기도 전에 주먹으로 그의 어깨를 때리며 소리쳤다.

"그러니까 당신도 동의한 거잖아. 그렇다고 구두를 가져와서 그 자식한테 고이 갖다 바쳐?"

스테파노는 릴라를 내버려두었다. 그녀가 또다시 차 문을 열고 도망치려고 할 때야 싸늘한 목소리로 진정하라고 했다. 릴라는 발끈해서 돌아보았다. 진정하라니. 멋대로 자신의 오빠와 아버지에게 모든 책임을 떠넘기더니 이제 와서 진정하란 말인가. 자기를 바닥 닦는 걸레만도 못하게 취급한 주제에 이제 와서 진정하란 말인가. 릴라가 소리쳤다.

"진정하라고? 이 나쁜 자식! 돌아가야겠으니 당장 집으로 데려다줘. 내게 한 말을 토씨 하나 바꾸지 말고 우리 집에 있는 그 빌어먹을 사내들 앞에서 해봐."

릴라는 자신이 그 빌어먹을 사내들이라는 단어를 거친 사투리로 내뱉는 순간, 스테파노가 평정심을 잃었다는 사실을 깨달았다. 스테파노는 그 커다란 손으로 릴라의 얼굴을 때렸다. 너무나 강한 충격에 마치 모든 진실이 폭발하듯 눈앞에 드러나는 것처럼 느껴졌다. 릴라는 놀라움과 불타는 듯한 뺨의 고통에 흠칫했다. 릴라는 자동차에 다시 시동을 거는 스테파노를 믿을 수 없다는 눈빛으로 바라보았다. 스테파노는 릴라를 쫓아다니기 시작한 이래로 처음으로 침착성을 잃었다. 그때까지 한 번도 들어본 적 없는 떨리는 목소리로 말했다.

"왜 나를 이렇게까지 하게 만드는 거야? 왜 그렇게 도가 지나쳐?"

"우린 처음부터 다 틀렸던 거야."

릴라가 낮은 목소리로 말했다.

스테파노는 릴라의 말을 받아들이지 않았다. 그에게 그런 일은 있을 수 없는 일이었다. 그는 릴라에게 위협과 설교와 애원이 뒤섞인 일장 연설을 늘어놓았다.

"틀린 것은 아무것도 없어, 리나. 몇 가지만 확실하게 하면 돼. 당신 이름은 이제 체룰로가 아니야. 카라치 부인이라고. 그러니 내가 하라는 대로 해야 해. 물론 익숙하지 않겠지. 그건 나도 이해해. 당신은 장사가 뭔지 몰라. 내가 돈을 땅에서 주워온다고 생각하겠지만 그렇지 않아. 나는 돈을 벌기 위해 날마다 일을 해야 한다고. 돈을 불릴 수 있는 데 투자를 하고 있어. 물론 구두를 디자인한 건 당신이고 당신 아버지와 오빠는 성실한 사람들이야. 그렇지만 당신들 셋이 아무리 애를 써도 돈을 벌지는 못해. 솔라라 집안사람들은 다르지. 그들이라면 돈을 불릴 수 있어. 그러니까 이제 내 말 똑똑히 들어. 당신이 그치들을 좋아하건 말건 나는 상관없어. 나도 마르첼로라면 끔찍해. 그 자식이 곁눈질로라도 당신을 바라볼 때면, 그 자식이 당신에 대해서 뭐라고 떠벌리고 다녔는지 생각만 해도 그 자식 뱃가죽에 칼을 쑤셔 넣고 싶다고. 하지만 그 자식이 돈만 벌어다준다면 나는 그 자식의 가장 친한 친구도 될 수 있어. 왠지 알아? 돈이 없으면 이런 자동차를 살 수 없을 테니까. 당신이 입고 있는 그 옷도 살 수 없게 될 거고 집이며 살림살이도 가질 수 없게 될 테니까. 당신은 마나님 노릇을 할 수 없게 될 거고 우리 아이들을 거지처럼 키워야 할 테니까. 그러니까 한 번만 더 그런 말을 하면 당신의 그 곱상한 얼굴을 박살내버릴 거야. 집 밖으로 한 발자국도 나갈 수 없도록 말이야. 알아들었어? 대답해봐!"

릴라는 눈을 가늘게 뜨고 스테파노를 바라보았다. 그새 뺨이 보랏빛으로 변했지만 얼굴은 창백하기 그지없었다. 릴라는 스테파노에게 대답하지 않았다.

7

릴라와 스테파노는 저녁 무렵에야 아말피에 도착했다. 둘 다 호텔에 묵어본 적이 없어서 쭈뼛거렸다. 스테파노는 자신을 은근히 무시하는 듯한 안내 데스크 직원의 말투에 주눅이 들어 자신도 모르게 비굴하게 행동했다. 그러다 불현듯 거친 행동으로 민망함을 감추려했다. 직원이 신분증을 보여 달라고 했을 뿐인데 그의 귓불이 빨갛게 달아올랐다.

짐을 옮겨주기 위해 호텔 직원이 다가왔다. 가는 콧수염을 기른 쉰 줄에 접어든 남자였다. 스테파노는 그를 도둑 대하듯 밀쳐내 버렸다가 잠시 망설인 후 짐을 옮겨주지도 않았는데 경멸하는 듯한 표정으로 두둑하게 팁을 주었다. 릴라는 짐을 잔뜩 짊어지고 계단을 오르는 스테파노의 뒤를 따라갔다. 계단을 올라갈수록 그날 아침 결혼식을 올린 청년을 오는 길에 잃어버리고 생면부지의 낯선 사람과 함께 가는 것 같았다고 훗날 릴라는 나에게 이야기했다. 스테파노가 이렇게나 뚱뚱했나? 짧고 굵은 다리, 지나치게 긴 팔에 손마디가 허연 이 사람이 내가 영원토록 함께하기로 한 그 남자인가. 신혼여행을 하는 동안 릴라를 사로잡았던 분노의 감정은 서서히 근심으로 변해가고 있었다.

방에 들어가자 스테파노는 다시 릴라를 다정하게 대하려고 애썼지만 지친 데다 새 신부에게 손찌검을 한 것 때문에 곤두선 신경이 가라앉지 않았다. 목소리도 부자연스럽게 느껴졌다.

스테파노는 방이 널찍하고 좋다면서 창문을 열고 발코니로 나갔다. 릴라에게 어서 발코니로 나와 함께 향긋한 공기를 마시고 반짝이는 바다를 바라보자고 했다.

릴라는 덫에서 빠져나올 방안을 궁리하면서 힘없이 고개를 저어 보였다. 추워서 나가기 싫다고 했다. 스테파노는 창문을 닫았다. 그는 밖에 나가 산책하다 저녁식사를 하려면 좀 따뜻한 옷을 입는 것이 좋을 것 같다고 했다.

"당신 옷을 찾으면서 내가 걸칠 만한 조끼도 하나 찾아줘."

스테파노는 마치 자신들이 이미 수년 동안 함께 생활을 해서 릴라가 스테파노의 가방에서 능숙하게 조끼를 찾아낼 수 있을 것처럼 말했다. 자신이 입을 스웨터를 찾는 것처럼 자연스럽게 스테파노의 조끼를 찾아낼 수 있을 것처럼 말했다. 릴라는 동의하는 듯했지만 가방을 열지도 않았고 스웨터나 조끼를 꺼내지도 않았다. 단 1초도 그방에 남아 있고 싶지 않다는 듯이 바로 복도 밖으로 나가버렸다. 스테파노는 투덜대며 그녀를 따라 나왔다.

"나는 이대로도 괜찮지만 당신 때문에 그러는 거야. 감기 걸릴까봐."

릴라와 스테파노는 아말피를 걸었다. 대성당에 가서 대성당 건물 앞까지 이어지는 계단을 끝까지 올라갔다가 다시 내려와 분수대로 갔다. 스테파노는 릴라를 즐겁게 해주려고 최선을 다했다. 하지만 평소에도 그는 그다지 재미있는 사람은 아니었다. 애원조나 목적의식이 뚜렷한 성숙한 사내답게 훈계조로 말하는 것이 더 어울렸다.

릴라가 반응을 나타내지 않기에 결국 새신랑만 혼자서 이곳저곳을 가리키며 "저것 좀 봐"라고 공허하게 말하게 되었다. 예전 같으면 길가의 돌멩이 하나에도 관심을 보였을 릴라이지만 그 순간만은 아름다운 거리의 저녁 풍경도, 정원에서 풍겨나는 향긋한 꽃 내음도, 아말피의 예술과 역사의 흔적도 그녀의 관심을 끌지 못했다. 거슬릴 정도로 쉼없이 "멋지지 않아?"라고 되묻는 스테파노의 목소리에 릴라는 조금의 관심도 보이지 않았다.

얼마 지나지 않아 릴라는 몸을 떨기 시작했다. 추워서가 아니라 신경이 예민해져서였다. 이를 눈치챈 스테파노가 그만 호텔로 돌아가자고 했다. 그러면서 그는 은근슬쩍 말을 던졌다.

"호텔로 돌아가서 따뜻하게 안아줄게."

릴라는 산책을 멈추지 않았다. 그러다 도저히 참을 수 없을 정도로 지쳤을 때, 배가 조금도 고프지 않았는데도 스테파노에게는 물어보지도 않고 눈에 띄는 식당으로 들어갔다. 스테파노는 인내심을 가지고 그녀를 따라 들어갔다.

그들은 음식을 잔뜩 시켰다. 그러나 아무것도 입에 대지 않았다. 포도주만 계속 마셨다. 스테파노가 참지 못하고 릴라에게 아직도 화가 풀리지 않았느냐고 물었다. 릴라는 고개를 저었다. 사실이었다. 그 순간에는 솔라라 집안사람들이나 아버지와 오빠, 남편에 대한 일말의 원망스러움도 느껴지지 않아 릴라 자신도 놀랐다. 생각의 기준이 완전히 바뀐 것 같았다. 갑자기 구두에 관한 일이 전혀 중요하지 않게 느껴졌다. 돌이켜보니 마르첼로가 그 구두를 신은 것 때문에 자기가 왜 그리 화를 냈었는지 알 수 없었다.

지금 이 순간 릴라에게 가장 두렵고 고통스러운 것은 약손가락에서 반짝이는 큼직한 결혼반지였다. 릴라는 그날 일어난 모든 일이 실감나지 않아 성당과 예식과 피로연을 되짚어보았다.

'내가 대체 무슨 일을 저지른 거지?'

그녀는 술에 취해 생각했다.

'이 금빛으로 반짝이는 동그란 물건은 대체 뭐지? 내 손가락에 끼어 있는 이 동그란 물건은 대체 뭐람?'

스테파노의 손가락에도 똑같은 모양의 물건이 있었다. 그것은 책에서 흔히 쓰는 표현처럼 새까만 털이 무성한 손가락에서 번쩍이고 있었다.

릴라는 스테파노가 해변에서 수영복 차림이었을 때를 기억해냈다. 가슴은 널찍했고 무릎뼈는 움푹한 그릇을 엎어놓은 것처럼 두툼했다. 한때나마 매혹적으로 느껴졌던 흔적을 전혀 찾아볼 수 없었다. 릴라 앞에 앉아 있는 스테파노는 그녀와 공유할 수 있는 것이 아무것도 없는 존재였다. 그런 그가 지금 그녀 앞에 재킷과 넥타이 차림으로 앉아 있었다. 두툼한 입술을 움직이며 이따금 귓불을 긁어대고 음식을 맛보겠다는 핑계로 쉴 새 없이 릴라의 접시에 포크를 집어넣고 있었다. 지난날 릴라를 매혹했던 식료품점 주인과는 전혀 상관없는 사람처럼 보였다. 자신감이 넘치고 야심에 찬, 하지만 언제나 정중했던 그 청년.

그날 오전 성당에서 자신과 결혼식을 올린 그 청년은 사라지고 없었다. 스테파노의 허연 턱과 검은색 구멍처럼 보이는 입속으로 붉은 혀가 보였다. 그의 내면의 무엇인가는 망가져버렸다. 그를 형성하고 있던 틀도 망가져버렸다. 식당 직원들이 지나다니는 식탁에 앉아 있자니 릴라는 자신이 아말피까지 오게 된 상황에 대해 납득할 만한 이유를 도저히 찾을 수 없었다. 그러면서도 이 모든 상황이 참을 수 없이 현실적으로 느껴졌다. 자신 앞에 앉아 있는 정체불명의 생명체는 릴라가 드디어 화를 풀고 자신의 상황을 이해하고 받아들였다고 생각하고 기쁜 표정으로 자신의 계획에 대해서 설명하기 시작했다. 그동안 릴라는 테이블에 놓인 나이프를 몰래 훔쳐서 방으로 가지고 들어가 그가 자신의 몸에 손을 대는 순간 그의 목에 꽂을 생각을 하고 있었다.

결국 릴라는 그 생각을 실천에 옮기지는 않았다. 포도주에 취해 식탁에 앉아서 생각해보니 결혼식이며 신부복이며 결혼반지가 모두 의미 없게 느껴졌다. 스테파노와 함께 잠자리를 하는 일도 아무런 의미가 없게 느껴졌다. 무엇보다 스테파노 자신에게 무의미할 것이라고 생각했다.

릴라는 나이프를 훔칠 방법을 궁리하다가 포기했다. 처음에 그녀는 정말로 냅킨으로 나이프를 감싸서 무릎에 올려놓았다가 가방에 나이프를 넣은 다음 냅킨을 다시 테이블 위에 올려놓을 생각이었다. 누군가의 아내로서 새로운 삶과 지금 앉아 있는 식당, 아말피에서의 신혼여행 같은 눈앞의 현실을 잘 유지할 수 있게 꽉 조여졌던 나사들이 헐거워진 것 같았다. 정신이 혼미해져 식사가 끝날 때쯤에는 스테파노의 목소리조차 잘 들리지 않았다. 사물과 사람들과 머릿속에 떠오르는 상념들이 한데 뒤섞여 시끄럽게 귓가에 맴돌 뿐이었다.

호텔로 돌아가는 길에 스테파노는 다시 솔라라 집안사람들의 좋은 면에 대해서 떠들어대기 시작했다. 그 집안사람들은 시청의 중요한 사람들과 연줄이 있고 정당 관계자들과 왕정복구자들과 파시스트들과도 연관이 있다고 했다. 스테파노는 솔라라 집안사람들이 어떤 수작을 부리는지 자기는 잘 알고 있다는 투로 말하는 것을 즐기는 것 같았다. 그는 이쪽 분야에 대해서는 산전수전 다 겪은 것처럼 이야기했다. 정치란 더러운 것이지만 돈을 버는 데 중요하다고 했다.

순간 릴라는 여러 해 전에 파스콸레와 나눴던 이야기가 생각났다. 약혼 기간 중에 스테파노와도 그런 이야기를 나눴던 적이 있었다. 부모님들의 전철을 밟지 않고 그들의 횡포와 위선, 잔혹한 과거와는 다른 삶을 살자는 그런 대화였다.

그때는 스테파노가 내 말에 동의했었는데.

릴라는 생각했다.

'말은 그렇게 했지만 내 말을 듣지 않았었구나. 나는 대체 누구와 이야기한 것일까. 내 앞에 있는 이 남자는 내가 아는 사람이 아니야.'

스테파노가 릴라의 손을 잡고 사랑한다고 귀에 속삭였다. 릴라는 몸을 빼지 않았다. 그에게 모든 일이 정상적으로 진행되고 있다고 믿게 하기 위해서였을 것이다. 갓 결혼식을 올리고 신혼여행 중인 평범한 부부라고 믿게 한 다음에 스테파노에 대한 혐오감을 드러내어 그에게 더욱 깊은 상처를 남기고 싶었을 것이다. 당신과 잠자리에 드는 것이 내겐 호텔 짐꾼과 잠자리에 드는 것과 다를 것 없이 똑같이 혐오스러운 일이라고 말하려 했을 것이다. 둘 다 손가락 끝이 담배에 찌들어 누렇게 변색된 것마저 똑같다고 말하려 했을 것이다. 아니면 그때 릴라는 너무나도 겁에 질려 있었고 어떠한 반응을 보이는 것 자체를 뒤로 미루고 있었던 것일지도 모른다. 지금 생각해보면 릴라의 상태는 후자에 가까웠던 것 같다.

호텔 방에 들어가자마자 스테파노는 릴라에게 키스를 하려고 했지만 릴라는 몸을 피했다. 릴라는 심각한 표정으로 가방을 열어 자신의 잠옷을 꺼낸 다음 스테파노에게는 파자마를 건넸다. 스테파노는 자신을 배려하는 릴라의 행동에 만족해하며 다시 그녀를 껴안으려고 했지만 릴라는 화장실에 들어가 문을 잠가버렸다.

릴라는 혼자 있게 되자 포도주의 취기를 쫓기 위해서, 주변이 흐릿해져가는 느낌을 쫓기 위해서 한참 동안 찬물로 얼굴을 씻었다. 하지만 도무지 정신을 똑바로 차릴 수 없었다. 오히려 무엇을 해야 할지 점점 더 갈피를 잡을 수 없었다.

'이제 어떻게 해야 하나.'

릴라는 생각했다.

'밤새 문을 잠그고 여기에 있어야 하나. 그런 다음엔 어떻게 하지?'

식당에서 나이프를 챙겨오지 않은 것이 후회스러웠다. 순간적으로 나이프를 가져왔다고 착각했다가 이내 그렇지 않다는 것을 깨달았다. 릴라는 호텔 욕조에 앉아서 신혼집에 있는 욕조와 비교해보았다. 자기 집 욕조가 훨씬 좋다고 생각했다. 욕실에 걸려 있는 수건도 나폴리 신혼집에 걸려 있는 수건보다 못했다. 하지만 그 욕조와 수건은 릴라의 것인가 아니면 스테파노의 것인가. 자신의 소유가 될 새로 산 아름다운 물건들이 지금 이 순간 화장실 문밖에서 자신을 기다리고 있는 그 인간의 이름과 연관이 있다고 생각하니 더 힘들어졌다. 모든 것이 카라치의 것이었다. 릴라 자신도 카라치 가문의 것이었다. 스테파노가 문을 두드렸다.

"뭐하고 있어? 괜찮은 거야?"

릴라는 대답하지 않았다.

스테파노는 잠시 기다리다 다시 문을 두드렸다. 그래도 반응이 없자 신경질적으로 문고리를 잡아 비틀면서 애써 농담조로 말했다.

"문을 부숴야겠어?"

릴라는 그가 정말 그렇게 할 것이라고 믿어 의심치 않았다. 문밖에서 자신을 기다리고 있는 저 낯선 사람은 못 할 일이 없었다.

'그렇지만 나도 마찬가지인걸.'

릴라는 생각했다. 그녀는 옷을 벗고 몸을 씻은 다음 잠옷을 몸에 걸쳤다. 불과 몇 개월 전 정성껏 그 잠옷을 고른 자기 자신을 경멸하면서. 스테파노는 파자마 차림으로 침대 모서리에 앉아 있었다. 몇 시간 전까지만 해도 그에게 느꼈던 친근함과 애정은 이제 남아 있지 않았다. 스테파노는 릴라가 모습을 나타내자마자 벌떡 일어났다.

"시간이 꽤 걸렸네."

"필요한 시간이었어."

"당신 정말 아름다워."

"피곤해 죽겠어. 자고 싶어."

"조금 이따가."

"지금 당장 자야겠어. 당신은 그쪽에서 자. 나는 이쪽에서 잘 테니."

"그래. 알았으니까 이리 와."

"난 진심이야."

"나도 마찬가지야."

스테파노는 살짝 웃으며 릴라의 손을 잡으려고 했다. 릴라가 손을 빼자 표정이 어두워졌다.

"대체 왜 이러는 거야?"

릴라는 망설였다. 어떻게 해야 자기 감정을 가장 잘 표현할 수 있을지 잠시 궁리하다 조용히 말했다.

"당신을 원하지 않아."

스테파노는 믿을 수 없다는 듯이 고개를 저었다. 그 짧은 세 마디가 외국어처럼 들린 것 같았다. 자신은 그 순간을 오랫동안 기다려 왔다고 중얼거렸다. 매 순간 오랫동안 기다려왔다고.

"부탁이야."

스테파노가 간곡한 어조로 말했다. 거의 애원하듯 자신의 와인색 파자마를 손으로 가리켰다.

"당신을 바라만 봐도 내가 어떻게 되는지 보라고."

스테파노는 짓궂은 미소를 지으며 중얼거렸다. 릴라는 억지로 스테파노를 쳐다보았다가 역겨운 표정으로 이내 시선을 거두었다.

그제야 스테파노는 릴라가 다시 화장실에 들어가 문을 잠그려 한다는 것을 깨닫고 짐승같이 달려들어 그녀의 앞을 가로막았다. 릴라의 허리를 잡고 몸을 들어 올려서 침대에 내던졌다.

'무슨 일이 일어나고 있는 거지?'

스테파노가 릴라를 이해할 마음이 없다는 사실은 분명했다. 그는 식당에서 릴라의 화가 풀렸다고 믿고 있었다. 그렇기에 지금 이 순간 릴라의 행동에 의아해하고 있었다.

'리나는 대체 왜 저러는 거지? 너무 어려서 저러는 걸 거야.'

스테파노는 릴라의 몸 위로 올라가 웃으면서 그녀를 진정시키려고 했다.

"아름다운 일이야."

스테파노가 말했다.

"겁먹을 필요 없어. 나는 당신이 너무 좋아. 어머니보다 내 친동생보다 더 말이야."

하지만 소용없었다. 릴라는 벌써 그에게서 도망가려고 몸을 빼내고 있었다.

'정말이지 맞춰주기 힘든 계집이야. 좋다고 했다가 싫다고 하고, 싫다고 했다가 좋다고 하고.'

스테파노는 중얼거렸다.

"이젠 변덕일랑 그만둬."

스테파노는 릴라를 다시 붙잡고는 다리를 벌려 릴라 위에 올라탔다. 두 손으로 릴라의 손목을 옴짝달싹 못하게 만들었다.

"네가 기다리라고 해서 기다렸잖아."

스테파노가 말했다.

"함께 있으면서 네 몸에 손가락 하나 갖다 댈 수 없는 게 얼마나 힘들고 괴로웠는지 알아? 이젠 결혼했으니 얌전히 있어. 걱정하지 말고."

스테파노는 몸을 숙여 릴라의 입술에 키스하려 했지만 릴라는 온 힘을 다해 고개를 저었다. 온몸을 비틀면서 반항했다.

"날 놓아줘. 당신을 원치 않아! 원치 않아! 원하지 않는다고!"

결국 스테파노도 참을성을 잃고 소리를 높였다.

"열 받게 하지 마, 리나."

그는 두어 번 같은 말을 점점 소리를 높여가며 반복했다. 아주 먼 옛날, 태어나기 전에 이미 부여받은 임무를 되새기기라도 하듯이.

'사내답게 행동해야 해, 스테파노. 지금 굴복시키지 않으면 평생 굴복시키지 못할 거야. 네 아내에게 자신이 계집이라는 것을 가르쳐주라고. 계집이라면 사내의 말에 복종해야 한다는 사실을 말이야.'

"열 받게 하지 마! 열 받게 하지 마! 열 받게 하지 말라고!"

릴라는 스테파노의 고함소리를 들으며 발기된 성기 때문에 파자마가 텐트처럼 올라간 꼴로 자신의 가녀린 골반 위에 올라탄 그의 무게를 느꼈다. 떡 벌어진 스테파노의 몸을 보니 먼 옛날 그가 학교에서 벌어진 경합에서 알폰소에게 창피를 줬다며 자신의 혀를 바늘로 찌르려고 했던 일이 생각났다. 사실 스테파노라는 사람은 한 번도 존재하지 않았던 것일지도 모른다. 그는 태어날 때부터 돈 아킬레의 장남이었을 뿐이었다.

생각이 여기에 이르자 젊은 신랑의 얼굴에 그때까지 핏속에 조심스럽게 숨기고 있던 돈 아킬레의 흔적이 다시 모습을 나타내기 시작했다. 태어날 때부터 가지고 있던 특성이었지만 드러내기에 적당한 순간까지 감춰둔 것뿐이었다.

그렇다.

동네 사람들에게 호감을 주기 위해, 릴라의 마음을 얻기 위해 스테파노는 애써 다른 사람인 양 행동했던 것이다. 정중한 태도 덕분에 얼굴선이 부드러워졌고 눈빛은 언제나 온화했으며 언제나 중재하는 듯한 어조를 유지했다. 머리에서부터 발끝까지 온몸으로 힘을 감추는 법을 익혀왔다. 하지만 오랫동안 유지해왔던 모습이 이제 허물어지고 있었다.

순간 릴라는 어린아이 같은 공포심을 느꼈다. 어린 시절 인형을 찾기 위해 지하창고로 내려가던 때 느꼈던 두려움보다 더 큰 공포심이었다. 돈 아킬레가 살아 있는 친자식의 몸을 먹어치우며 동네의 구렁텅이에서 부활하고 있었다. 아버지가 아들의 피부를 찢어내고 눈빛을 바꾸며 아들의 몸에서 빠져 나오고 있었다. 그가 바로 지금 릴라의 잠옷을 찢어 맨가슴을 드러낸 다음 거칠게 가슴을 움켜쥐고 고개를 숙여 젖꼭지를 물려는 것이었다.

릴라는 언제나 그랬듯이 두려움을 이겨내고 스테파노의 머리카락을 잡아 뜯고 그를 물어뜯으려고 발버둥 치면서 스테파노에게서 벗어나려고 했다. 스테파노는 잠시 몸을 빼더니 릴라의 양팔을 자신의 다리로 잡아 눌러 꼼짝할 수 없게 만들었다. 그러고는 경멸에 찬 어조로 말했다.

"뭐하는 거야. 가만히 있어. 한입거리도 안 되는 주제에. 마음만 먹으면 지금 당장이라도 널 망가뜨릴 수 있어."

그래도 릴라는 얌전히 있지 않고 이빨로 허공을 물어뜯으면서 스테파노의 몸에서 빠져나가려고 몸을 한껏 구부렸다. 하지만 소용없는 일이었다. 스테파노는 자유로워진 손끝으로 릴라의 뺨을 가볍게 때려댔다. 그러고는 릴라를 자극했다.

"얼마나 큰지 보여? 그렇다고 해. 그렇다고 하란 말이야."

스테파노는 파자마에서 뭉뚝한 성기를 꺼내 보였다. 릴라에게는 눈앞의 물건이 팔다리가 잘린 채 소리 없이 흐느끼는 인형 같았다. 그 인형은 릴라에게 '이제 한 번 느껴봐, 리나. 정말 멋지지 않아? 이만한 물건을 가진 사람은 흔치 않아'라고 말하고 있는 다른 거대한 인형에게서 떨어져 나오기 위해 안간힘을 쓰고 있는 것 같았다.

릴라가 반항을 멈추지 않자 스테파노는 세게 뺨을 두 번 때렸다. 한 번은 손바닥으로 한 번은 손등으로 쳤다. 어찌나 아픈지 순간 릴라는 더 반항하면 죽을 수도 있겠다고 생각했다. 스테파노는 그렇게까지 못하겠지만 그의 몸에 숨어 있던 돈 아킬레라면 그렇게 할 수 있을 것이다. 그는 사람을 가뿐히 들어 올려 벽이나 나무에 아무렇지도 않게 내동댕이칠 수 있을 정도로 힘이 센 걸로 온 동네에서 유명했으니까. 결국 릴라는 반항을 멈추고 소리 없는 공포에 몸을 내맡겼다. 스테파노가 몸을 일으켜 릴라의 잠옷을 들어 올리면서 귓가에 대고 속삭였다.

"지금은 내가 너를 얼마나 사랑하는지 모르겠지만 이제 곧 알게 될 거야. 내일이면 네가 먼저 사랑해달라고 애원할걸. 지금보다 더 사랑해 달라고 무릎을 꿇고 애원할 거야. 나는 내 말을 잘 들어야만 널 사랑해주겠다고 할 거야. 그러면 넌 내게 복종해야 하겠지."

몇 번 시도한 끝에 스테파노가 그 살덩어리로 야만적인 쾌락을 누리면서 릴라의 몸을 산산조각 냈을 때, 릴라는 그곳에 없었다. 그날 밤 호텔방, 침대, 그의 키스, 자신의 몸을 더듬는 그의 손이 남긴 느낌과 모든 감각은 스테파노 카라치에 대한 증오라는 단 하나의 감정으로 남게 되었다.

릴라는 온 힘을 다해 그를 증오했다. 자신의 몸을 타고 앉은 그의 무게와 그의 이름과 그의 성을 모두 증오했다.

8

릴라와 스테파노는 나흘 후에 집에 돌아왔다. 그날 밤 스테파노는 장인 장모와 리노를 신혼집으로 초대했다. 그는 평소와는 다른 저자세로 장인에게 실비오 솔라라와 협상이 어떻게 진행되었는지 설명해달라고 했다. 페르난도 아저씨는 노골적으로 못마땅한 기색을 드러내면서 두서없는 이야기로 스테파노의 말이 사실임을 확인해주었다. 리노에게는 어떤 안타까운 이유로 마르첼로에게 구두를 내어줄 수밖에 없었는지 설명해달라고 했다. 리노는 자기야말로 속사정을 잘 알고 있다는 티를 내면서 살다보면 어쩔 수 없이 원하지 않는 선택을 해야 할 때가 있는 법이라고 했다. 파스콸레, 안토니오, 엔초가 솔라라 형제를 두들겨 패고 그들의 자동차를 박살냄으로써 초래한 곤란한 상황에 대해서도 설명했다.

"그중에서 가장 큰 위험에 처했던 게 누군지 알아? 네 친구들이야. 네 호위무사들. 마르첼로는 그 자식들을 알아보고 네가 시킨 거라고 생각했어. 상황이 그런데 우리가 어떻게 해야 했을 것 같아? 그천치 같은 놈들이 너 때문에 몇 곱절로 더 얻어맞기를 바랐어? 네 친구들의 인생을 망치고 싶었냐고. 대체 무엇 때문에? 네 신랑은 작아서 신지도 못하고 비가 오면 바로 물이 새는 43사이즈 구두 한 켤레 때문에? 우리는 솔라라 집안사람들과 관계를 회복해야 했어. 그러는 와중에 마르첼로가 하도 집착하기에 구두를 내어준 거야."

리노는 이렇게 말했지만 사실 무슨 일이든 말하기 나름인 것이다. 말 잘하기로 둘째가라면 서러워할 릴라였지만 그 순간만큼은 입을 다물었다. 이에 자신감을 얻은 리노는 어린 시절부터 부자가 되어야 한다고 자신을 부추긴 것은 네가 아니었냐고 심술궂게 말했다. 그러고는 웃으면서 그렇지 않아도 힘든 인생 더 힘들게 만들 생각일랑 말고 이제 정말 가족들을 부자로 만들어달라고 했다.

초인종 소리와 함께 피누차와 알폰소, 마리아 아주머니가 등장한 것은 바로 그 순간이었다. 릴라의 시어머니는 솔라라 제과점에서 일하고 있는 스파뉴올로 아저씨가 손수 만든 빵이 가득 담긴 쟁반을 들고 있었다. 모여 있는 사람 가운데 이들의 방문을 몰랐던 것은 신혼집의 안주인인 릴라밖에 없었다.

처음에는 신혼여행에서 돌아온 신혼부부를 위한 환영 파티 같았다. 스테파노는 방금 사진관에서 찾아온 결혼식 사진을 돌렸다. 결혼식 장면을 담은 영상은 조금 더 기다려야 한다고 했다. 하지만 얼마 지나지 않아 릴라와 스테파노의 결혼은 이제 새로울 것 없는 일이 되었다는 사실이 드러났다. 그날 준비한 달콤한 빵은 새로운 소식을 축하하기 위한 것이었는데 그것은 바로 리노와 피누차의 약혼이었다.

순간 모든 문젯거리는 뒷전으로 밀려났다. 몇 분 전까지만 해도 릴라에게 험한 말을 쏟아 붓던 리노는 이제 나긋나긋한 사투리로 피누차에게 오글거리는 애정 표현을 했다. 리노는 릴라의 아름다운 신혼집에서 최대한 빨리 약혼식을 올리자고 한 뒤 과장된 몸짓으로 주머니에서 상자를 꺼내들었다. 포장을 풀자 짙은 색의 원형 케이스가 나타났는데 그 안에는 번쩍이는 보석반지가 들어 있었다.

릴라는 그 반지가 자신이 결혼반지와 함께 끼고 있는 약혼반지와 거의 비슷해 보이는 것을 알아채고 대체 오빠가 어디서 그 많은 돈을 구했을지 의아해했다. 리노와 피누차는 서로 껴안고 입을 맞췄다. 가족들은 오랫동안 미래에 대해서 이야기했다. 솔라라 형제가 오는 가을 마르티리 광장에 체룰로 구둣가게를 열면 누가 그 가게를 말을지에 대해서 머리를 맞대고 의논했다. 리노는 피누차 혼자 상점을 운영하거나 아니면 얼마 전 미켈레와 약혼한 질리올라와 함께 운영할 수도 있을 것이라고 했다. 시간이 갈수록 가족회의는 더 즐거워졌고 미래에 대한 희망은 커져만 갔다.

릴라는 자리에 앉지 않고 내내 서 있었다. 앉는 자세가 고통스러워 앉아 있을 수 없었다. 일행 중 그 누구도, 한마디 말도 없이 자리를 지키고 있던 릴라의 어머니마저도 딸의 오른쪽 눈이 시꺼멓게 멍들어 부어 있고 아랫입술이 찢어지고 팔에 멍이 들었다는 사실을 눈치채지 못한 듯했다.

9

릴라의 시댁 층계참에서 내가 릴라의 선글라스를 벗기고 스카프를 풀었을 때 릴라의 얼굴은 아직도 그런 상태였다. 눈가의 피부는 누렇게 변해 있었고 아랫입술은 보랏빛으로 멍든 데다 터진 부분에는 새빨갛게 줄이 가 있었다.

친척들과 친구들에게는 어느 화창한 아침, 아말피 해변가 바위에서 미끄러져 넘어졌다고 둘러댔다. 남편과 함께 배를 타고 황토색 절벽 아래 펼쳐진 해변에 갔다가 일어난 일이라고 했다. 리노와 피누차의 약혼식에서 릴라는 빈정대는 말투로 그렇게 거짓말을 했다. 그 자리에 모인 사람들도 릴라의 말을 곧이곧대로 믿지 않고 빈정대는 말투 속에 들어 있는 내용을 미루어 해석했다.

여인네들은 자신들을 사랑하고 자신들이 사랑하는 사내들에게 신나게 얻어맞은 다음에 어떤 식으로 주변에 이야기를 해야 하는지에 대해서 너무나 잘 알고 있었다. 동네 사람들, 특히 여자들은 언젠가 릴라도 뜨거운 맛을 한번 봐야 한다고 생각했을 것이다.

릴라가 얻어맞은 사실은 큰 문제가 되지 않았다. 오히려 스테파노에 대한 호감도와 존경심이 높아졌다. 스테파노야말로 사내구실을 할 줄 아는 남자인 것이다.

하지만 나는 릴라가 그 지경이 된 것을 보고 목이 메어 그녀를 끌어안았다. 엉망인 상태를 내게 보여주고 싶지 않아서 나를 찾지 않았다고 했을 때 눈물이 흘러내렸다. 릴라는 연애소설에나 나올 법한 자신의 신혼여행 이야기를 냉정함이 느껴질 정도로 건조하게 이야기했다. 그런데도 나는 화가 나고 괴로웠다. 그렇지만 한편으로는 미묘한 기쁨을 느꼈다는 사실을 부정하지는 않겠다. 나는 릴라가 도움을 원하고 보호받고 싶어 한다는 사실에 만족스러웠다. 그녀가 자신의 연약한 모습을 다른 누구도 아닌 나에게만 드러냈다는 사실에 감격했다. 우리 둘 사이의 간격이 예상치 않게 좁혀졌음을 느꼈다.

하마터면 나도 공부를 그만둘 거라고, 공부 따위는 아무런 소용이 없고, 나에게는 공부를 계속할 만한 능력이 없다고 고백할 뻔했다. 내 결정이 릴라에게 위안이 될 것 같았다.

그 순간 릴라의 시어머니가 꼭대기 층 난간으로 얼굴을 내밀고 릴라를 불렀다. 릴라는 다급히 이야기를 마무리하면서 자기가 스테파노에게 속았다고 했다. 실은 스테파노도 그의 아버지와 똑같은 인간이었다고 했다.

"돈 아킬레가 인형 대신에 돈을 줬던 것을 기억해?"

"그럼."

"그때 우리는 그 돈을 받으면 안 되는 거였어."

"그 돈으로 『작은 아씨들』을 샀잖아."

"우리가 실수한 거야. 그날 이후 내 행동은 모두 잘못된 거였어."

릴라는 흥분하지 않았다. 그저 슬퍼했을 뿐이었다. 선글라스를 다시 쓰고 스카프를 다시 묶었다. 나는 릴라가 '우리'가 그 돈을 받지 않았어야 했고 '우리'가 실수했다고 표현한 것이 마음에 들었다. 하지만 갑작스레 주어를 일인칭으로 바꾸어 '내' 행동이 잘못된 것이었다고 한 것은 마음에 들지 않았다. 잘못된 행동의 주체도 '우리'라고 고쳐주고 싶었다. 언제나 '우리'라고 해야 한다고 말하고 싶었지만 나는 그러지 않았다.

나는 릴라가 자신의 새로운 상황에 대처하는 방법을 찾고 있다고 생각했다. 그러기 위해서 무엇에 의지해야 할지 고민하는 것 같았다. 계단을 올라가기 전에 릴라가 내게 물었다.

"우리 집에 와서 공부하지 않을래?"

"언제?"

"오늘 오후도 내일도 매일매일."

"스테파노가 짜증낼 텐데."

"집주인은 그이지만 나는 그의 아내야."

"모르겠어. 릴라."

"방을 하나 내어줄 테니 안에서 공부만 해."

"대체 왜?"

릴라는 어깨를 으쓱해보였다.

"네가 옆에 있는 것을 느끼려고."

나는 그렇게 하겠다고도 싫다고도 하지 않았다. 나는 그곳을 떠나 평소처럼 시내를 돌아다녔다. 릴라는 내가 평생 공부만 할 것이라고 생각한 것이 틀림없다. 그녀는 내게 여드름투성이에 안경잡이에다 책벌레인 우등생 친구 역할을 부여했다. 나도 변할 수 있다는 사실은 생각조차 못해봤을 것이다. 하지만 실리지 못한 기사 덕분에 나는 내가 학문에 적합하지 않은 사람이라는 사실을 깨달았다. 니노는 나나 릴라처럼 이 가난한 동네에서 태어나고 자랐지만, 배운 것을 현명하게 사용할 줄 알았다. 하지만 나는 아니었다. 이제 헛된 희망은 접어두고 부질없는 노력도 그만두어야 했다. 이미 오래전에 카르멘, 아다, 질리올라가 그랬고 결국에는 릴라도 그런 것처럼 나도 내 운명을 받아들여야 한다.

그날 오후 나는 릴라의 집에 가지 않았다. 다음 날도, 그다음 날도. 초조해하면서도 계속 수업을 빼먹었다.

하루는 아침에 학교에서 멀지 않은 곳에 위치한 식물원 뒤에 있는 베테리나리아 가를 돌아다니면서 안토니오와 나눈 대화를 생각했다. 그는 자신이 홀어머니의 외동아들임을 핑계로 입대를 피하고 싶어 했다. 실제로 그는 카푸초 가문의 유일한 수입원이었다. 안토니오는 정비소 측에 급여를 인상해달라고 요구할 셈이라고 했다. 열심히 저축해서 대로변에 주유소를 차리고 싶어 했다. 내게 결혼하면 주유소 경영을 도와달라는 말도 했다. 평범한 삶이지만 내 어머니는 허락할 것 같았다. '언제나 릴라가 원하는 대로 해줄 수는 없잖아'라고 나는 생각했다.

하지만 공부를 하면서 품게 된 야심을 완전히 떨쳐내기란 쉬운 일이 아니었다. 수업이 끝나는 시간이면 마지못해 학교 근처로 돌아가 주위를 배회했다. 선생님들 눈에 띌까봐 두려워하면서도 그들의 눈에 띄기를 바랐다. 내가 이제는 모범생이 아니라는 생각을 못박아주고 싶으면서도 다른 한편으로는 예전처럼 다시 학교의 바쁜 일상으로 돌아가 공부에 시달리고 싶었다.

수업을 먼저 마친 학생들이 무리지어 나타나기 시작했다. 내 이름을 부르는 소리에 뒤돌아보니 알폰소였다. 마리사를 기다리는 중이 있는데 약간 늦은 것 같았다.

"너희들 사귀기로 한 거야?"

내가 놀리는 조로 물었다.

"아니라니까. 마리사가 나를 좋아하는 거야."

"거짓말쟁이."

"누가 할 소리! 난 네가 아픈 줄 알았는데 지금 보니 멀쩡하잖아. 갈리아니 선생님이 항상 너에 대해 물어보셔. 선생님께는 아직 열이 있다고 해놨어."

"나, 정말 열이 있어."

"오죽하겠어. 정말 그래 보인다."

알폰소는 고무줄로 묶은 책을 겨드랑이에 끼고 있었다. 힘든 수업 때문에 얼굴이 야위어 있었다. 저렇게 섬세해 보이는 알폰소도 가슴 속에 아버지 돈 아킬레의 모습을 숨기고 있는 걸까. 부모란 존재는 영원히 죽지 않고 자식의 내면에 잠재해 있는 걸까. 그렇다면 내게 서도 언젠가 절뚝거리는 어머니의 걸음걸이가 운명처럼 나타나지 않을까.

나는 알폰소에게 물었다.

"네 형이 리나에게 무슨 짓을 했는지 봤어?"

알폰소는 수치스러워했다.

"응."

"알고도 가만히 있었던 거야?"

"리나가 형을 어떻게 대하는지 봐야 해."

"너라면 마리사에게 똑같은 짓을 하겠어?"

알폰소는 수줍게 웃어보였다.

"아니."

"정말?"

"그렇다니까."

"왜?"

"왜냐하면 나는 너를 아니까. 너와 함께 대화를 나누고 함께 학교에 다니니까."

그 순간에는 나를 안다는 뜻이 무슨 의미인지 알지 못했다. 나와 함께 대화를 나누고 나와 함께 학교에 다니기 때문에 자신은 그런 짓을 할 수 없다는 그의 말이 어떤 의미인지 알 수 없었다. 길 저편에서 마리사가 약속에 늦어 달려오는 모습이 보였다.

"저기 네 애인이 온다."

내가 말했다.

알폰소는 뒤돌아보지 않고 어깨를 으쓱해보이고는 중얼거렸다.

"학교에 돌아와. 부탁이야."

"난 아파."

나는 힘주어 말하고는 자리를 떠났다.

니노의 동생과는 인사 한마디도 나누고 싶지 않았다. 그를 떠오르게 하는 모든 것이 나를 괴롭게 했다. 하지만 알폰소의 아리송한 말에 기분이 좋아졌다. 길을 걸으면서 그의 말을 되씹어보았다. 알폰소는 나라는 사람을 알고 함께 대화하고 같은 책상에 앉기 때문에 자신의 아내가 될 사람에게 자신의 권위를 폭력으로 강요하지 않을 것이라고 했다. 그는 거리낌 없이 자신의 생각을 표현했다. 두서없이 말하기는 했지만 알폰소는 내가 자신에게 영향을 주었고 내게 그의 행동을 변화하게 할 만한 능력이 있다는 사실을 두려워하지 않고 인정한 것이다. 여자인 내가 사내인 자신에게 영향을 준다는 사실을 인정한 것이다.

비록 매끄럽게 표현하지는 못했지만 나는 그런 알폰소의 말에 고마움을 느꼈다. 그의 말은 내게 위안이 되었고 내 자신과 화해할 수 있게 해주었다. 이미 약해진 생각은 약간의 자극에도 무너지는 법이다.

다음 날 나는 어머니의 서명을 위조해서 서류에 서명하고 학교로 돌아갔다. 그날 저녁 저수지에서 추위를 녹이기 위해 안토니오의 몸에 착 달라붙어서 이번 학년을 마치면 결혼하자고 했다.

10

학교에 돌아가기는 했지만 다시 공부를 따라가기가 쉽지는 않았다. 특히 이과계열 과목들이 너무 힘겨웠다. 공부에 집중하기 위해서 안토니오와의 밀회를 줄여보려고 했다. 해야 할 공부가 너무 많아 약속을 미루려고 할 때마다 안토니오는 기분이 상해서 잔뜩 날선 목소리로 내게 물었다.

"뭐가 잘못됐어?"

"과제가 너무 많아서 그래."

"갑자기 과제가 많아진 이유가 뭐야?"

"과제는 언제나 많았어."

"요새는 통 없었잖아."

"우연이었을 뿐이야."

"레누, 내게 숨기는 게 뭐야?"

"숨기는 거 없어."

"날 여전히 좋아하는 거지?"

나는 안토니오를 진정시켰다. 그러는 동안 시간은 눈 깜짝할 사이에 흘러갔고 나는 해야 할 공부가 너무 많아 나 자신에게 화가 난 상태로 집으로 돌아갔다.

안토니오의 고민은 단 하나, 사라토레 집안의 장남이었다. 그는 내가 니노와 이야기할까봐 두려워했다. 내가 그를 쳐다보는 것조차 싫어했다. 안토니오를 괴롭히고 싶지 않아 나는 등하굣길과 학교 복도에서 니노와 종종 마주친다는 사실은 이야기하지 않았다.

나와 니노 사이에는 아무런 일도 일어나지 않았다. 마주쳐봤자 기껏해야 가볍게 고갯짓을 하고는 각자 갈 길로 갔다. 안토니오가 이성적인 사람이었다면 니노에 대해서 숨김없이 이야기할 수 있었을 것이다. 하지만 안토니오도 그리고 실은 나도 이성적이지 못했다. 니노가 내게 관심을 전혀 보이지 않았는데도, 그가 스쳐 지나가기만 해도 그의 생각으로 수업 시간 내내 공부에 집중할 수가 없었다. 내게 니노는 선생님들보다 더 교양 있고 용기 있는 반항아였다. 몇 반 건너 교실에 그가 살아 숨 쉬고 있다고 생각하면 선생님의 수업과 교과서 내용, 결혼 계획과 대로변 주유소 운영 계획은 의미를 잃었다.

공부가 잘 되지 않기는 집에서도 마찬가지였다. 가뜩이나 안토니오와 니노, 미래에 대한 생각으로 혼란스러운데 어머니는 이런저런 집안일로 나를 달달 볶았고 동생들까지 번갈아가며 내게 숙제를 도와달라고 졸라댔다. 집에서 그렇게 방해받는 것이 하루 이틀 일은 아니었다.

나는 정신없는 환경에서 공부하는 것에 익숙해져 있었다. 하지만 이제는 전처럼 그런 환경에서 공부해도 최고의 성적을 얻어내야겠다는 의지가 없었다. 학교 공부를 위해 이런저런 요구를 다 거절할 수도 없었고 그렇게까지 하고 싶지도 않았다. 그러다보니 오후 내내 어머니의 일을 도와주고 동생들의 숙제를 함께 해주면서 시간을 보내는 날이 늘었다. 그런 날은 내 공부를 할 시간이 거의 없었다. 예전에는 공부하려고 잠을 포기했지만 지금은 만성적인 무기력증에 빠졌다. 오직 잠만이 일종의 휴전 상태로 느껴져 저녁이면 과제물을 내버려두고 잠자리에 들었다.

수업 준비도 제대로 못하고 멍한 상태로 수업에 들어가는 날이 잦아졌다. 나는 선생님들이 내게 질문을 할까봐 두려웠다.

얼마 지나지 않아 내 걱정은 현실이 되었다. 어느 날 화학 2점, 예술사 4점, 철학 3점을 내리받았다. 나는 신경이 극도로 쇠약해져서 세 과목 중 마지막 과목에서까지 형편없는 점수를 받자 모두의 앞에서 울음을 터뜨리고 말았다. 끔찍한 순간이었다. 내 자신에 대한 통제력 상실에 대한 공포와 희열, 탈선에 대한 두려움과 당당함을 동시에 느꼈다.

학교에서 나오는데 알폰소가 내게 다가와 릴라가 꼭 집으로 찾아와달라고 했다고 전했다.

"꼭 가봐."

알폰소가 근심스러운 듯 말했다.

"너희 집보다는 리나네 집에서 공부가 훨씬 더 잘 될 거야."

나는 그날 오후 릴라의 집에 가기로 마음 먹고 신시가지로 향했다. 내 성적 문제를 해결하려고 릴라네 집에 간 것은 아니었다. 그곳에 가면 공부는커녕 릴라와 수다를 떨게 될 것이 분명했고 그렇게 되면 예전의 모범생 자리를 되찾기는 더 어려워질 것이다. 나는 기왕 삐뚤어지려면 어머니의 고함소리를 듣고, 심술궂은 동생들의 뒤치다꺼리를 하고, 사라토레 집안의 장남에 대한 생각으로 시간을 허비하고, 안토니오의 불평을 들어주는 것보다는 릴라와 함께하는 게 낫겠다는 생각에 그녀의 집으로 갔다. 적어도 릴라와 이야기를 하다 보면 결혼 생활에 대해서 배울 것이라도 있겠지. 어차피 얼마 지나지 않아 나도 곧 결혼을 해야 할 테니까. 나는 안토니오와의 결혼을 내심 기정사실화하고 있었다.

릴라는 진심으로 기뻐하면서 나를 맞았다. 그새 눈 주위는 가라앉았고 입술의 상처도 아물었다. 예쁜 옷을 입고 머리를 단정하게 묶고 입술에 립스틱을 바르고 집 안을 돌아다녔다.

릴라는 자기 집에 아직 익숙하지 않은 것처럼 보였다. 릴라 자신이 잠시 집에 찾아온 손님 같았다. 현관에는 아직도 결혼 선물이 가득 쌓여 있었다. 방에서는 석회 냄새와 막 칠한 페인트 냄새와 거실에 놓인 새 가구에서 나는 알코올 비슷한 냄새가 뒤섞인 향이 났다. 거실에는 탁자와 나뭇잎 모양 조각으로 장식된 짙은 색 목재 프레임 거울이 달린 주방 서랍장, 은으로 된 식기가 가득 담긴 상자, 접시와 컵, 다채로운 색상의 술이 담긴 술병 등이 있었다.

릴라는 커피를 준비했다. 널따란 주방에 그녀와 앉아서 사모님 놀이를 한다는 생각에 나는 즐거웠다. 어린 시절 지하창고 통풍구 앞에서 놀던 때가 생각이 났다. 정말 편하다는 생각이 들었다. 진작 왔어야 했다. 내겐 부유하고 정결하게 잘 가꾼 집을 가진 내 나이 또래의 친구가 있다. 하루 종일 할 일이 아무것도 없는 내 친구는 나와 함께 시간 보내는 것을 좋아하는 것 같았다. 많은 것이 변했고 아직도 변하고 있지만 끈끈한 우리 사이는 변하지 않았다. 그렇다면 이 상황을 받아들이지 않을 이유가 무엇이란 말인가. 릴라의 결혼식 이후 나는 처음으로 마음이 편해졌다.

"스테파노와는 좀 어때?"

내가 물었다.

"괜찮아."

"서로 오해는 풀었어?"

릴라는 재미있다는 듯이 웃었다.

"다 풀었지."

"그래서?"

"여전히 짜증나는 상황이야."

"아말피에서와 똑같아?"

"응."

"네게 또 손찌검을 했어?"

릴라가 얼굴을 매만졌다.

"아니, 이건 예전에 맞은 자국이야."

"그러면 뭐가 힘든 건데?"

"모욕감."

"그래서 어쩌려고?"

"어떻게 하긴. 그가 원하는 대로 해야지."

나는 잠시 생각에 잠겼다가 릴라에게 은근히 물었다.

"그렇지만 적어도 잠자리를 같이할 때는 좋지 않아?"

릴라는 불편한 듯 얼굴을 찌푸렸다가 이내 표정이 심각해졌다.

릴라는 남편에 대해 다 포기한 투로 이야기하기 시작했다. 적대감
도 복수심도 혐오감도 느껴지지 않았다. 단지 차분한 모멸감만 느껴
질 뿐이었다. 릴라는 흙탕물을 뒤집어쓴 것처럼 더럽혀진 스테파노
를 멸시하고 있었다.

릴라의 말을 듣고 있자니 그녀를 이해할 수 있을 것 같기도 하고
이해할 수 없을 것 같기도 했다. 지난날 릴라는 마르첼로가 내 손목
을 잡고 팔찌를 망가뜨렸다는 이유만으로 마르첼로에게 칼을 빼들

고 달려들었다. 그 일이 일어난 후에 나는 릴라의 몸에 마르첼로의 몸이 닿기만 해도 릴라가 그를 죽여버릴 것이라고 확신했다. 그랬던 릴라가 지금 스테파노에게는 어떤 공격성도 드러내지 않는 것이다. 물론 그 이유는 간단하다. 우리는 어린 시절부터 아버지가 어머니를 때리는 모습을 보아왔다. 낯선 남자는 우리 몸에 손가락 하나 댈 수 없지만 부모님과 남자친구나 남편은 원한다면 언제든지 우리의 뺨을 때릴 수 있다고 배우면서 자라왔다. 그들은 우리를 사랑하니까 그럴 수 있다고 생각했다. 우리를 제대로 교육시키고 알아들을 때까지 다시 가르치기 위해서 그럴 수 있다고 생각했다. 결과적으로 아무리 힘들어도 스테파노는 혐오스런 마르첼로가 아니라 릴라가 사랑해 마지않는 남자이자 자신과 결혼해 영원히 함께하기로 한 사람이기 때문에 릴라는 자신의 선택에 대해 끝까지 책임지려는 것이었다.

그렇게 생각해봐도 뭔가 퍼즐 조각이 완전히 맞춰지지 않은 느낌이었다. 내게 릴라는 릴라였다. 동네 그 어떤 여인들과도 달랐다. 우리의 어머니들은 남편에게 뺨을 맞은 다음에도 릴라처럼 동요하지 않고 그저 차분하게 경멸스러운 표정만 짓고 있지는 않았다. 우리의 어머니들은 울고 절망하면서 우울한 표정으로 남편을 대했다. 뒤에서 욕하기는 했지만 결국은 남편을 떠받들었다. 물론 정도의 차이는 있지만. 내 어머니만 해도 아버지의 수상쩍은 뒷거래마저 칭찬을 아끼지 않았다. 그러나 릴라는 스테파노를 떠받들지 않았다. 그의 행동을 그저 묵인할 뿐이었다. 나는 릴라에게 말했다.

"나는 안토니오가 편해. 사랑하지는 않지만."

이렇게 말하면서 예전에 그랬던 것처럼 내 말에 수많은 질문이 숨겨져 있다는 것을 릴라가 알아채기를 바랐다. 직접적으로 말하지는 않았지만 릴라에게 하고 싶었던 말은 실은 이랬다.

'내가 사랑하는 사람은 니노이지만 나는 안토니오와의 키스, 저수지에서의 포옹과 애무를 생각만 해도 짜릿한 흥분을 느껴. 내겐 사랑이 쾌락의 필수 조건이 아니야. 존경심도 마찬가지고. 그러니까 남자가 사랑과 존경의 여부를 떠나서 자신의 소유라는 이유만으로 쾌락을 위해 멋대로 여자를 굴복시키고 범했다고 해서 꼭 너처럼 짜증을 내고 비참해할 수밖에 없는 거니. 남자와 강제로 잠자리를 한다는 것은 어떤 느낌인 거니?'

나는 이런 일을 직접 경험한 릴라가 내게 답해주기를 바랐다. 하지만 릴라는 비아냥거리며 "안토니오가 편하다니 다행이네"라고 말했을 뿐이었다. 그러고는 나를 역사가 마주보이는 작은 방으로 데리고 갔다. 소박한 공간이었다. 방에는 책상과 의자, 작은 간이침대가 있었고 벽에는 아무것도 걸려 있지 않았다.

"마음에 들어?"

"응."

"그럼 여기에서 공부하도록 해."

릴라는 뒤돌아 문을 닫고 나가버렸다.

다른 방보다 벽에서 눅눅한 냄새가 더 심하게 났다.

나는 창밖을 내다보았다. 릴라와 이야기를 더 나누고 싶었다. 알폰소가 릴라에게 내가 학교에 나오지 않았었다는 사실을 이야기한 모양이었다. 아마도 내 형편없는 성적에 대해서도 말했겠지. 릴라는 내게 좋은 성적을 되돌려주려는 거다. 억지로라도. 내게 부여했던 똑똑한 친구의 역할을 되찾아주려는 거다. 나는 이 편이 좋다고 생각했다.

릴라가 집 안을 돌아다니는 소리가 들렸다. 그녀는 어딘가에 전화를 걸었는데 "여보세요. 리나입니다"나 "리나 체룰로입니다"라고 말하지 않고 "여보세요. 카라치 부인입니다"라고 말하는 소리를 듣고 나는 충격을 받았다. 나는 책상 앞에 앉아서 역사책을 펼쳐들고 힘겹게 공부를 시작했다.

11

그해 학년 말은 꽤나 힘든 기간이었다. 우리가 다니던 고등학교는 다 쓰러져가는 건물이었다. 비가 오면 천장에서 빗방울이 떨어졌다. 그러다 강한 태풍이 오자 학교 앞 도로가 내려앉고 말았다. 얼마 동안은 격일로 학교에 가야 했는데 이 기간에는 수업보다 과제물의 비중이 더 커졌다. 선생님들은 우리가 도저히 감당해내지 못할 분량의 과제물을 내주었다. 나는 어머니의 불평을 뒤로하고 학교가 끝나면 곧장 릴라의 집으로 향했다.

오후 2시 릴라의 집에 도착하면 우선 책을 아무 데나 내동댕이쳤다. 릴라는 프로슈토 햄, 치즈, 살라미 등 내가 원하는 것이면 뭐든지 넣고 샌드위치를 만들어주었다. 우리 집에서는 맛볼 수 없는 풍성한 음식이었다. 갓 구워낸 빵 냄새가 어쩌나 향긋하던지. 빵 사이에 끼워 넣은 내용물은 또 얼마나 맛있었던지. 나는 특히 하얀 기름 테두리가 둘러진 빨간색 프로슈토 햄이라면 사족을 못 썼다.

내가 게걸스럽게 빵을 먹어치우는 동안 릴라는 커피를 준비했다. 열띤 대화를 나눈 다음 릴라는 나를 작은 방에 집어넣고는 거의 들여다보지도 않았다. 가끔 맛있는 간식을 가지고 와서 나와 함께 깨작이고 음료를 마실 때 빼고는 방에 들어오는 일이 없었다.

스테파노는 8시쯤 식료품점에서 퇴근했다. 나는 그와 마주치고 싶지 않아 정확하게 7시에 자리를 떴다.

나는 릴라의 집에 점점 익숙해졌다. 집을 비추는 햇살과 철길에서 들려오는 소리에도 익숙해졌다. 집 안의 모든 물건이 새것이고 깨끗했다. 가장 깨끗한 곳은 화장실이었다. 세면대에 비데, 욕조까지 갖춘 욕실이었다. 아무것도 하기 싫었던 어느 날 오후 나는 릴라에게 목욕을 해도 되느냐고 물었다. 우리 집에서는 아직도 수돗가나 커다란 구리 양동이에 물을 받아 몸을 씻어야 했다. 릴라는 원하는 것은 뭐든지 해도 좋다고 하고는 뛰어가 수건을 가져다주었다. 수도꼭지를 돌리자 따뜻한 물이 수도꼭지에서 바로 흘러나왔다. 옷을 벗고 들어가 목까지 몸을 담갔다.

아, 그때의 그 따스함이란. 정말이지 예상치 못했던 즐거움이었다. 잠시 후 욕조 가장자리에 놓인 수많은 병에 들어 있는 목욕용품들도 사용해보았다. 날아갈 듯 가벼운 거품이 내 몸에서 태어난 것처럼 생겨나서는 욕조 밖으로 넘칠 뻔했다.

릴라에게는 신기한 물건이 정말 많았다. 그렇게 있자니 목욕이 단순히 몸을 씻는 행위가 아니라 놀이처럼 느껴졌다. 완전한 해방이었다. 릴라의 욕실에서 립스틱과 화장품뿐만 아니라 거울 앞의 상을 왜곡하지 않고 그대로 비춰주는 거대한 거울과 헤어드라이어에서 나오는 바람을 경험했다.

목욕을 마치자 내 피부는 태어난 이래 가장 매끄러워졌고 머리는 자연스럽게 부풀어 오르면서 윤기 흐르는 금발이 되었다. 어린 시절부터 꿈꿔온 '부'가 이런 것인가보다고 생각했다. '부'라는 것은 금화와 다이아몬드가 가득 찬 금고가 아니라 매일 몸을 담글 수 있는 욕조라는 생각이 들었다.

부자가 되는 것은 빵, 살라미, 프로슈토 햄을 마음껏 먹을 수 있게 되는 것이다. 널찍한 화장실에 전화가 있고 음식으로 가득 찬 식료품 저장고와 냉장고, 침실과 거실, 양쪽으로 난 발코니와 공부할 수 있는 자그마한 방을 가지게 되는 것이다. 아직 내색은 하지 않았지만 언젠가 아기가 생기면 릴라는 그 방에서 아기를 잠재우리라.

저녁이 되자 나는 저수지로 달려갔다. 안토니오가 나를 어루만져주고 내 체취를 맡으면서 감탄하고 나를 더욱 아름답게 만들어준 그 완벽한 청결함을 만끽하기를 바랐다. 그에게 그런 선물을 해주고 싶었던 것이다. 하지만 안토니오는 오히려 괴로워했다.

"난 네게 이런 것들을 누리게 해줄 수 없어."

내가 대꾸했다.

"내가 언제 이렇게 해달라고 했어?"

그가 대답했다.

"넌 리나가 하는 일이라면 뭐든 하려고 하잖아."

나는 기분이 상해서 결국 그와 싸우고 말았다. 나는 독립적인 사람이었다. 나는 원하는 것은 무엇이든 할 수 있는 사람이었고 안토니오나 릴라가 하지도 않고 할 수도 없는 일을 할 수 있는 사람이었다. 나는 공부하는 방법을 알고 있었다. 책상에 고개를 숙이고 책에만 열중할 수 있었다. 나는 안토니오를 향해 나를 이해하지 못한다고 소리 질렀다. 나를 초라하게 만들고 모욕감을 주기만 한다고 내뱉고는 도망쳐버렸다.

사실 안토니오는 나를 너무나 잘 알고 있었다. 시간이 지날수록 나는 릴라의 집에 점점 더 매료되었다. 그곳은 원하는 것은 뭐든지 가질 수 있는 마법의 장소였다. 릴라의 집에 있다 보면 우리가 함께 자란 구시가지의 오래되고 가난에 찌든 잿빛 건물과 칠이 벗겨진 외벽, 흠집이 나 볼품없이 보이는 현관문, 움푹 파이고 부서진 채 영원히 그 자리에 있을 것 같은 물건들이 나와도 상관없는 것처럼 멀게만 느껴졌다.

릴라는 내게 방해되지 않으려 주의를 기울였다. 릴라를 먼저 찾는 것은 오히려 내 쪽이었다. 배고파. 목말라. 텔레비전을 켜자. 이것 좀 봐도 돼? 저것도 보고 싶어.

나는 공부하기가 지겨웠다. 힘에 부쳤다. 가끔 수업 내용을 큰 소리로 복습하는 것을 릴라에게 들어달라고 했다. 그럴 때면 릴라는 간이침대에 걸터앉았고 나는 책상 앞에 자리를 잡았다. 범위를 알려주고 내용을 큰 소리로 낭독하면 릴라는 꼼꼼히 내용을 확인해주었다.

그제야 비로소 나는 책을 대하는 릴라의 태도가 얼마나 바뀌었는지 깨달았다. 릴라는 책을 약간 두려워하게 된 것 같았다. 예전처럼 자신의 속도에 맞춰서 나를 이끌어나가지 않았다. 전에는 몇 문장만 읽어도 전체적인 구조를 파악하고 글을 완전히 장악하여 내게 "이 부분이 가장 중요한 곳이니 여기서부터 읽으면 돼"라고 말해주곤 했다. 그런데 이제는 책을 읽다가 내가 틀렸다는 생각이 들면 릴라는 "내가 이해를 잘못한 것 같은데 네가 다시 한 번 살펴봐"라고 말하거나 다른 이런저런 변명을 들어가면서 내게 잘못된 부분을 조심스럽게 알려주려 했다.

아직까지도 별로 힘들이지 않고 글을 쉽게 이해할 수 있는 능력을 잃지 않았다는 사실을 릴라 자신은 모르는 듯했다. 하지만 릴라에게 여전히 그런 능력이 있다는 사실을 나는 알 수 있었다.

예를 들면 내게 화학은 지루하기 짝이 없는 과목이었다. 그런데 화학책을 읽다보면 릴라는 예의 눈을 가늘게 뜨는 표정을 지어보이고는 핵심을 찌르는 의견을 제시했다. 릴라의 의견 덕분에 나는 무기력증에서 깨어났고 학구열이 불타올랐다.

릴라는 철학책 반 페이지만 읽어도 아낙사고라스가 세상을 구성하는 혼돈에 부여한 질서와 멘델레예프의 주기율표 간의 놀라운 연관관계를 찾아낼 수 있었다. 하지만 시간이 갈수록 나는 릴라 스스로 자신이 불필요한 재능을 지니고 있다고 생각하는 것 같은 인상을 받았다. 자신의 판단이 유치하다고 생각하는 것 같았다. 그녀는 그런 생각이 드는 순간 의도적으로 뒤로 물러섰다. 그녀 자신이 너무 몰입하는 것 같은 느낌이 들면 함정에라도 빠질 뻔한 것처럼 뒤로 물러서면서 중얼거렸다.

"이런 어려운 내용도 이해하다니 대단해. 나는 네 말이 도통 무슨 뜻인지 이해할 수 없어."

하루는 릴라가 거칠게 책장을 덮더니 짜증스럽게 말했다.

"이제 그만."

"왜?"

"지겨워 죽겠어. 매일 같은 소리잖아. 작은 것 안에 있는 더 작은 것이 밖으로 나오려고 몸부림치고 큰 것 밖에 있는 더 큰 것은 안에 있는 것을 가둬두고 싶어 해. 나는 가서 음식이나 만들어야겠어."

내가 공부하던 내용은 큰 것이나 작은 것과는 전혀 관계가 없었다. 릴라는 자신의 뛰어난 학습 능력에 짜증이 나서, 아니 두려워서 어디론가 숨어버리려는 것이었다.

하지만 릴라가 숨을 곳이 어디란 말인가?

릴라는 저녁 준비를 하고 집 청소를 하고 내게 방해가 되지 않으려고 볼륨을 낮추고 텔레비전을 보거나 역사를 바라보는 일상적인 일에 자신을 감추었다. 오가는 기차와 베수비오 화산의 희미한 윤곽, 나무도 없고 상점도 아직 들어서지 않은 신시가지의 길, 간간이 지나다니는 자동차들과 장바구니를 들고 치마에 착 달라붙은 아이들을 데리고 걸어가는 여인네들을 바라보았다. 릴라는 가끔 스테파노가 시킬 때나 그가 함께 가달라고 부탁할 때만 개업 준비 중인 식료품점을 보러 갔다.

언젠가 나도 함께 가본 새 가게는 릴라네 집에서 불과 50미터 정도밖에 떨어지지 않은 곳에 있었다. 그곳에 가면 릴라는 진열장과 가구를 만들기 위해 목수들이 쓰는 줄자로 공간을 재곤 했다.

그게 다였다. 그 외에는 할 일이 없었다. 얼마 지나지 않아 나는 릴라가 처녀 때보다 더 외롭다는 것을 눈치챘다. 나는 가끔 카르멘, 아다, 질리올라와 어울려 다니기도 하고 학교에서는 같은 반이나 다른 반 여자아이들과 친해져서 아이스크림을 먹으러 포리아 가에서 만나기도 했다. 그런데 릴라가 만나는 사람이라고는 시누이 피누차밖에 없었다. 릴라가 약혼했을 때만 해도 남자아이들은 그녀와 몇 마디 정도는 주고받았는데 막상 결혼식을 올리자 길에서 마주쳐도 가벼운 고개 인사만 할 뿐이었다. 릴라가 그렇게나 아름다운데도.

그 무렵 릴라는 그녀가 즐겨 읽던 갖가지 여성 잡지에 나오는 모델처럼 차려입고 다녔다. 그러나 아내라는 신분 때문에 유리병 안에 갇혀 살고 있었다. 영원히 도달할 수 없는 목적지를 향해 돛을 넓게 펼치고 항해하는 범선 같았다. 어쩌면 그곳은 애당초 바다가 없는 곳일지도 모른다. 파스콸레도 엔초도 안토니오도 감히 새로 지은 건물들이 들어선 신시가지의 그늘 한 점 없는 새하얀 건물 사이를 지나 릴라의 아파트까지 가서 그녀와 대화를 나누거나 산책하자고 할 생각을 하지 못했다. 그런 일은 있을 수 없는 일이었다.

주방 벽에 붙어 있는 검은색 전화기도 쓸모없는 장식품에 지나지 않았다. 릴라네 집에서 공부하는 내내 전화기가 울리는 적이 거의 없었다. 울려봤자 스테파노였다. 그는 고객들의 주문을 받기 위해서 식료품점에도 전화기를 설치했다. 신혼부부의 대화치고는 대화가 짧았다. 릴라는 심드렁하게 "응-" "아니"라고 대답할 뿐이었다.

릴라에게 전화기가 필요한 것은 물건을 구입하기 위해서였다. 그 무렵 릴라는 얻어맞은 흔적이 얼굴에서 완전히 사라질 때까지 집 밖으로 거의 나가지 않았다. 그런데도 쇼핑은 계속했다. 내가 릴라네 집에서 황홀한 목욕의 기쁨을 맛본 후 머리가 너무 예쁘게 다듬어졌다고 좋아하자 릴라는 당장에 새 헤어드라이어를 주문하더니 물건이 도착하자 내게 선물하려 했다.

릴라는 "여보세요. 카라치 부인입니다"라는 말을 마법의 주문처럼 사용했다. 전화로 상대방과 한참 흥정을 한 다음 물건을 구입하기도 했고 포기하기도 했다. 릴라가 돈을 지불한 적은 거의 없었다. 가게 주인들은 모두 동네 이웃이었고 스테파노를 잘 알고 있었다. 리나 카라치라는 이름과 성을 서명만 하면 끝이었다. 그녀는 과제물을 할 때처럼 집중하는 표정으로 살짝 미소를 띠고 과거 올리비에로 선생님이 가르쳐준 대로 서명을 했다. 물건을 확인하지도 않았다. 상자 속에 든 물건보다 서류에 서명하는 것이 더 중요한 일인 것 같았다.

녹색 표지에 꽃문양이 그려진 커다란 앨범도 샀다. 릴라는 그 앨범에 결혼식 사진을 정리했다. 릴라는 나를 위해 나와 내 부모님, 내 동생들이 나온 수많은 사진을 모두 인화해주었다. 안토니오가 나온 사진까지 따로 인화해주었다. 사진관에 전화를 걸어서 인화해달라고 했다. 나는 니노의 모습이 살짝 찍힌 사진을 한 장 발견했다. 알폰소와 마리사와 함께 찍혔는데 이들의 오른편에 니노의 모습이 보였다. 사진 끝에 걸쳐 있어서 고작 머리와 코, 입만 보이는 정도였다.

"이 사진 가져도 돼?"

나는 머뭇거리며 물었다.

"네가 없는데?"

"여기 뒤돌아 서 있잖아."

"그래. 원하면 인화해줄게."

나는 불현듯 생각을 고쳐먹었다.

"됐어. 그만둬."

"괜찮아. 인화해줄게."

"아니야."

릴라가 사들인 수많은 물건 중에서 내게 가장 인상 깊었던 물건은 영사기였다. 학수고대한 끝에 릴라의 결혼식 장면을 담은 영상이 완성되자 어느 날 저녁 촬영기사가 신혼부부와 양가 가족들을 위해 영사기를 들고 집으로 찾아왔다. 릴라는 그때 영사기의 가격을 물어보고 구입한 다음 함께 영상을 보자고 나를 불렀다. 릴라는 거실 탁자 위에 영사기를 놓고 벽에 걸린 폭풍이 몰아치는 바다 그림을 떼어낸 다음 능숙하게 필름을 영사기에 넣고 창문을 닫았다.

하얀 벽 위로 영상이 나타났다. 놀라운 경험이었다. 컬러 필름이었는데 몇 분 되지 않는 짧은 영상이었지만 나는 입을 다물 수 없었다.

나는 페르난도 아저씨의 팔짱을 끼고 성당에 들어오는 릴라의 모습과 스테파노와 함께 성당 앞뜰로 나가는 릴라의 모습을 다시 볼 수 있었다. 둘이 함께 리멤브란체 공원에서 즐거이 거니는 모습도 보았다. 공원의 산책 장면은 그들의 긴 입맞춤으로 마무리되었다. 피로연장에 들어오는 모습과 춤추는 모습, 먹고 마시고 춤추는 하객들의 모습, 신랑신부가 케이크를 자르는 장면과 릴라가 사탕을 나누어주는 모습, 행복한 표정의 스테파노와 어두운 표정의 릴라가 함께 여행복을 입고 카메라를 바라보며 손을 흔드는 장면도 있었다.

처음 영상을 보았을 때 나는 내 모습에 놀랐다. 나는 두 번 등장했는데 처음에는 성당 뜰에 안토니오와 함께 서 있는 모습이었다. 구부정한 자세에 신경질적으로 보이는 데다 얼굴이 안경에 파묻혀 있었다. 두 번째는 니노와 테이블에 앉아 있을 때였다. 처음 모습과는 전혀 달라 거의 알아보지 못할 뻔했다. 나는 계속 웃으면서 손과 팔을 자연스러우면서도 우아하게 움직이고 있었다. 머리를 정돈하면서 어머니의 팔찌로 손장난을 쳤다. 세련되고 예뻐 보였다. 릴라도 감탄했다.

"너 정말 예쁘게 나왔다."

"아니야."

나는 내 마음과는 다르게 말했다.

"정말 행복할 때 네 모습이 바로 저래."

나는 릴라에게 영상을 한 번 더 돌려보자 했고 릴라도 반대하지 않았다.

다시 볼 때 인상적이었던 장면은 솔라라 형제가 등장하는 순간이었다. 촬영기사는 내게 인상 깊었던 장면을 미묘하게 잡아냈다. 영상은 니노가 피로연장을 나감과 동시에 마르첼로와 미켈레가 피로연장에 들이닥친 순간을 담고 있었다. 형제는 파티복 차림으로 나란히 들어왔다. 둘 다 큰 키에 운동으로 다져진 근육질 몸매였다. 니노는 고개를 숙이고 피로연장을 빠져나가다가 마르첼로의 팔에 살짝 부딪혔다. 마르첼로는 발끈해서 깡패같이 사나운 표정으로 뒤돌아봤지만 니노는 아랑곳하지 않았다. 마르첼로에게 눈길조차 보내지 않고 사라져갔다.

이 둘의 대조적인 모습은 너무나 강렬했다. 솔라라 형제의 화려한 옷차림과 그들의 목과 손목과 손가락에서 번쩍이는 금붙이가 니노의 허름한 옷차림과 비교되어서가 아니었다. 키가 커서 더 말라 보이는 니노의 깡마른 몸 때문도 아니었다. 솔라라 형제도 키가 꽤나 큰 편이었는데도 니노는 이들보다 5센티미터는 더 커보였다. 그보다는 마르첼로와 미켈레가 우쭐대며 과시하는 수컷의 강인함과 니노의 섬약함이 더욱 대비되어 보였기 때문이었다. 솔라라 형제의 교만함은 정상적인 것이었지만 마르첼로와 부딪혔는데도 아랑곳하지 않는 니노의 무심한 자만심은 정상적인 것이 아니었다. 파스콸레나 엔초나 안토니오처럼 솔라라 형제를 증오하는 사람들조차도 어떤 식으로든 형제에게 반응을 나타냈을 것이다. 그런데 니노는 사과는 커녕 마르첼로에게 눈길 한 번 주지 않았다.

영상 속의 그 장면은 내 느낌이 옳았음을 증명하는 기록물이었다. 그 장면에서 도나토 사라토레의 아들은 솔라라 집안이 꼭짓점을 차지하고 있는 우리 동네의 가치 체계에서 완전히 벗어난 것처럼 보였다. 따지고 보면 니노도 과거 우리와 같은 동네에서 태어나고 자라났다. 오래전 초등학교 시절에 펼쳐진 경합에서는 돈 아킬레의 아들인 알폰소를 이기는 것을 두려워하기도 했다. 그런데 이제 니노는 우리 동네의 계급 구조에 전혀 관심이 없었다. 그 구조를 이해하고 싶어도 이해하지 못하게 된 것일 수도 있었다.

나는 니노에게 매료되어 그를 바라보았다. 똑바로 쏘아보지 않고도 무심한 시선만으로 미켈레와 마르첼로를 제압할 수 있는 금욕적인 왕자님같이 느껴졌다. 나는 현실에서 일어나지 않은 일이 영상에서라도 일어나기를 잠시나마 바랐다. 니노가 나를 그곳에서 데리고 나가는 장면이 나오기를 바랐다. 릴라는 그제야 니노를 알아보고는 호기심 어린 목소리로 물었다.

"저 사람 알폰소랑 같이 너와 함께 앉아 있던 사람 아니야?"

"그래. 못 알아보겠어? 니노야. 그 잘난 사라토레 씨의 아들 말이야."

"이스키아 섬에서 네게 키스한 사람이 저 사람이야?"

"별일 아니었어."

"다행이네."

"다행이라니. 왜?"

"자기가 무슨 대단한 사람이라도 되는 것처럼 생각하는 사람이야."

릴라의 말에 반박하기 위해 내가 말했다.

"고등학교 졸업반인 데다 우리 학교에서 공부를 제일 잘해."

"그래서 좋아하는 거야?"

"아니라니까."

"그만둬, 레누. 안토니오가 훨씬 나아."

"그런 것 같아?"

"그렇다니까. 얘는 삐쩍 마른 데다가 못생겼어. 게다가 자만심이 강한 타입이야."

릴라가 니노에 대해서 사용한 세 가지 표현이 나에 대한 모욕처럼 느껴졌다.

'아니야. 니노는 정말 잘생겼어. 저 반짝이는 눈을 봐. 그걸 못 알아본 네가 안 된 거지. 니노 같은 남자는 영화에도 텔레비전에도 소설에도 나오지 않아. 어린 시절부터 그를 사랑할 수 있어서 행복해. 그는 내가 감히 도달할 수 없는 사람이지만. 나는 결국 안토니오와 결혼해서 차에 기름이나 넣으면서 평생을 보내겠지만 영원히 나 자

신보다 더 그를 사랑할 거야.'

나는 이렇게 말하고 싶은 것을 겨우 참고 릴라에게 우울하게 말했다.

"예전에는 좋아했었지. 초등학교 시절에. 이젠 아니야."

12

그 후 몇 달에 걸쳐 일어난 소소한 일들은 내겐 괴로움의 연속이었다. 지금도 그 일들을 순서대로 열거하려니 힘겹다. 나는 애써 자신감 있게 행동하고 자기 관리를 철저히 했지만 결국은 시도 때도 없이 밀려오는 슬픔의 물결에 고통스럽게 승복하며 몸을 내맡겼다.

그때는 정말이지 되는 일이 하나도 없었다. 다시 열심히 공부하기 시작했지만 학교에서는 예전처럼 뛰어난 성적을 받지 못했다. 하루하루 순간순간을 생기 없이 보냈다. 학교에 가는 길도 릴라네 가는 길도 안토니오와 밀회를 나누기 위해 저수지로 향하는 길도 흐릿한 배경 같았다. 나는 언제나 긴장한 상태였고 의기소침했다. 나도 모르게 내 모든 문제를 안토니오 탓으로 돌리고 있었다.

안토니오도 불안해하긴 마찬가지였다. 그는 대책 없이 아무 때나나를 보고 싶어 했다. 가끔은 일하다가 나를 보러 학교까지 찾아오기도 했다. 하굣길에 스스로도 민망해하면서 학교 현관문 맞은편 인도에서 나를 기다리는 그의 모습이 종종 보였다. 안토니오는 어머니의 정신병과 자신의 군대 문제로 걱정하고 있었다. 아버지의 죽음과 어머니의 건강상태 때문에 자신이 집안의 실질적 가장이자 유일한 수입원이므로 군 복무를 면제해달라는 신청서를 오래전부터 관할 병무청에 보냈다. 한동안 병무청 측은 안토니오가 보낸 수많은 서류에 질려서 그에 대해 잊어버린 척하기로 한 것 같았다. 그런데 얼마 전 엔초에게 가을부터 군 복무를 해야 한다는 소집 영장이 나왔다는 것을 알곤 자기가 다음 차례가 될까봐 두려워하고 있었다.

"어머니와 아다와 동생들을 땡전 한 푼 없이 내버려둘 수는 없어."

안토니오가 절망적으로 말했다.

한 번은 헉헉대며 학교까지 나를 찾아온 적도 있었다. 경찰이 자신에 대해 조사해갔다는 것이었다.

"리나에게 좀 물어봐줘."

안토니오가 걱정스럽게 말했다.

"스테파노도 홀어머니라는 이유로 군대를 면제받았는지 좀 물어봐줘. 다른 이유가 있다면 그것이 무엇인지도."

나는 안토니오를 진정시키려 했다. 그의 관심을 다른 곳으로 돌려보려 했다. 그러기 위해 파스콸레와 아다, 엔초와 카르멘 커플과 함께 피자집에서 저녁식사를 하기로 했다. 나는 파스콸레나 엔초와 이야기를 하다보면 안토니오가 안정을 되찾을 것이라고 생각했다. 하지만 일이 잘 풀리지 않았다.

엔초는 평소 그답게 군대에 가야 한다는 사실에 별다른 감정을 드러내 보이지 않았다. 복무 기간에 몸이 편치 않은 아버지가 자기 대신 수레를 끌고 거리를 배회해야 한다는 사실에 유감을 나타냈을 뿐이었다. 파스콸레는 지난날 결핵을 앓았던 병력 때문에 군대에서 그를 받아들이지 않았다고 시무룩하게 말했다. 그 점을 아쉬워하면서 군이 조국을 지키기 위해서가 아니더라도 남자라면 군 복무는 하는 게 좋다고 했다. 우리 같은 사람들이야말로 무기 다루는 법을 배워야 한다고 중얼거렸다. 죄를 지은 사람이 죗값을 치러야 할 날이 얼마 남지 않았다고 했다.

대화는 자연스레 정치 이야기로 이어졌다. 그러나 떠들어대는 것은 파스콸레뿐이었다. 솔직히 말해 그의 어투는 귀에 거슬렸다. 그는 파시스트들이 기독교 민주당원들의 지지에 힘입어 다시 정권을 장악하려 한다고 말했다. 경찰과 군대도 이들 편이라고 했다. 그러니까 우리 모두 이러한 상황에 대비해야 한다는 것이었다. 그는 특히 엔초에게 시선을 고정시킨 채 이야기를 했는데, 엔초는 파스콸레의 열변에 고개를 끄덕여 보였다. 평소에는 도통 말이 없는 엔초였지만 살짝 웃으면서 군대에서 돌아오면 총 쏘는 법을 알려줄 테니 걱정하지 말라며 파스콸레를 안심시켰다.

아다와 카르멘은 이날 대화가 인상 깊었던 것 같았다. 그 애들은 이토록 위험한 사내들의 여자친구라는 것이 자랑스러웠던 것이다. 나도 이야기에 끼어들고 싶었지만 파시스트와 기독교민주당과 경찰 간의 동맹에 대해서는 아는 것이 하나도 없었고 아무런 생각도 떠오르지 않았다. 안토니오가 대화에 흥미를 나타내기를 바라는 마음에 나는 이따금 그에게 시선을 돌렸지만 그는 전혀 관심을 나타내지 않았다.

안토니오는 자꾸만 자신의 최대 근심거리로 대화의 주제를 돌리려 했다. 그는 몇 번이나 군대는 어떤 곳인지 물었다. 파스콸레는 자기도 군 복무 경험이 없기는 마찬가지면서 군대는 지독한 곳이며 거기에서는 복종하지 않으면 철저히 짓밟힐 거라고 했다. 엔초는 그 말을 듣고도 자신과는 전혀 상관없는 이야기인 것처럼 평소대로 아무 말도 하지 않았지만 안토니오는 식사를 멈추고 접시에 남은 피자 반 조각을 잘게 썰면서 중얼거렸다.

"그 자식들은 내가 어떤 사람인지 모르겠지만 내게 손만 대봐. 내가 먼저 그 자식들을 박살낼 테니."

우리끼리만 남게 되자 안토니오는 밑도 끝도 없이 우울하기 그지없는 목소리로 내게 말했다.

"내가 군대에 가면 나를 기다려주지 않을 거라는 거 알아. 곧바로 다른 남자와 사귀겠지."

나는 그제야 상황을 파악했다. 안토니오의 문제는 땡전 한 푼 없이 남게 될 어머니도 아다도 동생들도 아니었다. 군대에 가서 겪게 될 힘든 일도 아니었다. 그의 고민거리는 바로 나였다. 안토니오는 단 한순간도 나를 혼자 남겨 두고 싶지 않았던 것이었다. 그 어떤 말이나 행동으로도 그를 안심시킬 수 없을 것 같기에 나는 차라리 기분이 상한 척하기로 했다. 나는 안토니오에게 엔초를 보고 배우라고 했다.

"엔초는 카르멘을 믿어. 그녀와 사귄 지 얼마 되지 않았지만 찡찡대지도 않고 떠날 때가 되면 의연히 떠날 거야. 그런데 너는 이유 없이 불평만 하고 있잖아. 불평할 이유가 전혀 없는데 말이야. 어차피 넌 군대에 가지도 않을 거야. 홀어머니여서 스테파노의 군 복무가 면제됐다면 너라고 그러지 않으라는 법이 없잖아?"

내가 약간은 책망하듯이 약간은 다정한 듯이 말하자 안토니오도 결국 마음을 가라앉혔다. 그렇지만 헤어지기 전에 민망해하면서 내게 다시 말했다.

"아무튼 네 친구에게 좀 물어봐줘."

"네 친구이기도 하잖아."

"그렇지. 그래도 네가 물어봐줘."

다음 날 나는 릴라에게 그 문제에 대해서 물어보았지만 릴라는 남편의 군 복무에 대해서는 아무것도 몰랐다. 마지못해 물어봐는 주겠다고 약속했다.

나는 릴라가 바로 스테파노에게 물어봐주기를 바랐지만 그렇게 하지는 않았다. 그녀와 스테파노를 포함한 시댁 식구들 사이에는 아직도 미묘한 긴장감이 감돌았다. 마리아 아주머니는 스테파노에게 며느리가 돈을 물 쓰듯 펑펑 쓰고 다닌다고 불평했다. 피누차는 개업 준비 중인 식료품점을 핑계로 트집을 잡았다. 그녀는 새 식료품점 일은 자신이 알 바 아니라면서 릴라가 관리해야 한다고 했다. 스테파노는 우선 어머니와 누이를 입막음해놓았다. 그런 다음 뒤돌아서서는 돈을 너무 많이 쓴다고 릴라를 책망하고선 새 식료품점 계산대를 맡을 생각이 있기는 한지 묻곤 했다.

릴라는 내가 보기에도 모든 일에 어물거리는 태도로 일관했다. 스테파노에게는 돈도 더 아껴 쓰고 새 식료품점 일도 돕겠다고 하고선 전보다 돈을 더 헤프게 쓰고 호기심에서나 억지로라도 얼굴을 내비치던 식료품점에는 아예 발길을 뚝 끊었다. 얼굴에 멍이 완전히 사라지자 외출하고 싶어서 어쩔 줄 몰라 했는데 특히 내가 학교에 있는 오전 시간에는 더 그랬다.

릴라는 피누차와 산책을 다니며 둘 가운데 누가 옷을 더 잘 차려입는지 견제하면서 쓸데없는 물건을 사는 데 경쟁하듯 돈을 써댔다. 이 경쟁의 승리자는 대부분 피누차였다. 그녀가 백치 같은 미소를 지으며 리노에게 돈을 달라고 하면 스테파노보다 더 통이 커야 한다는 강박관념에 사로잡힌 리노는 언제나 돈을 더 내주곤 했다.

리노가 약혼녀에게 말했다.

"하루 종일 뼈 빠지게 일하는 나 대신 실컷 즐겨줘."

리노는 직원들과 페르난도 아저씨가 쳐다보고 있어도 아랑곳하지 않고 당당하게 바지 주머니에서 꾸깃꾸깃한 돈뭉치를 꺼내 피누차에게 건네고 나서는 릴라에게도 돈을 주려는 시늉을 해보였다.

릴라에게는 그런 리노의 행동이 갑자기 부는 바람에 문이 세게 닫히면서 선반에서 물건이 떨어지는 것만큼이나 거슬렸다. 하지만 구둣방 일이 잘 진행되고 있다는 뜻으로 받아들이기로 했다. 사실 릴라는 체룰로 구두가 시내 곳곳에 진열되었다는 사실에 뿌듯해했다. 봄 시즌을 위해 제작된 구두는 반응이 꽤 좋았고 그 덕에 재주문도 늘어나고 있었다. 스테파노는 구두공장 건물의 지하층도 인수해서 공장창고 겸 작업장으로 개조했고 페르난도 아저씨와 리노는 급하게 직원을 한 명 더 채용하고도 일손이 모자라 가끔은 밤늦게까지 일해야 했다.

물론 모든 일이 매끄럽게 진행된 것은 아니었다. 솔라라 형제는 마르티리 광장에 개점하기로 한 구둣가게의 인테리어 비용을 스테파노에게 부담하게 했다. 스테파노는 정식 계약서가 없다는 사실에 긴장해서 한참 동안 마르첼로와 미켈레와 실랑이를 벌였다. 결국 스테파노가 투자한 인테리어 비용을 약간 부풀려서 쓴 일종의 비공식 계약을 체결하기로 했다. 이 결정에 대해서 가장 흡족해한 것은 리노였다. 덕분에 돈을 투자한 것은 스테파노인데 자신이 가게 주인이라도 되는 것처럼 으스대고 다닐 수 있었으니까.

"이런 식으로만 된다면 내년에 결혼할 수 있을 거야."

리노가 피누차에게 말했다. 이 말을 들은 피누차는 어느 날 아침 내친김에 릴라가 신부복을 맞췄던 가게에 들러보기로 마음먹었다.

재봉사는 릴라와 피누차를 붙임성 있게 맞이했지만 워낙 릴라에게 마음을 빼앗겼던 터라 결혼식 이야기를 세세하게 물었다. 또 신부복을 입은 모습을 크게 인화한 사진을 한 장 달라고 끈질기게 졸랐다. 릴라는 재봉사를 위해 사진을 한 장 따로 인화해서 어느 날 아침 피누차와 함께 양장점으로 향했다.

그날 릴라는 피누차와 함께 레티필로 구역을 거닐면서 스테파노가 어떻게 군 복무를 면제받을 수 있었는지 피누차에게 물었다. 경찰이 스테파노가 정말로 홀어머니를 모시고 사는지 확인하러 들른 적이 있는지, 병무청에서 면제 통보서를 보내주었는지, 아니면 스테파노가 직접 가서 확인을 한 것인지 물어보았다.

피누차는 비웃는 듯한 표정으로 릴라를 바라보았다.

"홀어머니의 아들?"

"그래. 안토니오가 그런 사람들은 군대에 가지 않아도 된다고 했어."

"내가 알기로는 군대에 가지 않을 수 있는 유일한 방법은 돈을 내는 거야."

"누구에게?"

"병무청에."

"그럼 스테파노도 돈을 준 거야?"

"응. 아무에게도 말하지 마."

"얼마나 냈는데?"

"거기까진 몰라. 솔라라 집안에서 알아서 다 해줬거든."

릴라는 흠칫하고는 싸늘하게 말했다.

"그게 무슨 말이야?"

"알잖아. 마르첼로도 미켈레도 군대에 가지 않았어. 흉곽에 결함이 있어서 복무를 못 하는 걸로 판정을 받았대."

"말도 안 돼. 마르첼로와 미켈레가? 어떻게 그럴 수 있어?"

"다 인맥을 통해서지."

"그럼 스테파노는?"

"마르첼로와 미켈레의 인맥을 통해서 처리했어. 돈만 쥐여주면 아는 사람들끼리 그 정도 도움은 줄 수 있지."

그날 오후 릴라는 내게 모든 내용을 알려주었다. 안토니오에게 그 소식이 얼마나 좋지 않은 것인지는 전혀 깨닫지 못한 것 같았다. 그 보다는 남편과 솔라라 형제 간의 동맹 관계가 구둣가게를 열기 위해서 시작된 것이 아니라 그보다 훨씬 더 오래전, 릴라가 스테파노와 약혼하기 전부터 맺어진 것이라는 사실에 말 그대로 짜릿함을 느낄 정도로 흥분했다.

"스테파노는 처음부터 나를 속였던 거야."

릴라는 몇 번이고 이 말을 되풀이했다. 이 사실에 대해 거의 기뻐하는 것처럼 느껴졌다. 군대 이야기를 듣고 스테파노가 본래부터 그런 인간이었다는 사실을 확인하고 나니 이제는 정말 모든 고민에서 벗어난 것 같았다.

잠시 후에야 나는 겨우 릴라에게 물었다.

"안토니오가 군대에서 면제되지 못하면 솔라라 형제가 안토니오도 도와줄까?"

릴라는 내가 불쾌한 이야기라도 한 것처럼 심술궂은 시선으로 나를 물끄러미 바라보다가 딱 잘라 말했다.

"안토니오는 절대로 솔라라 형제에게 부탁하지 않을 거야."

13

나는 안토니오에게 그날 대화에 대해서 단 한마디도 내색하지 않았다. 나는 안토니오를 피했다. 과제물이 너무 많고 준비해야 할 구두시험도 많다고 했다.

사실 그렇기도 했다. 그해 학교생활은 말 그대로 지옥이었다. 관할 교육청은 교장 선생님을 괴롭혔고 교장 선생님은 선생님들을 괴롭혔고 선생님들은 학생들을 괴롭혔고 학생들은 서로를 괴롭혔다. 대다수 학생은 넘쳐나는 과제물을 감당해내지 못하기는 했지만 이틀에 한 번 학교에 가는 것은 좋아했다. 몇몇 학생만이 쓰러져가는 학교 건물과 줄어든 수업 시간에 불만을 표시하면서 수업 시간의 정상화를 요구했다. 이 전투의 최전방에 선 사람이 바로 니노였고 이 일로 내 인생은 한층 더 복잡해졌다.

나는 니노가 복도에서 갈리아니 선생님과 이야기를 나누는 모습을 보고 선생님이 나를 불러주기를 바라면서 그들 옆을 지나가곤 했다. 그러나 선생님은 나를 부르지 않았다. 나는 니노라도 내게 한마디쯤 말을 걸어주기를 바랐지만 그것조차 이뤄지지 않았다.

나는 좌천이라도 된 것같이 느껴졌다. 예전처럼 좋은 성적을 거두지 못해서 그나마 쌓아놓았던 신뢰를 그 짧은 기간에 잃은 것이라는 생각이 들었다. 씁쓸했다. 대체 그들에게서 무엇을 기대했던가. 갈리아니 선생님이나 니노가 도저히 사용할 수 없을 정도로 엉망인 교실 상태와 너무 많은 과제물에 대해서 의견을 묻는다면 뭐라고 대답을 해야 할까. 내겐 특별히 의견이랄 것이 없었다. 어느 날 아침 니노가 내 앞에 타자기로 타이핑한 종이를 내밀면서 퉁명스럽게 말했을 때 나는 이 사실을 깨달았다.

"이것 좀 읽어볼래?"

심장이 심하게 뛰어서 나는 겨우 말했다.

"지금?"

"아니. 읽어보고 집에 갈 때 돌려줘."

나는 감동해서 어찌할 바를 몰랐다. 잔뜩 흥분해서 화장실로 달려갔다. 그 글은 여러 가지 수치와 함께 도시 계획, 학교 건물 건축, 이탈리아의 건축과 관계된 내겐 생소하기 이를 데 없는 주제를 다루고 있었다. 기본적인 법률 조항도 나와 있었다. 나는 원래 알고 있던 사실 정도만 이해할 수 있었다. 니노는 수업 시간을 즉각 정상화하라고 요구하고 있는 것이었다.

나는 수업 시간 중에 알폰소에게도 그 글을 보여주었다.

"내버려둬, 레누."

알폰소는 내용을 읽어보지도 않고 내게 충고했다.

"올해가 저학년으로서는 마지막 해야. 학년 말 구두시험도 준비해야 하는데 니노는 널 곤경에 빠뜨리려고 하고 있어."

하지만 나는 이미 제정신이 아니었다. 머리가 지끈거리고 목이 메어왔다. 학교에서 니노처럼 선생님들이나 교장 선생님을 두려워하지 않고 앞으로 나서는 학생은 아무도 없었다. 니노는 모든 과목 성적이 우수한 학생일 뿐 아니라 학교에서 배우지 않는 사회문제에 대해서도 잘 알고 있었다. 다른 책벌레들은 공부는 잘할지 몰라도 니노처럼 공부 이외의 일에 대해서는 잘 알지 못했다. 이에 비해 니노는 개성이 뚜렷한 데다 잘생기기까지 했다. 나는 시간이 어서 지나가기를 초조하게 기다렸다. 니노에게 달려가 종이를 돌려주고 그를 칭찬하고 싶었다. 그의 의견에 동의를 표하고 나도 돕겠다고 말하고 싶었다.

하지만 계단에서도 학교 문밖에서도 니노의 모습은 보이지 않았다. 한참을 기다리고 나서야 마지막으로 학교를 나서는 학생들과 함께 모습을 드러냈다. 평소보다 더 통명스러운 표정이었다. 종이를 흔들어대며 기쁜 표정으로 그를 향해 달려갔다. 나는 글에 대해 과장된 칭찬을 쏟아 부었다. 그는 인상을 찌푸린 채 내 말을 듣고 있다가 내 손에서 종이를 빼앗아 들더니 거친 몸짓으로 구겨서 던져버렸다.

"갈리아니 선생님이 잘 쓴 글이 아니래."

나는 혼란스러웠다.

"어떤 면에서?"

그는 불만 가득한 표정을 지어보이더니 말할 가치조차 없으니 내버려두라는 듯한 몸짓을 해보였다.

"어쨌든 고마워."

그는 약간 억지로 말하고는 갑작스레 몸을 굽혀 내 뺨에 입을 맞췄다.

이스키아 섬에서의 입맞춤 이후로 우리 사이에는 신체적 접촉이 전혀 없었다. 악수도 하지 않았다. 그런 상황에서 당시만 해도 보편적이지 않던 그런 식의 작별인사에 나는 온몸이 마비되는 것 같았다. 하지만 그뿐이었다. 니노는 내게 함께 걷자고 하지도 않고 안녕이라고 하지도 않고 떠나갔다. 나는 온몸에 힘이 다 빠지고 목이 잠긴 채 멀어져가는 니노의 뒷모습을 멀거니 바라만 보았다.

그 순간 끔찍한 일이 두 가지나 연달아 일어났다. 우선 골목에서 한 소녀가 갑자기 모습을 나타냈다. 나보다 분명히 어려 보였다. 열다섯쯤 되었을까. 청아한 아름다움이 인상적이었다. 예쁜 몸매에 윤기 나는 검은 머리가 등까지 찰랑거렸다. 동작 하나하나 몸짓 하나하나가 우아했다. 하나하나 꼼꼼하게 고른 듯한 단정한 봄옷 차림이었다.

소녀는 니노에게 다가갔고 니노는 그녀의 어깨에 팔을 둘렀다. 소녀가 고개를 들어 니노에게 입술을 내밀자 그가 그녀에게 키스했다. 내게 했던 입맞춤과는 전혀 다른 느낌의 입맞춤이었다. 그제야 길모퉁이에 서 있는 안토니오의 모습이 눈에 들어왔다. 일하고 있을 시간인데 나를 데리러 나온 것이다. 도대체 언제부터 거기에 서 있었는지 모를 일이었다.

14

안토니오가 목격한 장면이 오래전부터 그가 상상해왔던 그런 장면이 아니라는 것을 이해시키기가 쉽지 않았다. 나는 니노가 내 뺨에 입을 맞춘 것은 별다른 의미 없는 친근감의 표시일 뿐이라고 했다.

"니노에겐 여자친구가 있어. 너도 봤잖아."

안토니오는 내 말에서 묻어나는 괴로움을 눈치채고는 화를 냈다. 흥분한 나머지 아랫입술과 손을 부들부들 떨었다. 나는 안토니오에게 정말이지 넌덜머리가 난다면서 헤어지자고 했다. 그제야 안토니오는 태도를 누그러뜨렸다. 화해하기는 했지만 그때부터 나에 대한 그의 신뢰감은 더 떨어졌다. 군대에 가면 내가 니노와 사귈 것이라는 생각이 더욱 확고해졌다. 나를 보기 위해서 일터를 비우는 일이 점점 더 잦아졌다. 말로는 나를 만나러 왔다고 했지만 실은 내가 정말로 자신을 배신했다는 증거를 현장에서 잡아내러 온 것이었다. 정말 그런 일이 일어나면 그다음에 무엇을 할지는 안토니오 자신도 몰랐다.

어느 날 오후 안토니오의 동생 아다가 내가 식료품점 앞을 지나가는 것을 보고 달려 나왔다. 아다는 식료품점에서 일하는 것을 좋아했고 스테파노도 아다에 대해 만족스러워했다. 아다는 무릎까지 내려오는 기름에 찌든 하얀색 가운을 입고 있었지만 여전히 사랑스러워 보였다. 곱게 화장한 입술과 눈, 머리에 꽂은 핀을 보니 가운 속에도 파티에 참석할 때처럼 예쁘게 차려입었다는 것을 알 수 있었다.

아다는 나와 이야기를 하고 싶다고 했다. 우리는 저녁식사 전에 뜰에서 만나기로 했다. 저녁이 되자 아다는 헐레벌떡 약속장소로 나왔다. 직장까지 그녀를 데리러 간 파스콸레와 함께였다.

둘은 돌림노래를 하듯 돌아가면서 내게 말했다. 아다가 민망해하면서 한마디를 하면 파스콸레도 민망해하면서 한마디 덧붙였다. 둘 다 몹시 걱정하고 있다는 것을 알 수 있었다. 안토니오가 최근 들어 별일 아닌 일로도 걸핏하면 화를 낸다고 했다. 멜리나에게도 짜증을 내고 직장에서도 아무 말 없이 자리를 비운다는 것이었다. 자동차 정비소 사장 갈레세 씨도 당황스러워한다고 했다. 어린 시절부터 안토니오를 보아왔는데 이런 식으로 행동한 적은 한 번도 없었다는 것이었다.

"군대에서 영장이 날아올까봐 두려운 거야."

내가 말했다.

"그래봤자 영장이 오면 가야 하는 것은 매한가지일 텐데."

파스콸레가 대꾸했다.

"그렇지 않으면 탈영병 신세가 될 테니까."

"오빠 네가 곁에 있을 때만 정상으로 돌아와."

아다가 말했다.

"난 정말 바빠."

내가 말했다.

"사람보다 더 중요한 것은 없어. 공부보다도 말이야."

파스콸레가 말했다.

"리나랑 함께 있는 시간만 줄여도 시간 여유가 생기겠다."

아다가 말했다.

"나도 할 만큼 하고 있어."

나는 짜증이 났다.

"안토니오는 정신력이 그다지 강한 친구가 아니야."

파스콸레가 말했다.

"나는 말이야, 어렸을 때부터 정신나간 사람을 보살펴왔어. 하지만 레누, 두 명은 너무 가혹하잖아."

아다가 퉁명스럽게 내뱉으며 대화를 마무리했다.

나는 짜증이 나기도 했고 두렵기도 했다. 죄책감 때문에 내키지도 않고 공부할 것도 많았지만 전보다 자주 안토니오를 만나러 갔다. 하지만 그조차 충분치 않았다.

어느 날 밤 저수지에서 안토니오는 내게 영장을 보여주며 울음을 터뜨렸다. 입대를 면제받지 못한 것이다. 그는 엔초와 함께 가을에 떠나야 했다. 절망에 빠진 안토니오는 잊지 못할 행동을 했다. 땅에 주저앉더니 신경질적으로 입에 흙을 욱여넣기 시작했다. 나는 안토니오를 꽉 껴안고 그를 사랑한다고 속삭였다. 손으로 입속에 들어간 흙을 빼내주었다.

'내가 대체 무슨 짓을 하고 있는 거지?'

그날 저녁 나는 잠이 오지 않아 침대에 누워 뒤척이며 생각했다. 학교를 그만두고 있는 그대로의 내 모습을 받아들여 안토니오와 결혼해서 그의 어머니 집에서 형제들과 함께 살면서 자동차에 기름이나 넣겠다는 생각이 사라졌다는 것을 깨달았다. 나는 우선 안토니오를 도와줘야겠다고 생각했다. 그가 정상적인 상태로 돌아오면 관계를 정리해야겠다고 마음먹었다.

다음 날 릴라네 집에 갔을 때 나는 몹시 두려웠다. 나에 비해 릴라는 이상하리만큼 명랑했다. 우리 둘 다 정서적으로 불안정한 시기였다. 안토니오의 영장 이야기를 해주고 나서 내 결정에 대해서도 이야기했다. 나는 마르첼로나 미켈레를 만나서 안토니오를 도와달라고 부탁해볼 생각이었다. 안토니오가 허락해줄 리 만무하니 그에게는 알리지 않을 생각이었다.

릴라에게는 내 결심이 확고한 것처럼 이야기했지만 사실 내 마음은 흔들리고 있었다. 한편으로는 안토니오의 고통의 근원이 나이기 때문에 이렇게 하는 것이 내 의무라는 생각이 들었지만 다른 한편으로는 릴라에게 이야기를 하면 그녀가 나를 말려주기를 바랐다. 하지만 당시 내 상태가 너무나 불안정했기 때문에 릴라도 나와 별다를 바 없는 상태라는 것을 나는 미처 몰랐었다.

릴라의 반응은 모호했다. 우선 거짓말쟁이라면서 나를 놀렸다. 솔라라 형제가 안토니오를 위해서 손가락 하나 까딱하지 않을 것임을 뻔히 알면서도 직접 그들을 찾아가 모욕당할 각오를 할 정도라면 안토니오를 진정 사랑하는 것이 분명하다고 했다. 릴라는 주위를 빙빙 돌면서 혼자 실실 웃다가 갑자기 진지해졌다가 다시 실실거렸다. 내게 솔라라 형제를 찾아가보라고 했다. 무슨 일이 일어나는지 한번 보자고 했다.

"레누, 결국에는 말이야. 리노 오빠나 미켈레나 별반 차이가 없어. 스테파노와 마르첼로도 마찬가지고."

"무슨 뜻이야?"

"마르첼로와 결혼하는 게 나을 뻔했다는 뜻이야."

"네 말이 무슨 뜻인지 모르겠어."

"적어도 마르첼로는 누구의 눈치도 보지 않으니까. 원하는 대로 행동할 수 있으니까."

"진심이야?"

릴라는 웃으며 황급히 아니라고 했지만 진심처럼 느껴지지 않았다. 마르첼로를 아쉬워하다니 그게 말이 되는 소리인가. 저 웃음은 진짜가 아니다. 원만하지 못한 남편과의 관계 때문에 괴롭고 불안해서 저러는 거다!

내 생각이 맞았다는 것은 바로 증명되었다. 릴라는 갑자기 정색을 하더니 두 눈을 가늘게 뜨며 내게 말했다.

"내가 데려다줄게."

"어디에?"

"솔라라 형제에게."

"뭐하러?"

"안토니오를 도울 수 있는지 알아봐야지."

"안 돼."

"왜?"

"스테파노가 화낼 테니까."

"알 게 뭐람. 자기도 그들을 찾아가는 마당에 아내인 나라고 못할 게 뭐 있겠어."

15

나는 릴라를 말리지 못했다. 스테파노가 정오까지 늦잠을 자는 일요일 오전에 우리는 함께 산책을 나갔는데 릴라가 나를 솔라라 주점 겸 제과점 쪽으로 이끌었다. 릴라가 아직도 막 포장한 것처럼 새하얀 신시가지의 석회길에 모습을 드러냈을 때 나는 너무 놀라 입을 다물지 못했다. 릴라는 상당히 화려하게 차려입고 있었다. 오래전의 초라한 모습도 잡지책에서 본 재클린 케네디 같은 모습도 아니었다.

그때 유행하던 영화를 기준으로 비교하면 「백주의 결투」에 나오는 제니퍼 존스나 「태양은 다시 떠오른다」의 에바 가드너 같았다.

릴라 옆에 서서 나란히 걷자니 민망하기도 했고 두렵기도 했다. 나는 릴라가 가십거리를 넘어서 꼴불견 취급을 받을 거라는 것과 나도 이와 무관하지 않을 거라는 것을 느꼈다. 그녀 옆에 선 내 모습은 영락없이 주인을 따라가는 볼품없는 충견처럼 보였다. 헤어스타일에서부터 귀걸이, 몸에 딱 달라붙는 블라우스, 타이트한 스커트와 걸음걸이에 이르기까지 릴라의 모든 것이 동네의 잿빛 거리와 어울리지 않아 보였다.

사내들은 릴라의 모습을 보고는 못마땅한 듯 수군거리기 시작했다. 여인네들, 특히 나이 든 몇몇 여인은 당혹스러운 표정을 지을 뿐 아니라 길가에 멈춰 서서 멜리나가 거리에서 미친 짓을 하는 것을 바라볼 때와 똑같이 재미와 불편함이 뒤섞인 미묘한 표정으로 릴라를 바라보았다.

막상 가게에 들어가니 거리에서와는 달리 일요일 점심에 먹을 달콤한 빵을 사러온 남자들로 가게가 꽉 차 있었는데도 모두들 감탄하는 눈빛으로 릴라를 흘낏 쳐다보거나 정중하게 목례를 건넬 뿐이었다. 질리올라는 진열대 뒤에서 진심으로 부럽다는 눈빛으로 릴라를 쳐다봤고 미켈레는 계산대 뒤에서 환성을 지르며 호들갑스럽게 인사했다.

이들은 사투리로 대화를 이어나갔다. 긴장감 때문에 힘들게 표준어로 말하고 적합한 단어를 찾고 문법을 지키기가 힘든 것 같았다.

"무엇이 필요하신가?"

"빵 열두 개."

미켈레가 질리올라에게 소리 질렀다.

"카라치 부인이 빵 열두 개를 달라신다!"

목소리에 살짝 비꼬는 투가 섞여 있었다.

카라치 부인이라는 이름에 제과점 작업실의 커튼이 열리더니 마르첼로가 얼굴을 내밀었다가 릴라가 자신의 가게에 있는 모습을 보자 얼굴이 창백해져서는 작업실로 돌아갔다. 그러다 몇 초 지나지 않아 다시 나와서 우리 쪽으로 인사를 하러 왔다. 마르첼로는 릴라를 향해 웅얼거렸다.

"카라치 부인이라고 부르니 기분이 이상해."

"나도 그래."

릴라가 재미있다는 듯 살짝 미소를 지어보이며 대꾸했다. 적의라고는 눈곱만큼도 느껴지지 않는 그녀의 말투에 나뿐만 아니라 마르첼로와 미켈레도 놀란 것 같았다.

미켈레는 액자에 걸린 그림을 감상하는 듯한 자세로 고개를 비스듬히 기울인 채 릴라를 물끄러미 바라보았다.

"어제 너를 봤는데."

미켈레는 이렇게 말하고는 질리올라를 향해 소리를 질렀다.

"그렇지, 질리올라? 우리 어제 오후에 리나를 봤지?"

질리올라가 특별히 기뻐하는 기색을 보이지 않고 고개를 끄덕여 보였다. 마르첼로도 맞장구쳤다.

"그래, 그래. 리나를 봤지."

마르첼로의 태도에는 미켈레처럼 비꼬는 모습이 전혀 없었다. 마법사에게 최면이라도 걸린 것처럼 보였다.

"어제 오후에?"

릴라가 되물었다.

"그렇다니까."

미켈레가 대답했다.

"레티필로에서 봤어."

마르첼로가 미켈레의 말투가 마땅치 않은 듯 그의 말을 끊으며 재빨리 말했다.

"양장점 진열장에 네 사진이 있었어. 신부복 차림의 사진 말이야."

마르첼로는 진심을 담아서, 미켈레는 비꼬듯이 사진에 대해서 한동안 이야기했다. 표현의 차이는 있었지만 둘 다 그 사진이 결혼식 날 릴라의 아름다움을 얼마나 잘 담아냈는지 되풀이해서 이야기했다. 릴라는 짜증을 냈지만 내심 그 대화를 즐기고 있었다. 재봉사가 자신의 사진을 진열장에 걸어놓을지는 몰랐다고 했다. 알았으면 사진을 주지 않았을 거라고 했다.

"나도 진열장에 사진을 걸고 싶어."

질리올라가 떼쓰는 여자아이의 목소리를 흉내 내며 진열대 뒤에서 소리를 질렀다.

"누가 널 데려가겠어?"

미켈레가 말했다.

"네가 데려가면 되지."

질리올라가 우울한 목소리로 대답했다. 릴라가 불현듯 진지한 어조로 "레누차도 결혼하려고 해"라고 말할 때까지 이들의 말장난은 계속됐다.

솔라라 형제는 마지못해 내게 관심을 돌렸다. 그때까지 나는 투명인간처럼 말 한마디 하지 않고 멀뚱히 서 있었다.

"아니야."

나는 얼굴이 화끈거렸다.

"아니긴. 나라면 안경쟁이라도 너랑 결혼하겠다."

미켈레는 이렇게 말하고는 또 한 번 질리올라의 눈총을 받았다.

"한발 늦었어. 이미 임자가 있거든."

릴라가 말했다. 그러고는 대화의 주제를 안토니오로 천천히 이끌었다. 릴라는 안토니오의 상황에 대해서 설명했다. 그가 군대에 가면 가족들이 처하게 될 힘든 상황에 대해서 실감나게 이야기했다. 릴라의 말솜씨가 청산유수라는 것은 이미 익히 알고 있었기에 나는 크게 놀라지도 않았다. 내가 놀랐던 것은 익숙하지 않은 그녀의 말투였다. 릴라는 뻔뻔함과 정중함을 알맞게 섞을 줄 알았다. 불타는 것 같은 붉은 립스틱을 바른 입술로 마르첼로에게는 자신이 이미 과거에 일어난 일은 잊었다고 믿게 만들었고 미켈레에게는 자신이 그의 교활한 자만심에 관심이 있는 것처럼 믿게 만들었다. 놀랍게도 릴라는 남자란 동물이 어떤지 너무나 잘 알고 있는 여인의 태도로 능숙하게 두 사내를 다뤘다.

그 방면에서 릴라는 더 배울 것이 없어 보였다. 교태를 부리면서도 소설에 나오는 절망에 빠진 여주인공 흉내 따위는 어설프게 내지 않았다. 그녀의 지식이 실제 경험을 바탕으로 한다는 사실이 분명해 보였고 그녀도 이에 대해 부끄러워하지 않는 것 같았다. 그러다가 갑자기 도도한 태도를 취하면서 둘을 밀어냈다. '너희들이 나를 원한다는 것은 알고 있지만 나는 너희들을 원치 않아'라고 말하는 것 같았다.

릴라가 갑자기 몸을 사리며 형제를 헷갈리게 만들자 마르첼로는 어찌할 바를 몰라 갈팡질팡했다. 미켈레는 다음에 취해야 할 태도를 결정하지 못해 표정이 어두워졌다. 그러면서도 '창녀 같은 년. 조심해. 카라치 부인이건 아니건 간에 얼마든지 네 뺨을 갈길 수 있으니까'라고 말하는 듯 번뜩이는 눈빛으로 그녀를 쏘아보았다.

그러자 릴라는 다시 말투를 바꿔서 형제들이 자신에게 관심을 기울이게 했다. 마르첼로와 미켈레의 말에 흥미를 나타내는 척하면서 그들을 즐겁게 했다. 결과가 어땠냐고? 미켈레는 끝까지 균형을 잃지 않았지만 마르첼로는 그녀에게 넘어가고 말았다.

"안토니오 자식은 별로지만 착한 레누차를 위해서라면 내 친구에게 손쓸 방법이 있는지 물어봐줄 수 있지."

나는 그제야 안심이 되어 그에게 고맙다고 했다.

릴라는 빵을 고르기 시작했다. 스테파노에게 안부를 전해달라고 말하기 위해서 작업실에서 나와 얼굴을 내비친 질리올라의 아버지와 질리올라에게도 정중하게 대했다. 릴라가 계산을 하려고 하자 마르첼로가 완강한 몸짓으로 거절했다. 미켈레는 탐탁지 않게 이에 동조했다. 우리가 가게에서 나가려고 할 때 미켈레가 진지하게 말했다. 목표가 확실하고 방해물은 용납하지 않겠다는 의지를 나타내고자 할 때 그가 쓰는 느릿한 어조였다.

"사진 정말 잘 나왔더라."

"고마워."

"사진에 구두가 아주 잘 나왔던데."

"기억이 잘 안 나."

"나는 기억해. 그래서 말인데 부탁이 있어."

"사진이 필요해? 여기에 걸려고?"

미켈레는 차갑게 웃으며 고개를 저었다.

"아니야. 알다시피 우리가 마르티리 광장에 가게를 열려고 준비 중이잖아?"

"당신네들 사업 이야기는 아무것도 몰라."

"그러면 안 되지. 중요한 일이고 모두들 네가 바보가 아니라는 것은 알고 있으니까. 재봉사에게 그 사진이 필요했던 것은 신부복을 홍보하기 위해서였어. 우리는 체툴로 구두를 홍보하는 데 그 사진을 훨씬 잘 활용할 수 있어."

릴라는 웃음을 터뜨렸다.

"내 사진을 마르티리 광장 진열장에 걸어 놓고 싶은 거야?"

"아니. 그것보다 훨씬 더 크게 만들어서 상점 안에 걸고 싶어."

릴라는 잠시 생각에 잠겼다가 귀찮다는 듯 인상을 찌푸렸다.

"내게 물어보지 말고 스테파노에게 물어봐. 결정권은 그이에게 있으니까."

형제끼리 당황스런 눈빛을 교환하는 것이 보였다. 보아하니 이미 스테파노와도 이 이야기를 나눴음이 틀림없었다. 그들은 릴라가 이 제안을 절대로 받아들이지 않을 것이라고 생각하고 있었을 것이다. 그렇기에 릴라가 길길이 날뛰며 즉시 제안을 거부하지 않고 남편에게 결정권을 맡길 것이라고는 생각지 못했던 것이다. 솔라라 형제에게 이런 릴라는 다른 사람처럼 느껴졌다. 나에게도 마찬가지였다.

마르첼로가 우리를 문까지 바래다주었는데 문밖에 나서자 안색이 창백해져서는 엄숙하게 말했다.

"리나, 이렇게 이야기를 나누는 것이 정말 오랜만이라 얼마나 떨리는지 몰라. 우리 사이는 잘 풀리지 않았지. 괜찮아. 하지만 확실하게 할 것은 확실하게 하고 싶어. 무엇보다도 내가 저지르지 않은 일에 대해서 오해를 받고 싶지 않아. 네 남편이 내가 너에게 상처를 주려고 그 구두를 요구했다고 말하고 다니는 거 알아. 절대 그렇지 않아. 레누차 앞에서 이렇게 맹세할게. 네 남편과 오빠가 먼저 나에게 구두를 주겠다고 한 거야. 그간의 원한을 모두 풀자는 의미로 말이야. 내가 먼저 달라고 한 게 아니야."

릴라는 아무 말 없이 온순한 표정으로 마르첼로의 말을 듣기만 했다. 하지만 그의 말이 끝나자 곧바로 평상시의 릴라로 되돌아왔다. 릴라는 경멸 섞인 어조로 말했다.

"당신네들은 모두 어린아이들 같아. 서로 탓하기에 바쁘지."

"내 말을 못 믿겠어?"

"아니. 당신 말을 믿어, 마르첼로. 하지만 당신이 내게 무슨 말을 하건 그들이 내게 무슨 말을 하건 이젠 내 알 바 아니야."

16

나는 릴라를 예전에 함께 시간을 보내던 뜰 쪽으로 이끌었다. 안토니오에게 내가 그를 위해서 어떤 일을 했는지 빨리 이야기해주고 싶어서 참을 수 없었다. 나는 잔뜩 흥분해서 릴라에게 안토니오가 조금만 안정을 되찾으면 그와 헤어질 거라고 말했다. 하지만 릴라는 내 말을 주의 깊게 듣지 않았다. 정신이 다른 데 있는 것 같았다.

뜰에서 안토니오를 부르자 그가 심각한 표정으로 집 밖으로 나왔다. 그는 릴라의 화장이나 옷차림에는 전혀 신경 쓰지 않는 것처럼 무덤덤하게 인사했다. 릴라를 바라보지 않으려고 애쓰는 것 같았다. 릴라의 모습에 사내로서 본능이 꿈틀대는 것을 내게 보이고 싶지 않아서일 수도 있었다. 나는 안토니오에게 시간이 없어 오래 머무를 수 없다면서 좋은 소식을 전해주러 왔다고 했다.

안토니오는 내 말에 귀를 기울였지만 내가 이야기하는 동안 칼날 앞에 선 것처럼 그의 몸이 점점 움츠러드는 것이 보였다.

"마르첼로가 널 돕기로 했어."

안토니오의 반응을 보고도 나는 기뻐하며 말했다. 릴라에게 확인까지 했다.

"마르첼로가 그렇게 말했어, 그렇지?"

릴라는 살짝 고개를 끄덕여보였다. 안토니오는 얼굴이 백짓장처럼 하얗게 변해서 눈을 아래로 내리깔았다. 그는 쥐어짜는 듯한 소리로 중얼거렸다.

"내가 언제 솔라라 자식들에게 내 이야기 해달라고 한 적 있어?"

릴라가 재빨리 나서서 거짓말을 했다.

"내 생각이었어."

안토니오는 릴라를 쳐다보지도 않고 말했다.

"고맙지만 그럴 필요는 없었어."

안토니오는 내가 아니라 릴라에게 인사한 뒤 뒤돌아 집 안으로 들어가버렸다.

명치가 아려왔다.

'내가 뭘 잘못한 거지? 안토니오는 대체 왜 저러는 거지?'

돌아가는 길에 나는 릴라에게 하소연을 했다. 안토니오는 어머니인 멜리나보다 못하다고 했다. 제 어머니를 닮아 정서적으로 불안하기 짝이 없으며 이제는 나도 못 참겠다고 했다. 릴라는 내 말을 들으면서 자기 집까지 함께 가자고 했고 집에 도착하자 같이 올라가자고 했다.

"스테파노가 있잖아."

나는 거절했다. 사실 그 이유보다는 안토니오의 반응이 걱정되어 혼자서 뭐가 잘못된 건지 생각해보고 싶었다.

"5분만 있다 가."

집에 올라가니 파자마 차림의 스테파노가 있었다. 헝클어진 머리에 수염도 정돈되지 않은 상태였다. 그는 내게 상냥하게 인사한 다음 릴라와 릴라가 들고 있는 빵 봉지를 쳐다봤다.

"솔라라네 가게에 갔었나보네?"

"그래."

"그런 옷차림으로?"

"왜, 예쁘지 않아?"

스테파노는 침울하게 고개를 저어보이고는 빵 봉지를 열었다.

"빵 하나 먹을래, 레누?"

"아니, 점심 먹으러 가봐야 해."

스테파노는 칸놀로를 한 입 베어 물고는 릴라에게 물었다.

"가게에서 누구를 만났어?"

"당신 친구들."

릴라가 말했다.

"내 칭찬을 많이 하더라. 그렇지, 레누?"

릴라는 마르첼로와 미켈레가 그녀에게 한 말을 스테파노에게 세세히 들려주었다. 안토니오에 대한 이야기만 쏙 빼고. 적어도 내 생각으로는 우리가 솔라라네 가게까지 간 진짜 이유, 릴라가 나를 바래다준 진짜 이유를 빼놓고 나머지 이야기만 들려주었다. 릴라는 기분이 아주 좋은 척하며 말했다.

"미켈레가 내 사진을 마르티리 광장에 열 구둣가게에 걸어놓고 싶대."

"설마 그러라고 한 거야?"

"당신과 이야기해보라고 했어."

스테파노는 칸놀로를 한 입에 집어넣고 손가락을 빨았다. 그는 성가셔서 죽겠다는 듯이 말했다.

"너 때문에 내가 무슨 짓을 해야 하는지 알아? 내일 레티필로에 있는 양장점까지 가야 되게 생겼잖아."

그는 한숨을 푹 쉬더니 내게 말했다.

"레누, 너는 제대로 된 아이니까 네 친구에게 말 좀 해줘. 나는 일을 해야 한다고. 내 꼴을 우습게 만들지 좀 말라고 말이야. 잘 가고. 부모님께 안부 전해드려."

그러고는 화장실로 들어가버렸다.

릴라는 스테파노의 등 뒤에 대고 조롱하는 듯한 표정을 지어보이고는 나를 문까지 바래다주었다.

"원하면 더 있을게."

내가 말했다.

"개 같은 자식이야. 걱정하지 마."

그러더니 남자 목소리로 "네 친구에게 말 좀 해줘. 내 꼴을 우습게 만들지 좀 말라고 말이야"라고 스테파노의 말을 흉내 냈다. 흉내 내는 모습이 즐거워 보였다.

"널 때리면 어떡해?"

"좀 맞으면 어때? 시간이 가면 맞기 전보다 기분이 좋아져."

층계참에서 릴라는 또다시 남자 목소리를 흉내 냈다.

"레누, 나는 일을 해야 한다고."

나도 안토니오를 흉내 내야 할 것 같아서 "고맙지만 그럴 필요는 없었어"라고 속삭였다. 각자의 짝 때문에 곤경에 처한 우리의 모습을 다른 사람의 시선으로 바라보는 것 같은 느낌이 들었다. 문간에 서서 연극놀이를 하는 것 같아 함께 웃음을 터뜨렸다. 나는 릴라에게 우리는 뭘 하든 실수만 한다고 했다.

도대체 사내들의 마음을 어떻게 알 수 있단 말인가. 얼마나 성가신 존재들인지. 나는 릴라를 꼭 껴안아주고는 달려 나왔다. 계단을 미처 다 내려가기도 전에 스테파노가 악에 받쳐서 욕설을 내뱉는 소리가 들려왔다. 이제 스테파노의 목에서는 그의 아버지처럼 괴물의 목소리가 튀어 나왔다.

17

집으로 돌아가면서 벌써 우리 둘이 걱정되기 시작했다. 스테파노가 릴라를 죽여버리면 어쩌지? 안토니오가 나를 죽이려 들면 어떡하지? 나는 걱정에 사로잡혀 빠른 걸음으로 먼지가 이는 여름날의 한산한 일요일 길을 걸었다.

어느덧 점심시간이 다가오고 있었다. 길을 잃지 않기란 얼마나 힘든 일인가. 사내들 간에 복잡하기 짝이 없는 암묵적인 규칙을 어기지 않기란 또 얼마나 힘든 일인가. 릴라는 나름대로 정확한 계산에 따라서, 아니면 순전히 못된 마음으로 일부러 모든 사람이 보는 앞에서 예전에 자신을 따라다니던 마르첼로에게 교태를 떨어 남편에게 모욕감을 안겨주었을 것이다.

그것도 모르고 나는 의도치 않게, 아니 좋은 일을 한다는 확신에 사로잡혀 몇 년 전 안토니오의 동생을 능멸하고 안토니오를 죽도록 두들겨 팬 솔라라 형제에게 도움을 구걸하러 간 것이다. 뜰에 도착하자 누군가 내 이름을 부르는 소리가 들렸다. 나는 흠칫하며 쳐다보았다. 안토니오였다. 창가에서 내가 돌아오기를 기다리고 있었던 것이다.

안토니오가 내려오자 나는 덜컥 겁이 났다. 칼이라도 들고 오는 것이 아닌가 하는 생각이 들었다. 하지만 그는 말하는 내내 일부러 손을 쓰지 않으려는 것처럼 주머니에 두 손을 푹 집어넣고 있었다.

태도는 침착했고 시선은 먼 곳을 바라보고 있었다. 안토니오는 내가 자신이 세상에서 가장 경멸하는 사람들 앞에서 자신을 수치스럽게 했다고 했다. 자신의 여자를 부탁이나 하러 보내는 형편없는 사람으로 만들었다고 했다. 자신은 그 누구 앞에서도 무릎을 꿇지 않을 것이며 마르첼로 솔라라의 손에 입을 맞추느니 백 번이고 군대에 가는 편이 낫다고, 아니면 차라리 군대에 가서 죽어버리는 것이 낫다고 했다.

파스칼레나 엔초가 이 사실을 알게 되면 자신의 얼굴에 침을 뱉을 것이라고 했다. 그는 내가 자신과 자신의 감정 따윈 조금도 중요하게 여기지 않고 있다는 것을 이제야 깨달았으니 나와 헤어지겠다고 했다. 사라토레 가문의 장남과 하고 싶은 대로 하라며 다시는 나를 보고 싶지 않다고 했다.

나는 한마디 대꾸도 하지 못했다. 안토니오는 갑자기 주머니에서 손을 빼더니 나를 현관문 안으로 끌어당겼다. 그의 입술을 내 입술에 대고 세게 누르더니 혀로 내 입술을 절박하게 핥았다. 그러고는 몸을 빼내더니 뒤돌아서서는 떠나가 버렸다.

나는 혼란스러운 상태로 계단을 올라갔다. 나는 적어도 내가 릴라보다는 행운아라고 생각했다. 안토니오는 스테파노와는 다르다. 그는 절대 나를 아프게 하지 않을 것이다. 그가 상처를 줄 수 있는 유일한 사람은 그 자신뿐이었다.

18

다음 날 나는 릴라를 보지 못했다. 대신 놀랍게도 스테파노와 만나게 되었다. 그날 나는 아침부터 절망적인 기분으로 학교에 갔다.

더운 데다가 공부도 하지 못하고 잠도 거의 자지 못한 상태였다.

학교에서도 풀리는 일이 하나도 없었다. 정문 근처에서 계단이라도 함께 오르고 몇 마디라도 같이 나누고 싶은 마음에 니노의 모습을 찾았지만 그의 모습은 보이지 않았다. 여자친구와 시내를 돌아다니고 있을 수도 있고 오전에 문을 여는 극장을 찾아 어둠 속에서 그녀와 키스를 하고 있는지도 모른다. 아니면 카포디몬테 숲에서 내가 안토니오에게 해줬던 짓을 그녀에게 시키고 있을지도 모른다. 1교시에 화학 구두시험을 봤는데 갈피를 잡지 못하고 형편없는 대답을 했다. 몇 점을 받았는지 기억조차 나지 않았다. 이제는 점수를 만회할 시간도 없었다. 그대로 가다간 9월에 재시험을 봐야 할지도 모른다.

복도에서 갈리아니 선생님과 마주쳤는데 선생님은 내게 침착한 어조로 일장 연설을 늘어놓았다.

"대체 무슨 일이니, 그레코. 왜 공부를 하지 않는 거지?"

나는 뭐라고 대답해야 할지 몰라 "선생님, 전 정말 열심히 공부하고 있어요. 맹세해요"라고 말했다.

선생님은 내 말을 잠시 듣고 있다가 끝까지 듣지도 않고 교사실로 가버렸다. 나는 화장실에 들어가서 오랫동안 혼자 울었다. 엉망이 되어버린 내 삶과 내 신세를 한탄하며 혼자 울었다.

나는 모든 것을 잃었다. 학교에서의 명성도 잃었고 내가 항상 헤어지려 했던 안토니오조차도 결국 그가 먼저 나를 버렸다. 그런 그가 벌써 그리웠다.

릴라도 카라치 부인이 된 다음부터는 하루가 다르게 다른 사람이 되어가고 있었다. 릴라는 솔라라 형제를 자극하러 가는 데 나를 이용했다. 남편에게 복수하기 위해서 나를 이용했다. 상처받은 사내의 비참한 모습을 내게 드러내 보이려고 나를 이용한 것이었다.

나는 걸어가는 내내 생각했다. 사람이 이렇게 바뀔 수 있는 걸까. 이제 릴라는 질리올라와 다를 바가 없게 되었다.

집에 도착하자 의외의 소식을 들었다. 어머니는 평상시처럼 늦게 왔다고 화를 내지도, 안토니오와 함께 있었냐고 의심하지도 않았다. 산더미처럼 쌓인 집안일을 돕지 않았다고 책망하지도 않았다. 귀찮은 티를 내기는 했지만 온화하게 말을 전했다.

"스테파노가 오늘 오후에 너를 레티필로에 있는 양장점에 데리고 가게 해달라고 나에게 부탁했단다."

처음에는 내가 이해를 잘못한 줄 알았다. 너무 피곤하기도 했고 한껏 의기소침해져서 넋이 약간 나가 있었기 때문이기도 했다. 스테파노? 스테파노 카라치가? 레티필로까지 내가 함께 가주었으면 한다고?

"마누라는 놔뒀다 뭐하고?"

아버지는 건강이 좋지 않다는 핑계로 병가를 내고 집에 있었는데 실은 부업으로 하고 있는 정체불명의 사업 때문이었다.

"그 애들은 대체 뭐하면서 시간을 보내는 거야? 카드놀이?"

어머니가 성가신 듯한 몸동작을 취하면서 말했다.

"리나가 바빠서일 수도 있죠"

카라치네 식구들에게는 친절하게 대하는 것이 좋다면서 아버지보고 도무지 만족할 줄 모르는 사람이라고 했다. 사실 아버지는 내가 스테파노와 나가는 것을 아주 흡족하게 생각하고 있었다. 식료품점 주인과 친하게 지낸다는 것은 외상으로 물건을 구입하고 갚는 기간은 최대한 미룰 수 있다는 것을 의미했으니까. 아버지는 그저 짓궂게 굴고 싶었을 뿐이었던 것이다.

얼마 전부터 기회가 있을 때마다 아버지는 스테파노의 태만한 성생활을 놀리는 것을 은근히 즐겼다. 식사를 할 때 가끔 내게 묻고는 큰 소리로 웃음을 터뜨렸다.

"그래, 스테파노는 어떻게 된 게냐? 텔레비전 보는 것만 좋아하는 거냐?"

바보가 아니라면 그 질문의 진정한 의미가 '릴라와 스테파노는 왜 아이를 갖지 못하는 거지? 스테파노가 사내구실을 제대로 못하는 것은 아니냐?'라는 것을 이해하기는 어렵지 않았다. 그런 방면에는 이해력이 놀라울 정도로 뛰어난 어머니가 진지한 태도로 대꾸하곤 했다.

"아직 이르잖아요. 내버려둬요."

말은 이렇게 했지만 실은 어머니도 엄청나게 부자인 스테파노의 물건이 제대로 작동하지 않는다는 생각을 아버지 못지않게 즐기고 있었다.

식탁은 이미 차려져 있었다. 식구들은 내가 돌아오기만을 기다리고 있었던 것이다. 아버지는 음흉한 미소를 지어보이며 어머니에게 농담을 계속했다.

"내가 언제 당신에게 오늘 밤은 피곤하니 카드놀이나 하자고 한 적이 있나?"

"아뇨. 당신은 교양 있는 사람이 아니니까."

"당신은 내가 교양 있는 사람이 되었으면 좋겠어?"

"약간은요. 과하지 않게."

부모님의 저속한 농담 따먹기를 듣고 있기가 여간 곤혹스러운 일이 아니었다. 어머니와 아버지는 나나 내 동생들이 자신들의 말을 전혀 이해하지 못한다고 생각하는 것 같았다. 아니면 우리가 저속한 농담의 숨은 뜻을 모두 알아들을 거라는 걸 알면서도 이렇게 해야 남녀의 역할을 가르치는 것이라고 생각하고 일부러 말하는 것일 수도 있었다.

나는 온갖 문제로 지칠 대로 지쳐서 고함을 지르며 그릇을 내던지고 그 자리에서 도망치고 싶었다. 식구들의 얼굴도 다시는 마주하고 싶지 않았다. 습기로 얼룩진 천장도, 페인트칠이 벗겨져가는 벽도, 집 안에 가득 찬 음식 냄새까지도 지긋지긋했다.

문득 안토니오에게 생각이 미쳤다. 그와 헤어진 것은 바보 같은 일이었다. 나는 이미 후회하고 있었다. 그가 나를 용서해주기를 바라고 있었다. 9월에 재시험을 보게 되면 시험에 응시하지 않고 낙제해버려야겠다고 생각했다. 그런 다음 안토니오와 결혼해야겠다고 마음먹었다.

문득 릴라 생각이 났다. 릴라가 잔뜩 멋을 내서 옷을 차려입고 교태를 부리며 솔라라 형제와 이야기를 나누던 모습이 생각났다. 릴라는 대체 무슨 생각이었을까? 수치심과 괴로움은 그녀를 정말 사악하게 만들고 있었다.

나는 그렇게 전혀 연관성이 없는 잡념 속에서 오후를 보냈다. 릴라의 신혼집 욕실에서 목욕하고 싶다는 생각을 하다가 스테파노의 부탁에 대해 걱정하기도 했다. 릴라에게 이 소식을 어떻게 알려야 할지, 스테파노가 나에게 원하는 게 무엇일지에 대해서도 생각했다. 엉망진창인 화학 성적과 철학가 엠페도클레스와 학교에 대해서도 생각했다. 공부를 그만두는 것에 대해서도 생각했다.

불현듯 싸늘한 고통이 느껴졌다. 내겐 선택의 여지가 없었다. 나도 릴라도 결코 학교까지 니노를 찾아온 소녀처럼 되지는 못할 것이다. 그 소녀에게는 릴라와 나에겐 없는 무엇인가가 있었다. 뭐라고 딱 꼬집어 말할 수는 없지만 본질적인 것이었고 그 차이는 멀리서 바라만 봐도 알 수 있는 것이었다. 타고나지 않으면 가질 수 없는 것이었다. 라틴어, 그리스어, 철학을 아무리 배운다 해도 가질 수 있는 것이 아니었다. 식료품점이나 구두공장에서 벌어들이는 돈으로도 살 수 없는 것이었다.

스테파노가 뜰에서 나를 불렀다. 아래로 달려가자 그가 지친 표정으로 서 있었다. 내게 허락도 없이 릴라의 사진을 진열해놓은 양장점으로 함께 가달라고 했다. 부탁이니 그렇게 해달라고 감미롭게 속삭였다. 그러고는 아무 말 없이 나를 오픈카에 태우고서 무더운 바람을 맞으며 출발했다.

동네를 빠져나와 양장점에 도착할 때까지 스테파노는 말을 멈추지 않았다. 사투리이긴 하지만 욕설을 하거나 비꼬지 않고 부드러운 어조로 말을 이었다. 그는 내 도움이 필요하다고 하면서도 내가 무엇을 어떻게 도와야 하는지 바로 말하지 않고 더듬거렸다. 자신을 돕는 일이 결국 릴라를 돕는 일이라고 했다. 릴라가 얼마나 똑똑하고 예뻤는지 이야기하기 시작했다. 하지만 릴라는 반항적인 성격을 타고나 자신이 원하는 대로 일이 진행되지 않으면 주변 사람을 괴롭힌다고 했다.

"레누, 넌 내가 지금 무슨 일을 겪고 있는지 모를 거야. 알더라도 리나의 처지에서만 들었겠지. 내 말도 좀 들어봐줘. 리나는 내가 돈밖에 모른다고 생각하고 있어. 사실일 수도 있어. 그렇지만 내가 이러는 것은 우리 식구들을 위해서야. 리나의 오빠와 아버지와 친척들을 위해서라고. 내 말 맞지? 너는 배울 만큼 배웠으니 내 말이 틀렸다면 말해줘. 리나는 대체 나한테 뭘 바라는 거야? 내가 과거의 리나처럼 가난해지기라도 해야 하나? 솔라라 집안사람들만 돈을 벌어야 한다는 법이 어디 있어? 동네 전체를 그들의 손에 놀아나게 할 수는 없잖아. 네가 내 말이 틀렸다고 한다면 인정할게. 너랑은 말다툼하지 않을 거야. 하지만 리나와는 싫더라도 어쩔 수 없이 말다툼을 해야만 해. 리나는 나를 원하지 않는데. 내게 직접 그렇게 말했어. 지금도 그렇게 말하고 있고. 리나에게 내가 그녀의 남편이라는 것을 이해시키는 일은 전쟁을 치르는 것 같아. 결혼하면서부터 내 삶은 지옥이 되어버렸다고. 아침저녁으로 얼굴을 보고 함께 잠자리에 들면서 내가 온 힘을 다해 그녀를 사랑하고 있다는 것을 표현하지 못하는 것은 정말 끔찍한 일이야."

나는 운전대를 잡고 있는 스테파노의 커다란 손과 그의 얼굴을 바라보았다. 신혼 첫날밤에 릴라에게 손찌검을 할 수밖에 없었다고 말하면서 그의 눈가가 촉촉하게 젖어들었다. 어쩔 수 없었다고 했다. 릴라가 아침저녁으로 일부러 뺨을 맞을 만한 행동만 골라서 한다고 했다. 그를 비참하게 만들기 위해서. 자신이 절대로, 맹세컨대 절대로 되고 싶지 않았던 부류의 사람으로 만들기 위해서. 스테파노는 겁에 질린 듯한 어조로 말했다.

"그런데 또 리나에게 손찌검을 해야만 했어. 그딴 식으로 차려입고 솔라라 자식들을 만나러 가다니 말이야. 리나에게는 나로서는 도저히 어떻게 할 수 없는 엄청난 내면의 힘이 있어. 예의바른 태도를 무색하게 만드는 사악한 힘이야. 독약 같은 힘이지. 리나가 임신이 안 되는 거 알지? 몇 개월이 지났는데 아무 일도 일어나지 않고 있어. 친척들과 친구들과 고객들까지 모두 요상하게 웃으면서 내게 물어. 좋은 소식이 있느냐고 말이야. 그러면 나는 머저리처럼 무슨 소식을 말하는 거냐고 되물어. 무슨 말인지 알아들은 티를 내면 대답을 해야 할 테니까. 대체 내가 무슨 대답을 할 수 있겠어? 리나는 내면의 힘으로 뱃속에 들어서는 자식들을 죽이고 있어. 정말이야, 레누. 나를 사내구실도 못하는 놈으로 만들어서 사람들 앞에서 망신을 주려고 일부러 그러는 거야. 너는 어떻게 생각해? 내가 과장하는 것 같아? 네가 이렇게 내 말을 들어줘서 얼마나 고마운지 몰라.”

나는 무슨 말을 해야 할지 몰랐다. 어안이 벙벙했다. 그때까지 남자가 자기 일에 대해서 그런 식으로 말하는 것을 나는 단 한 번도 들어보지 못했다. 이야기하는 내내 공격성은 조금도 느껴지지 않았다. 심지어는 릴라에게 폭력을 행사했다고 말하는 그 순간까지도 사투리에 애절함이 느껴졌다. 스테파노의 말이 노래 가사처럼 들렸다.

지금도 나는 그때 스테파노가 왜 그랬는지 모른다. 물론 그다음에 바로 자신이 원하는 바를 털어놓기는 했다. 그는 내가 릴라를 위해서 자신과 동맹을 맺기를 바랐다. 릴라에게는 도움이 필요하다고 했다. 자신의 원수가 아니라 부인처럼 행동해야 한다는 것을 깨달아야만 한다고 했다. 릴라가 개업 준비 중인 식료품점 관련 업무와 돈 계산을 맡도록 릴라를 설득해달라고 했다. 그렇지만 그 말을 하려고 그가 굳이 내게 자신의 속내를 드러내 보일 필요는 없었다. 아마도 릴라가 지금까지 일어났던 일을 이미 내게 상세히 이야기했다고 생각해서 자신의 입장을 설명하려고 했던 것 같다. 아니면 감정에 복받쳐 내가 아내의 가장 친한 친구라는 것조차 잊고 속내를 드러낸 것일 수도 있다. 그도 아니라면 나를 감동시키면 내게 이야기를 전해들은 릴라도 감동할 것이라고 생각했을 수도 있다. 분명한 것은 내가 점점 그의 이야기에 몰입했다는 사실이다.

나는 스테파노가 그토록 은밀한 속마음을 털어놓는 것이 마음에 들었다. 무엇보다도 스테파노가 나를 중요하게 생각한다는 사실에 나는 뿌듯했다. 사실 나도 은연중에 스테파노와 같은 생각을 하고 있었다. 그는 릴라에게는 원하는 것은 그 무엇이라도 이룰 수 있을 만한 엄청난 힘이 있다고 했다. 신체 기관을 통제해서 아이가 들어서는 것을 제어할 만큼 강력한 힘 말이다. 물론 스테파노가 자기 나름대로 한 표현이지만 나도 릴라를 알게 된 후부터는 그녀에게 특별한 힘이 있다는 것을 느껴왔다.

스테파노가 릴라의 사악한 힘을 제어할 수 있는 선한 힘이 나에게 있다고 인정해주니 왠지 으쓱해졌다. 차에서 내려 양장점에 가는 동안에도 스테파노에게 인정받았다는 생각에 나는 위안을 받았다. 스테파노에게 표준어로 그들의 행복을 위해서 최선을 다하겠다고 허풍도 떨었다.

그것도 잠시였다. 양장점 앞에 서자 나는 다시 불안해졌다. 나와 스테파노는 다양한 색상의 원단 가운데 걸려 있는 릴라의 사진을 바라보았다. 사진 속 릴라는 다리를 꼬고 앉아 있었다. 살짝 올라간 신부복 때문에 구두와 발목이 드러났다. 손으로 턱을 괴고 진지하고 강렬한 눈빛으로 카메라 렌즈를 도발적으로 바라보고 있었다. 머리에는 오렌지 꽃 화관이 빛나고 있었다. 그날 사진사는 운이 좋았음이 틀림없다. 사진 속 릴라의 모습에는 스테파노가 자동차에서 이야기한 그 힘이 잘 나타나 있었다. 그녀 스스로도 어찌할 수 없는 그런 힘이었다. 나는 경탄과 안타까움을 동시에 담아 스테파노에게 '아까 우리가 이야기한 릴라의 힘이 바로 이런 거야'라고 말하려고 했다. 하지만 미처 그럴 새도 없이 스테파노는 내가 먼저 들어갈 수 있도록 가게 문을 열어주었다.

가게에 들어서자 스테파노는 재봉사에게 강력하게 항의했다. 나를 대하던 태도와는 전혀 달랐다. 자신을 리나의 남편이라고 소개하고는 자기도 장사를 하지만 남의 사진을 그런 식으로 홍보에 이용할 생각은 해본 적이 없다고 했다. 스테파노가 말했다.

"부인도 아주 아름다우십니다. 그렇다고 제가 햄과 치즈 사이에 부인의 사진을 걸어두면 바깥 분께서 뭐라고 하시겠어요?"

그러고는 사진을 돌려달라고 했다.

재봉사는 당황하며 뭐라고 변명을 해보려고 했지만 결국 포기할 수밖에 없었다. 그녀는 몹시 안타까워했다. 그러면서 자신이 애초에 좋은 마음으로 사진을 진열했다는 사실과 왜 아쉬워하는지 이유를 설명하기 위해 몇 가지 이야기를 들려주었다. 그날 그녀가 들려준 이야기는 훗날 나폴리의 전설로 남게 되었다. 릴라의 사진을 진열장에 걸어놨던 기간에 신부복을 입고 있는 젊은 여성이 누구냐고 묻기 위해서 가게에 들어온 사람 중에는 당시 유명 가수였던 레나토 카로소네, 이집트의 왕자, 비토리오 데 시카 감독, 『로마』지의 신문기자가 있었다는 것이다. 특히 기자는 릴라와 인터뷰를 하고 싶어 했고 사진기자를 보내 미스 이탈리아처럼 사진을 찍고 싶다고 했다. 재봉사는 그 누구에게도 릴라의 주소를 주지 않았다고 맹세했다. 하지만 거물급인 레나토 카로소네와 비토리오 데 시카의 요구를 거절하기는 쉽지 않았다고 했다.

나는 재봉사의 말이 길어질수록 스테파노의 태도가 눈에 띄게 부드러워지고 있다는 것을 느낄 수 있었다. 그는 친근하게 굴면서 그녀에게 최대한 자세히 이야기를 해달라고 했다. 사진을 가지고 돌아오는 길에는 기분이 좋아져서 그의 독백이 양장점에 갈 때처럼 우울하게 들리지 않았다. 스테파노는 한껏 들떠서 갖고 있다는 자체만으로도 명성을 얻을 수 있는 희귀한 물건을 소유한 사람의 자만심으로 릴라에 대해서 이야기하기 시작했다.

어쨌든 스테파노는 내게 도움을 청했다. 집까지 나를 바래다주고 헤어지기 전에 릴라가 옳고 그른 일을 구별할 수 있게 돕겠다는 맹세를 몇 번이나 하게 했다. 스테파노는 릴라를 통제하기 힘든 사람이라기보다는 용기 안에 담겨 있는 진귀한 액체 같은 소유물로 여기는 것 같았다.

다음 날부터 스테파노는 식료품점에 찾아오는 고객을 비롯한 모든 사람에게 레나토 카로소네와 비토리오 데 시카 이야기를 했다. 소문은 온 동네에 퍼졌다. 릴라의 어머니 눈치아 아주머니는 레티필로의 재봉사 입이 쓸데없이 무겁지만 않았어도 릴라는 유명한 가수가 되거나 배우가 되어 「이탈리아식 결혼」 같은 영화에 나오거나 이집트 왕자와 결혼해 왕비가 되었을 것이라는 말을 평생 입에 달고 다녔다. 16세에 스테파노 카라치와 결혼만 하지 않았더라면 말이다.

19

화학 선생님은 관대하게도 내게 겨우 낙제를 면할 수 있는 점수를 선사했다. 어쩌면 갈리아니 선생님의 부탁을 받은 것일 수도 있다. 나는 문학 관련 과목은 모두 7점을 받았고 이과계열 과목은 모두 6점을, 종교학은 5점을 받았다. 태도 점수를 처음으로 만점이 아닌 8점을 받았는데 이는 종교학 선생님이기도 한 신부님을 비롯한 교사위원회가 나를 진정으로 용서하지 않았음을 의미했다.

나는 속상했다. 종교학 선생님과 성령의 역할에 대해서 벌인 언쟁은 내 허영심의 산물일 뿐이었다. 그제야 나를 말리던 알폰소의 말에 귀를 기울이지 않은 것이 후회됐다. 당연히 장학금을 놓쳤고 이 사실을 안 어머니는 안토니오와 시시덕거리며 시간을 허비한 결과라고 소리를 질렀다.

나는 지친 나머지 공부를 그만두고 싶다고 했다. 어머니는 뺨을 때리려고 손을 들었다가 안경을 부러뜨릴까봐 그만두었다. 대신 빨래 방망이를 찾으러 뛰어갔다. 힘든 나날이었다. 상황은 갈수록 나빠졌다.

그나마 기분 좋은 일이 한 번 있었다. 어느 날 아침 성적을 확인하러 학교에 갔는데 학교 수위가 내게 갈리아니 선생님이 남겨둔 상자를 하나 내밀었다. 책이었다. 소설은 아니었다. 다양한 주제의 책이었다. 나에 대한 신뢰의 표시였지만 기운을 완전히 되찾을 만큼 기쁘지는 않았다.

근심거리가 너무나 많은 데다 뭘 하든지 실수할 것 같은 생각이 들었다. 안토니오의 직장에도 가보고 집에도 가보았지만 그를 만날 수 없었다. 아다에게 도움을 청해보려고 식료품점에 들러보기도 했는데 아다의 태도는 냉정하기 짝이 없었다. 안토니오가 나와 마주치기를 원치 않는다고 했다.

그날 이후로는 아다마저도 길에서 나를 봐도 아는 척하지 않고 시선을 다른 쪽으로 돌렸다. 방학이 시작되어 학교에도 가지 않게 되자 아침에 눈뜨는 것이 고통스럽기 짝이 없었다. 머리를 세게 얻어맞은 것 같은 느낌이었다.

갈리아니 선생님이 준 책을 읽어보려고 했지만 너무나 지루했다. 읽어도 잘 이해가 되지 않았다. 동네 도서관에서 다시 소설을 빌려서 쉴 새 없이 읽어 내려갔다.

시간이 지나자 이마저도 즐겁지 않았다. 소설에 나오는 주인공의 인생은 강렬하고 심도 깊은 대사들로 이루어져 있었다. 실제 삶보다 매력적인 현실의 허상일 뿐이었다.

나는 살아 있음을 느끼고 싶은 마음에 가끔 니노의 모습을 보길 바라며 학교까지 걸어가곤 했다. 니노는 고등학교 졸업시험을 준비하는 중이었다. 그가 그리스어 필기시험을 보는 날 나는 학교 앞에서 니노를 오랫동안 기다렸다. 먼저 시험을 마친 학생들이 로치판 그리스어 사전을 한 권씩 끼고 나오기 시작할 무렵 일전에 니노와 입맞춤을 나눈 단정하고 예쁜 소녀가 모습을 나타냈다. 내 옆에서 얼마 떨어지지 않은 곳에서 니노를 기다렸다. 나는 카탈로그에 나오는 모델들처럼 서 있는 우리 둘의 모습이 학교 정문을 나서는 니노의 눈에 어떻게 보일지 상상해보았다. 순간 나는 나 자신이 너무 못나고 초라하게 느껴져 먼저 자리를 떠나고 말았다.

위로를 받고 싶은 마음에 릴라에게 달려갔다. 하지만 나는 내가 릴라에게도 실수를 했다는 사실을 알고 있었다. 나는 바보 같은 짓을 했다. 릴라에게 스테파노와 함께 사진을 찾으러 갔었다는 이야기를 하지 않았던 것이다. 대체 왜 그랬던 걸까. 스테파노가 제안한 중재자 역할에 도취돼서? 레티필로로 가는 길에 들은 이야기를 숨겨야만 의뢰받은 임무를 더 잘 수행할 수 있을 거라고 생각해서? 스테파노의 신뢰를 배반하지 않으려다 나도 모르게 릴라를 배신하게 된 건가?

나는 생각을 제대로 할 수 없었다. 사실 꼭 숨기려고 했던 것은 아니었다. 처음에는 불안한 마음에 이야기를 하지 않았다가 애써 별일 아니라고 생각하고 신경 쓰지 않았다. 그런 다음에는 시간이 너무 많이 지나서 말해봤자 상황만 복잡해질 뿐이라고 생각했다.

실수하기란 정말 쉽다. 신빙성 있는 변명거리를 찾아내려고 했지만 내 자신에게도 빈약하게 느껴졌다. 애당초 내 의도가 순수하지 못했다는 생각에 결국 아무 말도 하지 않았다.

릴라는 릴라대로 내가 스테파노와 만났다는 사실을 알은체하지 않았다. 여전히 나를 친절하게 맞아주었고 자신의 욕조에서 목욕을 하게 하고 자신의 화장품을 쓰게 해주었다. 하지만 언젠가부터 내가 들려주는 소설 이야기에 거의 반응을 나타내지 않았고 잡지에서 읽은 영화배우나 가수들에 대한 가십거리만 이야기하기 시작했다. 속마음이나 은밀한 계획에 대해서는 전혀 언급하지 않았다. 내가 릴라의 몸에 든 멍을 핑계로 스테파노가 폭력을 행사한 이유를 물으면서 그가 그런 짓을 한 것은 사실 그가 네 도움을 원하고, 너와 모든 역경을 함께 헤쳐 나가고 싶어서라고 말하면 릴라는 비꼬는 듯한 눈초리로 나를 물끄러미 바라보다가 어깨를 으쓱해보이고는 자리를 떴다.

얼마 지나지 않아서 나는 릴라가 나와의 관계를 끊을 생각은 없지만 예전처럼 내게 모든 것을 털어놓지는 않기로 했다는 것을 눈치챘다. 릴라는 정말 모든 일을 알아채고 내가 믿을 만한 친구가 아니라고 생각하게 된 걸까.

나는 안달이 났다. 릴라가 나의 빈자리를 느끼기를 바라는 마음에 릴라네 집에 가는 횟수를 줄이기 시작했다. 그렇게 해서라도 릴라가 내게 집에 오지 않는 이유를 묻고 서로의 속내를 털어놓기를 바랐다. 그런데 릴라는 내가 방문 횟수를 줄였다는 사실조차 눈치채지 못하는 것 같았다. 나는 참지 못하고 다시 릴라를 열심히 찾아갔지만 정작 릴라는 나의 방문을 특별히 좋아하는 것 같지도 싫어하는 것 같지도 않았다.

한없이 무더웠던 7월 오후, 나는 잔뜩 풀이 죽어서 릴라네 집에 도착했지만 니노나 니노의 여자친구에 대해서 이야기하지는 않았다. 어느 순간부터 나도 릴라에게 내 마음을 완전히 털어놓지 않게 되었다. 어느 한편이 그런 반응을 보이면 다른 한편도 따라하기 마련이니까.

릴라는 평소와 다름없이 친절하게 나를 맞이했다. 내게 보리로 만든 음료를 만들어주었고 나는 거실 소파에 앉아 차가운 아몬드 시럽을 음료에 넣어 마시는 호사를 누렸다. 그렇지만 나는 모든 일에 짜증이 났다. 덜컹거리며 지나가는 기차 소리와 쉴 새 없이 흐르는 땀까지도 하나같이 거슬렸다.

나는 릴라가 집 안에서 돌아다니는 모습을 조용히 지켜보았다. 전쟁을 선포하고도 전혀 내색하는 법 없이 한 가지 결정만을 밧줄처럼 붙잡고 절망의 미로 속을 거니는 그녀의 능력에 나는 화가 났다. 위험한 무기에 연결된 용수철을 튀어나가지 않게 누르듯이 릴라가 속으로 억누르고 있는 어두운 힘에 대해 스테파노가 했던 말이 생각났다. 릴라의 배를 바라보면서 매일 밤낮으로 스테파노가 그녀에게 억지로 심어 넣으려는 생명을 없애기 위해 벌이고 있을 릴라의 전쟁을 생각했다. 얼마나 더 버틸 수 있을까. 나는 궁금했지만 직접 릴라에게 물어볼 생각은 감히 하지 못했다. 그런 질문은 기분 나쁘게 생각할 테니까.

얼마 지나지 않아 피누차가 도착했다. 겉보기에는 시누이의 일상적인 방문처럼 보였다. 10분쯤 후에 리노도 모습을 드러냈다. 리노와 피누차는 우리가 보는 앞에서 과하다 싶을 정도로 입을 맞춰댔다. 릴라와 나는 못 봐주겠다는 시선을 교환했다. 피누차가 바깥 풍경을 보고 싶다고 하자 리노가 그녀의 뒤를 따라갔다. 둘은 30분쯤 방에서 나오지 않았다.

릴라는 비아냥대며 종종 일어나는 일이라고 짜증을 냈지만 나는 두 연인의 자유로움이 부러웠다. 두려워하지도 불편해하지도 않았고 다시 모습을 드러냈을 때는 전보다 더 행복해 보였다. 리노는 간식거리를 찾으러 주방에 들어갔다 나와서는 릴라와 함께 구두 사업

이야기를 했다. 사업이 점점 잘 되어가고 있다고 했다. 릴라에게 조언을 구해서 잘 들어두었다가 나중에 솔라라 형제에게 자신의 생각인 양 잘난 척하는 데 써먹을 심산인 것 같았다.

"마르첼로와 미켈레가 마르티리 광장에 개점할 가게에 네 사진을 걸고 싶어 한다는 이야기 들었어?"

리노가 불현듯 어르는 듯한 목소리로 릴라에게 말했다.

"그건 좀 아닌 것 같은데."

피누차가 즉각 대꾸했다.

"왜?"

리노가 물었다.

"왜라니? 사진을 걸더라도 새로 개업할 식료품점에다 걸어야지. 이제부터 리나가 운영할 곳이니까. 그렇지 않아? 마르티리 광장에 열 가게는 내 몫이니까 무엇을 걸지는 내가 결정해야 하지 않겠어?"

피누차는 리노에 맞서 릴라의 권리를 보호하려는 것처럼 말했지만 그곳에 있던 모두가 실은 피누차 자신의 권리와 미래를 위해 이야기하고 있다는 것을 알고 있었다. 피누차는 스테파노 밑에서 일하는 것에 지쳐 있었고 식료품점에서 벗어나고 싶어 했다. 그런 그녀에게 시내 한복판에 버젓이 자리 잡은 상점의 여주인 노릇을 하는 것은 나쁘지 않은 기회였다.

이런 까닭으로 얼마 전부터 리노와 미켈레는 구둣가게 운영을 두고 미묘한 신경전을 벌이고 있었다. 각자 애인들의 압력을 받아 시작된 전쟁이었다. 리노는 피누차가 가게를 맡아야 한다고 했고 미켈레는 질리올라가 맡아야 한다고 했다. 하지만 피누차 쪽이 훨씬 더 공격적이었다. 피누차는 애인과 오빠의 힘을 등에 업고 자신이 원하는 바를 얻을 수 있다고 확신하고 있었다.

피누차는 벌써 신분 상승이라도 한 것처럼 행동했다. 그녀에게 우리 고향 촌동네는 이미 안중에 없었다. 시내의 세련된 고객들의 취향을 파악하는 데 주력하고 있었다.

나는 리노가 동생인 릴라가 피누차를 공격할까봐 두려워한다는 것을 알아챘다. 하지만 릴라는 조금도 관심을 보이지 않았다. 리노는 바쁜 척 시계를 쳐다보았다. 리노는 자기 예상이 틀림없을 것이라는 투로 말했다.

"내 생각에 그 사진은 상업적 가치가 높아."

리노는 피누차에게 입맞춤을 했지만 피누차는 리노의 말에 동의하지 않는다는 뜻으로 몸을 뺐다. 리노가 떠나자 여자들끼리만 남게 되었다.

평소 내 말에 무게를 두는 피누차는 문제를 해결하는 데 내 도움을 받기를 은근히 바라면서 뾰로통하게 물었다.

"네 생각은 어때, 레누? 리나의 사진이 마르티리 광장 같은 곳에 어울린다고 생각해?"

나는 표준어로 대답했다.

"그건 스테파노가 결정해야 할 사안이야. 진열장에서 그 사진을 치우게 하려고 양장점까지 직접 찾아간 걸 보면 허락하지 않을 것 같아."

피누차는 만족스러움에 얼굴이 환해지며 소리치다시피 말했다.

"넌 정말 현명한 아이구나, 레누."

나는 릴라가 자신의 생각을 이야기하기를 기다렸다. 그녀는 한동안 침묵하다가 내게 시선을 고정하고 말했다.

"스테파노가 그 사진을 사용하게 한다는 데 돈을 얼마나 걸래?"

"그럴 리 없어."

"맞다니까."

"넌 뭘 걸 건데?"

"네가 지면 앞으로 평균 8점 아래로 떨어져서는 안 돼."

나는 민망해하며 릴라를 바라보았다. 특별히 이야기한 적이 없어서 내가 겨우 낙제를 면했다는 사실을 그녀가 모르고 있는 줄 알았다. 그런데 릴라는 이미 다 알고 있었고 그래서 지금 나를 책망하고 있는 것이다.

'넌 내 기대를 만족시키지 못했어. 형편없는 점수를 받았어.'

릴라는 자기가 내 자리에 있었다면 해냈을 일을 내게 강요하고 있었다. 나를 정말로 책벌레의 삶에 얽매놓고 싶은 것이다. 정작 자신은 돈도 많고 예쁜 옷에다 집과 텔레비전에 자동차까지 모든 것을 갖고 있는데도. 원하는 것은 당연스럽게 뭐든지 가질 수 있는데도.

"네가 지면?"

나는 약간 원망스러운 기색을 내비치며 물었다. 릴라는 가늘게 뜬 눈에서 강렬한 눈빛을 나를 향해 내뿜으며 말했다.

"사립학교에 등록해서 나도 다시 공부할 거야. 어떻게 해서든 너와 함께 시험에 응시해서 너보다 좋은 성적으로 고등학교 졸업시험에 합격하겠어."

나와 함께 시험에 응시해서 나보다 좋은 성적으로라니. 릴라는 여태까지 그런 생각을 하고 있었던 걸까? 순간 안토니오와 니노를 비롯한 내 보잘것없는 삶에 대한 불만이 거대한 바람에 휩쓸려가는 듯한 느낌을 받았다.

"진심이야?"

"장난으로 하는 내기가 어디 있어?"

피누차가 매섭게 끼어들었다.

"리나, 제발 또 정신 나간 것처럼 굴지 좀 마. 넌 이제 식료품점을 운영해야 해. 스테파노 혼자서 다 할 수는 없어."

피누차는 잠시 숨을 가다듬더니 거짓된 상냥함을 가장하며 말했다.

"게다가 나는 대체 언제쯤이나 고모 소리를 들을 수 있는지 알고 싶어."

피누차의 말투는 부드러웠지만 말에 가시가 돋쳐 있었다. 그녀가 릴라를 못마땅하게 생각하는 이유에 어느 정도 공감이 간다는 사실에 나는 짜증이 났다. 피누차의 속마음은 이러했으리라.

'넌 이제 결혼한 몸이야. 게다가 우리 오빠는 아낌없이 모든 것을 해주고 있어. 그러니 이젠 네 의무를 다하란 말이야.'

사실 그랬다. 카라치 부인이 된 마당에 문을 꼭꼭 걸어 잠그고, 방어막을 치고, 한껏 몸을 사리고 뱃속에 악에 받친 증오를 키울 필요가 뭐가 있을까.

'항상 주변 사람들에게 상처만 줘야 되겠니, 릴라? 대체 언제까지 그럴 셈이야? 언제쯤 네가 힘을 빼고 긴장을 풀고 졸음에 겨운 보초병처럼 쓰러지는 날이 오게 될까? 도대체 언제쯤 마음을 열고 불러가는 배를 안고 새로 연 식료품점 계산대 뒤에 자리를 잡겠니? 언제쯤이나 피누차를 고모로 만들어주겠니? 대체 언제쯤 내 갈 길을 가도록 나를 놓아주겠니?'

"내가 어떻게 알아."

릴라가 대답했다. 어느새 커다랗고 깊은 눈매로 되돌아와 있었다.

"설마 내가 먼저 엄마가 되는 것은 아니겠지?"

피누차가 웃으며 말했다.

"그렇게 우리 오빠와 딱 달라붙어 있으면 그렇게 될 수도 있겠지."

둘 사이에 말다툼이 벌어졌다. 나는 더는 그곳에 남아 귀를 기울이지 않았다.

20

어머니를 진정시키기 위해서라도 나는 여름 동안 일거리를 찾아야 했다. 나는 망설이지 않고 문구점 아주머니를 다시 찾아갔다. 아주머니는 내가 학교 선생님이나 의사 선생님이라도 되는 양 나를 맞아주었다. 가게 뒤에서 놀고 있는 딸들을 부르자 아이들은 나를 껴안고 내게 입을 맞추었다. 자기들과 함께 놀아달라고 했다. 내가 일거리를 찾고 있다고 하자 아주머니는 나처럼 착하고 똑똑한 사람에게 아이들을 맡기는 거라면 8월까지 기다릴 필요도 없다고 했다. 당장이라도 딸들을 시 가든에 데리고 가달라고 했다.

"당장이라면 언제부터요?"

내가 물었다.

"다음 주부터는 어때?"

"전 좋아요."

"작년보단 사례비를 조금 더 줄게."

오랜만에 좋은 일이 생긴 것 같아 나는 기분이 좋아졌다. 집에 돌아가자 어머니는 내가 운이 좋다면서 해수욕과 일광욕을 하는 것은 일다운 일이 아니라고 했지만 기분이 상하지는 않았다.

나는 기운을 차려서 다음 날 올리비에로 선생님을 찾아갔다. 그해 성적이 그다지 좋지 않은 것을 이야기하기 싫었지만 다음 학년 교과서를 구해달라고 부탁해야 했기 때문에 한 번은 만나야 했다. 선생님에게 릴라 소식도 전하고 싶었다. 좋은 곳으로 시집을 가서 시간

적 여유가 생긴 릴라가 드디어 다시 공부를 시작할 생각이라는 소식을 들으면 선생님도 기뻐할 것 같았다. 선생님의 눈빛에서 이 소식에 대한 반응을 읽으면 릴라의 결심이 내게 일으킨 동요를 잠재울 수 있을 것 같았다.

몇 번이고 문을 두드렸지만 선생님은 문을 열어주지 않았다. 이웃 사람들에게도 물어보고 근처를 돌아다니면서 물어보다가 한 시간쯤 후에 다시 선생님 집 현관으로 갔지만 그때도 문은 열리지 않았다. 선생님이 외출하는 모습을 본 사람은 아무도 없었다. 길에서도 상점에서도 선생님의 모습은 보이지 않았다. 선생님의 연세가 꽤 많은 데다 건강상태가 좋지 않다는 것을 알고 있었기 때문에 나는 이웃들에게 도움을 청했다. 선생님 댁 바로 옆집에 사는 아주머니가 자기 아들을 불렀다. 청년은 자기 집 발코니에서 선생님 집 창문을 넘어 집 안으로 들어갔다.

선생님은 잠옷 차림으로 주방 바닥에 쓰러져 있었다. 서둘러 의사를 불렀다. 선생님을 당장 병원에 입원시켜야 한다고 했다. 사람들이 선생님을 부축해 집 밖으로 나왔다. 평소 선생님의 옷차림은 깔끔했는데 지금은 옷차림이 엉망인 데다 얼굴이 부어 있었다. 겁에 질린 눈빛이었다. 내가 고개를 끄덕여 선생님께 알은체를 하자 눈을 내리깔았다. 선생님을 태운 차는 경적을 울리며 거칠게 출발했다.

그해 여름의 무더위는 체력이 약한 사람들에게 좋지 않은 영향을 미쳤던 것 같다. 오후에는 뜰에서 멜리나의 아이들이 어머니를 부르는 소리가 들려왔다. 시간이 갈수록 목소리가 점점 더 걱정스럽게 들렸다. 아무리 기다려도 어머니를 찾는 목소리가 그치지 않아서 무슨 일인지 알아보기 위해 내려갔다가 아다와 마주쳤다. 아다의 눈가는 젖어 있었다. 신경이 잔뜩 곤두서 있는 상태였다. 어머니가 사라졌다고 했다. 얼마 안 있어 안토니오가 창백한 얼굴로 가쁜 숨을 내쉬며 도착했다. 그는 나에게 눈길 한 번 주지 않고 바로 달려가 버렸다.

곧이어 온 동네 사람이 멜리나를 찾아나섰다. 스테파노까지 작업복 차림으로 뛰쳐나와서 오픈카 옆자리에 아다를 앉히고 천천히 운전하면서 주위를 살폈다. 나는 안토니오의 뒤를 쫓아갔다. 이곳저곳을 함께 뛰어다니면서 말은 한마디도 하지 않았다.

어느새 저수지에 도착했다. 우리는 길게 자란 풀을 헤치며 멜리나의 이름을 큰 소리로 불렀다. 안토니오의 얼굴은 핼쑥했고 퀭한 눈가에는 다크서클이 푸르스름하게 내려앉아 있었다. 나는 그를 위로하고 싶은 마음에 그의 손을 잡았다. 그는 나를 밀어내고는 잔혹한 말을 했다.

"나를 내버려둬. 이젠 네가 여자로 보이지 않아."

가슴이 찌르는 듯 아팠다. 바로 그 순간 멜리나가 보였다. 멜리나는 물속에 들어가 몸을 씻고 있었다. 녹색 수면 위로 머리가 솟아나와 있었다. 머리는 물에 젖어 있었고 눈은 빨갛게 충혈되어 있었다. 입술에는 작은 나뭇잎사귀와 진흙이 묻어 있었다. 지난 10년 동안 정신이 나가 있을 때면 소리를 지르거나 노래를 하던 멜리나가 그날은 조용히 앉아 있었다.

우리는 멜리나를 부축해서 집으로 데리고 갔다. 안토니오가 한쪽에서, 나는 반대편에서 그녀를 부축했다. 사람들은 안심하며 멜리나의 이름을 부르기도 하고 살며시 손을 흔들기도 했다.

현관문 옆에 릴라의 모습이 보였다. 릴라는 수색 작업에 동참하지 않았다. 신시가지에 있다 보니 뒤늦게 소식을 들었던 것 같다. 나는 예전부터 릴라가 멜리나에게 특별히 애착을 갖고 있다는 것을 알고 있었다. 그래서 모든 사람이 멜리나에게 동정의 표시를 하고, 아다가 어머니를 외치며 달려가고, 스테파노가 끔찍한 일이 일어날 줄 알았는데 모든 일이 해결되어 다행이라는 표정으로 아다를 뒤따라가는데 릴라만이 의미를 알 수 없는 표정으로 멀찌감치 서 있는 것을 보고 놀랐다.

릴라는 멜리나의 딱한 모습에 감정이 북받쳐 오른 것 같았다. 멜리나는 지저분한 모습으로 창백한 미소를 짓고 있었다. 물에 흠뻑 젖은 얇디얇은 옷은 진흙투성이였다. 삐쩍 마른 몸매를 옷 아래로 드러낸 상태로 친구들과 동네 사람들에게 힘없는 몸짓으로 인사를 했다. 릴라는 이 모습에 상처받고 풀이 죽어 있었다. 멜리나의 혼란을 자신이 직접 느끼는 것 같았다. 나는 릴라를 향해 고개를 끄덕여 보였지만 릴라는 대답하지 않았다.

나는 멜리나를 아다에게 넘겨주고 릴라를 찾았다. 올리비에로 선생님 일과 안토니오가 내게 던진 독설에 대해서 이야기하고 싶었다. 하지만 릴라의 모습은 이미 보이지 않았다.

21

릴라를 다시 보았을 때 그녀는 기분이 그다지 좋지 않은 상태였다. 릴라는 내 기분까지 안 좋아지게 하려고 작정한 것처럼 굴었다.

그날 나는 오전 시간을 릴라네 집에서 보냈다. 겉으로는 사이좋게 놀이를 하고 있는 것처럼 보였지만 실은 릴라가 내게 억지로 자신의 옷을 입히고 있었다. 맞지 않을 거라는 걸 뻔히 알면서도.

놀이가 아니라 말 그대로 고문 같았다. 릴라는 나보다 키도 크고 날씬했다. 그러다보니 릴라의 옷을 입은 내 모습은 우스꽝스럽기 짝이 없었다. 릴라는 이를 인정하려 하지 않았다. 약간만 손보면 괜찮을 것 같다면서 우겼다. 그러면서도 내 모습을 바라보면 바라볼수록 더 우울해 하는 것 같았다. 내 모습에 기분이 상하기라도 한 것 같았다.

릴라는 불현듯 그만하자고 소리쳤다. 유령이라도 본 것 같은 표정이었다. 그러고는 정신을 추스르더니 경박한 목소리로 며칠 전에 파스콸레와 아다를 만나 아이스크림을 먹었다고 했다. 나는 속옷 차림으로 릴라가 옷을 옷걸이에 거는 것을 돕고 있었다.

"파스콸레랑 아다랑?"

"그래."

"스테파노도?"

"아니, 나 혼자서."

"그 애들이 먼저 만나자고 한 거야?"

"아니, 내가 먼저 만나자고 했어."

릴라는 나를 놀라게 하려고 마음먹은 것 같은 표정으로 옛 친구들과 함께 시간을 보낸 것이 그때만은 아니었다고 했다. 파스콸레랑 아다 커플과 아이스크림을 먹은 다음 날은 엔초랑 카르멘 커플과 함께 피자를 먹으러 갔었다는 것이다.

"그날도 너 혼자 간 거야?"

"그래."

"스테파노는 뭐라고 안 해?"

릴라는 알 게 뭐냐는 듯한 표정을 지어보였다.

"결혼했다고 할머니처럼 살 필요는 없잖아. 원하면 함께 나가도 되지만 저녁에 너무 피곤하면 나 혼자 나갈 수도 있지."

"그래서 어땠는데?"

"재밌었어."

나는 릴라가 내 표정에서 서운한 감정을 읽어내지 못하기를 바랐다. 그 무렵 우리는 꽤 자주 만나는 편이었으니 마음만 먹었다면 오늘 옛 친구들과 만나기로 했으니 함께 가지 않겠느냐고 물을 수 있었을 것이다.

그런데 릴라는 내게 아무런 말도 하지 않았다. 나 몰래 친구들과 약속을 잡고 시간을 보냈다. 그 아이들이 우리 둘의 소꿉친구들이 아니라 자신만의 친구들인 것처럼 말이다. 릴라는 그런 내 앞에서 즐거워하며 친구들과 나눈 이야기를 세세하게 들려주었다.

"아다는 요새 걱정이 많아. 멜리나가 거의 아무것도 먹지 않는 데다가 먹어봤자 다 토해버린대. 파스콸레도 어머니 주세피나 아주머니 때문에 걱정하고 있어. 주세피나 아주머니는 요즘 잠을 통 못 주무신대. 다리가 무겁고 가슴이 두근거리시나봐. 펠루소 아저씨를 보러 감옥에 다녀오는 길이면 옆에서 아무리 위로해도 그렇게 서럽게 우신대."

나는 릴라의 말에 가만히 귀를 기울였다. 릴라는 평소보다 훨씬 이야기에 몰두했다. 특히 멜리나와 주세피나 아주머니에 대해서 이야기할 때는 감정을 한껏 담았다. 릴라는 멜리나의 쭈그러진 몸과 주세피나 아주머니의 펑퍼짐한 육체와 그들의 고통에 동화된 것처럼 이야기했다. 이야기를 하면서 얼굴, 가슴, 배, 엉덩이를 자신의 몸이 아닌 것처럼 어루만졌다. 두 여인에 대해서 모든 것을 알고 있다는 듯이 세세히 이야기했다. 내게는 아무도 해주지 않은 이야기를 자기는 다 안다는 사실을 증명이라도 하고 싶어 하는 것 같았다. 아니 그보다 더 잔인하게 내가 구름 뒤에 숨어서 주변 사람들의 고통은 보지 못한다는 것을 깨닫게 하려는 것 같았다.

릴라는 약혼과 결혼식 준비로 정신이 없을 때에도 주세피나 아주머니를 시야에서 놓친 적이 없었던 것처럼 그녀에 대해서 이야기했다. 멜리나에 대해서도 아다와 안토니오의 어머니가 정말로 자신의 머릿속에 들어오기라도 한 것처럼, 그녀의 광기를 완전히 이해하고 있다는 투로 말했다. 나는 겨우 안면이 있는 정도이지만 자신은 간접적으로 사정을 잘 알고 있는 동네 사람들을 열거하기 시작했다. 마지막으로 내게 말했다.

"안토니오랑도 아이스크림을 먹었어."

안토니오의 이름을 듣자 배를 주먹으로 한 대 얻어맞은 것 같았다.

"어떻게 지내고 있어?"

"잘 지내고 있던데."

"안토니오가 내 얘기 했어?"

"아니, 전혀."

"언제 떠난대?"

"9월 달에."

"마르첼로가 전혀 도움이 안 됐나 보네."

"당연한 거 아니야?"

'당연하다고? 솔라라 형제가 아무것도 해주지 않을 거라는 걸 알았다면 대체 왜 나를 데리고 간 건데? 대체 왜 결혼까지 했으면서 옛 친구들을 다시 만나려 하는 건데? 그것도 너 혼자서만. 왜 안토니오와 만나 아이스크림을 먹었으면서 내겐 한마디도 하지 않은 건데? 안토니오가 내 남자친구였고 지금 그는 나를 만나고 싶어 하지 않지만 나는 그를 만나고 싶어 하는 상황인 것을 뻔히 알면서. 내가 네 남편의 자동차를 타고 함께 나갔으면서 네게 한마디 말도 하지 않았다

고 나에게 복수하는 거니?'

나는 신경이 날카로워져서 옷을 챙겨 입었다. 할 일이 있어서 가 봐야겠다고 중얼거렸다.

"할 말이 더 있어."

릴라는 진지한 표정으로 리노와 마르첼로와 미켈레가 스테파노 를 데리고 마르티리 광장에 개업 준비 중인 구둣가게 공사가 잘 진 행되고 있는지 확인하러 갔다고 했다. 시멘트 부대와 페인트 통, 붓 사이에서 이들 셋은 스테파노에게 가게 입구 반대편에 있는 벽면을 가리켜 보이며 그곳에 릴라의 신부복 사진을 크게 인화해서 걸고 싶 다고 했다. 스테파노는 이들의 말을 듣고 있다가 물론 릴라의 사진 이 구두를 홍보하는 데 큰 도움이 되겠지만 적합한 생각은 아닌 것 같다고 했다. 셋은 끈질기게 졸랐지만 스테파노는 마르첼로에게도 미켈레에게도 리노에게도 안 된다고 했다. 결론을 말하자면 내가 내 기에서 이긴 것이다.

"봤지? 넌 네 남편에 대해서 불평만 늘어놓지만 내 말이 맞았잖 아. 약속대로 이제부터 공부해야겠네."

"기다려보자."

"뭘 기다려? 내기는 내기지. 네가 졌잖아."

"기다려보자니까."

릴라가 되풀이했다.

나는 기분이 더 나빠졌다. 릴라는 자신이 원하는 게 뭔지 모르는 모양이라고 생각했다. 자기 남편에 대한 예상이 틀려서 심통이 난 모양이라고. 아니, 잘 모르겠다. 스테파노가 그들의 제안을 거부해서 내심 기뻐하고 있는 건지도 모른다. 그러면서도 사내들이 자신의 사 진을 두고 더 오랫동안 언쟁을 벌이기를 바랐는데 솔라라 형제가 생각보다 빨리 포기해서 실망한 것인지도 모르는 일이라고 생각했다.

나는 릴라가 무심하게 한 손으로 엉덩이부터 다리까지 쓸어내리는 것을 바라보았다. 작별인사라도 하는 것 같았다. 나는 동시에 멜리나가 사라졌을 때 릴라의 눈에 스쳤던 고통, 두려움과 모멸감이 뒤섞인 눈빛이 다시 나타나는 것을 보았다.

'사실 릴라는 자신의 사진이 시내 한가운데 커다랗게 걸리는 것을 원하는 게 아닐까? 미켈레가 사진을 걸라고 스테파노에게 강요하지 못해서 아쉬워하는 게 아닐까? 왜 아니겠는가. 릴라는 언제나 1등이길 원하지 않았나? 릴라는 원래 그런 아이다. 가장 아름답고 가장 세련되고 제일 부자다.'

나는 생각했다.

'무엇보다도 가장 똑똑하지.'

릴라가 정말로 다시 공부를 시작할 거라고 생각하니 낙심이 되고 힘이 빠졌다. 릴라라면 몇 년간 뒤처졌던 공부도 금방 따라잡을 수 있을 것이다. 나와 함께 나란히 앉아서 고등학교 졸업시험에 응시할 수 있을 것이 분명했다. 생각조차 하기 싫은 일이었다. 하지만 가장 참을 수 없는 것은 내가 릴라에게 그런 감정을 느낀다는 사실이었다. 내 감정이 너무나 수치스러워 나는 오히려 릴라에게 다시 함께 공부하게 되면 멋질 것 같다고 했다. 어떤 절차를 밟아야 하는지 잘 알아보라고 당부까지 했다. 릴라가 어깨를 으쓱해보였다.

내가 말했다.

"이젠 정말 가봐야겠어."

이번엔 릴라도 나를 붙잡지 않았다.

22

계단을 내려가면서부터 언제나처럼 나는 릴라가 그렇게 행동할 수밖에 없었던 이유를 릴라의 처지에서 생각하기 시작했다. 적어도 그때는 내 느낌이 맞는 것 같았다. 릴라는 지금 신시가지에서 홀로 소외된 생활을 하고 있다. 신혼집에 틀어박혀서 스테파노에게 학대 당하며 어떻게 해서든 스테파노의 아이를 갖지 않기 위해 자신의 육체와 알 수 없는 싸움을 벌이고 있다. 다시 공부를 시작하겠다는 말도 안 되는 내기를 할 정도로 학교에서 승승장구하고 있는 나를 부러워한다.

릴라는 내가 자신보다 훨씬 자유로워보였을 것이다. 안토니오와의 이별과 힘겨운 공부 같은 내 문제는 자신의 문제에 비해서 하찮다고 생각할 것이다. 그런 식으로 생각하다보니 내 감정은 릴라를 마지못해 이해하려는 마음에서 그녀에 대한 경탄으로 바뀌었다.

'그래, 릴라가 다시 공부를 시작하면 정말 멋질 거야. 릴라가 항상 1등이고 내가 2등이던 초등학교 시절처럼. 릴라가 공부에 의미를 부여하기에 나도 의미를 부여할 수 있었던 그 시절로 돌아가는 거야. 릴라의 그늘 안에 머무르면서 더 강하고 더 안전하게 느꼈던 시절로. 그래, 다시 시작하는 거야.'

집에 돌아오는 길에 불현듯 릴라의 얼굴에 나타났던 고통과 공포와 혐오감이 뒤섞인 표정이 떠올랐다. 올리비에로 선생님의 험한 몰골과 통제력을 잃은 멜리나의 몸도 생각났다. 나는 별다른 생각 없이 큰길에 서 있는 여인들의 모습을 자세히 살펴보기 시작했다. 그 순간까지 한정된 대상만을 바라보며 살아온 것 같은 생각이 들었다.

내 관심은 오로지 아다, 질리올라, 카르멘, 마리사, 피누차, 릴라

그리고 같은 반 친구들 같은 내 또래 여자아이들에게만 집중되어 있었다. 막상 멜리나나 주세피나 아주머니, 눈치아 아주머니나 마리아 아주머니의 몸을 제대로 바라본 적은 한 번도 없었다. 내가 오랜 시간을 두고 날이 갈수록 커지는 불안감과 함께 지켜봐온 것은 오직 내 어머니의 육신밖에 없다. 절뚝이는 어머니의 모습이 나를 옥죄어 왔고 끊임없이 나를 위협해왔다. 내 모습에서 갑자기 어머니의 모습이 나타날까봐 언제나 두려웠다.

그날은 우리 동네 모든 어머니의 모습이 너무나 선명하게 눈에 들어왔다. 어머니들은 신경질적이고 남편의 말에 무조건 복종하는 존재들이었다. 입을 꾹 다물고 구부정한 자세로 있거나 아니면 성가시기 짝이 없는 자식들에게 끔찍한 욕설을 퍼부었다. 눈과 볼이 움푹 들어가고 너무 삐쩍 말랐거나 거대한 엉덩이와 부어오른 발목에 가슴이 축 처져 뚱뚱했다. 손에는 장바구니를 들었고 안아달라고 보채는 어린아이들을 치마에 달고 다녔다.

지금 생각해보면 놀랍게도 그때 당시 이들의 나이는 기껏해야 나보다 열 살에서 스무 살 정도 많은 정도였다. 그런데도 여성스러운 매력은 이미 흔적도 없이 사라진 후였다. 소녀 시절에 옷이며 화장으로 그토록 뽐내고 싶어 했던 여성성이 사라져버린 것이다. 어머니들은 남편과 아버지와 남자 형제들의 육신에 잠식되어 날이 갈수록 외모까지도 그들을 닮아갔다. 그렇지 않더라도 육체적 노동으로 노쇠하거나 병을 얻어 여성성을 잃어갔다.

그런 변화가 시작되는 순간은 언제일까? 가사 일을 시작하면서부터인가? 아니면 임신을 하면서? 남편에게 얻어맞기 시작하면서? 릴라도 눈치아 아주머니처럼 흉측해질까? 그 아름다운 얼굴에서 결국은 페르난도 아저씨의 모습이 튀어나오게 될까? 그 우아한 걸음걸이가 두 팔을 한껏 벌리고 양반걸음으로 걷는 리노의 걸음걸이처럼 변하게 될까? 그렇다면 내 몸도 망가져서 언젠가는 내게서 어머니뿐만 아니라 아버지의 모습까지 나타나게 되는 게 아닐까? 그렇게 되면 학교에서 배운 것은 모두 사라지고 우리 동네 사람들의 거친 억양과 태도가 다시 나를 지배하게 될 것이다. 유물론 철학자인 아낙시만드로스와 내 아버지, 시인 폴고레와 돈 아킬레, 화학 원소가와 저수지, 그리스어 문법의 부정과거법, 헤시오도스와 솔라라 형제의 무례하고 저속한 언어가 모두 시꺼먼 진흙탕에 뒤섞이게 되지 않을까? 따지고 보면 지난 수천 년 동안 혼란스럽고 천박한 도시에서 으레 일어났던 일이 아닌가.

문득 나도 모르게 내가 릴라의 감정을 이해하고 여기에 내 감정을 덧씌우고 있다는 것을 깨달았다. 그래서 릴라가 그다지도 낙담한 표정이었던 걸까? 작별인사라도 하듯이 다리와 엉덩이를 쓰다듬었던 것일까? 멜리나나 주세피나 아주머니의 육체에 잠식당한 자신의 육체를 느끼기 위해 그들의 이야기를 하는 동안 자신의 몸을 만졌던 걸까? 육체가 잠식당했다는 사실에 두려워하고 역겨워하면서? 어떻게든 대응해야겠다는 생각에 옛 친구들을 찾았던 걸까?

어린 시절 교단에서 넘어진 올리비에로 선생님을 망가진 인형처럼 바라보던 릴라의 눈빛이 떠올랐다. 큰길을 걸어오며 가게에서 산 부드러운 비누를 입에 넣던 멜리나의 모습을 바라보던 릴라의 눈빛이 생각났다. 어린 시절 구리로 된 냄비를 타고 피가 흘러내리는 돈 아킬레 살인 현장을 우리들에게 묘사하던 릴라의 모습도 떠올랐다. 릴라는 돈 아킬레의 살인자가 남자가 아니라 여자라고 주장했다. 마치 살인 현장을 직접 목격하기라도 한 것처럼 우리에게 여살인마의 육체가 증오에 불타올라 복수와 정의를 실현하고 싶은 조급함에

조각조각 분해되어 형체를 잃어가는 모습을 묘사하던 그녀가 생각
났다.

23

7월의 마지막 주부터는 일요일을 포함해서 하루도 빠짐없이 문구
점 아주머니의 아이들을 데리고 시 가든으로 갔다. 나는 천으로 만
든 가방에 아이들을 돌보는 데 필요한 백만 가지 소지품 외에도 갈
리아니 선생님이 내게 보내준 책을 몇 권 넣어갔다. 과거와 현재, 인
류가 지나온 길과 나아가야 할 길에 대한 논의가 담긴 얇은 책들이
었다. 문체는 교과서와 비슷했지만 훨씬 어렵고 훨씬 흥미로웠다.
나는 그런 식의 텍스트에 익숙하지 않아서 조금만 읽어도 빨리 피곤
해졌다. 아이들에게도 신경을 많이 써야 하는 데다 무엇보다도 잔잔
한 바다와 해안과 도시 위에서 빛나는 납빛 태양이 신경을 분산시켰
다. 나는 일상에서 벗어나고픈 상상과 욕망을 느꼈다. 언제든 문장
에 부여된 질서를 무너뜨리고 미래의 목표를 이루기 위해 해온 노력
을 멈추고 당장 눈앞에 펼쳐져서 손만 뻗으면 닿을 수 있는 하늘과
땅과 바다, 자연 그대로인 야생의 삶과 인생에 나를 내맡기고 싶었
다. 그렇게 나는 한쪽 눈으로는 문구점 아이들을 바라보고 한쪽 눈
으로는 『불평등의 기원』을 읽으면서 17세 생일을 기다리고 있었다.
어느 일요일, 누군가가 손으로 내 눈을 가리고는 내게 물었다. 여
자 목소리였다.

"누구게?"

나는 마리사라는 것을 금세 알아채고는 순간 니노도 함께 있기를
바랐다. 일광욕과 해수욕으로 예뻐진 모습으로 어려운 책을 열심히

읽는 장면을 보여주고 싶었다. 나는 반가워하며 외쳤다.

"마리사로구나!"

뒤돌아보았지만 니노의 모습은 보이지 않았다. 대신 알폰소가 어깨에 푸른 수건을 두르고 담배와 라이터와 지갑을 손에 든 채 서 있었다. 흰색 스트라이프가 들어간 검은 수영복을 입고 있었다. 알폰소의 피부는 수영복의 흰색 스트라이프만큼이나 새하앴다. 평생 햇볕 한 번 못 쬐어본 것 같은 모습이었다.

마리사와 알폰소가 다른 곳도 아닌 시 가든에 함께 있는 것이 놀라웠다. 알폰소는 10월에 두어 과목에 대한 재시험을 앞두고 있었다. 평일에는 식료품점에서 일을 하니 일요일에는 당연히 공부하고 있을 것이라고 생각했다. 마리사도 당연히 식구들과 바라노에 있을 줄 알았다. 마리사는 지난해 부모님들이 집주인인 넬라 아주머니와 심하게 다투었기 때문에 올해는 아버지와 함께 『로마』지에 기고하는 친구들과 카스텔 볼투르노에 따로 별장을 빌렸다고 했다. 자기는 며칠 동안만 나폴리에 머무르기 위해서 잠시 돌아온 것이라고 했다. 재시험을 볼 세 과목 때문에 교과서도 가지러 와야 했고 만날 사람도 있었기 때문이라고 했다. 그녀는 알폰소를 향해 애교스러운 미소를 지어보였다. 마리사가 만나야 할 사람은 바로 알폰소였던 것이다.

나는 참지 못하고 니노가 시험을 잘 봤는지 물어보았다. 그녀는 넌더리가 난다는 투로 말했다.

"전 과목 8점에 두 과목에서는 9점을 받았어. 성적이 나오자마자 무일푼으로 혼자 영국으로 떠났어. 거기에서 일자리를 찾아보겠대. 영어를 완벽하게 배울 때까지 돌아오지 않겠다나."

"그러고는?"

"그러고는 잘 모르겠어. 경제과나 무역과 같은 데 등록하겠지."

하고 싶은 질문이 산더미였다. 학교 앞에서 니노를 기다리던 소녀가 누구인지 물어보려고도 했다. 정말 혼자 영국으로 간 건지 혹시 그녀도 함께 간 건 아닌지 묻고 싶었다. 그때 알폰소가 쑥스러워하면서 끼어들었다.

"리나도 오고 있어."

알폰소가 말을 이었다.

"안토니오가 차로 바래다주었거든."

안토니오라고?

안토니오의 이름에 내 표정이 변하는 것을 알폰소도 알아챘던 것 같다. 내 얼굴은 터질 듯 화끈거렸고 눈은 질투심으로 타올랐다. 알폰소는 미소를 지어보이고는 서둘러 말했다.

"스테파노가 새 가게 진열대를 만드느라 바빠서 함께 오지 못하게 됐어. 그런데 리나가 너를 꼭 보고 싶어 했거든. 네게 할 말이 있다나봐. 그래서 안토니오에게 우리를 데려다달라고 부탁한 거야."

"맞아. 네게 급히 할 말이 있대."

마리사가 자기는 무슨 일인지 이미 알고 있다는 듯 기쁜 표정으로 손뼉을 쳤다.

릴라가 내게 하려는 말이 뭘까. 마리사의 태도를 보면 좋은 내용일 것 같았다. 릴라가 안토니오를 달래서 다시 내게 돌아오게 한 걸까? 솔라라 형제가 손을 써서 안토니오가 군대에 가지 않아도 되게 한 건가? 처음에 떠오른 생각은 이랬다. 하지만 릴라와 안토니오의 모습을 보자마자 나는 이 두 가지 가정은 제외하기로 했다. 누가 봐도 안토니오는 릴라의 말에 복종함으로써 공허한 일요일에 약간의 의미를 부여하러 그곳에 나왔음이 분명해 보였다. 릴라와 친구 관계를 유지하는 것이 필요하기도 했고 행운이기도 했으니까. 하지만 표정은 슬펐고 눈빛에는 경계심이 가득했다.

안토니오는 싸늘한 태도로 내게 인사를 했다. 어머니의 안부를 묻자 형식적으로 응대했다. 불편하다는 듯이 주변을 돌아보았다. 그러고는 그의 모습을 보고 반가워하는 아이들과 함께 바다에 뛰어들었다.

릴라는 얼굴은 창백했고 입술에는 아무것도 바르지 않은 채였다. 눈빛조차 암울했다. 내게 급히 전할 말이 있어 보이지는 않았다. 시멘트 바닥에 앉아서는 내가 읽고 있던 책을 집어 들고 아무 말 없이 책장을 넘겼다.

마리사는 어색한 침묵에 어쩔 줄 몰라 하며 모든 일에 기뻐하는 그녀 특유의 긍정적인 에너지를 전파해보려고 했지만 잘 되지 않자 혼란스러워하다가 수영을 하러 가버렸다. 알폰소는 우리와 최대한 먼 곳에 자리를 잡고 햇살 아래 꼼짝도 하지 않고서 해수욕을 즐기는 사람들의 모습을 바라보았다. 벌거벗은 채 바다에 들어갔다 나오는 사람들의 모습에 넋이 나간 것처럼 보였다.

"이 책은 누가 준 거야?"

릴라가 물었다.

"학교에서 라틴어와 그리스어를 가르쳐주시는 선생님이."

"왜 나한테는 아무 말도 하지 않은 거야?"

"관심 없을 줄 알았지."

"내가 무엇에 관심이 있을지 네가 어떻게 알아?"

나는 재빨리 친근한 말투로 대답했지만 사실 살짝 자랑하고 싶은 마음도 있었다.

"다 읽으면 빌려줄게. 선생님이 공부 잘하는 학생들한테만 빌려준 거야. 니노도 읽었고."

"니노가 누군데?"

일부러 저러는 걸까? 나에게 그를 초라하게 보이게 할 심산으로 이름조차 기억하지 못하는 척하는 걸까?

"네 결혼식 영상에도 나왔잖아. 마리사의 오빠 말이야. 도나토 사라토레의 큰아들이기도 하고."

"네가 반한 그 못생긴 아이 말이로구나?"

"지금은 좋아하지 않는다고 했잖아. 그래도 그 애는 멋진 일을 해."

"무엇을 하는데?"

"예를 들면 지금은 영국에 있어. 일하면서 여행도 하고 영어도 배운대."

마리사의 이야기를 요약해 릴라에게 전하는 것만으로도 내 마음은 벅차올랐다. 나는 릴라에게 말했다.

"우리가 함께 그런 일을 할 수 있으면 얼마나 좋을까. 함께 여행하고 식당에서 일하면서 돈도 벌고 영국 사람들보다 더 영어를 잘할 때까지 공부도 하고. 니노는 할 수 있는데 우리는 왜 그럴 수 없는 걸까?"

"학교는 마친 거야?"

"응. 고등학교 졸업시험을 통과했어. 이제부터는 대학교에서 훨씬 더 어려운 것을 공부할 거야."

"똑똑해?"

"응, 너처럼."

"나는 공부를 그만두었는걸."

"아니, 내기에서 졌으니 이제 다시 공부를 시작해야지."

"그만둬, 레누."

"스테파노가 싫어해?"

"새로 식료품점을 열었잖아. 내가 맡아서 해야지."

"가게에서 공부하면 되지."

"안 돼."

"약속했잖아. 나랑 같이 고등학교 졸업시험을 보겠다고."

"안 된다니까."

"왜?"

릴라는 몇 번이고 손으로 책 표지를 쓸어내렸다.

"나 임신했어."

그렇게 말하고는 내 반응을 기다리지도 않고 속삭였다.

"너무 덥다."

릴라는 책을 내려놓더니 수영장 끄트머리로 가서 마리사와 아이들과 물장구를 치며 놀고 있는 안토니오를 향해 소리치며 조금도 망설이지 않고 물에 뛰어들었다.

"안토니오! 살려줘!"

릴라는 순간 두 팔을 크게 펴고 하늘을 날아오르는 듯싶더니 우스꽝스러운 자세로 바닷물에 고꾸라졌다. 수영을 할 줄 몰랐던 것이다.

24

얼마 동안 릴라는 열병에라도 걸린 듯 분주히 돌아다녔다. 새로운 식료품점을 맡더니 그 일이 세상에서 가장 중요한 일이라도 되는 것처럼 헌신적으로 일했다. 아침에는 스테파노보다 일찍 일어났다. 우선 한바탕 구토를 하고서는 커피를 끓이고 또 토했다.

스테파노는 한없이 친절해져서 릴라를 늘 자동차로 바래다주려 했다. 릴라는 산책을 하고 싶다는 핑계로 거절하고 폭염이 시작되기 전 시원한 아침 공기를 들이마시며 완성된 지 얼마 되지 않아 대부분 비어 있는 새 건물들 사이로 난 황량한 길을 따라 개업 준비가 한창인 가게까지 걸어갔다. 셔터를 올리고 페인트로 지저분해진 바닥을 닦고 인부들을 기다리거나 공급업자들이 저울이며 고기 써는 기계 같은 온갖 비품을 가지고 오기를 기다렸다가 그들에게 물건 놓을 위치를 알려주었다. 인부들과 함께 물건을 이리저리 옮기면서 일하기에 가장 적합하고 효율적인 위치를 찾아내기도 했다. 몸집이 거대하고 위협적으로 보이는 사내들과 태도가 불량한 소년들도 모두 릴라의 말에 복종했고 그녀의 변덕을 별다른 저항 없이 받아들였다. 릴라는 말을 마치기도 전에 몸을 움직여 힘을 썼다. 그러면 일꾼들은 걱정스러운 목소리로 "카라치 부인!"이라고 소리치며 네 명이 한꺼번에 그녀를 도우러 달려갔다.

릴라는 진을 빼놓는 무더위에도 굴하지 않고 가게 개업 준비에 힘을 쏟았을 뿐 아니라 가끔은 질리올라와 함께 마르티리 광장에 있는 구둣가게 공사과정을 보러 갔다. 그곳은 미켈레 담당 구역이었지만 리노도 종종 나와 있었다. 리노는 자신이 체룰로 구두 제조업자이자 솔라라 형제와 동업 관계에 있는 스테파노의 매형으로서 자리를 지킬 권리가 있다고 생각했다.

그곳에서도 릴라는 잠시도 가만히 있지 않았다. 이곳저곳을 살펴보고 벽돌장이들이 일하기 위해서 만들어놓은 계단에 올라가서는 높은 곳에서 전체적인 공사 현장을 관찰하고 아래로 내려와서는 물건을 옮기기 시작했다. 처음에는 이런 릴라의 행동이 그 자리에 있는 모든 사람의 신경을 거슬렸지만 얼마 지나지 않아 그들은 릴라를 탐탁지 않게 여기면서도 릴라가 하는 대로 내버려뒀다. 미켈레는 릴라에 대해서 항상 빈정거리면서 가장 적대적이었지만 누구보다 먼저 릴라의 제안이 쓸모 있다는 사실을 알아챘다.

"이봐요, 사모님!"

미켈레가 놀리는 어조로 릴라를 불렀다.

"우리 주점도 손 좀 봐주지 그래. 수고비는 줄 테니까."

릴라는 솔라라 주점을 손볼 생각이 물론 눈곱만큼도 없었다. 대신 마르티리 광장의 가게를 한바탕 휩쓸고 난 후에는 카라치 왕국에 손을 뻗었다. 릴라는 스테파노의 옛 식료품점을 완전히 접수했다. 그녀는 스테파노에게 알폰소는 재시험 준비를 해야 하니 가게에 나오면 안 된다고 했다. 그러고는 피누차를 시어머니와 함께 마르티리 광장의 구둣가게 일에 끼어들도록 은근히 부추겼다. 이런 식으로 구시가지 인근에 있는 양쪽 가게를 더욱 편리하고 효율적으로 일할 수 있게 하루하루 바꾸어나갔다.

얼마 지나지 않아 릴라는 마리아 아주머니와 피누차가 식료품점에서 하는 일이 그다지 중요하지 않다는 사실을 증명해냈다. 그리고 상대적으로 아다에게 중요한 역할을 주어서 스테파노에게 아다의 급여를 올려주게 했다.

늦은 오후, 시 가든에서 돌아와 문구점에 아이들을 데려다주고 나면 나는 항상 릴라가 잘 있는지, 배는 얼마나 불렀는지를 보러 식료품점에 들르곤 했다. 릴라는 항상 예민한 상태였고 안색도 좋아 보이지 않았다. 임신에 대해서 조심스럽게 물어보면 아예 대답을 하지 않거나, 아니면 나를 가게 밖으로 끌고 나가서는 "임신에 대해서는 한마디도 하고 싶지 않아. 임신은 병이야. 내면의 공허감이 나를 짓누르고 있어" 따위의 터무니없는 말을 했다. 그러고는 특유의 흥분된 어조로 양쪽 식료품점과 마르티리 광장의 구둣가게에 대해서 이야기를 늘어놓기 시작했다. 그곳에서는 온갖 멋진 일이 일어나는데 이런 멋진 일에 함께하지 못하는 내 신세가 처량하기 짝이 없다고 믿게 하려는 릴라의 의도가 빤히 보였다.

나는 릴라의 이런 속임수를 너무나 잘 알고 있었기에 그녀의 말에 귀를 기울이기는 했지만 완전히 믿지는 않았다. 그러다가 결국에는 하녀에서 주인 역할까지 모두 해내는 릴라의 에너지에 사로잡히고 말았다. 릴라는 나와 이야기를 하면서 손님들을 응대하고 아다와 대화도 했다. 그러면서 잠시도 멈추지 않고 포장지를 풀고 햄을 썰고 무게를 재고 돈을 받고 거스름돈을 내어주었다. 쉴 새 없이 떠들어대고 움직이면서 진을 뺐다. '내면의 공허감'이라는 어울리지 않는 표현으로 정의내린 뱃속에 자리 잡은 존재의 무게를 잊기 위해 끝없는 투쟁을 벌이는 것 같았다.

가장 인상적이었던 것은 돈에 구애받지 않는 그녀의 행동이었다. 릴라는 계산대로 가서 원하는 만큼 돈을 집어갔다. 릴라에게 돈은 계산대의 서랍이었다. 그 서랍은 열기만 하면 엄청난 부자가 되는, 어린 시절에 꿈꿨던 보물 상자 같았다. 그런 일은 거의 없었지만 행여나 계산대의 돈이 모자르면 릴라는 스테파노에게 눈짓을 했다. 그걸로 그만이었다. 약혼 시절의 관대함을 되찾은 스테파노는 가운을 걷어 올리고 바지 뒷주머니를 뒤져서 불룩한 지갑을 꺼내들고 릴라에게 묻곤 했다.

"얼마면 되겠어?"

릴라가 손가락으로 숫자를 표시하면 남편은 주먹을 쥔 오른쪽 팔을 쭉 뻗었고 릴라는 길고 가녀린 손을 내밀었다.

아다는 진열대 뒤에서 릴라의 모습을 잡지책에 나오는 영화배우를 쳐다보는 눈빛으로 바라보았다. 아다는 동화 속에서 사는 느낌이었을 것이다. 릴라가 돈을 줄 때마다 아다의 두 눈은 반짝였다. 릴라는 남편이 등을 돌릴 때마다 아무렇지 않게 계산대 서랍을 열고 돈을 꺼내주었다. 릴라는 아다에게 입대를 앞둔 안토니오를 위한 돈도 내어주었다. 이빨 세 대를 급히 뽑아야 했던 파스콸레에게도 돈을 줬다. 9월 초에는 나를 가게 구석으로 끌고 가더니 책을 구입할 돈이 필요한지 물었다.

"무슨 책?"

"교과서 말이야. 다른 책도 마찬가지고."

전에 릴라에게 올리비에로 선생님이 아직 퇴원하지 못했기 때문에 전처럼 학교 교재를 구해주실 수 있을지 모르겠다는 이야기를 한 적이 있었다. 그랬더니 지금이라도 당장 내 주머니에 돈을 찔러 넣으려고 하는 것이었다. 나는 몸을 뒤로 빼면서 거절했다. 돈 몇 푼 구걸하겠다고 현관 문을 두드리는 가난한 친척처럼 보이고 싶지는 않았다.

나는 릴라에게 학기가 시작되려면 아직 시간이 있다고 했다. 문구점 아주머니가 아이들을 9월 중순까지 시 가든으로 데려가달라고 부탁했다고 말했다. 생각보다 오랜 기간 일을 해서 그만큼 버는 돈도 늘어날 테니 어떻게 해서든 혼자서 해낼 수 있을 것이라고 했다. 릴라는 아쉬워했다. 선생님이 도움을 주지 못하면 자기에게 말하라고 신신당부했다.

나뿐만이 아니라 친구들 모두 릴라의 관대함 때문에 곤혹스러워했다. 파스콸레는 치과 치료비를 받지 않으려 했다. 수치스러웠던 것이다. 얼굴이 일그러지고 한쪽 눈이 충혈되고 진정제 대신 붙인 양상추 패치가 아무런 소용이 없어지지 않았다면 끝까지 돈을 받지 않았을 것이다.

안토니오도 릴라가 돈을 주려 하자 상당히 기분 나빠 했다. 릴라는 어떻게 해서든 안토니오에게 돈을 주기 위해서 스테파노가 예전에 아다에게 준 형편없던 급여에 대한 보상으로 보너스를 주는 것이라는 변명거리를 만들어 그를 설득해야 했다.

어린 시절부터 돈 구경을 별로 해보지 못한 우리들이었다. 길을 가다 동전 하나만 발견해도 축배를 들 정도였다. 그렇기 때문에 릴라가 돈을 하찮은 쇠붙이나 종이 조각처럼 나누어주는 것이 극악무도한 죄악처럼 느껴지기도 했다. 돈을 나누어줄 때 릴라의 태도는 어린 시절 놀이를 할 때 친구들에게 역할 분담을 하던 때처럼 단호했다. 시끄럽게 소란을 떨지도 않았다. 일단 돈을 건네고 나면 아무 일도 없었다는 듯이 다른 이야기를 했다. 어느 날 저녁 파스콸레는 예의 암울한 어조로 말했다.

"어쨌든 식료품점도 구두공장도 다 잘되고 있어. 리나는 언제나 우리의 친구였지. 리나는 우리 편이야. 우리의 동맹이자 동지라고. 물론 지금은 부자가 됐지. 하지만 그것도 다 리나의 능력이야. 맞아. 자기 능력이라고. 카라치 부인이어서, 곧 스테파노 아이를 낳을 것이기 때문에 돈이 생긴 것이 아니야. 체룰로 구두의 창시자이기 때문이지. 지금은 아무도 기억하지 못하는 것 같지만 적어도 리나의 친구인 우리들은 기억해야 해."

맞는 말이었다. 릴라는 얼마 되지 않는 기간에 많은 일을 해냈다. 그때 우리는 겨우 열일곱이었다. 시간은 과거처럼 매끄럽게 흘러가지 않고 풀처럼 걸쭉해져서 반죽기 안에 든 노란색 크림처럼 우리 주변을 맴도는 것 같았다.

릴라 자신도 쓸쓸하게 내 생각과 비슷한 이야기를 했다. 어느 일요일이었다. 바다는 잔잔하고 하늘은 눈부시게 빛나는 날이었는데 예기치 않게 오후 3시경에 릴라가 시 가든에 홀로 모습을 나타냈다. 정말 드문 일이었다. 지하철을 타고 버스를 두어 번 갈아탄 뒤 내 앞에 수영복 차림으로 선 것이다. 얼굴빛이 누르스름했고 이마에는 여드름이 나 있었다.

"거지 같은 17년이었어."

릴라가 사투리로 말했다. 말투는 명랑했지만 눈빛은 짓궂었다.

스테파노와 다퉜다고 했다. 릴라는 스테파노가 솔라라 형제와 일상적인 이야기를 나누던 중에 마르티리 광장 구둣가게 운영에 대한 문제가 불거져 나왔다고 말했다. 미켈레가 질리올라에게 가게를 맡기려고 마음먹고 피누차를 지지하는 리노를 무자비하게 협박하다가 결국 스테파노와 담판을 지었는데 이 와중에 주먹다짐을 벌일 뻔했다는 것이다.

그 결과는? 승자도 패자도 없는 싸움이었다. 질리올라와 피누차가 함께 가게 운영을 맡게 됐으니까. 대신 스테파노는 예전에 자신이 내렸던 결정을 번복해야 했다.

"그게 뭔데?"

내가 물었다.

"알아맞혀봐."

나는 알아맞히지 못했다. 미켈레는 그 특유의 상대방을 약올리는 듯한 말투로 릴라의 신부복 사진을 양보해달라고 요구했고 이번에는 스테파노도 이에 동의했다는 것이다.

"정말이야?"

"그렇다니까. 내가 두고 보자고 했잖아. 가게 안에 내 사진을 걸기로 했대. 결국 내가 내기를 이겼네? 그러니까 공부 열심히 해. 올해 전 과목 8점을 받아야지."

릴라는 말투를 바꿔서 사뭇 진지하게 말했다. 릴라는 사진에 대해서 이야기하려고 시 가든까지 나를 찾아온 것이 아니라고 말했다. 어차피 그 자식에겐 자신이 물물교환의 대상일 뿐이라는 것은 예전부터 알고 있었다는 것이다.

릴라가 온 것은 임신에 대해서 말하고 싶어서였다. 릴라는 한참 동안 안절부절못하면서 임신이 절구통에 집어넣어 으깨버려야 할 물건인 것처럼 이야기했다. 냉혹하기 그지없는 단호한 말투였다. 불안감을 감추지 않고 임신은 무의미한 일이라고 했다. 사내들이 우리 몸속에 자신의 물건을 쑤셔 넣으면 우리 몸은 살아 있는 인형을 담은 고깃덩어리로 된 상자로 전락한다는 것이었다.

"그런 게 내 안에도 들어 있어. 소름끼치는 일이야. 끊임없이 구역질이 나. 내 배가 아이를 못 견뎌 하는 거야. 좋은 생각을 해야 한다는 건 알아. 정신을 차려야 한다는 것도. 그런데 잘 되지 않아. 정신을 차리지도 못하겠고 생각할 만한 좋은 일도 없어."

게다가 자신은 어린아이들과 잘 맞지 않는 것 같다고 했다.

"너는 다르지. 문구점 아이들을 돌보는 모습만 봐도 알 수 있어. 하지만 나는 아니야. 난 그런 재능은 타고나지 못했어."

릴라의 말을 듣고 있자니 마음이 아파왔다. 무슨 이야기를 해주어야 할지 몰랐다.

"네게 그런 재능이 있는지 없는지 시도해보지도 않고 어떻게 알아?"

나는 릴라를 안심시키려 했다. 조금 떨어진 곳에서 놀고 있는 문구점집 딸들을 가리키며 말했다.

"아이들에게 가봐. 이야기도 좀 해보고."

릴라는 내가 우리들의 어머니들처럼 사람 꼬드기는 법을 배웠다고 싸늘하게 말했다. 말은 그렇게 했지만 조금은 불편해하면서도 아이들에게 몇 마디 말을 걸었다. 하지만 이내 뒤로 물러서서 내게 돌아왔다. 나는 릴라에게 문구점집 막내인 린다를 보살펴달라고 졸랐다.

"가서 린다가 제일 좋아하는 놀이를 하게 해줘. 린다는 저기 카페 옆에 있는 분수대에서 물을 마시거나 물이 나오는 구멍에 엄지를 대고 물을 뿌리는 것을 좋아해."

릴라는 마지못해 린다의 손을 잡고 분수대로 갔다. 그 후 시간이 많이 지났는데도 둘은 돌아오지 않았다. 나는 걱정이 되기 시작해서 다른 두 아이를 불러와 무슨 일이 있는 것은 아닌지 보러 갔다. 다행히 아무 문제가 없었다. 어느새 릴라는 린다의 행복한 노예가 되어 있었다. 릴라는 린다를 물이 뿜어져 나오는 분출구 위로 들어 올려 린다가 물도 마시고 주변에 물도 뿌릴 수 있게 해주었다. 둘 다 웃고 있었다. 행복한 웃음소리였다.

나는 마음이 가벼워졌다. 릴라에게 린다의 언니들도 맡기고 카페에 자리를 잡았다. 네 명 모두 시야에서 놓치지 않으면서 틈틈이 독서를 계속하기에 적합한 위치였다.

'릴라가 아이를 낳으면 저런 모습이겠지?'

나는 생각했다. 아이를 돌보는 일을 견딜 수 없을 것이라고 했지만 릴라는 벌써 즐거워하고 있었다.

'일상의 소소한 일들이야말로 실은 가장 아름다운 일이라고 말해 줘야겠어. 멋진 문장이야. 릴라가 좋아하겠는걸. 가질 것을 다 가진 릴라야말로 정말 운이 좋은 거지…'

나는 책을 꼼꼼히 읽어 내려가며 루소의 사상을 이해하려 했다. 문득 고개를 들었는데 뭔가 심상치 않은 일이 일어났다는 것을 알 수 있었다. 비명이 들렸다. 린다가 몸을 너무 내민 건지 아니면 다른 아이들 가운데 하나가 막내를 세게 밀친 것인지는 잘 모르겠다. 확실한 것은 린다가 릴라의 품에서 떨어져 분수대 가장자리에 턱을 부딪쳤다는 것이다. 나는 기겁해서 달려갔다. 그런 내 모습을 보자 릴라는 어린아이 같은 목소리로 소리쳤다.

"내가 그런 게 아니야. 쟤 언니가 그런 거야."

어렸을 때도 들어보지 못한 어린아이 같은 목소리였다.

릴라는 피를 뚝뚝 흘리며 울고 있는 린다를 팔에 안고 있었다. 린다의 두 언니는 어색한 미소를 얼굴에 띠고 불안한 듯 소심하게 움직이면서 다른 곳을 바라보고 있었다. 막냇동생의 부상이 자신들과는 상관없다는 듯 아무 소리도 들리지 않고 아무것도 보이지 않는 척했다.

나는 릴라의 품에서 린다를 빼앗아 안고 물줄기 쪽으로 몸을 기울여 속이 상해서 어쩔 줄 몰라하며 린다의 얼굴을 닦아주었다. 턱 아래 가로로 찢어진 상처가 드러났다. 아주머니에게서 돈을 받기는 글렀고, 어머니는 화를 낼 것이라고 생각했다. 그러면서 우선 해수욕장 직원이 있는 곳으로 달려갔다. 린다는 직원이 어르고 달래자 잠시 안정을 되찾았다. 그 틈을 타서 상처에 알코올을 쏟아 붓자 다시 소리를 질렀다. 해수욕장 직원은 턱에 거즈를 붙여주고는 다시 린다를 달랬다. 결국 큰 문제 없이 잘 마무리된 셈이었다. 아이들의 손에 아이스크림을 하나씩 들려주고는 시멘트로 된 플랫폼 쪽으로 돌아갔을 때 릴라는 이미 가버리고 없었다.

25

아주머니는 린다의 상처에 호들갑을 떨지는 않았지만 다음 날도 같은 시간에 아이들을 데리러 와야 할지 묻자 이미 올해는 충분히 수영을 했으니 이제는 오지 않아도 좋다고 했다.

나는 릴라에게 일자리를 잃었다는 말을 하지 않았고 릴라도 내게 일이 어떻게 마무리되었는지 묻지 않았다. 린다에 대해서도 린다의 턱에 난 상처에 대해서도 물어보지 않았다. 다시 만났을 때 릴라는 새 식료품점 개점 준비에 여념이 없었다. 그런 릴라의 모습은 연습할 때 뒤로 갈수록 맹렬히 장애물을 뛰어넘는 운동선수 같았다.

릴라는 나를 새 식료품점 개점을 선전하는 상당량의 홍보물 주문을 맡긴 인쇄업자에게 데리고 가기도 했고 내게 개점을 축복해주기 위해 신부님의 방문 약속을 잡아달라고 하기도 했다. 카르멘을 가게에 고용하기로 했다는 소식도 알려주었다. 전에 잡화점에서 받던 임금보다 훨씬 많은 급여를 주기로 했다고 말했다.

무엇보다도 릴라는 내게 남편 스테파노와 피누차, 시어머니, 자신의 오빠 리노와 전면전을 벌이고 있다는 이야기를 해주고 싶어 했다. 릴라는 매사에 이들과 부딪혔다. 그런 말을 하면서도 특별히 공격적인 태도를 취하지는 않았다. 릴라는 시종일관 목소리를 높이지 않고 사투리로 이야기했다. 그러면서 잠시도 쉬지 않고 모든 일을 해냈다. 적어도 릴라가 하는 일은 릴라 넋두리보다 더 중요한 것 같았다.

릴라는 내게 친정 쪽 친척들과 결혼함으로써 생긴 시댁 쪽 친척들이 과거부터 현재까지 자신에게 잘못한 일들을 하나하나 열거하기 시작했다.

"그들은 마르첼로를 구슬렸을 때와 똑같은 방법으로 미켈레도 구슬렸어. 또 나를 이용한 거지. 우리 집 식구들에게 나는 사람이 아니고 물건이야. 솔라라 형제에게 리나를 줘버리자. 벽에 걸어놓도록. 어차피 아무짝에도 쓸모없는 아이니까."

그렇게 말하는 동안 릴라의 흔들리는 눈빛은 눈가에 내려앉은 푸르스름한 다크서클 속에서 번뜩였다. 광대뼈 위의 피부는 팽팽하게 당겨졌고 갑작스레 신경질적인 미소를 살짝 지어보일 때마다 번쩍이는 치아가 드러났다. 나는 릴라의 행동이 탐탁지 않았다. 부산스럽게 움직이는 모습 뒤에는 도망갈 길을 찾느라 지칠 대로 지친 사람의 모습이 보였다.

"그래서 어떻게 할 셈이야?"

내가 물었다.

"아무런 계획도 없어. 확실한 건 두 눈에 흙이 들어가지 않는 한 그들이 원하는 대로 내 사진을 사용하지 못하게 할 거라는 거야."

"내버려둬, 릴라. 생각해보면 좋은 일이잖아. 간판에 사진이 걸리는 건 여배우들뿐이야."

"내가 영화배우라도 돼?"

"그건 아니지."

"그럼 왜 내 사진을 걸어야 해. 스테파노가 자신을 팔아넘겼다고 나까지 솔라라 자식들에게 팔아넘길 수 있다고 생각해?"

나는 어떻게 해서든 릴라를 설득하려 했다. 스테파노가 릴라에게 손찌검을 할까봐 겁이 나기도 했다. 이 말을 릴라에게 하니 코웃음을 쳤다. 임신을 하고부터는 스테파노가 감히 뺨은 못 때린다고 했다. 순간 의구심이 생겼다. 사진은 핑곗거리에 불과할 수도 있다는 생각이 들었다. 사실 릴라는 모두를 질리게 해서 스테파노와 솔라라 형제와 리노가 참지 못하고 자신을 두들겨 패주기를 바라고 있는 것일지도 모른다. 그렇게 해서 그 참을 수 없는 고통을, 자신의 뱃속에서 살아 숨 쉬는 그 존재를 없애주기를 바라는 것일지도 모른다.

새 식료품점 개점 파티가 열린 저녁에 내 추측은 확실해졌다. 릴라는 최대한 허름하게 옷을 입고 다른 사람들이 보는 앞에서 신랑을 하인처럼 함부로 대했다. 내 부탁으로 개점을 축복해주러 가게에 와주신 신부님에게도 경멸에 찬 태도로 돈을 좀 쥐여주고는 그냥 보내버렸다.

프로슈토 햄을 썰어서 빵 사이에 넣은 샌드위치에 와인 한 잔을 곁들여 모든 사람에게 공짜로 나누어주었다. 공짜 샌드위치는 큰 반향을 일으켰고 식료품점은 문을 열자마자 사람들로 꽉 찼다. 릴라와 카르멘은 밀려오는 사람들을 상대해야 했고 그날을 위해 멋지게 차려입은 스테파노도 가운 입을 틈도 없이 릴라와 카르멘을 도와주느라 기름투성이가 되었다.

스테파노는 녹초가 되어 집에 돌아가 릴라에게 한바탕 난리를 쳤고 릴라는 남편의 화를 돋우기 위해 최선을 다했다. 릴라는 스테파노에게 입 닥치고 복종만 하는 여자를 원했다면 잘못된 선택을 한 것이라고 했다. 자신은 스테파노의 어머니도 누이도 아니고 앞으로도 뭘 하든 스테파노의 삶을 힘들게 할 것이라고 했다. 솔라라 형제를 들먹이고 사진 이야기를 꺼내면서 스테파노를 모독했다.

스테파노는 처음엔 릴라가 떠들어대도록 내버려두다가 나중엔 그보다 더 거친 욕설로 응답했다. 하지만 릴라의 몸에 손을 대지는 않았다. 다음 날 릴라가 이 이야기를 내게 해주었을 때 나는 릴라에게 스테파노가 흠이 있을지는 모르지만 최소한 너를 아끼는 것은 분명하다고 했다. 릴라는 그렇지 않다고 했다.

"스테파노는 이것만 생각해."

릴라는 엄지와 검지로 돈을 세는 시늉을 하듯 비벼 보였다. 실제로 새로 개점한 가게는 아침부터 손님들로 가득 찼다.

"계산대 서랍이 벌써 꽉 찼어. 다 내 덕분이지. 부자가 되게 해준데다 자식까지 낳아줄 텐데 뭘 더 바라는 거야?"

"그런 너는 뭘 원하는데?"

나도 모르게 약간 쏘아붙이듯 말했다. 나는 내 감정에 스스로 놀라 릴라가 내 말투를 눈치채지 못했기를 바라며 미소를 지었다.

그때 릴라가 멍한 표정을 지었던 것을 기억한다. 릴라는 손으로 이마를 만졌다. 자신이 원하는 것이 무엇인지 정말로 모르는 것 같았다. 하지만 자신이 도무지 안정을 찾지 못하고 있다는 사실은 확실히 아는 듯했다.

마르티리 광장의 구둣가게 개업일이 다가올수록 릴라는 참아주기 힘들 정도로 유별나게 굴었다. 어쩌면 이 표현은 너무 가혹한 것일지도 모르겠다. 그냥 나를 포함한 주변의 모든 사람에게 내면의 혼란을 고스란히 쏟아냈다고 해두자. 릴라는 스테파노의 삶을 지옥같이 만들면서 하찮은 일로 시어머니나 시누이와 끊임없이 옥신각신했다. 리노를 찾아가서는 직원들과 페르난도 아저씨가 보는 앞에서 험하게 싸웠다. 그럴 때면 페르난도 아저씨는 작업대 뒤에서 평소보다 더 몸을 웅크리고 아예 못 들은 척했다. 릴라 스스로 자신이 불행에 익숙해지고 있다는 것을 느끼는 것 같았다. 아직 완전한 체념 상태는 아니었지만.

나는 종종 릴라가 있는 식료품점에 들렀다. 드물기는 하지만 가게에 아무도 없거나 물건을 배달하러 온 납품업자들을 상대하지 않을 때면 멍한 표정으로 상처를 누르듯 이마에 손을 얹고 있는 릴라의 모습을 볼 수 있었다. 숨쉬기가 힘든 사람처럼 보였다.

9월 말이었다. 무더웠던 어느 날 오후 나는 집에서 시간을 보내고 있었다. 아직 학기가 시작하기 전이라 나는 남아도는 시간을 무엇을 하며 보내야 할지 몰랐다. 어머니는 아무것도 하지 않고 시간을 허비한다면서 나를 다그쳤다. 니노는 어디로 간 걸까. 영국에 있거나 대학이라 불리는 미지의 장소에 가 있겠지. 이제 안토니오도 없고 그와 다시 재결합해보겠다는 희망도 사라졌다. 그는 이미 엔초와 함께 입대했다. 입대하기 전에 나를 제외한 모든 사람에게 작별인사를 했다.

누군가 길에서 내 이름을 불렀다. 릴라였다. 열에 들뜬 것처럼 번뜩이는 눈빛으로 해결 방안을 찾았다고 했다.

"해결 방안이라니?"

"사진 말이야. 그들이 사진을 걸고 싶다면 내 방식을 따라야 해."

"네 방식이라니?"

릴라는 아무 말도 하지 않았다. 그때만 해도 릴라 자신도 정확하게 무엇을 어떻게 해야 할지 몰랐을 수 있다. 나는 릴라를 너무나 잘 알고 있기에 내면의 깊은 곳으로부터 태워버릴 듯 강하게 뇌를 자극하는 신호를 받았을 때의 릴라 특유의 표정을 알아챘다.

릴라는 나에게 저녁에 마르티리 광장에 함께 가달라고 했다. 그곳에는 솔라라 형제, 질리올라, 피누차, 리노가 있을 것이라고 했다. 릴라는 내가 자신을 지지해주고 옹호해주기를 바랐다. 나는 릴라가 이 끝나지 않는 전쟁에 종지부를 찍을 방안을 강구해냈다는 것을 알 수 있었다. 그때까지 쌓인 극도의 긴장감을 격렬하게 터뜨리기 위한 방안일 수도 있고 정신적·육체적으로 막혀 있던 에너지를 분출하기 위한 방안일 수도 있었다.

"좋아."

내가 말했다.

"대신 정신나간 짓은 하지 말아줘."

"그럼."

그날 영업을 마친 후 릴라는 스테파노와 함께 차로 나를 데리러 왔다. 그들이 나눈 얼마 되지 않은 대화의 내용으로 미루어 볼 때 스테파노도 릴라의 속셈을 잘 모르는 것 같았다. 이번만큼은 내 존재가 스테파노를 안심시키기보다는 오히려 긴장하게 만들고 있는 것 같았다. 릴라의 태도는 오랜만에 협조적이었다. 그녀는 스테파노에게 사진을 정히 걸어야만 한다면 적어도 자신이 원하는 대로 걸어달라고 했다.

"액자랑 벽지랑 조명을 말하는 거야?"

스테파노가 물었다.

"우선 장소를 좀 살펴보고 말할게."

"대신 이걸로 끝이야, 리나."

"그래. 이게 마지막이야."

따스하고 기분 좋은 저녁이었다. 구둣가게의 환한 조명이 광장까지 화려하게 비추고 있었다. 가게 중앙의 벽에 세워둔 신부복을 입은 릴라의 커다란 사진은 멀리서도 잘 보였다. 차를 주차한 뒤 우리는 가게 안으로 들어가 아직까지 아무렇게나 쌓여 있는 구두상자, 페인트 통, 사다리 사이를 지나갔다. 우리의 등장에 마르첼로, 리노, 질리올라, 피누차 모두 마땅치 않은 표정을 지어보였다. 각자 다른 이유로 또다시 릴라의 변덕에 시달리고 싶지 않았던 것이다. 빈정거림이 섞이기는 했지만 그나마 정중하게 우리를 맞아준 유일한 사람은 미켈레였다. 그는 릴라에게 웃으면서 말했다.

"우리 아름다운 사모님께서 어인 행차신가? 드디어 무슨 생각을 하고 있는지 말해주려는 거야 아니면 그저 오늘 저녁을 망치러 온 거야?"

릴라는 벽에 세워둔 사진을 바라보더니 바닥에 눕혀 달라고 했다.

"뭘 하려고?"

마르첼로가 조심스럽게 물었다. 그는 릴라를 대할 때는 언제나 우울하면서도 수줍은 태도를 보였다.

"보여줄게."

리노가 끼어들었다.

"바보 같은 짓 좀 하지 마, 리나. 이게 얼마나 비싼 물건인 줄 알아? 망가뜨리면 가만두지 않을 줄 알아."

솔라라 형제가 사진을 바닥에 눕혔다. 릴라는 미간을 찌푸려 눈을 가늘게 뜨고 주위를 둘러보았다. 미리 구입해둔 물건을 찾는 것 같았다. 마침내 한쪽 구석에서 돌돌 말아놓은 검은색 도화지 묶음을 발견하고는 선반에서 커다란 가위와 제도용 핀 한 상자를 꺼내왔다.

릴라는 극도로 집중하는 표정으로 사진 쪽으로 돌아섰다. 자신을 주위에서 완전히 차단시킨 듯한 표정이었다. 그러더니 릴라다운 정확한 손동작으로 검은색 도화지를 길게 잘라 여기저기 사진 위로 붙이기 시작했다. 모여 있는 사람 가운데 몇몇은 대놓고 적대적인 시선을 보냈고 몇몇은 의아해하는 표정으로 릴라의 모습을 바라보았다. 그러는 동안 나는 릴라를 도왔다. 미세한 움직임과 눈짓만으로도 릴라의 뜻을 눈치채고 릴라가 원하는 대로 움직였다.

어린 시절 그랬던 것처럼 릴라를 돕는 내 역할에 점점 몰입하게 되었다. 우리의 어린 시절은 얼마나 짜릿했던지. 그 시절에는 릴라 옆에서 그녀의 생각에 동참하는 것이 너무나 즐거웠다. 릴라가 어떻게 생각할지 미리 예측했다 맞히기라도 하면 더할 나위 없이 기뻤다.

사진에 도화지를 붙이면서 나는 다른 사람에게는 보이지 않는 무엇인가가 릴라에게는 보인다는 것을 깨달았다. 그녀는 우리에게도 그것을 보여주려 하는 것이었다.

나는 바로 기분이 좋아졌다. 릴라도 마찬가지였다. 가위질을 하고 검은색 도화지를 제도용 핀으로 고정시키는 릴라의 손놀림에서도 그녀가 만끽하고 있는 충만감을 느낄 수 있었다. 작업이 끝나자 릴라는 사진을 혼자 들려고 했지만 역부족이었다. 순간 주변 사람들의 존재조차 깨닫지 못한 것 같았다. 마르첼로가 기다렸다는 듯이 릴라를 도왔고 나도 거들었다. 우리는 힘을 합해 사진을 벽에 세웠다. 그러고는 모두 문 쪽으로 물러섰다. 비웃는 사람도 있고 사진을 험상 궂게 쏘아보는 사람도 있고 경악하는 사람도 있었다.

신부복을 입은 릴라의 육체는 잔인하다 싶을 정도로 조각조각 잘려 있었다. 머리가 대부분 자취를 감췄고 복부도 마찬가지였다. 남아 있는 부분이라고는 한쪽 눈과 턱을 괴고 있는 손, 찬란한 얼룩처럼 보이는 입, 대각선으로 잘린 가슴, 포개어진 다리 선과 구두 정도였다.

질리올라가 가까스로 분노를 억누르며 먼저 입을 열었다.

"내 가게에 저런 것을 걸 수는 없어."

"나도 마찬가지야."

피누차도 폭발했다.

"물건을 팔아야 하는데 저 흉물을 보면 사람들이 다 도망가 버릴 거야. 리노, 제발 당신 동생한테 뭐라고 말 좀 해줘."

리노는 질리올라의 말을 무시하고 이 모든 상황이 스테파노 때문인 양 그에게 말했다.

"내가 릴라와는 왈가왈부할 필요가 없다고 했잖아! 그렇다 아니다만 말하라고. 그렇지 않으니까 이런 일이 벌어지지! 결국 시간만 낭비했잖아."

스테파노는 아무런 말도 하지 않고 벽에 기대 세워놓은 사진을 물끄러미 바라보고 있었다. 곤란한 상황에서 빠져나갈 궁리를 하고 있음이 분명했다. 스테파노가 내게 물었다.

"네가 보기엔 어때, 레누?"

내가 반듯한 표준어로 대답했다.

"내 눈엔 멋져 보여. 물론 우리 동네에는 걸 수 없지. 그러기엔 적합하지 않아. 그렇지만 이곳은 달라. 사람들의 이목을 끌 거야. 반응도 좋을 거고. 마침 지난주 『비밀』지에서 로사노 브라치의 집에도 이런 그림이 걸려 있는 것을 봤어."

내 말을 들은 질리올라는 한껏 짜증을 냈다.

"무슨 말이 그래? 로사노 브라치와 너희 둘은 이해하는 것을 나랑 피누차는 이해하지 못한다는 거야?"

순간 나는 위험을 감지했다. 릴라를 흘끗 바라보니 한 치도 양보할 마음이 없다는 것을 눈치챌 수 있었다. 가게에 도착했을 때만 해도 릴라는 결과물이 좋지 않으면 포기할 심산이었지만 세상에 오직 하나뿐인 이 작품을 만들고 나서는 그런 마음이 싹 사라졌다는 것을 알 수 있었다. 사진을 가지고 작업을 하면서 보낸 그 순간만큼은 릴라를 속박하고 있던 줄이 끊어졌다. 자아로 충만해져서 다시 식료품점 주인의 아내로 돌아오기까지는 시간이 필요했고 그런 후에도 다른 의견은 절대로 수용할 생각이 없었던 것이다. 질리올라가 말하는 동안 벌써 릴라가 중얼거렸다.

"이대로 걷든가 아니면 관둬."

릴라는 당장에라도 싸울 기세였다. 그녀는 모든 것을 망가뜨리고 부숴버리고 질리올라를 향해 금방이라도 가위를 집어 들고 달려들 태세였다.

마르첼로라도 나서서 도와주기를 바랐지만 그는 고개를 푹 수그리고 아무런 말도 하지 않았다. 순간 그나마 릴라에게 남아 있던 감정의 잔재마저 사라지고 있다는 것을 알 수 있었다. 비정한 옛사랑을 뒤쫓는 일이 힘에 부치는 것 같았다. 질리올라를 나무라며 끼어든 것은 다름 아닌 미켈레였다.

"조용히 좀 해봐."

미켈레는 자신의 여자친구에게 거친 목소리로 말했다. 질리올라가 미켈레의 거친 말투에 항의하려 하자 그는 그녀를 쳐다보지도 않고 시선을 사진에 고정시킨 채 윽박질렀다.

"닥치라니까, 질리올라!"

그러고는 릴라를 향해 말했다.

"난 마음에 드는데, 사모님? 저렇게 모습을 지워버린 이유를 알겠어. 허벅지를 강조하기 위해서지. 구두가 여성의 다리와 얼마나 잘 어울리는지 보여주려고. 훌륭해. 밥맛없기도 하지만 일을 맡으면 정말 훌륭히 해낸다니까?"

순간 침묵이 흘렀다.

질리올라는 흐르는 눈물을 주체하지 못해 손끝으로 닦아냈다. 피누차는 리노와 스테파노를 번갈아 쳐다보았다.

'제발 뭐라고 말 좀 해봐. 내 편을 좀 들어달라고. 저 재수 없는 년에게 휘둘리고 싶지 않단 말이야.'

피누차가 눈빛으로 말했다.

스테파노가 온화한 목소리로 속삭였다.

"그래. 나도 마음에 들어."

릴라가 재깍 응대했다.

"아직 덜 끝났어."

"대체 뭘 더 하려고?"

피누차가 발끈하며 말했다.

"색을 좀 칠해야 해."

"색이라고?"

마르첼로가 더 혼란스러워하며 웅얼거렸다.

"개업일이 사흘 남았는데."

미켈레가 웃음을 터뜨렸다.

"기다려야 한다면 기다리지 뭐. 힘 좀 써봐, 사모님. 해야 할 일을 하라고."

자기가 주인이라도 되는 양 제멋대로 결정을 내려버리는 미켈레의 거만한 말투가 스테파노는 거슬렸던 것 같았다.

"새 식료품점 일도 있어."

스테파노는 그곳에서도 아내가 필요하다는 투로 말했다.

"그곳 일은 어떻게 하든 알아서 해봐."

미켈레가 대답했다.

"여기 일이 훨씬 더 중요하니까 말이야."

26

릴라와 나는 그해 9월 마지막 날들을 가게 안에 틀어박혀 보냈다. 우리 둘을 빼면 주변엔 일꾼 셋밖에 없었다. 유희와 창작과 자유를 누린 멋진 시간이었다. 어린 시절 이후 함께 그런 시간을 보낸 것은 처음이었다.

릴라는 자신의 광기에 나를 끌어들였다. 우리는 풀과 페인트와 붓을 샀다. 오려낸 검은색 도화지를 한 치의 어긋남도 없이 정확하게 사진에 붙였다. 릴라의 요구사항은 아주 까다로웠다. 남아 있는 몸의 윤곽과 그 몸을 집어 삼키고 있는 것처럼 보이는 어두운 구름 사이에 붉은색이나 푸른색으로 경계선을 그었다. 릴라는 원래부터 색감이 뛰어나고 선을 그리는 데 소질이 있었다. 하지만 우리가 함께 작업을 한 그때만큼은 그 이상의 무엇인가가 있었다. 뭐라고 콕 집어서 말할 수는 없지만 시간이 지날수록 나는 그 무엇인가에 점점 압도되는 느낌이었다.

처음에 나는 릴라가 그 작업을 하면서 구두 그림을 그리면서 보냈던 어린 시절을 이상적으로 마무리하려는 것이라고 생각했다. 아직 '리나 체룰로'라는 이름으로 불리던 소녀 시절 말이다. 지금도 나는 구둣가게에서 작업을 하면서 그토록 행복했던 이유는 적어도 그 순간만큼은 각자 처한 상황과는 상관없이 릴라와 나, 우리 둘의 삶을 원점으로 되돌릴 수 있었기 때문이라고 생각한다. 모든 것을 초월하고 오직 그 함축적인 시각 작품을 완성하는 데 순수하게 몰입할 수 있었기 때문이었다. 안토니오도 니노도 스테파노도 솔라라 형제도 우리의 머릿속에서 사라졌다. 학업문제도 릴라의 임신도 우리의 갈등도 완전히 잊었다. 우리는 정지된 시간과 격리된 공간에서 풀과 가위, 도화지와 페인트로 오리고 붙이고 색을 칠하며 오직 공동창작의 유희를 즐겼다.

그게 다는 아니었다. 나는 곧 미켈레가 사진을 보고 표현한 말을 떠올렸다. 그는 릴라의 사진을 바라보면서 '지우다'라는 단어를 사용했다. 틀린 말은 아니었다. 분명 그 검은 선들은 구두를 전체적인 사진의 구도에서 동떨어지게 해서 더 돋보이게 했다.

미켈레는 바보가 아니었다. 그에게는 보는 눈이 있었다. 하지만 문득문득 사진에 풀칠을 하고 색칠을 하는 작업의 진정한 목표가 구두를 돋보이게 하는 것은 아니라는 느낌이 점점 더 강렬해졌다. 작업을 하는 동안 릴라는 행복했고 시간이 갈수록 나를 자신의 강렬한 행복 속에 끌어들이고 있었다. 릴라는 자기도 모르는 사이에 자신에 대한 분노를 표현할 수 있는 기회를 가지게 된 것이다. 난생처음으로 자신을 지워버리고 싶은 욕망을 느꼈던 것이다. 미켈레의 표현은 정확했다.

그다음에 일어난 많은 일을 돌이켜볼 때 나는 이 생각에 더욱 확신이 생긴다. 검은색 도화지와 릴라가 자신의 신체 일부분에 그린 녹색과 보랏빛 동그라미 모양, 직접 자르거나 내게 자르게 한 피처럼 붉은 선을 사용해서 릴라는 자신의 파멸을 형상화했다. 그리고 이제 솔라라 형제가 자기가 만든 구두를 진열해서 팔기 위해 사들인 바로 그 공간에서 모든 사람의 눈앞에 그 결과물을 공개하려는 것이었다.

릴라 스스로 내가 그런 생각을 하도록 원인을 제공하고 동기를 부여한 것일 수도 있다. 일하는 동안 릴라는 내게 자신이 카라치 부인이라는 것을 깨달은 순간에 대해 이야기를 해주었다. 처음에는 릴라의 속마음이 무엇인지 나는 거의 이해할 수 없었다. 릴라가 하는 이야기가 진부하게 느껴졌다.

우리 같은 보통 소녀들이 사랑에 빠지면 가장 먼저 하는 일은 우리 이름이 사랑하는 사람의 성과 어울리는지 읊어보는 것이다. 나만해도 고등학교 4학년 때 '엘레나 사라토레'라는 이름으로 몇 페이지에 걸쳐 사인을 연습한 공책을 아직도 가지고 있다. 그 이름을 홀로 나지막이 속삭일 때의 느낌을 아직도 생생히 기억한다.

나는 얼마 지나지 않아 릴라의 고백이 그와는 정확히 반대 지점에 있는 이야기라는 것을 깨달았다. 릴라는 나와 같은 생각을 한 적이 한 번도 없었다. 라파엘라 체룰로에서 라파엘라 카라치로 신분을 옮기는 것에는 별다른 감흥이 없었다고 했다. 기뻐서 흥분할 만한 일도, 지나치게 심각한 일도 아니었다. 처음에 릴라는 '카라치로의 신분 이동'을 그저 일종의 문장 분석 연습쯤으로 느꼈다고 했다. 초등학교 시절 올리비에로 선생님이 우리에게 강요했던 문장 분석 문제들처럼 말이다.

이 경우는 무엇에 해당될까? 현재 장소를 나타내는 보어? 이제 릴라가 부모님 집이 아닌 스테파노 집에서 살게 된 것을 의미하는가? 현관 앞 놋쇠로 된 명판에 카라치라고 쓰인 새 집에서 살게 됐다는 것을 의미하는가? 이제부터 내가 릴라에게 편지를 보낼 때 수신인란에 라파엘라 체룰로가 아니라 라파엘라 카라치라고 써야 하는 것을 의미하는 건가? 얼마 지나지 않아 라파엘라 체룰로 카라치에서 체룰로라는 이름이 사라지고 라파엘라 카라치로만 규정되어 라파엘라 카라치라는 이름으로만 서명하게 되는 것을 의미하는가? 릴라의 자식들이 처녀 시절 어머니의 성을 기억하는 것을 힘겨워하고 손자 손녀들은 할머니의 성을 완전히 잊게 되는 것을 의미하는가?

그렇다. 그것이 일상적인 일이었으니까. 이 모든 것이 정상적인 범주에 속하는 일이다. 하지만 릴라는 그녀답게 여기에서 멈추지 않았다. 짧은 기간에 모든 것을 넘어선 것이다. 붓으로 페인트칠을 하며 내게 자신은 이 문장 분석 연습에서 '방향성 보어'를 찾아냈다고 했다. '체룰로에서 카라치로의 신분 이동'이라는 표현은 '체룰로가 카라치로 신분 이동을 하다 추락해 카라치라는 이름에 흡수되고 융해됨'을 함축하고 있다는 것이다.

실비오 솔라라에게 갑자기 결혼식 증인을 부탁하는 순간부터, 스테파노가 성스러운 유물보다 더 소중히 여긴다고 생각했던 구두를 신고 마르첼로가 피로연장에 모습을 나타냈던 그 순간부터, 스테파노가 처음으로 폭력을 행사한 신혼여행부터, 스테파노가 그녀 안에 심어놓은 살아 있는 그 존재가 내면의 공허감 속에 자리 잡게 됐을 때부터, 릴라는 커져만 가는 참을 수 없는 느낌과 갈수록 자신을 압박해오는 온몸을 으스러뜨릴 것 같은 엄청난 힘에 압도당하고 있었던 것이다.

그런 느낌은 시간이 지날수록 강해지고 지배적인 것이 되었다. 라파엘라 카라치는 제압당해 형체를 잃고 스테파노의 모습에 융해되어 그의 종속적인 존재인 카라치 부인이 된 것이다. 나는 그제야 사진에서 릴라가 하는 이야기의 흔적이 보이기 시작했다.

"아직까지 진행 중인 일이야."

릴라가 속삭였다. 이런 이야기를 하면서 우리는 함께 풀칠을 한 도화지를 사진에 붙이고 색칠을 했다. 우리는 무엇을 하고 있는 걸까? 나는 대체 무엇을 돕고 있는 거지?

작업을 마친 후 일꾼들은 미심쩍은 눈빛으로 사진을 벽에 기대어 세웠다. 순간 말은 하지 않았지만 슬픔이 몰려왔다. 이제 놀이는 끝난 것이다. 우리는 가게를 구석구석 청소했다. 릴라는 소파와 안락의자의 위치에 대해서 조금 더 고민했다.

우리는 입구 쪽으로 가서 우리의 작품을 감상했다. 릴라는 웃음을 터뜨렸다. 솔직하고 자조적인 웃음이었다. 릴라의 그런 웃음소리를 듣는 것은 오랜만이었다. 나는 사진의 윗부분에 너무나 매료되어 전체적인 그림이 눈에 들어오지 않았다. 사진의 맨 윗부분에서 릴라의 머리는 사라지고 없었다. 미드나이트 블루와 붉은빛에 둘러싸인 강렬한 한쪽 눈만이 빛을 발하고 있었다.

27

개업식 날 릴라는 오픈카를 타고 남편 옆에 앉아서 마르티리 광장에 도착했다. 차에서 내릴 때 릴라는 좋지 않은 일이 일어날 것을 예감이라도 한 듯 눈빛이 불안했다. 함께 작업을 한 지난 며칠간의 흥분은 사라지고 원치 않은 임신을 한 여인의 병색 짙은 모습이었다. 그래도 옷차림에는 세심히 신경을 썼다. 패션잡지 화보에서 걸어 나온 듯한 모습이었다. 도착하자마자 릴라는 스테파노에게서 떨어져 나와 밀레 가에 있는 상점들의 진열장을 구경하자면서 나를 잡아끌었다.

우리는 얼마간 함께 걸었다. 릴라는 긴장한 상태였다. 차림새가 행사 분위기와 맞는지 내게 계속 확인했다.

릴라가 갑자기 내게 물었다.

"머리부터 발끝까지 녹색으로 옷을 차려입었던 소녀를 기억해? 모자를 쓰고 지나가던 소녀 말이야."

당연히 기억하고 있었다. 몇 년 전 바로 그 장소를 거닐면서 느꼈던 불편한 감정과 우리 패거리와 그 구역의 청년들이 싸웠던 일도 기억하고 있었다. 솔라라 형제가 끼어들었던 일이며 미켈레가 쇠파이프를 들고 싸우던 모습, 그때 느꼈던 공포심도 생생히 기억하고 있었다. 나는 릴라가 안정을 되찾고 싶어 한다는 것을 느꼈다.

"결국 다 돈 문제였어, 릴라. 이젠 상황이 완전히 바뀌었잖아. 지금은 네가 그 녹색 옷의 소녀보다 훨씬 예뻐."

말은 이렇게 했지만 나는 속으로는 다르게 생각했다.

'그렇지 않아. 거짓말이야.'

불평등에는 고약한 그 무엇인가가 있다는 것을 나는 드디어 깨달 았다. 그것은 내면 깊은 곳에서 작용하며 금전적인 문제를 초월하 는 것이다. 식료품점과 구두공장과 구둣가게에서 벌어들이는 돈으 로는 우리의 출생 배경을 숨기지는 못한다. 릴라가 계산대 서랍에서 지금보다 더 많은 돈을 꺼낸다 해도, 그 액수가 3백만 리라가 되었든 5백만 리라가 되었든 돈으로 한계를 극복하지 못할 것이다.

내가 릴라보다 더 잘 아는 것이 적어도 한 가지는 있다는 것을 나 는 깨달았다. 녹색 옷을 입은 소녀 덕분에 알게 된 사실은 아니었다. 학교 앞으로 니노를 마중 나온 소녀를 보았을 때 깨달은 사실이었 다. 그 소녀는 자신의 의지와는 상관없이 우리보다 우월했다. 그것 은 받아들이기 힘든 현실이었다.

우리는 가게로 돌아왔다. 그날 오후는 결혼식 같았다. 온갖 음식 과 디저트에 와인도 실컷 마셨다. 페르난도 아저씨와 눈치아 아주머 니, 리노와 솔라라네 식구가 모두 참석했고 알폰소와 나를 비롯한 아다, 카르멘 등 여자아이들도 있었다. 모두 릴라의 결혼식 때 입었 던 옷을 다시 입고 있었다. 엉망으로 주차한 차들로 주차장이 붐볐 고 가게에 꽉 들어찬 손님들의 말소리로 소란스러웠다. 질리올라와 피누차는 서로 경쟁하듯이 안주인 역할을 하려고 했다. 상대방보다 더 안주인처럼 보이려고 안간힘을 썼다. 그런 기 싸움 때문에 두 사 람은 지쳐 나가떨어지기 일보 직전이었다.

이 모든 광경 위에 릴라의 사진이 군림하고 있었다. 지나가다 멈 춰 서서 흥미롭다는 듯이 사진을 바라보는 사람도 있었고 회의적인 시선을 보내는 사람도 있었다. 대놓고 비웃는 사람도 있었다. 나는 사진에서 눈을 뗄 수가 없었다. 사진 속에서 릴라의 모습은 찾아볼 수 없었다. 매혹적이면서도 끔찍한 형태만이 남아 있었다. 멋진 구두를 신은 발을 사람들 쪽으로 쭉 뻗은 외눈박이 여신의 형상이었다.

그날 모인 사람 가운데 나를 가장 놀라게 한 것은 알폰소였다. 그는 생기발랄하면서도 우아했다. 그런 알폰소의 모습은 처음이었다. 학교에서도 동네에서도 식료품점에서도 보지 못했던 모습이었다. 릴라조차 의아한 눈초리로 그런 알폰소의 모습을 오랫동안 물끄러미 바라보았다. 나는 릴라에게 웃으며 말했다.

"알폰소가 아닌 것 같아."

"대체 무슨 일이지?"

"모르겠어."

알폰소의 새로운 모습은 그날 오후의 신선한 충격이었다. 그의 내면에 잠재되어 있던 무엇인가가 개업식 행사를 기점으로 햇살 가득한 가게에서 깨어난 것 같았다. 가게가 있는 도심지가 그에게 예상치 못한 좋은 영향을 미치는 것 같았다.

알폰소는 평소보다 분주히 움직이며 물건을 여기저기로 옮기기도 하고 호기심에 가게 문을 열고 들어와서 구두를 구경하며 버무스 술 한 잔에 달콤한 빵을 곁들여 먹는 세련된 옷차림의 사람들에게 말을 걸고 대화를 나누기도 했다. 얼마 후에는 우리 쪽으로 와서 조금도 망설이지 않고 경쾌한 어조로 릴라의 사진으로 만든 우리의 작품을 칭찬했다.

그날 알폰소의 정신적 해방감은 최고조에 이르렀던 것 같다. 본래의 수줍은 성격을 이겨내고 릴라의 두 뺨에 입을 맞추고는 "네가 위험한 여인이라는 것은 예전부터 알고 있었어"라고 말할 정도였다.

나는 알폰소를 새삼스럽게 다시 바라보았다. 위험하다니? 벽에 걸린 저 사진에서 알폰소는 무엇을 읽어낸 걸까? 내가 놓친 것이 있나? 알폰소는 단순히 외양적인 것을 뛰어넘어 그 이면을 본 건가? 창조적으로 사물을 바라볼 줄 아는 건가?

알폰소가 공부를 계속하지 않을 수도 있겠다고 생각했다. 부유한 도심에서 학교에서 배운 얼마 안 되는 지식을 활용하면서 살아갈지도 모른다고 생각했다. 그렇다. 알폰소는 내면에 전혀 다른 사람을 숨기고 있다. 그는 동네의 다른 사내아이들과는 달랐다. 누구보다도 형인 스테파노와 달랐다. 스테파노는 그 순간 가게 한구석 소파에 조용히 앉아 있었다. 말을 거는 사람에게는 언제라도 차분한 미소로 응답할 태세를 갖추고.

날이 저물었다. 갑자기 밖에서부터 환한 불빛이 비춰왔다. 솔라라네 식구들이 할아버지, 아버지, 어머니, 아들을 막론하고 자기들끼리 환호성을 지르면서 우르르 밖으로 몰려 나가자 모두 그들의 뒤를 따라 가게 밖으로 나갔다. 진열장과 입구 위에 '솔라라'라는 글씨가 빛나고 있었다.

릴라가 얼굴을 일그러뜨리며 말했다.

"결국 이마저도 양보했구나."

릴라는 마지못해 나를 데리고 그 누구보다도 기쁨에 취해 있는 리노에게 다가가서 말했다.

"판매하는 구두 상표가 체룰로인데 가게 이름이 솔라라인 이유가 뭐야?"

리노는 릴라의 팔짱을 끼더니 소리를 낮춰 말했다.

"리나, 넌 대체 왜 항상 분위기를 망치는 거야? 몇 년 전에 바로 이 광장에서 내가 너 때문에 곤경에 처했던 것 기억나? 나보고 뭘 어쩌라는 거야? 또 소동을 일으키려고? 제발 한 번만이라도 만족을 좀 해봐. 드디어 나폴리 중심에 가게까지 열게 됐어. 우리가 이 가게의 주인이라고. 우리를 두들겨 패려고 했던 그 개자식들은 어떻게 됐지? 길가다가 멈춰 서서 진열장을 쳐다보고 가게에 들어와서 우리가 준비한 빵을 먹고 있어. 이 정도면 충분하지 않니? 체룰로 구두에 솔라라 상점. 대체 저기에 뭘 걸어놓고 싶은 건데? 카라치라고 쓰인 간판?"

릴라는 리노의 팔에서 몸을 빼내며 말했다. 공격적인 말투는 전혀 아니었다.

"난 침착해, 오빠. 적어도 오빠에게 이제부터 내게 아무것도 물어보지 말라고 말할 수 있을 정도는 돼. 대체 무슨 짓을 벌이고 있는 거야? 마누엘라 부인에게 돈이라도 빌렸어? 스테파노도 그런 거야? 둘 다 빚 때문에 저들이 무슨 요구를 하든지 다 들어주는 거야? 아무튼 이제 자기 일은 각자 알아서 하기로 해, 오빠."

릴라는 리노와 나를 내버려두고 눈에 띄게 교태를 부리면서 미켈레에게 다가갔다. 나는 릴라가 미켈레와 함께 광장에서 사자 모양의 석고상 주변을 거니는 모습을 바라보았다. 릴라의 남편이 이 모습을 바라보는 모습도 눈에 들어왔다. 스테파노는 릴라와 미켈레가 이야기를 나누며 산책하는 내내 이들의 모습에서 단 한순간도 시선을 떼지 않았다. 질리올라가 화를 내며 피누차의 귀에 얼굴을 바싹 대고 무엇인가를 속삭이고는 둘이 함께 릴라를 쳐다보는 모습도 보였다.

그러는 동안 사람들이 하나둘씩 가게를 떠났고 누군가 거대한 간판의 환한 불을 껐다. 광장은 잠시 어둠에 잠겼다가 이내 가로등불이 다시 힘을 발휘했다. 릴라는 미소를 지으며 미켈레에게서 떨어져

나왔다. 그런데 생기라고는 찾아볼 수 없는 얼굴로 가게 안으로 들어오더니 화장실이 있는 뒷방에 들어가 문을 잠가버렸다.

알폰소, 마르첼로, 피누차, 질리올라가 가게를 정리하기에 나도 이들을 도왔다. 릴라가 화장실에서 나오자 스테파노가 기다렸다는 듯이 그녀의 팔을 잡아챘다. 릴라는 성가신 듯 몸을 빼내고서는 내게 다가와서 백짓장처럼 창백한 얼굴로 속삭였다.

"피가 약간 보였어. 왜 이러는 거지? 아이가 죽어버린 걸까?"

28

릴라의 임신 기간은 겨우 10주가 조금 지나서 끝나버렸다. 산파가 와서 모든 것을 긁어내버렸다. 유산을 한 바로 다음 날부터 릴라는 벌써 카르멘과 함께 새로 생긴 식료품점 일을 보기 시작했다. 릴라는 때로는 친절하게 때로는 사납게 굴었다. 얼마 동안은 전처럼 여기저기 나다니지 않고 자신의 삶을 식료품점이라는 작은 세계 안에 압축해 넣으려고 하는 것 같았다. 햄, 빵, 모차렐라 치즈, 소금에 절인 청어, 치커리 묶음, 말린 콩으로 가득 찬 자루, 돼지기름이 가득 든 주머니 따위의 물건이 쌓여 있고 석회 냄새와 치즈 냄새가 뒤섞인 조그만 공간에 부여된 질서에 자신을 맞추어 갔다.

이런 릴라의 모습에 가장 기뻐한 것은 스테파노의 어머니 마리아 아주머니였다. 마리아 아주머니는 며느리의 모습에서 자신의 모습을 발견한 것처럼 갑자기 릴라를 상냥하게 대했다. 예전에 하고 다니던 자신의 붉은색 귀걸이 몇 쌍을 선물하기도 했다. 릴라는 그 선물을 감사히 받았고 자주 하고 다녔다. 얼마간은 얼굴빛이 창백했고 이마에 난 뾰루지도 가라앉지 않았다. 퀭하게 들어간 눈 아래로 다크서클이 내려앉은 데다 광대뼈는 피부가 투명하게 보일 정도로 한껏 솟아나와 있었다. 그러다가 다시 기운을 되찾고 나서는 전보다 가게 일을 더 열심히 했다.

크리스마스 무렵부터 가게 수입은 무섭게 늘어나기 시작했고 몇 달 지나지 않아 구시가지에 있는 옛 식료품점의 수입을 넘어서게 되었다.

시간이 갈수록 마리아 아주머니는 며느리의 가게에 자주 모습을 나타냈다. 아버지가 될 기회를 박탈당했다는 생각과 사업에 대한 스트레스 때문에 기분이 가라앉아 있는 큰아들이나 고객들이 보면 창피하다는 이유로 어머니의 방문을 엄격하게 금지한 마르티리 광장에 있는 피누차의 가게보다 며느리의 가게가 더 편했을 것이다. 나이가 지긋한 카라치 부인은 스테파노와 피누차가 아이를 잘 간수하지 못했다는 이유로 릴라를 책망할 때 며느리 편을 들기까지 했다.

"리나는 아이를 가질 마음이 없어요."

스테파노가 불만을 토로했다.

"맞아."

피누차가 그의 말에 동조했다.

"아직 소녀로 남고 싶은 거야. 아내 노릇을 제대로 할 줄 몰라."

그러자 마리아 아주머니는 아들과 딸을 엄하게 꾸짖었다.

"그런 생각들일랑은 하지도 말아라. 아이를 보내주는 것도 주님의 뜻이고 거두어가는 것도 그분의 뜻이야. 그런 말도 안 되는 소리를 다시는 듣고 싶지 않구나."

"엄마는 아무 말씀 마세요."

피누차가 뿔이 나서 말했다.

"엄마야말로 내가 좋아하는 귀걸이를 저 싸가지에게 줘버렸잖아요."

이들의 언쟁과 이에 대한 릴라의 반응은 얼마 지나지 않아 온 동네의 가십거리가 되었다. 소문은 돌고 돌아 내 귀에까지 들려왔다. 하지만 그 무렵 학기가 시작되었기 때문에 나는 그 일에 대해서는 거의 관여하지 않았다.

새 학기가 시작되자 나 자신도 놀랄 만큼 일이 잘 풀리기 시작했다. 학기 초부터 나는 선두를 달렸다. 안토니오가 입대를 하고 니노가 자취를 감추고 여기에 릴라까지 식료품점 운영에 몸이 매이게 되자 오히려 머리가 맑아지는 느낌이었다.

지난해 대충 공부해두었던 내용들을 의외로 다 기억하고 있다는 사실을 깨달았다. 나는 선생님들의 질문에 준비된 자세로 훌륭하게 대답했다. 그뿐만이 아니었다. 갈리아니 선생님은 애제자인 니노가 떠나서인지 나에 대한 호감을 더 확실하게 보여주었다. 그러던 어느 날 선생님이 내게 레시나에서 나폴리까지 이어지는 세계 평화를 위한 행진에 참여해보는 것이 어떻겠느냐고 물었다. 흥미로운 데다 교육적인 행사라고 했다.

나는 선생님의 뜻에 따라 잠시 얼굴을 비추기로 했다. 호기심 때문이기도 했고 그렇게 하지 않으면 갈리아니 선생님의 기분을 상하게 할까봐 약간은 걱정이 되어서 내린 결정이었다. 어차피 행진 코스에 우리 동네 큰길이 포함되어 시위대가 우리 동네를 지나기 때문에 힘들지 않게 들를 수 있어서이기도 했다.

어머니는 동생들을 모두 데리고 가라고 했다. 나는 어머니와 소리를 지르면서 싸우다가 행사에 늦고 말았다. 동생들과 함께 철교에 도착하자 다리 아래로 자동차가 다니지 못할 정도로 길에 꽉 찬 사람들의 행렬이 눈에 들어왔다.

시위대는 평범한 사람들이었다. 행진을 한다기보다는 깃발과 팻말을 들고 산책하는 분위기에 가까웠다. 나는 갈리아니 선생님에게 내 모습을 보이고 싶었기에 동생들에게는 다리에서 기다리라고 하고 선생님을 찾아 나섰다. 결코 좋은 생각은 아니었다. 선생님의 모습은 코빼기도 보이지 않는 데다 내가 등을 돌리자마자 내 동생들은 다른 아이들과 합류하여 시위대를 향해 돌멩이를 던지고 욕설을 퍼붓기 시작했다. 나는 땀을 뻘뻘 흘리며 한걸음에 달려가서 동생들을 빼내왔다. 행여나 갈리아니 선생님이 그 좋은 시력으로 그 애들이 내 동생들이라는 것을 알아챘을까봐 걱정이 되었다.

그러는 동안 몇 주가 지났고 새 학기 수업에 필요한 교과서를 사야 할 때가 왔다. 아버지의 도움을 바라고 마련해야 할 교과서 목록을 어머니에게 보여주는 것은 무의미했다. 어차피 아버지에겐 돈이 없을 테니까. 엎친 데 덮친 격으로 올리비에로 선생님에 대한 소식도 알 수 없었다. 나는 8월과 9월 사이에 병원으로 병문안을 두어 번 가보았지만 처음에는 선생님이 주무시고 계셨고 그다음에는 선생님이 이미 퇴원은 했지만 집으로는 돌아가지 않았다는 사실을 알게 되었을 뿐이었다.

11월 초 교과서를 마련해야 할 시기가 임박해졌을 때에야 선생님의 이웃에게서 선생님의 건강상태가 좋지 않아서 포텐차에 사는 동생네 집으로 가셨다는 것을 알게 되었다. 언제 돌아오실지는 아무도 모를 일이었다. 영영 돌아오지 않으실 수도 있었다. 학교에 다시는 복귀하지 못하실 수도 있었다. 그제야 나는 알폰소에게 스테파노가 교과서를 사주면 시간을 맞춰 나도 가끔은 알폰소의 책을 사용할 수 있게 해달라고 부탁했다. 알폰소는 크게 기뻐하면서 식료품점 일 때문에 아침 7시부터 저녁 9시까지 항상 비어 있는 릴라네 집에서 함께 공부하자고 했다. 우리는 그렇게 하기로 하고는 헤어졌다.

어느 날 아침 알폰소가 짜증 섞인 목소리로 내게 말했다.

"오늘 릴라를 보러 식료품점에 좀 가봐. 할 말이 있대."

알폰소는 이미 그 이유를 알고 있었지만 릴라가 말하지 말라고 신신당부했기 때문에 입을 다물었다. 그에게서 비밀을 알아내기란 불가능한 일이었다.

나는 오후에 릴라가 있는 새로 개점한 식료품점에 들렀다. 카르멘은 기쁨과 슬픔이 뒤섞인 표정으로 내게 그녀의 애인 엔초가 피에몬테 어디에선가 보내온 엽서를 보여주려 했다. 릴라도 엽서를 받았는데 안토니오에게서 온 것이었다. 그 말을 듣고 나는 릴라가 급히 나를 그 가게로 부른 이유가 안토니오에게서 받은 엽서를 보여주고 싶어서라고 생각했다. 그런데 릴라는 내게 엽서를 보여주지도 않았고 내용도 이야기해주지 않았다. 릴라는 나를 가게 뒤쪽에 있는 창고로 이끌더니 은근히 즐거운 듯한 어투로 말했다.

"너 우리의 내기를 기억해?"

나는 고개를 끄덕여 보였다.

"네가 내기에서 진 것도?"

이번에도 나는 고개를 끄덕였다.

릴라는 내게 포장지로 싼 큼직한 상자 두 개를 가리켜 보였다. 새 학기 교과서였다.

29

상자는 꽤나 무거웠다. 집에 도착해서 풀어보니 과거 올리비에로 선생님이 구해주던 교과서처럼 냄새나는 헌책이 아니었다. 나는 홍분을 감출 수 없었다. 릴라가 내게 준 책은 신선한 잉크 냄새가 채 가시지 않은 이제 막 인쇄된 책들이었다. 특히 사전류는 너무나 훌륭했다. 진가렐리, 로치, 칼론기-조르주판 사전들은 올리비에로 선생님이 지금까지 내게 구해주지 못한 것들이었다.

내게 일어나는 일마다 찬물을 끼얹는 말을 한마디라도 하던 어머니였지만 그날은 아무 말도 하지 않았다. 내가 포장지를 벗기는 모습을 바라보다가 울음을 터뜨렸다. 어머니의 예상치 않은 반응에 나는 놀랍기도 하고 두렵기도 해서 어머니 옆에 다가가 한쪽 팔을 쓰다듬었다. 무엇이 어머니의 감정을 그토록 복받치게 했는지는 잘 모르겠다. 가난한 우리 집안의 형편에서 오는 무력감 때문일 수도 있고 식료품점의 부인이 된 내 친구의 너그러움 때문일 수도 있지만 정확히는 모르겠다. 어머니는 서둘러 감정을 추스르더니 퉁명스레 몇 마디를 중얼거리고는 집안일에 열중했다.

동생들과 함께 쓰는 작은 방에는 벌레 먹어 구멍이 숭숭 뚫리고 삐걱거리는 작은 책상이 있었다. 나는 평소에 이 책상에서 숙제를 하곤 했다. 나는 릴라에게 받은 책을 책상 위에 정리해놓았다. 벽을 따라 나란히 꽂혀 있는 책들을 보니 힘이 솟아나는 것 같았다.

그날 이후 하루하루가 쏜살같이 지나갔다. 나는 갈리아니 선생님이 여름방학 동안 빌려준 책을 되돌려드렸고 선생님은 그보다 더 어려운 책들을 빌려주었다. 일요일마다 부지런히 선생님이 빌려준 책을 읽었지만 이해할 수 있는 내용이 거의 없었다. 나는 한 문장 한 문장씩 꼼꼼히 읽으면서 책장을 넘겼지만 문체가 지루한 데다 문장의 의미를 파악하기가 쉽지 않았다.

그해 고등학교 4학년의 힘겨운 학업과 암울한 독서는 나를 몹시 지치게 했다. 하지만 꼭 해야 한다고 생각하는 일을 하면서 느끼는 피로감이어서 흡족하기도 했다.

어느 날 갈리아니 선생님이 내게 물었다.

"어떤 신문을 읽고 있지, 그레코?"

선생님의 질문에 릴라의 결혼식에서 니노와 이야기를 했을 때처럼 마음이 불편해졌다. 선생님에게는 당연한 일이 우리 집에서나 나를 둘러싼 환경에서는 전혀 그렇지 않다는 것을 선생님은 모르고 있었다. 그런 선생님에게 우리 아버지는 신문 따위는 사지 않고 나도 지금까지 신문이라고는 단 한 번도 읽어보지 않았다는 사실을 어떻게 털어놓을 수 있겠는가. 그렇게 말하고 싶지 않아서 나는 급히 공산당원인 파스콸레가 신문을 읽은 적이 있었는지 되짚어보았다. 쓸데없는 일이었다. 불현듯 도나토 사라토레가 머릿속에 떠올랐다. 그와 함께 이스키아 섬과 마론티 해변에서 지낸 나날들, 그가『로마』지에 기고하던 일이 생각났다.

"전『로마』지를 읽어요."

선생님은 비웃는 듯한 미소를 살짝 지어보이더니 다음 날부터 내게 자신의 신문을 건네주기 시작했다. 선생님은 매일 두세 종류의 신문을 구입해서 학교가 끝난 다음에 그중 한 부를 내게 주었다. 나는 말로는 선생님께 감사하다고 했지만 숙제가 하나 더 늘어난 것 같아 씁쓸해져서 집으로 돌아왔다.

처음에는 학교 과제물을 끝내고 나서 읽으려고 신문을 집 안에 놔두었다. 그런데 저녁이면 신문이 사라지고 보이지 않았다. 아버지가 잠자리에서나 화장실에서 읽으려고 신문을 가져가버린 것이다.

나는 책 사이에 신문을 몰래 숨겨두었다가 모두 잠든 늦은 밤에야 꺼내보기 시작했다.『우니타』지나『일 마티노』, 그것이 아니면『코리에레 델라 세라』같은 신문이었다. 내겐 셋 다 어려웠다. 앞 내용을 전혀 모르는 연재만화에 취미를 붙여야 하는 느낌이었다. 나는 칼럼 하나하나를 흥미보다는 의무감에 꼼꼼히 읽었다. 학교 공부처럼. 오늘은 이해를 못 하더라도 끈질기게 노력하다 보면 내일은 이해할 수 있을 것이라고 생각했다.

그 시기에 나는 릴라와 거의 만나지 못했다. 가끔은 학교가 끝나자마자 숙제를 하러 가기 전에 릴라가 있는 새 식료품점에 들르기도 했다. 내가 허기진 상태라는 것을 잘 알고 있는 릴라는 언제나 속을 가득 채운 파니니를 서둘러 준비해주었다. 나는 파니니를 허겁지겁 먹어치우면서 책에서 읽은 문장이나 갈리아니 선생님이 준 신문에서 나오는 문장 중에서 외운 문장을 표준어로 내뱉곤 했다. 예를 들어 '나치의 유대인 수용소의 비참한 현실 앞에서'라든가 '인류가 과거에 할 수 있었던 일과 오늘날 할 수 있는 일'이라든가 '핵전쟁의 위협과 평화 수호의 의무' 따위의 문장이었던 것 같다. 사회적 현상에 대해서 이야기하기도 했다. 예컨대 '인간이 자연의 힘을 극복하기 위해 발명한 기기들이 오늘날 자연의 힘보다 더 위협적이 된 현실'에 대해서 이야기하기도 하고 '언젠가 계급의 구분이 사라지고 사회와 인생에 대한 확실한 개념이 수립되어 사회가 평등해지면 종교는 사라질 것이다'라는 사상에 대해서 말하기도 했다.

릴라에게 이런 말을 한 이유는 전 과목 8점을 향한 길이 순항 중이라는 것을 보여주기 위해서이기도 했고 릴라 이외에는 이런 이야기를 할 사람이 달리 없어서이기도 했다. 또 릴라가 내 이야기에 반응을 보여서 예전처럼 함께 토론할 수 있기를 바라서였기도 했다. 하지만 릴라는 말을 거의 하지 않았다. 내 말을 이해할 수 없어서 민망해하는 것처럼 보이기까지 했다. 뭔가 말을 해도 결국에는 오래전부터 집착했던 과거 문제로 말을 끝맺었다. 나는 어떤 이유로 릴라가 다시 그 주제에 집착하게 된 것인지 알 수 없었다.

릴라는 돈 아킬레와 솔라라 집안이 축적한 부의 기원에 대해서 다시 이야기하기 시작했다. 카르멘 앞에서도 이런 이야기를 서슴지 않고 했고 카르멘은 릴라의 이야기에 바로 동의했다. 그러다 손님이 들어오면 릴라는 이야기를 멈추고 손님들에게 친절하게 대하면서 재빠르게 움직였다. 릴라는 손님 앞에서 햄을 자르고 무게를 재고 돈을 받았다.

한 번은 계산대의 서랍을 열어두고 돈을 물끄러미 바라보다가 우울하기 그지없는 어조로 말했다.

"이 돈은 나랑 카르멘이 힘겹게 번 돈이야. 그런데 말이야, 레누. 여기 있는 돈은 내 것이 아니야. 스테파노의 돈으로 벌어들인 돈이니까. 스테파노는 자기 아버지의 돈으로 돈을 벌기 시작했지. 돈 아킬레가 암시장에서 번 돈과 고리대금업을 하면서 번 돈을 침대 매트리스 아래 숨겨두지 않았다면 오늘 이 가게는 존재할 수 없었을 거야. 구두공장도 마찬가지이고. 그뿐만 아니라 스테파노도 리노도 우리 아버지도 돈 아킬레처럼 고리대금업자인 솔라라 집안의 자금과 인맥이 없었다면 구두는 한 켤레도 팔지 못했을 거야. 내가 이런 상황에 처해 있는지 너는 이해할 수 있겠니?"

이해는 했지만 그 대화의 목적을 나는 알 수 없었다.

"다 지나간 일이야."

나는 릴라에게 이렇게 말하면서 스테파노와 약혼하기로 했을 때 그녀가 내린 결정을 떠올리게 했다.

"네가 말하는 일은 이미 과거의 일이야. 우리는 새로운 세대이고."

이 말도 본래 릴라가 생각해낸 것인데 정작 자신은 확신이 없어 보였다. 그날 릴라가 사투리로 했던 말을 나는 아직도 기억한다.

"이젠 내가 예전에 했던 일도 지금 하고 있는 일도 다 마음에 들지 않아."

그 순간 나는 릴라가 다시 파스콸레와 만나기 시작한 것 같다고 생각했다. 파스콸레는 항상 그런 의견을 내세웠으니까. 파스콸레는 구시가지에 있는 식료품점에서 일하는 아다의 남자친구이자, 현재 릴라와 함께 새 식료품점에서 일하는 카르멘의 오빠이기 때문에 관계가 더 돈독해진 것이라고 나는 생각했다.

나는 실망한 채로 가게를 나왔다. 어린 시절 릴라가 카르멘을 친구로 삼고 나를 따돌리려 했을 때의 기분과 비슷한 느낌을 힘겹게 억눌렀다. 늦은 시간까지 공부하면서 마음을 가라앉혔다.

어느 날 밤 『일 마티노』지를 읽다가 피곤해서 눈이 감겨왔다. 순간 기자의 이름이 쓰여 있지 않은 짧은 기사를 보고 감전이라도 된 듯 잠이 확 깼다. 마르티리 광장에 있는 한 상점에 대한 기사였다. 나와 릴라가 함께 만들어낸 바로 그 작품을 칭찬하고 있었다. 나는 기사를 읽고 또 읽었다. 몇 문장은 아직도 기억한다.

"마르티리 광장의 아늑한 가게를 운영하고 있는 아가씨들은 끝내 작가의 이름을 알려주지 않았다. 안타까운 일이 아닐 수 없다. 사진과 색상의 그 비일상적인 조합을 만들어낸 사람이 누구든 가히 신성한 독창성과 비범한 에너지로 물질적인 것을 은밀하고 강렬한 고통으로 승화한 아방가르드적인 심미안의 소유자임이 분명하다."

기사의 나머지 부분은 구둣가게에 대한 찬탄 일색이었다.

"최근 몇 년 동안 나폴리 기업계를 특징지어온 역동성의 좋은 예이다."

그날 밤 나는 한숨도 자지 못했다. 학교가 끝난 다음 릴라에게 달려갔다. 가게는 비어 있었다. 카르멘은 어머니 주세피나 아주머니가 아파서 집에 먼저 들어갔고 릴라는 모차렐라 치즈인지 프로볼로니 치즈인지 아니면 뭔가 다른 것을 제대로 보내지 않은 지역의 공급업자와 통화 중이었다.

나는 릴라가 소리를 지르며 욕설을 퍼붓는 소리를 듣고 충격을 받았다. 전화 저편에 있는 사람이 나이 든 사람이라면 기분이 상해 복수하기 위해 자기 아들 가운데 한 명을 보낼 것이라고 생각했다.

'릴라는 대체 왜 항상 과장하는 걸까.'

통화가 끝나자 릴라는 씩씩대며 내게 변명하듯 말했다.

"이렇게 하지 않으면 내 말은 듣지도 않아."

나는 릴라에게 신문을 내밀었다. 그녀는 신문을 힐끗 쳐다보고는 말했다.

"알고 있어."

릴라는 이 모든 것이 미켈레의 머리에서 나온 생각이라고 했다. 미켈레는 언제나처럼 아무와도 의논하지 않고 일을 진행한 것이다. 릴라는 계산대 서랍에서 구겨진 신문기사 두어 장을 꺼내더니 내게 내밀었다. 그 기사도 마르티리 광장에 있는 구둣가게에 대해서 이야기하고 있었다. 그중 하나는 『로마』지에 실린 짧은 기사였는데, 기자는 솔라라 구둣가게에 칭찬을 후하게 늘어놓으면서도 릴라의 사진에 대해서는 단 한마디도 언급하지 않았다. 다른 기사는 『나폴리 석간』지에 실렸는데 무려 세 단락에 걸쳐 가게를 묘사하고 있었다. 글을 읽고 있자니 구둣가게가 무슨 궁전이라도 되는 것 같았다. 기사는 가게의 가구며 환한 조명, 멋진 구두를 현란한 표현으로 칭찬했다.

"매혹적인 바다요정 같은 질리올라 스파뉴올로 양과 주세피나 카라치 양의 친절함과 상냥함, 사랑스러움에 주목하자. 미모가 한창인

젊고 멋진 두 여성의 손에 현재와 같은 나폴리 경제 전성기에 다른 기업 중에서도 특히 높은 위상을 자랑하는 이 기업의 운명이 달려 있다."

기사 말미에서야 겨우 사진에 대한 코멘트를 찾을 수 있었다. 그 마저도 대충 쓴 몇 줄 되지 않는 내용이었다. 기사를 쓴 이는 우리의 작품에 대해서 이렇게 평했다.

"조잡한 실패작이며 장중하고 세련된 환경과 불협화음을 이룬다."

"누가 썼는지 봤어?"

릴라가 놀리듯 물었다.

『로마』지 기사 아래에는 D.S라는 이니셜이 있었고 『나폴리 석간』 지 기사에는 니노의 아버지인 도나토 사라토레의 이름이 적혀 있었다.

"응."

"할 말 없어?"

"무슨 말?"

"부전자전이라고 말해야지."

릴라는 힘없이 웃었다. 체룰로 구두와 솔라라 구둣가게에 대한 반응이 점점 좋아지자 미켈레가 회사를 띄우기 위해서 여기저기 선물을 돌렸고 그 덕에 지역 신문들이 가게에 대한 찬양 기사를 써대기 시작했다는 것이다. 그러니까 모든 것이 돈에 대한 대가로 제공되는 일종의 홍보 기사였다. 릴라는 읽을 필요조차 없다고 했다. 저런 글에는 진실한 말이 하나도 없다고 했다.

나는 기분이 상했다. 잠잘 시간을 쪼개가며 열심히 읽고 있는 신문을 무시하는 릴라의 말투가 마음에 들지 않았다. 니노와 필자의 혈연관계를 강조한 것도 마음에 들지 않았다. 니노를 허영에 가득찬 거짓된 문장 제조기 같은 그의 아버지와 연결할 필요가 대체 어디 있단 말인가.

30

어쨌든 신문에 실린 기사 덕분에 얼마 지나지 않아 솔라라 구둣가게와 체룰로 구두는 완전히 자리 잡게 되었다. 질리올라와 피누차는 자신들에 대해서 쓴 신문기사를 보고 거만한 공작새마냥 뻐기고 다녔다. 하지만 그런 성공이 둘 사이의 경쟁심을 잠재운 것은 아니었다. 각자가 가게의 성공을 자신의 공으로 치부하며 서로를 더 큰 성공의 방해물로 여겼다.

이들은 단 한 가지에 의견 일치를 보였다. 릴라의 사진이 혐오스러움의 극치라는 것이다. 이들은 사진을 보기 위해 상점에 들어오는 모든 사람을 가녀린 목소리로 땍땍거리며 퉁명스럽게 대했다. 『로마』지와 『나폴리 석간』에 실린 기사는 액자에 넣어 걸어두면서도 『일 마티노』지에 나온 기사는 걸어두지 않았다.

크리스마스와 부활절 사이에 솔라라 집안과 카라치 집안은 꽤나 많은 돈을 벌어들였다. 특히 스테파노는 숨을 돌렸다. 양쪽 식료품점의 수익률은 모두 좋았고 체룰로 구두공장도 풀가동 중이었다. 마르티리 광장의 가게는 릴라가 수년 전에 디자인한 구두가 레티필로나 포리아 가, 가리발디 가뿐 아니라 언제든지 우아한 동작으로 지갑을 열 준비가 되어 있는 부자들의 취향에도 잘 맞을 것이라는 예상이 적중했음을 증명했다. 이들이야말로 확실하게 상품의 입지를 굳히고 확장시켜야 할 중요한 고객층이었다.

구두 판매의 성공을 증명이라도 하듯 봄이 되자 도시 외곽에 있는 상점들의 진열장에 체룰로 구두 모조품이 나타나기 시작했다. 장식용 술이나 스터드 같은 소소한 디테일을 제외하면 릴라가 디자인한 구두와 실질적으로 똑같은 구두였다.

항의와 협박으로 모조품의 유통은 중지되었다. 미켈레가 재빨리 상황을 정리한 것이다. 그는 이에 만족하지 않고 새로운 디자인의 구두를 만들어내야 한다는 결론을 내렸다.

어느 날 저녁 미켈레는 마르첼로, 카라치 부부, 리노를 마르티리 광장에 있는 구둣가게로 소집했다. 당연히 질리올라와 피누차도 빠질 수 없었다. 놀랍게도 스테파노는 릴라 없이 혼자 나타났다. 그는 아내가 너무 피곤해서 올 수 없었다면서 아내가 미안하다는 말을 했다고 전했다.

솔라라 형제는 릴라의 부재에 불만을 드러냈다. 미켈레는 릴라가 없으면 대체 뭐 하러 모인 것이냐고 했다. 이 말은 질리올라를 화나게 했다. 이때 리노가 재빨리 끼어들었다. 그는 아버지와 함께 이미 오래전부터 새 컬렉션을 생각해놓고 있었다면서 9월 달에 아레초에서 열릴 전시회에 새로 디자인한 구두들을 소개할 생각이라고 했다. 물론 거짓말이었다.

미켈레는 리노의 말을 믿지 않았다. 더 짜증을 냈다. 그는 이번에는 정말로 혁신적인 디자인의 구두를 시장에 선보여야 한다고 했다. 평범한 제품으로는 어림없을 것이라고 했다. 미켈레가 스테파노에게 말했다.

"자네 부인이 꼭 필요해. 억지로라도 데리고 왔어야지."

스테파노는 상대방을 당황하게 할 정도로 공격적으로 말했다.

"내 마누라는 식료품점에서 하루 종일 뼈 빠지게 일하고 있어. 그러니 저녁에는 집에 있어야 해. 내게도 신경을 좀 써야지."

"좋아."

미켈레는 잠시 잘생긴 얼굴을 일그러뜨리며 말했다.

"그렇지만 우리에게도 신경을 좀 쓰게 해."

그날 저녁은 만족한 사람이 한 명도 없는 상태로 마무리되었다. 그중에서도 가장 못마땅해 한 것은 피누차와 질리올라였다. 이들 둘은 각각 다른 이유로 미켈레가 릴라를 그토록 중요하게 여기는 것을 견딜 수 없어 했다. 그날 쌓인 불만감에 기분이 상해서 피누차와 질리올라는 조그만 일에도 서로 싸우기 시작했다.

그 사고가 일어난 것도 바로 그즈음이었을 것이다. 사실 나는 그 사고에 대해서 자세히는 모른다. 어느 날 오후 언제나처럼 다투던 중에 질리올라가 피누차의 뺨을 때리기에 이르렀다. 피누차는 리노에게 달려가 고자질했고 그 당시 자만심이 하늘을 찌르던 리노는 거만한 태도로 가게에 와서는 질리올라에게 한바탕 욕을 퍼부어댔다. 질리올라가 사납게 나오자 리노는 흥분한 나머지 해고를 들먹이며 협박하기에 이르렀다.

"내일부터는 말이야."

리노가 말했다.

"제과점에 돌아가 칸놀로에 리코타 치즈나 채워 넣어."

얼마 지나지 않아 미켈레가 나타났다. 그는 만면에 웃음을 띠고 리노를 가게 밖 광장 쪽으로 데리고 나가서는 상점의 간판을 쳐다보게 했다.

"이 친구야."

미켈레가 말했다.

"상점 간판이 '솔라라' 아닌가. 그러니 자네는 내 가게에 와서 내 애인을 해고하겠다고 할 권리가 없어."

리노는 반발했다. 그는 미켈레에게 상점에 있는 모든 것은 자신의 매제 소유인 데다가 구두를 만드는 것은 자기라고 했다. 그러니 질리올라를 해고할 권리는 차고 넘치게 있다고 했다. 그러는 동안 질리올라와 피누차는 가게 안에서 각자 자신의 남자친구에게 보호받고 있음을 느끼면서 다시 서로에게 욕설을 퍼붓기 시작했다. 이 모습에 두 청년은 급히 가게로 들어가 각자의 여자친구를 진정시키려고 했지만 둘의 다툼은 계속되었다. 결국 미켈레가 참을성을 잃고 둘 다 해고해버리겠다고 소리 질렀다. 그뿐만 아니라 가게 운영을 릴라에게 맡기겠다고 했다.

릴라에게?

가게를?

질리올라와 피누차는 아연실색했고 순간 리노도 얼어붙었다. 이 충격적인 선언을 두고 다시 말다툼이 벌어졌다. 이번에는 질리올라와 피누차와 리노가 미켈레를 상대로 협공을 시작했다.

"문제가 대체 뭐야? 지금 리나가 가게를 맡는 게 무슨 소용이 있겠어? 우리가 벌어들이는 돈은 불평할 만한 수준이 아니라고."

"구두 디자인은 다 내가 생각해낸 거야. 리나는 그때 어린아이였을 뿐인데 대체 뭘 만들어낼 수 있었겠어?"

그러면서 긴장감은 고조됐다. 그 사고가 일어나지 않았다면 다툼은 영원히 계속되었을 것이다. 그 순간 릴라의 사진이 별다른 이유 없이 타오르기 시작했다. 검은색 도화지를 잘라 붙이고 여러 색으로 짙게 얼룩진 릴라의 사진이 병자의 신음같이 들리는 목쉰 소리를 토해내더니 거대한 불길 속에서 타오르기 시작했다. 그때 피누차는 사진을 등 뒤로 하고 서 있었는데 눈에 보이지 않는 난로라도 있는 것처럼 화염이 그녀 뒤에서 타오르면서 머리를 핥았다. 리노가 즉각 달려들어서 맨손으로 불을 끄지 않았다면 피누차의 머리카락은 몽땅 타버렸을 것이다.

31

화재의 원인을 리노와 미켈레 모두 평소에 몰래 숨어서 담배를 피우느라 작은 라이터를 지니고 다니는 질리올라 탓으로 돌렸다. 리노는 질리올라가 모두들 다투느라고 정신없는 틈을 타서 일부러 사진에 불을 붙였고 도화지, 풀, 페인트를 잔뜩 칠한 사진이 눈 깜짝할 사이 타버린 것이라고 했다. 미켈레는 신중한 태도를 취했다. 그는 질리올라가 라이터로 손장난하는 습관이 있다는 사실은 이미 모두 알고 있는 바가 아니냐고 했다. 그런 그녀가 그날은 언쟁에 열중해서 사진과 가까이 있는 줄도 모르고 무의식적으로 라이터에 불을 붙였을 거라고 했다.

질리올라는 리노의 말도 미켈레의 말도 인정하지 않았다. 그녀는 호전적인 태도로 모든 잘못을 릴라에게 돌렸다. 그러니까 릴라의 병신 같은 사진이 저절로 타올랐다는 것이다. 성인을 유혹하기 위해서 여인의 모습으로 나타난 악마처럼 말이다. 그런 이야기에서 흔히 유혹당한 성인이 예수의 이름을 부르면 악마가 화염으로 변하지 않는가. 자신의 이론을 뒷받침하기 위해서 피누차의 말을 인용했다. 피누차는 질리올라에게 릴라가 임신하지 않는 방법을 알고 있다는 이야기를 들려주었다. 행여나 실수로 임신이 되면 어떻게 해서라도 아이를 떨어뜨려 주님이 주신 은총을 거부한다는 것이었다.

미켈레가 하루 걸러 한 번씩 새 식료품점에 들르기 시작하자 릴라에 대한 얼토당토않은 소문의 수위가 더욱 높아졌다. 미켈레는 릴라나 카르멘과 농담 따먹기를 하면서 꽤나 오랜 시간을 가게에서 보내곤 했다. 그 바람에 카르멘은 언젠가부터 미켈레가 자신을 만나러 오는 것이라고 생각하기 시작했다. 그녀는 이 소문이 엔초의 귀에 들어갈까봐 노심초사하면서도 내심 뿌듯해 하며 미켈레에게 아양을 떨었다. 릴라는 미켈레를 놀리는 쪽이었다. 릴라는 질리올라가 자신에 대해서 퍼뜨리고 다니는 소문을 듣고 미켈레에게 말했다.

"이제 그만 가봐. 우리는 마녀들이야. 우리와 있으면 위험해."

하지만 그 무렵 내가 릴라를 찾을 때마다 그녀의 상태는 좋지 않았다. 어색한 말투로 모든 일에 비아냥거리는 태도로 일관했다. 팔에 왜 멍이 들었느냐고 물으면 스테파노가 너무 정열적으로 자신을 쓰다듬었다고 했다. 눈이 충혈된 것을 보고 울었느냐고 물으면 슬픔의 눈물이 아니라 기쁨의 눈물이라고 했다. 미켈레는 사람들을 괴롭히는 게 취미인 나쁜 놈이니 조심하라고 하면 걱정 말라면서 자기 몸에 손대면 화상을 입는 것은 미켈레 쪽일 것이라고 했다.

"사람들에게 상처를 주는 건 내 전공이잖아."

릴라의 마지막 말에 어느 정도 공감해왔던 것이 사실이기는 하다. 특히 질리올라는 이 부분에 대해서 확신하고 있었다. 그녀에게 릴라는 남자친구를 사로잡은 요망한 창녀였다. 미켈레가 릴라에게 마르티리 광장의 가게를 맡기려는 것도 그녀에게 푹 빠졌기 때문이라고 생각했다. 질리올라는 질투심에 사로잡힌 채 절망에 빠져 며칠간 출근도 하지 못했다. 그러다 피누차에게 마음을 털어놓았다. 그 후 둘은 일종의 동맹 관계를 형성해 함께 반격에 나서기로 했다.

피누차는 오빠를 볼 때마다 오입쟁이로 사는 것이 행복하냐며 윽박질렀고 약혼자인 리노에게는 그가 공장 사장이 아니라 미켈레의 하인일 뿐이라고 공격했다.

어느 날 저녁 스테파노와 리노는 미켈레가 주점에서 나오기를 기다렸다가 그가 모습을 나타내자 그를 붙잡고는 아주 일반론적인 대화를 나누었다. 에둘러 말하기는 했지만 그 골자는 이랬다.

"리나를 내버려둬. 일을 해야 하는데 자네 때문에 시간을 허비하고 있잖아."

미켈레는 그들의 숨은 뜻을 바로 알아채고 싸늘하게 대꾸했다.

"뭔 개 같은 소리야?"

"무슨 말인지 모르겠다는 건 이해할 마음이 없다는 소리지."

"아니야, 이 친구들아. 우리 사업에 정말 필요한 것이 무엇인지 이해하지 못하고 있는 것은 바로 자네들이야. 끝까지 이해할 생각이 없다면 나라도 나서야지."

"그건 또 무슨 뜻이야?"

스테파노가 물었다.

"자네 부인은 식료품점에서 썩히기 아까운 사람이야."

"무슨 말이야?"

"리나가 마르티리 광장으로 나오기만 하면 한 달 만에 자네 누이와 질리올라가 100년을 걸려도 할 수 없는 일을 해낼걸?"

"자세히 좀 말해봐."

"리나는 명령을 내려야 해. 책임을 지워줘야 한다고. 새로운 것을 만들어야 해. 당장 새 구두를 디자인해야 한다고."

셋은 오랫동안 이야기를 나눈 끝에 수많은 의견 차이를 극복하고 결국 모종의 합의에 이르렀다. 스테파노는 릴라가 구둣가게를 맡는다는 가정은 아예 열외로 제쳐놓았다. 두 번째 식료품점이 자리를 잘 잡아가고 있는 마당에 릴라를 빼낸다는 것은 말도 안 되는 일이

었다. 대신 빠른 기간 내에 릴라에게 새 구두를 디자인하게 하겠다
고 했다. 적어도 겨울 구두라도 말이다. 미켈레는 릴라에게 구둣가
게를 맡기지 않는 것은 멍청한 일이라면서 조금은 위협적인 어조로
최종 결정은 여름 이후로 미루자고 했다. 그러면서 어찌됐든 릴라가
새 구두를 디자인하는 것으로 알고 있겠다고 했다.

"세련된 디자인이어야 해."

미켈레가 당부했다.

"그 점을 강조해줘."

"리나는 제멋대로 할 거야. 언제나 그래왔잖아."

"내가 조언은 해줄 수 있어. 내 말은 들을 거야."

미켈레가 말했다.

"그럴 필요 없어."

내가 릴라를 찾아간 것은 그들 사이에 모종의 합의를 끝낸 지 얼
마 지나지 않아서였다. 수업을 마치자마자 가게로 갔는데 날씨가 벌
써 더워지기 시작해서 도착했을 무렵 나는 이미 지쳐 있었다. 릴라
는 가게에 혼자 있었는데 그 순간에는 무거운 짐을 내려놓은 것 같
은 표정이었다. 릴라는 자신은 이제 구두 디자인은 하지 않겠다고
했다. 샌들 한 켤레, 슬리퍼 한 켤레조차 말이다.

"모두들 화낼 텐데."

"그래봤자 어쩔 건데?"

"돈이 걸린 문제야, 릴라."

"그치들에게 돈이라면 이미 차고 넘치게 있어."

나는 릴라가 평소처럼 괜한 고집을 부리고 있다고 생각했다. 원
래 그런 아이였으니까. 누군가 뭔가를 강요하면 오히려 하고픈 마음
이 싹 사라지는 타입이었다. 하지만 나는 곧 릴라의 성격 문제가 아

니라는 것을 깨달았다. 파스콸레와 카르멘의 영향으로 더 강해진 스테파노와 리노, 솔라라 형제의 사업에 대한 모멸감 때문도 아니라는 것을 깨달았다. 구두를 디자인할 수 없는 데는 뭔가 다른 이유가 있었다. 릴라는 그 이유를 내게 조용하고 차분한 어조로 설명해주었다.

"이제 아무런 아이디어도 떠오르지 않아."

"시도는 해봤어?"

"그럼. 그런데 이젠 열두 살 때 같지가 않아."

그제야 나는 이해했다. 릴라의 머리에서 나온 구두는 그게 다였던 것이다. 이제 머릿속에 남은 것이 아무것도 없기에 다른 디자인은 생각해내지 못할 것이었다. 구두 만들기 놀이는 끝났고 릴라는 다시 시작할 수 있는 법을 몰랐다. 이제는 통가죽과 무두질을 한 피혁 냄새만 맡아도 역겨워했다. 예전에 익혔던 기술은 잊은 지 오래였다.

이제 상황은 완전히 바뀌었다. 페르난도 아저씨의 작은 작업실은 새로운 환경에 잠식되었다. 작업실에는 직원들의 작업대와 석 대의 기계가 들어왔다. 페르난도 아저씨는 점점 더 왜소해져서 장남 리노와 티격태격하는 일도 없이 하루 종일 일만 했다. 식구들에 대한 릴라의 애정마저도 퇴색했다. 빈곤했던 시절의 버릇을 버리지 못하고 식료품점에 들를 때마다 공짜 물건으로 장바구니를 잔뜩 채워가는 어머니에게는 아직 애잔한 감정이 남아 있었다. 어린 동생들에게도 종종 선물을 하곤 했다. 하지만 리노에 대해서는 아무런 감정도 느낄 수 없었다. 리노는 망가질 대로 망가져 부서져 버렸다. 그렇기에 오빠를 도와주고 보호해주어야 한다는 의무감도 희미해졌다. 영감을 싹 틔웠던 토양이 이제 황폐해져 구두에 대한 환상을 다시 펼칠 이유가 하나도 남지 않게 된 것이다. 불쑥 릴라는 애초에 구두에 매달렸던 것은 학교에 다니지 않아도 자신이 뛰어난 아이라는 것을 나에게 증명해 보이기 위해서였다고 했다. 릴라는 신경질적으로 웃어 보이고는 내 반응을 살피려는 듯 나를 곁눈질했다.

나는 대답하지 않았다. 감정이 복받쳐서 아무 말도 할 수 없었다. 릴라가 그런 아이였던가. 원래부터 나처럼 고집스러울 정도로 성실했던 게 아니었던가. 이때껏 오직 내게 자신을 드러내 보이기 위해서 그토록 많은 생각을 하고, 구두를 만들고, 글을 쓰고, 이야기를 하고, 복잡한 계획을 짜고, 분노하기도 하고, 새로운 것을 창작해낸 것이었단 말인가. 그녀가 이토록 방황하는 이유는 그런 목적이 사라져 버렸기 때문인가. 신부복 차림의 사진에 한 작업도 다시는 재현할 수 없는 건가. 릴라가 이루어낸 모든 일이 실은 매번 자신이 처했던 혼란스러운 상황의 결과물이었단 말인가.

나는 마음속 깊은 곳에 오래전부터 간직해온 고통스러운 긴장감이 풀어지는 것을 느꼈다. 촉촉이 젖은 릴라의 눈과 섬약해 보이는 미소에 나는 마음이 약해졌다. 하지만 그런 순간은 오래가지 않았다. 릴라는 버릇대로 손을 이마에 갖다 대고 후회스럽다는 듯이 말했다.

"내가 뛰어난 사람이라는 것을 증명해보이지 않으면 못 견딜 것 같아."

그러고는 우울하게 덧붙였다.

"가게를 열었을 때 스테파노가 내게 무게를 속이는 법을 보여주었어. 처음에는 스테파노에게 도둑놈이라고 고함을 질렀어. 이런 식으로 돈을 번 것이냐고. 그러나 나는 내가 얼마나 빨리 그 방법을 배웠는지 그에게 보여주고 말았어. 나름대로 더 효과적인 사기 방법을 생각해내서 그에게 보여주었지. 계속해서 새로운 아이디어가 떠올랐어. 나는 너희들 모두를 속이고 있는 거야. 무게를 속이는 것은 빙산의 일각일 뿐이야. 동네 사람들을 모두 등쳐먹고 있는 거라고. 그러니 나를 믿으면 안 돼, 레누. 내가 무슨 말을 하든 무슨 일을 하든 나를 믿지 마."

나는 그런 상황을 참기 힘들었다. 릴라는 감정 기복이 너무 심했다. 릴라가 원하는 것이 무엇인지 나는 갈피를 잡을 수 없었다. 릴라는 왜 이제 와서야 이런 이야기를 하는 걸까? 나는 릴라가 의도적으로 이런 말을 하는 건지 아니면 자기도 모르게 속마음을 털어놓게 된 것인지 알 수 없었다. 릴라의 충동적인 고백에 그녀와 나의 관계를 돈독하게 하려는 그녀의 본심이 우리 관계에 특별함을 부여하지 않아야겠다는 강박관념에 밀려나버렸다.

'이것 봐. 내겐 너나 스테파노나 다 똑같아. 다른 사람들도 마찬가지고. 나는 아름다우면서 추하고 선하면서도 사악해.'

릴라는 길고 가느다란 손가락을 힘주어 깍지 끼며 내게 물었다.

"질리올라가 내 사진이 저절로 불타올랐다고 말하고 다니는 거 너도 들었지?"

"말도 안 되는 소리야. 질리올라가 원래 너를 안 좋아하잖아."

릴라는 백치같이 웃었다. 무슨 이유에서인지 갑자기 심기가 뒤틀린 것 같았다.

"여기 눈 뒤가 아파. 뭔가가 누르고 있는 것 같아. 저기 저 칼들 보여? 날이 서 있지? 지금 막 칼갈이에게 맡겼었거든. 살라미 햄을 자르면서 사람의 몸에 얼마나 많은 피가 흐르는지 생각하곤 해. 너무 많은 것을 욱여넣으면 뭐가 되든 망가지는 법이야. 그렇지 않으면 불꽃이 일고 불타오르게 되는 거지. 그 사진이 불타버려서 다행이야. 결혼식도 가게도 구두도 솔라라 형제도 모조리 태워버렸어야 했는데."

나는 릴라가 아무리 필사적으로 반항하고, 노력하고, 자기 생각을 주장해봤자 문제를 해결할 수 없다는 것을 깨달았다. 결혼식 첫날부터 릴라는 통제할 수 없는 불행에 시달리고 있었다. 그 불행은 날이 갈수록 커져만 가고 있었다. 나는 그런 릴라가 가련하다는 생각이 들었다.

그만 진정하라고 하자 릴라가 고개를 끄덕여 보였다.

"마음을 편하게 먹어야 해."

"나를 좀 도와줘."

"어떻게?"

"내 곁에 있어줘."

"그렇게 하고 있잖아."

"아니야. 나는 네게 비밀이 하나도 없어. 가장 추악한 생각까지도 감추지 않아. 그런데 너는 네 얘기를 거의 하지 않잖아."

"그렇지 않아. 내가 아무것도 숨기지 않는 사람은 너뿐이야."

릴라는 강하게 고개를 저어보이면서 말했다.

"네가 나보다 뛰어나고 나보다 아는 것이 많아도 나를 떠나지는 말아줘."

32

모든 사람이 얼마나 질릴 정도로 들볶아댔는지 릴라는 양보하는 시늉이라도 할 수밖에 없었다. 릴라는 스테파노에게 구두 디자인을 시작하겠다고 말하고 나서 미켈레에게도 똑같이 말했다. 그런 다음 리노를 불러서 오래전부터 그가 간절히 기다려온 말을 해주었다.

"구두는 오빠가 디자인해봐. 내겐 이제 그럴 능력이 없어. 아버지랑 같이 구상해봐. 기술이 있으니 어떻게 해야 할지 알 거 아냐. 하지만 시장에 선보이고 판매가 시작되기 전까지는 아무에게도 구두 디자인을 내가 한 게 아니라는 사실을 밝혀서는 안 돼. 스테파노에게도 말이야."

"반응이 안 좋으면 어떡해?"

"그럼 내 책임이 되는 거지."

"반응이 좋으면?"

"모두에게 진실을 밝힐 거야. 그러면 오빠는 정당하게 인정받게 되겠지."

리노는 릴라의 거짓말이 아주 마음에 들었다. 페르난도 아저씨와 새 구두 디자인 작업을 시작한 후 가끔 몰래 릴라를 찾아와 자신이 구상한 디자인을 보여주었다. 릴라는 디자인을 살펴보고 처음에는 억지로 감탄하는 표정을 지어보였다. 걱정이 되어 어쩔 줄 몰라 하는 오빠의 표정을 보기 힘들어서이기도 했고 귀찮아서 빨리 쫓아보내고 싶어서이기도 했다. 하지만 얼마 지나지 않아 정말로 리노의 새 디자인에 놀라기 시작했다. 그가 구상한 디자인은 지금 판매되고 있는 구두와 일관성을 유지하면서도 새로웠다.

"아마도 말이야."

릴라가 어느 날 갑작스럽게 명랑한 목소리로 말했다.

"처음에 만든 구두도 사실은 내가 생각해내지 않았던 것일 수도 있어. 애초부터 오빠의 작품이었을지도 몰라."

릴라는 마음의 짐을 내려놓은 것같이 보였다. 리노에 대한 애정도 되찾았다. 아니 어쩌면 그동안 오빠에 대해서 너무 가혹하게 평가했다는 것을 깨달은 것일지도 모르겠다. 오빠와의 관계는 끊어질 수 있는 것이 아니다. 절대로 끊을 수 없는 것이다. 리노가 어떤 사람이든, 리노의 몸에서 쥐새끼가 튀어 나오든, 겁에 질린 망아지가 뛰쳐나오든 다른 어떤 짐승이 나타나더라도 그 관계는 끊어질 수 없는 것이었다. 릴라는 자신이 제안한 거짓말 덕분에 리노가 실력이 없다는 두려움을 극복하고 소년 시절의 모습을 되찾은 거라고 생각했다.

이제 리노는 자신이 정말로 기술이 훌륭하고 솜씨가 뛰어나다는 것을 깨닫게 된 것이다. 리노도 릴라가 매번 자기 작품에 감탄할 때마다 기뻐했다. 디자인에 대한 조언을 구하고 나면 리노는 릴라의 귀에 대고 집 열쇠를 달라고 속삭였다. 릴라가 열쇠를 내어주면 피누차와 함께 릴라의 집에서 한 시간쯤 시간을 보내곤 했다.

나는 내가 영원히 릴라의 친구로 남아 있을 거라는 걸 증명하려고 노력했다. 일요일이면 종종 릴라에게 함께 외출하자고 했다. 한 번은 학교 친구 둘과 국제 박람회장에 가자고 릴라를 초대했다. 학교 친구들은 릴라가 결혼한 지 1년이 넘었다는 것을 알고 어머니 또래와 함께 외출하기를 강요받기라도 한 것처럼 주눅이 들어서 정중하고 얌전하게 행동했다.

그중 한 명이 머뭇거리며 릴라에게 물었다.

"아이도 있어?"

릴라가 고개를 저어보였다.

"안 생기는 거야?"

릴라가 고개를 끄덕여보였다.

그다음부터 그날 저녁 분위기는 엉망이 되었다.

5월 중순경에 나는 릴라를 데리고 한 문화 행사에 참석했다. 그곳에 간 이유는 갈리아니 선생님이 주세페 몬탈렌티라는 과학자의 강의를 들으러 가보라고 했기 때문이었다. 어쩔 수 없는 의무감에 그곳에 갔다. 나와 릴라는 그런 행사에 처음 참석했다. 주세페 몬탈렌티라는 과학자의 강의 대상은 청소년이 아니라 성인이었다. 사람들은 그의 강의를 듣기 위해 일부러 찾아왔다. 우리는 삭막한 강의실 맨 뒤에 자리를 잡았다. 나는 얼마 지나지 않아 지겨워졌다. 정작 내게 가보라고 한 갈리아니 선생님의 모습은 보이지도 않았다.

나는 릴라에게 그만 나가자고 속삭였다. 릴라는 싫다고 했다. 강의에 방해가 될 것 같아 도중에 나갈 엄두가 나지 않는다고 했다. 릴라답지 않은 걱정이었다. 말하진 않았지만 강의 내용에 감명을 받았거나 수업에 점점 흥미를 느꼈다는 의미였다. 우리는 강의가 끝날 때까지 자리를 지켰다. 주세페 몬탈렌티는 다윈에 대해서 이야기했다. 우리 둘 다 그가 누군지 몰랐다. 강의실에서 나오며 내가 릴라에게 농담조로 말했다.

"강의 내용 중에서 적어도 한 가지는 나도 알고 있던 사실이 있어. 네가 원숭이라는 거 말이야."

릴라는 내 말을 농담으로 받아들이려 하지 않았다.

"절대로 잊지 않을 거야."

릴라가 말했다.

"네가 원숭이라는 걸 말이야?"

"우리가 동물이라는 사실."

"너와 내가?"

"우리 모두."

"하지만 강사 선생님이 우리와 원숭이 사이에 다른 점이 많다고도 했잖아."

"그래? 뭐가 다른데? 나는 어머니가 내 귀에 구멍을 뚫어줘서 어렸을 때부터 귀걸이를 하고 있는데 원숭이들은 그렇지 않기 때문에 귀걸이를 못 한다는 거?"

그때부터 웃음보가 터져서 그런 식으로 번갈아가며 말도 안 되는 차이점을 한 가지씩 들면서 한참을 재미있게 이야기했다. 그러나 동네에 들어서자마자 들떴던 기분이 가라앉았다. 큰길을 따라 산책하던 파스콸레와 아다와 마주쳤다. 그들은 스테파노가 몹시 걱정하면서 릴라를 찾아 헤매고 있다고 했다. 내가 집까지 바래다주겠다고 했지만 릴라는 싫다고 했다. 하지만 파스콸레와 아다가 자동차로 태워다주겠다고 하자 그러라고 했다.

다음 날이 되어서야 스테파노가 릴라를 찾았던 이유를 알게 되었다. 릴라가 늦게 와서도 아니었고 자신이 아닌 나와 함께 여가시간을 보내서도 아니었다. 이유는 다른 데 있었다. 피누차와 리노가 자신의 집에서 자주 밀회를 즐겨온 것을 알게 됐기 때문이었다. 둘이 다름 아닌 자신의 침대에서 서로 부둥켜안은 데다 집 열쇠를 내어준 것이 바로 릴라라는 사실을 알게 됐기 때문이었다.

피누차는 임신까지 했다. 하지만 스테파노가 화가 난 가장 큰 이유는 그가 리노와 한 더러운 짓을 책망하며 피누차의 뺨을 때렸을 때 그녀가 한 말 때문이었다.

"오빠는 질투가 나서 그러는 거야! 나는 여자로서 의무를 다하는데 리나는 그렇지 못하니까! 리노는 어떻게 여자를 다뤄야 하는지 아는데 오빠는 그렇지 못해서 질투가 나는 거지!"

릴라는 스테파노가 흥분해서 어쩔 줄 몰라 하는 모습과 그의 고함소리를 보고 들으면서 약혼 시절 자신을 애지중지 대하던 그의 모습을 기억해내고는 그의 면전에서 갑자기 깔깔 대고 웃기 시작했다. 스테파노는 릴라의 숨통을 끊어놓고 싶은 욕망을 참기 위해서 차를 타고 나가버렸다. 뒷날 릴라는 나에게 스테파노가 창녀를 찾으러 나갔을 것이라고 했다.

33

피누차와 리노의 결혼식 준비는 번갯불에 콩 볶아먹듯 진행됐다. 나는 학년 말 과제물과 구두시험 때문에 결혼 준비를 거의 돕지 못했다. 게다가 나를 적잖게 동요케 한 일도 있었다. 선생님들의 암묵적인 행동 규칙을 천연덕스럽게 다반사로 위반하던 갈리아니 선생님이 나를 선생님의 아이들이 여는 파티에 초대한 것이다. 우리 학교에서 초대받은 학생은 나밖에 없었다.

사실 선생님이 학생에게 신문과 책을 빌려주거나 평화 시위에 참가하게 하거나 어려운 강연을 듣게 하는 것도 정상적인 범주에 속하는 일은 아니었지만 이번에는 선을 넘어선 셈이었다. 선생님은 잠시 나를 따로 부르더니 집으로 초대하고 싶다고 했다.

"네가 편한 대로 오렴. 혼자 와도 되고 데리고 올 사람이 있으면 함께 와도 좋아. 남자친구랑 와도 좋고 그렇지 않아도 돼. 중요한 건 네가 오는 거야."

학년 말이 얼마 남지 않은 시기에 선생님은 산더미처럼 쌓여 있는 공부거리나 내가 겪을 엄청난 마음의 동요에 대해서는 생각하지 않고 이렇게 말했다.

나는 바로 초대에 응했지만 실제로 파티에 참석할 용기는 없었다. 다른 선생님에게 초대받는 것도 상상하기 힘든 일인데 하물며 갈리아니 선생님의 파티라니. 왕궁에 초대받아 여왕을 알현하고 왕자들과 함께 춤을 추는 것과 별반 다를 바 없는 것처럼 느껴졌다. 기쁜 일이기도 했지만 누군가가 나를 확 떠미는 것 같기도 했다. 매혹적이기는 하지만 내겐 어울리지 않는다는 것을 너무나 잘 아는 일을 하도록 강요받는 것 같았다. 어쩔 수 없는 상황이 아니라면 기꺼이 피하고 싶은 일이었다.

갈리아니 선생님은 내게 입을 만한 옷조차 없다는 사실은 상상조차 할 수 없을 것이다. 평소 교실에서는 헐렁한 검은색 가운을 걸치고 있었다. 갈리아니 선생님은 그 가운 속에 무엇이 있다고 생각한 걸까? 선생님이 입는 것 같은 옷과 속옷과 팬티? 내 가운 속에는 볼품없는 옷이 있었다. 빈곤함과 제대로 교육받지 못한 흔적이 있었다. 가지고 있는 신발은 닳고 닳은 구두 한 켤레뿐이었다. 입을 만한 옷은 릴라의 결혼식 때 입은 옷이 유일했다.

그나마도 그 옷을 입기에는 너무 더웠다. 3월에는 괜찮지만 그때는 벌써 5월 말이었다. 문제는 옷뿐만이 아니었다. 나는 그곳에서 마주하게 될 외로움이 두려웠다. 익숙지 않은 방식으로 말하고 농담하고 나와는 다른 취향을 가진 이방인들 틈에서 느끼게 될 곤혹스러움이 두려웠다.

처음에는 내게 언제나 친절한 알폰소에게 함께 가달라고 부탁할까 생각해보았다. 하지만 알폰소가 나와 같은 반인데도 갈리아니 선생님이 나만 초대했다는 사실을 기억해냈다. 어떻게 해야 할까? 며칠 동안 걱정 때문에 생각이 마비된 상태였다. 뭔가 핑곗거리를 만들어서 선생님께 파티에 참석하지 못하겠다고 말할까도 생각해보았다. 그러다가 릴라에게 조언을 구해야겠다는 생각이 들었다.

릴라는 언제나처럼 힘든 시기를 보내고 있었다. 광대뼈 밑에 누르스름한 멍 자국이 남아 있었다. 릴라는 내 이야기를 곱게 듣지 않았다.

"그런 데를 뭐 하러 가?"

"초대를 받았으니까."

"선생님 집이 어딘데?"

"비토리오 에마누엘레 가."

"바다가 보이는 집인가?"

"모르겠어."

"남편은 뭐하는 사람이야?"

"의사 선생님. 코투뇨에서 일하신대."

"아이들은 아직 학생이고?"

"모르겠어."

"내 옷을 빌려줄까?"

"안 맞는 거 알잖아."

"넌 나보다 가슴만 더 크잖아."

"난 너보다 전체적으로 더 뚱뚱해, 릴라."

"그럼 어떻게 도와줘야 할지 모르겠다."

"가지 말까?"

"그게 나을 수도 있겠네."

"그래. 그럼 가지 말아야겠다."

릴라는 내 결정을 눈에 띄게 기뻐하는 것 같았다. 나는 릴라에게 인사하고 가게를 나섰다. 발육부진 상태의 협죽도가 자라고 있는 길에 들어서는데 릴라가 나를 부르는 소리가 들려 되돌아갔다.

"그럼 내가 함께 가줄게."

릴라가 말했다.

"어디에?"

"파티에 말이야."

"스테파노가 보내주지 않을 텐데."

"그건 나중 일이지. 나랑 같이 가고 싶은지만 말해줘."

"나야 당연히 좋지."

그 순간 릴라가 너무 기뻐하는 것을 보니 그녀의 생각을 바꿀 엄두가 나지 않았다.

집으로 돌아가면서 상황이 더 복잡해졌다는 것을 깨달았다. 파티에 참석하기 곤란한 이유들은 하나도 해결되지 않은 데다 릴라의 제안은 나를 더욱 혼란스럽게 했다. 혼란에 대한 이런저런 이유들이 뒤죽박죽되어 일일이 열거할 수조차 없었다. 열거해봤자 모순투성이였을 것이다. 나는 스테파노가 릴라를 파티에 가지 못하게 할까봐 두려우면서도 파티에 가는 것을 허락할까봐 두려웠다. 릴라가 솔라라 형제를 만나러 갈 때처럼 화려하게 차려입을까봐, 그녀의 아름다움이 별처럼 빛을 발해 파티에 모인 사람들이 그 아름다움을 한 조각이라도 소유하기 위해서 열을 올리게 될까봐 두려웠다.

릴라가 사투리로 말을 할까봐도 두려웠다. 뭔가 천박한 말을 해서 최종 학력이 초등학교 졸업이라는 것을 드러낼까봐 두려웠다. 그러면서도 릴라가 입을 여는 순간 모두 그녀의 명석함에 매료될까봐 두려웠다. 갈리아니 선생님까지 빠져들게 될까봐 두려웠다. 아니 갈리아니 선생님이 릴라가 거만한 데다 철없는 아이라는 것을 알고 내게 '네 친구는 대체 뭐하는 아이니? 다시는 보고 싶지 않구나'라고 말할까봐 두려웠다. 그러면서도 선생님이 사실은 나라는 존재는 릴라의 흐릿한 그림자에 지나지 않는다는 것을 깨닫고 나에 대한 관심을 접고 릴라와 따로 만나서 그녀가 공부를 다시 시작하도록 설득할까봐 두려웠다.

나는 한동안 일부러 식료품점에 들르지 않았다. 릴라가 파티에 대해서 잊기를 바랐다. 그날이 오면 몰래 다녀와서는 릴라에게 '아무 말 없기에 혼자 다녀왔어'라고 말하고 싶었다. 그런데 얼마 지나지 않아 릴라가 나를 먼저 찾아왔다. 정말 오랜만에 일어난 일이었다. 릴라는 스테파노를 설득했다고 말했다. 함께 파티에 참석하는 것을 허락했을 뿐 아니라 파티가 끝날 때 우리를 데리러 오겠다고 했다는 것이다. 그러면서 몇 시까지 갈리아니 선생님 댁에 가야 하는지 물었다.

"무슨 옷을 입을 거야?"

내가 근심스럽게 물었다.

"너랑 똑같이 입을게."

"나는 셔츠에 치마를 입을 거야."

"그럼 나도 그렇게 할게."

"스테파노가 정말 우리를 바래다주고 데리러 오겠대?"

"그렇다니까."

"어떻게 설득한 거야?"

릴라는 유쾌하게 얼굴을 살짝 찡그리더니 이제는 그를 다루는 법을 안다고 했다.

"원하는 게 있으면 말이야."

릴라는 자신에게도 숨기고 싶은 것처럼 작은 목소리로 속삭였다.

"약간만 창녀처럼 굴면 돼."

릴라는 사투리로 창녀라고 말했다. 그러고는 냉혹하고 자조적인 말을 몇 마디 덧붙였다. 스테파노에 대한 혐오감과 자신에 대한 역겨움이 느껴졌다.

내 근심은 커져만 갔다. 파티에 가지 않기로 했다고 말해야 한다고 생각했다. 마음이 바뀌었다고 말해야겠다고 생각했다. 나는 아침부터 저녁까지 일만 하는 근면 성실한 릴라의 이면에는 어떤 일에도 굴복하지 않는 또 다른 릴라가 있다는 사실을 너무나 잘 알고 있었다. 그녀를 갈리아니 선생님 댁까지 데려갈 책임이 생기자 릴라의 반항적인 면이 걱정되었다. 특히 그 즈음에는 포기를 모르는 고집 때문에 오히려 날이 갈수록 더 망가져가고 있는 것 같았다.

'선생님이 계시는데 발끈하면 어떻게 하지.'

'지금처럼 저런 말투로 이야기를 하면 어떻게 하지.'

나는 조심스럽게 릴라에게 말했다.

"릴라, 부탁이니 그곳에 가면 그런 식으로 말하지 말아줘."

릴라는 의아한 눈으로 나를 바라보았다.

"그런 식이라니?"

"지금처럼 말이야."

릴라는 잠시 침묵하다 내게 말했다.

"넌 내가 부끄럽니?"

34

나는 릴라 네가 부끄러운 것은 아니라고 했다. 하지만 그렇게 될까봐 두렵다는 말은 하지 않았다.

스테파노는 오픈카로 우리를 선생님 댁 바로 앞까지 바래다주었다. 나는 자동차 뒷좌석에, 릴라와 스테파노는 앞좌석에 앉았다. 둘이 약지에 끼고 있는 거대한 결혼반지를 보고 나는 새삼스레 놀랐다. 릴라는 약속했던 것처럼 셔츠에 치마를 입었다. 전혀 과하지 않은 차림이었다. 입술에 립스틱만 살짝 발랐을 뿐 화장도 하지 않았다.

파티에 갈 법한 옷차림으로 나타난 것은 스테파노였다. 온몸을 금으로 도배한 데다 면도용 비누 냄새가 강하게 났다. 마지막 순간에 우리가 함께 가자고 해주기를 바라는 것 같았다. 하지만 우리는 아무 말도 하지 않았다. 나는 데려다줘서 고맙다고 누차 반복해서 말했고 릴라는 남편에게 인사조차 하지 않았다. 릴라가 차에서 내리자 스테파노는 돌아갔다. 자동차 바퀴와 도로가 빚어내는 소리가 고통스럽게 들려왔다.

엘리베이터를 한 번 타볼까 하다 포기했다. 우리는 그때까지 엘리베이터를 타본 적이 한 번도 없었다. 새로 지은 릴라의 신혼집 건물에도 엘리베이터가 없었기에 작동을 제대로 하지 못할까봐 두려웠다. 갈리아니 선생님 댁은 건물 5층에 있다고 했다. 현관문에 '프리제리오 의과 교수'라고 쓰여 있을 것이라고 했다. 그런데도 우리는 층마다 현관문의 문패를 일일이 확인했다. 내가 앞장 서고 릴라는 내 뒤를 따라 아무 말도 없이 한 층 한 층 올라갔다. 건물은 더없이 깨끗했다. 아파트 현관 손잡이와 놋쇠로 된 문패가 반짝반짝 빛이 났다. 심장이 강하게 뛰었다.

집 안에서 새어나오는 음악소리와 와자지껄한 소리 덕분에 갈리아니 선생님 댁 현관을 알 수 있었다. 우리는 치마의 구겨진 주름을 폈다. 나는 자꾸만 위로 말려 올라가는 속옷을 아래로 끌어내렸다. 릴라는 손가락 끝으로 머리를 매만졌다. 둘 다 정신을 차리기 위해서 긴장하고 있었다. 파티에 참석하는 동안 우리의 본모습을 감추기 위해 쓴 가면이 자칫 방심해서 벗겨질까봐 두려웠다.

나는 초인종을 눌렀다. 기다려보았지만 아무도 문을 열어주지 않았다. 릴라를 한 번 바라보고 다시 초인종을 눌렀다. 이번에는 초인종을 길게 눌렀다. 안에서 빠른 발소리가 들리더니 문이 열렸다. 집 안에서 갈색머리 청년이 모습을 나타냈다. 작은 키에 잘생긴 얼굴,

생기 있는 눈빛을 지닌 청년이었다. 언뜻 볼 때 스무 살 남짓은 되어 보였다. 내가 갈리아니 선생님 반 학생이라고 하자 청년은 내가 말을 다 끝마치기도 전에 활짝 웃으며 소리쳤다.

"네가 엘레나로구나?"

"네, 그래요."

"우리 집에서 너를 모르는 사람은 없어. 어머니가 틈만 나면 네가 쓴 작문을 읽으며 우리를 괴롭히시거든."

청년의 이름은 아르만도였다. 그가 한 마지막 말에 나는 힘을 얻었다. 문가에 서서 호감을 가지고 나를 대하던 그의 모습이 아직도 눈에 선하다. 아르만도는 내게 적대적일 줄 알았던 생소한 환경에 도착해보니 이미 나에 대한 평판이 좋아서 사람들의 마음에 들기 위해 내가 특별히 노력하지 않아도 되는 것이 어떤 느낌인지를 경험하게 해준 사람이었다. 모든 사람이 나에 대해서 잘 알고 있고 내 마음에 들려고 애쓰는 것은 이제까지 경험해보지 못한 일이었다. 대접받는 자리에 익숙하지 않았기에 그날의 예상치 못한 대우에 나는 기운이 났다. 자유로워진 느낌이었다. 모든 근심은 순식간에 사라지고 릴라가 하거나 하지 않을 일 때문에 걱정이 되지도 않았다.

예기치 못하게 관심의 중심에 서게 된 나는 릴라를 아르만도에게 소개하는 것조차 잊어버렸다. 아르만도는 아르만도대로 릴라의 존재를 알아채지 못했다. 그는 그 자리에 나밖에 없는 것처럼 나를 집 안으로 안내했다. 이미니가 내 이야기를 정말 많이 하시는데 그때마다 칭찬 일색이라고 다시 한 번 말했다. 나는 겸손하게 대꾸하며 그를 따라 집 안으로 들어갔다. 뒤에서 릴라가 문을 닫았다.

아파트는 꽤나 컸다. 조명이 환한 방들은 모두 활짝 열려 있었고 높은 천장은 꽃문양으로 장식되어 있었다. 집 안에 가득 차 있는 엄청나게 많은 책에 놀랐다. 갈리아니 선생님 댁에 있는 책이 우리 동네 독서실에 있는 책을 다 합친 것보다 많은 것 같았다. 벽면 전체가 천장까지 책장으로 가려져 있었다. 그리고 음악소리가 들려왔다. 파티에 참석한 젊은이들은 조명이 환한 넓은 방에서 신나게 춤을 추고 있었다. 담배를 피우며 수다를 떠는 청년들도 있었다. 언뜻 봐도 고등교육을 받은 부모님 아래서 자란 학생들처럼 보였다.

아르만도만 해도 그랬다. 어머니는 고등학교 선생님이고 그날 저녁 모습을 나타내지는 않았지만 아버지는 외과 의사였다. 아르만도는 우리를 자그마한 테라스로 안내했다. 바깥 공기는 온화했고 하늘이 드넓게 펼쳐진 가운데 위스테리아와 장미의 강한 향이 아몬드를 넣어 구운 쿠키와 버무스 향에 뒤섞여 공기 중에 퍼져 있었다. 테라스에서는 환한 도시의 전경과 어두운 들판처럼 펼쳐진 바다가 한눈에 보였다. 선생님이 반갑게 나를 불렀다. 내 등 뒤에 있는 릴라의 존재를 일깨워준 것도 선생님이었다.

"친구인가보구나?"

내가 뭔가를 중얼거린 기억은 난다. 비로소 내가 사람을 제대로 소개하는 법을 모른다는 사실을 깨달았다.

"우리 선생님이셔. 선생님, 제 친구 리나예요. 초등학교를 함께 다녔어요."

내가 이렇게 말하자 갈리아니 선생님은 예절바르게 오랜 우정을 칭찬하는 말씀을 하셨다. 선생님은 릴라에게 시선을 고정시킨 채 우정은 중요한 것이고 마음의 쉼터라는 보편적인 얘기를 하셨다. 릴라는 수줍어하며 짧게 몇 마디 대답하다가 선생님의 눈길이 손에 낀 결혼반지에서 멈추자 한쪽 손으로 반지를 감췄다.

"결혼했니?"

"네."

"엘레나랑 동갑인데?"

"제가 2주 빨라요."

갈리아니 선생님은 주변을 살피다 아들에게 말했다.

"손님들을 나디아에게 소개해주었니?"

"아니요."

"뭘 기다리는데?"

"재촉하지 말아요, 엄마. 지금 막 도착했잖아요."

선생님이 내게 말했다.

"나디아는 널 꼭 만나고 싶어 했단다. 여기 이 아이는 몹쓸 아이니 믿지 말려무나. 하지만 나디아는 좋은 아이야. 너랑 친해질 거야. 마음에 들 게다."

우리는 담배 피우는 선생님을 홀로 남겨두고 자리를 떠났다. 나디아가 아르만도의 여동생이라는 것을 알게 되었다.

"16년 동안 내 삶의 골칫거리였지."

아르만도가 누이에 대한 애정 섞인 적의를 나타내며 말했다.

"덕분에 내 유년 시절은 엉망이었어."

나도 내 동생들 때문에 항상 고생이라고 말하면서 동의를 구하듯 미소를 띠고 릴라를 바라보았다. 그런데 릴라는 심각한 얼굴로 아무 말도 하지 않았다.

우리는 무도회장이 된 방으로 되돌아갔다. 다시 가보니 환했던 조명이 어두워져 있었다. 폴 앙카의 노래가 흘러나오고 있었다. 아니면 「왓 어 스카이」(What a sky)였던 것 같기도 하다. 하긴 누가 그런 것까지 일일이 기억하겠는가. 젊은이들은 몸을 밀착시킨 채 춤을 췄고 그들의 흐릿한 그림자가 움직임에 맞춰 흔들렸다. 음악이 끝나자 누군가가 마지못해 조명을 올렸다.

　방 안이 채 밝아지기도 전에 내 가슴이 쿵하고 내려앉았다. 니노가 그곳에 있었던 것이다. 담뱃불을 붙일 때 라이터의 작은 불꽃이 그의 얼굴을 밝혔다. 그를 마지막으로 본 것이 거의 1년 전인데 그때보다 더 성숙해보였다. 옷매무새는 여전히 흐트러져 있었지만 그새 키도 더 크고 더 잘생겨진 것 같았다. 그러는 사이에 주변이 환해지며 니노와 춤을 추던 소녀의 모습도 눈에 들어왔다. 예전 학교 앞에서 본 세련되고 밝은 느낌을 주는 매력적인 아가씨였다. 상대적으로 내가 얼마나 둔해보이는지 깨닫게 해준 바로 그 소녀였다.

　"저기 있었네."

　바로 그때 아르만도가 말했다.

　그 소녀가 바로 갈리아니 선생님의 딸 나디아였던 것이다.

35

　이상하게 생각할 수도 있지만 그 사실 때문에 교양 있는 사람들과 그 자리에 함께 있다는 기쁨이 줄어들지는 않았다. 물론 나는 니노를 사랑했다. 이에 대해서는 한 번도 의심을 해본 적이 없다. 그러니 내가 결코 니노를 차지할 수 없을 것이라는 또 하나의 증거 앞에서 괴로움을 느끼는 것이 정상이었을 것이다. 하지만 나는 그다지 괴롭지 않았다. 니노에게 여자친구가 있고 그녀가 모든 면에서 나보다 뛰어나다는 사실은 이미 알고 있었다. 새로 알게 된 사실은 그녀가 다름 아닌 갈리아니 선생님의 딸이며 이렇게 책이 셀 수 없이 많은 집에서 자랐다는 사실 정도일 것이다.

　나는 이 사실에 가슴 아프지 않았다. 오히려 마음이 편해졌다. 나디아가 자라난 환경을 보니 니노와 나디아의 선택이 당연하게 느껴졌다. 그들의 만남은 예정되어 있었다. 자연의 이치와 조화를 이루는 것이다. 기막히게 놀라운 완벽한 대칭의 예를 눈앞에서 목격하게 된 것이다.

그뿐만 아니라 아르만도가 누이에게 "나디아, 여기 엄마의 제자 엘레나가 왔어"라고 말하자마자 소녀는 얼굴이 발그스레해지더니 충동적으로 내 목에 팔을 두르고는 속삭였다.

"엘레나, 이렇게 만나서 얼마나 기쁜지 몰라."

그러고는 내가 말할 틈도 주지 않고서 진심으로 내 글의 주제와 글을 쓰는 방식을 칭찬하기 시작했다. 오빠인 아르만도의 비꼬는 듯한 말투는 전혀 느껴지지 않았다. 열광하는 그녀의 모습을 보니 과거 갈리아니 선생님이 교실에서 내 글을 읽었을 때처럼 뿌듯해졌다. 아니 그때보다 더 기뻤던 것 같다. 바로 그 순간 내가 가장 소중하게 생각하는 두 사람, 니노와 릴라가 나디아의 이야기를 듣고 있었기 때문이다. 그곳에서 내가 얼마나 사랑받고 존경받는지 두 사람 모두 깨달았을 테니 말이다.

나는 정중하면서 친근한 태도로 행동했다. 내가 이렇게 행동할 수 있을 거라고는 나 자신도 생각지 못했었다. 대화에 거리낌 없이 끼어들어서 학교에서처럼 부자연스럽게 들리지 않는 교양 있는 표준어를 썼다. 니노에게는 영국 여행에 대해서 물었고 나디아에게는 어떤 책을 읽는지 어떤 음악을 좋아하는지 물었다. 아르만도뿐 아니라 다른 사람들과도 춤을 추며 한순간도 가만히 있지 않았다. 기분이 최고조에 이르러 나중에는 로큰롤까지 췄는데 춤을 추다가 안경이 떨어지는 사태가 벌어졌지만 다행히 깨지지는 않았다.

기적 같은 저녁이었다. 니노가 릴라와 대화를 나누고 있는 모습이 눈에 들어왔다. 니노가 릴라에게 춤추자고 했지만 그녀는 거절하고 춤이 한창인 방에서 나가 내 시야 밖으로 사라졌다. 한참이 지나서야 나는 릴라 생각이 났다. 춤판이 서서히 정리되고 아르만도와 니노, 그 나이 또래의 학생들이 열렬하게 토론하기 시작했다. 더위도 식히고 혼자 바람을 쐬면서 담배를 피우고 있는 갈리아니 선생님을 토론에 참여시키기 위해서 토론을 하던 청년들이 나디아와 함께 테라스로 자리를 옮길 때 즈음에야 나는 릴라가 생각났다.

"이리 와."

아르만도가 내 손을 잡으며 말했다.

"내 친구도 부를게."

내가 대답하며 손을 뺐다. 나는 상기된 얼굴로 방마다 돌아다니면서 릴라를 찾아 헤맸다. 마침내 책장으로 가득 찬 벽면 앞에 혼자 있는 릴라를 발견했다.

"릴라, 테라스로 나가자."

내가 말했다.

"뭐 하러?"

"공기도 좀 쐬고 이야기도 나누러."

"너나 가봐."

"지루해?"

"아니야. 책을 보고 있었어."

"정말 많지?"

"응."

릴라의 기분이 좋지 않다는 것을 알 수 있었다. 아무도 신경써주지 않아서 그러는 것 같았다. 약지에 낀 결혼반지 때문일 거라고 생각했다. 아니면 이곳에서는 아무도 릴라의 아름다움을 알아봐주지 않아서일 수도 있었다. 여기에서는 나디아가 더 아름다웠다. 아니면 남편도 있고 임신 경험도 있고 유산도 하고 구두도 디자인하고 돈버는 수완까지 뛰어난 릴라이지만 이 집에서만큼은 자신이 누구인지도 모르고 우리 동네에서처럼 가치를 인정받을 수 있는 방법도 모르는 것이라고 생각했다. 나와는 달리 말이다.

릴라의 결혼식 날 이후에 시작된 기나긴 정체기가 끝났다는 것을 나는 갑자기 깨달았다. 나는 그곳에 모인 사람들과 어울릴 줄 알았고 동네 친구들보다 이들과 있는 것이 더 좋았다. 그 순간 유일한 근심은 소외되어서 섞이지 못하고 겉도는 릴라뿐이었다. 나는 책장 앞에 있는 릴라를 데리고 테라스로 나왔다.

대다수 초청객들이 아직 춤에 푹 빠져 있는 가운데 갈리아니 선생님 주변으로 청년 서너 명과 소녀 두어 명이 모여 있었지만 남자아이들만 얘기를 하고 있었다. 예의 그 비판적인 말투로 토론에 참여한 여성은 선생님뿐이었다. 니노와 아르만도 그리고 다른 청년들에 비해서 나이 든 축에 속하는 카를로라는 이름의 청년은 갈리아니 선생님과 논쟁을 벌이는 것이 품위 없는 행동이라고 생각하는 것 같았다. 그들은 자기들끼리만 토론하고 싶어 했다. 이들에게 갈리아니 선생님은 승리의 면류관을 씌워주는 권위 있는 시상자일 뿐이었다.

언뜻 보면 아르만도가 제 어머니와 토론하는 것 같았지만 자세히 관찰하면 그의 실질적인 토론 상대는 니노라는 것을 알 수 있었다. 카를로는 갈리아니 선생님과 의견을 같이하기는 했지만 나머지 두 청년과 토론할 때는 선생님과 자신의 의견 차이를 명확히 했다. 니노는 예의바른 태도로 갈리아니 선생님과는 다른 의견을 표하면서 아르만도와 카를로를 상대로 언쟁을 벌였다.

나는 이들의 대화에 매료되어 귀를 기울였다. 그들이 사용하는 언

어는 꽃봉오리 같아서 내 머릿속에서 어느 정도 익숙한 꽃으로 피어
날 때도 있었고 내가 전혀 모르는 형태로 피어나기도 했다. 익숙한
꽃의 형태를 취하면 나는 고무되어 참여하는 시늉을 해보였고 그렇
지 않으면 무지를 숨기기 위해서 뒤로 물러났다. 그럴 때면 신경이
곤두섰다.

'저들이 무슨 이야기를 하는지 도무지 모르겠어. 누구에 대해 이
야기를 하는 것인지 모르겠어.'

그들의 대화는 내게 의미 없는 소음일 뿐이었다. 세상은 수없이
많은 사람과 수없이 많은 사건과 사상으로 구성되어 있다는 사실을
깨달았다. 애써 노력해온 한밤중의 독서로는 그들의 토론을 따라가
기가 턱없이 부족했고 니노와 갈리아니 선생님과 카를로와 아르만
도에게 "그래. 맞아. 나도 알아"라고 말할 수 있으려면 더 노력해야
한다는 사실을 깨달았다.

그들은 전 세계가 위험에 처했다고 했다. 핵전쟁, 제국주의, 신제
국주의, 알제리계 프랑스인, 프랑스의 비밀군사조직(OAS)과 국가
해방 전선. 대학살에 대한 분노, 드골주의와 파시즘. 프랑스, 군대, 위
상과 명예에 대해 이야기했다. 염세주의자이지만 파리의 공산당과
노동자 계급을 중요시 여기는 사르트르. 프랑스와 이탈리아의 잘못
된 노선. 좌파 수용. 사라가트 대통령과 넨니. 런던을 방문해서 맥밀
란 수상을 만난 판파니 수상. 나폴리에서 열릴 기독교민주당 전당대
회. 판파니 수상의 추종자들과 모로, 좌파 기독교민주당의 추종자에
대해 토론했다. 사회주의자들은 이미 권력욕에 사로잡혔으니 우리
가, 공산당이 프롤레타리아 동지들을 비롯한 국회의원들과 함께 중
도 좌파적 법률을 통과시켜야 한다고 했다. 그렇게 된다면 현재의
마르크스·레닌주의 정당이 사회민주당으로 거듭나게 될 것이라고

했다. 레오네 하원의장이 새 학기 행사에서 어떻게 행동했는지 다들 보지 않았느냐고 했다.

아르만도는 혐오스럽다는 듯이 고개를 가로저었다.

"세상은 계획에 의해서 변화하는 것이 아니야. 변화를 위해서는 피를 흘려야 해. 폭력이 필요하다고."

니노는 차분히 대답했다.

"계획도 필수불가결한 도구의 하나야."

분위기가 심각해지자 갈리아니 선생님은 청년들에게 주의를 주었다. 아, 그들은 얼마나 박식했던가! 지구상에 일어나는 모든 일을 꿰고 있는 것 같았다. 어느 순간 니노가 미국에 대한 우호적인 발언을 하면서 영국 본토 발음으로 몇몇 단어를 영어로 말했다.

1년새 니노의 목소리가 한층 어른스러워졌다는 것을 느낄 수 있었다. 허스키하게 느껴질 정도로 예전보다 더 두터워졌다. 릴라의 결혼식에서나 학교에서 이야기를 나눌 때보다 한결 자연스러운 어조였다. 베이루트에 대해서 실제 가보기라도 한 것처럼 말했고 비폭력주의자인 다닐로 돌치와 마틴 루터 킹, 버트런드 러셀에 대해서 이야기하기도 했다. 세계평화여단에 대한 지지를 표명했다. 아르만도가 빈정대자 그를 질책하면서 흥분해서 목소리를 높였다. 그 모습이 얼마나 멋있어 보였는지. 니노는 인류는 마음만 먹으면 지구상에서 제국주의와 기아, 전쟁을 몰아낼 수 있다고 했다.

나는 모르는 내용투성이였지만 니노의 말에 감동했다. 드골리즘은 뭐고 프랑스 비밀군사조직이며 기독교사회주의며 좌파 수용은 또 뭐란 말인가. 다닐로 돌치는 누구이고 버트런드 러셀, 프랑스계 알제리인, 판파니의 추종자들은 또 누구란 말인가. 대체 베이루트와 알제리에서는 무슨 일이 일어났단 말인가. 그렇지만 예전부터 그랬듯이 나는 니노를 돌보고 시중을 들어주고 감싸주며 그가 무슨 일을 하든지 지지해주고 싶었다.

그날 저녁 적어도 그 순간만큼은 작지만 눈부시게 아름다운 여신처럼 니노 옆에 붙어 있는 나디아가 부러웠다. 그러면서 나도 모르게 대화에 참여하고 있는 내 모습을 발견했다. 나보다 더 자신감 있고 더 박식한 다른 누군가가 내 입을 통해서 발언하기로 한 것 같은 느낌이었다. 나는 무슨 말을 해야 할지 모르는 상태로 말문을 열었다. 하지만 청년들이 나누는 대화를 들으면서 지금까지 읽어온 책과 갈리아니 선생님이 준 신문에서 읽었던 문장이 떠올랐다. 말을 하고 싶은 마음과 내 존재를 드러내고 싶은 마음에 평소보다 수줍은 마음이 옅어졌다.

그리스어와 라틴어 번역 연습을 하며 익힌 고급 표준어를 사용했다. 나는 니노 편을 들었다. 또다시 전쟁의 소용돌이에 말려든 세상에서 살고 싶지 않다고 했다. 젊은 세대는 전 세대의 실수를 답습해서는 안 된다고 했다. 현재 우리의 적은 핵무기다. 전쟁에 대한 전쟁을 벌여야 한다. 핵무기 사용을 허락하는 것은 나치들보다 더 심각한 죄를 짓는 것이라고 했다.

이렇게 말하자 나는 감정이 복받쳐 올랐다. 두 눈에 눈물이 차오르는 것을 느꼈다. 변화가 시급한 세상이지만 국민을 노예처럼 부리는 독재자들이 아직도 너무 많다고 했다. 하지만 변화는 평화적으로 이루어져야 한다.

모든 사람이 내 말에 동조했는지는 잘 모르겠다. 아르만도는 그다지 흡족해 보이지 않았고 통성명조차 하지 않은 금발의 소녀는 비웃는 듯한 표정으로 나를 물끄러미 바라보았다. 그래도 내가 이야기하는 동안 니노가 몇 번이나 고개를 끄덕여주었다. 갈리아니 선생님은 내 말에 이어 선생님의 의견을 이야기할 때 내가 한 말을 두어 번 인용했다. 그때마다 나는 '엘레나가 올바르게 지적했듯이'라는 표현을 들으며 감동했다. 하지만 가장 기분 좋았던 것은 나디아의 행동이었다. 그녀는 니노에게서 떨어져 나와 내 귀에 대고 속삭였다.

"정말 똑똑하구나. 용기가 대단해."

정작 바로 옆에 있던 릴라는 한마디도 하지 않았다. 그러다 갈리아니 선생님의 이야기가 아직 끝나지 않았는데 릴라가 나를 갑자기 잡아당기더니 사투리로 속삭였다.

"졸려 죽겠어. 전화기를 찾아서 스테파노나 좀 불러줘."

36

나중에 릴라가 공책에 쓴 내용을 읽고 나서야 그녀에게 그날 저녁 파티가 얼마나 큰 아픔이었는지 알게 되었다. 릴라는 자기가 먼저 나서서 나와 같이 가겠다고 한 것은 인정했다. 단 하루라도 가게 일을 잊어버리고 나와 함께 즐거운 시간을 보내고 싶었다고 했다. 내가 지금까지와는 다른 세계를 경험하는 순간을 함께하고 갈리아니 선생님을 만나 대화를 나눠보고 싶었다고 했다. 언제나처럼 청년들이 자신을 좋아할 줄 알았다고 했다. 그런데 막상 가보니 입도 벙끗할 수 없었다고 했다. 자신이 볼품도 없고 특별하지도 아름답지도 않게 느껴졌다고 했다.

릴라는 모든 일을 상세히 기록했다. 둘이 나란히 서 있는데도 모두들 내게만 말을 걸어왔다고 했다. 내게만 과자를 권하고 음료를 가져다주었고 아무도 자신에게는 신경써주지 않았다고 했다. 아르만도는 집안 대대로 내려오는 1600년대 액자를 보여주면서 15분

동안이나 설명을 해주었는데 그때도 자신은 이해할 수 있는 능력이 없는 사람 취급을 당했다고 했다.

그들은 릴라를 원하지 않았다. 릴라가 어떤 사람인지 알고 싶어 하지도 않았다. 그날 저녁 처음으로 릴라는 자신의 삶이 평생 스테파노와 식료품점, 리노와 피누차의 결혼, 기껏해야 파스콸레나 카르멘과 나누는 대화, 솔라라 형제와의 치졸한 싸움에서 벗어나지 못하리라는 것을 깨달았다.

릴라는 마지막에 한마디를 덧붙였다. 아마 파티에서 돌아간 그날 저녁이나 다음 날 아침 가게에서 쓴 것 같았다. 릴라는 갈리아니 선생님 댁에서 보낸 저녁 내내 완전히 길을 잃은 것 같았다고 했다.

동네로 돌아오는 자동차 안에서 릴라는 그런 내색을 전혀 하지 않았다. 대신 더 잔혹하고 못되게 굴었다. 자동차에 타서 남편이 재미있었냐고 시무룩하게 묻자마자 공격을 시작했다. 나는 저녁 내내 사람들과 어울리기 위해 애를 쓰기도 했고, 파티의 흥분과 즐거움에서 완전히 깨어나지 못해 릴라가 이야기를 하도록 내버려두었다.

그때부터 릴라는 조금씩 내게 상처를 주기 시작했다. 릴라는 사투리로 그렇게 따분했던 적은 평생 없었다고 했다. 스테파노에게 같이 영화나 보러 가는 게 나았을 뻔했다고 툴툴거렸다. 그녀답지 않게 기어에 올려놓은 스테파노의 손을 부드럽게 쓰다듬었다. 일부러 내게 상처를 주기 위해 취한 행동임이 틀림없었다. 릴라는 내게 이렇게 말하는 것 같았다.

"이것 봐. 어찌되었든 내게는 남자가 있어. 처녀인 주제에. 뭐든 다 아는 척하지만 이런 것은 잘 모르겠지."

릴라는 그 형편없는 인간들과 시간을 보내느니 차라리 집에서 텔레비전을 보는 편이 나을 뻔했다고 했다. 그 집에 있는 것 중에서 물건 하나, 액자 하나 그들이 직접 돈을 주고 산 것은 아무것도 없었다고 했다.

100년도 더 된 가구에 집은 지은 지 300년은 된 것 같다고 했다. 책도 새 것으로 보이는 책이 몇 권 있기는 했지만 대부분 오래된 데다 먼지가 잔뜩 쌓인 것을 보니 마지막으로 책장을 들춰본 것이 언제였는지 알 수 없다고 했다. 대부분 오래된 법률서적, 역사서적, 과학서적, 정치 관련 서적들이었다고 했다. 그들은 아버지 대, 조부모대, 고조부 대부터 그곳에서 책을 읽고 공부를 했을 것이고 수백 년 동안 자자손손 적어도 변호사나 의사나 교수 정도는 해왔을 집안이라고 했다. 그러니까 모두 그렇게 입고, 먹고, 그런 식으로 말하고, 행동하는 것이 몸에 밴 것이라고 했다.

"그 사람들이 그렇게 행동하는 것은 태어날 때부터 그래왔기 때문이야. 하지만 머릿속에 정말 자기 자신이 힘들여 생각해낸 것은 하나도 없어. 모르는 게 없는 척하지만 실은 아무것도 모르는 인간들이야."

릴라는 남편의 목 위에 키스를 하며 손가락 끝으로 머리카락을 쓰다듬었다.

"당신도 저기에 함께 있었다면 그들이 시끄러운 앵무새에 불과하다고 생각했을 거야. 그치들이 하는 말은 하나도 이해할 수 없었어. 자기들끼리도 이해하지 못하던걸? 당신은 프랑스 비밀군단이 뭔지 알아? 좌파 수용이 뭔지는 알고? 다음부터는 나를 그런 데 데려가려는 생각일랑은 하지도 마, 레누. 데려가려면 파스콸레나 데려가도록 해. 그 애라면 눈 깜짝할 새에 입만 살아 있는 그 앵무새들 정신을 번쩍 들게 할 테니 말이야. 멍청한 침팬지들 주제에. 그들과 침팬지의 차이점이라곤 침팬지는 흙에다 볼일을 보는데 그들은 화장실을 사용한다는 것밖에 없어. 그러니까 그렇게 잘난 척들을 하는 거라고. 중국은 어떻고 알바니아는 어떻고 프랑스, 카탕가가 어쩌고저쩌고 하지. 너도 마찬가지야, 레누. 솔직히 이 말은 꼭 해야겠어. 넌 앵무새들의 앵무새가 되어가고 있는 거야."

릴라는 웃으며 스테파노에게 말했다.

"쟤가 어떤 식으로 이야기했는지 당신도 봤어야 해. 새처럼 가녀린 목소리로 짹짹거렸다니까. 스테파노에게도 그 인간들에게 이야기했던 것처럼 이야기해보지 그래? 너랑 사라토레의 아들은 똑같은 부류야. '세계평화여단, 우리에게는 그런 능력이 있다. 기아와 전쟁' 죽어라고 학교에서 공부하는 이유가 그런 말이나 하기 위해서였어? 문제 해결 능력이 있는 자는 평화를 위해 헌신해야 한다니. 훌륭하기도 하셔라.

너 예전에 사라토레 아들이 문제를 못 풀고 쩔쩔매던 거 기억나? 그게 기억나는데도 그 자식 말을 듣고 있는 거야? 그런 인간들에게 인정받지 못할까봐 안달이 나서 그렇게 동네 광대처럼 굴고 있는 거냐고. 우리는 이 거지 같은 상황에서 머리를 쥐어뜯도록 내버려두고 너희끼리만 기아니 전쟁이니 노동 계급이니 평화니 하며 앵무새처럼 지껄이고 있는 거냐고."

릴라는 비토리오 에마누엘레 가에서 집으로 오는 길 내내 못되기 짝이 없이 굴었다. 나는 아연실색했다. 릴라의 독설은 내 인생에서 중요하다고 생각했던 순간을 내가 나 자신을 조롱거리로 전락시킨 실수로 만들어버렸다.

나는 릴라의 말을 믿지 않으려고 안간힘을 썼다. 그 순간 릴라는 내게 진정 적의를 드러냈고 뭐라도 할 수 있을 것 같았다. 릴라는 멀쩡한 사람을 속 터지게 하는 법을 알고 있었다. 사람들의 가슴에 파멸의 불꽃을 일으킬 줄 알았다. 질리올라와 피누차의 말이 옳았다. 사진 속의 릴라는 악마처럼 스스로 타오른 것이다. 그 순간 나는 릴라를 진심으로 증오했다.

스테파노도 그런 내 감정을 눈치채고 현관 앞에 도착하자 자기가 앉아 있는 문 쪽으로 나를 내리게 해주며 위로하듯 말했다.

"안녕, 레누, 잘가. 리나는 장난으로 저러는 거야."

나는 "안녕"이라고 중얼거리고는 뒤돌아섰다. 자동차가 출발한 다음에야 릴라가 갈리아니 선생님 댁에서의 내 말투를 흉내 내며 소리치는 것이 들렸다.

"안녕, 어머, 안녕."

37

그날 저녁 이후 우리는 처음으로 진정한 의미에서의 결별을 했고 오랜 기간의 결별로 길고 고통스러운 시간이 시작되었다. 나는 도무지 마음을 추스릴 수 없었다. 물론 그때까지 서로 신경전을 벌인 적이 한두 번은 아니었다. 릴라의 불행과 그녀의 지배 본능 때문에 속상했던 적이 하루 이틀 일은 아니었다. 하지만 지금까지 단 한 번도 내게 그토록 노골적으로 수치심을 준 적은 없었다. 한 번도 없었다.

나는 당장 식료품점에 발걸음을 끊었다. 릴라가 교과서를 사준 데다 학교 성적을 걸고 함께 내기까지 한 상태에서 학년 말 전 과목 평균 8점에 두 과목에서는 9점을 받았을 때도 릴라에게 아무 말을 하지 않았다.

학기가 끝나자마자 나는 메초칸노네 가에 있는 서점에서 일을 시작하게 되어 릴라에게 특별히 알리지 않고 자연스럽게 동네에서 자취를 감추게 되었다. 시간이 지날수록 그날 저녁 릴라의 비아냥거림이 희미해지기는커녕 더 또렷해졌다. 원망스러운 마음도 커져만 갔다. 그녀가 내게 한 짓은 그 어떤 이유로도 합리화할 수 없었다. 다른 때처럼 릴라가 자신의 수치심을 견디기 위해서 나를 그런 식으로 무시했다는 생각은 들지 않았다.

얼마 지나지 않아 내가 갈리아니 선생님 댁 파티에서 사람들에게 정말 좋은 인상을 남겼다는 사실을 알게 되었다. 그 일로 릴라와 거리를 두는 것이 더 수월해졌다. 점심시간을 틈타 메초칸노네 가를 정처 없이 거닐고 있는데 누군가 나를 부르는 소리가 들렸다. 아르만도였다. 시험을 보러 학교에 가는 중이라고 했다. 그제야 나는 그가 의대 학생으로 그날 아주 어려운 시험을 앞두고 있다는 것을 알게 되었다. 그런데도 아르만도는 산 도메니코 마조레 방향으로 가기 전까지 나와 함께 있으면서 나에 대한 칭찬을 아끼지 않았다. 그는 정치 이야기도 했다.

그날 저녁에는 서점으로 나를 찾아오기까지 했다. 28점이라는 높은 점수를 받아서 기분이 좋아 보였다. 그는 내게 전화번호를 물었지만 우리 집엔 전화가 없었다. 오는 일요일에 함께 산책하자기에 주말에는 어머니를 도와 집안일을 해야 한다고 했다. 그는 밑도 끝도 없이 남미 문제에 대해 이야기를 시작하더니 대학교를 졸업하는 대로 빈민 구제를 위해 남미로 떠날 예정이라고 했다. 남아메리카 시민이 폭군에게 맞서 일어나도록 설득할 것이라고 했다. 나는 이야기를 계속하면 서점 주인이 불편한 기색을 내비칠 것 같아 그를 쫓아 보내야 했다.

아르만도가 내게 관심이 있는 것이 분명했기에 기분이 좋았다. 나는 정중한 태도를 유지하되 그의 은근한 호감을 받아들이지는 않았다.

갈리아니 선생님 댁에서 돌아오면서 릴라가 내게 쏟아부은 말이 내게 상처가 되었음이 분명했다. 순간 내 자신이 옷차림도 형편없는 데다 머리 모양도 엉망이라는 생각이 들었다. 목소리도 억지로 꾸민 것처럼 들렸고 무식하게 느껴지기까지 했다.

학기가 끝나고 갈리아니 선생님을 볼 수 없게 된 후로는 매일 신문 읽는 습관이 해이해졌다. 물론 나는 굳이 내 돈을 주고 신문을 구독해야 할 필요성을 느끼지 못했다. 돈이 없어서이기도 했다. 이렇게 해서 나폴리도 이탈리아도 국제정세도 내게는 도무지 갈피를 잡을 수 없는 안개에 싸인 영역이 되어버렸다. 아르만도가 이야기를 하는 동안 계속해서 고개를 끄덕여 보였지만 그가 하는 말을 거의 이해할 수 없었다.

놀라운 일은 다음 날까지 이어졌다. 서점 바닥을 빗자루로 쓸고 있는데 니노와 나디아가 눈앞에 나타난 것이다. 두 사람은 아르만도에게 내가 일하는 곳을 들었다면서 인사를 하려고 일부러 들렀다고 했다. 오는 일요일에 함께 영화관에 가자고 했다. 나는 아르만도에게 한 대답을 그대로 반복했다. 주중에는 하루도 빠짐없이 일을 해야 하니 적어도 쉬는 날에는 집에 있어야 한다는 것이 부모님이 내린 지침이라고 했다.

"동네에서 잠깐 산책하는 정도는 괜찮지?"

"그건 괜찮아."

"그러면 우리가 그쪽으로 갈게."

서점 주인이 평소보다 더 재촉하는 목소리로 나를 불렀다. 서점 주인은 60줄에 들어선 남자였는데 피부가 지저분했고 걸핏하면 화를 내는 데다가 눈빛이 음흉했다. 그런 그가 나를 부르자 니노와 나디아는 미련 없이 자리를 떠났다.

그 주 일요일 늦은 오전에 누군가가 뜰에서 내 이름을 부르는 것이 들렸다. 니노의 목소리였다. 창밖을 내다보니 니노가 혼자 서 있었다. 눈 깜짝할 사이에 남 보기 부끄럽지 않은 모양새를 갖추고 어머니에게는 알리지도 않은 채 걱정 반 기쁨 반인 마음으로 달려 나갔다. 그의 앞에 서자 나는 숨을 쉴 수가 없었다.

"10분 후에 돌아가야 해."

내가 가쁜 숨을 내쉬면서 말했다. 우리는 큰길을 따라 산책하는 대신 건물 사이를 거닐었다.

'어쩌다가 나디아 없이 오게 된 걸까? 나디아도 없는데 왜 여기까지 온 걸까?'

니노는 내가 미처 질문을 하기 전에 궁금증을 풀어주었다. 나디아는 아버지 쪽 친척들이 와서 집에 남아 있어야 했지만 자기는 옛 동네를 다시 보고 싶기도 했고 내게 읽을거리를 가져다주고 싶기도 해서 혼자 왔다고 했다. 그가 내게 준 것은 『남부뉴스』지 최신호였다.

니노는 내게 뚱한 태도로 잡지를 내밀었다. 내가 고맙다고 하자 그는 밑도 끝도 없이 잡지에 대해 불평을 늘어놓기 시작했다. 그런 잡지를 대체 왜 내게 선물하나 싶었다.

"도식적인 잡지야."

니노는 이렇게 말하고는 웃으며 덧붙였다.

"갈리아니 선생님과 아르만도처럼 말이야."

니노는 다시 심각해져서 애늙은이 같은 어조로 말했다.

그는 갈리아니 선생님에게서 많은 것을 배웠다고 했다. 선생님이 없었다면 고등학교 시절이 시간 낭비에 지나지 않았을 것이라고 했다. 하지만 어느 정도 선생님을 견제하고 주의할 필요도 있다고 했다.

"선생님의 가장 큰 단점은 말이야."

니노는 강조해서 말했다.

"자신과 다른 생각을 용납하지 못한다는 거야. 선생님에게서 취할 수 있는 것은 모두 취하도록 해. 하지만 그다음에는 네 갈 길을 가야 해."

니노는 다시 잡지에 대해 말했다. 갈리아니 선생님도 그 잡지에 글을 싣는다고 했다. 그러더니 엉뚱하게 릴라 얘기를 꺼냈다.

"봐서 리나에게도 보여줘."

나는 릴라가 책에서 손을 뗀 지 오래라는 말을 굳이 하지는 않았다. 그녀는 이제 릴라가 아니라 카라치 부인이고 어릴 때부터 변치 않은 것은 못돼먹은 성격밖에 없다는 말도 하지 않았다. 나는 화제를 살짝 바꿔 나디아에 대해서 물었다. 니노는 나디아가 가족들과 함께 노르웨이까지 여행을 갈 예정이라고 했다. 그런 다음에 남은 여름방학은 아버지의 별장이 있는 아나카프리에서 보낼 예정이라고 했다.

"나디아를 만나러 갈 거야?"

"한두 번 정도만. 나도 공부해야 하니까."

"어머니는 잘 계셔?"

"그럼. 올해는 바라노로 돌아갈 거야. 주인아주머니와 화해를 했다나?"

"가족들과 방학을 보낼 셈이야?"

"내가? 아버지와? 그런 일은 절대 없어. 이스키아에 있기는 하겠지만 따로 있을 예정이야."

"어디에 머무를 건데?"

"포리오에 집이 있는 친구가 있어. 그쪽 부모님이 그곳을 여름 내내 쓸 수 있게 해주시겠대. 그 친구와 함께 그곳에서 머물며 공부할 예정이야. 너는?"

"9월까지 메초칸노네에서 일할 거야."

"성모 승천일 기간에도?"

"아니, 그건 아니지."

니노가 미소를 지었다.

"그렇다면 포리오에 와. 집이 아주 넓거든. 나디아도 2, 3일 정도는 올 수도 있어."

나는 기쁜 마음에 미소를 지어보였다. 포리오에? 이스키아에? 어른들이 없는 집으로? 니노는 예전에 마론티에서 일어난 일을 기억하는 걸까? 그곳에서 우리가 입 맞췄던 것을 기억하는 건가?

나는 이만 돌아가야 한다고 했다.

"다시 올게."

니노가 약속했다.

"잡지에 대한 네 의견을 듣고 싶어."

니노는 두 손을 주머니에 집어넣은 채 낮은 목소리로 덧붙였다.

"너와 대화를 나누는 것이 좋아."

실제로 그날 니노는 말이 많았다. 나는 뿌듯했다. 니노가 나를 편하게 여긴다는 사실에 감동했다. 비록 나는 거의 말을 하지 않았지만 말이다. 그에게 나도 그렇다고 중얼거렸다.

나와 니노가 현관문에 들어설 때 모두에게 불편한 상황이 발생했다. 평화로운 일요일 뜰 안에 날카로운 고함소리가 울려 퍼졌다. 멜리나가 창가에 서 있는 모습이 보였다. 우리의 관심을 끌려고 팔을 힘차게 흔들어대고 있었다. 니노가 의아한 눈초리로 뒤돌아 쳐다보자 멜리나는 한층 더 소리 높여 환희와 고통이 뒤섞인 소리를 외쳤다.

"도나토!"

"누구야?"

니노가 물었다.

"멜리나야."

내가 말했다.

"기억해?"

니노는 불편한 듯 인상을 찌푸렸다.

"나 때문에 저러는 거야?"

"모르겠어."

"도나토라고 하는데."

"그래."

니노는 뒤를 돌아 멜리나가 몸을 쭉 빼고 계속해서 도나토의 이름을 외치고 있는 창문 쪽을 다시 한 번 바라보았다.

"내가 아버지랑 닮은 것 같아?"

"전혀."

"정말?"

"그럼."

니노가 신경질적으로 말했다.

"이만 가볼게."

"그게 좋겠다."

니노는 구부정한 자세로 빠르게 자리를 빠져나갔다. 그러는 동안 멜리나는 점점 더 크고 흥분된 소리로 외쳤다.

"도나토! 도나토! 도나토!"

나도 도망치듯 그곳을 떠났다. 뛰는 가슴을 안고 집으로 들어왔다. 생각이 한없이 복잡했다. 니노에게는 아버지와 닮은 점이 하나도 없었다. 키도 얼굴도 행동거지도 목소리나 시선도 전혀 달랐다. 니노는 도나토 사라토레와 리디아 아주머니가 조합해낸 특이하고도 달콤한 결과물이었다. 길고 헝클어진 머리가 얼마나 매력적이었던가.

니노는 다른 사내들과 전혀 달랐다. 나폴리 구석구석을 눈 씻고 찾아봐도 그와 같은 사내는 없었다. 그런 그가 나를 존중하는 것이다. 대학생인 그에 비해 나는 아직 고등학교도 졸업하지 않았지만. 내가 걱정돼서 주의를 주기 위해 일요일에 내가 사는 동네까지 찾아온 것이다. 그는 갈리아니 선생님이 아름답고 좋은 분이지만 선생님도 나름의 단점이 있다는 것을 알려주고자 했다. 그러면서 내게 잡지도 가져다주었다. 내가 잡지를 읽고 그와 함께 토론할 수 있는 사람이라는 것을 확신하고 있지 않은가. 게다가 8월 15일에 이스키아 섬에, 자신이 머무를 포리오에 나를 초대하기까지 했다.

물론 그런 일은 일어나지 않을 것이다. 니노도 내 부모님이 나디아의 부모님과 같지 않다는 사실을 알고 있다. 내 부모님이 나를 섬에 보내지 않을 것을 뻔히 알고 있을 테니 진짜 초대는 아닌 셈이다. 그런데도 내가 자신의 말속에 숨은 의미를 깨닫기를 바라면서 자기를 만나러 오라고 했다. 니노는 사실 '너를 볼 수 있으면 좋겠어. 예전처럼 이스키아 항구와 마론티 해변을 걸으면서 함께 이야기를 나누고 싶어'라고 말하고 싶었을 것이다.

'그래. 그래. 나도 정말 그렇게 하고 싶어. 성모 승천일에 너를 보러 갈게. 집에서 도망쳐서라도. 될 대로 되라지 뭐.'

나는 이렇게 외치고 싶은 마음이 굴뚝같았다.

집으로 돌아와 우선 잡지를 책 사이에 숨겼다. 저녁에 침대에 누워 잡지의 목차를 보고 깜짝 놀랐다. 니노가 쓴 기사가 있었던 것이다. 잡지라기보다는 책같이 보이는, 딱 보기에도 수준이 높아 보이는 잡지에 니노의 글이 실린 것이다.

『남부뉴스』지는 2년 전 나와 종교학 선생님인 신부님과의 의견 충돌에 대한 글을 기재하려던 보잘것없는 회색 표지의 잡지와는 비교할 수 없었다. 그 잡지는 학생들을 위한 발간물 수준이었다. 이에 비해 『남부뉴스』지는 성인이 성인 독자를 위해서 쓴 중요한 내용이 담긴 잡지였다. 그런 잡지에 '니노 사라토레'라는 이름이 실린 것이다. 내가 알고 있는, 나보다 겨우 두 살 위인 바로 그 니노가 아닌가.

나는 니노의 글을 읽어보았지만 도통 무슨 이야기인지 알 수가 없어서 다시 읽어야 했다. 특정 '국가 계획의 기획'을 주제로 쓴 글이었는데 내용이 복잡했다. 하지만 그 글은 니노의 지성의 일부이자 니노 자신의 일부였다. 니노는 그런 글을 특별히 잘난 척하지도 않고 조용히 내게 선물했다. 다른 사람도 아닌 바로 내게.

나도 모르게 눈물이 났다. 나는 밤이 깊어서야 잡지를 한쪽으로 치워놓았다. 릴라에게도 전해달라고? 릴라에게 잡지를 빌려주라고? 아니. 그 잡지는 내 것이었다. 이제 릴라와 깊은 관계를 맺고 싶지 않았다. 마주치면 간단하게 인사나 하고 일상적인 안부나 물을 것이었다. 릴라는 내 가치를 모른다. 하지만 아르만도나 나디아나 니노는 다르다. 이들이야말로 내 친구들이다. 그러니 이제부터 속내도 이들에게만 털어놓아야겠다. 이들은 릴라가 지나쳐버린 나의 무엇인가를 바로 알아보았다. 릴라가 나의 특별함을 알아보지 못한 것은 그녀의 수준이 고작 우리 동네에 머물렀기 때문이다. 그녀도 결국 멜리나와 크게 다를 바가 없다. 광기에 사로잡혀 니노를 자기 자신의 애인이었던 도나토 사라토레로 착각한 멜리나 말이다.

38

나는 피누차와 리노의 결혼식에 갈 생각이 없었다. 하지만 피누차
가 직접 청첩장을 가지고 나를 찾아온 데다 부담스러울 정도로 다정
하게 굴며 내게 이런저런 조언을 구했기 때문에 차마 참석하지 않겠
다는 말을 하지 못했다. 비록 우리 부모님과 동생들은 초대받지 못
했지만.

"내가 초대하지 않은 것이 아니야."

피누차가 변명했다.

"다 오빠 때문이야."

스테파노는 구두 사업과 새 식료품점 개점 준비로 돈이 씨가 말
랐다는 이유로 피누차와 리노가 집을 장만할 때 도움을 주지 않았을
뿐만 아니라 신부복과 앨범 제작비, 피로연 비용을 자신이 부담한다
는 이유로 초청객 리스트에서 동네 사람 절반에 해당하는 이름을 직
접 지워버렸다. 스테파노의 불쾌한 행동에 피누차보다 리노가 더 민
망해했다. 예비 신랑은 내심 누이의 결혼식만큼 성대한 예식을 원했
고 누이처럼 철길이 바라다보이는 새 건물에서 살고 싶어 했다.

사실 리노도 어엿한 구두공장 사장이었지만 낭비벽이 심해서 자
기 혼자 힘으로는 그 모든 것을 마련할 수 없었다. 게다가 얼마 전에
밀레첸토를 새로 장만한 탓에 모아 놓은 돈이 한 푼도 없었다. 버틸
수 있는 데까지 버티다가 둘은 결국 마리아 아주머니를 안방에서 내
쫓고는 돈 아킬레의 옛 집에 들어가 살기로 했다. 최대한 절약해서
빠른 시간 내에 릴라와 스테파노의 집보다 훨씬 좋은 집을 구입할

속셈이었다.

"오빠는 나빠."

피누차가 원망스럽게 말했다.

"마누라한테는 그렇게 돈을 쓰면서 내게 쓸 돈은 없대."

나는 되도록 말을 아꼈다. 결혼식에는 마리사와 알폰소와 함께 갔다. 알폰소는 날이 갈수록 그런 유의 사교행사를 즐기는 것 같았다. 모임에 가면 그는 말 그대로 다른 사람으로 변했다. 평소 학교에서 보는 짝꿍 모습이 아니었다. 태도와 외모에서 품위가 느껴졌다. 새까만 머리에 뺨 위에 뚜렷이 보이는 빽빽한 푸른 수염 자국, 눈빛이 그윽한 데다 다른 사내들같이 헐렁하게 옷을 입지 않고 호리호리하고 조각 같은 몸매를 보기 좋게 드러내 보이는 옷맵시를 자랑하는 청년으로 변신했다.

니노에게 누이를 바래다줄 임무가 주어졌기를 바라면서 나는 그가 쓴 글과 『남부뉴스』지를 꼼꼼히 읽어두었다. 하지만 어느 땐가부터 마리사의 호위 무사는 알폰소로 지정된 듯했다. 이제 마리사를 집까지 데리러 갔다가 다시 바래다주는 일은 으레 알폰소의 몫이었다.

결혼식에서도 니노의 모습은 끝내 보이지 않았다. 나는 릴라와 마주하고 싶지 않아 알폰소와 마리사 옆에 껌 딱지처럼 달라붙어 있었다.

언뜻 성당 맨 앞줄에 스테파노와 마리아 아주머니 사이에 앉아 있는 릴라의 모습이 보였다. 하객 중에서 가장 아름다웠다. 시선을 떼기 힘들 정도였다. 예식이 끝나자 1년 전 릴라와 스테파노의 결혼 피로연이 열렸던 오라치오 가에 있는 식당에서 피로연이 열렸다. 그곳에서 딱 한 번 릴라와 마주쳤는데 우리는 조심스럽게 몇 마디 정도만 나누었다. 그런 다음 나는 알폰소와 마리사, 13세쯤 되어 보이는 금발 소년과 함께 가장자리 쪽 테이블에 자리를 잡았고 릴라는 스테파노와 함께 중요한 하객들이 있는 신랑신부 테이블에 합석했다.

얼마 되지 않은 기간에 많은 변화가 있었다. 우선 안토니오와 엔초가 없었다. 두 사람은 아직 군 복무 중이었다. 식료품점에서 일하고 있는 카르멘과 아다는 초대받았지만 파스콸레는 초대받지 못했다. 아니면 피자집에서 식사할 때 농담 반 진담 반으로 말한 것처럼 언젠가는 자신이 직접 숨통을 끊어놓을 사람들과 섞이기 싫어서 일부러 오지 않은 것일 수도 있었다.

파스콸레의 어머니 주세피나 아주머니도 없었다. 멜리나네 식구들도 보이지 않았다. 이에 비해 이런저런 사업의 동업관계에 있는 카라치, 체룰로, 솔라라 집안사람들과 예의 그 피렌체 금속공예품 상인 부부는 신랑신부 곁에 자리 잡고 있었다.

릴라가 미켈레와 이야기를 나누면서 호들갑스럽게 웃는 모습이 보였다. 가끔 내 쪽을 바라보곤 했지만 그럴 때마다 나는 짜증과 고통이 뒤섞인 표정으로 시선을 피했다. 그날 릴라는 과하다 싶을 정도로 심하게 웃어댔다. 그녀의 모습을 보고 있자니 내 어머니가 생각났다. 어느새 릴라도 자연스럽게 아줌마가 되어 행동에 품위라고는 찾아볼 수 없는 데다 말투도 사투리 일색이었다.

미켈레는 여자친구를 바로 옆에 두고도 온통 릴라에게 관심을 쏟고 있었다. 질리올라는 창백한 얼굴로 앉아서 남자친구가 자신을 돌보지 않자 화가 나서 어쩔 줄 몰라 했다. 마르첼로만 미래에 제수씨가 될 질리올라를 달래기 위해 가끔 말을 건네고 있었다. 릴라는 과하게 행동하려고 마음먹은 듯했고 그러면서 다른 모든 사람을 괴롭히고 있었다. 눈치아 아주머니와 페르난도 아저씨까지 딸을 불안한 눈빛으로 바라보고 있었다.

결혼식 피로연은 언뜻 보기에는 큰 파급효과가 없을 것 같은 두 가지 사건을 제외하고는 매끄럽게 진행되고 있었다. 우선 첫 번째 사건은 이랬다. 결혼식 하객 중에는 약국집 아들 지노도 있었다. 카라치 남매와 육촌지간인 소녀와 사귀고 있어서 초대된 모양이었다. 지노의 여자친구는 깡마른 몸매의 소녀였는데 밤색 머리카락이 머리에 딱 달라붙어 있는 데다 눈가에는 보랏빛 다크서클이 내려앉아 있었다.

지노는 커갈수록 형편없어졌다. 아무리 철모르는 어린 시절이었다 해도 그런 아이와 사귀었던 나 자신을 용서할 수 없을 정도였다. 그는 어린 시절부터 쌀쌀맞기 그지없었는데 지금도 그랬다. 게다가 또다시 낙제를 했기 때문에 결혼식이 있었던 그 시점에는 평소보다 더 까칠했다. 나와는 인사를 하지 않은 지 오래였지만 여전히 알폰소의 뒤를 끈질기게 쫓아다녔다. 친근하게 굴다가도 가끔은 성적인 뉘앙스가 깔린 독설을 퍼부어댔다. 학기 말 평균 7점으로 진급한 데다 품위 있고 생기발랄한 눈빛의 마리사와 함께 결혼식에 참석한 알폰소에 대한 질투심 때문인지 결혼식 날에는 유별나게 성가시게 굴었다.

우리 테이블에는 예의 그 금발 소년이 함께 있었는데 잘생기고 수줍은 성격이었다. 독일에 이민 가서 독일 여인과 결혼한 눈치아 아주머니의 친척집 아들이었다. 나는 신경이 곤두서서 소년에게 별로 신경을 써주지 못했지만 알폰소와 마리사는 그를 친근하게 대하며 편안하게 해주었다. 특히 알폰소는 소년과 집중적으로 대화를 나누었고 웨이터들이 그를 잘 챙기도록 특별히 신경을 썼다. 테라스로 데리고 가서 바다를 보여주기도 했다. 둘이 테라스에서 돌아와 농담을 나누며 자리로 돌아오는 그 순간 지노가 웃으며 자기를 붙잡는 여자친구를 혼자 내버려두고 우리 옆으로 자리를 옮겼다. 그는 알폰소를 가리키며 소년을 향해 낮은 목소리로 말했다.

"이봐, 조심하라고. 저 자식 호모야. 지금은 너를 테라스로 데리고 갔지만 다음번에는 화장실로 데리고 갈걸?"

알폰소는 얼굴이 새빨갛게 달아올랐지만 별다른 반응을 보이지 않고 무방비 상태의 희미한 미소를 지어보였다. 그러고는 침묵을 지켰다. 정작 화를 낸 것은 마리사였다.

"대체 무슨 말을 그렇게 해?"

"아니까 하는 말이야."

"어디 뭘 아는지 들어나 보자."

"정말 듣고 싶어?"

"그래."

"정말 말한다."

"그러라니까."

"내 여자친구 오빠가 한 번은 카라치네 집에 초대를 받은 적이 있었는데 여기 이 자식과 같은 침대에서 자야 했다고 했어."

"그게 뭐?"

"그때 알폰소가 몸을 만졌다고 했어."

"누구의 몸을 만져?"

"내 여자친구 오빠 몸 말이야."

"네 여자친구는 어딨어?"

"저기에."

"저 계집년에게 알폰소가 여자를 좋아한다는 건 내가 증명할 수 있다고 전해줘. 저년도 너에 대해서 같은 말을 해줄 수 있을지는 모

236

르겠지만."

그러더니 알폰소를 돌아보고 입술에 키스했다. 모든 사람이 보는 앞에서 열정적으로 키스를 했다. 나라면 절대로 그런 용기를 내지 못했을 것이다.

감시라도 하듯이 계속해서 내 쪽을 힐끔거리던 릴라가 가장 먼저 그 장면을 목격하고는 진심으로 기뻐하며 박수를 쳤다. 미켈레도 웃으며 박수를 쳤다. 스테파노는 동생에게 야한 내용의 칭찬을 날렸고 피렌체에서 온 친척도 맞장구를 쳤다. 여기저기서 호의적인 농담이 쏟아졌지만 마리사는 아무렇지 않은 척했다. 그러면서 손가락 관절이 하얗게 될 정도로 알폰소의 손을 꽉 잡으며 못마땅한 표정으로 그들을 바라보는 지노를 향해 험하게 내뱉었다.

"이제 당장 여기서 꺼져. 뺨을 맞고 싶지 않다면 말이야."

약국집 아들은 한마디도 하지 못하고 자리에서 일어나 자기 자리로 되돌아갔다. 그의 여자친구가 기다렸다는 듯이 사나운 표정으로 그의 귀에 대고 무언가를 속삭였다. 마리사는 이 둘에게 마지막으로 경멸에 찬 시선을 던졌다.

그 사건 이후로 나는 마리사를 다시 보게 되었다. 그녀의 용기와 고집스러운 사랑, 알폰소에 대한 진지한 마음에 경탄했다. 내가 제대로 알아보지 못했던 사람이 또 한 명 있었다고 생각했다. 내 판단이 틀렸음을 후회했다. 릴라에게만 의존해서 보지 못한 것이 너무 많았다. 릴라의 박수는 얼마나 경박스러웠던가. 미켈레나 스테파노나 피렌체에서 온 친척의 저속한 농담과 별다를 바가 없었다.

두 번째 사건의 주인공은 바로 릴라였다. 피로연이 거의 끝나갈 무렵, 나는 화장실에 가면서 신랑신부 테이블 앞을 지나가게 되었다. 그때 금속공예품 상인의 부인이 소리 높여 웃는 소리가 들렸다.

돌아보니 피누차가 일어선 채로 금속공예품 상인의 부인을 막으려고 애쓰고 있었다. 그녀는 억지로 피누차의 신부복을 들쳐 올려 두툼하고 튼실한 다리를 드러내 보이며 스테파노에게 말했다.

"네 누이 허벅지 좀 보려무나. 엉덩이와 배 좀 봐. 요즘 남자들은 화장실 청소할 때 쓰는 솔같이 비루한 계집아이들을 좋아하지만 사내에게 아이를 선사하기 위해서 하나님께서 창조한 여인은 우리 피누차 같은 애들이란다."

그때 릴라가 입으로 가져가던 와인을 한순간의 망설임도 없이 그 여편네의 면상과 실크로 된 드레스에 끼얹어버렸다. 나는 걱정을 하면서 정말이지 릴라는 변한 게 하나도 없다고 생각했다. 릴라는 자기가 뭐든지 할 수 있다고 생각했다. 이제 곧 난리가 날 것이었다.

나는 화장실에 가서는 문을 잠그고 오랜 시간 머물렀다. 릴라가 분노하는 모습을 보고 싶지도 않았고 고함치는 소리를 듣고 싶지도 않았다. 그 일에 관여하고 싶지도 않았다. 릴라의 고통에 참여하고 싶지 않았다. 하지만 막상 그곳에 있으면 습관처럼 그래야 한다는 의무감을 느끼면서 릴라 편을 들어줘야 할 것 같았다.

화장실에서 나왔을 때는 의외로 모든 것이 평온했다. 스테파노는 금속공예품 상인과 함께 수다를 떨고 있었고 그의 부인은 얼룩진 옷을 입고 반듯한 자세로 앉아 있었다. 악단은 음악을 연주하고 커플들은 춤을 추고 있었다. 자취를 감춘 것은 릴라뿐이었다. 창문 너머 테라스에서 바다를 바라보고 있는 그녀의 모습이 보였다.

39

릴라에게 다가갈까 잠시 생각도 해보았지만 이내 마음을 접었다.

예민한 상태일 텐데 보나마나 나를 기분 좋게 대하지는 않을 테고 그렇게 되면 가뜩이나 좋지 않은 우리 관계가 더 안 좋아질 것 같았다. 자리로 돌아가려는데 한쪽 구석에서 릴라의 아버지 페르난도 아저씨가 튀어 나왔다. 아저씨는 수줍게 내게 함께 춤추지 않겠느냐고 했다.

나는 감히 거절하지 못해 우리는 침묵 속에서 함께 왈츠를 췄다. 페르난도 아저씨는 땀에 젖은 손으로 내 손을 아플 정도로 꽉 잡고서 술에 취한 커플을 피해가며 나를 능숙하게 리드했다. 눈치아 아주머니가 내게 전하라고 한 중요한 말이 있는데 차마 운을 떼지 못하는 것 같았다. 페르난도 아저씨는 왈츠가 끝날 때 즈음에야 웅얼거리면서 내게 말했다. 놀랍게도 내게 존댓말을 했다.

"실례가 되지 않는다면 리나와 이야기를 좀 해줄 수 있을까요? 리나 엄마가 하도 걱정을 해서 말예요."

그렇게 퉁명스럽게 말하고는 급히 자리로 돌아갔다.

"혹시라도 신발이 필요하면 날 찾아와요. 사양하지 말고."

릴라와 시간을 보내는 데 대한 대가를 주겠다는 말에 나는 기분이 상했다. 알폰소와 마리사에게 그만 가자고 했더니 그들은 순순히 내 제안을 받아들였다. 식당에서 나갈 때까지 내 뒤를 쫓는 눈치아 아주머니의 시선이 느껴졌다.

그날 이후 나는 자신감을 잃기 시작했다. 서점에서 일하면 책을 읽을 기회도 시간도 많을 줄 알았는데 그런 면에서 나는 운이 없었다. 서점 주인은 나를 노예처럼 부려먹었다. 한순간도 가만히 있는 꼴을 보지 못했다. 커다란 상자를 옮기고, 쌓아올리고, 내용물을 비우게 했다. 새 책뿐만 아니라 오래된 책도 다시 정리하게 했다. 먼지를 털게 하고 귀찮게 사다리 위아래를 오르내리게 했다. 그 이유는 밑에서 내 치마 속을 훔쳐보기 위해서였다.

아르만도도 딱 한 번 내게 친근하게 군 후로 다시는 나를 찾지 않았다. 무엇보다도 니노가 자취를 감췄다. 혼자는커녕 나디아와도 나를 찾아오지 않았다. 나에 대한 그들의 관심이 벌써 사라진 걸까? 쓸쓸하고 무료했다. 더위와 피로와 서점 주인의 음흉한 눈빛과 그의 가혹한 말 때문에 밀려오는 혐오감으로 나는 지쳐갔다.

시간은 더디게 흘러갔다. 빛도 잘 들어오지 않는 이 동굴 속에서 나는 대체 무엇을 하고 있는 걸까. 바깥에서는 소년소녀들이 대학이라 불리는 미지의 장소를 향해 걸어가고 있는데 말이다. 어차피 나는 절대로 갈 수 없는 곳이겠지만. 니노는 어디로 사라진 걸까. 벌써 이스키아에 공부하러 가버린 걸까. 니노가 내게 준 잡지와 그의 기사를 시험 준비라도 하듯이 꼼꼼하게 공부해두었는데. 내게 글에 대해서 물어보러 오기는 할까. 대체 무엇이 잘못된 걸까. 내가 감정 표현에 너무 소극적이었던 걸까. 내가 자기를 먼저 찾기를 바라기 때문에 일부러 나를 찾아오지 않는 걸까. 알폰소를 통해 마리사와 연락해 오빠에 대해서 물어야 하나. 하지만 무슨 핑계로? 니노에게는 이미 여자친구 나디아가 있다. 그런 마당에 그의 누이동생에게 니노가 어디에서 무엇을 하는지 묻는 것이 무슨 소용이란 말인가. 내 꼴만 우스워질 것이다.

시간이 갈수록 갈리아니 선생님의 파티 덕분에 갑작스럽게 충만했던 자신감이 사라져갔고 기분이 우울해졌다. 아침 일찍 일어나자마자 메초칸노네에 달려가 하루 종일 힘겹게 일한 다음 지칠 대로 지쳐서 집으로 돌아왔다. 머릿속에는 학교에서 꾸역꾸역 집어넣은 수만 개의 단어가 쓰일 데 없이 남아 있었다. 니노와의 대화를 생각하면서 우울한 감성에 젖어들었다.

문구점집 아이들과 안토니오와 함께 시 가든에서 보낸 여름 생각도 났다. 안토니오와의 사랑은 너무 허무하게 끝났다. 나를 정말로 사랑해준 유일한 사람이었는데. 그런 사람은 다시 만날 수 없을 것이다. 저녁이면 침대에 누워서 안토니오의 체취와 저수지에서 나눈 밀회, 그와의 입맞춤과 폐쇄된 토마토소스 통조림 공장에서 몸을 섞던 일을 생각했다.

그렇게 한없이 우울함에 허덕이던 어느 날 저녁 카르멘, 아다, 파스콸레가 식사를 마친 후에 나를 찾아왔다. 파스콸레는 작업 중 손을 다쳐서 손에 붕대를 칭칭 감고 있었다. 우리는 아이스크림을 하나씩 사들고 동네 정원에 자리를 잡았다. 카르멘이 거두절미하고 약간 원망하는 투로 나에게 왜 요즘 가게에 들르지 않느냐고 했다. 나는 메초칸노네에서 일하느라 시간이 없었다고 했다. 아다는 정말 중요하게 생각하는 일이라면 시간이야 마음만 먹으면 낼 수 있는 것인데 너는 원래 그런 사람이니 어쩔 수 없다고 냉정하게 말했다.

"그런 사람이라니?"

내가 묻자 그녀가 대답했다.

"넌 감정이 없어. 우리 오빠에게 한 짓만 봐도 알 수 있잖아."

나는 발끈해서 내게 먼저 헤어지자고 한 것은 안토니오였다고 했다. 그러자 아다가 말했다.

"그렇게 생각하는 게 맘 편하겠지. 먼저 버리는 사람도 있지만 일부러 버림받게 하는 사람도 있어."

카르멘은 아다의 말에 동의했다.

"우정도 마찬가지야."

그녀가 말했다.

"언뜻 보면 한편의 일방적인 잘못으로 우정이 깨진 것같이 보이지만 알고 보면 상대방의 탓일 경우가 있지."

그때까지 잠자코 이야기를 듣고 있던 나는 참지 못하고 흥분해서 큰 소리로 말했다.

"리나와 내가 멀어진 것은 내 잘못이 아니야."

파스콸레가 끼어들었다.

"레누, 누구의 잘못인지가 중요한 게 아니야. 중요한 건 우리가 리나 곁에 있어줘야 한다는 거야."

이렇게 말하면서 자신이 치통 때문에 고생했던 이야기를 해주었다. 그때 자기를 도운 것이 바로 릴라였고 지금도 카르멘에게 몰래 돈을 주고 있다고 했다. 군대에 있는 안토니오에게도 돈을 보냈다고 했다. 나는 굳이 알고 싶지 않았는데 안토니오가 군대 생활을 힘들게 하고 있다는 것을 알게 되었다.

나는 조심스럽게 나의 전 남자친구에게 무슨 일이 있는지 물었다. 그러자 다들 강도의 차이는 있지만 하나같이 은근히 나를 원망하면서 안토니오가 신경쇠약증에 걸렸고 그래서 많이 아프다고 했다. 하지만 안토니오는 강한 사람이니 포기하지 않고 결국은 이겨낼 것이라고 했다. 정작 걱정이 되는 것은 릴라라고 했다.

"리나에게 무슨 일이 있는데?"

"의사에게 데리고 가려고 해."

"대체 누가?"

"스테파노와 피누차와 양가 부모님이."

"왜?"

"한 번 임신을 했는데 다시 임신이 안 되는 이유를 알아보려고."

"리나의 반응은 어떤데?"

"리나는 미쳤어. 병원에 갈 마음이 없어."

나는 어깨를 으쓱해보였다.

"그래서 날 보고 어쩌라는 거야?"

카르멘이 대답했다.

"네가 리나를 병원에 좀 데리고 가봐."

40

릴라에게 그 말을 하자 대놓고 웃음을 터뜨렸다. 내가 그녀에게
화가 나지 않았다고 맹세한다면 병원에 가겠다고 했다.

"좋아. 그렇게 할게."

"맹세해."

"맹세한다니까."

"네 동생들을 걸고 맹세해. 막내 엘리사의 이름을 걸고."

나는 릴라에게 병원에 가는 것은 정말 별일이 아니라고, 하지만
정 원치 않는다면 내겐 상관없는 일이니 하고 싶은 대로 하라고 했
다. 내 말에 릴라는 심각해졌다.

"그럼 맹세하지 않겠다는 거네."

"응."

릴라는 잠시 아무 말도 하지 않고 있다가 눈을 내리깔고 인정
했다.

"좋아. 내가 잘못했어."

나는 짜증스러운 표정을 지어보였다.

"아무튼 의사한테 가봐. 나중에 결과도 알려주고."

"같이 안 가줄래?"

"일하러 가지 않으면 서점에서 해고당해."

"내가 널 채용하면 되지."

릴라가 심술궂게 말했다.

"의사한테 가봐. 릴라."

이렇게 해서 릴라는 시어머니 마리아 아주머니와 눈치아 아주머니, 피누차와 함께 병원에 가게 되었다. 셋 다 릴라가 검진을 받는 동안 그 자리에 있고 싶어 했다. 릴라는 예의바르게 순순히 식구들의 말을 따랐다. 산부인과 검진을 받은 적이 한 번도 없었기 때문에 검진 내내 입술을 꽉 다물고 눈을 크게 뜨고 있었다. 동네 산파의 추천으로 찾은 나이 지긋한 의사는 현명한 말투로 모든 것이 정상이라고 했다. 시어머니와 어머니가 기뻐한 반면 피누차는 뽀로통해져서 물었다.

"다 정상인데 왜 아이가 들어서지 않는 거죠? 아이가 들어서도 태어나지 못하고요."

의사는 피누차의 말투에 가시가 돋친 것을 눈치채고 인상을 찌푸렸다.

"여기 이 부인은 나이가 너무 어려요."

의사가 다시 말했다.

"조금만 체력을 보충하면 될 거예요."

체력을 보충해야 한다. 의사가 이와 똑같은 표현을 사용했는지는 모르겠다. 하지만 내가 건너 건너 그 말을 들었을 때 몹시 충격을 받았던 기억이 난다. 매순간 놀라울 정도의 에너지를 방출해내는 릴라가 실은 연약하다는 뜻이었으니까. 아이가 들어서지 않거나 들어서더라도 릴라의 뱃속에서 버텨내지 못하는 이유가 릴라에게 생명을 말살시키는 미지의 힘이 있어서가 아니라 그녀가 아직 미성숙한 여성이기 때문이라는 뜻이었다.

이렇게 생각하니 릴라에 대한 과거의 앙심이 누그러졌다. 뜰에서 릴라가 의사와 세 여인네들을 험하게 욕하며 고통스러웠던 검진에 대해 이야기를 할 때 나는 귀찮은 내색을 하지 않았다. 사실 릴라의 이야기에 관심이 가기도 했다. 나는 그때까지 병원에 간 적도 산파에게 몸을 보인 적도 없었기 때문이다. 릴라는 빈정대면서 이야기를 끝맺었다.

"의사 선생이란 작자가 철로 된 요상한 물건으로 내 몸을 찢어갈 긴 데다 돈까지 잔뜩 처먹고 나서 내린 결론이 뭔 줄 알아? 체력을 보충해야 한다는 거야."

"어떻게 체력을 보충할 수 있는데?"

"해수욕을 해야 한대."

"이해가 잘 안 돼."

"해변으로 가야 한다는 거야, 레누. 일광욕도 하고 바닷물에 수영도 해야 한대. 의사 말을 듣자 하니 해수욕을 하면 몸이 튼튼해져서 아이도 잘 생기나봐."

헤어질 때는 둘 다 기분이 좋았다. 드디어 재회를 한 데다 결과적으로 즐거운 시간을 보냈으니까.

릴라는 다음 날 다시 모습을 나타냈는데 내게는 다정하게 굴었지만 남편에게는 잔뜩 화가 나 있었다. 스테파노가 토레 안눈치아타에 숙소를 얻어 7, 8월 내내 릴라를 휴양 보내려 한다고 했다. 눈치아 아주머니와 이미 차고 넘치게 건강한데 자기도 체력을 보충해야겠다고 불평을 한 피누차까지 붙여서 말이다. 스테파노는 릴라와 피누차가 없는 동안 가게를 어떻게 해야 할지는 벌써 다 생각해놓았다고 했다.

마르티리 광장의 구둣가게는 방학이 끝날 때까지 알폰소가 질리올라를 돕기로 했고 새 식료품점은 마리아 아주머니가 릴라를 대신하기로 했다. 릴라는 지친 목소리로 말했다.

"어머니와 피누차랑 두 달을 보내면 미쳐버리고 말 거야."

"해수욕도 할 수 있고 일광욕도 할 수 있잖아."

"난 수영도 싫어하고 햇볕 쬐는 것도 싫어해."

"너처럼 체력을 보충할 기회가 생기면 나는 내일 당장이라도 떠나겠다."

릴라는 흥미롭다는 듯한 눈빛으로 나를 바라보더니 조용히 말했다.

"그럼 나랑 같이 가자."

"난 서점에서 일해야 해."

릴라는 열을 내며 자기가 나를 채용하겠다고 했다. 이번에는 확실히 비꼬는 말투가 아니었다.

"지금 일은 그만둬."

릴라는 은근히 나를 압박했다.

"내가 서점 주인이 주는 만큼은 챙겨줄 테니까."

릴라는 포기하지 않았다. 나만 함께 가준다면 토레 안눈치아타도 괜찮을 거라고 했다. 벌써 배가 불러오기 시작하는 피누차도 참을 수 있을 거라고 했다.

나는 정중하게 거절했다. 토레 델 그레코 근처의 푹푹 찌는 집에서 두 달 동안 넷이 함께 생활하면 무슨 일이 일어날지 불 보듯 뻔했다. 릴라는 눈치아 아주머니와 싸우고 울 것이고, 스테파노가 토요일 저녁에 도착하면 그와 또 싸울 것이다. 스테파노와 함께 피누차를 보러 온 리노와도 다툴 것이 뻔했다. 이 중에서 최악은 피누차와의 암투일 것이다. 이들 둘은 휴가 내내 조용한 신경전을 벌이거나 난리를 치면서 소리를 지르고 적개심을 불태울 것이다. 서로에게 비아냥대며 끔찍스런 욕설을 해댈 것이 분명했다.

"안 돼."

나는 단호히 말했다.

"어머니가 허락해주지 않을걸?"

결국 릴라는 토라져서 가버렸다. 우리의 화해는 아직 완벽하지 않았던 것이다. 다음 날 아침, 예기치 않게 니노가 서점에 모습을 나타냈다. 형편없이 마른 데다 얼굴은 창백하기 그지없었다. 네 과목 시험을 연속으로 치렀다고 했다. 나는 대학교란 우등생들이 쾌적한 환경에서 연세가 지긋한 현자들과 하루 종일 플라톤이나 케플러에 대한 토론을 하는 곳일 거라는 환상이 있었기에 니노의 이야기에 매료되었다.

나는 별로 말을 하지 않았다. 간간이 '정말 대단하다' 따위의 추임새를 넣는 정도였다. 그러다가 적당한 순간에 공허한 표현을 남발하면서 『남부뉴스』지에 실린 니노의 기사에 찬사를 쏟아 부었다. 니노는 진지한 표정으로 중간에 한 번도 끊지 않고 내 말에 귀를 기울였다. 결국 나는 그의 글을 심도 있게 이해했다는 것을 드러내 보이기 위해서 무슨 말을 더 해야 할지 알 수 없을 지경에 이르렀다. 그제야 니노도 만족하는 것 같았다. 갈리아니 선생님이나 아르만도, 심지어 나디아까지도 나처럼 꼼꼼하게 자기 글을 읽지 않았다고 했다. 그러더니 같은 주제로 글을 더 쓸 예정인데 새로 쓴 글도 잡지에 실리기를 바란다고 했다.

등 뒤에서 나를 애타게 부르는 서점 주인의 목소리를 무시하고 서점 문간에 서서 니노의 말에 귀를 기울였다. 서점 주인의 목소리가 더 거칠어졌다. 니노는 저 자식은 대체 뭘 원하는 것이냐고 투덜대면서도 눈치 없이 꿋꿋하게 얼마간을 더 버티다 다음 날 이스키아 섬으로 떠날 거라면서 나에게 손을 내밀었다.

니노의 손은 가늘고 섬세했다. 그의 손을 잡자 그는 나를 자기 쪽으로 살짝 끌어당기더니 몸을 굽혀서 내 입술에 자신의 입술을 가볍게 갖다 댔다. 눈 깜짝할 사이에 벌어진 일이었다. 니노는 가벼운 몸짓으로 바로 나를 놓아주고는 손가락으로 내 손바닥을 부드럽게 쓰다듬더니 레티필로 쪽으로 가버렸다.

나는 그가 뒤도 돌아보지 않고 멀어져가는 모습을 뒤에서 멀거니 바라보았다. 니노는 평소처럼 온 세상이 자신을 위해서 존재한다는 듯, 용감무쌍한 용병군의 대장 같은 걸음걸이로 성큼성큼 걸어가 버렸다.

그날 밤 나는 한숨도 자지 못했다. 아침 일찍 일어나 릴라의 식료품점으로 달려갔다. 카르멘은 아직 출근 전이었고 릴라가 셔터를 올리고 있는 참이었다. 나는 니노에 대해서는 한마디도 언급하지 않고 거절당할 것을 각오하고 릴라에게 속삭였다.

"토레 안눈치아타 대신 이스키아 섬으로 간다면 일을 그만두고 너와 함께 갈게."

41

7월 둘째 주 일요일에 스테파노와 릴라, 리노와 피누차, 눈치아 아주머니와 나는 배를 타고 이스키아 섬에 도착했다. 두 손 가득 짐을 든 채 배에서 내린 두 사내는 미지의 땅에 도착한 고대의 영웅들처럼 눈빛이 불안했다. 기세등등하게 몰고 다닐 차도 없고 휴일에 동네에서 편히 쉬지도 못하고 일찍 일어나느라 불편하고 짜증이 난 기색이 역력했다. 파티에 참석하는 것처럼 곱게 차려입은 아내들은 각각 다른 이유로 짜증이 나 있었다.

피누차는 리노가 무리하게 짐을 짊어지고 가느라 자기에게 신경을 써주지 않아서였고, 릴라는 스테파노가 섬에서 어디 가서 무엇을 해야 하는지 아는 척은 다 해놓고서 실은 아는 게 아무것도 없다는 것이 너무나 눈에 빤히 보였기 때문이었다. 눈치아 아주머니는 모두가 자신을 마지못해 데리고 왔다는 것을 눈치채고 젊은이들의 기분을 상하게 할 만한 말을 하지 않으려고 애쓰고 있었다.

섬에 도착한 것을 진심으로 기뻐한 사람은 나뿐이었다. 나는 변변치 않은 소지품으로 가득 찬 배낭을 메고서 이스키아 섬의 익숙한 냄새와 소리, 특유의 색채와 마주하며 기뻐하고 있었다. 배가 도착하자 몇 년 전 그곳에서 여름을 보냈을 때부터 간직해온 기억 그대로의 섬 모습에 나는 행복했다.

차 두 대에 나눠 탔는데도 짐이 워낙 많아 우리는 땀에 흠뻑 젖은 채 부대끼며 이동해야 했다. 이스키아 출신의 햄 공급업자 소개로 급하게 구한 숙소는 쿠오토라는 곳에 있었다. 비루해 보이는 건물은 햄 공급업자 사촌누나의 소유였다. 그녀는 60세는 넘은 듯한 깡마른 몸매의 노처녀였는데 사무적이고 무례한 태도로 우리를 맞이했다. 스테파노와 리노는 농담 따먹기를 하기도 하고 힘들다며 간간이 욕설을 내뱉기도 하면서 좁디좁은 층계참으로 가방을 질질 끌고 올라갔다.

숙소 주인은 우리에게 성화와 불을 밝혀놓은 작은 램프로 가득한 어두컴컴한 방들을 보여주었다. 창문을 열어젖히자 길 건너로 포도밭과 종려나무가 보였고 소나무숲 건너편으로 길게 펼쳐진 바다가 보였다. 정확히 말하자면 바다가 보이는 곳은 피누차와 릴라의 침실이었다. 그나마도 둘은 "네 방이 더 커" "아니야, 네 방이 더 커"라며 한동안 실랑이를 벌였다.

눈치아 아주머니에게 배정된 방에는 벽 위쪽 높은 곳에 현창이 하나 있었는데 그 너머로 어떤 전경이 펼쳐져 있는지는 집을 떠날 때까지 결국 알지 못했다. 침대 하나 겨우 들여놓을 만한 크기의 내 방 벽에는 자그마한 갈대밭 옆에 있는 양계장 쪽으로 창문이 나 있었다.

숙소에 먹을 것이 하나도 없어 숙소 주인이 설명해주는 곳으로 가서 식당을 하나 찾아냈다. 어두컴컴한 데다 손님이라고는 찾아볼 수 없었다. 들어갈 때는 모두들 머뭇거리면서 요기라도 할 요량으로 자리에 앉았는데 먹다보니 자신이 요리한 음식 외에는 탐탁지 않게 생각하는 눈치아 아주머니까지도 음식이 아주 맛있다며 저녁에 먹을 것도 사가자고 할 정도였다.

식사를 마쳤는데도 스테파노는 계산서를 달라고 할 낌새를 내비치지 않았다. 리노와 스테파노는 말없이 계산을 서로 미루면서 미적거렸다. 결국 버티다 못한 리노가 포기하고 모두를 위해 계산했다. 여자들은 해변으로 가자고 했지만 남자들은 하품을 해대며 피곤히다고 했다. 그래도 우리는 끈질기게 졸랐다. 특히 릴라가 그랬다.

"너무 많이 먹었어."

릴라가 말했다.

"산책이라도 좀 하는 것이 좋겠어. 조금만 가면 해변인데 같이 가지 않으실래요, 엄마?"

눈치아 아주머니가 남정네들 편을 드는 바람에 결국 모두 함께 숙소로 돌아가야만 했다.

이 방 저 방을 심드렁한 표정으로 방황하던 두 사내가 갑자기 잠이나 좀 자야겠다는 의견 일치를 보였다. 둘은 미소를 주고받더니 귓속말을 나누고 또다시 웃었다. 각자 아내에게 신호를 보내자 여자들은 마지못해 남편을 따라 침실로 향했다.

한두 시간 정도 눈치아 아주머니와 나만 남게 되었다. 부엌의 상태를 점검해보니 지저분하기 짝이 없었다. 눈치아 아주머니는 접시며 컵, 식기, 냄비 등을 꼼꼼하게 닦기 시작했다. 나는 혼자 하겠다는 아주머니를 돕기 위해 꽤나 고집을 부려야만 했다. 아주머니는 내게 숙소 주인에게 당장 요구해야 할 사항들을 기억해달라고 했다. 아주머니가 헷갈려 할 때 내가 요구 사항을 되짚어주면 그 많은 것을 다 기억해내는 나를 놀라워했다.

"이러니까 네가 학교에서 그렇게 공부를 잘하는구나."

시간이 어느 정도 흐르자 드디어 두 커플이 모습을 나타냈다. 스테파노와 릴라, 리노와 피누차 순이었다. 나는 다시 한 번 해변으로 가자는 말을 던져보았다. 하지만 이들은 자리에 앉아 커피를 마시고 농담을 주고받으면서 수다만 떨었다. 그러는 새 눈치아 아주머니가 요리를 시작했다.

피누차는 리노 옆에 찰싹 달라붙어서는 남편의 손을 자기 배에 올려놓기도 하고 오늘 가지 말고 내일 아침에 가라고 속삭이기도 했다. 별로 하는 일도 없이 시간은 빠르게 흘러갔다. 결국 스테파노와 리노는 마지막 순간에 배편을 놓칠까봐 서둘러 떠나야 했다. 둘은 자동차를 가지고 오지 않은 것을 후회한다면서 툴툴댔다. 항구까지 자기들을 바래다줄 사람을 찾았다. 남편이 인사도 제대로 안 하고 떠나자 피누차의 눈에는 눈물이 맺혔다.

우리가 침묵 속에서 가방을 열고 짐 정리를 하는 동안 눈치아 아주머니는 화장실 청소에 열을 올렸다. 리노와 스테파노가 나폴리행

배를 놓쳐서 다시 숙소로 돌아오지 않을 것이라는 확신을 하게 된 후에야 긴장감을 풀고 농담을 하기 시작했다. 이제 일주일 동안은 특별히 해야 할 일이 없었다. 자기 몸만 잘 돌보면 되는 것이다. 피누차는 무서워서 혼자 못 자겠다면서 릴라와 함께 잠자리에 들었다. 자기 방에 고통에 찬 성모 마리아의 그림이 걸려 있었는데 심장에 잔뜩 박혀 있는 칼이 불빛이 일렁일 때마다 번쩍거려서 도무지 잠을 잘 수 없다고 했다. 나는 내게 배정된 작은 방에서 나만의 비밀을 곱씹었다.

'니노가 이곳에서 멀지 않은 포리오에 있다. 당장 내일이라도 해변에서 마주칠 수 있어.'

내가 생각해도 정신이 나간 것 같고 무분별하게 느껴졌지만 그래도 기뻤다. 언제나 도리에 맞는 행동만 하는 것에 나는 약간 지쳐 있었던 것 같았다.

날씨가 더워서 창문을 열었다. 나는 암탉들이 소란을 떠는 소리며 갈대가 바람에 스치는 소리를 듣다가 모기의 존재를 알아챘다. 급히 창문을 닫기는 했지만 모기를 찾아내서 갈리아니 선생님이 빌려준 책으로 눌러 죽이느라 최소한 한 시간 정도를 허비했다. 모기를 잡는 데 사용한 책은 사뮈엘 베케트라는 작가의 『희곡 전집』이었다. 얼굴과 몸이 시뻘건 모기자국으로 뒤덮인 채 해변에서 니노와 마주치고 싶지도 않았고 연극과 관련된 책을 손에 든 채로 그를 만나기는 더더구나 싫었다. 나는 연극에 문외한이었다. 새까만 모기자국과 핏자국이 남아 있는 책을 옆으로 밀쳐두고 국가에 대한 개념과 관련된 난해하기 이를 데 없는 책을 읽다가 스르르 잠이 들었다.

42

아침이 되자 우리를 돌보는 데 헌신적인 눈치아 아주머니는 장을
볼 만한 곳을 찾으러 나가고 우리는 해변을 향해 걸어갔다. 우리가
걸은 해변의 이름은 치타라였는데 그곳을 떠날 때까지 우리는 그 해
변을 체타라라고 불렀다.

해변에서 릴라와 피누차는 입고 있던 원피스를 벗고 멋진 수영복
을 뽐냈다. 남자친구였을 때는 관대했던 남편들이, 결혼한 후부터는
비키니 반대주의자로 돌아섰다. 특히 스테파노가 그랬다. 그래도 새
로 산 수영복은 색상이 화려한 데다 가슴과 등의 노출 부분이 세련
되게 디자인된 것이었다.

나는 변함없이 소매가 긴 푸른색 원피스 아래 색 바랜 낡은 수영
복을 입고 있었다. 이제는 늘어나서 헐렁해진, 몇 년 전 넬라 아주머
니가 바라노에서 만들어준 바로 그 수영복이었다. 나는 마지못해 원
피스를 벗었다.

우리는 온천수 수증기가 보일 때까지 태양 아래서 꽤나 많이 걸
어갔다가 되돌아왔다. 나와 피누차는 한참 동안 수영을 했지만 정작
릴라는 그렇게 하지 않았다. 당연한 일이겠지만 니노는 나타나지 않
았다. 나는 실망했다. 내심 기적같이 그와 만나게 될 거라고 기대하
고 있었기 때문이다. 릴라와 피누차가 숙소로 돌아가자고 한 다음
에도 나는 혼자 남아서 포리오 쪽 해변을 향해 걸어갔다.

저녁이 되자 햇볕을 너무 많이 쬐어서인지 몸에 열이 나는 것같이
느껴졌다. 그 후 며칠간은 어깨 위로 물집이 잡혀서 집에 머물러야
했다. 집 안 청소도 하고 요리도 하고 독서도 하면서 집에서 시간을
보냈다. 앞장 서서 집안일을 거드는 나의 태도에 감동한 눈치아 아

주머니는 칭찬을 아끼지 않았다.

낮에 햇볕을 피해 하루 종일 집 안에 틀어박혀 있었다는 것을 핑계로 나는 저녁마다 릴라와 피누차를 졸라 포리오에 가곤 했다. 꽤나 먼 길이었는데도 걸어서 포리오까지 가서는 시내를 돌아다니며 아이스크림을 먹었다.

"여긴 정말 멋진 곳이구나."

피누차가 감탄했다.

"여기에 비하면 우리 동네는 장례식장 같아."

내겐 포리오나 우리 동네나 장례식장 같기는 마찬가지였다. 결국 니노를 보지 못했으니 말이다.

주말이 가까워오자 나는 릴라에게 바라노에 가서 마론티 해변을 함께 거닐자고 했다. 릴라는 기꺼이 내 제안을 받아들였고 피누차는 눈치아 아주머니와 남아 무료한 시간을 보내고 싶지 않아 마지못해 동의했다. 우리는 일찌감치 길을 나섰다. 옷 속에는 이미 수영복을 갖춰 입었다. 나는 배낭에 우리 모두를 위한 수건과 파니니와 물 한 병을 집어넣었다.

공식적인 목적은 지난번 이스키아 섬에서 머무는 동안 나를 돌봐준 올리비에로 선생님의 사촌 넬라 아주머니에게 인사를 하는 것이었다. 하지만 그 이면에는 사라토레 가족을 만나서 마리사에게 포리오에서 니노가 묵고 있는 그의 친구 집 주소를 알아내겠다는 은밀한 계획이 있었다. 니노의 아버지 도나토 사라토레와 마주칠까봐 두렵기는 했지만 지금으로서는 그가 직장에 있기를 기도할 수밖에 없었다. 설사 그렇지 않더라도 니노를 만나기 위해서라면 그의 저속한 말 몇 마디쯤은 참아낼 각오가 되어 있었다.

현관문을 연 넬라 아주머니는 유령처럼 홀연히 나타난 내 모습에 입을 다물지 못했다. 눈에 금세 눈물이 맺혔다.

"행복해서 그래."

아주머니가 변명하듯 말했다.

꼭 그래서만은 아니었다. 내가 나타나자 올리비에로 선생님 생각이 났던 것이다. 아주머니는 선생님이 포텐차에서 그리 잘 지내고 있지는 못하다고 했다. 아직도 많이 아파하고 있으며 완쾌되지 않았다고 했다.

아주머니는 일단 우리를 테라스로 데려가서 온갖 음식을 권했다. 임신 중인 피누차에게 특히 신경을 썼다. 피누차에게 의자에 앉으라고 하고는 살짝 나오기 시작한 배를 만져보고 싶어 했다.

나는 집을 보여주겠다는 핑계로 릴라를 여기저기 끌고 다녔다. 릴라에게 몇 년 전 일광욕을 즐기며 독서를 하면서 시간을 보냈던 테라스를 보여주기도 했고 식탁에서 내가 앉았던 자리를 보여주기도 했다. 저녁에 잠자리를 준비하던 장소를 보여주기도 했다. 아주 잠깐이었지만 나를 향해 몸을 굽히고 침대 시트 밑으로 손을 집어넣어 내 몸을 더듬던 도나토 사라토레의 모습이 보이는 듯했다. 구역질이 났다. 그런데도 나는 넬라 아주머니에게 뻔뻔스럽게 물었다.

"사라토레 씨 가족은요?"

"모두 해변에 갔단다."

"올해는 어때요?"

"뭐, 그냥 그렇지."

"요구사항이 많나요?"

"도나토 씨가 철도원보다는 기자 행세를 하기 시작하면서부터 그런 편이야."

"도나토 아저씨도 여기에 와 있어요?"

"응. 병가를 받았다나?"

"마리사도 있나요?"

"마리사는 없어. 하지만 그 애 빼고는 모두 여기 있지."

"모두요?"

"내 말이 무슨 뜻인지 알잖니?"

"아니요. 무슨 말씀인지 전혀 모르겠어요. 정말이에요."

넬라 아주머니는 시원하게 웃음을 터뜨렸다.

"레누야, 오늘은 니노도 여기에 있단다. 돈이 필요할 때는 반나절 정도 모습을 드러냈다가 포리오에 있는 친구 집으로 돌아가곤 해."

43

우리는 넬라 아주머니에게 작별인사를 하고 소지품을 챙겨들고 해변으로 향했다. 가는 동안 릴라는 생글거리며 나를 놀렸다.

"영악한 것 같으니라고. 니노 때문에 이스키아로 오자고 한 거구나? 사실대로 말해봐."

나는 인정하지 않고 방어 태세를 취했다. 피누차까지 릴라와 합세했다. 피누차는 릴라보다 퉁명스런 어조로 임신 중인 자기 생각은 하지도 않고 내 욕심 때문에 이 멀고 힘겨운 길을 걸어 바라노까지 온 것이냐며 나를 원망했다.

나는 더욱 강하게 부정했다. 오히려 그 둘을 협박했다. 사라토레 가족이 있는 앞에서 쓸데없는 이야기를 꺼낸다면 그날 저녁 바로 배를 타고 나폴리로 돌아가 버리겠다고 했다.

멀리서도 사라토레 가족의 모습을 알아볼 수 있었다. 여전히 몇 년 전 진을 치던 바로 그곳에 모여 있는 데다 그때와 똑같은 파라솔,

똑같은 수영복과 가방을 가지고 똑같은 방식으로 일광욕을 하며 몸을 풀고 있었다. 도나토 사라토레는 검은 모래에 반쯤 몸을 일으킨 채 누워 팔꿈치에 몸을 기대고 있었다. 아내인 리디아 아주머니는 수건 위에 앉아서 주간지를 넘기고 있었다.

실망스럽게도 파라솔 아래 니노는 없었다. 바다 쪽을 살펴보았는데 멀리서 거칠게 일렁이는 바닷물 위로 나타났다 사라지기를 반복하는 작은 점 같은 것을 보고 니노이기를 바랐다. 그러고는 큰 소리로 해변가에서 놀고 있는 피노, 클렐리아, 치로의 이름을 불러 내 존재를 알렸다.

어느새 훌쩍 자란 치로는 나를 알아보지 못하고 애매한 미소를 지어보였다. 피노와 클렐리아는 금세 나를 알아보고는 기뻐하면서 뛰어왔고 이 소동에 사라토레 부부가 무슨 일인지 보려고 고개를 돌렸다. 리디아 아주머니는 벌떡 일어나서 내 이름을 소리 높여 부르며 손을 흔들었고 도나토 사라토레는 두 팔을 크게 벌린 채 만면에 사람 좋아 보이는 미소를 띠고 내 곁으로 달려왔다. 나는 그의 포옹을 피하면서 안녕하시냐고 인사하고는 안부를 물었다. 그들은 우리를 매우 정중하게 맞아주었다.

나는 릴라와 피누차를 소개하며 이들의 부모님과 남편들이 누군지도 알려주었다. 도나토는 즉시 두 소녀에게 관심을 보였다. 릴라와 피누차를 예의바르게 카라치 부인, 체룰로 부인이라고 부르면서 그녀들의 어린 시절을 회상했다. 허황되기 짝이 없는 표현을 애써 조합하면서 쏜살같이 흘러가는 시간에 대해서 이야기했다.

나는 리디아 아주머니와 이야기를 주고받으며 예의바르게 아이들, 특히 마리사가 잘 지내는지 물었다. 피노, 클렐리아, 치로는 언뜻 보기에도 건강해보였다. 내 주변에 대놓고 진을 치고서 그들의 놀이에 나를 끌어들일 틈만을 노리고 있었다. 리디아 아주머니는 마리사가 나폴리에 있는 큰아버지 댁에 남았다고 했다. 9월 달에 재시험을 봐야 할 과목이 네 과목이나 되어 복습을 해야 한다고 했다.

"잘됐지 뭐니."

말은 이렇게 하면서도 리디아 아주머니의 표정은 어두웠다.

"1년 내내 공부를 게을리 했으니 고생을 좀 해봐야지."

나는 아무 말도 하지 않았다. 마리사가 고생하고 있을 리가 없다는 생각을 속으로만 했다. 여름 내내 알폰소와 함께 마르티리 광장에 있는 구둣가게에서 시간을 보낼 게 틀림없었다. 마리사를 위해 다행이라고 생각했다.

이야기를 나누는 동안 나는 리디아 아주머니의 얼굴에서 마음고생을 한 흔적을 보았다. 예전보다 넓적해진 얼굴과 눈빛, 공기가 빠진 듯 줄어든 가슴과 묵직해진 배에서 고통의 흔적이 보였다. 대화를 하는 내내 리디아 아주머니는 호인 행세를 하면서 릴라와 피누차를 상대하고 있는 남편에게서 한시도 불안한 시선을 떼어내지 못했다. 도나토 사라토레가 릴라와 피누차에게 수영을 가르쳐주겠다고 한 순간부터는 내게 전혀 집중하지 못하고 남편만 바라보고 있었다. 도나토 사라토레는 릴라에게 수영을 가르쳐주겠다고 약속했다.

"우리 아이들은 다 내가 가르쳤단다."

그의 목소리가 우리 귀에도 들려왔다.

"그러니 너도 내가 가르쳐줄게."

나는 정작 니노에 대한 이야기는 단 한마디도 꺼내지 않았다. 리디아 아주머니도 마찬가지였다. 그러는 사이에 반짝이는 바닷물 위로 보이던 작은 검은 점이 멀어져가기를 멈추고 방향을 돌려 해변으로 다가오면서 점점 커지기 시작했다. 나는 점 양옆으로 이는 하얀

물거품을 알아보았다.

'니노가 맞아.'

나는 긴장했다.

잠시 후에 니노가 한 손으로는 물에 떠 있을 수 있도록 릴라를 부축하고 다른 손으로는 수영 동작을 보여주고 있는 자신의 아버지가 있는 쪽을 호기심 어린 눈빛으로 바라보면서 물에서 나왔다. 내 모습을 보고도 여전히 짜증스런 표정이었다.

"여기서 뭘 하는 거야?"

니노가 물었다.

"휴가 왔어."

내가 대답했다.

"여기는 넬라 아주머니께 인사드리러 온 거고."

니노는 자기 아버지가 두 여인과 함께 있는 쪽으로 불쾌한 시선을 던졌다.

"저기 있는 사람 리나 아냐?"

"응. 다른 사람은 리나 오빠의 부인인 피누차야. 기억할지 모르겠지만."

니노는 셋이 있는 쪽으로 시선을 고정시킨 채 수건으로 머리를 꼼꼼하게 말렸다. 나는 다급하게 우리는 9월 말까지 이스키아 섬에 있을 예정이고 포리오에서 멀지 않은 곳에 숙소를 빌렸다고 말했다. 릴라의 어머니도 함께 머물고 있는데 매주 일요일에는 릴라와 피누차의 남편이 온다고 설명했다. 니노는 내 말을 듣는 것 같지도 않았다. 그래도 나는 리디아 아주머니가 뻔히 듣고 있는데도 주말엔 특별히 할 일이 없다고 말했다.

"그럼 날 보러 와."

니노는 내게 이렇게 말하고는 어머니 쪽을 바라보았다.

"가봐야겠어요."

"벌써?"

"할 일이 있거든요."

"하지만 엘레나도 왔잖니."

니노는 그제야 내 존재를 알아챈 듯한 눈빛으로 나를 새삼스럽게 바라보더니 파라솔에 걸어놓은 셔츠 주머니를 뒤져서는 연필과 작은 공책을 꺼냈다. 종이에 뭔가를 끼적이더니 공책을 찢어 내게 내밀었다.

"내 주소야."

니노가 말했다.

영화배우가 대사라도 읊는 것처럼 명확하고 확실한 태도였다. 나는 소중한 유물이라도 되는 것처럼 종이를 받아들었다.

"제발 뭐라도 좀 먹고 가려무나."

리디아 아주머니가 애원했지만 니노는 아무 말도 하지 않았다.

"아버지께 인사라도 하고."

니노는 허리에 수건을 둘러매고 수영복을 갈아입은 다음 아무에게도 인사하지 않고 해변을 따라 멀어져갔다.

44

그날 우리는 온종일 마론티에서 시간을 보냈다. 내가 아이들과 함께 놀아주면서 수영을 하는 동안 피누차와 릴라는 도나토 사라토레에게 푹 빠져들었다. 그는 그 참에 그들을 온천수가 나오는 곳까지 데리고 갔다. 나중에는 녹초가 된 피누차를 위해 편하게 집으로 돌아갈 수 있는 방법을 알려주었다. 우리는 바다 위에 누각처럼 지어진 호텔에 가서 늙은 뱃사공에게 돈 몇 푼을 쥐여주고 배를 탔다.

배가 출발하자마자 릴라가 심술궂게 꼬집어 말했다.

"니노가 네게 별로 관심이 없나봐."

"공부해야 한다고 했어."

"그렇다고 인사도 안 해?"

"니노는 원래 그래."

"원래 그런 거라면 성격이 안 좋은 거네."

피누차가 끼어들었다.

"아버지는 호감형인데 아들은 무뢰한이야."

둘 다 니노가 내게 관심도 호감도 없다고 생각하는 것 같았다. 나는 그렇게 생각하도록 내버려두었다. 내 비밀을 조심스레 혼자 간직하고 싶었다. 게다가 니노가 나처럼 공부를 잘하는 학생에게조차 눈길을 주지 않았다고 생각하면 니노가 자기들을 본체만체한 사실을 그나마 쉽게 받아들이고 그를 용서할 수도 있을 것 같았다. 니노를 보호하는 차원에서 릴라와 피누차가 그에 대한 적의를 가지게 하고 싶지 않았다. 내 의도대로 니노는 이내 둘의 관심에서 벗어났다. 피누차는 도나토 사라토레의 신사다운 행동을 마음에 들어했고 릴라도 만족스러운 듯 말했다.

"물에 떠 있는 법과 수영하는 법을 알려주셨어. 좋은 분이야."

어느새 석양이 지고 있었다. 나는 도나토 사라토레에게 성추행당했던 기억이 되살아나 소름이 끼쳤다. 보랏빛 하늘을 보자 기분이 싸늘하게 가라앉았다. 나는 릴라에게 말했다.

"마르티리 광장 구둣가게에 걸린 사진이 형편없다고 쓴 사람이 바로 도나토 사라토레 씨야."

피누차가 만족스러운 듯 그의 의견에 동의를 표하자 릴라가 말했다.

"그 말이 맞아."

나는 신경질이 났다.

"멜리나를 망가뜨린 것도 그 사람이고."

릴라가 조그맣게 웃음을 터뜨리며 말했다.

"아니면 멜리나의 인생에서 단 한 번의 행복을 선사한 사람이라고도 할 수 있겠지."

나는 그 말에 상처를 받았다. 멜리나가 얼마나 고통스러워했는지, 그녀의 자식들이 어떤 고통을 받아왔는지 나는 너무나 잘 알고 있었다. 리디아 아주머니의 고통과 도나토 사라토레라는 인간의 상냥한 태도 뒤에 그 누구도 그 무엇도 존중하지 않는 본심이 숨어 있다는 것을 너무나 잘 알고 있었다. 어린 시절부터 릴라가 카푸초 집안의 미망인 고통을 얼마나 마음아파 했는지도 잊지 않고 있었다. 그런 그녀가 어떻게 그런 말투로 그런 말을 할 수 있단 말인가. 실은 내게 뭔가 다른 말을 하고 싶었던 건 아닐까. 실은 '넌 아직 아이야. 여자에게 진정 필요한 것이 무엇인지 아무것도 몰라'라고 말하고 싶었던 건 아닐까. 나는 나만의 비밀을 지키려 했던 생각을 고쳐먹었다. 나도 그들처럼 성숙한 여성이고 알 것은 다 안다는 것을 보여주고 싶었다.

"니노가 내게 집 주소를 알려줬어."

내가 릴라에게 말했다.

"너희만 괜찮다면 스테파노와 리노가 오면 나는 니노를 보러 가려고 해."

니노의 집 주소. 니노를 보러 간다. 나답지 않은 대담한 선언이었다. 릴라는 눈을 가늘게 떴다. 시원한 이마를 가로지르는 날카로운 직선처럼 이마에 주름이 졌다. 피누차가 심술궂은 눈으로 나를 바라보더니 릴라의 무릎을 툭 치면서 웃었다.

"들었어? 레누차는 내일 약속이 있대. 니노네 집 주소를 알았대."

나는 얼굴이 시뻘게졌다.

"그럼 너희가 남편들과 시간을 보내는 동안 나는 뭘 해야겠어?"

한참 동안 침묵이 맴도는 가운데 시끄러운 모터 소리와 말없이 배의 키를 잡고 있는 뱃사공의 존재만 두드러졌다.

릴라가 차갑게 말했다.

"집에서 어머니 말동무나 해드려. 재미나 보라고 널 데리고 온 줄 알아?"

나는 한마디 쏘아붙이려다 겨우 참았다. 우리는 모두 일주일 동안 자유를 즐겼다. 그날은 릴라뿐만 아니라 피누차도 모래사장과 햇살을 즐기며 오랫동안 수영을 한 데다 사람들을 웃게 하고 분위기를 띄우는 데 탁월한 재능이 있는 도나토 사라토레의 말에 현혹되어 유부녀라는 자신들의 신분을 완전히 잊고 있었을 것이다. 그는 죄책감을 느끼게 하지 않고 욕망을 표현하도록 부추길 줄 알았다. 릴라와 피누차를 소녀이자 여인으로 대하며 좀처럼 찾기 힘든 독특한 아버지상을 보여주었다.

그랬던 하루가 끝나가려는 참에 내가 일요일에 대학생과 함께 온종일 나만을 위한 시간을 보내겠다고 선포하자 그들은 짧은 휴식기가 끝났음을 깨달은 것이다. 누군가의 부인으로서의 삶이 다시 시작될 것이고 남편들이 다시 나타날 것이라는 사실이 떠오른 것 같았다.

그렇다. 내가 너무 과했다. '닥치고 가만히 있자'고 생각했다. 릴라의 심기를 건드려서 좋을 일이 하나도 없을 것이었다.

45

남편들은 예정된 시간보다 먼저 도착했다. 일요일 아침에 도착할 줄 알았는데 토요일 저녁에 벌써 모습을 나타낸 것이다. 둘이 이스키아 섬 항구에서 빌린 것으로 보이는 람브레타 오토바이를 한 대씩 몰고 왔는데 기분이 들떠 있었다.

눈치아 아주머니는 맛있는 음식을 잔뜩 만들어주었다. 식사를 하면서 동네 소식과 가게 일, 새로 제작하고 있는 구두 작업 현황에 대해서 이야기를 나누었다. 리노는 아버지와 함께 만들고 있는 새 구두 디자인에 대해 자화자찬하면서 틈이 날 때마다 릴라의 눈 밑에 구상 중인 구두 스케치를 들이밀었고 그때마다 릴라는 마지못해 디자인을 살펴보고는 고쳐야 할 점을 일러주곤 했다.

두 사내는 누가 더 많이 먹는지 경쟁을 벌이면서 음식을 깨끗이 먹어치웠다. 10시도 채 되지 않아 둘은 아내를 각각 침실로 이끌었다.

나는 눈치아 아주머니를 도와 식탁을 치우고 설거지를 했다. 그러고는 내 작은 방에 들어가 책을 잠깐 읽었다. 숨을 쉴 수 없을 정도로 더웠지만 모기가 두려워 창문을 열 수도 없었다. 땀에 흠뻑 젖어 침대에서 뒤척이면서 릴라에 대해서, 그녀가 지금까지 어떻게 서서히 환경에 굴복하게 됐는지에 대해서 생각해보았다.

릴라는 남편에게 특별한 애정을 나타내지 않았다. 약혼 기간에 가끔 보였던 애틋한 모습도 사라졌다. 식사를 하면서 스테파노가 게걸스럽게 뭐든 입속으로 욱여넣고 마시는 꼴을 보면서 대놓고 역겨워했다. 그렇지만 견고하지는 못할망정 둘 사이에 나름대로 균형이 잡히고 있다는 것을 나는 알 수 있었다.

스테파노가 은근한 신호를 보내면서 침실로 들어가자 릴라도 군말 없이 그를 따라 들어간 것도 그런 이유 때문일 것이다. 남편에게 나중에 갈 테니 먼저 들어가라고 하지도 않았다. 거부할 수 없는 일상적인 행위로 받아들이기로 한 것이다. 릴라와 스테파노 사이에는 리노와 피누차 커플 같은 뜨거운 열정은 없었지만 그렇다고 릴라가 특별히 저항하지도 않았다.

나는 밤늦게까지 두 커플이 내는 시끄러운 소리를 들어야 했다. 웃음소리와 신음소리, 방문 여닫는 소리, 수도꼭지에서 물이 흐르는 소리, 화장실 물 내리는 소리를 듣다가 겨우 잠이 들었다.

일요일 아침 나는 눈치아 아주머니와 아침식사를 했다. 10시까지 넷 중 누구라도 얼굴을 내밀지 않을까 기다려보았지만 아무도 나타나지 않기에 혼자 해변으로 갔다. 그곳에서 정오까지 시간을 보냈지만 아무도 오지 않아 집으로 돌아왔다. 눈치아 아주머니는 두 커플이 오토바이를 타고 섬을 둘러보러 갔다고 했다. 점심에 돌아오지 않을 테니 기다리지 말라는 말을 남겼다고 했다. 그들은 3시나 되어서 돌아왔다. 약간 술에 취해 있었고 햇볕에 폭 익은 채 넷 다 그날 둘러본 카사미촐라, 라코 아메노, 포리오에 대해 경탄하면서 만족스러워했다. 특히 릴라와 피누차는 두 눈을 반짝이며 짓궂은 시선으로 나를 바라보았다.

"레누!"

피누차가 고함을 치다시피 말했다.

"무슨 일이 일어났는지 알아맞혀봐."

"무슨 일이 있었는데?"

"바닷가에서 니노를 봤어."

릴라가 말했다.

순간 나는 심장이 멎는 것 같았다.

"아, 그래?"

"정말 수영 잘하더라."

피누차가 과장된 몸짓으로 팔로 허공을 휘저으며 말했다.

리노가 말했다.

"비호감은 아니더라. 구두 만드는 법에 대해서 흥미를 보였어."

스테파노도 맞장구를 쳤다.

"소카보라는 친구가 있는데 모르타델라 햄으로 유명한 바로 그 소카보 집안사람이었어. 니노 친구 아버지는 산 조반니 아 테두초에 햄 공장을 가지고 있어."

리노가 계속했다.

"그 정도면 정말 부자지."

스테파노가 말을 받았다.

"그 샌님은 내버려둬, 레누. 돈 한 푼 없는 것 같던데. 소카보를 공략해봐. 훨씬 실속 있을 테니 말이야."

그들은 한동안 "레누는 착하고 얌전한 줄 알았더니 순 내숭이었어. 이제 우리 중에서 제일 부자가 되게 생겼네"라며 나를 놀려댔다. 그러다 잠시 후에 다들 침실로 들어가 버렸다.

나는 너무 속상했다. 나 없이 니노를 만나서 수영도 하고 이야기도 나눈 것이다.

나는 제일 좋은 옷으로 갈아입었다. 그래봤자 더운 날씨에 입기에는 적합하지 않은 릴라의 결혼식 때 입었던 그 옷이지만. 그런 다음 햇빛에 한층 더 눈부신 금발이 된 머리를 세심하게 손질하고 나서 눈치아 아주머니에게 산책을 다녀오겠다고 했다.

나는 그길로 걸어서 포리오까지 갔다. 혼자서 먼 길을 가야 하는 데다가 날씨가 덥기도 했고 포리오에 가서도 일이 어떻게 풀릴지 몰라 잔뜩 신경이 곤두서 있었다. 물어물어 니노의 친구 집을 찾아갔다. 니노가 대답하지 않을까봐 두려워하며 길에서 그의 이름을 반복해서 불렀다.

"니노! 니노!"

니노가 얼굴을 내밀었다.

"올라와!"

"여기서 기다릴게."

나는 기다리면서도 니노가 나를 퉁명스럽게 대할까봐 두려웠다. 하지만 니노는 의외로 그답지 않은 다정한 표정이었다. 그의 각진 얼굴에 얼마나 마음이 떨렸던지. 호리호리한 몸매와 떡 벌어진 어깨에 비해서 좁은 가슴, 근육과 힘줄과 뼈만 있는 마른 몸과 팽팽한 갈색 피부. 그의 멋진 모습을 보니 내가 더 납작해진 것 같았다. 하지만 그런 느낌이 싫지는 않았다. 그는 자기 친구가 잠시 후에 자기를 따라오기로 했다고 말했다.

우리는 일요일을 맞아 길가로 나온 노점상 사이를 지나 포리오 시내를 걸었다. 서점 일은 어떻게 하기로 했느냐는 니노의 물음에 릴라가 함께 휴가 가자고 해서 그만뒀다고 했다. 이스키아 섬까지 온 대신에 돈을 받기로 한 부분은 생략했다. 릴라의 직원처럼 보이고 싶지는 않았으니까. 나디아에 대해서 묻자 니노는 그저 "잘 지내"라고만 했다.

"서로 편지는 써?"

"그럼."

"매일?"

"매주 한 번씩."

여기까지 대화를 나누자 할 말이 없었다. 실은 서로에 대해 아는 것이 아무것도 없다는 생각이 들었다. 아버지와의 관계가 어떤지 물을 수는 있겠지만 어떤 식으로 물어야 할지 몰랐다. 게다가 둘의 관계가 별로 좋지 않다는 것은 이미 보지 않았는가. 침묵이 이어지자 나는 곧 어색함을 느꼈다.

하지만 니노는 기다렸다는 듯이 우리의 유일한 공통 관심사로 주제를 돌렸다. 그는 나를 만나 반갑다며 자기 친구와는 축구나 시험 얘기 빼고는 할 말이 없다고 했다. 니노는 나를 칭찬했다. 갈리아니 선생님은 역시 판단력이 뛰어나다고 했다. 시험이나 학교 성적과 관련이 없는 일에도 호기심을 나타내는 여자아이는 나밖에 없다고 했다.

니노는 심각한 주제에 대해 이야기를 시작했다. 우리는 멋진 표준어를 써가며 열정적으로 이야기했다. 우리 둘은 그런 식의 표준어 사용법에 아주 익숙했다. 니노는 폭력 문제에 대해서 이야기했다. 코르토나에서 열린 평화를 위한 시위에 대해 이야기하면서 이 일을 자연스럽게 최근 토리노 광장에서 일어난 유혈 시위와 결부시켰다.

니노는 이민과 산업화의 관계에 대해서 더 잘 이해하고 싶다고 했다. 나는 동의하기는 했지만 사실 그런 이야기에 대해서 아는 바가 아무것도 없었다. 니노도 이를 알아채고 내게 남부 지역 청년들이 일으킨 폭동이 경찰에게 참혹하게 진압당한 이야기를 자세히 들려주었다.

"경찰은 청년들을 나폴리 자식들이라고 부르기도 하고 모로코인들이라고 부르기도 하고 파시스트, 선봉꾼, 무정부주의 노조원이라고 부르기도 해. 실상은 제도권에서 보호받지 못하는 아이들인데 말이야. 그들은 절망한 나머지 분노하면 모든 것을 부숴버리는 아이들에 지나지 않아."

나는 뭔가 니노가 들으면 좋아할 만한 이야기를 해주고 싶어서 잘 알지도 못하면서 말했다.

"문제를 정확하게 파악하지 못해서 시간 내에 해답을 찾지 못하면 당연히 혼란이 야기될 수밖에 없어. 잘못은 반항하는 측에 있는 것이 아니라 제대로 다스리지 못하는 쪽에 있는 거야."

니노는 내게 진정 경탄하는 듯한 시선을 던지면서 말했다.

"맞아. 내 생각이 바로 그래."

나는 너무 기뻤다. 나는 니노의 칭찬에 고무되어 루소의 책과 갈리아니 선생님이 강요해서 읽은 책 내용에 대한 기억을 더듬어 개성과 보편성의 균형을 찾는 법에 대해 조심스럽게 이야기하기 시작했다.

"페데리코 샤보의 책을 읽어봤어?"

샤보의 이름을 꺼낸 것은 얼마 전 몇 페이지 정도 읽기 시작한 국가의 개념에 대한 책의 저자이기 때문이었다. 사실 나도 그 작가에 대해서 특별히 아는 바는 없었다. 하지만 지금까지 학교에서 자기가 아는 것보다 훨씬 더 많이 아는 척하는 방법을 너무 잘 배워오지 않았던가.

"페데리코 샤보의 책을 읽어봤어?"

니노는 대화를 나누다가 이때에만 불편한 심기를 내비쳤다. 나는 니노가 페데리코 샤보가 누군지 모른다는 것을 알고 짜릿한 만족감을 느꼈다. 짧게나마 읽은 내용을 바탕으로 니노에게 저자에 대해서 간략하게 설명을 해주려고 했지만 얼마 지나지 않아서 자신이 유식

하다는 사실과 자신의 박식함을 강박적으로 표현하는 것이 니노의 강점이자 약점이라는 것을 깨달았다.

니노는 자신이 다른 사람보다 우월하다고 느낄 때 자기 힘을 얻었고 할 말이 없을 때 기운을 잃었다. 그때도 니노는 금세 표정이 어두워지더니 내 말을 가로막았다. 대화의 주제를 다른 곳으로 돌려 지방 문제에 대해서 이야기하기 시작했다. 그는 지방의 중요성을 인정받는 것이 시급하다면서 지방자치와 지방분권주의, 지역 경제를 바탕으로 한 계획 경제 등에 대해서 이야기를 했다. 하나같이 이때까지 한 번도 들어보지 못한 용어들이었다. 그래서 페데리코 샤보 따위는 내버려두고 니노가 대화를 이끌어가도록 했다. 그가 하는 이야기를 듣는 것이 좋았다. 그의 얼굴에 나타나는 열정을 보는 것이 좋았다. 흥분을 하면 니노의 눈빛에는 생기가 넘쳤다.

그렇게 한 시간쯤 걸렸다. 주변에서 들려오는 거친 사투리에서 멀리 떨어져 그와 나, 오직 우리 둘만 존재하는 것 같았다. 우리 둘만 흠잡을 틈 없이 완벽한 표준어로 오직 우리에게만 중요한 대화를 나누고 있었다. 우리는 무엇을 하고 있는 건가. 토론? 미래에 우리와 같은 용어를 사용하는 법을 배운 사람들과 맞설 수 있는 방법을 연습하고 있는 것인가. 유익하고 오랜 우정이 싹틀 가능성이 있다는 사실을 서로 확인하고 있는 것인가. 아니면 이 모든 것이 성적 욕망을 숨기기 위한 교양을 빙자한 가면일 뿐인가.

모르겠다. 물론 나는 그런 주제들에 대해서 아무런 관심이 없었다. 주제와 관련된 내용과 인물에 대해서 알지 못했다. 그런 주제를 다루는 법을 훈련받지도 않았고 익숙하지도 않았다. 단지 창피를 당하고 싶지 않았을 뿐이었다.

그래도 기분은 좋았다. 그것만은 확실했다. 학년 말에 진급 확정

성적표를 받아든 느낌이랄까. 그러면서도 한편으로는 그와 나눈 대화는 몇 년 전 릴라와 나누었던 대화와 비교할 수 없다는 것도 느꼈다. 릴라와 대화를 나누면 머리에 불이 환하게 밝혀지는 느낌이 들었다. 서로의 입에서 말을 가로채기라도 하듯 열렬히 대화를 나누었고 그러면서 온몸에 전류가 이는 것과 같은 흥분을 느끼곤 했다.

니노와는 그렇지 않았다. 그와 이야기할 때는 그가 듣고 싶어 하는 말만 해야 한다는 사실을 깨달았다. 나의 무지뿐만 아니라 얼마 되지 않는 나는 알지만 그는 모르는 지식도 숨겨야 한다는 것을 깨달았다. 실제 나는 그렇게 했고 그가 자신의 생각을 내게 털어놓자 뿌듯했다.

그날은 여기에서 진도가 한 발짝 더 나아갔다. 니노는 갑자기 이 정도면 됐다고 말하더니 내 손을 덥석 잡고는 유려한 필체로 쓰인 자막을 그대로 읽는 것 같은 말투로 외쳤다.

"이제 평생 잊지 못할 풍경을 보여줄게."

그러더니 나를 소코르소 광장까지 끌고 갔다. 가는 내내 손을 놓지 않고 내 손에 깍지를 끼기까지 했다. 내 손을 잡은 니노의 손에 마음을 빼앗겨 정작 둥근 호를 그리며 펼쳐진 한없이 푸른 바다의 모습은 기억에 없다.

그의 행동은 나의 마음을 흔들어놓고도 남았다. 그는 두어 번 머리를 매만지느라 손을 놓았지만 금세 다시 내 손을 잡았다. 나는 잠시 니노의 친근한 행동이 갈리아니 선생님의 딸과의 관계에 어떤 영향을 미칠지 생각해보았다. 니노에게 이런 행동은 남녀 간 우정의 표시일 뿐인 모양이라고 생각했다. 하지만 메초칸노네에서 내게 했던 입맞춤은 어떻게 설명해야 할까? 그조차 별 의미가 없었을 것이다. 요즘 유행하는 새로운 관습일 뿐이라고, 요즘 젊은이들의 방식일 뿐이라고 생각했다. 실제로 아주 가벼운, 짧은 입맞춤이 아니었던가.

지금 이 순간의 행복에 만족해야 한다. 내가 원했던 이 휴가가 준 기회에 만족해야 한다. 어차피 나는 니노를 잃게 될 것이다. 그는 떠날 것이다. 니노는 나와는 결코 공유할 수 없는 운명의 소유자니까.

이런저런 생각으로 가슴이 떨리는데 등 뒤에서 부르릉거리는 소리와 내 이름을 시끄럽게 불러대는 소리가 들려왔다. 리노와 스테파노가 각자의 아내를 뒤에 태우고 전속력으로 오토바이를 몰며 우리 곁을 스쳐 지나갔다가 속도를 늦춰 능숙한 솜씨로 뒤돌아섰다. 순간 나는 니노의 손을 놓았다.

"네 친구는 어디에 있지?"

스테파노가 속도를 올리며 물었다.

"곧 올 거야."

"그럼 안부 좀 전해줘."

"그래."

"레누차와 오토바이를 타볼래?"

리노가 물었다.

"아니, 괜찮아."

"한 번 해봐. 레누차가 좋아할 거야."

니노의 얼굴이 시뻘게졌다.

"난 오토바이를 몰 줄 몰라."

니노가 말했다.

"쉬워. 자전거랑 똑같아."

"나도 알아. 하지만 나랑 맞지 않아."

스테파노가 웃음을 터뜨렸다.

"이봐, 리노. 이 친구는 학생이야. 그만둬."

그토록 표정이 밝은 스테파노는 처음이었다. 릴라는 그의 등 뒤에 몸을 찰싹 붙이고 앉아서 양팔로 그의 허리를 감고 있었다. 릴라는 스테파노를 재촉했다.

"어서 가자. 서두르지 않으면 배를 놓칠 수도 있겠어."

"그래, 이만 가자."

스테파노가 소리쳤다.

"우리는 내일 일해야 하거든. 너희들처럼 일광욕을 즐기며 해수욕이나 하고 있을 틈이 없어. 안녕, 레누. 안녕, 니노. 착하게들 행동하고."

"만나서 기뻤어."

리노가 정중하게 말했다.

그들은 떠났다. 릴라는 한쪽 팔을 흔들면서 니노에게 외쳤다.

"레누차를 집까지 다시 데려다줘야 해. 부탁이야."

릴라가 내 어머니 행세를 한다고 생각했다. 그녀가 어른인 척 행동하는 것이 나는 못내 거슬렸다.

니노는 다시 내 손을 잡으며 말했다.

"리노는 좋은 친구인 것 같아. 그런데 리나는 대체 왜 저런 멍청이랑 결혼한 거야?"

46

잠시 후 드디어 니노의 친구 브루노 소카보를 알게 되었다. 브루노는 작은 키에 이마는 좁고 머리는 검은 곱슬인 스무 살 안팎의 청년이었다. 인상은 좋았지만 얼굴이 여드름 자국으로 패어 있었다.

피부 상태를 보니 과거에 여드름이 심했음이 분명해보였다.

니노와 브루노는 석양 아래 와인 빛으로 물든 바다를 따라 나를 집까지 데려다주었다. 브루노가 방해하고 싶지 않다는 듯이 우리보다 빨리 걷거나 뒤처져 걸으면서 사실상 우리 둘이 걸을 수 있도록 배려해주는데도 니노는 다시 내 손을 잡지 않았다.

브루노는 내게 한마디 말도 건네지 않았다. 그것은 나도 마찬가지였다. 그의 수줍음이 나를 두렵게 했다. 그런데 막상 집에 도착해서 헤어질 때가 되자 "내일 만날까?"라고 갑작스레 물은 것은 브루노였다. 우리가 해수욕을 하는 곳의 위치를 자세히 알려달라고 니노가 집요하게 요구하기에 나는 선선히 알려줬다.

"해수욕은 언제 하는데? 오전? 아니면 오후?"

"오전 오후 모두. 리나는 해수욕을 많이 해야 하거든."

니노는 우리를 보러 오겠다고 약속했다.

나는 기쁨에 겨워 단숨에 계단을 올라갔다. 집에 도착하자마자 피누차가 나를 놀려대기 시작했다.

"어머니!"

피누차가 저녁을 먹으면서 눈치아 아주머니에게 말했다.

"레누차가 시인 양반 아들이랑 사귀기로 했대요. 긴 머리에 삐쩍 마른 주제에 세상에서 자기가 제일 잘난 줄 아는 남자애랑 말예요."

"그렇지 않아."

"그렇지 않기는. 둘이 손을 꼭 잡고 가는 걸 보았는데?"

눈치아 아주머니는 피누차의 말에 섞인 조롱기를 전혀 눈치채지 못하고 진지하게 받아들였다.

"사라토레 씨 아들은 직업이 뭐지?"

"대학생이에요."

"너희들이 서로 사랑한다면 조금 기다려야겠구나."

"기다릴 것 없어요, 눈치아 아주머니. 우리는 친구 사이일 뿐인걸요."

"그래도 만약에 말이다. 혹시라도 너희들이 사귀게 된다면 우선 그 아이 공부가 끝날 때까지 기다려야 할 거야. 그런 다음에도 좋은 직장을 찾아야 할 거고. 그리고 나서야 그 애와 결혼할 수 있게 될 게다."

릴라가 장난스럽게 아주머니의 말에 끼어들었다.

"어머니 말은 그때가 되면 네 몸에서는 곰팡내가 풀풀 날 거라는 거야."

눈치아 아주머니는 릴라를 야단치며 말했다.

"레누차에게 그런 식으로 말하면 못쓴다."

아주머니는 나를 위로하기 위해 21세 때 페르난도 아저씨와 결혼을 했고 리노를 임신한 것은 23세 때였다고 했다. 그리고 릴라를 향해서 특별히 다른 의도 없이 있는 그대로의 사실을 말했다.

"그에 비하면 너는 너무 어린 나이에 결혼을 했지."

릴라는 그 말에 버럭 화를 내고는 자기 방으로 들어가 버렸다. 피누차가 자기도 잠자리에 들겠다며 침실 문을 두드리자 릴라는 피누차에게 귀찮게 하지 말라고 소리쳤다.

"네 방에 가서 자!"

그런 분위기에서 어떻게 내일 니노와 브루노가 해변으로 나를 보러 오겠다는 말을 할 수 있겠는가. 나는 이 소식을 미리 알리는 것을 포기했다. 정말 그런 일이 일어난다면 일어나라지. 아니면 그만이고. 굳이 릴라와 피누차에게 먼저 알릴 이유가 뭐 있겠어? 그러는 동안 눈치아 아주머니는 릴라가 신경질을 내도 언짢아하지 말라고 참을

성 있게 피누차를 달래며 자신의 침대로 데리고 갔다.

　밤새 릴라는 화가 가라앉지 않았다. 월요일 아침 릴라는 전날 저녁 잠자리에 들 때보다 기분이 더 안 좋은 상태로 눈을 떴다. 눈치아 아주머니는 남편이 멀리 떨어져 있어서 그런 것이라고 핑계를 댔지만 나도 피누차도 그 말을 믿지 않았다.

　얼마 지나지 않아 나는 릴라가 나 때문에 화가 난 것이라는 사실을 깨달았다. 해변으로 가는 내내 릴라는 내게 가방을 들게 했고 해변에 도착한 다음에도 나를 두 번이나 집으로 되돌려 보냈다. 한 번은 스카프를, 또 한 번은 손톱깎이를 가져다달라고 했다. 내가 못마땅한 기색을 내비치자 은근슬쩍 돈 이야기를 꺼내려 했다. 물론 그렇게 하려다 말았지만 이미 내가 눈치챈 이후였다. 뺨을 때리려고 손을 들었다가 정작 때리지는 않는 것이나 마찬가지였다.

　몹시 무더운 날이어서 우리는 오랜 시간을 물속에서 보냈다. 릴라는 물에 떠 있는 연습에 몰두하면서 도움이 필요한 상황을 대비해 내게 자기 옆에 대기하고 있으라고 했다. 그러는 와중에도 내게 계속해서 심술궂게 굴었다. 종종 나에게 투정을 부리면서 내 수영 실력을 믿은 자기가 잘못이라고 했다. 사실 나도 수영은 잘 못했다. 그런 내가 어떻게 릴라를 가르쳐줄 수 있었겠는가. 도나토 사라토레의 뛰어난 강습 능력을 그리워하며 다음 날 당장 마론티로 돌아가자고 했다. 말은 그렇게 했지만 연습을 하다 보니 수영 실력이 좋아졌다.

　릴라에게는 모든 행동을 기억하는 능력이 있었다. 그런 식으로 구두 만드는 법도 배웠고 햄과 프로볼로네 치즈 등을 썰어 능수능란하게 무게를 속이는 법도 익혔다. 릴라는 그렇게 타고났다. 릴라라면 금 세공사의 손놀림을 옆에서 지켜만 봐도 세공법을 익혀서 기술자보다 더 뛰어나게 금 세공을 할 수 있을 것이다.

어느새 릴라는 숨을 헐떡이지 않고 제대로 된 자세로 수영을 하고 있었다. 수영을 하는 모습이 환히 비치는 해수면을 화폭 삼아 자신의 몸을 그려내는 것 같았다. 릴라의 길고 날씬한 팔과 다리가 바다에 일정한 리듬으로 부딪혔다. 니노처럼 거칠게 물거품을 일으키지도 않았고 도나토 사라토레처럼 과시하는 듯한 몸짓도 아니었다.

"이렇게 하면 돼?"

"응."

정말 그랬다. 몇 시간 만에 릴라는 피누차는 말할 것도 없고 나보다도 수영 실력이 나아졌다. 오히려 우리의 어설픔을 조롱했다.

오후 4시쯤 키가 큰 니노와 그의 어깨쯤에 겨우 키가 닿는 브루노가 해변에 나타날 때까지 나에 대한 릴라의 구박은 계속되었다. 니노와 브루노의 등장과 동시에 시원한 바람이 불어와 찬물에 몸을 담그고 싶은 마음이 싹 사라졌다.

모래 삽과 양동이를 가지고 놀고 있는 아이들 사이로 해변을 따라 다가오는 이들의 모습을 맨 먼저 알아본 것은 피누차였다. 피누차는 놀라움에 웃음을 터뜨리며 말했다.

"저기 좀 봐! 키다리와 난쟁이가 오고 있어!"

니노와 그의 친구는 각자 어깨에 수건을 하나씩 두르고 담배와 라이터를 손에 들고 해수욕을 즐기는 사람들 속에서 우리의 모습을 찾으면서 조심스레 다가오고 있었다.

갑자기 자신감이 생겼다. 나는 일어나 소리를 지르고 두 팔을 흔들면서 우리의 위치를 알렸다. 니노가 정말 약속을 지킨 것이다. 하루 만에 나를 다시 보고 싶어 한 것이다. 포리오에서부터 여기까지 그의 숫기 없는 친구까지 데리고 온 것이다. 릴라나 피누차와는 별 공통분모가 없는 데다 일행 가운데 결혼도 하지 않고 남자친구도 없는 사람은 나밖에 없으니 그가 여기까지 온 이유는 나라는 것이 분명했다.

나는 너무나 행복했다. 니노는 내 옆에 자신의 수건을 펼치고 앉아서 푸른빛 수건의 가장자리를 가리켜보였다. 셋 중에서 유일하게 수건이 아니라 모래 위에 앉아 있던 나는 냉큼 그의 옆으로 자리를 옮겼다. 니노의 행동에서 나에 대한 호감이 확실히 느껴질수록 나는 더 다정한 태도를 취하며 말이 많아졌다.

릴라와 피누차의 말수는 줄어들었다. 나를 놀리는 걸 멈추고 자기들끼리 옥신각신하는 것도 그만두었다. 브루노와 함께 공부하게 된 연유를 우스꽝스럽게 이야기하는 니노의 말에 귀를 기울였다.

얼마쯤 시간이 지나서야 피누차가 조심스럽게 사투리를 섞어 몇 마디를 건넸다. 그녀는 물이 벌써 따뜻해졌는데 시원한 야자수 열매를 파는 상인이 아직도 지나가지 않았다면서 자신은 야자수 열매가 몹시 먹고 싶다고 했다. 니노는 재미있는 이야기를 늘어놓는 데 심취해서 피누차의 말에 별로 신경을 쓰지 않았다. 임신한 부인의 부탁을 들어줘야겠다는 의무감을 느낀 것은 니노보다 사려 깊은 성격의 브루노였다. 그는 아이가 야자수 열매를 먹고자 하는 욕구불만 상태로 태어나게 될까봐 걱정하며 야자수 열매를 구하러 가겠다고 자청했다.

피누차는 수줍음 때문에 목에서 쥐어짜내는 듯 작지만 상냥한 브루노의 목소리가 마음에 들었다. 그 누구도 해하지 못할 것 같은 목소리였다.

피누차는 주변 사람들을 방해하지 않으려는 것처럼 낮은 소리로 브루노와 이야기를 나누기 시작했다.

반면 릴라는 침묵으로 일관했다. 다정하게 이야기를 나누는 피누차와 브루노의 대화에는 거의 신경을 쓰지 않았지만 니노와 내가 나누는 대화는 한마디도 놓치지 않으려고 했다. 나는 릴라의 관심이 불편해서 분화구까지 산책이라도 가자는 뜻을 니노에게 은근히 내비쳤다. 니노가 함께 가겠다고 해줄 것을 기대하면서 말이다.

그렇지만 이제 막 이스키아 섬의 무질서한 건축양식에 대해서 이야기를 시작한 니노는 기계적으로 내 말에 그렇게 하자고 하고는 말을 멈추지 않았다. 니노는 브루노가 피누차하고만 이야기를 하는 것이 신경 쓰였는지 브루노를 대화에 끌어들이면서 자신들이 머물고 있는 브루노의 부모님 집 바로 옆에 있는 건물들을 예로 들면서 브루노의 동의를 구했다.

니노는 언제나 절실하게 자신의 의견을 이야기하고 싶어 했다. 독서로 습득한 지식을 요약하고 직접 목격한 것에 형체를 부여하려 했다. 끊임없이 이야기하는 이유는 그가 자신의 생각을 정리하는 방법이기도 했지만 외로움의 증거이기도 했다.

나는 내가 그와 비슷하다는 사실에 자부심을 느꼈다. 나도 니노처럼 내 자신에게 지식인으로서의 정체성을 부여하고 싶었다. 억지로라도 말이다. 니노에게 '나도 이 정도는 알고 있어. 나는 이런 사람이 될 거야'라고 말하고 싶었다. 몇 번에 걸쳐 그런 시도를 해보았지만 니노는 그럴 틈을 주지 않았다. 결국 나도 다른 사람들처럼 조용히 그의 말에 귀를 기울였다. 그러자 피누차와 브루노가 외쳤다.

"그럼, 우린 이제 산책이나 좀 해볼까 해. 야자수 열매를 사러 가봐야겠어."

이 말에 나는 니노와 단둘이 같은 수건 위에 앉아 서로를 마주 볼 수 있도록 릴라가 시누이와 함께 자리를 피해주기를 바라면서 그녀를 뚫어지게 바라보았다. 릴라는 꿈쩍도 하지 않았다. 그제야 정중하기는 하지만 잘 알지 못하는 청년과 단둘이 산책을 가야 할 상황에 처했다는 것을 깨달은 피누차가 짜증스런 목소리로 내게 물었다.

"가자, 레누. 아까 산책하고 싶다고 했잖아."

"그래. 이 이야기만 끝내고. 먼저 가고 있으면 봐서 나도 따라갈게."

내가 대답했다. 피누차는 불만 가득한 표정으로 브루노와 함께 분화구 쪽으로 멀어져갔다. 둘의 키가 똑같았다.

우리는 나폴리와 이스키아 섬을 포함한 캄파니아 지역이 어쩌다가 훌륭한 인물 행세를 하는 최악의 쓰레기들 손에 들어가게 됐는지에 대해서 함께 토론했다.

"그들은 약탈자야."

니노가 말했다.

"파괴자들이고 서민들의 피를 빨아먹는 착취자들이지. 무더기로 돈을 벌어들이면서 세금은 한 푼도 내지 않아. 건설업자들과 그들의 변호사와 카모라와 왕정복구를 원하는 파시스트들과 기독교민주당원들은 마치 하늘에서 만들어진 시멘트를 신께서 직접 엄청나게 큰 삽으로 언덕과 해안가로 던져주기라도 하는 것처럼 행동하고 있어."

셋이 함께 이런 논의를 했다는 것은 어폐가 있다. 주로 말하는 쪽은 니노였고 나는 이따금 『남부뉴스』지에서 읽었던 정보를 언급하는 정도였다. 릴라는 딱 한 번 조심스럽게 끼어들었는데 니노가 악당 리스트에 점주들을 끼워 넣었을 때였다.

"점주가 뭐하는 사람들인데?"

니노는 하던 이야기를 멈추고 놀랍다는 듯이 릴라를 바라보았다.

"상인들이지."

"그런데 왜 '점주'라고 부르는 건데?"

"그렇게 부를 수도 있어."

"내 남편도 점주야."

"기분 상하게 하려던 것은 아니었어."

"기분 상하지 않았어."

"세금은 꼬박꼬박 내고 있어?"

"처음 들어보는 이야긴데."

"정말?"

"응."

"세금은 공동체의 경제를 계획하는 데 핵심적인 요소야."

"네가 그렇게 말한다면야, 뭐. 파스콸레 펠루소를 기억해?"

"아니."

"파스콸레는 벽돌장이야. 이 많은 시멘트가 없으면 그 애는 직장을 잃게 되겠지."

"아, 그래?"

"하지만 파스콸레는 공산당원이기도 해. 그의 아버지도 당원이었어. 법원에서는 파스콸레 아버지가 우리 시아버지를 죽인 거래. 우리 시아버지는 암시장 거래와 고리대금업으로 돈을 벌었어. 파스콸레는 자기 아버지랑 똑같아. 평화로운 사회는 불가능하다고 생각해. 그의 공산당 동지들도 마찬가지고. 하지만 말이야, 우리 남편의 재산이 시아버지의 돈에서 나온 것이라고 해도 나와 파스콸레는 아주 친한 친구야."

"요점이 뭔지 모르겠어."

릴라는 자조적인 표정을 지어보였다.

"나도 마찬가지야. 사실 너희들의 이야기를 듣다보면 이해할 수 있기를 바랐어."

그게 다였다. 릴라는 더 이상 한마디도 하지 않았다. 하지만 적어도 이야기할 때만큼은 평소처럼 공격적으로 말하지 않았다. 대화를 나누면서 실타래처럼 헝클어져 있는 동네의 삶을 이해할 수 있기를 진심으로 바랐던 것 같았다.

릴라는 사투리로만 이야기했다. '속임수 따윈 쓰지 않을게. 있는 그대로 이야기하겠어'라고 겸허히 말하는 것 같았다. 그러고는 상관없는 것처럼 보이는 사실들을 진심을 담아 조합했다. 보통 때처럼 억지로 사건들의 공통점을 찾으려고 하지도 않았다.

릴라도 나도 그때까지 문화적·정치적 경멸감이 내포된 '점주'라는 표현을 듣지 못했다. 둘 다 똑같이 세금 문제에도 무지했다. 우리들의 부모님도, 친구도, 애인도, 남편도, 친척까지도 모두 세금은 없는 것처럼 행동했고 학교에서는 정치에 연관된 것은 전혀 가르쳐주지 않았다. 그런데도 릴라는 그런 말을 꺼내 그전까지만 해도 새롭고 흥미롭던 분위기에 제동을 걸었다.

릴라와 의견을 나눈 다음에 니노는 다시 대화를 이끌어나가려고 했지만 횡설수설하다 결국 브루노와 함께 지내면서 일어난 우스꽝스러운 일에 대해서 이야기하기 시작했다. 먹는 것이라고는 달걀 프라이와 햄밖에 없지만 그 대신 포도주를 엄청 마셔댄다고 했다. 그러다 자기 이야기가 민망하게 느껴진 듯했다. 마침 피누차와 브루노가 수영을 끝마치고 젖은 머리로 야자수 열매를 먹으면서 돌아오자 안도하는 눈치였다.

"정말이지 너무 즐거웠어!"

피누차가 외쳤다. 말은 이렇게 했지만 실은 '나쁜 계집애들 같으니라고. 나를 누군지도 모르는 남자와 함께 있게 했겠다!'라는 뜻이었다.

두 청년은 떠날 차비를 했고 나는 이들을 바래다주었다. 니노와 브루노는 내 친구이고 나 때문에 그곳까지 찾아왔다는 것을 강조하고 싶어서이기도 했다.

니노가 퉁명스럽게 말했다.

"리나는 정말 안 좋아졌네. 안타까운 일이야."

나는 고개를 끄덕여보이고는 작별인사를 했다. 나는 내 마음의 안정을 되찾기 위해 한동안 바닷물에 발을 적시고 있었다.

집으로 돌아가는 길에 나와 피누차는 기분이 좋았지만 릴라는 골똘히 생각에 잠겨 있었다. 피누차는 눈치아 아주머니에게 두 청년의 방문에 대해서 이야기를 해주었다. 그러면서 아이가 야자수 열매에 대한 욕구불만을 가지고 태어나지 않도록 신경 써준 브루노에게 만족감을 표시했다. 예의바른 청년이라고 말했다. 학생인데도 그리 지루하지 않다고 했다.

"옷차림도 언뜻 보면 평범한 듯 보이지만 자세히 보면 수영복에서 셔츠와 샌들까지 몸에 걸친 것이 하나같이 다 고급이야."

피누차는 브루노가 오빠 스테파노나 리노, 솔라라 형제와는 전혀 다른 방식으로 부를 축적했다는 사실에 호기심을 나타냈다. 그러고는 "해변 카페에서 잰 체하지도 않고 내게 이것저것 사주었어"라고 했는데 내겐 이 말이 인상적이었다.

피누차의 시어머니 눈치아 아주머니는 휴가 내내 한 번도 해변에 따라나오지 않았다. 아주머니는 장을 보고 집안일을 하고 저녁식사뿐 아니라 그다음 날 우리가 해수욕을 갈 때 가지고 갈 점심 준비를 하면서 시간을 보냈다. 그런 아주머니가 며느리의 말에 동화 속 세상 이야기인 양 귀를 기울였다. 물론 아주머니는 딸아이의 생각이 딴 곳에 있다는 것을 즉시 알아채고는 종종 릴라에게 탐색하는 듯한 시선을 보냈다. 하지만 릴라는 정말로 집중을 못하고 있을 뿐이었다. 별다른 문제를 일으키지 않았다. 피누차를 다시 자기 방에 들이고는 모두에게 잘 자라고 인사했다. 그러고는 전혀 예상치 못한 일을 했다. 내가 막 잠자리에 들려는 참에 릴라가 내 방에 들어온 것이다.

"네 책 중에 한 권만 빌려줄래?"

나는 어리둥절해서 릴라를 바라보았다. 릴라가 책을 읽는다고? 마지막으로 그녀가 책을 펼쳐든 것이 언제였더라? 3년 전? 4년 전? 대체 왜 지금에 와서 다시 책을 읽으려는 걸까? 나는 얼마 전에 모기를 잡는 데 사용했던 사뮈엘 베케트의 책을 집어 들고 릴라에게 건네주었다. 가지고 있던 책 중에서 가장 읽기 쉬운 책인 것 같아서였다.

47

일주일은 긴 기다림과 상대적으로 짧게 느껴지는 만남 사이에서 쏜살같이 흘러갔다. 두 청년은 언제나 정해진 시간표에 따라 움직였다. 새벽 6시에 일어나서 점심시간까지 공부를 하다가 3시가 되면 우리를 만나러 오고 저녁 7시에는 집으로 돌아가 저녁식사를 하고 다시 공부했다.

니노는 절대로 혼자 나타나는 법이 없었다. 니노와 브루노는 모든 면에서 달랐지만 죽이 잘 맞는 편이었다. 무엇보다도 서로의 힘을 합할 때만 우리를 만나러 올 용기를 얻는 것 같았다.

피누차는 이들이 잘 어울린다는 내 의견에 처음부터 동의하지 않았다. 피누차는 그들이 특별히 친한 것 같지도 않고 특별히 결속력이 강한 것 같지도 않다고 했다. 피누차는 그들의 관계는 오로지 브루노의 인내심에 기반을 두는 것 같다고 했다. 그나마 성격이 좋은 브루노나 되니 니노가 아침부터 저녁까지 쉬지 않고 입에서 나오는 대로 말도 안 되는 내용을 떠들어대며 잘난 체하는 것을 참아주는 것이라고 했다.

"니노가 하는 말은 다 쓸데없는 이야기야."

피누차가 누차 반복하다가 그런 대화를 아주 좋아하는 나를 의식하고 그런 식으로 말한 것에 대해서 비아냥거리는 투로 사과했다.

"너와 니노는 학생이니 서로 이해를 하겠지. 하지만 듣는 우리는 짜증이 난다는 걸 알아줬으면 좋겠어."

나는 내심 피누차의 말이 마음에 들었다. 아무 말 없이 우리의 대화에 귀를 기울이는 릴라 앞에서 나와 니노의 특별한 유대감을 인정하는 발언이었으니까. 그러던 어느 날 피누차가 브루노와 릴라에게 우리를 약간 폄하하는 말을 했다.

"얘네 둘은 지식인 놀음이나 하게 놔두고 우리끼리 수영하러 가자. 물이 수영하기에 딱 좋아."

'지식인 놀음'이란 말은 사실은 우리도 우리가 나누는 대화의 내용에 정말 관심이 있는 것이 아니라 그러는 척하는 것뿐이라는 사실을, 그러니까 우리는 그저 연기를 하고 있을 뿐이라는 것을 의미했다. 나는 그 말이 별로 싫지 않았지만 니노는 몹시 거슬렸는지 하던 말을 멈추고는 벌떡 일어나서 물의 온도에 신경 쓰지 않고 물속으로 뛰어들었다. 그러더니 몸을 떨면서 바다 쪽으로 다가가는 우리에게 그만두라고 외치는 데도 물을 끼얹더니 익사라도 시킬 태세로 브루노에게 달려들어 몸싸움을 벌였다.

'세상에.'

나는 생각했다.

'심각한 생각만 하는 줄 알았던 니노에게 이렇게 명랑하고 재미있는 면도 있다니. 그런데 왜 내게는 이때껏 진지한 모습만 보여온 걸까. 갈리아니 선생님이 나한테 공부벌레라고 한 것 때문일까. 아니면 안경이나 내가 말하는 방식 때문에 그런 인상을 받은 걸까.'

니노는 언제나 자기 생각을 표현하지 못해 안달이었다. 나는 나대로 그런 니노의 생각을 조금이라도 앞서 나가 내 의견에 대한 그의 동의를 얻는 데 급급했다. 문득 오후 시간이 그렇게 덧없이 흘러가고 있다는 것을 깨닫고 씁쓸해졌다. 니노가 내 손을 잡는 일도 자기 수건 가장자리에 함께 앉자고 권하는 일도 다시는 일어나지 않았다. 브루노와 피누차가 별것 아닌 일에도 웃는 것을 보고 나는 그들이 부러웠다.

'나도 니노와 저렇게 웃을 수 있다면 얼마나 좋을까?'

나는 생각했다.

'나는 원하는 게 아무것도 없는데. 그저 조금 더 친근해지기를 바랄 뿐인데. 브루노와 피누차처럼 적당한 예의를 갖추더라도 말이야.'

릴라의 고민은 전혀 달랐다. 그녀는 일주일 내내 평온했다. 릴라는 모래사장에서 그리 멀지 않은 바다에서 수영을 하며 대부분의 오전 시간을 보냈다. 그녀는 해안선을 따라 왔다갔다하면서 수영했다. 명분상 피누차와 나는 릴라에게 수영을 가르쳐주겠다는 이유로 함께 수영을 하기는 했지만 사실 릴라의 수영 실력은 이미 우리를 앞지른 지 오래였다. 조금만 수영을 해도 추위를 못 견뎌 뜨겁게 타오르는 모래 위로 몸을 눕히러 달려 나가는 나와 피누차에 비해 릴라는 팔을 침착하게 움직이고 발로는 가볍게 물장구를 치면서 도나토 사라토레가 알려준 대로 일정한 리듬에 맞추어 숨을 들이쉬었다.

"하여튼 뭘 하든 적당히 하는 법이 없다니까."

피누차가 햇볕 아래서 배를 쓰다듬으며 투덜거렸다.

"이제 그만해! 너무 오랫동안 물에 있었어. 감기 걸리겠다."

나는 종종 일어나서 외쳤다. 하지만 릴라는 내 말은 들은 체도 하지 않고 온몸이 멍든 것처럼 푸르뎅뎅하게 변하고 눈이 허옇게 되고 입술이 새파랗게 질리고 손가락 끝이 쭈글쭈글해질 지경이 되어서야 물에서 나왔다. 나는 따뜻한 햇살 아래 수건을 들고 서서 해변에서 릴라를 기다렸다가 그녀의 어깨에 수건을 두르고 열정적으로 몸을 문질러주었다.

니노와 브루노는 하루도 빠짐없이 우리를 찾아왔다. 이들이 오면 우리는 또다시 함께 수영을 했다. 이때 릴라는 같이 수영을 하지 않고 수건에 앉아 해안에서 우리의 모습을 바라보곤 했다. 함께 산책을 가서도 릴라는 혼자 뒤에 남아 조개껍데기를 주웠다. 그러다가 나와 니노가 세상만사 이야기를 시작하면 릴라는 끼어들지 않고 주의 깊게 우리의 대화에 귀를 기울였다. 시간이 흐르면서 자연스럽게 일상적인 습관이 생겼는데 릴라는 의외로 그 소소한 습관에 상당히 집착하는 모습을 보였다.

예를 들어 브루노는 우리를 만나러 오는 길에 항상 해변 카페에서 시원한 음료를 사다주곤 했다. 어느 날 릴라는 브루노에게 나는 항상 오렌지맛 탄산음료를 마시는데 그날은 평소와는 달리 탄산수를 가져다준 것을 지적했다. 나는 "고마워, 브루노. 나는 이 음료도 좋아"라고 했는데 릴라는 한사코 브루노를 돌려보내 음료를 바꿔오게 했다.

다른 일도 있었다. 피누차와 브루노는 오후 일정한 시간이 되면 신선한 야자수 열매를 사러 가곤 했다. 둘은 언제나 우리에게 함께 가자고 했지만 릴라도, 나도, 니노도 그렇게 할 마음은 없었다. 그러다 보니 결국 둘이서만 으레 보송한 상태로 바닷물에 들어갔다가 젖은 몸으로 돌아오곤 했다. 손에는 하얀 과육의 야자수 열매가 들려 있었다. 그러다 가끔 야자수 열매를 잊어버리고 빈손으로 돌아오면 릴라는 꼭 "오늘은 야자수 열매가 없어?"라고 묻곤 했다.

릴라는 나와 니노가 나누는 대화에도 집착했다. 우리가 일상적인 대화를 나누면 릴라는 참지 못하고 묻곤 했다.

"오늘은 책에서 읽은 것 중에서 재밌는 내용이 없었나 보네."

니노는 흡족해하며 미소를 짓고 잠시 딴전을 피우다가 자신이 정말 좋아하는 이야기로 주제를 돌렸다.

니노는 쉬지 않고 말을 했다. 우리들 사이에 심각한 의견 충돌은 한 번도 일어나지 않았다. 나는 대개 니노의 의견에 동조했고 릴라는 이견이 있다 해도 짧고 신중하게 이야기해서 자신의 견해는 다르다는 사실을 강조하지 않았기 때문이다.

어느 날 오후, 니노는 공교육의 문제점을 아주 비판적으로 다룬 기사에 대해서 이야기하다가 밑도 끝도 없이 우리가 다녔던 초등학교를 헐뜯기 시작했다. 나는 올리비에로 선생님이 우리가 답을 틀릴 때마다 막대기로 손등을 때렸던 일과 누가 더 뛰어난 학생인지를 겨루게 했던 잔혹한 경합을 이야기하면서 니노의 의견에 동의했다. 놀랍게도 릴라는 자신에게 초등학교 교육은 중요한 것이었다면서 완벽하고 뛰어난 표준어로 올리비에로 선생님을 칭송했다.

릴라가 그렇게 말하는 것을 들은 것은 정말 오랜만이었다. 니노조차도 릴라의 말을 가로막지 않고 주의를 기울여 끝까지 들었다. 그러다 마지막에 사람마다 느끼는 것이 다르기 때문에 어떤 사람에게 만족스러웠던 경험이 다른 사람에게는 미흡할 수도 있다는 일반론적인 이야기로 대화를 끝맺었다.

릴라가 자신의 생각이 다르다는 것을 표현한 적이 또 한 번 있었다. 그때만큼은 세련된 태도로 교양 있는 표준어를 사용했다. 시간이 갈수록 나는 모든 일에 적합한 때에 알맞은 방법으로 개입하면 많은 문제를 해결하고 불합리한 상황과 충돌을 미연에 방지할 수 있다는 이론에 동조하게 되었다. 빠른 시간 내에 지식을 습득해서 이를 기반으로 한 논리를 구축하는 방면에는 소질이 있던 나는 니노가 여기저기에서 읽은 제국주의, 신제국주의, 아프리카 문제 같은 주제에 대해서 이야기할 때마다 이에 따른 논리를 적용했다.

어느 날 오후 릴라가 니노에게 부자와 빈민 간의 갈등을 없앨 수 있는 방법은 없다고 조용히 말했다.

"왜?"

"하류층은 상류층으로 올라가고 싶어 하지만 상류층 사람들은 자리를 지키고 싶어 하니까. 결국에는 어떤 식으로든 서로의 얼굴에 침을 뱉고 발길질을 하지 않을 수 없게 되거든."

"바로 그렇기 때문에 폭력사태가 벌어지기 전에 문제를 해결하는 것이 중요한 거야."

"어떻게? 모두를 상류층으로 만들거나 아니면 아예 하류층으로 전락시켜서?"

"그것도 방법이라고 볼 수 있지."

"상류층 사람들이 기꺼이 하류층이 되려고 하겠어? 하류층 사람들이 신분 상승할 기회를 포기하겠느냐고."

"모든 문제를 해결하기 위해 노력하면 그럴 수도 있지. 너는 불가능할 거라고 생각해?"

"응. 계급 간 투쟁이란 다른 계층의 사람들끼리 카드놀이나 하면서 노는 게 아니야. 다른 계급에 속하는 사람들 간에 싸움이 벌어지는 거고 이들의 싸움은 어느 한쪽이 죽어야만 끝나는 거야."

"그건 파스콸레의 생각이지."

내가 말했다.

"이젠 나도 그렇게 생각해."

릴라가 차분하게 말했다.

이 대화는 릴라와 니노가 직접적으로 나눈 거의 유일한 의견교환이었다. 이때를 제외하곤 나를 거치지 않고 그들끼리 직접 의견을 나눈 적은 없었다. 릴라는 니노에게 직접 말하는 법이 없었다. 그것은 니노도 마찬가지였다. 서로 부끄러워하는 것 같았다. 릴라는 오히려 브루노를 편하게 대했다. 브루노는 말은 많지 않았지만 특유의 상냥한 성품 덕분에 릴라와 어느 정도 친근한 사이가 되었다. 브루노는 릴라를 다정하게 카라치 부인이라고 부르곤 했다.

언젠가 모두가 함께 오랫동안 수영을 한 적이 있었다. 그날 니노는 예상과는 달리 언제나처럼 걱정스러울 정도로 혼자 멀리 헤엄쳐 나가지 않았다. 그런데도 릴라는 니노가 아니라 브루노에게 몇 번쯤 팔을 저은 다음에 고개를 들어 숨을 쉬어야 하는지 물었다. 브루노는 기다렸다는 듯이 릴라에게 수영 자세를 보여주었다. 니노는 자신의 뛰어난 수영 실력을 몰라주자 기분이 상해서 둘 사이에 끼어들더니 브루노의 짧은 팔과 제대로 리듬을 타지 못하는 어설픈 움직임을 놀려대기 시작했다. 그러더니 자신이 직접 릴라에게 바른 수영 자세를 가르쳐주었다.

릴라는 니노의 움직임을 주의 깊게 관찰하더니 바로 따라했다. 나중에 릴라는 수영 선수가 주인공으로 나오는 영화의 여주인공처럼 수영을 잘하게 되었다. 브루노가 릴라를 두고 이스키아 섬의 에스터 윌리엄즈라고 부를 정도였으니까.

주말이 다가올 무렵, 그러니까 내 기억에 어느 찬란한 토요일 아침이었던 것 같다. 그날 공기는 아직 선선했고 해변으로 가는 내내 소나무 향이 강하게 묻어났다. 그때 피누차가 갑자기 단호한 목소리로 말했다.

"니노는 정말 꼴불견이야."

나는 조심스럽게 니노 편을 들었다. 나는 일반적으로 공부를 많이 하고 특정한 분야에 열정이 있으면 그 열정을 다른 사람들과 공유하고 싶어 하게 되는데 니노도 그런 것이라고 단호히 말했다. 릴라는 내 말을 별로 수긍하는 것 같지 않은 데다 니노를 깎아내리는 듯한 말까지 했다.

"니노 머리에서 책으로 배운 것을 빼면 아무것도 남아 있지 않을 거야."

나는 발끈해서 말했다.

"그렇지 않아. 내가 잘 알아서 하는 말인데 니노는 정말 재능이 많아."

피누차는 릴라의 말에 기쁘게 동조했다. 하지만 릴라는 피누차의 동조가 마음에 들지 않아서인지 자기 뜻이 제대로 전달된 것 같지 않은 것 같다면서 마치 시험 삼아 해본 말인 양 똑같은 말을 전혀 다른 식으로 뒤집었다. 릴라의 말을 듣고 있자니 자기가 한 말을 후회하면서 실수를 만회하려고 지푸라기라도 붙잡고 싶어 하는 것 같았다.

릴라는 니노가 심각한 주제만을 중요시한다고 했다. 할 수만 있다면 평생 다른 일에 신경 쓰지 않고 대의를 위해서만 살 것 같은 사람이라고 다시 설명했다. 돈과 집, 남편과 아이를 가지는 일에만 관심이 쏠려 있는 우리들과는 다르다고 했다.

내겐 이 설명도 그다지 마음에 들지 않았다. 릴라는 대체 무슨 말을 하고 있는 걸까. 니노는 사사로운 감정을 중요시 여기지 않으니 그는 평생 사랑도 하지 않고 아이도 낳지 않고 결혼도 하지 않고 살아갈 거라는 뜻인가. 나는 내키지 않아 하며 말했다.

"니노에게 여자친구가 있는 거 알아? 니노는 그 애를 소중히 여겨. 일주일에 한 번씩 편지도 주고받고."

피누차가 끼어들었다.

"브루노에게는 여자친구가 없대. 하지만 지금도 자신의 이상형을 찾고 있고 언젠가 그런 여자를 만나게 되면 그 즉시 결혼해서 아이를 많이 낳을 거래."

그러다 불현듯 한숨을 내쉬면서 말했다.

"이번 주는 정말이지 쏜살같이 지나갔지 뭐야."

"기쁘지 않아? 이제 남편이 돌아오잖아."

내가 물었다.

피누차는 내가 자신이 리노의 귀환을 달가워하지 않는다고 생각했다는 사실에 매우 기분 나빠하며 소리쳤다.

"당연히 좋지."

릴라도 내게 물었다.

"너는 좋아?"

"너희들의 신랑이 돌아와서?"

"아니, 내 말이 무슨 뜻인지 알잖아."

나는 당연히 무슨 뜻인지 알고 있었지만 릴라에게는 아무 대꾸도 하지 않았다. 릴라는 일요일에 자기와 피누차가 남편들과 시간을 보내는 동안 나 혼자 두 청년을 만날 수 있을 것이라는 의미로 말했다. 아마도 지난주처럼 자기 일로 바쁜 브루노 없이 나 혼자 니노와 시간을 보낼 수 있게 될 것이라는 의미였다.

릴라의 말이 맞았다. 그것이야말로 내가 원하는 바였다. 나는 며칠 전부터 잠들기 전에 주말을 생각하고 있었다. 릴라와 피누차는 남편과 재회의 기쁨을 누릴 것이고 나는 평생을 책상 앞에서 보내온 안경잡이 처녀로서 누릴 수 있는 작은 행복을 누리게 될 것이다. 니노와 손잡고 산책을 할 것이다. 아니, 그 이상 진도가 나갈 수도 있다. 나는 웃음을 터뜨리며 말을 돌렸다.

"대체 무슨 말이야, 릴라? 결혼한 너희들이야말로 팔자가 편한 거지."

48

그날 하루는 시간이 굼뜨게 흘러가는 느낌이었다. 나와 릴라는 두 친구가 시원한 음료를 가지고 나타날 때를 햇볕을 쬐며 느긋하게 기다리고 있었다. 그동안 피누차의 기분은 별다른 이유 없이 나빠져만 갔다. 시간이 갈수록 피누차는 신경질적인 불평을 자주 쏟아냈다. 니노와 브루노가 나타나지 않을까봐 걱정을 하다가도 금세 태도를 바꿔 오지 않을지도 모르는 청년들을 이런 식으로 기다리면서 시간을 허비할 수는 없다고 했다. 두 청년이 정해진 시간에 맞춰 음료를 들고 나타나자 기분이 금세 또 변해서 피곤하다고 했다. 몇 분 후에는 여전히 기분은 좋지 않았지만 생각을 바꿔서 숨을 가쁘게 쉬면서 야자수 열매를 사러 가도 된다고 했다. 그러면서도 여전히 투덜거렸다.

릴라의 행동도 내 눈에는 곱게 보이지 않았다. 일주일 내내 내가 빌려준 책에 대해서 일언반구도 없었기에 나는 릴라에게 그 책을 빌려준 사실을 까맣게 잊고 있었다. 그런데 피누차와 브루노가 시야에서 멀어지자마자 니노가 미처 이야기를 시작하기도 전에 그에게 불쑥 묻는 것이었다.

"연극 보러 간 적 있어?"

"몇 번은 갔지."

"마음에 들었어?"

"그냥 뭐…"

"나는 극장에 간 적은 없지만 텔레비전에서 연극을 본 적은 있어."

"전혀 다른 느낌일 텐데."

"알아. 그래도 한 번도 못 본 것보다는 낫지."

그러더니 갑자기 릴라는 내가 그녀에게 빌려주었던 사뮈엘 베케트의 『희곡 전집』을 꺼내 그에게 보여주었다.

"이 책은 읽어봤어?"

니노는 책을 집어 들고 찬찬히 살펴보더니 불편한 기색을 내비치면서 읽은 적이 없다고 인정했다.

"아니."

"그러니까 네가 읽지 않은 책도 있긴 있구나."

"그래."

"한 번 읽어봐."

릴라는 책에 대해서 이야기하기 시작했다. 놀랍게도 책을 매우 꼼꼼히 읽었음이 느껴졌다. 예전처럼 단어를 적절하게 선택해서 인물과 사물이 눈앞에 펼쳐지는 것 같았다. 릴라는 감정을 담아 희곡 내용을 더욱 생생하고 현실감을 느낄 수 있게 묘사했다. 릴라는 핵전쟁을 기다릴 필요 없이 책을 읽으면서 일종의 간접 경험을 할 수 있다고 했다.

릴라는 위니라는 부인에 대해서 오랫동안 이야기했다. 위니는 극 중에서 어느 순간 '행복한 나날들'이라고 외친다고 했다. 그러면서 릴라 자신이 그 대사를 읊었는데 격앙된 나머지 목소리가 떨렸다.

'행복한 나날들'이라니. 말도 안 되는 문장이었다. 왜냐하면 위니의 인생에서 행복한 것은 아무것도 없었기 때문이다. 그녀의 행동에서도 생각에서도 행복이라고는 눈곱만큼도 느낄 수 없었기 때문이다. 그녀가 그 말을 한 그날도 그전에도 마찬가지다.

책에서 위니보다도 인상적인 인물은 댄 루니였다. 댄 루니는 장님이지만 괴로워하지 않았다. 시력을 잃은 인생이 더 나았기 때문이다. 귀머거리에 벙어리가 되어야만 삶다운 삶을 살게 되지 않겠느냐고, 삶을 있는 그대로 더 순수하게 살아가게 되지 않겠느냐고 자문하는 인물이었다.

"그 내용이 왜 마음에 들었는데?"

니노가 물었다.

"마음에 든 건지는 모르겠어."

"아무튼 호기심이 생겼잖아."

"생각하게 만들었지. 시력도 청각도 잃고 말도 할 수 없는 인생이 더 삶답다니 대체 그건 무슨 뜻일까?"

"뭔가 흥미를 끌기 위한 방편으로 쓰인 내용일 수도 있지."

"아냐. 그럴 리가 없어. 많은 생각을 하게 만드는 면이 있어. 단지 흥미를 끌기 위한 방편이라고는 할 수 없는 것 같아."

니노는 대답하지 않았다. 그는 책 표지에 의미를 분석할 만한 것이 있는 것처럼 뚫어지게 쳐다보면서 말했다.

"그 책 다 읽었어?"

"응."

"그럼 내게 빌려줄래?"

니노의 부탁에 나는 마음이 불편했다. 가슴이 아팠다. 예전에 니노가 자기는 문학에 전혀 관심이 없다고 했던 말을 나는 똑똑히 기억하고 있었다. 자기와 맞지 않는다면서. 내가 릴라에게 사뮈엘 베케트의 책을 준 것은 니노와 대화하는 데 도움이 되지 않을 것이라고 생각해서였다. 그런데 릴라가 그 책에 대해서 이야기를 하는 동안 니노는 그녀의 말에 귀를 기울였을 뿐 아니라 그 책을 빌려달라는 부탁까지 한 것이다.

"갈리아니 선생님 책이야. 선생님이 내게 빌려주신 거야."

내가 말했다.

"너도 읽었어?"

니노가 내게 물었다.

나는 읽지 않았다고 시인해야만 했다.

"아니. 아직 읽지 않았어."

나는 덧붙였다.

"오늘 저녁부터 읽으려던 참이었어."

"그럼 다 읽은 다음에 내게도 빌려줄래?"

"정말 관심이 있으면 먼저 읽어도 좋아."

내가 황급히 말했다.

니노는 내게 고맙다고 한 뒤 손톱으로 표지에 남아 있는 모기의 흔적을 긁어냈다. 그러고는 릴라를 향해 말했다.

"하루 만에 읽을 수 있으니 내일 이야기하자."

"내일은 우리 못 만나."

"왜?"

"남편과 있어야지."

"아!"

니노는 기분이 상한 것 같았다. 나는 그가 내게 내일 만날 수 있느냐고 묻기를 초조하게 기다렸다. 그런 내 마음에 아랑곳하지 않고 니노는 릴라의 말에 다급하게 대꾸했다.

"그러고 보니 나도 내일은 안 돼. 오늘 저녁에 브루노 부모님이 오셔서 나도 이제 바라노에 가서 머물러야 해. 월요일에야 돌아올 수 있어."

바라노라고? 월요일에야 다시 온다고? 나는 니노가 내게 마론티 해변으로 와달라고 말해주기를 바랐다. 하지만 니노의 정신은 다른 곳에 있었다. 아마도 장님인 것도 부족해서 귀머거리에 벙어리가 되기를 원하는 댄 루니를 생각하고 있었으리라. 니노는 끝내 내게 다음 날 만나자는 말을 하지 않았다.

<h2 style="text-align:center">49</h2>

집으로 돌아오는 길에 나는 릴라에게 말했다.

"내 것도 아닌 책을 빌려주었는데 해변까지 가지고 나오지는 말아줘. 갈리아니 선생님께 모래투성이 책을 돌려드릴 수는 없으니까."

"미안해."

릴라가 내 뺨에 키스하며 명랑하게 말했다. 사과의 의미였는지 나와 피누차의 가방을 모두 짊어지고 가려 했다.

나는 천천히 마음을 가라앉혔다. 니노가 바라노에 간다는 사실을 일부러 이야기한 것이라고 생각하기로 했다. 내가 알아서 자기를 찾아올 수 있도록 말이다. 니노는 원래 그런 사람이 아니었던가.

나는 점점 마음이 가벼워졌다. 니노는 자신이 쫓아다니기보다는 누군가가 쫓아다녀주기를 바라는 사람이다. 그러니 내일은 빨리 일어나서 바라노에 가야겠다고 생각했다.

기분이 계속 좋지 않은 쪽은 피누차였다. 그녀는 원래 쉽게 화를 내는 만큼 빨리 화를 풀었다. 특히 최근 들어서는 임신 때문인지 몸뿐만 아니라 뾰족했던 성질머리도 둥글둥글해졌다. 그런데 그날은 갈수록 기분이 더 가라앉는 것 같았다.

"브루노가 뭐 기분 나쁜 말이라도 했어?"

참다못해 내가 물었다.

"그럴 리가 있겠어."

"그럼 무슨 일이야?"

"아무 일도 없었어."

"몸이 안 좋은 거야?"

"컨디션은 좋아. 나도 내가 왜 이러는지 모르겠어."

"곧 있으면 리노가 도착할 테니 어서 준비하러 가."

"그래."

말은 그렇게 했지만 피누차는 여전히 눅눅한 수영복 차림으로 무심히 잡지책을 넘기고 있었다. 릴라와 나는 몸단장을 했다. 릴라가 파티에라도 가는 것처럼 한껏 치장하는 동안에도 피누차는 움직일 기미가 없었다.

저녁식사 준비로 분주히 움직이던 눈치아 아주머니가 피누차에게 조용히 말했다.

"얘야, 피누차. 어서 가서 옷을 입으려무나."

피누차는 시어머니의 말에도 묵묵부답이었다. 람브레타 오토바이 모터 소리와 두 청년이 자기들을 부르는 소리를 듣고 나서야 그녀는 벌떡 일어나서 침실로 들어가 문을 잠그며 소리 질렀다.

"절대로 들어오게 하지 마. 알았지?"

혼란스러운 저녁이었다. 릴라와 피누차는 각기 다른 방식으로 남편들을 헷갈리게 만들었다. 언제든 싸울 태세를 갖추고 있는 릴라에게 익숙해진 스테파노는 예기치 못한 아내의 다정한 모습을 접하게 되었다. 릴라는 스테파노가 자기를 어루만지면 자연스레 그에게 몸을 내맡겼고 그가 입을 맞출 때도 평소처럼 짜증을 내지 않았다.

반면 평소에도 유난히 리노에게 딱 달라붙어 있는 데다 임신한 다음부터는 그에게서 떨어질 줄 모르던 피누차에게 익숙해진 리노는 그녀가 자신을 맞으러 계단으로 나오지도 않아 자기가 직접 침실까지 찾으러간 데다가 재회의 포옹을 했을 때도 그녀가 억지로 기쁜 척한다는 사실을 느끼고 기분이 몹시 상했다.

그뿐만이 아니었다. 그날 릴라는 웃음이 잦았다. 와인을 몇 잔 마신 후 술에 살짝 취한 릴라와 스테파노는 성적인 욕망이 내포된 은밀한 신호를 주고받았다. 이에 반해서 피누차는 리노가 웃으면서 뭔가를 그녀의 귓가에 대고 속삭이자 발끈해서 몸을 뒤로 빼더니 사투리 섞인 비난을 보냈다.

"그만둬, 저질스러워."

리노는 화를 냈다.

"저질스럽다고? 내가?"

피누차는 얼마간 참아보려 하다 결국 아랫입술을 바르르 떨면서 침실로 도망가 버렸다.

"임신 때문이야."

눈치아 아주머니가 말했다.

"이럴 때일수록 인내심을 가져야 한단다."

순간 침묵이 흘렀다. 리노는 저녁식사를 마치고 씩씩대며 아내에게 가서는 돌아오지 않았다.

릴라와 스테파노는 오토바이를 타고 밤바다를 보러 나갔다. 자기들끼리 웃으며 입맞춤을 주고받았다. 언제나처럼 내게 손가락 하나 까딱하지 못하게 하려는 눈치아 아주머니와 옥신각신하며 나는 겨우겨우 식탁을 치웠다. 아주머니가 처음 페르난도 아저씨를 만났을 때와 사랑에 빠졌을 때 이야기를 해주셨는데 그때 아주머니가 한 말 중에 매우 인상 깊게 들었던 내용이 있었다.

"살다보면 본모습을 모르는 채 평생 좋아하게 될 수도 있단다."

페르난도 아저씨는 좋을 때도 있고 모질게 굴 때도 있었다고 했다. 아주머니는 아저씨를 매우 사랑하기도 했고 증오하기도 했다고 말했다.

"그러니까 말이다."

아주머니가 강조했다.

"걱정할 것 없어. 오늘은 피누차 기분이 안 좋지만 곧 좋아질 거야. 리나가 신혼여행에서 돌아왔을 때 어땠는지 기억나지? 그런데 지금 저 애들을 보려무나. 인생이란 그런 거야. 몽둥이세례를 받을 때도 있고 키스 세례를 받을 때도 있는 법이란다."

나는 방으로 돌아와서 페데리코 샤보의 책을 마저 읽으려 했다. 릴라가 댄 루니라는 인물에 대해서 이야기할 때 니노가 그녀의 말에 얼마나 매료되었는지 기억이 났다. 나는 불현듯 국가의 개념 따위에 시간을 허비하고 싶지 않아졌다.

니노도 모호한 면이 있다고 생각했다. 니노를 이해하기가 쉽지 않았다. 문학에는 전혀 관심이 없는 것 같았는데 릴라가 우연히 읽게 된 희곡에 대해서 말도 안 되는 말을 두어 마디 하자 갑자기 문학에 열정을 보였다. 가지고 온 책 중에서 문학책이 있나 찾아보았지만 그런 책은 없었다.

나는 책이 한 권 없어졌다는 것을 알았다. 어떻게 이런 일이 있을 수 있지? 갈리아니 선생님은 내게 책을 여섯 권 빌려주었다. 그중 한 권은 니노에게 있고 한 권은 내가 읽고 있었는데 대리석으로 된 창틀에 꽂혀 있는 책은 세 권뿐이었다. 나머지 한 권은 어디에 있지?

나는 침대 밑까지 구석구석 샅샅이 찾아보았다. 사라진 책이 히로시마에 대한 책이라는 것을 기억해냈다. 나는 안절부절못했다. 보나마나 내가 화장실에서 씻는 사이에 릴라가 가져갔을 것이다. 대체 릴라에게 무슨 일이 일어나고 있는 걸까. 몇 년 동안 구둣방 일이며 약혼, 연애, 식료품점, 솔라라 형제와의 거래에만 신경을 썼는데 이제 와서 초등학교 시절의 릴라로 되돌아가기로 한 걸까. 물론 그런 기미가 이미 보이기는 했었다. 나와 공부를 다시 하겠다는 내기를 하지 않았는가. 내기의 결과가 중요한 것이 아니라 그럼으로써 다시 공부를 시작하고 싶은 마음을 표현했던 것이다.

그렇지만 그때까지만 해도 말뿐이었다. 릴라가 정말 공부를 시작했었던가? 아니다. 그런데 니노의 몇 마디에 그와 함께, 햇볕이 내리쬐는 모래사장에서 엿새를 보냈을 뿐인데 다시 공부하고 싶은 생각이 되살아난 것이다. 그러다가 둘 중 누가 더 뛰어난지 경쟁을 벌이기를 원하게 되지 않을까. 그렇기 때문에 올리비에로 선생님을 그토록 칭찬했던 것일까. 그렇기 때문에 평생 대의만 생각하고 일상적인 일에는 신경 쓰지 않는 것이 멋진 일이라고 생각하게 된 것일까. 나는 문 소리가 나지 않도록 조심하면서 발끝으로 방에서 걸어 나왔다.

집 안은 고요했다. 눈치아 아주머니는 이미 잠자리에 들었고 스테파노와 릴라는 아직 돌아오지 않았다. 나는 그들의 침실에 들어갔다. 옷이며 신발, 가방이 엉망으로 흩어져 있었다. 의자 위에 『히로시마 그 이후』라는 제목의 책이 놓여 있었다. 내게 묻지도 않고 가져간 것이다. 마치 내 것이 다 자신의 소유인 것처럼. 내가 이 정도 위치에 오른 것이 자기 덕택이라도 되는 것처럼. 갈리아니 선생님이 내게 특별히 관심을 가지게 된 것도 사실은 자기가 무심한 태도로 생각나는 대로 한 말에 내가 영감을 받아 쓴 글 덕분이라고 말하는 것 같다. 그 덕분에 내가 선생님께 특별 대우를 받게 됐다고 말하는 것 같았다. 한순간 책을 가져갈까 고민하다가 창피한 생각이 들어서 마음을 고쳐먹고 그냥 내버려두었다.

50

지루하기 짝이 없는 일요일이었다. 밤새 더위에 시달리면서도 모기가 겁나 감히 창문을 열지 못했다. 잠이 들었다가 깼다가 다시 잠들기를 수없이 반복했다. 바라노에 갈 것인가? 무엇을 위해서? 니노가 온종일 수영을 하거나 한마디 말도 없이 일광욕을 하면서 자기 아버지와 무언의 언쟁을 벌이는 동안 고작 치로와 피노와 클렐리아와 놀아주려고? 나는 10시가 다 되어서야 깼다. 눈을 뜨자마자 공허감이 엄습해왔다. 힘들었다.

눈치아 아주머니가 피누차와 리노는 이미 해변으로 갔고 스테파노와 릴라는 아직 자고 있다고 했다. 밥 생각이 없었지만 카페라테에 빵을 적셔먹으면서 바라노에 가지 않기로 마음먹었다.

나는 신경이 곤두서고 기분이 가라앉은 상태로 해변으로 갔다. 젖은 머리에 살이 찌기 시작한 몸을 엎드려서 햇볕을 쬐며 잠이 든 리노와 해변을 따라 왔다 갔다 하며 걷고 있는 피누차의 모습이 보였다. 피누차에게 분화구에 함께 가자고 했지만 그녀는 퉁명스럽게 거절했다. 나는 마음을 가라앉히려고 혼자 포리오 쪽으로 걸어갔다.

오전 시간은 힘겹게 흘러갔다. 산책을 마치고 리노와 피누차가 있는 곳으로 돌아와서 수영을 하고 햇볕 아래 누워 있었다. 나를 없는 사람 취급하고 주고받는 리노와 피누차의 속삭임이 들려왔다.

"제발 가지 마."

"일을 해야지. 가을까지는 구두를 완성해야 해. 디자인 봤지? 마음에 들어?"

"응. 하지만 리나가 추가한 부분은 안 예뻐. 그 부분은 빼버려."

"아니야. 디자인에 잘 어울리기만 하던데."

"그것 봐. 당신에겐 내가 하는 말이 중요하지 않지?"

"그렇지 않아."

"아니, 당신은 이제 나를 사랑하지 않는 거야."

"당신을 사랑해. 내가 얼마나 당신을 좋아하는지 알잖아."

"말도 안 되는 소리. 이 배를 보고도 나를 좋아할 수 있어?"

"이 배에 백만 번이라도 입을 맞출 수 있어. 일주일 내내 당신만을 생각하는걸."

"그러면 떠나지 말아줘."

"그럴 수는 없어."

"그러면 오늘 저녁 나도 당신과 돌아갈 테야."

"벌써 우리 몫의 비용은 다 냈는걸. 여기 있어야 해."

"이제 그러기 싫어졌어."

"왜?"

"매일 밤 잠이 들 때마다 악몽을 꾼단 말이야. 그러고 나서는 밤새 잠이 오지 않아."

"리나랑 함께 자도?"

"리나랑 같이 자서 더 그런 거야. 그럴 수만 있다면 리나는 나를 죽이려 들걸?"

"그러면 어머니랑 함께 자."

"당신 어머니는 코를 골아."

피누차의 불평을 듣고 있자니 여간 고역이 아니었다. 하루 종일 듣고 있었지만 대체 피누차가 왜 불만인지 나는 이유를 알 수 없었다. 피누차가 거의 잠을 이루지 못하는 것은 사실이었다. 하지만 리노가 남아 있기를 원하거나 그와 함께 떠나고 싶어 하는 것은 거짓말 같았다.

어느 순간 나는 피누차가 자신도 모르는 무엇인가를 말하려 한다는 것을 알았다. 자신이 무엇을 원하는지 정확히 모르기 때문에 그저 짜증만 내고 있는 것이었다. 나는 다른 생각에 정신이 팔려서 이들에게 신경을 끄기로 했다.

사실 제일 신경이 쓰이는 것은 이상하리만큼 기분이 좋아 보이는 릴라였다. 남편 스테파노와 함께 해변에 모습을 나타냈을 때 릴라는 전날 저녁보다 기분이 더 좋아 보였다. 릴라가 스테파노에게 수영 실력을 뽐내고 싶어 했기에 둘이 함께 해안에서 멀리까지 헤엄쳐 나갔다. 스테파노는 깊은 바다까지 갔다고 했지만 말이 그렇지 해안에서 그리 먼 곳은 아니었다. 릴라는 이제 너무나 자연스럽게 우아하고 정확하게 팔을 움직였다. 리드미컬하게 머리를 들어 입으로 숨을 쉬면서 스테파노를 금방 앞서나갔다. 그러더니 그를 기다리기 위해 웃으며 멈춰 섰다. 스테파노는 엉성한 자세로 팔을 휘저으며 머리를 꼿꼿이 세운 채 릴라를 향해 헤엄쳐갔다. 물에 대고 숨을 내쉬는 바람에 물방울이 얼굴에 튀었다.

릴라의 기분은 오후가 되자 더 좋아졌다. 둘은 또다시 람브레타 오토바이를 타고 드라이브를 나갔다. 리노도 드라이브를 하고 싶어 했지만 피누차는 오토바이를 타다가 넘어져서 아이를 잃을까봐 겁이 난다는 이유로 거절했다.

리노가 내게 말했다.

"그러면 나랑 같이 가자, 레누."

덕분에 나는 난생처음으로 오토바이를 타게 되었다. 스테파노를 따라가는 리노 뒤에서 바람을 맞으며 나는 떨어지거나 부딪힐까봐 두려우면서도 점점 흥분이 되었다. 땀에 젖은 리노의 등에서 강한 체취가 느껴졌다. 그는 자신감이 지나쳤다. 교통법규 따위는 완전히 무시하고 동네에서 하던 것처럼 행동했다. 누가 항의라도 하면 갑자기 멈춰 서서 상대방을 위협했다. 뭐든 마음대로 할 수 있다는 것을 증명하려는 듯이 당장에라도 싸울 태세를 갖추고 거칠게 나왔다. 흥미로운 경험이었다. 어린 시절로 되돌아가는 느낌이었다. 매일 오후 친구와 함께 해변에 모습을 드러내는 니노가 주는 감흥과는 아주 다른 느낌이었다.

일요일 오후 내내 나는 두 청년의 이름을 자주 입에 올렸다. 특히 니노의 이름을 부를 때의 어감이 좋았다. 나는 곧 피누차와 릴라가 일부러 우리 셋이 함께 브루노와 니노와 어울린 것이 아니라 나 혼자만 이들을 만난 것처럼 비치게 행동하고 있다는 것을 눈치챘다. 그 결과 배를 타기 위해 서둘러 떠나면서 스테파노는 셋 중에서 나만 브루노와 니노를 다시 만날 것처럼 소카보 집안 아들에게 안부를 전해달라고 했다. 리노가 나를 놀리면서 물었다.

"둘 중에 누가 더 좋아? 시인 아들이야 아니면 모르타델라 햄 공장 사장 아들이야? 누가 더 잘생긴 것 같아?"

자기 아내와 누이는 그 질문에 대답할 만큼 니노와 브루노를 잘 알지 못한다고 생각하는 것 같았다.

남편들이 떠난 후에 피누차와 릴라가 보인 태도 때문에 나는 짜증이 났다. 피누차는 기분이 좋아져서 머리를 감아야겠다고 했다. 그녀는 큰 소리로 머리에 모래가 가득하다고 했다.

릴라는 할 일 없이 집에서 빈둥거렸다. 방이 지저분한데도 신경쓰지 않고 엉망인 침대에 쓰러졌다.

내가 잘 자라는 인사를 하려고 잠시 릴라의 방에 들렀는데 릴라는 그때까지 옷도 벗지 않고 있었다. 릴라는 눈을 한껏 가늘게 뜨고 미간을 찌푸린 채 히로시마에 관한 내 책을 읽고 있었다.

"어쩐 일로 갑자기 다시 책을 읽기 시작한 거야?"

내 말에 약간의 빈정거림을 느꼈는지는 모르지만 릴라를 나무라는 말투는 아니었다.

"네가 알 바 아니야."

릴라가 대답했다.

51

월요일 아침이었다. 니노는 내 욕망에 의해 소환된 정령처럼 평소와 같이 오후 4시가 아닌 오전 10시에 모습을 드러냈다. 우리는 깜짝 놀랐다. 우리도 그때 막 해변에 도착했는데 너무 오랫동안 화장실을 차지했다는 이유로 서로에게 약이 바짝 오른 상태였다. 특히 피누차는 잠자는 동안 머리 모양이 망가졌다며 신경질을 냈다. 셋 중에 가장 먼저 입을 연 것은 피누차였다. 니노가 왜 평소와는 다른 시간에 왔는지 미처 우리에게 설명할 틈도 주지 않고 공격적으로 느껴질 정도로 다그치듯 물었다.

"브루노는 왜 함께 오지 않은 거야? 더 재미있는 일이 있나보네?"

"아직 부모님이 집에 머물고 계셔서 그래. 정오에나 출발하시려나봐."

"그런 다음에는 온대?"

"아마도 그럴걸?"

"브루노가 오지 않으면 난 집으로 갈래. 너희 셋은 지루하단 말이야."

니노는 바라노에서 보낸 일요일이 얼마나 지겨웠는지 이야기했다. 그날은 이른 아침부터 바라노에서 바로 포리오로 갈 수 없어서 해변으로 온 거라고 설명했다. 그러는 동안 피누차는 두어 번 찡찡대면서 자기랑 수영을 하러 가자고 졸랐다. 나와 릴라가 자기 말을 들은 체도 하지 않자 그녀는 삐쳐서 혼자 수영하러 가버렸다.

어쩔 수 없지 않은가. 우리는 니노가 자기 아버지 때문에 받은 스트레스에 귀를 기울이는 것이 더 좋았다. 니노는 자기 아버지가 사기꾼에다 아무 일도 하지 않으려는 한량이라고 했다. 공무원 보건소에서 일하는 의사를 친구로 둔 덕택에 뭔지 모를 꾀병을 핑계로 병가를 또다시 연장해서 바라노에 머무르고 있다고 했다.

"내 아버지는 말이야."

니노는 아버지가 혐오스럽다는 듯이 말했다.

"무관심증에 걸린 사람이야."

말을 마치자마자 니노는 의외의 행동을 했다. 몸을 숙이더니 내

빰에 입을 맞춘 것이다. 강하고 요란스러운 입맞춤이었다. '쪽' 소리
가 났다.

"너를 만나서 얼마나 기쁜지 몰라."

니노는 나에 대한 자연스러운 애정 표현이 상대적으로 릴라에게
는 정중하지 않게 보일 수 있다는 것을 깨달은 듯 약간은 쑥스러워
하면서 릴라에게 물었다.

"네 빰에도 입 맞출 수 있을까?"

"그럼."

릴라가 승낙하자 니노가 그녀의 빰에 가볍게 입을 맞췄다. 닿을락
말락한 조용한 입맞춤이었다. 쪽 소리 같은 것은 나지 않았다.

니노는 사뮈엘 베케트의 희곡에 대해서 열정적으로 이야기하기
시작했다. 그는 목까지 땅에 파묻힌 인물들이 아주 마음에 들었다고
했다. 현재가 인간 내면을 밝히는 불과 같다는 묘사도 너무나 아름
다웠다고 했다. 하지만 영감을 주는 매디와 댄 루니의 수많은 대사
가운데 릴라가 말한 부분을 정확하게 집어내기가 힘들었다고 했다.
물론 장님에 귀머거리에 벙어리인 데다 그 무엇도 맛볼 수 없고 촉
감도 느낄 수 없는 상태에서 삶을 더 잘 느낄 수 있다는 생각은 그 자
체만으로 흥미롭다고 했다. 니노는 이 말의 의미는 지금 이 순간 우
리의 존재를 진정으로 충만히 즐길 수 있게 하는 데 방해가 되는 모
든 여과장치를 없애버리자는 것을 의미하는 것 같다고 했다.

니노의 말에 릴라는 당황하는 것 같았다. 그녀는 자기도 생각해봤
는데 완전히 순수한 상태의 삶은 자신을 두렵게 한다고 했다. 릴라
는 상당히 힘 있게 자기의 생각을 표현했다.

"보지도 못하고 말하지도 못하는 삶, 말하지도 못하고 듣지도 못
하는 삶, 숨기는 것도 없고 어떠한 틀에 제한도 받지 않는 삶은 무형

의 삶이야."

릴라가 정확히 이렇게 표현하지는 않았을 것이다. 하지만 분명 '무형'이라는 단어를 사용했고 나는 그 단어에 어느 정도 혐오감을 느꼈다. 니노는 그 단어가 욕설이라도 되는 양 망설이며 혼잣말로 '무형'이라는 단어를 되뇌었다. 그러더니 더 흥분해서 다시 이야기를 하다가 밑도 끝도 없이 셔츠를 벗어던져서 검게 탄 몸을 드러냈다. 그러곤 나와 릴라의 손을 잡고 물속으로 잡아끌었다. 나는 내심 좋으면서도 외쳤다.

"안 돼, 안 돼. 춥단 말이야. 싫어."

"드디어 행복한 날이 왔도다!"

니노가 행복한 목소리로 말하자 릴라는 웃음을 터뜨렸다.

릴라가 틀렸다는 생각에 나는 만족스러웠다. 니노에게는 이런 면도 있었던 것이다. 니노는 단순히 인류가 직면한 사회적 문제에 대해서 사색할 때만 감정을 나타내는 암울한 성격의 청년이 아니었다. 그에게는 전혀 다른 면도 있었다. 그렇기 때문에 이렇게 장난을 치기도 하고, 릴라와 나를 격정적으로 물속으로 이끌기도 하는 것이다. 우리 둘 앞에 서 있는 이 청년은 우리를 놀리기도 하고, 붙잡기도 하고, 확 끌어당기기도 했다. 먼 바다로 헤엄쳐 가서 우리가 자기에게 다가갈 때까지 기다렸다가 일부러 붙잡혀주기도 했다. 힘을 합쳐 그를 물속으로 밀어 넣으면 갑자기 힘이 빠진 것처럼 물에 빠진 척해주기도 했다.

브루노가 도착하자 분위기는 더 좋아졌다. 우리는 함께 산책을 했다. 피누차도 기분이 점점 나아졌다. 그녀는 다시 수영을 하고 싶어 했고 야자수 열매를 먹고 싶다고 했다. 그날부터 그 주 내내 우리는 니노와 브루노가 해변에서 아침 10시부터 우리와 합류해 석양 무렵까지 함께 있는 것을 당연하게 생각했다.

"이제 집에 가야 해. 그렇지 않으면 눈치아 아주머니가 화를 내실 거야."

우리가 말하면 두 청년은 아쉬워하며 공부하러 돌아갔다.

우리는 정말 친해졌다. 브루노가 릴라를 놀리느라 "카라치 부인"이라고 부르면 릴라는 장난스럽게 그의 어깨를 때리고는 그를 뒤쫓아갔다. 브루노가 임신 중이라는 이유로 피누차를 과하다 싶을 정도로 세심하게 챙기면 피누차는 그의 팔에 팔짱을 끼고 "우리 좀 뛰어보자. 탄산음료를 마시고 싶어"라고 말했다.

니노는 종종 내 손을 잡기도 하고 내 어깨에 팔을 두르기도 했다. 그러면서 은근히 릴라의 어깨에도 팔을 두르기도 하고 엄지를 잡기도 했다. 서로 조심스러워하던 분위기는 완전히 사라졌다. 우리는 별것 아닌 일에도 즐거워서 어쩔 줄 모르는 5인조 단짝 친구가 되었다.

우리는 연달아 게임을 하면서 시간을 보냈는데 게임에서 진 사람은 벌칙을 실행해야 했다. 벌칙은 입맞춤을 하는 것이었다. 물론 장난스러운 가벼운 입맞춤이었다. 브루노는 모래투성이인 릴라의 발에 입을 맞춰야 했고 니노는 내 손, 두 뺨, 이마, 귀에 입을 맞추며 '쪽' 소리를 냈다.

2인 1조로 공놀이도 했다. 그럴 때면 팽팽한 피부에 맞아 공이 '퉁' 소리를 내며 높이 날아올랐다. 릴라와 니노 모두 실력이 뛰어났다. 하지만 일행 가운데 공을 가장 정확하게 던지고 실력이 빼어난 사람은 브루노였다. 브루노와 피누차가 함께 편을 먹으면 백전백승이었다. 나와 릴라가 한편을 먹든 릴라와 니노가 한편을 먹든 아니면 니노와 내가 한편을 먹든 승리는 언제나 브루노와 피누차 차지였다.

사실 이들의 승리 뒤에는 피누차의 상태에 대한 일행의 암묵적인 배려가 있었다. 피누차는 자신이 임신 상태라는 사실을 망각한 채 달리고 몸을 던져 공을 받아내려다 모래에 뒹굴기까지 했기 때문에 그녀를 진정시키기 위해서라도 합심하여 그녀를 이기게 해주었다. 브루노는 피누차를 다정하게 나무라면서 그녀를 자리에 앉히려 했다.

"피누차 1점! 브라보!"

브루노는 소리치며 이제 그만하자고 했다.

우리는 하루하루 매시간을 행복하게 보냈다. 릴라가 내 책을 가져가는 것이 이제는 거슬리지 않았다. 오히려 기쁘게 느껴졌다. 토론에 열중할 때 릴라는 점점 더 자주 자신의 의견을 말했다. 니노가 릴라의 이야기를 주의 깊게 듣다 뭐라고 대꾸할지 몰라 망설이는 것도 싫지 않았다. 그럴 때면 니노가 갑자기 나를 바라보면서 자신의 의견에 대해 확신을 되찾는 데 내가 도움이 되는 것처럼 나하고만 이야기를 했다. 나에겐 그것이 짜릿하게 느껴졌다.

릴라가 히로시마 원자폭탄 투하에 대해서 책을 읽은 것을 과시할 때의 상황도 이와 비슷했다. 그때 릴라와 니노는 꽤나 열띤 논쟁을 벌였다. 니노는 전반적으로 미국을 비판하는 쪽이었다. 특히 나폴리에 미군 부대가 있다는 사실을 싫어했다. 그렇지만 다른 한편으로는 미국인들의 라이프스타일에 매료되었고 더 알고 싶다고 했다. 그렇기 때문에 릴라가 일본에 원자폭탄을 투하한 행위는 전쟁범죄라는 투로 말하자 언짢아했다. 릴라는 더 나아가 사실 이 경우 전쟁 그 자체는 별로 중요하지 않다면서, 미국인들의 행위는 전쟁범죄를 넘어선 교만에 의한 범죄행위였다고 했다.

"하지만 진주만 공습을 기억해봐."

니노가 조심스럽게 말했다.

나는 진주만 공습이 뭔지 몰랐는데 릴라는 알고 있었다. 릴라는 진주만 공습과 히로시마 원자폭탄 투하는 비교 대상이 아니라고 했다. 진주만은 사악한 전쟁범죄였지만 히로시마 원자폭탄 투하는 경솔하고 잔인하기 그지없는 끔찍한 보복 행위로 나치의 대량학살보다 저질스러운 행위라고 말했다.

"미국인들은 싸잡아서 범죄자 중에서 최악의 범죄를 저지른 죄인처럼 처벌받아야 해. 사람들을 겁에 질리게 해서 복종하게 하려고 끔찍한 일을 저지르는 범죄자들처럼 말이야."

릴라가 결론을 내렸다. 그녀가 어찌나 격렬하게 말을 쏟아부었는지 니노는 반론에 나서는 대신 침묵을 지키면서 생각에 잠겼다. 그러다가 니노는 릴라는 아예 그 자리에 없는 것처럼 내게 말하기 시작했다. 그는 문제의 본질은 원자폭탄 투하의 잔혹성이나 그 행위가 가지는 보복성이 아니라고 했다. 당시 미국이 직면했던 가장 시급한 과제는 인류 역사상 제일 잔인했던 전쟁에 종지부를 찍는 것이었다고 했다. 그렇기 때문에 향후에 있을 모든 전쟁을 미연에 방지하기 위해서 그 끔찍하기 짝이 없는 신무기를 사용할 수밖에 없었던 것이라고 했다.

그는 낮은 목소리로 내 눈을 똑바로 바라보면서 말했다. 내 동의를 구하는 것을 가장 중요하게 생각하는 것 같았다. 내게는 멋진 순간이었다. 그 순간 니노의 모습도 멋졌다. 나는 너무나 감동해서 눈물이 나오려는 것을 겨우 참았다.

어느새 다시 금요일이 되었다. 그날은 너무 더워서 온종일 물속에서 시간을 보냈다. 그러는 새 무언가 어긋나기 시작했다.

두 청년과 헤어져서 집으로 돌아가는 길이었다. 태양은 이미 지평선 쪽으로 내려와 있었고 하늘은 짙푸른 빛이 감도는 선홍색으로 물들어 있었다. 그때 갑자기 하루 종일 지나치다 싶을 정도로 유쾌했다가 갑작스럽게 말이 없어진 피누차가 땅바닥에 가방을 내던지더니 길가에 앉아서 분노에 찬 고함을 지르기 시작했다. 흐느낌에 가까운 가녀린 외침이었다.

릴라는 눈을 가늘게 뜨고는 예기치 않게 모습을 드러낸 추한 그 무언가를 바라보는 것처럼 시누이를 바라보았다. 나는 놀라서 피누차에게 물었다.

"무슨 일이야, 피누차. 어디 아파?"

"수영복이 다 젖어서 못 견디겠어."

"그건 우리 모두 마찬가지인걸."

"난 싫단 말이야."

"진정하고 어서 가자. 배고프지 않아?"

"내게 진정하라고 하지 마! 네가 진정하라고 하면 짜증이 난단 말이야! 널 더는 참을 수가 없어. 너도, 진정하라는 네 잘난 말도 말이야!"

피누차는 허벅지를 내리치면서 다시 흐느끼기 시작했다.

릴라가 기다리지 않고 멀어져 가는 소리가 들렸다. 짜증이 나거나 무관심해서가 아니었다. 피누차의 행동에는 격렬하게 타오르는 그 무엇인가가 있어서 너무 가까이 가면 릴라 자신도 화상을 입을 것 같았기 때문이었다. 나는 피누차를 일으켜 세우고 그녀의 가방을 들어주었다.

52

피누차는 서서히 안정을 되찾았다. 하지만 우리가 자기한테 무슨 잘못이라도 한 것처럼 저녁 내내 통통 부어 있었다. 어느 순간 파스타가 너무 익었다는 이유로 툴툴거리면서 눈치아 아주머니에게까지 무례하게 굴었다.

릴라가 발끈해서는 갑자기 거친 사투리로 상상할 수 있는 모든 욕설을 피누차에게 퍼부었다. 결국 피누차는 그날 밤은 나와 함께 자겠다고 했다.

피누차는 잠을 지면서 심하게 뒤척였다. 좁은 방에서 둘이 자니 더워서 숨을 쉴 수가 없었다. 나는 땀에 흠뻑 젖었다. 결국 참지 못하고 창문을 열었다가 모기에게 고문을 당해야 했다. 나는 모기 때문에 잠이 깨서 새벽까지 뒤척이다가 그냥 일어나버렸다.

사태가 그 지경에 이르자 내 기분도 가라앉았다. 서너 군데나 모기에 물려서 내 얼굴이 말이 아니었다. 부엌에서 눈치아 아주머니가 우리의 더러워진 옷을 빨고 있었다. 릴라도 벌써 일어나서 내 책을 읽으며 우유에 적신 빵을 먹고 있었다. 대체 그 책은 또 언제 훔쳐간 걸까. 나를 보자마자 릴라는 호기심 어린 시선을 보내며 물었다.

"피누차는 좀 어때?"

의외로 순수하게 걱정하는 듯한 말투라 나는 놀랐다.

"알 게 뭐야."

"너 화난 거야?"

"그래. 한숨도 못 잤어. 게다가 내 얼굴 좀 봐."

"아무렇지도 않은데."

"네 눈에는 아무렇지 않아 보이겠지."

"니노와 브루노도 마찬가지일 거야."

"그게 무슨 상관인데?"

"니노한테 마음이 있지 않아?"

"아니라고 몇 번을 말해야겠어?"

"흥분하지 마."

"흥분 안 했어."

"우리가 피누차에게 신경을 좀 써야 할 것 같아."

"너나 신경 써. 네 시누이지 내 시누이가 아니잖아."

"너 화난 거 맞구나."

"그래, 그래. 그렇다고!"

그날은 전날보다 더 더웠다. 언짢은 마음이 전염병처럼 퍼져갔다.

목적지에 반쯤 갔을 때 피누차가 수건을 가지고 오지 않은 것을 알고는 또다시 자제력을 잃었다. 릴라는 뒤돌아보지도 않고 고개를 푹 수그린 채 앞으로 걸어 나갔다.

"내가 가져다줄게."

내가 자진해서 나섰다.

"싫어. 집으로 돌아갈래. 바다에 가기 싫어."

"몸이 안 좋아서 그래?"

"아니야."

"그런데 왜?"

"배가 이렇게나 나왔잖아."

나는 피누차의 배를 보고 별생각 없이 말했다.

"그럼 난 어쩌라고? 내 얼굴에 모기 물린 자국 안 보여?"

피누차는 소리를 지르기 시작했다. 나에게 멍청이라고 하면서 빠른 걸음으로 릴라를 쫓아갔다.

해변에 다다라 피누차는 내가 너무 좋은 아이라 가끔은 화가 난다면서 사과를 했다.

"난 좋은 아이가 아니야."

"내 말은 네가 뛰어나다는 의미야."

"난 뛰어나지도 않아."

릴라는 어떻게 해서든 우리를 무시하려고 애쓰면서 포리오 쪽 바다를 향해 시선을 고정시키고 있었다. 릴라가 냉정하게 말했다.

"그만들 둬. 저기 니노와 브루노가 오고 있어."

"키다리와 난쟁이가 오고 있네."

피누치가 갑자기 부드러운 목소리로 속삭이고는 이미 입술에 립스틱을 충분히 발랐는데도 덧발랐다.

기분이 좋지 않기는 두 청년도 우리 못지않았다. 니노가 비꼬는 듯한 어조로 릴라를 향해 말했다.

"오늘 저녁 낭군들께서 돌아오시겠네?"

"그렇지."

"무엇을 할 생각이야?"

"먹고 마시고 자겠지."

"그럼 내일은?"

"내일도 먹고 마시고 자겠지."

"일요일 저녁까지 머무르는 거야?"

"아니. 일요일에는 먹고 마시기는 하되 낮잠만 잘 거야."

나는 자조적인 어조를 가장하며 애써 말했다.

"나는 시간 많아. 나는 먹지도 않고 마시지도 않고 잠을 자지도 않을 테니까."

니노는 그때까지 내 존재를 전혀 눈치채지 못했던 것처럼 나를 쳐다보더니 모기 자국이 가장 크게 부어오른 오른쪽 광대뼈를 손으로 어루만졌다. 그러고는 진지하게 말했다.

"좋아. 그럼 내일 아침 일곱 시에 여기에서 만나자. 산에 갔다가 돌아오는 길에 늦게까지 해수욕을 하자. 어때?"

기쁨에 피가 뜨겁게 달아올랐다. 나는 신이 나서 말했다.

"좋아. 일곱 시에 만나. 먹을 것은 내가 준비할게."

피누차가 아쉬워하며 말했다.

"그럼 우리는?"

"너희는 남편들이 있잖아."

니노가 남편이라는 단어를 두꺼비, 뱀, 거미라도 되는 것처럼 혐오스럽게 내뱉었기에 피누차는 기분이 상해서 휙 뒤돌아서더니 해안을 향해 걸어갔다.

"요즘 신경이 좀 예민해."

내가 피누차를 대신해서 변명했다.

"임신 상태여서 그래. 평소엔 안 그러는데."

브루노는 예의 참을성 있는 목소리로 말했다.

"내가 야자수 열매를 사러 같이 갔다올게."

우리는 브루노의 뒷모습을 눈으로 쫓았다. 키는 작지만 비율이 좋은 데다 가슴은 떡 벌어졌고 허벅지는 탄탄했다. 그는 차분한 걸음걸이로 모래 위를 걸어갔다. 태양이 브루노가 밟는 모래만 뜨겁게 달구는 것을 잊은 것 같았다. 브루노와 피누차가 가게 쪽으로 발걸음을 옮기자 릴라가 말했다.

"우리는 수영이나 하러 가자."

53

우리 셋은 함께 바다로 갔다. 나를 중심으로 릴라와 니노가 내 양옆에 자리를 잡았다. 니노가 내일 여기에서 7시에 만나자고 했을 때 내 가슴을 채운 갑작스러운 충만함을 표현하기란 쉽지 않았다. 물론 피누차의 감정 기복이 너무 심해서 신경이 쓰이기는 했지만 그 순간 내 행복감에 상처를 내기에는 미약했다. 비로소 나는 내 자신에 대해 만족스러웠다. 나를 찾아올 잊지 못할 기나긴 일요일을 생각하니 행복했다.

순간 내 인생에서 가장 중요한 의미가 있는 두 사람과 그곳에 함께 있다는 사실이 자랑스럽게 느껴졌다. 내게 부모님이나 형제보다 훨씬 더 중요한 두 사람이었다. 나는 릴라와 니노의 손을 잡고 행복에 겨운 소리를 외치면서 차가운 물거품을 일으키며 그들을 차디찬 물속으로 이끌었다. 우리는 한몸이 되어 물에 빠졌다.

물속에 들어가자마자 나는 잡았던 손을 놓았다. 나는 원래 차가운 물이 머리카락에 스며들면서 머리에 닿고 귓속으로 들어가는 느낌을 싫어했다. 나는 바로 수면 위로 떠올라 물을 내뿜었다. 릴라와 니노가 이미 헤엄쳐 나가고 있는 것을 보고 놓치지 않으려고 나도 헤엄쳐 나가기 시작했지만 이들을 따라잡기가 쉬운 일은 아니었다. 나는 잠수한 상태로 차분히 팔을 움직여서 똑바로 나아갈 만큼 수영을 잘하지 못했다. 오른쪽 팔 힘이 왼쪽보다 세서 방향이 자꾸만 오른쪽으로 틀어졌다. 나는 짠물을 마시게 될까봐 두려웠다. 눈이 나빠 잘 보이지 않는데도 릴라와 니노를 시야에서 놓치지 않으려고 애쓰면서 뒤쫓아가보려 했다. '저러다가 멈추겠지'라고 생각했다. 심장이 너무 뛰어서 속도를 늦췄다. 그대로 물에 뜬 상태에서 릴라와 니노가 나란히 지평선을 향해 안정적인 자세로 나아가는 모습을 감탄하면서 바라보았다.

너무 멀리 나아가고 있는 것 같기도 했다. 나만 해도 흥분하여 머릿속에 그려둔 가상의 안전선을 이미 넘어선 상태였다. 평상시에는 몇 번의 팔동작만으로도 다시 해안으로 돌아갈 수 있을 정도로만 나갔었다. 사실 릴라도 평소에는 그 이상을 벗어나지 않았다. 그런데 지금 릴라는 니노와 경쟁을 벌이면서 평소보다 훨씬 더 멀리 나아가고 있었다. 니노에 비해서는 경험이 많지 않았지만 뒤처지고 싶지 않은 마음에 무리해서 점점 더 멀리 나아가고 있는 것이다.

나는 슬슬 걱정이 되기 시작했다. 릴라가 힘이 빠지면 어떻게 하지. 갑자기 몸에 무리가 가면? 수영 실력이 뛰어난 니노가 있으니 도와주겠지. 그렇지만 니노마저 발에 쥐가 나거나 지치면 어떻게 하지? 나는 주위를 돌아보았다. 조류에 몸이 왼편으로 밀려가고 있었다.

'여기에서 기다릴 수는 없어. 돌아가야 해.'

나는 나도 모르게 아래쪽을 쳐다보았는데 실수였다. 바다 위로는 눈부시게 빛나는 햇살에 수면이 반짝이고 하얀 구름이 하늘을 실처럼 가로지르고 있었다. 그런데 수면 아래로는 파란 물이 갑작스럽게 짙푸른 빛을 띠었다가 이내 칠흑 같은 밤처럼 캄캄해졌다. 깊은 바다의 어두운 심연이 느껴졌다. 몸을 기댈 수 있는 곳 하나 없이 오로지 액체로만 구성된 그 심연이 망자의 시체가 쌓인 구덩이처럼 느껴졌다. 그곳에서 갑자기 뭔가가 튀어나와 피부를 스쳐 지나가다 내 몸을 잡아 그 날카로운 이빨을 내 몸에 박아 넣고는 바닥으로 잡아끌 것만 같았다.

나는 애써 침착함을 되찾으려 해보았다. 소리 높여 릴라의 이름을 불렀다. 안경을 쓰지 않은 상태의 내 눈은 별 도움이 되지 않았다. 이미 물에 반사되는 햇볕에 제 기능을 못하고 있었다. 다음 날 니노와의 약속을 생각했다. 나는 천천히 배영으로 해변에 이를 때까지 열심히 팔다리를 움직였다.

해변에 이르러 나는 물에 몸을 반쯤 담그고 앉아 있었다. 바다에 내버려진 부표처럼 보이는 릴라와 니노의 검은 머리를 가까스로 알아보고는 마음을 놓았다. 릴라는 무사할 뿐 아니라 니노를 앞지르는 데 성공했다.

'정말이지 고집불통이라니까. 지나친 면이 없지는 않지만 정말 용감한 아이야.'

나는 물 밖으로 나가서 소지품을 놔둔 곳 옆에 자리 잡고 앉아 있는 브루노에게 다가갔다.

"피누차는?"

내가 물었다.

그는 수줍은 미소를 지어보였는데 내가 보기에는 서운한 마음을 감추려는 것 같았다.

"가버렸어."

"어디에?"

"집에. 짐을 싸러 가야 한다고 했어."

"짐이라니?"

"떠나고 싶대. 오랫동안 남편을 혼자 두고 싶지 않은가봐."

나는 소지품을 챙겼다. 브루노에게는 니노와 릴라 특히 릴라를 시야에서 놓치지 말라고 부탁한 뒤 대체 피누차에게 또 무슨 일이 생긴 건지 알아보기 위해 물을 뚝뚝 흘리면서 달려갔다.

54

그날 오후는 엉망진창이었다. 저녁은 그보다 더 심했다. 집에 도착해보니 피누차는 정말로 짐을 싸고 있었고 눈치아 아주머니는 그녀를 진정시키려고 애쓰고 있었다.

"걱정하지 마라, 애야."

눈치아 아주머니가 침착하게 말했다.

"리노는 속옷 정도는 혼자 빨 줄 알고 음식도 할 줄 알아. 게다가 아버지도 있고 친구들도 있잖니. 리노는 네가 그저 즐기기만 하려고 여기에 있다고 생각하지 않는단다. 충분히 휴식을 취해서 예쁘고 건강한 아이를 낳으려 한다는 것 정도는 잘 알고 있어. 자, 내가 짐 푸는 것을 도와줄 테니 어서 힘을 내렴. 나는 이런 휴가를 와본 적이 한 번도 없어. 하지만 이제 주님의 도우심으로 돈이 생겼으니 조금 즐겨보는 것도 나쁘지 않아. 그것은 죄악이 아니야. 물론 흥청망청 다 써버리는 것은 문제겠지만. 그러니까, 애야, 부탁이다. 리노는 일주일 내내 일하지 않니. 지친 몸으로 이제 막 도착할 텐데 이런 상태로 그 애를 받아들이지는 말렴. 그 애를 잘 알잖니. 이 상태로 널 보면 걱정할 테고 걱정을 하면 성질을 낼 거야. 그 애가 성질을 내면 결과는 뻔하지 않니? 너는 리노 옆에 있고 싶어서 떠나려는 거고 리노는 네 곁에 있으려고 떠나온 거잖니. 만나서 둘이 함께 즐거워야 할 때에 네가 이렇게 나오면 둘 다 괴롭기밖에 더하겠니? 정말 그렇게 되면 좋겠니?"

피누차는 시어머니가 쏟아내는 말에 꿈쩍도 하지 않았다. 보다 못해 나도 피누차를 설득하려고 이런저런 이유를 댔다. 급기야 우리가 가방에서 짐을 꺼내면 피누차가 다시 주워 담는 사태가 벌어졌다.

피누차는 소리를 치다가 약간 안정을 되찾나 싶더니 다시 짐싸기를 반복했다.

한참을 그러고 있는데 릴라가 돌아왔다. 릴라는 문설주에 기대어 서서 인상을 찌푸린 채 피누차의 헝클어진 모습을 바라보고 있었다. 긴 주름이 이마를 가로지르고 있었다.

"넌 괜찮은 거야?"

내가 릴라에게 물었다.

릴라가 고개를 끄덕여 보였다.

"너 정말 수영 잘하더라."

칭찬을 해도 릴라는 대꾸하지 않았다.

기쁨과 두려움을 동시에 억누르고 있는 표정이었다. 시누이의 야단법석을 갈수록 견디기 힘들어 하는 것 같았다.

피누차는 또다시 떠나겠다고 법석을 떨었다. 그녀는 작별인사를 한 뒤 뭔가 놓고 가는 것 같다며 툴툴거리면서 사랑하는 리노가 그립다고 한숨을 내쉬어댔다. 그러면서도 해변과 공원과 모래사장 공기에 밴 다양한 냄새가 그리울 거라는 모순된 말을 계속했다. 피누차가 그렇게 난리를 치는데도 릴라는 한마디도 하지 않았다. 평소처럼 심술궂은 말이나 비꼬는 말을 하지도 않았다. 그러다 흐트러진 질서를 찾기 위해서라기보다는 곧 닥칠 위험을 경고하듯이 말했다.

"리노와 스테파노가 이제 곧 도착할 거야."

그 말에 피누차는 비통해하며 침대에 몸을 던졌다. 옆에는 짐을 싼 가방이 놓여 있었다. 릴라는 인상을 찌푸리더니 몸단장을 하러 자기 방으로 들어가 버렸다. 잠시 후 다시 모습을 나타냈을 때는 몸에 딱 달라붙는 붉은 드레스에 새까만 머리를 위로 올린 채였다. 람브레타 오토바이 모터 소리를 가장 먼저 들은 것도 릴라였다. 그녀는 창가에 다가가 기쁜 몸짓으로 인사를 해보였다. 릴라는 심각한 표정으로 피누차를 돌아보며 평소보다 훨씬 경멸에 찬 어조로 내뱉었다.

"어서 가서 얼굴을 씻어. 젖은 수영복일랑은 벗어버리고."

피누차는 멍하게 릴라를 바라보았다. 두 여자 사이에 아주 빠르게 무엇인가가 오고갔다. 눈에 보이지 않게 자신들의 은밀한 감정을 주고받았다. 내면 깊은 곳에서 생성된 미세한 입자를 서로에게 분사했다. 충격과 전율의 순간이 몇 초간 지속되었다.

나는 미묘한 기류를 어렴풋이 느낄 수는 있었지만 정확하게 이해하지는 못했다. 하지만 릴라와 피누차는 달랐다. 그들은 서로를 이해했다. 상대방에게서 자신의 모습을 발견한 것이다. 피누차는 비록 경멸이 섞이기는 했지만 릴라가 자신의 상태를 눈치채고 이해하고 도우려 한다는 것을 깨닫고 릴라의 말에 따랐다.

55

스테파노와 리노가 들이닥쳤다. 릴라는 스테파노에게 지난주보다 더 다정하게 굴었다. 자기가 먼저 스테파노를 껴안기도 하고 품에 안기기도 했다. 스테파노가 주머니에서 꺼내 내민 케이스에서 하트 모양의 펜던트가 달린 금목걸이가 나오자 기쁨의 탄성을 질렀다.

물론 리노도 피누차에게 선물을 가지고 왔다. 피누차는 릴라와 똑같은 반응을 보이려고 애를 써보았지만 그렇게 하기엔 심리적으로 너무 불안한 상태였다. 눈빛에서 고통이 너무나 확연히 드러났다. 리노가 안아주고 입을 맞추고 선물까지 줬는데도 행복한 아내의 모습을 오래 연기하지 못했다. 피누차는 입술을 떨며 눈물을 펑펑 쏟더니 흐느끼며 말했다.

"나 벌써 짐을 다 싸두었어. 단 한순간도 여기에 머물고 싶지 않아. 언제나 당신하고만 있고 싶어."

리노는 미소를 지으며 피누차의 사랑에 감동하여 웃음을 터뜨렸다.

"나도 언제나 당신하고만 있고 싶어."

리노는 결국 피누차의 투정이 그저 자기가 보고 싶었고, 또다시 헤어지면 보고 싶을 것이라고 애정을 표시하는 것이 아니라는 것을 깨달았다. 그녀는 정말로 그곳을 떠나고 싶어 했고 그러기 위한 모든 준비를 마친 것이었다. 만반의 준비를 끝내고 나서 이렇게 듣기 힘들 정도로 징징대면서 고집을 피우고 있는 것이다.

둘은 의논하러 방으로 들어갔지만 얼마 지나지 않아서 리노가 어머니에게 "엄마! 대체 무슨 일이 있었던 거예요?"라고 외치면서 방 밖으로 나왔다. 그러더니 대답을 듣지도 않고 릴라에게 험악하게 쏘아붙였다.

"만에 하나라도 너 때문에 저러는 거라면 맹세컨대 네 얼굴을 박살내버리겠어."

리노는 아직 방에 있는 아내를 향해서도 소리쳤다.

"당장 그만두지 못해! 당신 때문에 짜증나 죽겠어. 당장 이리 와! 피곤한 데다 배도 고프단 말이야."

피누차는 두 눈이 통통 부은 상태로 모습을 드러냈다. 스테파노가 누이를 보더니 분위기를 바꿔보려고 장난을 치면서 피누차를 껴안고 한숨을 쉬었다.

"사랑이 뭐길래. 여자들은 우리 남자들을 미치게 한다니까."

스테파노도 예전에 릴라 때문에 처음으로 이성을 잃었던 일을 기억해냈다. 스테파노는 아내의 입술에 입을 맞췄다. 리노 부부의 불행에 갑자기 자기와 릴라가 행복한 것 같아 기분이 좋아졌다.

모두들 식탁에 앉았다. 침묵이 흐르는 가운데 눈치아 아주머니가 각자의 접시에 음식을 담아주었다.

이번에는 리노가 화를 참지 못하고 배고프지 않다며 소리를 치더니 봉골레 스파게티가 가득 담긴 접시를 부엌 한가운데로 내던져버렸다. 나는 깜짝 놀랐다. 피누차는 다시 울기 시작했다. 스테파노도 예의 온화한 말투를 유지하지 못하고 짜증스럽게 릴라에게 말했다.

"식당에 데리고 갈게. 우린 나가지."

눈치아 아주머니와 피누차가 말리는데도 스테파노 부부는 결국 집을 나섰고 남은 일행은 침묵 속에서 오토바이가 떠나는 소리를 들었다.

나는 눈치아 아주머니를 도와 바닥을 청소했다. 리노는 자리에서 일어나 침실로 들어가 버렸다. 피누차는 화장실로 달려가 문을 잠가버렸다가 얼마 후 나와서 남편을 따라 침실에 들어가 문을 닫았다. 그제야 눈치아 아주머니는 언제나 며느리를 달래는 시어머니로서의 역할을 잠시 잊고 분통을 터뜨렸다.

"저 못된 년이 리노에게 하는 짓을 봤지? 대체 무슨 일이라니?"

나는 아무것도 모른다고 했다. 정말 그랬다. 그날 저녁은 피누차의 감정에 대한 내 추측을 늘어놓으면서 눈치아 아주머니를 위로하며 보냈다. 나는 아주머니에게 나라도 뱃속에 아이가 있으면 항상 남편 옆에서 보호받고 싶을 것이라고 했다. 여자가 어머니로서의 책임감을 가지고 있듯이 남편도 아버지로서의 책임감과 남편으로서의 책임감을 가지고 있는지 확인하고 싶을 것 같다고 했다.

이곳에 온 이유는 결국 릴라가 임신하기 위해서인데 릴라에게는 정말 딱 맞는 치료법인 것 같다고 했다. 바닷가 생활이 릴라에게 잘 맞는 것 같다고, 스테파노가 도착하면 릴라의 얼굴에 행복감이 피어오르는 것만 봐도 알 수 있다고 했다. 그에 비해서 피누차는 이미 리노에 대한 사랑으로 가득해 리노에게 매일 밤낮으로 애정을 쏟으려는 것이고 그렇지 못하면 안타까운 마음에 괴로워하는 것이라고 했다.

한 시간 남짓했지만 훈훈한 시간이었다. 나는 눈치아 아주머니와 함께 깨끗하게 치운 부엌에 앉았다. 꼼꼼하게 씻은 접시며 냄비가 제자리에 가지런히 놓여 있었다. 눈치아 아주머니가 말했다.

"너 정말이지 이야기를 잘 하는구나. 정말 훌륭한 사람이 될 거야."

갑자기 아주머니의 눈에 눈물이 차올랐다. 아주머니는 릴라도 공부를 계속했어야 했다며 그것이야말로 릴라의 운명이었다고 했다.

"리나가 공부하는 것을 원치 않았던 것은 리나 아버지였어."

아주머니가 덧붙였다.

"나는 리나 아버지에게 맞서지 못했고. 그때만 해도 돈이 없었거든. 리나도 너처럼 될 수 있었는데. 그런데 너무 빨리 결혼을 해버렸어. 이젠 너와는 전혀 다른 길을 걷게 된 거야. 돌이킬 수 없게 됐지. 우리네 삶이란 우리를 제멋대로 이끄는 법이니까."

아주머니는 내 행복을 빌어주었다.

"너도 너처럼 공부를 많이 한 잘생긴 청년을 만나 행복해졌으면 좋겠구나."

아주머니는 정말 도나토 사라토레의 아들에게 마음이 있느냐고 물었다. 나는 그렇지 않다고 말은 했지만 다음 날 그와 함께 산에 가기로 했다고 털어놓았다. 아주머니는 기뻐했다. 살라미 햄과 프로볼로네 치즈를 곁들인 파니니 준비를 도와주었다. 나는 파니니를 종이에 싸서 해변에 갈 때 필요한 수건과 다른 소지품과 함께 배낭에 잘 넣어두었다. 아주머니는 언제나처럼 올바르게 행동해야 한다고 당부했다. 우리는 서로 잘 자라고 인사했다.

방에 가서 책을 잠깐 읽기는 했지만 집중이 되지 않았다. 아침 일찍 신선하고 향긋한 공기를 들이마시면서 집을 나서면 얼마나 기분이 좋을까. 바다에서 보내는 시간이 너무 좋았다. 피누차까지도 참아줄 만했다. 그녀의 울음과 그날 저녁에 벌어진 리노 부부의 다툼도 괜찮았다. 릴라와 스테파노가 화해 분위기 속에서 하루하루 사랑을 키워나가게 되어 기뻤다.

나는 진정 니노를 원했다. 니노와 내 가장 친한 친구와 함께 매일 시간을 보내는 것은 기분 좋은 일이었다. 서로에 대해 이해할 수 없는 면이 없지 않았지만, 가끔은 좋지 않은 감정의 찌꺼기가 내면 깊은 곳에서 느껴졌지만 그래도 나는 행복했다.

스테파노와 릴라가 집으로 돌아오는 소리가 들렸다. 숨이 끊어질 듯 웃어대며 이야기하는 소리가 들렸다. 문이 열렸다 닫히고 다시 열렸다. 수돗물 흐르는 소리와 화장실 물 내리는 소리가 들렸다. 나는 불을 끄고 갈대 스치는 소리와 양계장에서 나는 소란스러운 닭소리에 귀를 기울이다 까무룩 잠이 들었다가 인기척에 바로 깼다.

"나야."

릴라가 속삭였다.

릴라가 침대 가장자리에 앉는 것을 느끼고 불을 켜려 했다.

"그냥 둬."

릴라가 말했다.

"잠깐이면 돼."

나는 그래도 불을 켜고 일어나 앉았다.

릴라는 연한 분홍빛 잠옷 차림으로 내 앞에 있었다. 햇볕에 피부가 어찌나 탔는지 상대적으로 눈이 더 하얘 보였다.

"오늘 나 정말 멀리 헤엄쳐 나갔지?"

"수영 정말 잘하더라. 그런데 좀 걱정됐어."

릴라는 힘차게 고개를 젓고는 이제 바다 정도야 자기 손 안에 있다는 듯 웃어보였다. 그러다 이내 심각한 표정을 지어보였다.

"네게 할 말이 있어."

"뭔데?"

"니노가 내게 키스했어."

릴라가 말했다. 거침없는 말투로 스스로도 인정하고 싶지 않은, 차마 고백할 수 없는 다른 무엇인가를 감추려는 것 같았다.

"내게 키스했지만 나는 입술을 벌리지 않았어."

56

릴라는 내게 그날 있었던 일을 자세히 들려주었다. 릴라는 수영을 오래 해서 기운이 빠지기는 했지만 자신의 수영 실력을 입증했다는 생각에 기분이 좋아졌다고 했다. 그래서 떠 있는 동안 조금이라도 힘을 아끼려고 니노에게 기댔다는 것이다. 그런데 니노는 릴라가 자기에게 가까이 온 틈을 이용해서 그녀의 입술에 자신의 입술을 포갠 후 세게 눌렀다고 했다. 릴라는 재빨리 입을 꾹 다물었다고 했다. 니노가 혀끝으로 입술을 벌리려 했지만 허락하지 않았다고 했다.

"미쳤어?"

릴라는 니노를 밀쳐내며 말했다.

"난 결혼한 몸이라고!"

그런데도 니노는 말했다.

"나는 널 네 남편보다 훨씬 오래전부터 사랑했어. 초등학교 시절 경합을 벌였던 그날부터 말이야."

릴라는 니노에게 다시는 그런 짓을 하지 말라고 경고하고는 해변으로 되돌아왔다.

"어찌나 세게 누르는지 입술이 아플 정도였어."

릴라가 마지막으로 말했다.

"아직도 아파."

릴라가 가만히 내 반응을 기다렸다. 나는 물어보고 싶은 마음을 겨우 참았다. 릴라가 내게 브루노 없이 니노와 단둘이 산에 가지 말라고 당부하기에 나는 릴라와는 달리 결혼도 하지 않은 데다 남자친구도 없으니 니노가 나에게 키스를 해도 나쁠 게 뭐 있겠느냐고 대꾸했다.

"안타까운 것은 말이야."

내가 덧붙였다.

"나는 니노에게 마음이 없다는 사실이지. 내게 니노와의 키스는 죽은 쥐에게 입을 갖다대는 것과 별반 다를 바 없어."

그러면서 하품을 참지 못하겠다는 시늉을 하자 릴라는 애정과 찬탄이 뒤섞인 시선으로 나를 잠시 바라보다가 침실로 돌아갔다. 릴라가 방에서 나가자마자 나는 새벽이 될 때까지 펑펑 울었다.

이제 와서 그때 겪었던 고통을 다시 생각하려니 마음이 불편하다. 지금은 그 당시의 나 자신을 이해할 수가 없다. 하지만 적어도 그날 밤에는 살아갈 이유를 잃은 것처럼 느껴졌다. 대체 왜 니노는 그런 식으로 행동한 걸까. 나디아에게 키스하고서 내게도 키스하고 릴라에게도 키스를 하다니. 그런 그가 어떻게 내가 사랑했던 진지하고 사려 깊은 사람과 똑같은 사람일 수 있단 말인가. 사회에 대한 중요한 담론을 그토록 심도 있게 논하는 사람이 사랑에 대해서는 그토록 가볍게 행동할 수 있다는 사실을 시간이 지날수록 받아들이기 힘들었다.

나 자신도 되돌아봤다. 나는 잘못된 판단을 했고 착각에 빠졌다. 나같이 작고 통통하고 성실하기만 할 뿐 똑똑하지도 않은 데다 교양이 있는 척, 아는 것이 많은 척만 하는 안경잡이를 니노가 좋아할 리 없지 않은가. 비록 짧은 여름휴가 동안이지만. 그러고 보니 니노가 나를 정말로 좋아해주기를 바라긴 한 걸까. 내 행동을 세밀히 되짚어 보았다. 아니다. 나는 내 욕망을 정확히 몰랐다. 다른 사람들에게 내 감정을 애써 숨겨왔을 뿐 아니라 나 자신조차도 내 감정에 회의적이고 확신이 없었다.

왜 릴라에게 한 번도 니노에 대한 내 감정을 고백하지 못했을까. 지금도 그렇다. 한밤중에 나를 찾아와 털어놓은 릴라의 고백이 내게 얼마나 고통스러운지 아느냐고 왜 소리치지 못한 것일까. 왜 그녀에게 입 맞추기 전에 니노가 내게도 입 맞춘 적이 있다고 말하지 못한 것일까. 나는 대체 왜 항상 이 모양일까. 너무나 간절하게 부와 명예와 칭찬과 성공을 갈망하는 본심이 두려워서 오히려 내 감정을 표현하지 않으려는 것일까. 원하는 것을 얻지 못했을 때 그 간절함이 마음속에서 폭발하여 최악의 선택을 하게 될까봐 두려운 것일까. 예를 들어 니노의 아름다운 입술을 죽은 쥐의 시체와 비교하는 것처럼 말이다. 그래서 나는 언제나 한걸음 다가가다가도 즉시 물러설 태세를 갖추는 것일까. 그렇기에 일이 잘 풀리지 않을 때도 언제나 상냥한 미소를 머금은 채 행복한 웃음을 터뜨리는 것일까. 그래서 내게 고통을 주는 이들을 위한 합리적인 변명거리를 내가 먼저 나서서 제공

해주는 것일까.

나는 끊임없이 나 자신에게 물으며 눈물을 흘렸다. 날이 밝아올 즈음이 되어서야 나는 무슨 일이 일어난 것인지 어느 정도 이해할 수 있었다. 니노는 진정 나디아를 사랑하고 있다고 생각했을 것이다. 갈리아니 선생님께 나에 대한 칭찬을 듣고 몇 년간 나를 진심으로 존중하는 마음과 호감 섞인 감정을 가지고 지켜보았을 것이다. 그런데 이곳 이스키아에서 릴라를 만나자 그녀야말로 자신의 유일하고 진정한 사랑의 대상이라는 사실을 깨달은 것이다. 어린 시절부터 그래왔고 앞으로도 영원히 그럴 것이라는 걸 말이다. 그런 그를 어떻게 탓할 수 있겠는가. 어떤 명분으로 그를 탓하겠는가. 니노와 릴라의 이야기에는 강렬하고 지고지순한 무엇인가가 있었다. 숙명적인 이끌림이 있었다.

마음을 가라앉혀보려고 시구절과 소설 구절을 생각해보았다. 이러려고 공부를 했나보다고 생각했다. 고작 마음을 가라앉히는 데 써먹으려고.

릴라는 니노가 수년간 자기도 모르게 가슴속에 간직해온 불씨에 불을 붙인 것이다. 불길이 타오르기 시작한 이상 이제 릴라가 니노를 사랑하지 않더라도 니노는 릴라를 사랑하지 않을 수 없다.

릴라는 이미 결혼을 했기에 다가갈 수 없는 금단의 열매다. 결혼은 영원한 것이다. 죽음 뒤에도. 물론 그 관계를 깨뜨릴 수는 있겠지만 이는 심판의 날까지 지옥의 화염에 휩싸이는 것을 의미한다.

새벽녘이 되자 모든 것이 명확해졌다. 릴라에 대한 니노의 사랑은 이루어질 수 없는 사랑이다. 그에 대한 나의 사랑이 그런 것처럼 말이다. 불가능하다는 관점으로 바라보자 바다에서 니노가 릴라에게 한 입맞춤에 대한 설명이 가능해졌다.

그 입맞춤은 니노가 의도한 것이 아니라 예기치 않게 일어난 사건이었다. 게다가 릴라는 나와는 다르게 사건을 일으키는 데 탁월한 재능이 있지 않은가. 이제 나는 어떻게 해야 하나. 니노와 한 약속에 나가서 함께 에포메오 산을 올라야 하나 아니면 오늘 저녁에라도 당장 스테파노, 리노 일행과 떠나야 하나. 어머니가 내 도움이 필요하다고 편지를 보냈기 때문이라고 하면 그만이다. 릴라를 사랑하고 그녀에게 키스했다는 것을 알게 된 마당에 어떻게 그와 함께 태연히 산에 오르겠는가. 매일 어떻게 둘이 함께 해변에서 점점 더 멀리 헤엄쳐 나아가는 모습을 바라볼 수 있겠는가.

나는 진이 빠져서 깜빡 잠이 들었다. 화들짝 놀라 눈을 떴는데 하도 생각을 많이 해서인지 고통이 조금 덜하기에 약속장소로 뛰쳐나갔다.

57

나는 니노가 나타나지 않을 것이라고 거의 확신하고 있었다. 막상 해변에 도착하니 니노가 먼저 도착해서 기다리고 있었다. 브루노 없이 혼자였다. 나는 니노가 미지의 길을 찾아 산행할 생각이 없다는 것을 즉시 눈치챘다. 내가 가고 싶다고 하면 자기는 당장이라도 출발할 수 있다고 말은 했지만 날씨가 너무 무더워서 산행이 엄청 힘들 것 같다는 생각을 은근히 내비쳤다. 이런 날씨에는 해수욕만 한 것이 없을 것이라고 했다.

나는 걱정이 되기 시작했다. 니노가 공부나 해야겠다며 가버릴 것만 같았다. 하지만 예상외로 니노는 배를 타러 가자고 했다. 그는 가지고 있는 돈을 세어보고 또 세어보았다. 내가 얼마 안 되는 잔돈을 보태려고 꺼내자 그는 상냥하게 웃으며 말했다.

"너는 파니니를 준비했잖아. 배는 내가 알아서 할게."

얼마 후 우리는 배를 타고 바다를 향해 가고 있었다. 니노가 노를 젓고 나는 뱃머리에 자리를 잡았다.

그새 내 기분은 훨씬 나아졌다. 순간 릴라가 거짓말을 한 것이라고, 사실 니노는 그녀에게 키스하지 않은 것이라고 생각했다. 하지만 마음속 깊은 곳에서는 그렇지 않다는 것을 알고 있었다. 나는 이따금씩 거짓말을 했다. 특히 나 자신에게 그랬다. 하지만 릴라는 아니다. 적어도 내가 기억하는 한 릴라는 거짓말을 한 적이 한 번도 없다.

조금 기다리자 니노가 먼저 상황을 정리했다. 바다 한가운데서 니노는 노를 내려놓고 물속에 몸을 던졌다. 나도 그를 뒤따랐다. 그는 평소처럼 가볍게 일렁이는 파도와 거의 구분이 되지 않을 만큼 멀리 나아가는 대신 바닷속 깊은 곳으로 잠수했다가 조금 떨어진 곳에서 다시 모습을 나타냈다. 그러곤 다시 잠수하기를 반복했다. 나는 바다의 깊이가 신경 쓰여 감히 멀리 나아가지는 못하고 배 주변만 맴돌았다. 그러다가 피곤해져서는 낑낑대며 배 위로 올라갔다.

잠시 후 니노는 내게 돌아와 다시 노를 잡더니 해안선 방향을 따라 임페라토레 곶을 향해 힘차게 저었다. 그때까지만 해도 우리의 대화 주제는 파니니와 더위, 바다였다. 에포메오 산에 올라가지 않기를 너무 잘했다는 말도 했다. 놀랍게도 그때까지 한 번도 책이나 잡지, 신문에서 읽은 주제에 대한 이야기를 꺼내지 않았다. 침묵하는 시간이 길어질까봐 오히려 내가 사회 문제에 관심이 많은 니노가 물 수 있는 미끼가 될 만한 화제를 이따금씩 던졌다. 하지만 니노는 전혀 관심을 보이지 않았다. 머릿속에 다른 생각이 가득 찬 것 같았다. 실제로 어느 순간 노를 놓더니 잠시 동안 울퉁불퉁한 절벽과 하늘을 날아다니는 갈매기 무리를 바라보았다.

"리나가 아무 말 없었어?"

"무슨 말?"

그는 불편한 듯 입술을 꾹 다물었다가 말했다.

"좋아. 그럼 내가 이야기해줄게. 나 어제 리나에게 키스했어."

이렇게 대화의 물꼬가 트이자 니노는 하루 종일 릴라와 자기 이야기만 했다. 우리는 중간 중간 수영을 하기도 하고 암초와 동굴을 보러 가기도 했다. 함께 파니니도 나눠 먹고 준비해온 물도 다 마셨다. 니노는 내게 노 젓는 법을 가르쳐주기도 했다. 그렇지만 대화의 주제는 단 하나였다. 가장 인상적이었던 것은 니노가 평소처럼 자신의 일을 일반화하려 하지 않았다는 사실이다. 그는 오직 자신과 릴라, 릴라와 자신에 대해서만 이야기했다. 사랑에 대한 일반론은 전혀 언급하지 않았다. 수많은 사람 중에서 특정인과 사랑에 빠지게 되는 이유에 대해서는 전혀 이야기하지 않았다. 그 대신 내게 스테파노와 릴라의 관계를 집요하게 물었다.

"왜 그런 작자와 결혼한 거야?"

"스테파노에게 반했으니까."

"그럴 리 없어."

"정말 그랬다니까. 확실해."

"돈 때문에 결혼한 거야. 가족들을 돕고 자기도 자리를 잡으려고."

"그런 이유 때문이었다면 마르첼로 솔라라와 결혼했겠지."

"그건 또 누구야?"

"스테파노보다 훨씬 부자인데 리나에게 푹 빠져서 별짓을 다 했었거든."

"리나는 어땠는데?"

"그를 원치 않았어."

"그러니까 네 말은 리나가 그 식료품점 주인을 사랑해서 결혼했다는 거야?"

"그렇다니까."

"그럼 임신하기 위해 해수욕을 해야 한다는 말은 또 뭐야?"

"의사 선생님이 그렇게 하라고 했어."

"리나는 아이를 갖고 싶어 해?"

"처음엔 아니었는데 지금은 모르겠어."

"그럼 리나 남편은?"

"남편이야 원하지."

"리나를 사랑해?"

"그럼. 아주 많이."

"객관적으로 네가 보기에 부부 사이는 원만한 것 같아?"

"리나와 관련된 일 치고 원만한 게 어디 있어."

"무슨 뜻이야?"

"신혼 첫날부터 문제가 있었어. 적응이라고는 할 줄 모르는 리나 탓이지."

"지금은?"

"지금이야 훨씬 나아졌지."

"거짓말."

니노는 특히 그 점을 미심쩍어하면서 물고 늘어졌다. 나는 릴라가 지금처럼 자기 남편을 사랑한 적은 없었다고 힘주어 말했다. 니노가 의심스러워할수록 나는 더 확고하게 말했다. 그와 릴라 사이에는 아무 일도 일어날 수 없다고 딱 잘라 말했다.

나는 니노가 헛된 희망을 품는 것을 원치 않았다. 하지만 내 말은 대화를 마무리하는 데 별 도움이 되지 않았다. 오히려 내가 릴라에 대해서 자세히 말할수록 니노에게 바다 위 하늘 아래서 보내는 그날 하루가 더욱 즐거워질 것이라는 사실이 명확해졌다. 내 말 한마디 한마디에 상처를 입어도 상관없어하는 것 같았다. 중요한 것은 내가 아는 모든 것을 빼거나 더하지 않고 그에게 모두 들려주는 것이었 다. 그는 그와 내가 함께하는 이 순간을 릴라의 이름으로 가득 채워 주기를 원하고 있었다.

나는 그렇게 해주었다. 처음에는 고통스러웠지만 서서히 느낌이 달라졌다. 그날 니노와 릴라에 대한 이야기를 나누면서 앞으로 우 리 셋의 관계가 어떤 식으로 변할 것인지 예측할 수 있었다. 나도 릴 라도 따로따로 니노를 차지하지는 못할 것이다. 하지만 함께라면 여 름휴가 내내 그의 관심을 받을 수 있다. 릴라는 가질 수 없는 열정의 대상으로서, 나는 이 둘의 광기를 통제하는 현명한 조언자로서 말이 다. 그렇게 해서라도 니노의 관심을 받을 수 있다고 생각하면서 나 는 나 자신을 위로했다. 릴라는 니노의 키스를 고백하러 내게 달려 왔고 니노는 자기가 키스한 사실을 고백하면서 이렇게 하루 종일 나 와 시간을 보내고 있지 않은가. 나는 릴라에게도 니노에게도 필요한 존재가 될 것이다.

오늘만 봐도 니노는 벌써 나 없이는 못 살 것처럼 말했다.

"네 생각에 리나가 나를 좋아하게 될까?"

니노가 물었다.

"리나는 이미 결정을 내렸어, 니노."

"무슨 결정?"

"자신의 남편을 사랑하기로. 그래서 그의 아이를 가지기로 한 거야. 여기 온 이유도 그 때문이고."

"그럼 리나를 사랑하는 내 마음은?"

"사랑받는 것을 알면 그 사랑을 되돌려주고 싶기 마련이지. 리나는 무척 고마워할 거야. 하지만 더 고통받고 싶지 않으면 그 이상은 기대하지 마. 리나는 사랑받고 존중받을수록 잔인해져. 언제나 그랬어."

우리는 해가 지고 난 후에야 헤어졌다. 얼마 동안은 즐거운 하루를 보낸 것 같은 느낌이었다. 하지만 숙소로 돌아가는 길에 벌써 우울한 감정이 몰려왔다. 릴라와는 니노에 대해서 이야기하고 니노와는 릴라에 대해서 이야기하는 고역을 어떻게 참는단 말인가. 당장 내일부터는 둘이 티격태격하면서 장난을 치고 만지고 껴안는 꼴을 봐야 할 텐데. 돌아오라는 어머니의 전갈을 받았다고 이야기하기로 마음먹고 집에 도착했는데 릴라가 나를 보자마자 차갑게 추궁했다.

"대체 어디에 다녀온 거야? 다들 널 찾아 헤맸어. 네 도움이 필요했어. 우리를 도와야 했다고."

나는 그들에게도 그날이 그다지 유쾌한 하루가 아니었다는 것을 알게 되었다. 피누차 때문이었다. 그녀가 모두를 힘들게 하다가 결국에는 리노가 자기를 집으로 데려가주지 않으면 이제는 자신을 사랑하지 않는다는 뜻으로 받아들이고 뱃속의 아이와 함께 죽어버리겠다고 소리쳤다는 것이다. 사태가 이 지경에 이르자 리노도 더는 말리지 못하고 피누차를 나폴리로 데리고 가버렸다.

58

다음 날이 되어서야 피누차의 부재가 어떤 결과를 가져왔는지 깨닫게 되었다. 첫날 밤은 그다지 나쁘지 않았다. 찡찡대는 소리가 사라지자 집 안 분위기는 다시 평온해졌고 시간은 조용히 흘러갔다.

방에 들어가려는데 릴라가 따라 들어왔다. 겉으로는 평범한 대화를 이어나갔다. 나는 내 속마음을 드러내지 않으려고 주의하며 말을 아꼈다.

"피누차가 왜 그렇게 기를 쓰고 이곳을 떠나려고 했는지 알아?"

릴라가 피누차 이야기를 꺼내면서 내게 물었다.

"자기 남편이랑 함께 있고 싶어서겠지."

릴라는 고개를 저어보이며 심각하게 말했다.

"자기 감정이 두려웠던 거야."

"무슨 말이야?"

"브루노에게 반했거든."

나는 깜짝 놀랐다. 그런 생각은 한 번도 해본 적이 없었다.

"피누차가?"

"그렇다니까."

"그럼 브루노도?"

"브루노는 눈치도 못 챘어."

"확실해?"

"응."

"어떻게 알아?"

"브루노가 노리는 건 너니까."

"말도 안 돼."

"어제 니노가 말해준 거야."

"오늘 내겐 아무 말 없었는데."

"오늘 뭘 했는데?"

"배를 타고 바다로 나갔어."

"둘이서만?"

"그래."

"무슨 이야기를 했어?"

"이런저런 이야기."

"내가 들려준 이야기에 대해서도 말했어?"

"어떤 이야기?"

"알잖아."

"키스 이야기?"

"응."

"아니. 그런 이야기는 안 했어."

너무 오랜 시간을 뙤약볕 아래서 보낸 데다 무리하게 수영을 한 까닭에 머리가 멍했지만 말실수는 하지 않았다. 릴라가 자기 방으로 돌아간 후에 침대에 누워 있자니 시트 위에 몸이 둥둥 떠다니는 느낌이었다. 캄캄한 방이 푸르고 붉은빛으로 가득 찬 것 같았다. 피누차가 그리도 급하게 떠난 이유가 브루노를 사랑하게 되어서라고? 그런데 브루노는 피누차가 아니라 나를 좋아한다고? 나는 피누차와 브루노의 관계를 다시 한 번 되짚어보았다. 그들이 나눴던 이야기와 말투를 다시 생각해보고 그들의 몸짓을 다시 떠올려보고는 릴라의 말이 옳다는 것을 깨달았다.

갑자기 피누차의 심정이 이해가 갔다. 억지로라도 떠난 그녀의 강단 있는 결단력이 존경스러웠다. 하지만 브루노가 나를 좋아한다는 말은 믿기지 않았다. 평상시 브루노는 나를 제대로 쳐다보지도 않았다.

릴라의 말대로 정말로 브루노가 나를 노리고 있다면 그날 약속장소에 니노가 아니라 그가 왔어야 했다. 아니면 적어도 함께 모습을 나타내야 했다.

브루노가 나를 좋아하는 것이 사실이든 아니든 나는 그가 마음에 들지 않았다. 키가 너무 작은 데다 머리도 심한 곱슬이었다. 이마는 좁고 이빨은 늑대 같았다. 그는 정말 아니었다. 적당한 거리를 유지해야겠다고 생각했다. 그래, 그래야겠다.

다음 날 릴라와 나는 10시에 해변에 도착했다. 두 청년은 이미 와서 해변을 거닐며 산책하고 있었다. 릴라가 피누차는 할 일이 있어서 남편과 떠났다고 간단하게 설명했다. 니노도 브루노도 전혀 아쉬워하지 않았다. 이런 그들의 태도에 오히려 내 마음이 상했다.

어떻게 사람이 사라졌는데 빈자리를 전혀 느끼지 않을 수 있단 말인가. 피누차는 우리와 2주를 함께 보냈다. 다섯이 함께 산책도 하고 수다도 떨고 장난도 치고 수영도 했다. 지난 15일 동안 피누차는 평생 잊지 못할 첫 휴가를 경험했다.

그런데 우리는 어떤가. 각자 다른 방식으로 피누차를 배려했던 우리들인데 지금은 전혀 그녀를 그리워하지 않고 있다. 니노만 해도 피누차가 갑자기 떠난 것에 대해 한마디 언급도 없었다. 브루노가 심각하게 "아쉽다. 인사도 제대로 하지 못했네"라고 한마디 했을 뿐이었다. 하지만 우리는 1분도 채 지나지 않아 다른 이야기를 했다. 마치 피누차라는 사람이 이스키아 섬이나 치타라 해변에 온 적이 없었던 것처럼 말이다.

우리 사이의 관계가 갑작스럽게 재정립된 것도 마음에 들지 않았다. 니노는 언제나 나와 릴라를 함께 상대해왔다. 아니 함께 대화를 나누면서도 나만 바라보는 것이 더 일상적이었는데 이제 갑자기 릴라하고만 이야기를 나눴다. 숫자가 네 명으로 딱 맞춰진 지금에 와서 굳이 혼자서 둘 다 즐겁게 해줄 부담이 사라졌다는 듯이 말이다. 지난주 토요일까지만 해도 피누차 담당이었던 브루노가 피누차를 대하던 것과 똑같이 수줍지만 성실한 태도로 나를 대하기 시작했다. 결혼하고 임신까지 한 피누차나 나나 별 차이가 없다는 듯이 대했다.

처음에는 넷이 나란히 해안을 걸어갔다. 그러다 얼마 안 있어 브루노가 파도에 뒤집힌 조개껍데기를 발견하고 예쁘다며 조개껍데기를 주웠다. 나는 예의상 그를 기다리기 위해 걸음을 멈췄고 그는 별다를 것 하나 없는 그 조개껍데기를 내게 선물했다. 니노와 릴라가 계속 걸어가는 바람에 우리는 자연스레 두 커플로 나뉘어 해안을 걷게 되었다. 릴라와 니노 커플은 앞에서, 우리 둘은 뒤에서 걸었다.

릴라와 니노는 활기 있게 이야기를 나누는데 나는 어떻게 해서든 브루노와 대화를 이어가려 애써야 했다. 그런 나를 브루노는 힘겹게 쫓아왔다. 걸음을 빨리해보려 했지만 브루노는 나를 일부러 뒤처지게 했다. 브루노와 진정한 교류를 하기가 힘들었다. 그는 바다라든지 하늘이라든지 갈매기에 대한 일반적인 이야기만 했다. 자기가 생각하기에 내가 좋아할 만한 타입을 지레짐작하고 여기에 맞게 연극을 하고 있다는 것이 눈에 빤히 보였다.

피누차와는 그렇지 않았을 것이다. 그렇지 않고서야 어떻게 그렇게 오랜 시간을 즐겁게 보낼 수 있었겠는가. 게다가 주제가 흥미롭더라도 그의 말을 이해하는 것 자체가 힘들었다. 시간을 묻거나 담배를 한 개비 달라고 하거나 물을 달라는 식의 짧은 문장을 얘기할 때는 꾸밈없이 정확한 발음으로 이야기했다.

그러다가 헌신적인 청년 역을 연기할 때는, 예컨대 '조개가 마음에 들어? 정말 아름답지. 네게 선물할게' 같은 문장을 이야기할 때면 당황해서 버벅거렸다. 표준어도 사투리도 아닌 어중간한 언어로 이야기했는데 그나마도 자신의 말투에 수치심이라도 느끼는 것처럼 조그맣게 웅얼거렸다. 나는 고개를 끄덕이기는 했지만 그가 하는 말을 거의 이해할 수 없었다. 그러면서도 니노와 릴라의 대화를 듣기 위해 나는 촉각을 곤두세웠다.

니노가 요즘 공부하고 있는 심각한 주제에 대해서 이야기하고 있거나 릴라가 내게서 가져간 책을 읽으면서 어떤 생각을 했는지 과시하고 있을 것이라고 생각했다. 나는 틈만 나면 어떻게 해서든 그들의 대화에 끼어들어 보려고 했다.

막상 릴라와 니노의 대화가 들릴 만큼 그들 곁에 가까이 다가가면 나는 갈피를 잡지 못했다. 니노는 릴라에게 동네에서 보낸 유년 시절 이야기를 하는 것 같았다. 극적으로 느껴질 정도로 열띤 어조였다. 릴라는 니노의 말을 끊지 않고 귀 기울이고 있었다. 나는 이야기에 끼어드는 것이 예의 없게 느껴져 끼어들지 못하고 체념하고는 뒤떨어져서 브루노와 무료한 시간을 보냈다.

수영을 할 때에도 예전처럼 셋이 함께하는 삼각진을 구성하지 못했다. 브루노가 갑자기 나를 밀어 넘어뜨리는 바람에 물속에 완전히 빠지고 말았다. 머리카락까지 흠뻑 젖는 걸 제일 싫어하는데 그렇게 되고 말았다. 내가 물 위로 떠올랐을 때 니노와 릴라는 이미 몇 미터 앞으로 헤엄쳐 나가서는 둘이서만 진지하게 이야기를 나누고 있었다. 둘은 우리보다 훨씬 더 오랜 시간을 물속에서 보냈지만 해안과 너무 많이 떨어지지는 않았다. 대화에 집중하느라 평소처럼 수영 실력을 뽐내는 것도 잊고 있었다.

오후 늦게야 니노가 처음으로 내게 말을 걸었다. 그는 내가 거절할 거라는 걸 알고 있다는 듯이 퉁명스레 물었다.

"저녁식사 후에도 다시 만나는 게 어때? 데리러 갔다가 돌아가는 길에도 바래다줄게."

저녁에 함께 나가자고 한 것은 처음이었다. 어떻게 해야 할지 몰라 릴라를 바라보았지만 그녀는 엉뚱한 곳만 바라보고 있었다.

"릴라 어머니를 너무 오래 혼자 계시게 할 수는 없어."

내가 말했다.

니노는 아무런 대꾸도 하지 않았고 브루노도 거들지 않았다. 마지막으로 수영을 하고 나서 헤어지기 전에 릴라가 말했다.

"내일은 남편한테 전화하는 날이라 포리오에 갈 예정이야. 봐서 아이스크림이라도 함께 먹자."

이 말에도 짜증이 났지만 그 후에 일어난 일에 나는 더 짜증이 났다. 니노와 브루노가 포리오 쪽으로 향하자마자 릴라는 니노가 제안한 것에서부터 나와 릴라가 반대되는 대답을 한 것까지 그날 일어난 모든 사소한 일이 이유는 알 수 없지만 변명할 여지없이 모두 내 책임인 것처럼 나를 비난하기 시작했다.

"왜 항상 브루노 곁에만 붙어 있었던 거야?"

"내가?"

"그래. 너 말이야. 다시는 저 자식과 나만 남겨두지 마."

"대체 무슨 소리야? 우리를 기다려주지 않고 앞서간 것은 너희 둘이잖아."

"우리가? 달려 나간 것은 니노였어."

"멈춰 서서 나를 기다리자고 할 수 있었잖아."

"그럼 너도 브루노에게 우리를 놓칠 것 같으니 빨리 움직이라고 할 수 있었잖아. 부탁인데 그렇게도 브루노가 좋으면 저녁에 따로 나가. 그러면 네가 원하는 대로 말하고 행동할 수 있잖아."

"나는 브루노가 아니라 너를 위해서 여기에 있는 거야."

"그런 것 같지 않던데. 항상 네가 편한 대로만 하잖아."

"내가 마음에 안 들면 내일 아침에 돌아갈게."

"그래? 그럼 내일 저녁에 나 혼자 그 애들과 아이스크림을 먹으란 말이야?"

"그 애들과 아이스크림을 먹자고 한 건 너야, 릴라."

"어쩔 수 없었어. 스테파노에게 전화하려고 포리오에 갔다가 그 애들과 마주치기라도 하면 우리 꼴이 뭐가 되겠어?"

집에 도착해서 저녁식사가 끝날 때까지 우리는 눈치아 아주머니 앞에서 티격태격했다. 심각하게 싸운 것은 아니었지만 우리는 상대방의 진정한 의도를 이해하지 못한 채 의미가 모호한 가시 돋친 말을 주고받았다. 우리 이야기를 의아한 듯 듣고 있던 눈치아 아주머니가 결국 나섰다.

"내일 저녁식사 후에 나도 아이스크림을 먹으러 가야겠다."

"꽤나 먼 길이에요."

내가 말하자 릴라가 퉁명스럽게 끼어들었다.

"꼭 걸어가야 할 필요 있겠어? 차를 타고 가자. 어차피 돈은 남아도니까."

59

다음 날 두 청년의 새로운 생활 패턴에 맞추기 위해 우리는 10시가 아닌 9시에 해변에 도착했다. 그런데 그들의 모습이 보이지 않았다. 릴라는 금세 신경이 날카로워졌다. 10시가 지나도 둘은 나타나지 않았다. 이른 오후가 되어서야 공모자 같은 장난스러운 분위기로 모습을 나타냈다. 그들은 저녁 시간도 우리와 함께 보내야 하기에 공부를 먼저 하고 왔다고 했다.

이 말에 대해 릴라가 보인 반응은 누구보다 나를 놀라게 했다. 그녀는 니노와 브루노를 쫓아버리려 했다. 거칠기 짝이 없는 사투리로 공부를 하고 싶으면 오후건 저녁이건 늦은 밤이건 말리지 않을 테니 언제든지 꺼져버리라고 내뱉었다.

니노와 브루노가 애써 릴라의 말을 진심으로 받아들이지 않고 그녀의 반응을 장난으로 넘기기 위해 미소를 거두지 않자 릴라는 파라솔을 접고 가방을 거칠게 집어 들더니 길 쪽으로 성큼성큼 걸어갔다. 니노가 릴라를 향해 뛰어갔지만 잠시 후 장례식 조문객 같은 표정으로 되돌아왔다. 릴라를 말릴 수 없었다고 했다. 정말로 화가 나서는 어떤 변명도 들으려 하지 않았다는 것이다.

"괜찮아질 거야."

내가 침착한 척하며 말했다. 그러고는 그들과 함께 수영했다. 파니니를 먹으면서 햇볕에 몸을 말리고 그들과 힘없이 이야기를 조금 나누다가 나도 집에 돌아가봐야겠다고 했다.

"오늘 저녁은 어떻게 하지?"

브루노가 물었다.

"리나는 어차피 스테파노에게 연락을 해야 돼. 이따가 보자."

내색은 하지 않았지만 릴라의 분노에 나는 몹시 불안해졌다. 그 말투며 행동의 의미는 대체 무엇이란 말인가. 약속 한 번 지키지 않았다고 그렇게 화를 낼 권리가 있는가. 왜 조금만 더 참지 못하고 두 청년을 파스콸레나 안토니오는 말할 것도 없이 솔라라 형제처럼 대하는 것인가. 왜 카라치 부인답게 행동하지 않고 버르장머리 없는 계집아이처럼 행동하는 것인가.

내가 숨을 가쁘게 쉬면서 집에 도착하자 눈치아 아주머니는 수건과 수영복을 빨고 있었고 릴라는 자기 방 침대에 앉아서 예상치 못한 일에 열중하고 있었다. 글을 쓰고 있었던 것이다. 무릎 위에 공책을 올려놓은 채 눈을 가늘게 뜨고 인상을 찌푸리고 글을 쓰고 있었다. 내 책 한 권이 침대 시트 위에 뒹굴고 있었다. 릴라가 글 쓰는 것을 본 지는 정말 오랜만이었다.

"너 오늘 정말 도가 지나쳤어."

내가 말했다.

릴라는 공책에서 시선을 떼지 않고 어깨를 한 번 으쓱해 보이더니 오후 내내 글만 썼다.

그날 저녁 릴라는 스테파노를 맞이할 때처럼 한껏 차려입었다. 우리는 차를 타고 포리오로 향했다. 일광욕을 한 번도 하지 않아서 피부가 새하얀 눈치아 아주머니가 입술과 뺨에 조금이라도 혈색이 돌게 하려고 릴라에게 립스틱을 빌리는 것을 보고 나는 조금 놀랐다. 아주머니는 시체처럼 보이고 싶지는 않다고 말했다.

포리오에 도착하자마자 우리는 두 청년과 만났다. 그들은 초소를 지키는 보초병처럼 바 옆에 서 있었다. 브루노는 낮에 입었던 반바지를 그대로 입고 셔츠만 바꿔 입었다. 니노는 긴 바지에 눈부시게 새하얀 셔츠를 걸치고 있었다. 제멋대로 헝클어진 머리를 억지로 깔끔하게 정돈했는데 그 때문에 오히려 내게는 평소처럼 잘생겨 보이지 않았다.

둘은 눈치아 아주머니를 보자 당황스러워했다. 우리는 바 입구 쪽 차양 밑에 자리를 잡고 앉아 아이스크림을 주문했다. 놀랍게도 눈치아 아주머니가 말문을 트더니 이야기를 멈추지 않았다. 아주머니는 두 청년에게만 말을 걸었다. 먼저 니노의 어머니가 정말 미인인 것으로 기억한다고 칭찬했다. 그리고 나서는 전쟁 동안 일어난 일과 고향 동네에서 일어난 이런저런 사건에 대해서 이야기를 했다. 니노에게 그런 일이 있었던 것을 기억하는지 묻기도 했다. 니노가 기억하지 못하자 아주머니는 확실하다는 듯 말했다.

"어머니께 여쭤보렴. 분명 기억하실 게야."

얼마 지나지 않아 릴라는 스테파노에게 전화를 할 시간이라며 전화 부스가 있는 가게 안으로 들어가 버렸다. 릴라가 사라지자 니노는 말문을 닫았고 브루노는 기다렸다는 듯이 니노의 뒤를 이어 눈치아 아주머니를 상대해주었다. 그가 나하고만 있을 때처럼 어색해 하지 않는다는 것을 깨닫고 짜증이 났다.

"잠시 실례하겠습니다."

니노는 갑작스레 이렇게 말하고는 벌떡 일어나서 가게 안으로 들어갔다.

눈치아 아주머니는 불안해하면서 내 귓가에 속삭였다.

"저 아이가 계산을 하러 간 건 아닐까? 나이 많은 내가 계산을 해야 하는데."

이 말을 들은 브루노는 이미 계산을 끝냈다며 어떻게 연세 드신 부인께 계산을 맡기겠느냐고 했다. 눈치아 아주머니는 포기하고 브루노 아버지의 햄 공장에 대해서 묻기 시작했다. 그러면서 구두공장을 소유하고 있는 자기 남편과 아들 자랑을 했다.

그러는 동안에도 릴라는 돌아오지 않았다. 나는 슬슬 걱정이 되기 시작했다. 눈치아 아주머니와 브루노가 수다를 떨도록 내버려두고 나도 가게 안으로 들어갔다. 스테파노와 이렇게 오랫동안 통화할 리는 없지 않은가. 전화 부스 두 곳을 모두 살펴보았지만 비어 있었다. 멀뚱히 서서 주위를 둘러보려니 서빙하는 가게 주인 아들들에게 방해가 되는 것 같았다.

환기하기 위해 뜰 쪽으로 열어놓은 문이 눈에 들어왔다. 나는 머뭇머뭇 밖으로 나갔다. 양계장 냄새와 뒤섞여 낡은 타이어 냄새가 났다. 뜰에는 아무도 없었다. 한쪽 벽에 건너편 정원과 통하는 문이 나 있는 것이 보였다. 나는 녹슨 고철더미가 잔뜩 쌓인 곳을 지나갔다.

정원에 다다르기도 전에 릴라와 니노의 모습이 보였다. 한여름 밤의 별빛이 나무 위를 비추는 가운데 릴라와 니노는 꼭 붙어서 키스를 하고 있었다. 니노가 릴라의 치마 속으로 손을 집어넣으려 하자 릴라는 그 손을 밀어내면서도 키스를 멈추지 않았다.

나는 최대한 소리를 내지 않으려고 애쓰며 급히 뒤돌아섰다. 나는 가게에 돌아가서 눈치아 아주머니에게 릴라는 아직도 통화 중이라고 했다.

"싸우는 것 같니?"

"아니요."

온몸이 타들어가는 것 같았다. 뜨거운 화염이 아니라 차가운 불길이었다. 고통은 느껴지지 않았다.

'릴라는 결혼을 했는데. 이제 1년이 조금 지났을 뿐인데…'

잠시 후 릴라는 혼자 돌아왔다. 옷매무새가 완벽했는데도 몸과 옷차림에서 어딘가 흐트러진 것 같은 느낌이 들었다.

조금 더 기다렸지만 니노는 모습을 나타내지 않았다. 나는 릴라와 니노 둘 다에게 환멸을 느꼈다. 릴라는 일어서면서 말했다.

"가자. 너무 늦었어."

우리가 타고 돌아갈 차에 거의 다다랐을 때 니노가 뛰어와서 명랑하게 인사했다.

"내일 봐!"

니노가 외쳤다. 이제까지 한 번도 듣지 못한 상냥한 말투였다. 나는 릴라의 결혼이 그들 사이에 아무런 장애가 되지 않는 것 같다고 생각했다. 그 생각이 사실이라는 것이 너무나도 뼈아프게 현실로 다가와 속이 뒤집어지는 것 같았다. 나는 손으로 입을 막았다.

집에 오자마자 릴라는 바로 잠자리에 들었다. 릴라가 그날 저지른 일을 고백하고 앞으로 어떻게 할 생각인지 이야기하기 위해 나를 찾아올 것이라 생각하고 기다렸지만 릴라는 오지 않았다. 지금 와서 생각하니 릴라 자신도 무엇을 해야 할지 몰랐던 것 같다.

60

그 후 며칠 동안 일어난 일로 상황이 더욱 확실해졌다. 평상시 니노는 신문이나 책을 들고 해변에 오곤 했는데 이제는 그러지도 않았다. 사회 문제에 대해 열띤 논쟁을 벌이는 것도 시들해졌고 그마저도 자기들끼리 은밀한 대화를 나누기 위해 거쳐 가는 과정이 되었다. 릴라와 니노는 으레 해안에서 거의 눈에 보이지 않을 정도로 먼 곳까지 둘이서만 헤엄쳐 가버리곤 했다. 산책도 두 커플로 나눠 했다. 내가 니노와 함께 걷거나 브루노가 릴라와 함께 걷는 일은 없었다. 함께 걷다가도 어느새 둘은 자연스럽게 자기들끼리만 뒤처졌다. 내가 가끔 뒤를 돌아볼 때마다 나 때문에 둘이 마지못해 떨어지는 느낌이 들었다. 화들짝 놀라 손과 입술을 떼어내는 것이 느껴졌다.

나는 괴로웠다. 믿기지 않아 고통이 파도처럼 밀려왔다 사라지곤 했다. 내용 없는 연극을 관람하는 것 같았다. 그들은 애인 놀음을 하고 있는 것이었다. 실제로는 그렇지 않았고 나중에라도 절대로 그런 사이가 될 수 없음을 너무나 잘 알면서도 말이다. 둘 가운데 하나는 여자친구가 있었고 다른 하나는 결혼까지 한 몸이다. 둘이 타락한 신처럼 느껴지기도 했다. 그렇게도 뛰어나고 똑똑했던 이들이 우둔해져서 멍청한 놀음에 빠져들게 되다니. 나는 릴라와 니노에게 신분을 망각하지 말라고, 정신 차리라고 말해주고 싶었다.

나는 결국 그렇게 하지 못했다. 그리고 2, 3일 만에 상황이 또 달라졌다. 둘은 이제 굳이 숨기려 하지도 않았다. 대놓고 손을 잡고 다녔다. 모욕적일 정도로 뻔뻔스러웠다. 우리 앞에서는 둘의 관계를 숨기는 척할 필요조차 없다고 결심한 것 같았다. 우리를 숨기려고 애쓸 가치조차 없는 사람들로 여기는 것 같았다. 둘은 장난으로 티격태격하다가 서로를 붙잡고 살짝 때리거나 껴안고 함께 모래에서 뒹굴었다. 산책을 하다가 버려진 오두막이나 뼈대밖에 남지 않은 오래된 가게 또는 잡초로 무성해 잘 보이지 않는 샛길이라도 발견하면 나와 브루노에게는 묻지도 않고 자기들끼리만 모험을 찾아 떠나는 어린아이들처럼 뛰어갔다. 니노가 앞장서면 릴라는 말없이 그의 뒤를 따라갔다. 우리만 남겨두고 멀어져 갔다.

일광욕을 할 때도 둘이 꼭 달라붙어 있었다. 처음에는 어깨만 가볍게 닿거나 팔, 다리, 발이 살짝 스치는 것만으로도 만족해하는 것 같았다. 하지만 나중에는 돌아오지 않을 것처럼 오랫동안 수영을 한 후에 물 밖으로 나와서 일행 가운데 가장 큰 릴라의 수건에 둘이 나란히 누웠다. 니노는 너무나 자연스럽게 릴라의 어깨를 한쪽 팔로 감싸 안았고 릴라는 니노의 가슴에 머리를 기댔다. 둘은 내 눈앞에서 웃으면서 입맞춤을 하기에 이르렀다. 가볍고 짧은 입맞춤이었다.

나는 생각했다.

'미쳤구나. 둘 다 미친 거야.'

나폴리에서 온 피서객 가운데 스테파노를 아는 사람이 보면 어쩌려고 저러는 걸까. 숙소를 소개해준 공급업자가 지나가다가 보기라도 한다면? 아니면 눈치아 아주머니가 갑자기 해변에 들러본다면?

　나는 저렇게도 생각이 없을 수 있나 싶었다. 둘은 매번 도를 지나쳤다. 낮에만 만나는 것으로 만족스럽지 않은지 릴라는 매일 저녁 스테파노에게 전화해야겠다고 마음을 먹었다. 눈치아 아주머니가 전화하는 데 함께 가주겠다고 했지만 퉁명스럽게 거절했다. 저녁식사 후면 릴라는 나를 억지로 포리오까지 끌고 갔다. 남편과 통화는 눈 깜짝할 사이에 마치고 산책을 시작했다. 릴라는 니노와 나는 브루노와 함께였다. 자정 전에 집으로 돌아오는 일은 거의 없었고 매일 저녁 두 젊은이는 어두운 해변을 따라 우리를 집까지 바래다주었다.

　금요일 저녁, 그러니까 스테파노가 돌아오기 하루 전에 릴라와 니노는 평소처럼 장난스러운 다툼이 아니라 심각하게 싸웠다. 릴라가 전화를 하러 자리를 비운 사이 우리 셋은 함께 식탁에 앉아 아이스크림을 먹고 있었다. 니노는 나와 브루노의 무미건조한 대화에 끼지 않고 앞뒤로 글씨가 쓰인 종이 몇 장을 주머니에서 꺼내들고 아무 말 없이 어두운 표정으로 읽어 내려가기 시작했다. 릴라가 돌아왔는데도 그녀를 쳐다보지도, 종이를 주머니에 집어넣지도 않고 고집스레 계속 읽어 내려갔다. 릴라가 30초쯤 기다렸다가 짐짓 명랑하게 물었다.

　"그렇게 재밌어?"

　"응."

　니노가 고개도 들지 않고 대답했다.

　"그럼 큰 소리로 읽어봐. 우리도 좀 들어보게."

"내 거야. 너희들과는 상관없는 내용이고."

"뭔데?"

릴라가 묻기는 했지만 눈치를 보아하니 이미 어떤 글인지 정도는
아는 것 같았다.

"편지야."

"누가 보냈는데?"

"나디아가."

릴라는 번개처럼 잽싸게 손을 뻗어 니노의 손에서 편지를 낚아챘
다. 니노는 커다란 벌레한테 물린 것처럼 순간 흠칫했지만 편지를
빼앗으려고 하지 않고 릴라가 웅변조의 큰 소리로 읽도록 내버려두
었다. 약간 유치한 내용의 연애편지였다. 니노에 대한 그리움을 한
줄 한 줄 다양하게 표현하고 있었다. 브루노는 민망한 듯 미소를 머
금고 아무 말 없이 듣고만 있었다. 나는 니노가 릴라의 행동을 장난
으로 받아들이지 않는다는 것을 알았다. 니노는 우울한 표정으로 샌
들을 신은 시꺼멓게 탄 발만 바라보고 있었다. 나는 릴라에게 속삭
였다.

"그만둬. 편지를 돌려줘."

내 말에 릴라는 낭독을 멈추기는 했지만 심술궂은 표정을 지은 채
편지를 돌려주지 않았다.

"부끄러운가보네?"

릴라가 니노에게 물었다.

"이게 다 자업자득이야. 어떻게 이런 글을 쓰는 아이랑 사귈 수
있니?"

니노는 여전히 아무 말도 하지 않고 발만 바라보고 있었다. 브루
노가 농담조로 끼어들었다.

"사랑에 빠지기 전에 연애편지 쓰기 시험 같은 것은 보지 않기 때문이겠지."

릴라는 브루노 쪽은 쳐다보지도 않고 니노만 바라보았다. 우리는 안중에도 없이 둘만 비밀 이야기를 나누는 것 같았다.

"나디아를 좋아해? 대체 왜? 설명 좀 해봐. 비토리오 에마누엘레 가에서 사는 데다 집에는 책과 고미술품이 잔뜩 쌓여 있어서? 아니면 그 앵앵거리는 목소리가 마음에 들어서? 선생님의 딸이어서 사귀는 거야?"

마침내 정신을 가다듬은 니노가 퉁명스럽게 말했다.

"편지 내놔."

"우리가 보는 앞에서 지금 당장 이 편지를 찢어버린다고 약속하면 돌려줄게."

장난스러운 릴라의 말에 니노는 단문으로 대꾸했다. 말투는 심각했고 화가 나서 목소리가 떨렸다.

"그런 다음엔?"

"그러고는 모두 함께 나디아에게 헤어지자는 내용의 편지를 쓰도록 하자."

"그런 다음엔?"

"지금 당장 편지를 부치는 거야."

니노는 잠시 아무 말도 하지 않고 있다가 고개를 끄덕였다.

"그렇게 하자."

릴라는 믿을 수 없다는 듯이 종이를 손가락으로 가리켜 보였다.

"정말 그 편지를 찢어버리려고?"

"그래."

"나디아와도 헤어지고?"

"그래. 단 조건이 있어."

"말해봐."

"너도 남편이랑 헤어져야 해. 지금 당장. 모두 함께 전화하러 가서 말하는 거야."

니노의 말에 나는 심하게 흔들렸다. 왜 그렇게 감정이 복받쳤는지 그 순간에는 알 수 없었다. 니노는 갑자기 큰 소리로 외치는 바람에 목소리가 갈라졌다. 릴라는 눈을 가늘게 떴다. 내겐 너무나 익숙한 눈매였다.

'이제 목소리가 바뀌겠구나.'

나는 생각했다.

'이제 못된 면모를 드러내겠지.'

릴라가 말했다.

"네가 뭔데 그런 말을 하는 거야? 나를 어떻게 보고?"

릴라는 이어서 말했다.

"저 편지와 걸레 같은 양갓집 계집아이와의 하찮은 연애질을 어떻게 감히 나와 내 남편, 내 결혼과 비교를 해? 내 인생의 모든 것과 말이야. 잘난 척은 혼자 다 해놓고서 농담도 못 알아들어? 너는 아무것도 몰라! 아무것도! 알아들었어? 그런 표정으로 쳐다보지 마! 어서 집에 가자, 레누!"

61

니노가 우리를 붙잡으려 하지 않자 브루노가 내일 보자고 했다. 우리는 차를 잡아타고 집으로 향했다. 돌아오는 길에 릴라는 몸을 바르르 떨면서 내 손을 힘주어 잡았다. 릴라는 니노와 있었던 일을 두서없이 털어놓았다. 릴라는 사실 자기도 니노가 키스해주기를 바랐었다고 했다. 그래서 그가 키스했을 때 그렇게 하도록 내버려뒀다고 했다. 자신의 몸을 만지는 그의 손길을 느끼고 싶었기에 그렇게 하도록 내버려둔 것이라고 했다.

"도무지 잠을 잘 수 없었어. 잠이 들었다가도 깜짝 놀라서 깨어나 시계를 봐. 날이 밝았기를 바라면서 말이야. 해변에 갈 시간이기를 바라면서 말이야. 그런데 막상 시간을 보면 항상 한밤중이고 그 후로는 잠이 오지 않았어. 니노가 내게 한 모든 말이 머릿속에서 맴돌아. 내가 그에게 해주고 싶은 말도. 꼭 해주고 싶은 이야기 말이야. 그러지 않으려고 노력해봤어. 나는 피누차와 다르다고, 내가 원하는 대로 할 수 있다고 생각했어. 시작하는 것도 멈추는 것도 다 내 마음대로 할 수 있다고 말이야. 장난일 뿐이라고. 그래서 처음엔 입술을 벌리지 않았던 거야. 그러다 생각했어. '키스쯤이야 대수롭지 않겠지.' 나는 진정한 입맞춤이 어떤 것인지 그제야 깨닫게 되었어. 그때까지 나는 키스가 뭔지 몰랐던 거야. 정말이야. 정말 몰랐어. 이제는 그와 키스하지 않으면 못 살 것 같아. 내 손을 내어주고 그의 손에 깍지를 꼈어. 그리고 힘을 주었어. 이제는 그 손을 놓는 것이 너무 고통스러워. 그동안 너무나 많은 것을 잃었는데 그 모든 것이 한꺼번에 나를 덮쳐오는 것 같아. 불안해. 심장 박동이 목이랑 관자놀이에서 느껴지는 것 같아.

난 그가 너무 좋아. 그의 모든 것이 말이야. 아무도 없는 으슥한 곳으로 나를 이끄는 것도 좋고 들킬까봐 불안해서 두려운 마음이 드는 것도 좋아. 사실 누군가가 우리를 봤으면 좋겠어. 너도 안토니오와 이랬니? 안토니오와 헤어질 때마다 고통스럽고 다시 만날 순간만을 기다렸니? 이런 감정이 정상인 거니, 레누? 너도 그랬던 거야? 언제 어떻게 해서 모든 것이 시작된 건지 난 모르겠어. 처음부터 니노가 좋았던 것은 아니야. 그가 말하는 방식이나 내용이 좋았어. 그렇지만 외모는 아니었어. 아는 것이 정말 많은 사람이라고 생각했어. 그가 하는 말을 잘 듣고 배워야겠다고 생각했어. 그런데 지금은 그의 이야기에 집중이 되지 않아. 입술만 바라보다가 부끄러워져서 다른 쪽으로 시선을 돌려버리곤 해.

이렇게나 짧은 시간에 그의 모든 것을 사랑하게 되었어. 그의 손도, 섬세하고 길쭉한 손끝도, 삐쩍 마른 몸도, 피부 아래로 느껴지는 갈비뼈며 가느다란 목도, 면도를 잘 못해서 언제나 거칠거칠한 수염과 코도, 가슴에 난 털도 가늘고 긴 다리와 무릎까지 말이야. 그의 몸을 어루만지고 싶어. 역겨운 생각까지 하게 돼. 정말 지저분한 짓 말이야. 그런데 말이야, 레누. 그를 기쁘게 해줄 수만 있다면 그런 짓까지도 해주고 싶어. 그가 만족한다면 말이야."

나는 그날 밤 릴라의 방에서 문을 닫고 불은 끈 채 꽤 오랫동안 릴라의 말을 들어주었다. 릴라는 침대 안쪽에 누워 있었다. 목덜미까지 흘러내린 그녀의 머리카락과 허리에서 엉덩이까지 이어지는 곡선이 달빛 아래 빛났다. 나는 평소 스테파노가 눕는 침대 바깥쪽에 누워 생각에 잠겼다.

스테파노는 주말마다 바로 이 자리에 누워서 잠을 자고 밤낮으로 릴라의 몸을 끌어안는다. 릴라는 그런 침대에 누워서 지금 내게 니노에 대해서 이야기를 하고 있다. 니노 생각에 릴라는 모든 것을 잊고 남편과 나눈 사랑의 흔적을 침대 시트에서 말끔히 지워버렸다. 니노에 대해 이야기를 하면서 릴라는 니노를 이곳으로 소환했다. 지금 이 순간 그와 함께 있는 상상 속에 빠져 이미 자기 자신마저 잊어버렸기에 부부간의 의무를 저버렸다는 생각도, 죄책감도 들지 않는 것이다.

릴라는 나를 너무나 믿은 나머지 차라리 혼자 비밀로 간직했으면 좋았을 법한 이야기까지 털어놓았다. 내가 평생 원해온 바로 그 사람을 자신이 얼마나 갈망하는지 이야기하고 있는 것이다. 릴라는 내가 무디고 눈치가 없어서, 자기가 알아챈 것을 나는 알아채지 못해서 이때까지 니노의 뛰어남을 알아보지 못하고 그의 진정한 모습을 보지 못한 것이라고 확신하고 있었다. 그렇기 때문에 내게 모든 것을 털어놓고 있는 것이다.

릴라가 나를 속이는 건지 아니면 본심을 감추려는 내 성향 때문에 정말로 내가 초등학교 시절부터 지금까지 눈 먼 봉사이자 귀머거리처럼 니노의 가치를 알아보지 못했고 이제야 자기가 도나토 사라토레 아들의 매력을 발견한 것이라고 생각하는 건지 알 수 없었다. 그녀의 추측이 가증스러워 피가 거꾸로 솟는 것 같았다. 그런데도 나는 릴라에게 그만하라고 말하지 못했다. 방으로 돌아가 한밤의 고요 속에서 비명을 지르지도 못했다. 그저 릴라 곁에 머물며 릴라를 진정시키기 위해 이따금 한두 마디를 던질 뿐이었다.

"이게 다 바다 탓이야."

나는 본심과는 달리 초연한 태도로 말했다.

"신선한 공기를 쐬면서 휴가를 즐기다보니 분위기에 휩쓸린 거야. 니노는 사람을 현혹시키는 데 일가견이 있어. 그의 말을 듣고 있으면 뭐든 쉽게 느껴지지. 하지만 이제 스테파노가 도착하니 다행이지 뭐야. 내일이면 니노가 어린아이에 지나지 않는다는 사실을 깨닫게 될 거야. 나는 니노가 아직 어리다는 것을 알아. 자기가 대단한 사람이라도 되는 양 행동하지만 말이야. 갈리아니 선생님의 아들이 그애를 어떻게 대하는지 봤지? 그것만 봐도 우리가 그를 과대평가했다는 것을 알 수 있어. 물론 브루노에 비하면 훨씬 멋있지만 그래봤자 공부하기로 마음먹은 철도원네 아들일 뿐이야. 니노가 우리 동네 출신이라는 걸 잊지 마. 그 애도 우리랑 같은 곳 출신이란 말이야. 학교 다닐 때도 나이는 니노가 더 많았지만 네가 훨씬 더 뛰어났어. 게다가 친구를 이용하는 꼴 좀 봐. 음료며 아이스크림까지 뭐든 브루노에게 돈을 내게 하잖아."

마음에 없는 말을 하려니 힘들고 속상한 데다 별 효과도 없었다. 릴라는 투덜댔다. 처음에는 내 말에 조심스레 반대의견을 제시했고 나는 그 말을 다시 반박했다. 그러다 결국 참지 못하고 화를 내면서 그가 정말 어떤 사람인지 아는 사람은 자기밖에 없다는 투로 니노를 변호하기 시작했다. 내게 왜 항상 니노를 안 좋게 말하느냐고 했다. 뭐가 못마땅하냐는 것이었다.

"니노는 너를 도와줬잖아."

릴라가 말했다.

"별 볼일 없는 네 글을 잡지에 실어주려고 했잖아. 가끔 네가 마음에 들지 않아. 뭐든지 깎아내리려고만 들어. 아무리 봐도 좋은 사람들까지도 말이야."

나는 인내심을 잃었다. 더는 참을 수 없었다. 릴라의 기분을 풀어주려고 사랑하는 사람에 대해서 좋지 않게 말하기까지 했는데 정작 그녀는 나를 모욕하고 있었다.

결국 나는 이렇게 말하고야 말았다.

"그렇다면 네 맘대로 해. 난 이만 자러 가야겠어."

릴라는 바로 말투를 바꾸었다. 나를 붙잡기 위해서 꼭 껴안고 귓가에 속삭였다.

"내가 어떻게 해야 할지 말해줘."

나는 짜증을 내면서 릴라에게서 몸을 빼내고는 무엇을 해야 할지 결정해야 할 사람은 릴라 너 자신이고 내가 대신 결정을 내릴 수는 없다고 했다.

"피누차를 생각해봐."

내가 말했다.

"피누차가 어떻게 했지? 결국 피누차가 너보다 훨씬 나아."

릴라도 수긍했다. 우리는 함께 피누차를 칭찬했다. 그러다 불현듯 릴라가 한숨을 내쉬며 말했다.

"그래, 좋아. 내일은 해변에 나가지 않을 거야. 내일모레 스테파노와 함께 나폴리로 돌아가야겠어."

62

그 주 토요일은 모든 일이 엉망이었다. 릴라가 정말로 해변에 가지 않기에 나도 가지 않았다. 하지만 속절없이 우리를 기다리고 있을 니노와 브루노 생각을 하지 않을 수 없었다. 그렇다고 잠깐 바닷가에 가서 수영만 한 번 하고 바로 돌아오겠다는 말도 할 수 없었다. 무엇을 해야 할지도 묻지 못했다. 짐 정리를 해야 하는 건지 정말 떠나는 건지 아니면 그냥 머무를 건지 묻지 못했다. 나는 눈치아 아주머니를 도와 집 안을 청소하고 점심과 저녁에 먹을 음식을 준비했다. 그러면서 가끔 릴라를 향해 감시의 시선을 던졌다. 릴라는 일어날 생각이 없는 듯 침대에서 책을 읽거나 공책에 무엇인가를 끄적거리고 있었다. 눈치아 아주머니가 식사를 하라고 불러도 대답하지 않았다. 다시 한 번 부르자 릴라는 온 집 안이 흔들릴 정도로 거칠게 방문을 닫아버렸다.

"해수욕을 너무 많이 해서 신경이 날카로워졌나보구나."

결국 나와 눈치아 아주머니 둘이서만 식사를 하게 되자 눈치아 아주머니가 말했다.

"그런가봐요."

"임신도 아닌데 말이야."

"그렇죠."

릴라는 오후 늦게야 침대에서 일어나 음식을 깨작이고는 몇 시간 동안 욕실에 틀어박혀 있었다. 머리를 감고 화장을 하고 아름다운 녹색 옷을 입었지만 여전히 뚱한 표정이었다.

어찌됐든 릴라는 다정하게 스테파노를 맞이하기는 했다. 스테파노는 민망한 관객 역을 맡은 나와 눈치아 아주머니 앞에서 아내에게 영화에 나오는 것처럼 길고 진한 키스를 했다. 스테파노는 우리 식구들이 내게 안부를 전한다고 했다. 피누차도 안정을 되찾았다고 했다. 그는 리노와 페르난도 아저씨가 제작을 준비하고 있는 새 구두 디자인에 솔라라 형제가 흡족해하고 있다는 소식을 자세히 전했다.

릴라는 스테파노가 구두사업 이야기를 꺼낸 것을 못마땅하게 여겼다. 그 바람에 둘 사이가 벌어지기 시작했다. 그때까지만 해도 억지웃음을 짓고 있던 릴라가 솔라라 형제의 이름을 듣자 스테파노에게 대들면서 자기는 그 둘의 생각에 상관없으며 그들의 눈치나 보면서 살기는 싫다고 했다.

스테파노는 언짢아하며 인상을 찌푸렸다. 그는 지난 몇 주 동안의 마법이 끝났다는 것을 직감했다. 하지만 평상시처럼 미소를 띤 쾌활한 표정으로 그저 동네에서 일어나는 일을 들려주고 있는 것뿐이니 그런 식으로 말할 필요가 없다고 했다. 하지만 소용없었다. 릴라는 그날 저녁을 휴전 가능성 없는 전투의 장으로 바꾸어놓았다. 스테파노가 한마디 할 때마다 릴라는 공격적으로 되받아쳤다. 그들은 옥신 각신하면서 침실에 들었고 잠들 때까지 다투는 소리가 들려왔다.

나는 새벽녘에 잠을 깼다. 무엇을 해야 할지 알 수 없었다. 짐을 싸야 할지 릴라가 결정할 때까지 기다려야 할지 몰랐다. 니노와 마주칠 위험을 무릅쓰고 해변에 가야 할지 아니면 지금처럼 하루 종일 방에서 뒹굴어야 할지 판단이 서지 않았다. 해변에 나갔다가 니노와 마주치기라도 한다면 릴라에게 용서받지 못할 것이다.

결국 나는 릴라에게 마론티 해변에 갔다가 이른 오후까지는 돌아오겠다는 내용의 쪽지를 남기기로 했다. 이스키아 섬을 떠나기 전에 넬라 아주머니에게는 인사를 해야 한다고 했다. 진심이었지만 지금 생각하면 당시 내 속셈은 뻔했다. 나는 우연에 기대고 싶었다. 용돈을 받으러 부모님을 찾아온 니노와 우연히 마주친다면 릴라가 나를 책망할 수는 없을 테니까.

그날 일진은 계속해서 미묘하게 어긋났다. 덕분에 적지 않은 돈을 낭비하게 되었다. 나는 우선 마론티로 가는 배를 타고 평소 사라토레 가족이 해수욕을 하는 모래사장으로 곧장 갔지만 그곳에는 파라솔밖에 없었다. 주위를 둘러보니 도나토 사라토레가 수영을 하고 있었다. 그는 팔을 크게 흔들어 인사를 하고는 나를 향해 뛰어왔다. 아내와 아이들은 니노와 시간을 보내러 포리오에 갔다고 했다. 나는 너무 속상했다. 묘하다기보다는 비참한 상황이었다. 아들을 만나는 대신 아버지의 느끼한 목소리나 듣게 되다니 말이다.

나는 넬라 아주머니에게 가야 한다는 핑계로 도나토 사라토레를 벗어나려 했지만 그는 나를 놓아주지 않았다. 급히 소지품을 챙기더니 나를 넬라 아주머니 집까지 바래다주겠다고 했다. 걸어가면서 그는 감상적인 어투로 일말의 수치심도 없이 과거에 있었던 일에 대해서 이야기하기 시작했다. 그는 내게 용서를 구했다. 그렇지만 마음이 가는 것은 막을 수 없었다고 했다. 그때 내가 얼마나 예뻤는지 지금은 또 얼마나 아름다운지 그는 사뭇 서글픈 목소리로 말했다.

"칭찬이 너무 과하세요."

나는 심각하고 냉정한 태도를 유지해야 한다는 것을 알면서도 말을 하면서 긴장한 나머지 웃고 말았다.

사라토레는 커다란 파라솔과 소지품을 잔뜩 짊어지고 걷느라 숨을 거칠게 몰아쉬면서 끊임없는 장광설을 늘어놓았다. 요즘 젊은이들은 자기 모습과 자기감정에 대한 객관적인 안목과 판단 능력이 없는 것이 문제라는 것이었다.

"거울을 보면 되죠. 거울은 객관적이니까요."

내가 말했다.

"거울이라고? 거울이야말로 가장 믿을 수 없는 것이야. 넌 분명 네가 네 두 친구들보다 못나다고 생각할 게다."

"네."

"하지만 너는 그 애들보다 훨씬 예뻐. 자신감을 가지라니까. 이 멋진 금발을 좀 봐. 몸가짐은 또 어떻고. 넌 두 가지 문제만 해결하면 돼. 우선 수영복을 바꿔야 해. 네게 잠재된 매력을 표현하는 데 적합지 않아. 다음은 안경테야. 이 안경테는 정말 잘못 고른 것 같구나, 엘레나. 너무 무거워. 네 얼굴은 선이 곱고 열심히 공부해온 만큼 학구적인 분위기야. 이보다 가벼운 안경만 찾으면 좋을 것 같구나."

듣다보니 기분이 나쁘지는 않았다. 여성미학 전공자라도 되는 것 같았다. 어쩌나 객관적으로 들리게 이야기를 하는지 어느 순간 나도 그의 말이 정말인가 싶었다. 내가 정말로 내 가치를 잘 모르는 게 아닐까. 그렇더라도 무슨 돈으로 내게 어울리는 옷이며 수영복을 사고, 내 얼굴에 맞는 안경을 산단 말인가. 가난한 내 신세에 짜증이 나려던 참에 그가 만면에 웃음을 띠며 말했다.

"내 말은 믿지 않는다 해도 아들 녀석이 지난번에 네 친구들과 같이 왔을 때 널 바라보던 시선은 느꼈을 것 아니냐?"

그제야 나는 그가 내게 거짓을 말하고 있다는 것을 알았다. 허영심을 자극해 기분을 띄우려는 속셈이었다. 칭찬을 듣기 위해서라도 자기와 함께 있게 하려고 늘어놓는 말이었다. 내 자신이 멍청하게 느껴졌다. 도나토 사라토레 때문에, 그가 내뱉는 거짓말 때문이 아니라 나의 우둔함 때문에 마음이 아팠다. 나는 그가 당황할 만큼 노골적으로 불쾌한 기색을 내비치며 그의 말을 잘랐다.

집에 도착해서 나는 넬라 아주머니와 잠깐 수다를 떨었다. 아주머니에게 저녁에 나폴리로 떠날 수도 있어서 인사하러 왔다고 했다.

"이렇게 떠나다니 아쉽구나."

"저도요."

"식사라도 하고 가렴."

"안 돼요. 가봐야 해요."

"가지 않게 되면 또 한 번 오겠다고 약속해주렴. 그때는 조금 더 오래 머무르겠다고 말이야. 하루 종일 내 곁에 있어줘. 밤에 자고 가. 여분의 침대가 있는 것은 너도 잘 알잖니. 네게 할 말이 정말 많아."

"네. 감사합니다."

그때 도나토 사라토레가 끼어들었다.

"그래. 꼭 와야 한다. 우리 모두 너를 얼마나 좋아하는지 알잖니."

넬라 아주머니의 친척이 항구까지 차를 몰고 간다는 말에 나는 급히 자리를 떴다. 차를 얻어 타고 갈 기회를 잃고 싶지 않았다.

돌아가는 내내 도나토 사라토레의 말이 머릿속에서 맴돌았다. 막상 그가 말을 할 때는 무시했지만 그의 말은 진심이었을지도 모른다는 생각이 들었다. 도나토 사라토레는 정말로 겉으로 나타나는 것 그 이상을 볼 수 있는 사람일지도 모른다. 아들이 나를 바라보는 시선에서 무언가를 느꼈다는 말이 사실일 수도 있었다. 내가 아름다워서 니노가 정말로 내게 매력을 느꼈을 수도 있었다. 아니, 정말 그랬었던 것도 같았다. 그렇지 않고서야 대체 왜 내게 입을 맞추고 손을 잡았겠는가? 하지만 그렇다면 이제는 현실을 있는 그대로 바라볼 필요가 있다. 현실에서 릴라는 내게서 그를 빼앗아갔다. 니노를 유혹하려고 내게서 그를 멀어지게 했다. 물론 일부러 그런 것은 아닐 수도 있지만 결과적으로는 그렇게 되었다.

갑자기 니노를 만나야겠다는 생각이 들었다. 어떻게 해서든 그를 만나야 한다. 떠날 시간이 얼마 남지 않은 데다 릴라의 영향권을 벗어난 지금이라면, 그녀 스스로 자신의 삶으로 돌아가기로 결정한 지금이라면 나와 니노의 관계를 다시 시작할 수 있을지도 모른다. 나폴리에 돌아가면 친구 관계로라도 다시 만날 수 있을 것이다. 몇 번쯤은 릴라 이야기를 하기 위해 만날 수도 있겠지. 그러다 보면 예전처럼 시사 문제를 토론하고 책 이야기를 하게 될 것이다. 내가 릴라보다, 아니 나디아보다도 니노가 좋아하는 주제들에 대해서 더 큰 열정을 가질 수 있다는 것을 보여줄 것이다. 그래, 지금 당장 니노에게 이야기해야 한다. 섬에서 떠나게 됐지만 우리 동네에서 다시 만나자고, 나치오날레 광장이나 메초칸노네에서 다시 만나자고, 어디든 네가 원하는 곳에서 최대한 빨리 다시 만나자는 말을 해야만 한다.

나는 차를 잡아타고 포리오에 있는 브루노의 집까지 가서 니노의 이름을 불렀지만 아무도 창문 밖으로 얼굴을 내밀지 않았다. 정처 없이 포리오 시내를 배회하다보니 기분이 점점 가라앉았다. 그러다가 해변까지 걸어갔는데 이번에는 운명의 여신이 내 편을 들어주었다. 한참을 걷다보니 눈앞에 니노가 나타났다. 그도 내 모습을 발견하고 기뻐서 어쩔 줄 몰라 했다. 눈을 희번덕거리면서 과장된 몸짓에 잔뜩 상기된 목소리도 말했다.

"어제, 오늘 계속 너희를 찾아다녔어. 대체 리나는 어디에 있는 거야?"

"남편이랑 같이 있지."

니노는 바지 주머니에서 봉투를 하나 꺼내더니 아플 정도로 힘을 주어 내 손에 쥐여주었다.

"이것 좀 리나에게 전해주겠니?"

나는 짜증이 났다.

"소용없는 일이야, 니노."

"너는 전해만 주면 돼."

"우린 오늘 저녁에 떠날 거야. 나폴리로 돌아갈 거야."

그는 고통스러운 표정을 지어보이더니 쉰 소리로 말했다.

"누가 결정한 거야?"

"리나가."

"거짓말이야."

"사실이야. 어제 저녁에 내게 말했어."

그는 잠시 생각에 잠겼다가 봉투를 가리켜 보였다.

"부탁이니 봉투를 전해줘. 지금 당장."

"좋아."

"그렇게 하겠다고 맹세해."

"그러겠다고 했잖아."

집까지 돌아가는 길이 꽤나 멀었는데 바래다주는 내내 그는 자기 어머니와 동생들에 대한 험담을 늘어놓았다. 함께 있는 것이 고문이었다면서 바라노로 돌아가 버려 천만다행이라고 했다. 브루노에 대해서 문자 공부하고 있다고 짜증스럽게 말했다. 그는 브루노에 대해서도 욕을 하기 시작했다.

"너는 공부 안 해?"

"집중이 안 돼."

니노는 우울한 표정으로 고개를 푹 수그렸다. 그는 선생이 자기의 만족을 위해 학생들에게 학생 자신이 뛰어나다는 착각을 하게 하면 학생들은 선생의 말을 믿었다가 결국에는 결정적인 실수를 하게 된다고 했다. 니노는 자기가 공부하려고 했던 것이 사실은 자신이 정말로 원했던 일이 아니라는 것을 깨달았다고 했다.

"대체 무슨 말이야? 이렇게 갑자기?"

"인생이란 한순간에 전혀 다른 방향으로 갈 수 있는 거야."

그에게 무슨 일이 일어난 걸까? 그런 말도 안 되는 말을 하다니. 니노답지 않았다. 그가 정신을 차리도록 도와줘야겠다고 나는 속으로 다짐했다.

"지금은 너무 흥분해서 무슨 말을 하고 있는지 모를 거야."

나는 최대한 사려 깊은 어투로 말했다.

"원한다면 나폴리에 돌아가 만나서 함께 생각해보자."

그는 고개를 끄덕여 보이기는 했지만 이내 분노에 찬 고함을 질렀다.

"어쨌든 대학교랑은 안녕이야. 일자리를 구해야겠어."

63

니노가 숙소 앞까지 나를 바래다주는 바람에 스테파노나 릴라와 마주칠까봐 두려웠다. 급히 작별인사를 하고 계단을 올라가는데 니노가 소리쳤다.

"내일 아침 9시에 봐!"

나는 걸음을 멈추고 말했다.

"만약 오늘밤 떠나게 되면 돌아가서 봐. 우리 동네로 와!"

니노는 확고하게 고개를 가로저었다.

"떠나지 않을 거야."

그는 운명의 신에게 위협적인 명령을 내리듯이 말했다.

나는 니노를 향해 손을 흔들어보이고는 미처 편지 내용을 확인하지 못한 것을 아쉬워하며 계단을 올라갔다.

숙소에 들어서자 분위기가 심상치 않았다. 릴라는 없고 스테파노와 눈치아 아주머니가 이야기를 나누고 있었다. 릴라는 화장실에 있거나 침실에 있는 것 같았다. 내가 들어가자 둘은 나를 매섭게 째려보았다. 스테파노가 잔뜩 화가 나서는 밑도 끝도 없이 내게 쏘아붙였다.

"대체 무슨 꿍꿍이들인 거야?"

"무슨 말이야?"

"이스키아 섬이 지겹다고 하잖아. 이제 와서 아말피에 가고 싶대."

"나는 아무것도 몰라."

눈치아 아주머니가 끼어들었지만 평상시의 온화한 목소리가 아니었다.

"레누, 리나에게 이상한 생각 좀 불어넣지 말아라. 돈은 길에 뿌리고 다니는 것이 아니야. 지금 와서 아말피가 웬 말이니? 9월까지 여기 있을 비용을 이미 지불했단 말이다."

나는 발끈했다.

"두 분 모두 잘못 생각하는 거예요. 결정하는 사람은 리나라고요. 내가 아니라."

"그러면 생각 좀 똑바로 하라고 해."

스테파노가 분통을 터뜨렸다.

"다음주에 돌아와서는 모두 함께 성모 승천일을 보낼 거야. 내가 정말 즐겁게 해줄게. 대신 더 이상 변덕 부리지 마. 제기랄. 이제 와서 내가 너희들을 아날피로 데려다줄 것 같아? 아말피도 마음에 들지 않으면 또 어디로 가려고? 카프리 섬에? 그런 다음에는? 작작 좀 해둬, 레누."

스테파노의 말투에 나는 주눅이 들었다.

"리나는요?"

내가 물었다.

눈치아 아주머니가 침실을 가리켜보였다. 나는 릴라가 스테파노에게 흠씬 두들겨 맞더라도 떠나기로 마음을 굳혔을 것이라고 믿었다. 그런데 릴라는 속옷 바람으로 엉망인 침대에 잠들어 있었다. 방 안은 평소처럼 어질러져 있었고 텅 빈 가방은 여전히 구석에 처박혀 있었다. 나는 릴라를 붙잡고 흔들었다.

"릴라!"

릴라는 흠칫 놀라더니 졸음이 가득한 눈으로 내게 물었다.

"어디에 갔었어? 니노를 만난 거야?"

"그래. 이것을 전해달래."

나는 마지못해 봉투를 릴라에게 내밀었다. 릴라는 봉투를 열어 종이 한 장을 꺼내서 읽고 나더니 얼굴이 환해졌다. 각성제를 마셔서 순식간에 졸음과 피로가 말끔히 씻겨나간 것 같았다.

"무슨 내용이야?"

내가 조심스럽게 물었다.

"내게 쓴 게 아니야."

"그러면?"

"나디아에게 쓴 편지야. 헤어지겠대."

릴라는 편지를 다시 봉투 안에 넣고는 잘 숨겨달라며 내게 내밀었다.

나는 손에 봉투를 들고 어찌할 바를 몰랐다. 니노가 나디아와 헤어져? 대체 왜? 애당초 왜 릴라는 니노에게 나디아와 헤어지라고 한 걸까? 그저 이기고 싶은 마음에? 나는 실망에 실망을 금치 못했다. 니노와 식료품점 안주인의 불장난에 갈리아니 선생님의 딸이 희생된 것이다. 나는 아무 말도 없이 릴라가 옷을 입고 화장을 하는 모습을 지켜보다 그녀에게 물었다.

"왜 스테파노에게 말도 안 되는 요구를 한 거야? 아말피라니? 이해가 안 돼."

릴라가 미소를 지었다.

"나도 잘 몰라."

우리는 방에서 나왔다. 릴라는 스테파노에게 다정하게 키스를 하고 행복한 표정으로 그를 쓰다듬었다. 모두 함께 스테파노를 항구까지 바래다주기로 하고 나는 눈치아 아주머니와 택시를, 릴라는 스테파노와 오토바이를 탔다. 배를 기다리면서 아이스크림을 먹었다. 릴라는 스테파노에게 상냥하게 굴면서 이런저런 당부와 함께 매일 밤 전화하겠다고 약속했다. 배에 오르기 전에 스테파노는 내 어깨를 감싸 안고 귓가에 속삭였다.

"아까는 미안했어. 너무 화가 났거든. 네가 없었으면 무슨 일이 일어났을지 몰라."

얼핏 듣기에는 정중한 어투였지만 내게는 최후의 통첩처럼 느껴졌다.

'네 친구에게 똑똑히 전해. 도가 지나치면 모든 것을 잃을 수도 있다고 말이야.'

64

편지지 맨 위에는 나디아가 머무르고 있는 카프리 섬의 집 주소가 쓰여 있었다. 스테파노를 태운 배가 해안에서 멀어지자마자 릴라는 한껏 들떠서 담뱃가게에서 우표를 샀다. 내가 눈치아 아주머니의 주의를 돌리는 동안 편지 봉투에 주소를 베껴 쓰고는 봉투를 우편함에 넣었다.

셋이 함께 포리오 시내를 거닐었지만 나는 너무 긴장해서 눈치아 아주머니와만 이야기를 했다. 숙소에 도착한 다음에야 나는 릴라를 내 방에 데리고 와서 일장 연설을 늘어놓았다. 릴라는 아무 말 없이 내 말에 귀를 기울이는 듯했지만 정신이 딴 데 가 있는 것 같았다. 내 말의 심각성을 느끼는 것 같으면서도 다른 생각에 푹 빠져 내 말을 한 귀로 듣고 한 귀로 흘리고 있었다. 내가 말했다.

"릴라, 네가 대체 무슨 생각을 하는 건지 모르겠어. 넌 지금 불장난을 하고 있는 거야. 지금이야 스테파노가 기분이 나아져서 떠나갔고 네가 매일 저녁 그에게 전화를 하면 기분이 더 좋아지겠지. 하지만 명심해. 그는 일주일이면 다시 돌아와서 8월 20일까지 여기에 머무를 거야. 대체 언제까지 이런 상태로 지낼 셈이야? 남의 인생을 가지고 장난치려는 거야? 니노가 학교를 그만두고 일자리를 찾으려 한다는 건 알고 있어? 대체 그에게 무슨 이야기를 한 거야? 여자친구랑은 왜 헤어지게 한 거고? 그 애를 망치고 싶어? 둘이 함께 인생을 망치려는 거야?"

내 마지막 질문에 릴라는 정신을 차리는 듯했다. 웃음을 터뜨렸지만 어딘가 어색했다. 언뜻 듣기에는 농담조로 말했지만 릴라의 심정이 어땠는지는 모르겠다. 릴라는 오히려 내가 자기를 자랑스러워해야 한다고 말했다. 자기 덕분에 내 위상도 올라갔다면서. 왜냐고? 왜냐면 니노는 세련됨의 극치인 갈리아니 선생님의 딸보다 자기가 모든 면에서 더 세련됐다고 생각한다는 것이었다. 전교에서 아니 나폴리, 이탈리아, 더 나아가 세상에서 가장 뛰어난 청년이 (물론 이것은 내 이야기를 바탕으로 형성된 생각이지만) 구두수선공 딸내미이자 최종 학력이 초등학교 졸업밖에 안 되는 카라치 부인의 마음에 들기 위해 교양 있는 그 양갓집 규수와 헤어지기로 했다는 것이다.

릴라는 점점 심하게 비아냥대면서 이야기했다. 잔혹한 복수 계획을 털어놓는 것 같았다.

내 표정이 좋지 않은 것을 릴라도 눈치챘지만 얼마간은 자신도 통제가 안 되는 듯 말을 멈추지 않았다. 릴라는 진심일까? 그 순간 정말 그런 마음이었던 걸까? 나는 참다못해 외쳤다.

"대체 누구에게 보여주려고 이 난리인 거야? 나 때문이야? 너를 위해서라면 니노가 어떤 미친 짓이라도 할 수 있다는 걸 믿게 하려고?"

순간 릴라의 눈빛에서 웃음기가 사라졌다. 표정이 어두워지더니 갑자기 말투가 바뀌었다.

"아니야. 그 반대야. 난 거짓말을 하고 있어. 어떤 미친 짓이라도 할 각오가 되어 있는 것은 니노가 아니라 나야. 내 평생 이런 적은 한 번도 없었어. 하지만 이런 경험을 하게 된 것이 지금이라 다행이야."

릴라는 불안감에 기운이 빠졌는지 잘 자라는 인사 한마디 없이 그녀 방으로 가버렸다.

나는 신경이 날카로워진 채 어렴풋이 잠이 들었다. 그날 밤 릴라가 쏟아낸 많은 말보다 마지막 몇 마디에 더 많은 진심이 담겨 있다고 믿기로 했다.

그 후 일주일 동안 일어난 일들을 지켜보면서 나는 내 생각이 옳았음을 깨달았다. 우선 월요일이 되자 피누치가 떠난 후 브루노가 정말로 나를 노리고 있다는 사실을 깨달았다. 그는 이제 자기도 나에게 니노가 릴라에게 하는 것처럼 할 수 있다고 판단한 것 같았다. 수영을 하다가 나를 어설프게 끌어안으며 키스하려고 하는 바람에 나는 바닷물을 잔뜩 마시고 콜록거리며 해변으로 돌아나와야 했다. 내 기분이 상한 것을 그도 눈치챈 것 같았다. 내가 햇볕을 쬐려고 모래 위에 몸을 눕히자 브루노도 몽둥이로 두들겨 맞은 강아지마냥 내 곁에 누웠다. 나는 그 틈을 타서 상냥하지만 확고한 어조로 선을 그었다.

"브루노, 넌 정말 호감이 가는 친구야. 하지만 우리 사이에 남매 같은 감정 이상은 생길 수 없어."

그는 슬픔에 잠겼지만 포기하지 않았다. 그날 저녁 릴라가 스테파노와 통화한 후 우리 넷은 함께 해변으로 산책을 나갔다. 우리는 차가운 모래 위에 누워 별을 바라보았다. 릴라는 반쯤 상체를 일으킨 채 팔꿈치에 몸을 기대고 누워 있었고 니노는 릴라의 배를 베고 누웠다. 나는 니노의 배 위에, 브루노는 내 배 위에 머리를 기댔다.

우리는 반짝이는 별을 바라보았다. 릴라를 제외한 우리 셋은 하늘에 펼쳐진 신비로운 건축물에 감탄했다. 릴라는 우리가 꼬리에 꼬리를 잇는 감탄을 멈출 때까지 아무 말 없이 기다렸다가 자기는 밤하늘을 바라보고 있으면 두려움이 엄습해온다고 했다. 별이 빛나는 하늘이 놀라운 건축물 같은 것이 아니라 군청빛의 끈적거리는 역청 속에 흩어진 유리파편 같다고 했다.

릴라의 말에 우리는 할 말을 잃었다. 그즈음 릴라는 맨 마지막에 이야기를 하곤 했다. 그러면서 다른 사람이 이야기하는 동안 혼자 여유 있게 생각하다가 그때까지 대충이나마 함께 도달한 결론을 말 한마디로 뒤집어놓곤 했었다. 나는 그럴 때마다 짜증이 났다.

"두렵다니!"

내가 외쳤다.

"아름답기만 한데."

브루노는 바로 내 편을 들었지만 니노는 릴라의 말에 동의했다. 그는 가벼운 동작으로 그의 배를 베고 누워 있던 내게 일어나라는 신호를 보낸 다음 몸을 일으켜 앉아서 나와 브루노는 안중에도 없이 릴라와 대화를 나누기 시작했다. 그들은 하늘과 신전, 질서와 무질서에 대해서 이야기를 나누었다. 그러다가 결국 일어나서 둘이서만 이야기를 나누면서 어둠 속으로 사라졌다.

나는 얼마간 팔꿈치로 몸을 받친 채 계속 누워 있었다. 베개 역할을 하던 니노의 따뜻한 몸이 사라지자 여전히 내 배를 베고 있는 브루노의 머리가 무겁게 느껴져 나는 짜증이 났다. 나는 미안하다면서 브루노의 머리카락을 살짝 어루만졌다. 브루노는 몸을 일으켜 내 허리를 부둥켜안고 얼굴을 가슴에 파묻었다. 내가 안 된다고 속삭이는데도 그는 나를 모래 위로 눕히더니 한 손으로 가슴을 세게 움켜쥐며 키스를 하려고 했다. 나는 온 힘을 다해 그를 밀쳐냈다. 불쾌한 기색을 역력히 드러내면서 그만두라고 했다. 나는 소리쳤다.

"네가 싫어. 대체 어떻게 말해야 알아듣겠니?"

브루노는 민망해하면서 행위를 멈추고 몸을 일으켜 앉았다.

브루노는 낮은 소리로 물었다.

"그래도 약간은 좋아하는 마음이 있지 않아?"

나는 감정이란 잴 수 있는 것이 아니라고 설명했다.

"더 잘생기고 덜 잘생기고의 문제가 아니야. 더 좋아하고 덜 좋아하고의 문제가 아니라고. 그 사람의 본모습에 상관없이 나는 어떤 사람에게는 끌리지만 어떤 사람에게는 끌리지 않아."

"내게는 끌리지 않는 거구나?"

나는 한숨을 내쉬었다.

"그래."

그 말을 하자마자 나는 울음이 터져 나왔다. 나는 울면서 말을 더듬거렸다.

"이것 좀 봐. 지금도 아무런 이유 없이 울고 있잖아. 나는 멍청이야. 나랑 시간을 허비해봤자 네 손해야."

브루노는 손가락으로 내 뺨을 쓰다듬으며 또다시 나를 껴안으려했다. 그는 속삭였다.

"네게 선물을 많이 해줄게. 너는 충분히 그럴 만한 가치가 있어. 너는 너무 아름다워."

나는 화를 내면서 몸을 빼낸 다음 어둠을 향해 째지는 소리로 외쳤다.

"릴라, 당장 돌아와! 집에 가고 싶어!"

두 청년은 계단까지 우리를 바래다주고는 집으로 돌아갔다. 어둠에 싸인 층계참을 따라 현관문을 향해 올라가면서 나는 지칠 대로 지쳐 릴라에게 말했다.

"가고 싶은 곳이 있으면 어디든지 가버려. 하고 싶은 대로 하라고. 하지만 나는 이제 같이 가주지 않을 거야. 브루노가 내 몸에 벌써 두 번이나 손을 댔어. 절대로 브루노와 둘이서만 같이 있고 싶지 않아. 알아들었어?"

65

인간이란 이따금씩 본심을 숨기기 위해서 무의미한 말을 하거나 말도 안 되는 요구를 할 때가 있다. 돌이켜보면 나도 다른 때 같으면 처음에는 망설였을지라도 결국에는 브루노의 유혹에 넘어갔을 것 같다. 물론 그는 내가 좋아할 만한 타입은 아니었다. 하지만 그렇게 따지자면 안토니오도 특별히 내 스타일은 아니었다. 남자들과는 천천히 정이 드는 법이다. 그때까지 가지고 있던 이상적인 남성상에 그다지 부응하지 않더라도 말이다.

그때 브루노는 정중하고 관대했다. 상황이 달랐다면 쉽게 내 애정을 얻을 수 있었을 것이다. 내가 그를 거부한 이유는 그가 보기 싫어서가 아니었다. 릴라의 행동을 막고 릴라와 니노의 관계에 장애물이 되고 싶어서였다. 그녀의 행동 때문에 나와 그녀가 처하게 된 상황을 똑바로 인식시키고 싶었다.

'그래, 네 말이 옳아. 내가 실수했어. 이제 다시는 니노랑 둘이서만 어둠 속으로 사라지지 않을게. 너를 브루노하고만 내버려두지 않을 테야. 이제부터는 유부녀에게 맞는 행동을 해야겠어.'

나는 릴라가 이렇게 말해주기를 바랐던 것이다.

물론 그런 일은 일어나지 않았다. 릴라는 기껏 내게 이렇게 말했다.

"니노에게 말해볼게. 내일부터는 브루노가 귀찮게 하지 않을 거야."

우리는 매일 오전 9시에 두 청년을 만나 자정이 되어서야 헤어지기를 계속했다. 화요일 저녁 릴라가 스테파노와 통화를 마치자 니노가 말했다.

"그러고 보니 브루노 집에 와본 적이 한 번도 없네. 올라와볼래?"

나는 대뜸 거절했다. 배가 아프다는 핑계를 대면서 집에 돌아가고 싶다고 했다. 니노와 릴라는 불안한 시선을 주고받았다. 브루노는 아무 말도 하지 않았다. 이들의 실망하는 모습에 나는 민망해서 덧붙였다.

"봐서 다른 날에 갈게."

릴라는 그 자리에서는 아무 말도 하지 않았지만 우리끼리만 남게 되자 소리쳤다.

"제발 나까지 불행하게 만들지 말아줘, 레누!"

내가 대꾸했다.

"스테파노가 우리 둘이 쟤네들 집에 간 것을 알게 되면 너뿐 아니라 내게도 화를 낼 거야."

나는 거기서 멈추지 않았다. 집에서 눈치아 아주머니의 불만을 자극해서 아주머니가 릴라에게 일광욕도 해수욕도 너무 오래하는 데다 매일 자정까지 돌아다니면 어떻게 하느냐고 잔소리를 하게 만들었다. 나는 짐짓 두 모녀의 화해를 바란다는 투로 말했다.

"눈치아 아주머니, 그러면 내일 저녁 저희와 함께 아이스크림 드시러 가세요. 우리가 별다른 일을 하지 않는다는 것을 확인하실 수 있을 거예요."

릴라는 분통을 터뜨리면서 1년 내내 가게 일만 하면서 인생을 허비하는데 휴가 동안에라도 조금의 자유를 누릴 수 없느냐며 툴툴댔다. 눈치아 아주머니도 인내심을 잃고 소리쳤다.

"대체 무슨 말이냐, 리나? 자유라니? 자유가 웬 말이야? 너는 결혼한 몸이야. 남편에게 책임을 다해야지. 레누차야 적당히 즐길 수 있다 해도 너는 안 돼."

이 말에 릴라는 문을 쾅 닫고 침실로 들어가 버렸다.

다음 날이 되자 결국 릴라가 이겼다. 눈치아 아주머니는 숙소에 남기로 하고 우리 둘만 스테파노에게 전화하기 위해 집을 나섰다.

"오늘은 11시까지 돌아와야 한다."

눈치아 아주머니가 뾰로통하게 내게 말했고 나는 알겠다고 대답했다.

아주머니는 나를 향해 뭔가를 묻는 듯한 긴 시선을 던졌다. 아주머니는 이미 위험을 감지한 듯했다. 우리를 감시할 요량으로 이곳에 함께 왔지만 역할을 제대로 하지 못하고 있었다. 우리가 말썽을 일으킬까봐 두려우면서도 모든 것을 희생해야 했던 자신의 젊은 시절 생각에 딸의 순진무구한 즐거움까지 막고 싶지는 않았던 것이다.

"11시까지 돌아올게요."

나는 아주머니를 안심시키기 위해서 다시 한 번 말했다.

스테파노와 통화하는 시간은 1분도 걸리지 않았다. 릴라가 전화부스에서 나오자 니노가 다시 물었다.

"레누, 오늘 저녁 컨디션은 괜찮아? 우리 집에 오지 않을래?"

"그래."

브루노도 합세했다.

"음료수만 한 잔 마시고 가면 되잖아."

릴라도 동의했다. 나는 아무 말도 하지 않았다.

브루노의 집은 겉으로 보기에는 오래된 데다 허름해 보이는 건물이었지만 내부는 말끔하게 새로 단장되어 있었다. 흰색으로 페인트칠을 한 창고는 조명 시설이 잘 구비된 데다 와인과 온갖 종류의 햄이 가득했고 대리석 계단에는 단철로 된 난간이 있었다. 견고한 문에는 황금빛 손잡이가 번쩍였고 창틀까지도 금빛이었다. 방도 많았고 거실에는 노란색 소파와 텔레비전이 갖춰져 있었다. 부엌에는 소라색으로 채색된 선반이 있었고 침실마다 고딕풍의 성당을 연상시키는 옷장이 있었다.

나는 브루노가 정말로 부자라는 것을 알았다. 만약 어머니가 학생 신분인 소카보 햄 사장네 아들내미가 내 뒤를 쫓아다니는 데다 자기 집에 초대까지 했는데 내가 하나님께 감사드리면서 어떻게 해서든 그와 결혼할 생각은 하지 않고 두 번씩이나 그를 거부했다는 사실을 알게 되면 나는 죽은 목숨이었다. 하지만 신체적으로 브루노조차 내게 과분하다고 느끼는 것은 다름 아닌 내 어머니의 불편한 다리 때문이었다.

브루노 집에 들어서자 나는 주눅이 들었다. 어쩌다 그곳까지 가게 된 걸까. 무엇을 하러. 릴라는 편하게 행동하고 많이 웃었다. 그에 비해 나는 몸에서 열이 나는 것 같았다. 입에서는 쓴맛이 났다. 싫다는 말이 불편해서 뭐든 좋다고만 했다.

"뭘 좀 마시겠니? 음반을 틀까? 텔레비전을 틀어줄까? 아이스크림을 줄까?"

한참 후에야 니노와 릴라의 모습이 보이지 않는다는 사실을 깨닫고 나는 긴장했다. 어디로 간 걸까? 설마 둘이서만 니노의 침실에 있는 걸까? 릴라는 넘어서는 안 될 선마저 넘으려는 것일까? 나는 생각조차 하고 싶지 않아 벌떡 일어나서 브루노에게 말했다.

"너무 늦었어."

브루노는 내내 친절한 태도를 유지했지만 약간은 슬퍼보였다.

"조금만 더 있다 가."

그가 속삭였다. 그는 빠질 수 없는 가족행사에 참석하기 위해서 다음 날 아침 일찍 떠나야 한다고 했다. 다음 주 월요일까지 돌아오지 않을 거라며 나 없이 며칠을 보내는 것은 고문이라고 했다. 그는 내 손을 부드럽게 잡고는 나를 정말 좋아한다고 했다. 그는 말을 이어나갔지만 내가 손을 조심스럽게 빼내자 더는 내 몸을 만지지 않았다.

브루노는 나에 대한 감정을 한참 동안 이야기했다. 평상시에 말이 거의 없는 그이기에 차마 말을 중단시킬 수 없었다. 얼마 후 나는 겨우 그의 말을 끊고는 이제 정말 가야 한다고 했다. 그러고는 큰 소리로 말했다.

"릴라! 이제 그만 나와! 벌써 10시 15분이야!"

몇 분 후에 둘이 모습을 나타냈다. 니노와 브루노는 우리를 차 타는 곳까지 바래다주었다. 브루노는 며칠간 나폴리에 가는 것이 아니라 영영 미국으로 떠나는 사람처럼 작별인사를 했다. 집으로 가는 길에 릴라는 무슨 대단한 소식이라도 전하는 것마냥 열띤 어조로 말했다.

"니노는 네가 굉장하다고 생각해."

"나는 아닌데."

나는 바로 퉁명스럽게 대꾸하고는 쏘아붙였다.

"임신이라도 하면 어쩌려고 그래?"

릴라가 내 귀에 속삭였다.

"그럴 리 없어. 이때까지 그저 키스하고 포옹하기만 했는걸."

"그래?"

"아무튼 임신은 안 해."

"한 번은 했잖아."

"안 할 거라고 했잖아. 그가 방법을 알아."

"그라니?"

"니노 말이야. 콘돔을 사용한다고 했어."

"그게 뭔데?"

"나도 잘 모르는데 니노가 그렇게 불렀어."

"뭔지도 모르는데 믿는단 말이야?"

"거기 위에 씌우는 거래."

"거기가 어딘데?"

나는 릴라에게 껄끄러운 단어를 억지로 말하게 하고 싶었다. 그러면서 자기가 무슨 말을 하고 있는지 깨닫게 하고 싶었다. 처음에는 키스만 한다고 하더니 이제 와서는 니노가 임신을 시키지 않는 법을 안다고 하지 않는가.

나는 정말 화가 났다. 그들이 수치심 정도는 느끼기를 바랐다. 하지만 정작 릴라는 지금 일어나고 있는 모든 일과 앞으로 일어날 모든 일에 대해 만족해하고 있었다. 집으로 돌아와서는 눈치아 아주머니에게 다정스럽게 굴면서 약속했던 시간보다 훨씬 먼저 돌아왔다고 강조하며 잠자리에 들 준비를 했다. 릴라는 침실 문을 열어두었다가 방에 들어가려는 나를 불러 세웠다.

"내 방에 좀 있다가 가. 그 문 좀 닫고."

나는 침대에 앉기는 했지만 릴라를 비롯한 이 모든 상황에 신물이 난다는 기색을 노골적으로 드러냈다.

"할 말이 뭔데?"

릴라가 속삭였다.

"니노네 집으로 자러 가고 싶어."

나는 놀라서 입이 다물어지지 않았다.

"눈치아 아주머니에게는 뭐라고 하고?"

"기다려봐. 화부터 내지 말고. 시간이 얼마 남지 않았어, 레누. 토요일이면 스테파노가 돌아올 거야. 열흘쯤 있다가 모두 나폴리로 돌아가겠지. 그러면 모든 것이 끝이야."

"모든 것이라니?"

"지금 이런 생활, 이렇게 온종일 함께하는 나날 말이야."

우리는 오랫동안 함께 고민했다. 릴라는 정신이 멀쩡했다. 그녀는 다시는 이런 일이 일어나지 않을 것이라고 속삭였다. 니노를 사랑하고 원한다고 내게 속삭였다. 그렇다. 릴라는 '사랑한다'는 표현을 썼다. 소설이나 영화에 나올 법한, 우리 동네에서는 아무도 사용하지 않는 표현이었다. 나도 속으로 생각할 때만 쓰는 표현이었다. 우리 동네에서는 '좋아한다'는 말이 더 자연스러웠다. 그런데 릴라는 아니었다. 릴라는 '사랑'하고 있는 것이다. 릴라는 니노를 사랑하는 것이다. 결국에는 송두리째 없애버려야 할 감정이었지만.

릴라는 실제로 그렇게 할 생각이라고 했다. 스테파노가 돌아오는 토요일 저녁부터는 그렇게 하겠다고 했다. 릴라는 그렇게 할 수 있다고 확신했다. 내게 자기를 믿어달라고 했다. 대신 이제 얼마 남지 않은 시간은 오롯이 니노에게 바치고 싶다는 것이었다.

"하루 밤낮을 온전히 그와 한 침대에서 보내고 싶어."

릴라가 말했다.

"그의 품에 안겨서 잠자고 원할 때마다 키스하고 어루만지고 싶어. 그가 잠들었을 때도 말이야. 그러고는 그만둘게."

"불가능한 일이야."

"네가 도와줘야 해."

"어떻게?"

"우리가 넬라 아주머니네 초대받아서 이틀간을 바라노에서 보내게 됐다고 어머니를 설득시켜줘. 밤에도 그곳에서 자기로 했다고 말이야."

나는 잠시 아무 말도 하지 않았다. 릴라는 이미 계획을 세워놓았던 것이다. 분명 니노와 함께 고민했을 것이다. 브루노를 일부러 떠나게 했을 수도 있다. 어디서 어떻게 밤을 함께 보낼지를 두고 얼마나 오랫동안 논의했을까. 신자본주의와 신식민주의, 아프리카와 남아메리카 문제, 사뮈엘 베케트며 버트런드 러셀에 대한 논의는 끝난 지 오래였다. 모두 부질없는 소음일 뿐이었다.

니노는 이제 어떠한 주제로도 토론하지 않았다. 둘 다 똑똑한 머리를 이용해서 눈치아 아주머니와 스테파노를 어떻게 속여먹을 수 있는지만 고심하고 있었다.

"제정신이 아니구나!"

나는 분개했다.

"네 어머니는 믿을지 몰라도 스테파노는 절대로 믿지 않을 거야."

"너는 바라노에 갈 수 있게 허락만 받아줘. 스테파노에게 말하지 말아달라는 부탁은 내가 할 테니."

"싫어."

"우린 친구잖아."

"친구 아니야."

"니노와도?"

"그래."

그렇지만 릴라는 나를 자신의 일에 끌어들이는 방법을 너무나도 잘 알고 있었고 나는 끝까지 버티지 못했다. 나는 한편으로는 이 모든 일이 지긋지긋했지만 다른 한편으로는 내가 릴라의 삶에 일부분을 차지하지 못할까봐, 그녀가 만들어내는 새로운 일을 함께하지 못할까봐 두려웠다. 그 모략도 위험하기 짝이 없지만 릴라의 기발한 행보의 하나가 아닌가. 우리 둘이 어깨를 나란히 하고 모두에게 맞서는 일이다.

릴라의 계획대로라면 우리는 내일 눈치아 아주머니를 설득해 다음 날 아침 일찍 함께 집을 나서게 될 것이다. 포리오에서 헤어져 릴라는 브루노의 집에서 니노와 함께 시간을 보낼 것이고 나는 마론티로 가는 배를 타게 될 것이다. 릴라는 하루 온종일 니노와 함께 시간을 보내고 나는 바라노에 있는 넬라 아주머니 집에서 잠을 잘 터였다. 그다음 날 나는 점심시간에 맞춰 포리오에 돌아와서 브루노 집에서 다시 릴라를 만나 함께 집으로 돌아오는 것이 계획의 전말이었다.

완벽하지 않은가. 릴라가 그 모략의 세세한 부분까지 맞추기 위해서 치밀한 계획을 세우면서 머리를 쓸수록 내 머리도 빠르게 돌아갔다. 릴라는 나를 포옹하며 내게 애원했다.

이제 우리의 새로운 모험이 시작되려 하고 있었다. 삶이 허락지 않은 것을 우리는 함께 쟁취할 것이다. 그렇게 될 것이다.

그러면서도 다른 생각이 들기도 했다. 이것은 내가 정말 원하는 것이 아닐 수도 있었다. 사실 나는 릴라가 그런 기쁨을 누릴 수 있는 기회를 잃고 니노는 괴로움에 빠지기를 바라는 것일지도 모른다. 둘이 이성을 잃은 나머지 자신들의 욕망을 수완 좋게 실현하지 못하고 그 일로 위험한 상황에 처하게 되기를 바라는 건지도 모른다. 하지만 그날 밤 릴라의 말을 오랫동안 듣다 보니 나는 결국 릴라를 도와주는 것이 오랫동안 유지해온 자매애에 가까운 우리의 우정사에 있어서 결정적인 사건일 뿐 아니라 니노에 대한 나의 사랑을 표현하는 일이기도 하다는 결론에 도달했다. 그렇다. 릴라는 내 우정에 호소하고 있지만 나는 절박한 마음으로 니노를 향한 내 사랑을 생각했다. 생각이 여기까지 미치자 나는 말했다.

"좋아. 도와줄게."

66

다음 날 나는 눈치아 아주머니에게 얼굴이 화끈거릴 정도로 많은 거짓말을 했다. 거짓말의 중심에는 포텐차에서 끔찍한 상황에 처해 있을 올리비에로 선생님이 있었다. 선생님을 이용하기로 한 것은 릴라가 아니라 내 생각이었다. 나는 눈치아 아주머니에게 말했다.

"어제 넬라 아주머니를 만났는데 회복 중인 선생님께서 아주머니 집에 휴양을 오신다고 했어요. 바닷가에서 휴양을 하면 건강을 되찾을 수 있다나봐요. 내일 저녁 넬라 아주머니가 선생님을 위해 조촐한 파티를 열 예정인데 그 파티에 저와 릴라를 초대했어요. 선생님의 제자 가운데 우리 둘이 가장 뛰어났으니까요. 정말 가고 싶은데 너무 늦게 끝날 것 같아 안 된다고 했더니 넬라 아주머니가 원한다면 아주머니 집에서 자고 가도 좋다고 했어요."

"바라노에서 말이니?"

눈치아 아주머니가 인상을 쓰며 물었다.

"네, 파티가 열리는 곳이 바라노예요."

"가고 싶으면 너나 가려무나, 레누. 릴라는 안 된다. 남편이 알면 화를 낼 거야."

릴라가 냉큼 끼어들었다.

"말하지 않으면 되잖아요."

"무슨 말이니."

"엄마. 그이는 나폴리에 있고 여기는 이스키아예요. 절대로 모를 거예요."

"뭐든 언젠가는 들통나기 마련이란다."

"그럴 리가요."

"그렇다니까. 이제 그만해, 리나. 더는 왈가왈부하고 싶지 않구나. 레누는 가고 싶으면 가도 좋아. 하지만 너는 여기에 있으렴."

우리는 한 시간 동안 이야기를 계속했다. 나는 선생님 상태가 몹시 좋지 않아서 이번이 우리의 고마움을 표현할 마지막 기회일 수도 있다는 사실을 강조했다. 릴라는 어머니의 성질을 돋웠다.

"지금까지 아버지에게 얼마나 많은 거짓말을 하셨어요? 솔직히 말씀해보세요. 나쁜 의도가 있어서가 아니라 일을 좋게 풀려고 거짓말을 하신 거잖아요. 잠깐이라도 어머니만의 시간을 가지기 위해서나 옳은 일인 게 분명한데도 아버지가 절대로 허락하지 않을 일을 하려고 말이에요."

둘은 옥신각신했다. 눈치아 아주머니는 처음에는 페르난도 아저씨를 속인 적이 한 번도 없다고 했다가 한 번, 두 번 아니 수도 없이 많은 거짓말을 한 것을 인정했다. 아주머니는 결국 화가 나기도 하고 한편으로는 유별난 딸아이가 자랑스럽게 느껴지기도 해 큰 소리로 말했다.

"대체 내가 널 가졌을 때 무슨 일이 일어났던 건지 모르겠구나. 사고가 있었나. 딸꾹질이 그치지 않았나. 아니면 발작이라도 일으켰던 걸까. 방에 불이 들어오지 않거나 번개가 쳐서 전등이 깨져버렸던 걸까. 침대 머리맡 서랍장 위에 올려놓았던 물대야가 떨어지기라도 한 걸까? 아무튼 뭔가 일이 일어났던 것은 틀림이 없을 게다. 그렇지 않으면 이다지도 유별나고 견디기 힘든 아이가 나올 리가 없을 테니 말이야."

아주머니는 이 말을 하고 나서는 감상에 빠져 기분이 약간 수그러든 것 같았다. 하지만 이내 다시 화를 내면서 선생님을 만난다는 이유로 릴라 남편에게 거짓말을 할 수는 없다고 했다.

릴라가 소리쳤다.

"많지는 않지만 그나마도 제가 아는 모든 것을 올리비에로 선생님께 배웠어요. 짧은 기간이지만 학교에 다니는 동안에는 선생님께 가르침을 받았다고요."

결국 눈치아 아주머니는 항복하고 우리에게 정확한 시간을 제시했다. 토요일 오후 2시까지는 집으로 돌아와야 한다고 했다. 단 1분도 늦지 말라고 했다.

"스테파노가 도착했는데 너희가 없으면 안 되지 않니? 명심하렴, 리나. 나를 곤란하게 하지 마. 알겠지?"

"그럼요."

우리는 해변으로 갔다. 릴라는 기쁨에 넘쳐 밝은 표정으로 나를 껴안고 키스하며 내게 평생 고마워할 거라고 했지만 나는 올리비에로 선생님까지 끌어들였다는 사실에 죄책감을 느끼고 있었다. 나는 선생님이 앰뷸런스에 실려 갔을 때나 마지막으로 병원에서 선생님을 보았을 때보다 더 악화되었을 모습이 아니라 열과 성의를 다하여

우리를 가르쳐주시던 과거의 모습으로 바라노에서 열리는 파티에
참석하는 선생님을 상상해보았다.

영리한 거짓말을 생각해냈다는 만족감이 순식간에 사라졌다. 공
범으로서의 희열은 사라지고 분노가 되살아났다. 나는 왜 이렇게 릴
라를 도와주고 그녀를 감싸고 있는 건지 자문해보았다. 남편을 배신
하고 성스러운 결혼의 언약을 어기고 아내라는 짐을 던져버리려는
릴라를 말이다. 스테파노가 알게 되는 날이면 릴라의 머리를 박살
내려 할 것이다. 불현듯 릴라가 신부복을 입은 자신의 사진을 어떻
게 했는지 기억이 나서 속이 뒤틀렸다. 지금도 그런 식으로 행동하
고 있다는 생각이 들었다. 대신 이번에는 그 대상이 사진이 아니라
카라치 부인 자신이었다. 이번에도 릴라는 자신을 도와달라고 나를
끌어들였고 니노는 도구인 것이다. 그렇다. 니노는 가위나 풀, 페인
트같이 자기 자신의 모습을 망가뜨리는 데 필요한 도구였다. 릴라는
내게 무슨 짓을 시키려는 걸까. 왜 나는 매번 그녀에게 휩쓸리고 마
는 걸까.

해변에 가니 니노가 우리를 기다리고 있었다. 그가 걱정스레 어찌
됐는지 묻자 릴라가 말했다.

"계획대로 됐어."

둘은 내게 함께 가자는 말도 없이 자기들끼리만 바다로 달려가 버
렸다. 같이 가자고 해도 가지 않았겠지만. 걱정스러운 마음에 몸이
떨렸다. 게다가 나는 원래 깊은 바다를 두려워한다. 그러니 해변에
서 가까운 곳에 홀로 남겨질 게 뻔한데 굳이 몸을 적실 필요가 없지
않은가.

바람이 불어왔다. 하늘에는 구름 몇 점이 떠 있었고 바다에는 약
간의 파도가 일었다. 릴라와 니노는 망설이지 않고 바다에 뛰어들었

다. 릴라는 행복에 겨워 길게 소리를 질렀다. 둘은 행복해보였다. 사랑에 취해서 원하는 것은 어떻게 해서든 손에 넣을 기세였다. 그 대가가 아무리 비싸다 해도.

나는 감당하기 힘든 우정의 계약에 구속된 느낌이었다. 모든 일이 꼬일 대로 꼬였다. 릴라를 이스키아 섬으로 이끈 것은 바로 나였다. 잘될 가망이 없다는 것을 알면서도 니노를 따라가려고 릴라를 이용한 것이었다. 메초칸노네의 서점에서 내 힘으로 돈을 버는 대신 릴라에게 돈을 받기로 하고 그녀에게 고용되어 이제는 주인을 돕는 하녀 역을 수행하게 된 것이었다.

나는 릴라의 간음을 숨겨줬을 뿐만 아니라 돕기까지 했다. 그녀가 니노를 차지하도록 도와주었다. 나 대신 그를 차지하고 그와 관계를 맺게 해주었다. 하루 밤낮을 꼬박 즐기면서 그에게 오럴 섹스를 해주도록 내가 도운 것이다.

관자놀이가 울려왔다. 발꿈치로 두어 번 모래를 밀어냈다. 머릿속으로 어린 시절 막연하게 생각했던 성적인 단어들을 곱씹어보았다. 고등학교도, 수준 높은 책도, 그리스어와 라틴어 번역 연습도 부질없는 일이었다. 나는 햇볕에 반짝이는 바다를 바라보았다. 지평선으로부터 무더위에 아지랑이가 이는 창공을 향해 흘러가는 구름의 창백한 행렬을 바라보았다.

릴라와 니노는 두 개의 검은 점이 되어 겨우 알아볼 수 있을 정도였다. 둘이 지평선 위로 떠다니는 구름을 향해 헤엄쳐가고 있는 건지 아니면 해안 쪽으로 돌아오고 있는 건지 구분하기 힘들었다. 순간 나는 둘 다 물에 빠져 죽어버렸으면 좋겠다고 생각했다. 갑작스런 죽음이 내일의 기쁨을 앗아가 버리기를 진심으로 바랐다.

67

누군가 내 이름을 부르는 소리에 깜짝 놀라 뒤돌아보았다.

"내가 잘 봤네."

심술궂은 남자의 목소리가 들렸다.

"내가 맞다고 했잖아."

여자 목소리도 들렸다.

나는 목소리를 알아듣고 벌떡 일어났다. 미켈레와 질리올라가 열두 살 된 질리올라의 동생 렐로와 함께 나타난 것이다.

나는 그들에게 반갑게 인사하면서도 앉으라는 말은 하지 않았다. 뭐든 급한 볼일이 있어서 빨리 자리를 뜨기를 바랐건만 질리올라는 모래 위에 자기와 미켈레의 수건을 세심하게 펼쳐놓고는 그 위에 가방과 담배, 라이터 등을 올려놓았다. 동생에게는 바람이 부니 따뜻한 모래 위에 앉으라고 했다. 수영복이 젖어 감기에 들 거라면서.

어떻게 해야 하나. 나는 애써 바다를 바라보지 않았다. 그렇게 해야만 미켈레와 질리올라도 그쪽을 바라보지 않을 것 같았다. 그러고는 평상시처럼 냉정하고 무심한 말투로 이야기하는 미켈레의 말에 기쁜 척 관심을 기울였다. 그는 나폴리가 너무 더워서 하루 쉬기로 했다고 말했다. 아침 배를 타고 와서 저녁 배로 돌아가는 코스로 바람을 쐬러 나왔다는 것이다. 마르티리 광장의 상점은 피누차와 알폰소가 맡았다고 했다. 아니, 정확하게는 알폰소와 피누차라고 해야 옳은 셈이다. 별 도움이 되지 않는 피누차에 비해서 실질적으로 가게 일을 맡은 것은 알폰소이니까.

그들은 피누차의 권유로 포리오에 온 것이라고 했다. 그곳에 가면 우리를 찾을 수 있을 거라고 했다는 것이다. 해변을 산책하다보면 자연히 우리와 마주치게 될 거라고. 그런데 정말로 산책하다가 질리올라가 "저기 레누차 아니냐?"라고 소리를 친 것이었고 그래서 이렇게 만나게 된 것이다.

나는 몇 번이고 정말 반갑다고 했다. 그러는 동안 미켈레가 무심하게 모래투성이 발로 질리올라의 수건 위에 올라갔다. 질리올라가 조심 좀 하라며 화를 냈지만 소용없었다. 이스키아 섬으로 오게 된 연유를 설명한 후 미켈레가 무슨 말을 할지는 뻔했다. 굳이 말하지 않고 눈빛만 봐도 알 수 있었다.

"리나는 어디에 있어?"

"수영하고 있어."

"파도가 꽤 거친데."

"그렇게 거칠지는 않아."

질리올라와 미켈레가 거품이 이는 바다 쪽으로 고개를 돌리는 것을 막을 수 없었다. 하지만 둘 다 무심하게 바다를 바라보고는 수건 위에 편히 자리를 잡았다. 미켈레는 또 수영을 하고 싶어 하는 소년을 꾸짖었다.

"여기에 있어."

그가 말했다.

"물에 빠져 죽고 싶어?"

그러더니 소년의 손에 만화책을 쥐여주며 여자친구에게 말했다.

"다음에는 절대로 동생을 달고 오지 마."

질리올라는 내게 칭찬을 퍼부었다.

"너 정말 보기 좋다. 새까맣게 탔네. 덕분에 머리색이 더 환해 보여."

나는 미소를 지으면서 그렇지 않다고 했다. 그러면서도 이들을 멀리 데리고 갈 방법만을 궁리했다.

"우리가 묵고 있는 숙소에 같이 가서 좀 쉬었다 가."

내가 말했다.

"눈치아 아주머니가 좋아하실 거야."

그들은 거절했다. 두 시간 후에 근처에서 배를 타야 하기 때문에 그곳에서 일광욕이나 조금 더 하다가 떠나겠다고 했다.

"그러면 가게에 가서 뭐라도 좀 먹자."

"그러자. 그래도 리나를 기다려야지."

긴장되는 순간에 늘 그렇듯이 나는 말로 시간을 때우기 위해 일련의 질문을 쏟아부었다. 제빵사인 스파뉴올로 아저씨는 잘 계시는지, 마르첼로는 잘 지내는지, 여자친구는 아직 없는지, 미켈레는 새 구두 디자인을 어떻게 생각하는지, 그의 아버지와 어머니와 할아버지는 구두에 대해서 어떻게 생각하는지 쉴 새 없이 질문을 던졌다. 그러다가 나는 벌떡 일어나서 "리나를 불러야겠다"라고 말한 다음 해안가 쪽으로 가서 소리치기 시작했다.

"리나! 어서 돌아와! 미켈레와 질리올라가 왔어."

소용없는 일이었다. 릴라는 내 소리를 듣지 못했다. 나는 다시 돌아와 그들의 주위를 흩뜨리기 위해 또다시 수다를 떨기 시작했다. 릴라와 니노가 해안 쪽으로 오는 도중에 미켈레와 질리올라보다 먼저 그들을 알아보고 위험을 감지해서 의심을 살 만한 친밀한 행동을 하지 않기를 바랐다. 하지만 내 말에 귀를 기울이는 질리올라에 비해 미켈레는 예의로라도 내 말을 듣는 척하지 않았다. 그는 릴라를 만나 그녀와 새 구두 디자인에 대해 이야기하기 위해 일부러 이스키아까지 찾아온 것이 분명했다. 그는 점점 더 거칠어지는 바다를 향해 긴 시선을 던지고 있었다.

결국 그는 릴라를 보고 말았다. 릴라와 니노가 깍지를 끼고 물에서 나오는 모습을 목격한 것이다. 사실 너무 아름다워서 시선을 끌지 않을 수 없는 커플이었다. 둘 다 큰 키에 자연스럽고 세련돼보였다. 어깨를 맞부딪히며 미소를 주고받는 그들의 모습을 미켈레가 본 것이다.

서로에게 푹 빠져서 내가 다른 사람들과 함께 있다는 것도 바로 눈치채지 못했다. 릴라가 미켈레를 알아보고 손을 빼냈지만 이미 늦었다. 질리올라는 아무것도 눈치채지 못한 것 같았다. 그녀의 동생도 만화책에 열중하고 있었다. 하지만 미켈레는 모든 것을 목격하고 자신이 방금 본 광경에 대한 의미를 내 표정에서 확인하려는 듯 나를 바라보았다. 그는 내 표정에서 두려움을 읽어냈을 것이다. 그는 신속함과 결단력이 필요한 문제에 맞닥뜨렸을 때 언제나 그렇듯이 느릿느릿 심각하게 말했다.

"10분만 있다가 갈게. 인사만 하고 가자."

말을 그렇게 했지만 둘은 한 시간도 넘게 머물렀다. 나는 니노가 우리 초등학교 동문이자 내 고등학교 동문이라는 사실을 강조하면서 그를 소개했다. 니노의 성을 들은 미켈레는 니노가 가장 기분 나빠할 만한 질문을 했다.

"『로마』지와 나폴리 석간지에 글을 쓰는 그 양반이 네 아버지로구나?"

니노가 마지못해 고개를 끄덕이자 미켈레는 부자지간의 혈연관계를 확인하려는 것처럼 꽤 오랫동안 그를 물끄러미 바라보았다. 그러더니 니노에게는 말을 걸지 않고 릴라만을 바라보면서 말하기 시작했다.

릴라는 예의바른 태도를 유지하면서 때로는 비아냥댔고 때로는 냉정하게 굴었다. 미켈레가 말했다.

"네 허풍쟁이 오라비는 이번 구두 디자인이 다 자기 머리에서 나온 거라고 하던데."

"그래, 맞아."

"그래서 하나같이 쓰레기 같은 디자인만 나온 거로군."

"그 쓰레기 같은 디자인이 지난번 모델보다 훨씬 더 잘 나갈 거야."

"그럴지도 모르지. 네가 구둣가게를 맡는다면 말이야."

"질리올라가 이미 잘하고 있잖아."

"질리올라는 제과점을 맡아야 해."

"그거야 그쪽 사정이지. 나도 식료품점 일을 봐야 해."

"두고 봐, 사모님. 이제 곧 마르티리 광장의 가게를 맡게 될 테니. 내가 전권을 맡기는 백지 위임장을 주지."

"백지 위임장이건 흑지 위임장이건 그런 생각일랑은 하지 마. 나는 지금 이대로가 좋아."

그들은 계속 이런 식으로 얘기를 주고받았다. 공이 오가는 것 같았다. 나와 질리올라는 어떻게 해서든 대화에 끼어들어보려고 애썼다. 특히 질리올라는 남자친구가 자기와 의논도 하지 않고 자신의 미래에 대해 이야기하는 바람에 화가 잔뜩 나 있었다.

나는 니노가 넋이 나간 것을 알아챘다. 미켈레의 말에 능숙하고 과감하고 재치 있게 사투리로 응대하는 릴라의 모습에 놀란 것 같았다.

드디어 미켈레가 파라솔과 소지품을 꽤 멀리 떨어진 곳에 놔뒀다며 가봐야겠다고 했다. 내게 인사하고 나서 릴라에게는 특별히 열정적으로 인사하며 9월부터 가게를 맡는 걸로 알고 있겠다고 했다.

니노에게는 말단 직원에게 담배 심부름을 시키는 상사의 말투로 말했다.

"상점 인테리어가 마음에 들지 않았다고 쓴 것은 큰 실수였다고 아버지께 전해드려. 돈을 받았으면 모든 것이 다 좋다고 해야지. 이런 식이면 다음번에는 돈 구경은 하지도 못할 거라고 전해드려."

니노는 깜짝 놀랐다. 수치심 때문인지 아무런 대답도 하지 않았다. 질리올라가 악수를 하려고 손을 내밀자 니노는 기계적으로 손을 잡았다. 연인은 만화책을 읽으면서 걸어가는 동생을 데리고 사라졌다.

68

나는 화가 나기도 하고 주눅이 들기도 했다. 미켈레 앞에서 한 내 모든 언행이 마음에 걸렸다. 미켈레와 질리올라가 멀어지자 니노가 들을 수 있게 나는 일부러 크게 말했다.

"미켈레가 너희 둘을 봤어."

니노가 불편한 기색을 내비치며 물었다.

"대체 누군데?"

"과대망상증에 걸린 카모라 조직의 개새끼야."

릴라가 경멸을 담아 말했다.

나는 즉시 릴라의 말을 정정했다. 니노도 현실을 알아야 했으니까.

"릴라 남편의 동업자야. 지금 본 걸 스테파노에게 다 전할 거야."

"전할 게 뭐가 있는데?"

릴라가 발끈했다.

"전할 것은 아무것도 없어."

"미켈레가 스파이 노릇을 할 거라는 걸 잘 알잖아.""그래? 누가 신경이라도 쓴대?"

"나는 신경 쓰여."

"어쩔 수 없지 뭐. 네가 도와주지 않아도 일은 계획대로 진행될 거야."

릴라는 내 존재를 무시하고 니노와 다음 날 계획을 세밀히 짜기 시작했다. 미켈레와의 만남으로 릴라는 오히려 의기 충만해진 것 같았다. 그러나 니노는 태엽이 다 돌아간 장난감처럼 힘없이 중얼거렸다.

"나 때문에 위험해지는 거 아니야?"

릴라는 니노의 뺨을 어루만지며 말했다.

"그만둘까?"

릴라의 손길에 니노는 다시 힘을 얻은 듯했다.

"네가 걱정되어 그러는 것뿐이야."

우리는 그길로 니노와 헤어져 숙소로 돌아왔다. 숙소로 가는 길에 내 머릿속에는 온갖 비극적인 상황이 그려졌다.

"오늘 저녁 미켈레는 스테파노에게 자기가 목격한 광경을 전할 거야. 스테파노는 내일 아침에 당장 쫓아오겠지. 우리는 집에 없을 테니 눈치아 아주머니가 스테파노를 바라노에 보내겠지. 하지만 그 곳에서도 너를 발견하지 못할 테고. 그러면 넌 모든 것을 잃게 될 거야, 릴라. 제발 내 말 좀 들어봐. 이러면 너만 위험해지는 것이 아니라 나도 곤란해져. 우리 어머니가 내 다리를 두 동강 내버릴 거야."

릴라는 내 말을 한 귀로 듣고 한 귀로 흘렸다. 미소를 지으며 이런 저런 표현으로 같은 내용의 말을 반복했다.

"너를 정말 좋아해, 레누. 영원히 그럴 거야. 그렇기 때문에 너도 언젠가 한 번은 내가 지금 이 순간 느끼는 감정을 느낄 수 있었으면 좋겠어."

나는 생각했다.

'그래 봤자 일이 잘못 되면 네가 제일 손해야.'

그날 저녁 우리는 포리오에 가지 않고 숙소에 머물렀다. 릴라는 어머니에게 상냥하게 굴었다. 어머니 대신 요리를 하고 식사 준비를 돕고 접시를 치우고 설거지를 했다. 나중에는 갑작스레 감상에 빠져서는 눈치아 아주머니의 무릎 위에 앉아서 목에 팔을 감고 제 이마를 어머니의 이마에 갖다 댔다. 릴라의 상냥한 모습이 익숙지 않은 눈치아 아주머니는 쑥스러움에 갑자기 울음을 터뜨렸다. 눈물을 흘리며 걱정스러운 마음에 의미를 알 수 없는 말을 했다.

"부탁이야, 리나. 너 같은 딸을 둔 어머니는 세상에 나밖에 없을 거야. 제발 내 마음을 아프게 하지 말아줘."

릴라는 어머니를 다정스레 놀리며 침대까지 바래다주었다.

아침이 되자 릴라가 나를 흔들어 깨웠다. 나는 너무나 고통스러워서 날이 밝았다는 사실을 확인하고 싶지 않았다.

차를 타고 포리오로 향하면서 나는 온갖 비극적인 상황을 상상했지만 릴라는 전혀 상관하지 않았다.

"넬라 아주머니가 없으면 어떡하지?"

"넬라 아주머니네 집에 정말로 손님이 와서 내가 머무를 곳이 없으면 어떡해?"

"사라토레 가족이 니노를 보러 포리오에 가면 어떡하지?"

릴라는 내 말에 장난스레 대답했다.

"넬라 아주머니가 없으면 니노 어머니가 너를 맞아주겠지."

"머무를 곳이 없으면 포리오로 돌아와. 우리와 함께 자자."

"사라토레 가족이 브루노네 집 문을 두드리면 문을 열어주지 않으면 그만이야."

그런 식으로 이야기를 주고받다가 9시가 채 되지 않아 목적지에 도착했다. 니노는 우리를 창가에서 기다리다가 현관문을 열어주러 달려나왔다. 그는 내게 고개를 한 번 끄덕여 보이더니 릴라를 집 안으로 끌어당겼다.

그전까지만 해도 마음만 먹으면 모든 계획을 멈출 수 있었는데 릴라가 문턱을 넘어서는 순간부터 상황은 걷잡을 수 없게 되었다.

나는 그 차를 타고 바라노로 떠났다. 물론 비용은 릴라가 댔다. 바라노로 가는 길에 내가 진심으로 그 둘을 증오할 수는 없다는 사실을 깨달았다. 니노가 원망스러웠고 릴라에게 적의를 느끼는 것은 사실이었다. 둘 다 죽어버리기를 바란 적도 있다. 하지만 그마저도 역설적으로 우리 셋을 모두 구원할 수 있는 유일한 방법이라고 생각했기 때문이었다. 둘을 증오해서 그런 것은 아니었다. 그보다는 나 자신이 가증스럽고 경멸스러웠다. 달리는 차에서 밤의 흔적을 지워내는 짙은 나무향이 실려오는 바람을 맞으면서 이곳 이스키아 섬에 있는 내 존재가 수치스럽게 느껴졌다.

나는 타인의 요구에 복종하는 존재였다. 나는 릴라와 니노를 통해서만 의미를 얻는 드러나지 않는 존재였다. 릴라와 니노가 텅 빈 집에서 포옹하고 입맞춤을 하는 장면이 머리에서 지워지지 않았다. 그들의 열정이 나를 덮쳐와 혼란스러웠다. 그 둘을 사랑했기에 정작나 자신은 사랑하지 못하는 것이다. 그렇기 때문에 나만의 열망을 느끼고 붙잡지 못하는 것이다. 릴라와 니노처럼 그 열망을 위해서라면 장님에 귀머거리가 될 수 없는 것이다. 그날 바라노로 향하면서 나는 그렇게 느꼈다.

69

넬라 아주머니와 사라토레 가족은 언제나처럼 나를 반갑게 맞아주었다. 나는 가장 온화한 표정의 가면을 꺼내 썼다. 아버지가 팁을 받을 때 쓰는 가면이자 우리 집 조상들이 위험을 피하기 위해 써온 가면이었다. 언제나 겁이 많고 복종적이고 뭐든 기꺼이 할 것 같은 태도를 유지해온 우리 집 조상들 말이다.

나는 예의 호감 가는 태도로 거짓말을 늘어놓았다. 넬라 아주머니에게는 어쩔 수 없이 아주머니께 누를 끼치게 됐다고 했다. 카라치 부부에게 손님이 찾아와서 그날 밤 머무를 곳이 없어졌다고 했다. 이런 식으로 갑작스럽게 모습을 나타낸 것이 무례한 일인지 안다면서 상황이 여의치 않으면 며칠 동안 나폴리에 다녀오겠다고 했다.

넬라 아주머니는 나를 껴안았다. 내게 맛있는 음식을 대접하면서 나와 함께 있는 것이 얼마나 즐거운 일인지 모른다고 누차 강조했다. 아이들이 계속 졸라댔지만 나는 사라토레 가족과 해변에 가지는 않았다. 리디아 아주머니는 나중에라도 해변으로 오라고 했고 도나토 사라토레는 함께 수영을 하자며 내가 올 때까지 기다리겠다고 했다.

나는 넬라 아주머니 곁에 머물며 집 안 정리며 점심 준비를 도왔다. 그러다보니 마음이 조금은 가벼워졌다. 여기까지 오기 위해 한 수많은 거짓말이며 지금쯤 한창일 간통 행위, 공범으로서의 죄책감, 니노에게 몸을 허락할 릴라와 릴라에게 몸을 내어줄 니노에 대한 복잡 미묘한 질투심의 무게가 조금은 가벼워지는 듯했다. 이야기를 해보니 사라토레 가족에 대한 넬라 아주머니의 적개심이 약간은 누그러진 듯했다. 넬라 아주머니는 사라토레 부부가 나름대로의 균형을 되찾았고 둘 사이의 관계가 좋아지자 자기를 덜 성가시게 한다고 했다.

올리비에로 선생님에 대한 소식도 들었다. 내가 다녀갔다는 말을 전하려고 선생님께 전화했는데 아직도 말하는 것은 힘들어했지만 예전보다는 낙관적인 상황이라고 했다. 그렇게 얼마간 이런저런 소식을 주고받았다. 하지만 그것도 잠시뿐, 갑작스럽게 주제가 바뀌면서 현실의 심각성이 다시 내 어깨를 짓누르기 시작했다.

"네 칭찬을 아주 많이 하셨어."

넬라 아주머니가 올리비에로 선생님을 두고 말했다.

"그런데 결혼한 두 친구와 함께 왔다고 했더니 내게 질문을 많이 하더구나. 특히 리나에 대해서 말이야."

"무슨 말씀을 하셨나요?"

"교편을 잡은 이래 그렇게 뛰어난 학생을 본 적이 없다고 했어."

릴라가 항상 1등을 놓치지 않던 시절이 생각나 나는 마음이 언짢아졌다.

"맞아요."

나는 인정했다.

하지만 넬라 아주머니는 전혀 동의하지 않는다는 듯 인상을 썼다. 아주머니의 두 눈이 반짝였다.

"내 사촌은 분명 훌륭한 선생님이었을 게다."

아주머니가 말했다.

"하지만 이번만은 내 사촌이 틀렸어."

"아녜요. 그렇지 않아요."

"내 생각을 말해볼까?"

"네. 말씀해주세요."

"기분 나빠하는 거 아니지?"

"그럼요."

"솔직히 나는 리나가 맘에 들지 않아. 네가 훨씬 나아. 네가 더 예쁘고 똑똑해. 사라토레 가족과도 이야기를 해봤는데 그들 모두 나와 같은 생각이더구나."

"그거야 모두 저를 좋아해주시니까요."

"아니야. 조심해라, 레누. 너희 둘이 아주 친한 것은 알아. 내 사촌도 그렇게 말했거든. 내가 나와 상관없는 일에 왈가왈부하는 사람도 아니고. 하지만 내겐 사람 보는 눈이 있지. 리나는 네가 자기보다 낫다는 걸 알고 있어. 그렇기 때문에 네가 리나를 좋아하는 만큼 리나는 너를 좋아하지 않는 거야."

나는 그럴 리가 없다는 듯 미소를 지어보였다.

"리나가 저를 싫어한다는 뜻이세요?"

"그건 잘 모르겠구나. 확실한 것은 리나는 마음만 먹으면 못된 짓을 할 수 있다는 거야. 얼굴에 쓰여 있지 않니. 눈빛과 이마만 보면 알 수 있어."

나는 동의하고 싶은 마음을 참고 고개를 저어보였다. 모든 것을 그렇게 간단하게 설명할 수 있다면 얼마나 좋을까. 지금만큼은 아니지만 그때에도 이미 우리 관계가 엉킬 대로 엉켜 있다는 것을 알고 있었다. 나는 장난스레 웃어 보였다. 농담을 하면서 넬라 아주머니도 웃게 만들었다. 나는 아주머니에게 어린 시절부터 릴라의 첫인상이 그다지 좋지는 않았다고 말했다. 어렸을 때부터 작은 악마 같았다고 했다. 긍정적인 의미에서 말이다. 두뇌회전이 빠르고 무엇을 하든 뛰어나서 공부를 계속했다면 퀴리 부인 같은 과학자가 되거나 톨리아티의 부인인 닐데 이오타나 그라치아 델레다 같은 위대한 여류 작가가 되었을 것이라고 했다. 마지막 두 사람 이름을 듣자 넬라 아주머니는 "세상에나!"라고 소리치면서 짓궂게 십자가를 그어보였다. 그러더니 쿡쿡 웃기 시작해 웃음보가 터져서 멈추지 못했다. 아주머니는 내게 도나토 사라토레가 털어놓은 비밀 이야기를 해주겠다고 했다. 그의 눈에 릴라의 아름다움은 추함에 가깝다고 했다. 사내들을 매료시키면서도 두려움을 느끼게 하는 아름다움이라고 했다.

"두려움이라니요?"

내가 소리를 낮추어 묻자 아주머니는 한층 더 낮은 소리로 대답했다.

"그 애랑 하게 되면 거시기가 제대로 작동하지 않거나 떨어져버리거나 그 아이가 칼을 꺼내들고 잘라버릴 것 같다지 뭐니."

아주머니가 어찌나 웃어대는지 숨을 헐떡였고 두 눈에는 눈물이 고였다. 한동안 진정하지 못하는 모습을 바라보고 있자니 그때까지 아주머니에 대해서 한 번도 느끼지 못했던 불편한 감정이 몰려왔다. 우리 어머니와 같은, 그러니까 알 것은 다 알고 있는 여인의 외설적인 웃음이 아니었다. 넬라 아주머니의 웃음에는 순결하면서도 품위 없는 그 무엇인가가 있었다. 나이 든 노처녀의 웃음에 옮아 나도 웃기는 했지만 마지못한 억지웃음이었다. 아주머니처럼 좋은 사람이 왜 이런 이야기를 하면서 즐거워하는 걸까. 가슴에서 우러나오는 악의에 찬 순결한 처녀의 웃음을 따라 웃었더니 내가 갑자기 나이 든 것처럼 느껴졌다.

'나도 결국에는 저렇게 웃게 되겠지.'

사라토레 가족은 점심시간에 맞춰 돌아왔다. 바다 냄새, 땀 냄새와 함께 바닥에 모래 흔적을 길게 남기며 들어왔다. 아이들은 온종일 내가 오기를 기다렸다며 애정 어린 투정을 했다. 나는 식사 준비를 했다. 식사가 끝난 후에는 식탁을 정리하고 설거지를 했다. 그런 다음 피노와 클렐리아, 치로를 따라 연을 만들 때 사용할 갈대를 따러 갈대밭에 갔다.

아이들과 있다 보니 기분이 좋아졌다. 사라토레 부부는 휴식을 취하고 넬라 아주머니는 테라스에 있는 안락의자에 누워 꾸벅꾸벅 조는 동안 시간은 빠르게 흘러갔다. 나는 연 만드는 데 푹 빠져 니노와 릴라 생각은 거의 하지 않았다.

늦은 오후에 연을 날리기 위해 모두 함께 바다로 나갔다. 넬라 아주머니도 함께 갔다. 세 아이를 뒤꽁무니에 달고 모래사장을 왔다 갔다 뛰어다녔다. 아이들은 연이 날아오르려는 것 같으면 입을 벌린 채 숨을 죽였다가 연이 갑작스럽게 아래쪽으로 방향 전환을 하면서 모래에 처박히면 길게 소리를 지르곤 했다. 나는 몇 번이고 연을 날려보려 했지만 잘 되지 않았다. 도나토 사라토레가 파라솔 아래서 알려주는 방법을 따라했는데도 역시 잘 되지 않았다. 나는 결국 포기하고 땀에 푹 절어서 피노와 클렐리아, 치로에게 말했다.

"아빠한테 좀 해달라고 해봐."

도나토 사라토레가 아이들 손에 이끌려왔다. 그는 먼저 갈대로 만든 살과 푸른빛이 감도는 얇은 종이와 실을 살펴보았다. 잠시 바람을 관찰하다가 그는 뒤로 뛰기 시작했다. 그새 몸에 살이 붙었지만 힘차게 뛰었다. 아이들은 기쁨에 가득 차 아버지를 따라 뛰었고 나도 흥분해서 그들과 함께 뛰기 시작했다.

아이들이 너무나 좋아해서 나까지 행복해졌다. 어느덧 우리가 만든 연은 창공을 향해 높이 날아올랐다. 이젠 뛰지 않고 연줄만 붙잡고 있어도 하늘을 날게 되었다.

사라토레는 좋은 아버지였다. 그는 치로와 클렐리아와 가장 어린 피노가 연줄을 잡을 수 있게 해주었다. 나중에는 나도 연줄을 붙잡았다. 그는 내게 연을 건넨 다음 내 어깨 뒤에 서더니 내 목에 대고 숨을 내쉬면서 말했다.

"좋아. 조금 당겼다가 놔봐."

어느새 저녁이 되었다. 저녁식사를 마친 후 사라토레 가족은 시내로 산책을 갔다. 태양빛에 그을린 아버지와 어머니와 세 아이는 예쁘게 차려입고 나갔다. 나에게도 함께 가자고 강력하게 권유했지만 나는 넬라 아주머니 곁에 남기로 했다.

우리는 자리를 정돈했다. 아주머니가 주방 한구석에 예전처럼 침대 펴는 일을 도와주었다. 그러곤 함께 시원한 공기를 쐬러 테라스에 나갔다. 어두운 하늘에 하얗게 부풀어오른 구름만 군데군데 보일 뿐 달은 보이지 않았다.

넬라 아주머니는 사라토레네 아이들이 너무 예쁘고 똑똑하다면서 칭찬을 하다가 잠이 들었다. 나는 불현듯 그날 일어난 일과 다가오는 밤의 무게가 가슴을 짓눌러와 까치발로 집을 나섰다. 나는 마론티 해변으로 향했다.

과연 미켈레는 이스키아에서 목격한 광경을 혼자서만 간직했을까. 모든 일이 잘 진행되고 있는 걸까. 눈치아 아주머니는 쿠오토 가에 있는 숙소에서 이미 잠들어 있을까. 아니면 예기치 않게 마지막 배를 타고 느닷없이 들이닥쳤다가 아내가 없어진 것을 알고 화가 나

날뛰는 사위를 진정시키고 있을까. 릴라는 스테파노에게 전화해 남편이 저 멀리 나폴리에 있는 고향 집에 있다는 것을 확인하고 나서 이제 아무런 두려움 없이 니노와 함께 침대에 누워 있을까. 사람들의 눈을 피해 밤새 즐기겠지.

모든 것이 아슬아슬하다. 위험으로 가득한 이 세상에서 위험을 감수하지 않는 이들은 삶을 제대로 누리지 못하고 평생을 구석에 처박혀 인생을 낭비하게 된다. 불현듯 왜 내가 아닌 릴라가 니노를 차지하게 됐는지 이유를 깨달았다. 나는 감정에 몸을 내맡길 줄 모른다. 감정에 이끌려 틀을 깨뜨릴 줄 모른다. 내겐 니노와 단 하루를 즐기기 위해서 자신의 모든 것을 건 릴라와 같은 강인함이 없었다. 나는 항상 한 발짝 뒤에서 기다리기만 했다.

릴라는 그런 나와는 달리 진심으로 무엇인가를 갈망할 줄 알았다. 원하는 것은 망설임 없이 취할 줄 알았다. 열정을 다할 줄 알았다. 자신이 가진 모든 것을 걸고 모멸감도 비웃음도 두려워하지 않았다. 사람들이 얼굴에 침을 뱉어도, 흠씬 두들겨 맞아도 두려워하지 않았다. 릴라에게 사랑은 상대방이 자기를 원하기를 바라는 것이 아니라 상대방을 쟁취하는 것이었다. 그렇기에 릴라는 니노를 가질 자격이 있었던 것이다.

나는 어두운 내리막길을 끝까지 걸어갔다. 달이 모습을 드러내 구름의 가장자리를 환히 비추었다. 향긋한 밤 내음과 함께 귀를 기울이다 보면 최면에 걸릴 듯한 파도 소리가 들려왔다. 나는 해변에 다다라서 신발을 벗었다. 모래가 차가웠다. 잿빛 섞인 푸르스름한 빛이 바다까지 길게 이어지다가 잔잔하게 일렁이는 바다 위로 넓게 퍼져갔다.

나는 생각에 잠겼다. 릴라가 옳았다. 사물의 아름다움은 눈속임일 뿐이다. 하늘은 두려움의 왕좌일 뿐이다. 지금 나는 바다에서 열 발짝도 채 떨어지지 않은 곳에서 바다를 바라보며 숨을 쉬고 있다. 하지만 이 순간은 전혀 아름답지 않다. 끔찍할 따름이다. 나는 이 해변과 바다, 온갖 형상의 짐승 무리와 함께 전 우주적 두려움의 일부분에 불과하다. 지금 이 순간 나는 미세한 입자일 뿐이고 이 미세한 입자를 통과하는 모든 것은 그제야 스스로의 두려움을 자각하게 된다.

파도 소리가 내 귀를 스쳤다. 발밑으로는 차가운 모래사장의 눅눅함이 느껴졌다. 나는 이스키아 섬의 전경을, 니노와 릴라의 뒤엉킨 육체를, 서서히 낡아가는 새로 지은 신혼 집에 홀로 누워 자고 있을 스테파노를 상상했다. 교활하기 짝이 없는 분노도 상상했다. 분노는 미래에 있을 폭력을 더 키우기 위해서 오늘의 금지된 쾌락을 부추기고 있는 것이다.

모든 것이 사실이었다. 나는 너무 두려운 나머지 모든 것이 빨리 끝나기를 바라고 있었다. 악몽 속의 괴물들이 내 영혼을 먹어치우기를 고대하고 있었다. 나는 저 암흑 속에서 미친개와 독사와 전갈과 거대한 바다 괴물이 나타나기를 바랐다. 바다 끝자락에 앉아 있는 동안 한밤의 암살자들이 모습을 드러내 나를 고문하기를 바랐다.

그렇다. 내 모자람에 대한 대가를 스스로 치르고 싶었다. 뭔가 끔찍한 일이 일어나 오늘 밤도 내일도 맞이하지 않게 되기를 바랐다. 내 육체의 부적합함에 대한 부정할 수 없는 증거가 드러날 미래를 마주하고 싶지 않았다. 한참을 이런 생각에 잠겼다. 낙담에 빠진 여자아이의 광기어린 생각이었다. 얼마나 오랫동안 상념에 잠겨 있었는지 모르겠다.

누군가가 '레누'라고 부르며 차가운 손으로 어깨를 만졌다. 나는 흠칫했다. 심장이 얼어붙는 것 같았다. 깜짝 놀라 뒤를 돌아보니 도나토 사라토레가 있었다. 나는 서사시에 등장하는 마법의 묘약을 마신 것처럼 숨을 내쉬었다. 생명의 힘과 삶의 의미를 되찾아주는 그런 묘약 말이다.

71

도나토 사라토레는 넬라 아주머니가 잠에서 깨어나 보니 내가 집에 없어서 걱정하고 있다고 했다. 리디아 아주머니도 긴장해서 나를 찾아보라고 그를 내보낸 것이라 했다. 내가 집에 없는 것을 별로 이상하게 여기지 않은 사람은 자신뿐이었다고 했다. 그는 두 여인을 안심시키려고 말했다.

"어서 다들 잠자리로 돌아가요. 레누는 분명 해변에서 달빛을 즐기고 있을 테니까요."

그래도 두 여인을 안심시킬 겸 혹시 몰라서 해변을 둘러보러 나왔다는 것이다. 그러다 바다의 숨소리에 귀를 기울이며 하늘의 신성한 아름다움을 관망하고 있는 나를 찾은 것이라고 했다.

그는 내 옆에 자리를 잡았다. 나를 자기 자신처럼 잘 알고 있다고 했다. 그와 나는 아름다운 것에 대해 민감하게 반응하며 즐기고 싶어 하는 게 똑같다고 했다. 나도 자기처럼 이 밤이 얼마나 달콤한지, 저 달이 얼마나 매혹적인지, 바다가 얼마나 아름답게 반짝이는지 표현할 수 있는 언어를 찾고자 하는 사람이 아니냐고 했다. 그렇기 때문에 비슷한 성향의 영혼들끼리 어둠 속에서도 서로를 알아보고 만나게 된 거라고 했다. 그의 말에서 연극조의 우스꽝스러움과 조악하기 이를 데 없는 시적 표현, 어떻게 해서든 내 몸에 손을 대려는 욕정을 감춘 추잡한 서정성이 느껴졌다. 한편으로는 이런 생각이 들기도 했다.

'우리는 정말 비슷한 부류의 사람들인지도 몰라. 그도 나도 무슨 잘못을 저지른 것도 아닌데 평범하게 태어나는 저주를 받은 것인지도 몰라.'

나는 그의 어깨에 머리를 기대고 속삭였다.

"조금 추워요."

그는 기다렸다는 듯이 내 허리를 팔로 감싸 안았다. 나를 조금씩 더 자기 쪽으로 끌어당기면서 이러면 좀 괜찮으냐고 물었다. 나는 작은 목소리로 괜찮다고 속삭였다. 그는 엄지와 검지로 내 턱을 들어 올리더니 내 입술에 자신의 입술을 가볍게 갖다 댔다.

그가 물었다.

"이제는 어때?"

그는 내게 가벼운 입맞춤을 계속하면서 끊임없이 되물었다.

"이러면 어때? 아직도 추워? 이렇게 하면 괜찮아? 괜찮아졌어?"

그는 입맞춤의 강도를 점점 높여갔다. 그의 입술은 뜨겁고 축축했다. 나는 그의 입술을 점점 더 기꺼이 받아들였고 입맞춤은 점점 더 길어졌다. 그의 혀가 내 혀를 가볍게 스치다가 내 혀를 밀어내며 내 입속 깊숙이 들어왔다.

나는 기분이 좋아졌다. 자신감이 생기면서 냉기가 사라졌다. 몸이 풀리고 두려움이 없어졌다. 그의 손이 추위를 쫓아주었다. 천천히, 마치 추위가 얇디얇은 여러 겹의 층으로 된 것처럼 손을 놀렸다. 그는 조심스럽지만 정확한 손짓으로 추위의 결을 찢어내지 않고 한 겹 한 겹 능숙하게 벗겨냈다.

손뿐만이 아니었다. 그의 입에도 그런 능력이 있었다. 이빨과 혀로 추위를 한 겹씩 벗겨냈다. 그는 안토니오보다 나를 훨씬 더 잘 알고 있었다. 아니, 나 자신보다도 나를 더 잘 파악하고 있었다.

내 안에는 또 다른 내가 있었다. 내 손과 입과 이빨과 혀는 또 다른 나를 찾아냈다. 한 꺼풀 한 꺼풀 벗겨지는 동안 또 다른 나는 숨을 곳을 잃고 뻔뻔스럽게 자신의 모습을 드러내고 있었다.

도나토 사라토레는 그런 내가 도망치거나 수치심을 느끼지 않게 하는 방법을 잘 알고 있었다. 그는 때로는 가볍고 때로는 격정적으로 내 몸을 만지면서 자신의 유일한 애정의 대상은 나뿐인 것처럼 느끼게 해주었다. 그의 행위가 계속되는 동안 내게 일어나고 있는 일에 대해서 나는 한순간도 후회하지 않았다. 그만둬야겠다고 생각하지도 않았다. 나는 내 자신에게 당당했다. 스스로 일이 그런 식으로 진행되기를 바랐고 그렇게 믿기로 했다.

시간이 갈수록 그가 번지르르한 말을 늘어놓지 않은 것도 도움이 되었다. 안토니오와는 달리 내게 그 어떠한 행동을 강요하지 않은 것도, 자신의 물건에 내 손을 갖다 대지 않은 것도 상황에 도움이 되었다. 그는 자신이 내 모든 것을 좋아하고 있다는 것을 느끼게 하면서 내 몸에 자기 몸을 세심하고 조심스럽게 밀착시켰다. 여자의 심리를 너무나 잘 알고 있는 사내의 당당한 남성성을 과시했다.

내가 처녀인지도 묻지 않았다. 당연히 그럴 것이라고 확신했던 것 같았다. 만약 내가 처녀가 아니었다면 오히려 당황했을 것이다. 육체적 쾌락의 욕망이 절정으로 치솟았을 때, 오로지 내 자신에게 집중한 나머지 세상 모든 것을 잊은 순간, 도나토 사라토레의 늙은 육신과 그에게 붙어 있는 '니노의 아버지이자 철도원-시인-기자인 도나토 사라토레'라는 표딱지조차 잊은 그 순간 그도 내 마음을 알아채고 내 안에 들어왔다. 처음에는 조심스런 몸짓으로 들어왔다가 단호한 몸짓으로 내 몸속에 들어왔다. 배가 찢어질 것처럼 아팠다.

통증은 뒤이은 리드미컬한 움직임에 잊혀졌다. 미끄러져 나갔다가 다시 찌르듯 들어오며 내 몸에서 빠져나갔다가 다시 나를 꽉 채우는 쾌락의 움직임이 뒤이었다. 그러다 갑작스레 내 몸에서 빠져나가더니 모래 위에 등을 대고 누워 목에서 쥐어짜내는 듯한 신음소리를 냈다.

우리는 아무 말도 하지 않았다. 바다와 무시무시한 하늘이 다시 모습을 나타냈다. 내가 얼이 나가 있는 것을 본 도나토 사라토레가 다시 그 조악한 시적 표현을 늘어놓기 시작했다. 부드러운 말로 나를 정신 차리게 도와야 한다고 생각했던 것 같았다. 두어 마디 들은 다음부터는 도저히 더 듣고 있을 수 없었다. 나는 거칠게 일어나서 머리카락과 몸에 묻은 모래를 털어내고 옷매무새를 가다듬었다.

그가 감히 물었다.

"내일은 어디에서 만나지?"

나는 표준어로 착각하지 말라고 체타라에서건 우리 동네에서건 다시는 나를 찾아오지 말라고 침착하지만 확고하게 말했다. 그가 믿기지 않는다는 듯 미소를 지어보이자 나는 멜리나의 아들 안토니오가 그에게 하려 한 짓은 미켈레가 할 수 있는 일에 비하면 아무것도 아니라고 했다. 나는 미켈레와 가깝기 때문에 그에게 한마디만 하면 당신이 무사하지 못할 것이라고 했다. 그렇지 않아도 미켈레는 마르티리 광장의 가게에 대해서 글을 좋게 써주기로 하고 돈을 챙기고는 제대로 쓰지 않아서 만나기만 하면 당신 얼굴을 박살내려고 벼르고 있는 중이라고 했다.

돌아가는 내내 나는 그에 대한 협박을 멈추지 않았다. 그에게 내 감정을 똑똑히 이해시키기 위해서였지만 다른 한편으로는 어렸을 때부터 사투리로만 위협을 해왔는데 표준어로도 그런 말이 너무 잘 나오는 것이 신기해서이기도 했다.

<h2 style="text-align:center">72</h2>

넬라 아주머니와 리디아 아주머니가 깨어 있을까봐 걱정했는데 둘 다 잠들어 있었다. 나를 분별력 있는 아이라고 생각하고 신뢰하기에 잠을 이루지 못할 만큼 걱정하지는 않았던 것이다. 그날 밤 나는 깊은 잠을 잤다.

다음 날 잠이 깨었을 때도 기분은 좋았다. 니노와 릴라의 일이나 마론티 해변에서 일어난 일에 대한 기억이 문득문득 떠올랐지만 기분이 여전히 좋았다. 나는 넬라 아주머니와 오랫동안 수다를 떨고 사라토레 가족과 함께 아침식사를 했다. 부성애를 가장한 도나토 사라토레의 상냥함도 싫지 않았다. 단 한순간도 약간은 교만하고 허영심 많고 수다스러운 이 사내와 관계를 가진 것이 실수였다고 생각하지는 않았지만 그렇게 식탁에 앉아서 그의 말을 듣고 있으니 나의 여성성을 일깨워준 사람이 바로 그런 인간이라는 사실이 새삼 와닿았다. 나는 소름이 끼쳤다. 아침식사 후에는 사라토레 가족과 해변에 가서 아이들과 함께 수영을 했다. 나는 아쉬워하는 그들을 뒤로 하고 약속한 시간에 정확히 포리오에 도착했다.

니노를 부르자 그는 바로 창문 밖을 내다보았다. 잠깐 올라오라고 했지만 나는 거절했다. 최대한 빨리 떠나야 했기 때문이기도 했고 니노와 릴라가 이틀 동안 오붓이 시간을 보낸 집의 모습을 기억에 남기고 싶지 않아서이기도 했다.

기다렸지만 릴라는 내려오지 않았다. 나는 겁이 덜컥 났다. 왠지 스테파노가 이른 아침에 나폴리에서 출발해 예정된 시간보다 몇 시간 먼저 도착해 있을 것 같았다. 지금 이 순간 벌써 숙소를 향해 가고 있을 것 같았다. 내가 다시 릴라를 부르자 니노가 얼굴을 내밀더니 1분만 기다려 달라는 신호를 보냈다. 둘은 15분쯤 후에야 함께 아래로 내려와 현관 앞에서 포옹과 입맞춤을 길게 나눴다. 릴라가 내 쪽으로 달려오다가 갑자기 뭔가를 잊어버린 것처럼 멈춰서더니 뒤돌아 달려가 다시 그의 입술에 입을 맞췄다.

나는 불편한 마음에 시선을 다른 곳으로 돌렸다. 내게 뭔가 문제가 있어서 사람들과 깊은 관계를 맺지 못한다는 생각이 다시 고개를 들었다. 그러는 와중에도 둘의 모습이 아름답게 보였다. 행동 하나하나가 완벽했다. "서둘러, 리나!"라는 나의 재촉이 이 세상 것이 아닌 상상 속에서나 존재할 법한 완벽한 이미지를 훼손하는 것 같았다.

릴라는 잔혹한 힘에 끌려가는 것처럼 니노의 어깨와 팔, 손가락을 어루만지며 그에게서 천천히 손을 뗐다. 그 모습이 발레리나 같았다. 릴라는 긴 작별의식을 마친 후에야 내게 다가왔다.

우리는 차를 타고 가면서 몇 마디 나누지 않았다.

"괜찮아?"

"응, 너는?"

"나도 그래."

나도 그녀도 각자가 겪은 일에 대해서 한마디도 하지 않았지만 침묵하는 이유는 달랐다. 나는 내게 일어난 일을 이야기할 생각이 전혀 없었다. 그 일은 단순한 사건에 불과했다. 육체적·생리적 현상 그 이상도 그 이하도 아니었다. 남성의 아주 작은 일부분이 처음으로 내 안에 들어왔다는 사실은 전혀 중요하지 않았다. 지난밤 사라토레의 육체는 내게 이질감 이상의 느낌을 주지 않았다. 그마저도 오지 않은 태풍처럼 소멸되어버려서 다행이었다. 이에 비해 릴라가 침묵하는 이유는 그녀가 할 말을 잃었기 때문일 것이다. 나는 릴라가 무념무상의 백지 상태라는 것을 느낄 수 있었다. 니노와 헤어지면서 자신의 모든 것을 그에게 남겨두고 온 것 같았다. 무슨 일을 겪었고 지금은 어떤 심정인지 설명할 수 있는 능력까지도.

나는 우리 둘의 차이를 깨닫고 우울해졌다. 릴라는 고통과 행복이 뒤섞인 혼미한 상태였다. 지난밤 일을 되짚어볼수록 내 경험이 릴라의 경험과 비교가 되지 않는다는 사실을 깨달았다. 나는 바라노 마론티 해변에 남겨둔 것이 아무것도 없었다. 그곳에서 눈을 뜬 내 새로운 사아마저도. 그곳에 남겨둔 것이 아무것도 없었기에 자신의 일부분을 남겨둔 채 이별한 이에게 당장이라도 되돌아가 재결합하고 싶은 절박한 마음도 없었던 것이다.

릴라는 달랐다. 나는 릴라의 시선과 반쯤 열린 입, 꼭 쥔 주먹에서 돌아가고자 하는 갈급한 심정을 읽어 내릴 수 있었다. 겉으로 보기에는 내가 더 당당하고 동요하지 않는 것처럼 보일 수 있을지 모르지만 막상 릴라 곁에 서니 물을 잔뜩 먹은 흙처럼 질척이는 느낌이었다.

73

릴라의 공책을 나중에 읽게 되어 다행이었다. 공책에는 그날 니노와 지냈던 일이 여러 장에 걸쳐서 묘사되어 있었다. 릴라가 쓴 내용은 내가 다룰 수 없는 영역의 글이었다. 릴라는 육체적 쾌락에 대해서는 단 한마디도 쓰지 않았다. 그녀의 경험을 나의 경험과 비교할 만한 내용이 전혀 없었다. 대신 사랑이라는 감정에 대해 묘사를 했는데 그런 그녀의 글은 경이로울 정도였다. 미처 깨닫지 못했을 뿐 릴라는 결혼식 이후 이스키아 섬에 오기 전까지 자신은 서서히 죽어 가고 있었다고 했다. 당장이라도 죽을 것 같던 당시의 느낌을 세세히 묘사했다. 갑자기 기운이 빠지면서 졸음이 쏟아졌고 뇌와 두개골 사이에 공기방울이 부풀어 오르는 것처럼 머리가 무거웠다고 했다. 모든 것이 다급히 움직이면서 사라져 버리는 것 같았고 너무나 빠르게 움직이는 사람들과 사물에 몸이 부딪쳐 상처받는 느낌이었다고 했다. 배와 눈이 정말로 아팠다고 했다.

릴라는 언제나 감각이 둔한 상태였다고 했다. 온몸이 탈지면에 꽁꽁 싸여 있는 것 같았다는 것이다. 현실세계가 아닌 자신의 육체와 자기를 감싼 탈지면 틈새에서 상처가 빚어진 것 같은 기분이었다고 했다. 곧 죽게 될 거라는 상상은 너무나 확고하게 자리를 잡아 아무것도 중요하게 생각하지 않게 되었다고 했다.

무엇보다도 자기 자신에 대한 존중이 사라졌다고 했다. 아무것도 소중하게 느껴지지 않았고 모든 것이 망가져버렸으면 좋겠다고 생각하게 되었다고 했다. 불현듯 극단적으로 자기 자신을 표현하고 싶은 격렬한 욕망에 사로잡히기도 했다고 했다. 멜리나처럼 미쳐버리기 전에, 대로변을 가로지르다 트럭에 치여 끌려가기 전에. 그런 릴라를 변화시킨 것이 바로 니노였던 것이다.

그는 릴라를 죽음에서 구해냈다. 처음 갈리아니 선생님 댁에서 함께 춤추자고 했을 때부터 그랬다. 그때 릴라는 그가 내민 구원의 손길이 두려워 춤을 거부했었다. 그러나 이스키아 섬에서 함께 시간을 보내면서 니노가 내민 구원의 힘은 강해졌다. 그는 릴라에게 감성을 되돌려주었다. 무엇보다도 자존감을 부활시켰다. 그랬다. 말 그대로 부활시켰다.

릴라는 여러 장에 걸쳐 부활의 의미를 다루었다. 부활이란 무아지경에 빠지는 것이다. 기존의 모든 구속에서 벗어남과 동시에 형용할 수 없이 기쁜 새로운 구속에 얽매이는 것이다. 다시 생명을 얻는 것이자 기존 현실을 뒤집는 봉기이기도 한 것이다. 니노와 릴라, 릴라와 니노는 함께 인생을 다시 배우게 되었다. 인생에서 독기를 제거하고 오직 사유와 삶의 즐거움만으로 재구성하게 된 것이다.

릴라의 글은 대략 이런 내용이었다. 물론 릴라의 표현은 훨씬 더 아름다웠고 나는 그녀의 글을 요약했을 뿐이다. 그때 차에서 내게 이런 심정을 털어놓았다면 그녀의 충만함에 내 공허함이 비교되어 나는 더 괴로웠을 것이다. 내가 더 잘 알고 있다고 생각했던 감정, 내가 니노에 대해 느끼고 있다고 생각했던 감정을 릴라가 경험했다는 것을 깨달았을 것이다. 나는 실은 그런 감정을 제대로 아는 것이 아니었다는 것을 깨달았을 것이다. 나중에 그런 감정을 느끼더라도 결코 릴라처럼 강렬하지 않고 미약할 것임을 깨달았을 것이다. 니노와의 사랑이 그저 여름휴가 동안의 불장난이 아니라는 사실을, 릴라의 내면에서 그녀를 깊이 동요케 할 격렬한 감정이 형성되고 있다는 사실을 깨달았을 것이다. 하지만 각자 금기를 깨뜨린 후 눈치아 아주머니가 기다리고 있는 숙소로 돌아가는 길에 나는 언제나처럼 자격지심과 릴라가 쟁취한 무엇인가를 놓치고 있다는 생각에 혼란스러워하고 있었다.

릴라에게 지고 싶지 않아 내가 밤하늘 아래 바닷가에서, 마론티의 모래사장에서 처녀성을 잃었다는 말을 해버리고 싶은 충동이 불쑥불쑥 찾아들었다. 상대가 니노 아버지였다는 사실만 감추면 된다고 생각했다. 선원이나 미제 담배를 파는 밀수꾼이었다고 하면 된다. 그러면 내게 무슨 일이 일어났는지, 얼마나 멋진 경험이었는지 이야기할 수 있을 것이다. 그렇지만 내가 진정 원하는 것이 내게 일어난 일과 내가 느낀 쾌락을 릴라에게 들려주고 싶은 것이 아니라는 것을 나는 이내 깨달았다.

나는 그저 릴라에게서 이야기를 이끌어내기 위해서 내 이야기를 하려는 것이었다. 그녀가 니노에게 얻은 쾌락에 대해서 듣고 나의 쾌락과 비교해서 우월성을 느껴보고 싶었던 것뿐이었다. 다행히 나는 릴라가 내게 자기 이야기를 절대로 하지 않을 거라는 걸 눈치챘다. 말해봤자 멍청이처럼 나만 모든 일을 떠벌리게 될 것이었다. 그래서 나도 릴라처럼 침묵을 지켰다.

74

일단 숙소에 도착하자 릴라는 지나치게 활발해졌다. 눈치아 아주머니는 크게 안심하는 눈치였지만 여전히 화난 태도로 우리를 맞았다. 아주머니는 밤새 집 안에서 정체를 알 수 없는 소리가 나서 한숨도 자지 못했다고 했다. 유령이나 살인자가 나타날까봐 두려웠다고 했다. 릴라가 안아주었지만 아주머니는 딸을 밀쳐내다시피 했다.

"그래서 재미는 있었니?"

아주머니가 릴라에게 물었다.

"너무 좋았어요. 모든 것을 바꿀 생각이에요."

"바꾸다니 뭘?"

릴라는 웃음을 터뜨렸다.

"생각 좀 해보고 알려드릴게요."

"나 말고 네 남편한테 먼저 말하려무나."

눈치아 아주머니가 갑자기 냉정하게 말했다.

"네."

릴라가 놀라서 제 어머니를 바라보았다. 놀라기는 했지만 기분은 좋아보였고 약간 감동한 것처럼 보이기도 했다. 아주머니가 때마침 올바른 충고를 했다고 느낀 것 같았다.

릴라는 방에 들렀다가 화장실에 들어가 문을 잠갔다.

한참 있다 화장실에서 나왔는데 아직도 속옷 차림이었다. 내게 방으로 따라 들어오라는 신호를 보냈다. 나는 마지못해 릴라를 따라 들어갔다. 릴라는 열에 들뜬 시선을 내게 고정시키더니 괴로워하면서 빠르게 말했다.

"그가 공부하는 건 다 공부하고 싶어."

"니노는 대학생이야. 어려운 공부를 한다고."

"니노가 읽는 책을 읽고 그의 생각을 이해하고 싶어. 대학교를 다니고 싶은 것이 아니라 니노를 위해서 공부하고 싶어."

"릴라. 제발 정신 좀 차려. 이번이 마지막이라고 했잖아. 대체 무슨 일이야. 이제 곧 스테파노가 도착할 테니 제발 진정해."

"네가 보기에 내가 정말 열심히 노력하면 니노가 이해하는 것을 나도 이해할 수 있을까?"

나는 도저히 참을 수 없었다. 이미 알고 있던 사실이 그 순간 더더욱 명확해졌다. 릴라는 니노를 자신의 유일한 구원자라고 생각하게 된 것이다. 릴라는 내가 니노에 대해 가지고 있던 오랜 감정을 앗아가 자기 것으로 만들어버렸다. 나는 릴라를 너무나 잘 알고 있기에 그녀가 모든 장애물을 헤치고 끝까지 갈 거라는 걸 추호도 의심치 않았다. 나는 그녀에게 단호하게 말했다.

"아니. 이해하기 어려워. 니노에 비해 넌 너무 뒤처졌어. 신문 한 장 읽지 않았잖아. 정부가 어떻게 구성되어 있는지도 모르고 누가 나폴리를 통치하는지도 모르잖아."

"그러는 너는 다 알고 있니?"

"아니."

"니노는 네가 다 알고 있다고 생각하던데. 그가 너를 높게 평가한 다고 했잖아."

나는 얼굴이 화끈해서 중얼거렸다.

"나도 배우려고 하고 있어. 모르면 아는 척을 하고."

"그러면서 천천히 배울 수 있어. 나를 좀 도와줄래?"

"아니, 싫어. 릴라, 그것은 네가 할 일이 아니야. 니노를 제발 좀 내 버려둬. 너 때문에 벌써 대학교를 그만두겠다고 하잖아."

"니노는 공부를 계속할 거야. 타고났는걸. 하지만 니노라고 모든 것을 다 아는 것은 아니야. 니노가 모르는 부분은 내가 공부할 수 있 어. 필요하면 그에게 알려주기도 하고. 그러면 나도 쓸모가 있어지 겠지. 나는 변해야 해, 레누. 그것도 지금 당장 말이야."

나는 또다시 분통을 터뜨렸다.

"넌 결혼한 몸이야. 쓸데없는 생각일랑 지워버려. 넌 니노에게 적 합한 상대가 아니야."

"그럼 누가 적합한데?"

"나디아가 있잖아."

나는 릴라에게 상처를 주고 싶어서 일부러 나디아의 이름을 꺼 냈다.

"나 때문에 이미 헤어졌는걸."

"그래서 만족해? 네 이야기는 더 듣고 싶지 않아. 둘 다 미쳤어. 마 음대로들 해."

나는 불만에 싸인 채 내 방으로 돌아갔다.

75

스테파노는 평상시와 같은 시간에 도착했다. 우리 셋은 명랑한 척하며 그를 맞았다. 스테파노는 상냥하기는 했지만 약간 긴장한 것 같았다. 친절한 표정 뒤로 걱정을 감추고 있는 것 같았다. 그날부터 휴가 기간이 시작됐는데 그는 이상하게도 짐을 하나도 가지고 오지 않았다. 릴라는 개의치 않았지만 눈치아 아주머니는 신경이 쓰였는지 스테파노에게 물었다.

"자네 생각이 다른 데 있는 것 같은데 괜찮은 건가? 어머니는 잘 계시나? 피누차는? 구둣가게 일은 좀 어때? 솔라라 집안사람들은 뭐라나? 새 디자인이 마음에 든다고 하나?"

스테파노는 별 문제 없다고 했다. 함께 식사를 하기는 했지만 대화를 이어나가기는 힘들었다. 처음에는 릴라도 유쾌한 태도를 유지하려고 노력했지만 스테파노가 싸늘하게 짧은 대답으로 일관하자 기분이 상해서 입을 꽉 다물었다. 나와 눈치아 아주머니는 침묵이 흐르지 않게 하려고 필사적으로 애쓰고 있었다. 과일이 나오자 스테파노는 억지 미소를 지으며 아내에게 물었다.

"사라토레 아들내미와 수영을 한다며?"

나는 숨이 탁 막혔다. 릴라는 짜증스럽다는 듯이 대답했다.

"가끔. 왜?"

"가끔 얼마나? 한 번? 두 번? 세 번? 다섯 번? 대체 얼마나 자주 한 거야? 너는 알아, 레누?"

"딱 한 번 그랬어."

내가 말했다.

"이삼 일 전에 해변에서 마주쳐서 모두 함께 수영을 한 거야."

스테파노는 여전히 억지 미소를 띤 채 아내에게 물었다.

"게다가 너랑 그 사라토레 아들놈은 수영을 하고 돌아오면서 손을 잡을 만큼 가까운 사이라며?"

릴라는 스테파노의 얼굴을 똑바로 바라보았다.

"누가 그딴 소리를 해?"

"아다가."

"아다는 누구에게 들었는데?"

"질리올라."

"질리올라는?"

"질리올라가 직접 본 거야, 이 나쁜 년아! 너희를 보러 미켈레랑 여기까지 찾아왔다가 본 거라고. 레누차는 너희와 함께 수영하지 않았어. 너랑 그 개자식만 수영을 한 거라고. 손까지 꼭 잡고 말이야."

릴라는 자리에서 일어나 침착하게 말했다.

"나갈래. 나가서 산책이나 해야겠어."

"여기서 한 발짝도 나갈 생각하지 마! 당장 자리에 다시 앉아서 내 말에 대답해!"

릴라는 자리에 앉지 않고 갑자기 표준어로 말했다. 피곤한 듯 얼굴을 찌푸렸지만 사실은 경멸의 표시라는 것을 나는 알아챘다.

"당신과 결혼한 것은 정말 멍청한 짓이었어. 당신은 형편없는 인간이야. 미켈레가 내게 가게를 맡기지 못해 안달이고 질리올라는 그 때문에 날 잡아먹지 못해 난리인데 그 계집애 말을 믿는 거야? 당신 말을 더는 듣고 싶지 않아. 꼭두각시 인형처럼 조종당하는 주제에. 레누, 나랑 같이 갈래?"

릴라는 문 쪽으로 향했다. 나도 막 일어서려는데 스테파노가 벌떡 일어나더니 릴라의 팔을 잡고는 말했다.

"아무데도 갈 생각 하지 마. 정말 그 자식과 같이 수영을 했는지 말해! 둘이 손을 잡고 싸돌아다닌 게 사실인지 말하란 말이야!"

릴라는 팔을 빼내려 했지만 역부족이었다. 그녀가 쏘아붙였다.

"당신 정말 지긋지긋해! 이 팔 좀 놔줘!"

보다 못한 눈치아 아주머니가 끼어들었다. 먼저 딸한테 남편에게 그런 식으로 말하면 못쓴다고 화를 내더니 놀라운 기세로 사위를 향해 그만두라고 소리쳤다. 릴라가 그의 질문에 이미 대답하지 않았느냐면서 질리올라는 질투심 때문에 그런 이야기를 한 거라고 했다. 그 제빵사 딸년은 예전부터 못되기 짝이 없었다고 했다. 마르티리 광장 가게에서 잘릴까봐 두려워서 그런 이야기를 한 거라고 했다. 사실은 피누차마저 내쫓아버리고 혼자 가게주인 노릇을 하고 싶어 한다고 했다. 구두에 대해서 아무것도 모르는 주제에, 빵 하나 제대로 만들 줄 모르는 주제에. 사실 모든 것은 릴라 덕분이라고 했다. 새로 개업한 식료품점이 잘 되는 것도 다 릴라 덕분이니 릴라를 그런 식으로 취급해서는 안 된다고 했다. 릴라는 그런 취급을 당할 아이가 아니라고 했다.

눈치아 아주머니는 말 그대로 폭발했다. 한껏 상기된 얼굴로 눈을 번뜩이며 숨 쉴 틈도 없이 말을 쏟아내는 통에 호흡 곤란이 걱정될 지경이었다. 그런데도 스테파노는 장모의 말이 한마디도 귀에 들어오지 않는 것 같았다. 그는 눈치아 아주머니의 말이 아직 끝나지도 않았는데 릴라를 침실로 끌어당기며 악을 써댔다.

"지금 당장 대답해!"

릴라가 그에게 험한 욕설을 퍼부으며 어떻게 해서든 버텨보려고 가구에 달린 문을 붙잡자 그는 그녀를 세게 잡아당겼다. 그 힘이 어찌나 센지 문이 열리면서 가구가 들썩거리는 바람에 안에 든 접시며 컵이 심하게 흔들리는 소리가 났다. 릴라의 몸은 주방을 지나 그들의 침실로 이어지는 복도 벽에 내동댕이쳐졌다. 스테파노는 눈 깜짝할 새에 릴라를 일으킨 다음 그녀의 팔을 컵 손잡이처럼 잡고서 침실로 밀어넣은 후 문을 등 뒤로 닫아버렸다.

열쇠를 잠그는 소리에 나는 겁이 덜컥 났다. 영원히 끝나지 않을 것 같은 그 순간 스테파노의 육신이 아버지의 혼령에 빙의되는 것을 내 두 눈으로 똑똑히 목격했다. 돈 아킬레의 그림자가 정말로 아들의 목 핏줄과 이마의 푸른 핏줄을 부풀어 오르게 했다. 나는 너무나 두려웠지만 눈치아 아주머니처럼 식탁에 가만히 앉아만 있으면 안 되겠다는 생각이 들었다. 나는 침실 문 손잡이를 붙들고 흔들어대면서 나무로 된 문을 주먹으로 두드리기 시작했다.

"스테파노, 제발 부탁이야. 질리올라의 말은 다 거짓말이니 제발 릴라를 내버려둬! 릴라를 때리지 마!"

스테파노는 이미 분노에 사로잡힌 상태였다. 그가 진실을 말하라고 외치는 소리가 들렸다. 릴라는 대답하지 않았다. 아니 아예 방에 없는 것 같았다. 한동안 스테파노 혼자 말하면서 릴라의 뺨을 때리고 주먹을 휘두르고 물건을 부수는 것 같았다.

"집주인을 부르러 가야겠어요."

나는 눈치아 아주머니에게 말하고 계단을 뛰어 내려갔다. 집주인에게 여분의 열쇠가 있거나 문을 부술 수 있는 손자가 있는지 물어보려고 했다. 그 손자가 덩치 큰 사내이기를 바라면서. 하지만 주인집 문을 아무리 두드려도 집주인은 모습을 드러내지 않았다. 집에 없거나 있더라도 열어주지 않는 것 같았다. 그러는 동안 스테파노의 고함소리가 벽과 길과 갈대밭을 넘어 바다를 향해 울려 퍼졌다. 그런데도 내 귀에만 그 소리가 들리는 것 같았다. 이웃 사람 중에서 얼굴을 내밀어 보는 사람은 아무도 없었다. 도와주러 오는 이도 없었다. 딸을 때리지 말라고 애원하는 눈치아 아주머니의 가냘픈 목소리만 들려올 뿐이었다. 아주머니는 남편과 아들에게 알리면 스테파노도 결코 무사하지 못할 거라고 사위를 위협했다.

나는 미친 듯이 숙소로 돌아왔지만 무엇을 해야 할지 몰랐다. 온몸을 문을 향해 힘껏 던져보기도 하고 경찰을 불렀으니 곧 도착할 거라고 소리쳐보기도 했다. 릴라의 인기척이 전혀 들리지 않아 나는 소리쳤다.

"릴라, 괜찮아? 부탁이니 말 좀 해봐!"

그제야 릴라의 소리가 들렸다. 차가운 목소리로 내가 아닌 남편에게 말했다.

"진실을 알고 싶어? 그래, 나 도나토 사라토레의 아들과 수영도 했고 손도 잡았어. 그래, 바다 깊은 곳까지 함께 나가서 키스를 하고 몸을 만졌어. 그래, 백 번도 넘게 그와 관계를 가졌고 덕분에 당신이 형편없는 사람이라는 것을 알게 됐어. 그에 비하면 당신은 아무것도 아니야. 당신이 내게 시키는 짓은 다 구역질이 나! 됐어? 이제 만족해?"

침묵이 흘렀다. 릴라의 말에 스테파노는 숨도 쉬지 못했다. 나는 문을 두드리기를 멈췄다. 눈치아 아주머니도 울음을 멈췄다.

바깥에서 소음이 들려오기 시작했다. 자동차 지나다니는 소리와 먼 곳에서부터 들려오는 사람들의 목소리, 닭들의 날갯짓이 들려왔다.

몇 분 후에 스테파노가 먼저 입을 열었다. 소리가 너무 작아서 무슨 말을 하는지는 들리지 않았다. 안정을 되찾으려고 노력하고 있다는 것은 알 수 있었다. 문장은 짧고 끊겼지만 "어디 상처를 좀 보여

줘봐" "가만히 있어" "그만둬"라는 소리가 들렸다. 스테파노는 릴라의 고백을 도저히 받아들일 수 없었던 나머지 그녀가 거짓말을 한 것이라고 생각하기로 한 듯했다. 릴라가 자신에게 상처를 주기 위해서 일부러 한 말이라고 생각한 것이다. 정신 차리라고 강하게 뺨을 한 대 때린 거라고 생각한 듯했다. 그러니까 그 말의 진정한 의미를 이런 정도로 생각한 것이다.

'그런 말도 안 되는 말로 나를 모함하려 하다니. 내가 설명해줄 테니 내 말 똑똑히 들어.'

하지만 내게 릴라의 말은 스테파노의 매질만큼이나 가혹하게 느껴졌다. 방금 전까지만 해도 상냥한 태도와 온화한 표정 뒤에 스테파노가 숨기고 있었던 가공할 폭력성에 두려움을 느꼈다면 지금은 릴라의 용기가 참을 수 없게 느껴졌다. 진실을 거짓인 양 소리치는 그 무모한 파렴치함이 싫었다. 릴라의 말 한마디 한마디는 이를 거짓이라 생각한 스테파노에게는 이성을 되찾아주었을지 모르지만 진실을 알고 있는 내겐 고통으로 다가왔다.

스테파노의 목소리가 조금 더 명확하게 들리자 나도 눈치야 아주머니도 최악의 상황은 지나갔다는 것을 알았다. 돈 아킬레가 아들의 몸에서 빠져나가고 있었다. 온화하고 융통성 있는 아들에게 자리를 내어주고 있었다.

스테파노가 성공한 식료품점 주인의 모습으로 완전히 돌아왔을 때, 그는 방금 전까지 자신의 목소리가 어땠고 손과 팔로 무슨 짓을 저질렀는지 기억하지 못했다. 릴라와 니노가 손잡고 있는 모습을 아직 완전히 떨쳐내지는 못했지만 릴라가 쏟아낸 말을 비현실적으로 느낄 수밖에 없었다.

날이 밝을 때까지 침실 문은 열리지 않았고 열쇠 돌아가는 소리도 늘리지 않았다. 하지만 시간이 흐를수록 스테파노의 말투는 우수에 잠겼고 애원조가 되었다. 나와 눈치아 아주머니는 밖에서 몇 시간 동안 기다리며 힘없는 목소리로 의기소침하게 대화를 나누면서 서로의 말동무가 되었다. 침실을 두고 안팎에서 속삭임이 이어졌다. 눈치아 아주머니가 중얼거렸다.

"리노에게 말하면 스테파노는 무사하지 못할 거야. 리노가 절대로 가만두지 않을 거야."

나는 정말 아주머니의 말을 믿는 것처럼 말했다.

"부탁이니 말씀하지 마세요."

속으로 나는 생각했다.

'리노나 페르난도 아저씨는 릴라가 결혼한 후로 그녀를 위해 손가락 하나 까딱하지 않았어. 태어날 때부터 마음 내키는 대로 때린 것은 말할 것도 없고. 사내들은 다 똑같아. 니노만 빼고.'

나는 커지는 아쉬움에 한숨을 내쉬었다. 이제 릴라가 니노를 차지할 것이라는 사실은 확실해졌다. 결혼을 했는데도 말이다. 둘은 이 더러운 상황에 나만 혼자 내버려둔 채 함께 떠나버릴 것이다.

76

새벽이 밝아오자 스테파노는 혼자 침실 밖으로 나와서 말했다.

"모두들 짐을 싸요. 이제 곧 떠날 테니."

눈치아 아주머니는 참지 못하고 사위를 매섭게 쏘아보면서 스테파노가 엉망진창으로 만들어놓은 숙소 꼴을 가리켜 보였다. 아주머니는 스테파노에게 손해배상을 해야 할 거라고 했다. 스테파노는 몇 시간 전에 장모가 자신에게 소리쳤던 말을 가슴에 담아두었다가 지금이라도 되갚아줘야겠다고 마음먹었는지 자신은 이때까지 모든 비용을 지불해왔고 앞으로도 그럴 것이라고 쏘아붙였다.

"이 숙소는 내 돈으로 빌린 거예요."

그가 넌덜머리가 난다는 듯이 말했다.

"이번 휴가 비용도 다 내가 냈고 장모님과 장인어른, 처남이 가진 모든 것도 내가 준 거라고요. 그러니까 기분 잡치게 하지 말고 어서 짐이나 싸요. 여기서 떠나야겠어요."

눈치아 아주머니는 입을 다물었다. 얼마 안 있어 릴라가 노란색 긴 소매 옷에 영화배우나 쓸 법할 커다란 선글라스를 쓰고 나왔다. 릴라는 우리에게 말 한마디 건네지 않았다. 항구에 가서도 배 안에서도 동네에 돌아와서도 아무 말을 하지 않았다. 릴라는 인사도 없이 남편을 따라 집으로 가버렸다.

그날 이후, 나는 이제부터 내 일만 생각하고 살아가기로 마음먹었다. 나폴리에 도착한 순간부터 그 생각을 실행에 옮겼다. 릴라와 거리감을 유지했고 릴라도 니노도 찾지 않았다. 집에 돈이 필요한지 뻔히 알면서 이스키아 섬에 귀부인 노릇이나 하러 갔다고 난리법석을 떠는 어머니의 원망을 한마디 대꾸도 하지 않고 묵묵히 참아냈다.

아버지는 건강한 내 모습과 빛나는 금발을 칭찬하면서도 어머니와 의견을 같이했다. 어머니가 아버지 앞에서 나를 공격하자 아버지는 즉각 어머니 편을 들었다.

"이제 너도 다 컸지 않니. 해야 할 일을 하려무나."

사실 돈 버는 일이 시급하기는 했다. 이스키아 섬에 함께 가는 대신에 받기로 약속했던 대가를 릴라에게 요구할 수 있었지만 그녀 일에 신경을 끊기로 결심한 마당에, 게다가 스테파노가 돈 문제와 관런해서 눈치아 아주머니에게 퍼부은 말까지 들은 마당에 차마 돈을 달라는 말을 할 수는 없었다. 눈치아 아주머니에게 한 말은 어떤 면에서는 나를 겨냥하고 있었으니까. 같은 이유로 작년처럼 릴라가 구입해준 교과서를 받을 수 없었다. 언젠가 알폰소와 마주쳤을 때 나는 그에게 그해 교과서는 이미 다 구해놓았으니 신경 쓸 것 없다고 릴라에게 전해달라고 했다.

8월 중순 이후 메초칸노네의 서점에 들러보았다. 예전에 워낙 예의바르고 능력 있는 점원이기도 했지만 태양과 바다 덕분에 한껏 아름다워진 내 모습에 주인은 살짝 망설이다 다시 일자리를 내주었다. 대신 학기 시작과 동시에 그만두지 말고 교과서가 판매되는 기간까지는 오후에라도 나와 일을 해달라고 했다. 나는 그 조건을 받아들였다. 출판사에서 선물로 보내온 책이 가득 든 가방을 들고 푼돈이라도 받아보려고 서점을 찾는 교사들과 너덜너덜해진 교과서를 그보다 못한 돈을 받고 팔러 오는 학생들을 하루 종일 맞았다.

나는 생리가 시작되지 않아 걱정스러운 일주일을 보냈다. 도나토 사라토레가 나를 임신시켰을까봐 겁이 났다. 겉으로는 예의바른 태도를 잃지 않았지만 속은 썩어 들어가고 있었다. 며칠을 한숨도 자지 못했지만 그 누구의 조언도 위로도 구하지 않았다. 모든 것을 혼자서 견뎌냈다. 그러던 어느 날 오후 지저분한 서점 화장실에서 생리가 시작된 것을 확인했다. 마음이 편해졌던 몇 안 되는 순간의 하나였다. 생리는 내 몸에 침범했던 사라토레의 흔적이 완전히 지워졌음을 상징했다.

9월 초가 되자 문득 니노가 이스키아 섬에서 돌아왔을 거라는 생각이 났다. 내게 인사라도 하러 찾아올까봐 두렵기도 했지만 은근히 기다려지기도 했다. 하지만 니노는 메초칸노네로도 동네로도 나를 찾아오지 않았다. 나는 릴라가 지나가는 모습을 두어 번 보았다. 두 번 다 일요일이었는데 남편의 차를 타고 쏜살같이 지나가버렸다. 잠깐 동안이지만 속이 뒤집어지는 것 같았다.

무슨 일이 일어난 걸까. 어떻게 해서 모든 것을 바로잡았지? 릴라는 여전히 모든 것을 가지고 있었다. 자동차도, 남편도, 멋진 목욕탕과 전화도, 텔레비전이 딸린 집이며 예쁜 옷과 부유한 삶도 누리고 있었다. 릴라를 잘 알기에 니노가 릴라를 포기한다 해도 릴라가 니노를 포기하지 않을 거라는 걸 나는 너무나 잘 알고 있었다.

나는 그런 상념을 떨쳐버리고 내 자신과 한 약속을 지키기로 했다. 니노와 릴라가 없는 미래를 계획하고 그들 때문에 고통받지 않기로 했다. 그러기 위해서 나는 모든 일에 반응을 나타내지 않는 법을 익히기로 했다. 그렇게 해서 감정 소모를 최소화하는 법을 습득했다. 서점 주인이 내 몸에 손을 대도 분개하지 않고 조용히 밀쳐냈고 진상 손님들에게도 선한 표정으로 일관했다. 어머니와 대화를 나눌 때도 목소리를 높이지 않았다. 나는 매일같이 되뇌었다.

'이렇게 생겨먹은 이상 나 자신을 있는 그대로 받아들일 수밖에. 이곳에서 태어났다는 사실을 부정할 수는 없어. 사투리를 쓰고 돈은 땡전 한 푼 없는 것도 당연한 일이야. 그러니 할 수 있는 만큼만 하고 가질 수 있는 만큼만 가지자. 참아야 할 때는 끝까지 참자.'

77

드디어 학기가 시작되었다. 10월이 되어 학교에 돌아간 후에야 18세가 되었으며 그해가 고등학교 마지막 학년이고 기적적으로 길게 끌어온 학업 기간이 이제 얼마 남지 않았다는 사실을 깨달았다.

오히려 잘된 일인지도 모른다. 나는 알폰소와 고등학교 졸업 후의 진로에 대해서 자주 이야기를 나누었다. 알폰소도 내가 아는 것 이상은 알지 못했다. 그는 우리가 공무원 시험을 보게 될 거라고 말했지만 사실 우리는 그 시험이 어떤 시험인지 명확히 알지 못했다. '시험을 보면' '시험에 합격하면'이라는 말은 종종 했지만 개념이 없었다. 시험이라니. 그럼 필기시험과 구두시험이 있는 건가? 시험에서 합격하면 무엇을 얻게 되는 거지? 월급?

알폰소는 어떤 시험이라도 합격하면 바로 결혼할 생각이라고 했다.

"마리사랑?"

"아무래도 그렇겠지."

나는 가끔 조심스럽게 니노에 대해서 묻기도 했지만 알폰소는 니노를 좋아하지 않아서 인사도 잘 하지 않는 사이였다. 못생긴 데다 삐쩍 마르고 성격까지 비비 꼬인 니노에게 어떤 매력이 있는지 도무지 이해할 수 없다는 것이었다. 그래도 마리사는 예뻐 보인다고 했다. 그러면서도 내 감정이 상할까봐 한마디 덧붙였다.

"물론 너도 예쁘지."

알폰소는 아름다운 것을 좋아했다. 특히 몸매를 중요시해서 스스로 몸매 가꾸는 데 신경을 많이 썼다. 이발소를 선별할 줄 알았고 옷 사는 것도 좋아했다. 하루도 빠짐없이 역기를 들었다. 그는 마르티리 광장의 구둣가게에서 일하는 것이 즐거웠다고 했다. 그곳은 식료품점과는 전혀 달랐다. 그곳에서는 세련되게 차려입을 수 있었다. 아니, 그렇게 차려입어야만 했다. 표준어로 말할 수 있었고 손님들도 모두 학력이 높은 교양 있는 사람들이었다. 그곳에서는 구두를 신기기 위해 여성고객이나 남성고객 앞에 무릎을 꿇을 때도 멋있게 할 수 있다고 했다. 궁중 연애 소설에 등장하는 기사처럼. 그런데 불행히도 이제 구둣가게 일은 물 건너갔다고 했다.

"왜?"

"그렇게 됐어."

알폰소는 처음에는 잘 설명해주지 않으려 했다. 나도 굳이 꼬치꼬치 캐묻지 않았다. 그렇지만 결국 이유를 털어놓았다. 피누차는 배가 벌써 어뢰처럼 튀어나와서 피곤하지 않게 집에만 있는다고 했다. 어찌됐든 아이를 낳고 나서는 일할 시간이 없을 게 분명했다. 이론상으로 알폰소의 미래는 밝아보였다. 솔라라 형제도 알폰소를 흡족하게 생각하니 고등학교 졸업 후 바로 가게를 맡을 수도 있을 것 같았다. 그런데 갑자기 릴라의 이름이 거론되기 시작했다. 나는 릴라의 이름을 듣기만 해도 몸이 화끈 달아올랐다.

"릴라 이야기가 거기서 왜 나와?"

릴라가 휴가에서 돌아온 후 미친 사람처럼 굴었다는 사실을 나는 그제야 알게 되었다. 해수욕이 소용없었는지 계속 임신도 되지 않는 데다 참기 힘들 정도로 꼴사납게 굴었다. 한 번은 발코니에 있는 화분을 몽땅 깨뜨려버린 적도 있었다. 가게에 나간다고 해놓고는 카르멘만 남겨둔 채 밖으로 싸돌아다녔다. 밤에 스테파노가 잠에서 깨어보면 릴라는 침대에 없기 일쑤였다. 릴라는 잠도 자지 않고 집 안을 돌아다니면서 책을 읽거나 글을 썼다.

그러다 릴라는 갑자기 평안을 되찾았다. 정확히 말하면 단 한 가지 목표를 이루기 위해 정신을 차리고 모든 방법을 동원해 스테파노를 들볶아대기 시작한 것이다. 그 목표는 바로 질리올라를 식료품점으로 내보내고 자기가 마르티리 광장의 구둣가게를 차지하는 것이었다.

알폰소의 말에 나는 너무 놀랐다.

"리나에게 가게를 맡기고 싶어 했던 것은 미켈레였잖아."

내가 말했다.

"릴라는 원치 않았던 걸로 알고 있는데."

"예전엔 그랬지. 그런데 이제 생각을 바꿨나봐. 가게를 맡으려고 별짓을 다하고 있어. 유일하게 반대하는 사람은 형인데 알다시피 결국 리나가 원하는 대로 하게 될 거야."

나는 질문을 멈췄다. 다시 릴라 일에 휩쓸리고 싶지 않았다. 잠깐 동안은 '대체 릴라는 무슨 생각이지? 왜 갑자기 시내에서 일하고 싶어 하는 걸까?' 하는 의문이 머릿속에 맴돌았지만 생각하지 않기로 했다.

내겐 릴라 말고도 다른 문제가 많았다. 서점 일과 학교, 구두시험 준비에 교과서 문제까지… 교과서 몇 권은 돈을 주고 구입했지만 대부분은 별 망설임도 없이 서점에서 훔쳤다.

나는 다시 열심히 공부하기 시작했다. 특히 밤 시간을 이용했다. 크리스마스 방학까지는 오후 내내 서점에서 일하느라 정신이 없었다.

서점 일을 그만두자 갈리아니 선생님이 직접 두어 번 개인 교습을 해주었고 나도 선생님의 수업 준비에 최선을 다했다. 학교 수업과 개인 교습에 공부까지 하느라 다른 것은 아무것도 할 수 없었다.

월말에 어머니에게 번 돈을 내밀면 어머니는 아무 말 없이 주머니에 받아 넣었다. 어머니는 그 후로 아침이면 일찍 일어나서 식사 준비를 해주셨다. 스크램블 에그를 해줄 때도 있었다. 가끔 잠이 덜 깨 침대에 있다 보면 계란을 넣은 찻잔을 스푼으로 '챙챙'거리며 젓는 소리가 들리곤 했다. 얼마나 정성들여 만들었는지 계란을 입에 넣으면 부드러운 크림처럼 사르르 녹아버렸다. 설탕 한 톨 안 들어갔는데도 부드러웠다.

고등학교 선생님들은 이제 나를 가장 뛰어난 학생으로 인정하지 않을 수 없었다. 먼지가 잔뜩 쌓인 채 제대로 되는 것이 하나도 없는 학교에서 1등으로서의 지위를 지켜내는 것은 수월한 일이었다. 니노까지 떠난 마당에 아무런 어려움 없이 나는 전교에서 가장 뛰어난 학생으로 자리 잡았다.

얼마 지나지 않아 갈리아니 선생님이 나를 챙겨주기는 하지만 내게 뭔가 쌓인 것이 있는지 예전처럼 나를 상냥하게 대해주지는 않는다는 것을 나는 눈치챘다. 예를 들면 선생님이 빌려준 책을 돌려주자 모래가 묻었다며 내게 언짢은 기색을 내비쳤다. 다른 책을 가지고 오겠다는 약속도 하지 않고 책을 가져가버렸다. 예전처럼 선생님이 읽던 신문을 주지도 않았다. 한동안 『일 마티노』지를 내 돈으로 사보다가 그만두었다. 재미도 없는 데다 돈 낭비인 것 같았다.

내심 선생님의 아들 아르만도를 다시 만나고 싶은 마음도 있었지만 집으로 초대해주지 않았다. 그러면서도 공식적으로는 나에 대한 칭찬을 아끼지 않았다. 계속 높은 점수를 주면서 가볼 만한 학술회를 알려주기도 하고 알바 항 근처 수도원에서 상영하는 볼 만한 영화를 추천해주기도 했다. 한 번은 크리스마스 방학 즈음에 학교 밖으로 나서는 나를 불렀다. 함께 걸어가던 선생님은 내게 거두절미하고 니노의 소식을 물었다.

"저는 아무것도 몰라요."

내가 말했다.

"사실대로 말해주렴."

"정말인걸요."

선생님은 니노가 여름이 지난 후부터 자신에게도 나디아에게도 연락을 하지 않았다고 했다.

"나디아와 헤어진 방식이 불쾌하기 짝이 없어."

선생님은 어머니다운 적개심을 담아 말했다.

"이스키아에서 몇 줄 안 되는 편지 한 장으로 이별을 통보하는 바람에 나디아가 매우 고통스러워했단다."

선생님은 잠시 감정을 가다듬더니 다시 교사다운 태도로 말했다.

"하지만 어쩔 수 없지. 너희 모두 아직 어리잖니. 아픈 만큼 성장하는 거란다."

내가 고개를 끄덕이자 선생님이 물었다.

"너랑도 헤어졌니?"

순간 나는 얼굴이 빨개졌다.

"저요?"

"이스키아 섬에서 만난 거 아니었어?"

"네. 하지만 우리 사이에는 아무 일도 없었어요."

"정말?"

"그럼요."

"나디아는 너 때문에 자기랑 헤어진 거라고 확신하는 것 같던데."

나는 강하게 부정했다. 당장에라도 나디아를 만나서 우리 사이에는 아무 일도 없었고 앞으로도 아무 일이 일어나지 않을 거라고 말할 수 있다고 했다.

선생님은 만족해하는 것 같았다. 딸에게 그리 전하겠다고 했다. 나는 물론 릴라 얘기는 꺼내지 않았다. 내 일에만 신경을 쓰기로 했기 때문만은 아니었다. 릴라에 대해서 이야기하는 것 자체가 내겐 부담이었다.

대화의 주제를 바꿔보려 했지만 선생님이 다시 니노 이야기를 꺼냈다. 그에 대한 소문이 무성하다고 했다. 가을학기 시험만 안 본 것이 아니라 아예 공부를 그만둔 것 같다고 이야기하고 다니는 사람도 있고 어느 오후엔 술에 완전히 취해서 혼자 있는 것을 아레나차 가쪽에서 봤다는 사람도 있었다고 했다. 비틀거리며 걸어가다가 들고 있던 술병을 이따금씩 입에 대고 술을 마셨다고 했다. 하지만 갈리아니 선생님 생각으로는 니노가 모든 사람에게 호감을 줄 만한 스타일이 아니기 때문에 그에 대한 소문을 나쁘게 퍼뜨리는 것을 즐기는 사람들이 있을 수 있다고 했다. 소문이 정말이라면 정말 안타까운 일이라고 했다.

"뜬소문일 거예요."

내가 말했다.

"그러면 좋겠구나. 하지만 그 애와 계속 연락하면서 지내기가 쉽지 않구나."

"맞아요."

"정말 뛰어난 아이인데."

"그렇죠."

"혹시라도 그 애 소식을 듣거든 내게 알려주렴."

갈리아니 선생님과 헤어진 나는 마르게리타 공원 근처에 사는 저학년 소녀에게 그리스어 개인 교습을 해주러 뛰어갔다. 하지만 집중이 잘 되지 않았다. 정중하게 안내받은 낮에도 어둑한 큰 방에는 무거운 분위기의 가구와 사냥 장면이 그려진 카펫과 장교들의 모습을 담은 오래된 사진과 가문의 권위를 나타내는 여러 장식품이 있었다. 얼굴이 창백한 내 학생은 수 세기에 걸친 그 부유함과 권위를 누려온 집안에서 편히 자란 탓인지 신체적으로나 지적으로 아둔했다. 나는 그런 장식품을 보면서 왠지 모를 위화감을 느꼈다.

그날 나는 어미변화와 농사변화를 가르치는 데 힘을 쏟아야 했다. 하지만 머릿속에는 계속 갈리아니 선생님이 묘사한 대로 해진 재킷과 이리저리 나부끼는 넥타이 차림에 긴 다리로 불안한 걸음을 걸으면서 마지막 술 한 모금을 마신 다음 빈 병을 아레나차 가의 돌에 던져 깨뜨리는 니노의 모습이 맴돌았다.

이스키아 섬에서 돌아온 다음 릴라와 니노 사이에는 무슨 일이 있었던 걸까? 내 예상과는 달리 릴라는 지난 일을 뉘우치고 모든 것을 마무리하고 나서 제정신으로 돌아왔다. 그런데 니노는 그렇게 하지 못했다. 모든 질문에 논리정연하게 대답하던 그 학구적인 청년이 식료품점 주인집 부인과 나눈 사랑의 고통에서 헤어 나오지 못하고 낙오자가 된 것이다.

나는 알폰소에게 다시 니노의 소식을 물어봐야겠다고 생각했다. 마리사와 직접 만나 오빠에 대해 물어봐야겠다고 생각했다. 하지만 이내 그런 생각을 지워버리기로 했다. 나는 생각했다.

'니노도 괜찮아질 거야.'

니노가 나를 찾았던가. 아니다. 릴라가 나를 찾았나. 아니다. 그런데 내가 왜 니노나 릴라 걱정을 해야 한단 말인가. 정작 그 둘은 내 생각을 조금도 하지 않는데. 나는 다시 수업에 집중했다. 이젠 정말 내 길을 가야겠다고 생각했다.

78

크리스마스가 지난 뒤 알폰소에게서 피누차가 아이를 낳았다는 소식을 전해 들었다. 페르난도라는 사내아이를 낳았다는 것이다. 피누차가 행복한 표정으로 침대에서 아이를 품에 안고 있을 거라고 생각하고 그녀를 찾아갔다. 그녀는 이미 잠옷 차림에 슬리퍼를 신고 일어나 있었다. 기분이 좋지 않아 보였다.

"침대에 다시 누우렴. 그러다 지치겠다."

피누차의 어머니가 말했다.

피누차는 어머니를 버릇없는 손짓으로 쫓아내버리고 우울한 표정으로 말했다.

"난 제대로 풀리는 일이 하나도 없어. 쟤 못생긴 것 좀 봐. 손대기는커녕 쳐다보기도 싫어."

문간에 서 있던 마리아 아주머니가 딸을 달래며 중얼거렸다.

"무슨 말이니, 피누차. 얼마나 예쁜데."

피누차는 분노에 가득 차 소리를 질렀다.

"못생겼어. 지 애비보다도 못생겼다고. 그 집안사람들은 하나같이 못생겼잖아!"

피누차는 숨을 잠시 가다듬었다. 눈에 눈물이 그렁그렁해서는 절망스럽게 외쳤다.

"다 내 잘못이야. 어렸을 때 뭐가 뭔지 몰라서 내가 신랑감을 잘못 고른 거야. 내 아들 좀 봐. 코가 리나 코처럼 납작하잖아!"

피누차는 밑도 끝도 없이 릴라 욕을 해대기 시작했다.

피누차는 그 헤픈 계집애가 벌써 보름 전부터 마르티리 광장의 가게를 제멋대로 손보고 있다고 했다. 질리올라는 두 손 들고 솔라라 제과점으로 돌아갔고 피누차도 아이 때문에 당분간은 릴라를 내버려둬야 할 형편이라고 했다. 언제나 그렇듯이 스테파노를 비롯한 모두가 릴라를 이겨내지 못한 셈이었다.

이제 릴라는 물 만난 물고기마냥 끊임없이 말도 안 되는 짓을 벌이고 있었다. 마이크 본조르노의 TV쇼에 나오는 댄서처럼 차려입고 일하러 가는 네나 남편이 바래다주지 않으면 뻔뻔스럽게도 미켈레에게 가게에 데려다달라고 했다. 엄청난 돈을 들여 도무지 알 수 없는 액자를 두 개나 사서 쓸데없이 가게에 걸어놓았다. 그뿐만 아니라 책을 잔뜩 구입해서는 선반 하나를 구두가 아니라 책으로만 다 채웠다고 했다.

소파와 안락의자, 등받이가 없는 작은 의자를 들여 가게를 거실처럼 꾸며놓고는 크리스털 컵에 가이 오딘 초콜릿을 담아 놓고 원하는 사람은 누구든지 공짜로 먹을 수 있게 했다. 손님들의 발 냄새를 맡기 위해서가 아니라 성에 사는 귀족부인 놀음이나 하려고 가게를 맡은 것 같다고 했다.

"그게 다가 아니야."

피누차가 말했다.

"더 안 좋은 소식이 있어."

"그게 뭔데?"

"마르첼로 솔라라가 무슨 짓을 했는지 알아?"

"아니."

"오빠랑 리노가 마르첼로에게 줘버린 구두를 기억해?"

"리나가 그린 그림과 똑같이 만든 그 구두 말이야?"

"그래. 그 쓰레기 같은 구두 말이야. 리노는 항상 그 구두는 물이 샌다고 했어."

"그래서 무슨 일이 일어났는데?"

피누차가 가쁜 숨을 쉬며 두서없이 돈과 음모와 채무 관계가 뒤얽힌 잔혹한 이야기를 들려주었다. 나는 충격을 받았다. 리노와 페르난도 아저씨가 만든 새 구두 디자인에 만족하지 못한 마르첼로는 미켈레와 의논해서 체룰로 공장이 아니라 아프라골라에 있는 다른 구두 공장에 릴라가 만든 구두의 제작을 맡겼다. 그런 다음 구두를 크리스마스 즈음에 '솔라라'라는 상표로 전 도시에 풀었다. 특히 마르티리 광장에 있는 가게들에 집중적으로 유통시켰다.

"그래도 되는 거야?"

"어쩔 수 없지. 자기 건데. 멍청한 우리 오빠와 내 남편이 직접 갖다바쳤잖아. 마르첼로야 하고 싶은 대로 할 수 있지."

"그래서?"

"그래서 말이야."

피누차가 말했다.

"지금 나폴리에는 체룰로 구두와 솔라라 구두가 같이 깔려 있어. 그런데 솔라라 구두가 체룰로 구두보다 반응이 훨씬 좋아. 이 경우 이윤은 모두 솔라라 형제에게 떨어지지. 리노는 신경이 잔뜩 곤두서 있어. 동업자인 솔라라 형제와 경쟁하리라고는 꿈에도 생각하지 못했을 테니 말이야. 게다가 경쟁 대상이 자기가 직접 손으로 제작까지 하고는 멍청하게 내다버린 바로 그 구두잖아."

나는 릴라가 마르첼로를 단도로 위협했을 때가 생각났다. 마르첼로는 미켈레보다 느리고 수줍음이 많았다. 그런 그가 왜 그런 무례한 행동을 한 걸까? 솔라라 형제는 이미 손대고 있는 사업이 많았다. 공식적으로 하는 사업도 있었고 아닌 것도 있었지만 대체적으로 성장세였다. 조부 때부터 알아온 힘 있는 친구들이 있어서 언제나 상부상조했다. 그들의 어머니는 고리대금을 하고 있었고 그녀의 장부는 온 동네 사람들의 두려움의 대상이었다. 아마 체룰로와 카라치도 이미 그 장부에 이름이 올라가 있을 것이다. 그러니까 마르첼로나 미켈레에게 구두와 마르티리 광장의 가게는 가문의 수많은 수입원 중 하나일 뿐이고 규모도 그리 크지 않을 터였다. 그런데 대체 왜?

나는 피누차가 들려준 이야기가 계속 신경 쓰였다. 경제적인 명분 뒤에 사악한 이유가 숨어 있는 것이 느껴졌다. 릴라에 대한 마르첼로의 사랑은 이제 끝났지만 상처는 아직 남아 곪아터진 것이었다. 릴라에 대한 감정이 정리되자 그는 과거에 자신에게 모욕감을 안겨준 이들에게 마음껏 해코지를 할 수 있게 된 것이다. 내 생각이 맞다는 것을 증명이라도 하듯 피누차가 말했다.

"그이가 오빠랑 솔라라 형제에게 항의해보았지만 아무런 성과가 없었대."

솔라라 형제는 거만한 태도로 일관했다는 것이었다. 제멋대로 행동하는 데 익숙한 사람들이었으니까. 결국 리노와 스테파노만 일방적으로 이야기하다가 돌아왔다. 헤어지기 전에 마르첼로는 리노와 릴라가 연습 삼아 만든 그 구두의 디자인을 조금씩 변형하는 방식으로 전체 구두 라인을 만들 것이라는 뜻을 내비쳤다. 그러고는 지나가는 말로 한마디 덧붙였다.

"이번에 체룰로 구두에서 만든 새 디자인 반응을 좀 지켜보자고. 시장에 군이 내놓을 가치가 있는지 말이야."

이것이 무슨 의미인가. 마르첼로는 체룰로 상표를 없앨 생각인 것이다. 상표를 솔라라 상표로 대체함으로써 스테파노에게 적지 않은 경제적 손실을 입힐 속셈인 것이다. 여기까지 이야기를 듣자 나는 우리 동네를, 나폴리를 떠나야겠다고 생각했다. 그들의 다툼이 나와 무슨 상관이란 말인가. 그러면서도 나는 묻지 않을 수 없었다.

"리나는?"

피누차의 눈에 불꽃이 일었다.

"문제는 바로 리나야."

릴라는 그 이야기를 전해 듣고 코웃음을 쳤다. 리노와 남편이 화를 내자 릴라가 심술궂게 말했다.

"그 구두를 넘긴 건 오빠랑 당신이지 내가 아니야. 솔라라 집안사람들과 거래를 한 것은 당신들이지 내가 아니라고. 당신들 둘이 멍청한 걸 나보고 어쩌라는 거야?"

릴라의 태도는 불쾌하기 짝이 없었다. 가족 편인지 솔라라 형제 편인지 알 수가 없었다. 실제로 미켈레가 한 번 더 릴라에게 마르티리 광장의 구둣가게를 맡기려 하자 릴라는 갑자기 그러겠다고 했다. 그러고는 자기를 내버려두라면서 스테파노를 괴롭혔다.

"스테파노는 왜 양보한 건데?"

내가 물었다.

피누차는 한심하다는 듯 긴 한숨을 내쉬었다. 미켈레가 릴라를 중요하게 생각하고 마르첼로도 릴라는 함부로 대하지 못한다는 것을 알고 릴라라면 상황을 정리할 수 있을 것이라고 생각했다는 것이다. 하지만 리노는 제 누이를 믿지 않았다. 겁에 질려 밤에도 잠을 이루지 못했다. 마르첼로는 리노와 그의 아버지가 내다버린 것과 똑같은 구두를 만들었고 이에 대한 시장 반응이 좋았다. 판매량도 늘어났다. 이런 상황에 솔라라 형제가 직접 릴라와 흥정을 벌이면 어떻게 되겠는가. 가족들을 위해서는 새 구두를 디자인하지 않겠다던 그녀가 정작 솔라라 형제를 위해서 구두를 만들기로 하면 어떻게 되겠는가. 릴라는 어렸을 때부터 싹수가 노랬던 아이니까 그렇게 하고도 남을 것이라고 리노는 생각했다.

"그런 일은 없을 거야."

내가 피누차에게 말했다.

"리나가 그랬어?"

"아니. 여름 이후로 만나지 못했어."

"그런데 어떻게 알아?"

"그 애를 잘 아니까. 리나는 한 가지 일에 호기심이 생기면 최선을 다해 집중해. 그러다 목표를 달성하고 나면 흥미를 잃고 더는 관심을 보이지 않지."

"확실해?"

"그렇다니까."

마리아 아주머니는 흡족해하며 딸을 안심시키기 위해 내 말에 매달렸다.

"들었지?"

아주머니가 말했다.

"다 괜찮아질 거야. 레누차가 빈말하는 아이는 아니잖니."

실은 나는 아무것도 몰랐다. 아는 체하기 싫어하는 나의 또 다른 자아는 릴라가 어디로 튈 줄 모른다는 것을 잘 알고 있었기에 한시라도 빨리 그 집에서 나오고 싶었다. 대체 내가 무슨 상관이란 말인가. 그 끔찍한 이야기와 마르첼로의 소심한 복수가 나와 무슨 상관인가. 돈, 자동차, 좋은 집, 가구와 장식품을 잃고 돈이 없어서 휴가를 못 가게 될까봐 안절부절못하면서 서로 다투는 것이 나와는 무슨 상관이란 말인가. 이스키아 섬에서 그런 일이 있었는데, 니노와 그런 일이 있었는데 어떻게 릴라는 또다시 카모라 집단과 거래를 벌일 생각을 했단 말인가.

나는 어서 고등학교를 졸업하고 아무 시험이나 봐서 합격해야겠다고 생각했다. 그래야만 이 지저분한 상황에서 빠져나갈 수 있다. 최대한 멀리 떠날 수 있다. 그러는 사이에 마리아 아주머니가 팔에 아이를 안고 내 앞으로 다가오자 마음이 풀어져서 나도 모르게 말했다.

"아유, 예뻐라."

79

결국 나는 유혹을 참지 못했다. 최대한 버텨보기는 했지만 포기하고 알폰소에게 일요일에 마리사와 함께 산책이나 하자고 했다. 알폰소는 내 제안에 매우 기뻐했다. 우리 셋은 포리아 가에 있는 피자집에 갔다. 나는 리디아와 아이들, 특히 치로의 안부를 물은 다음 니노는 요즘 무엇을 하면서 지내는지 물었다.

마리사는 마지못해 내 질문에 대답했다. 오빠에 대해서 말하는 것 자체가 짜증스러운 것 같았다. 그녀는 니노가 한동안 말 그대로 광란의 시간을 보냈고 마리사가 사랑해 마지않는 아버지와 크게 다퉜다고 했다. 얼마나 심하게 다퉜는지 니노가 아버지에게 폭력을 행사하기까지 했다는 것이다. 니노가 어쩌다가 그 지경이 됐는지는 아무도 몰랐다. 공부도 하지 않으려 했고 해외로 나가려고도 하지 않았다. 그러더니 갑자기 정상으로 돌아왔다. 예전의 모습으로 돌아와 다시 학교에 나가 시험을 보기 시작했다는 것이다.

"그러니까 지금은 잘 지내는 거네?"

"글쎄."

"지금 상황에 만족해하기는 해?"

"오빠 기준에 그 정도면 만족하는 걸로 봐야지."

"그럼 요즘 공부만 하는 거야?"

"사귀는 사람이 있는지를 묻는 거야?"

"아니야. 무슨. 가끔 친구들이랑 만나기도 하고 춤추러 가기도 하느냐는 거지."

"레나, 그걸 내가 어떻게 알아? 오빠 항상 밖으로 싸돌아다니는 걸. 지금은 갑자기 영화니 소설이니 예술에 꽂혀서 집에 잘 들어오지도 않아. 들어와봤자 아버지에게 욕하고 싸우기나 한다고."

니노가 이성을 되찾았다는 소식에 마음이 놓였지만 한편으로는 씁쓸한 생각이 들었다. 영화와 소설과 예술이라고? 사람이 변하는 것은 정말이지 한순간인가보다. 관심을 보였던 분야도 감정도 쉽게 변하는가보다. 번지르르한 말을 또 다른 번지르르한 말로 대체하면 그만이다. 시간은 겉으로 보기에만 연계성이 있는 단어들의 흐름일 뿐이고 결국에는 말이 많은 사람이 이기게 되는 것이다.

내 자신이 바보처럼 느껴졌다. 나는 니노의 마음에 들기 위해서 좋아하는 것을 포기까지 하지 않았던가. 그래. 현실을 받아들이고 이제 각자의 길을 걷도록 하자. 마리사가 니노에게 나를 만났고 내가 그에 대해서 물었다는 이야기를 전하지 않기만을 바랐다. 그 후부터 알폰소와 이야기할 때도 니노와 릴라의 이름을 입에 담지 않았다.

나는 내 생활에 더욱 집중했다. 밤낮으로 쉴 새 없는 빡빡한 일정을 짰다. 그해 나는 광적으로 공부에 집착했다. 보수가 꽤 두둑한 개인 교습까지 맡았다. 나는 어린 시절부터 해온 것보다 훨씬 더 열심히 공부했다. 새벽부터 늦은 밤까지 공부에만 몰두했다.

과거에는 나를 놀라운 미지의 영역으로 끊임없이 이끌며 일탈시키던 릴라가 있었다. 이제는 원하는 것은 내 스스로 이루고 싶었다. 얼마 안 있으면 19세가 될 것이니 이제는 정말로 그 누구에게도 의존하지 않고 그 누구도 그리워하지 않을 것이다.

고등학교 마지막 학년은 눈 깜짝할 새에 지나갔다. 나는 천문 지리학, 기하학, 삼각법 때문에 애를 먹었다. 마음속으로는 나의 부족함은 태생적인 것이므로 완전히 극복할 수 없다는 것을 잘 알고 있으면서도 모든 것을 배우기 위해 무리해서 달려 나갔다. 한계를 알면서도 최선을 다하고 싶었다. 영화관에 갈 시간이 없으면 영화 제목과 줄거리만이라도 읽어두었다. 고고학 박물관에 가야 할 일이 생기면 반나절 동안 부리나케 다녀왔다. 카포디몬테에 있는 피나코테카에 가본 적이 없어서 두 시간 만에 후다닥 둘러보고 나온 적도 있다. 이러다보니 할 일이 너무 많았다. 이 마당에 구두며 마르티리 광장의 가게가 내게 무슨 상관이란 말인가. 나는 릴라가 있는 가게에 한 번도 들르지 않았다.

이따금 피누차와 거리에서 마주치기도 했다. 그녀는 엉망인 모습으로 페르난도가 탄 유모차를 밀고 다녔다. 그녀를 만나면 잠시 멈춰 서서 리노, 스테파노, 릴라, 질리올라, 그러니까 그녀를 둘러싸고 있는 모든 사람에 대해 불만을 쏟아내는 것을 흘려들어야 했다.

카르멘도 가끔 만났다. 그녀는 릴라가 자신을 마리아 아주머니와 피누차의 폭정 아래 방치했다고 했다. 릴라가 식료품점 일에서 손을 떼는 바람에 가게 일이 엉망이 됐다고 했다. 이 일로 카르멘은 릴라에게 앙심을 품게 되었다. 카르멘은 엔초를 그리워하며 그가 병역을 마치고 돌아올 날을 손꼽아 기다리고 있다고 했다. 오빠 파스콸레가 공사장 일과 공산당원 활동을 하느라 바쁘게 시간을 보내고 있다는 소식도 전했다.

아다와 마주칠 때도 있었다. 그녀는 그간 릴라에 대한 증오와 스테파노에 대한 애정을 키운 것 같았다. 그녀가 스테파노를 긍정적으로 평가하는 것이 스테파노가 급여를 인상해줘서만은 아닌 것 같았다. 그는 성실하고 모든 사람에게 친절한데 그런 그를 걸레만도 못한 사람으로 취급하는 아내를 만나서 안 됐다고 했다.

안토니오가 신경쇠약 증세로 복무 기간이 끝나기도 전에 귀환조치를 받았다는 소식을 전해준 것도 아다였다.

"어쩌다가?"

"오빠가 어떤지는 너도 잘 알잖아. 너랑 사귈 때도 그런 증세를 보였으니까."

듣기 좋은 말은 아니었다. 나는 내심 상처를 받았지만 신경쓰지 않기로 했다. 어느 겨울 일요일 안토니오와 우연히 만났는데 어찌나 말랐는지 하마터면 못 알아볼 뻔했다. 나는 안토니오가 가던 걸음을 멈출 것이라고 생각하고 미소를 지어보였다. 그러나 그는 나를 알아보지 못하고 지나쳐버렸다. 내가 그를 부르자 뒤돌아보며 혼란스런 미소를 지었다.

"안녕, 레누."

"안녕. 다시 보니 너무 좋다."

"나도 그래."

"요즘 뭐하고 지내?"

"아무것도 안 해."

"정비소에는 안 돌아가?"

"자리가 없대."

"너는 솜씨가 좋으니까 다른 데서 일자리를 구할 수 있을 거야."

"아니야. 치료를 하지 않으면 일을 할 수 없어."

"뭣 때문에 그래?"

"두려움."

그렇다. 안토니오는 두려움이라고 했다. 어느 날 밤 코르데논스에서 보초를 서고 있는데 아주 어린 시절 아버지가 살아 있을 때 하던 장난이 생각났다고 했다. 아버지는 펜으로 왼쪽 다섯 손가락에 눈과 입을 그리고는 손가락이 사람인 것처럼 움직이며 말하는 시늉을 하곤 했었다.

너무 소중한 추억이라 생각만 해도 두 눈에 눈물이 차올랐다. 그런데 그날 밤, 아버지의 손이 자신의 손 안에 들어온 것 같은 느낌이 들었다. 자기 손가락 속에 정말 사람이 있는 것처럼 느껴졌다. 아주 작지만 갖출 것은 다 갖춘 진짜 사람들이 웃고 노래하는 것 같았다.

그는 두려워졌다. 안토니오는 피가 날 때까지 손으로 초소를 내려쳤지만 손가락은 쉬지 않고 웃으며 노래를 불러댔다. 일을 마치고 잠자리에 들고 나서야 진정이 되었다. 잠시 쉬고 아침이 되니 괜찮아졌지만 증상이 다시 나타날까봐 두려웠다. 실제로 같은 증상이 빈번하게 나타났다. 손가락은 온종일 웃으며 노래를 불러댔다. 군대에서는 결국 안토니오가 미쳤다고 결론을 내리고 그를 병원으로 보냈다.

"이제 괜찮아졌어."

안토니오가 말했다.

"하지만 언제고 다시 시작될 수 있어."

"내가 도움이 될 수 있을까?"

그는 잠시 생각에 잠겼다. 정말로 이런저런 방안을 생각해보는 것 같았다. 그러다가 중얼거렸다.

"아무도 날 도울 수 없어."

나에 대한 감정이 전혀 남아 있지 않다는 것을 알 수 있었다. 머리에서 내 존재를 지운 지 오래인 것이다.

그런 확신이 들자 나는 그날 이후 매주 일요일마다 그의 집 창문 아래에 가서 그를 불러냈다. 함께 뜰을 산책하고 이런저런 이야기를 나누다가 그가 피곤하다고 하면 헤어졌다. 가끔은 진하게 화장을 한 멜리나와 함께 내려와 셋이 함께 산책하기도 했다. 아다와 파스콸레를 만나서 산책할 때도 있었는데 그럴 때면 조금 더 오래 걸었다. 산책을 하면서도 우리 셋만 떠들고 안토니오는 대화에 참여하지 않았다.

그와 산책을 하는 일은 어느새 평안한 일상의 한 부분이 되어가고 있었다. 야채장수인 니콜라 아저씨의 장례식에도 안토니오와 함께 갔다. 아저씨는 폐렴으로 갑작스럽게 숨을 거두었다. 엔초는 허락을 받고 군대에서 나왔지만 아버지의 임종을 지키지는 못했다. 전직 목수이자 돈 아킬레의 살해범인 펠루소 아저씨가 수감 상태에서 사망했을 때도 안토니오와 함께 파스콸레와 카르멘 그리고 그들의 어머니 주세피나 아주머니를 위로하러 갔다. 비누와 각종 가정용품을 팔던 돈 카를로 레스타가 자기 가게 창고에서 맞아 죽었다는 소식도 안토니오와 함께 들었다.

우리는 돈 카를로 레스타의 죽음에 대해서 오랫동안 이야기를 나눴다. 동네에서도 소문이 무성했다. 진실과 잔혹한 추측이 뒤섞인 온갖 루머가 만연하는 가운데 아무리 때려도 숨이 끊어지지 않자 마지막에는 살인자가 돈 카를로의 코에 쇳줄을 박아 넣었다고 떠들고 다니는 사람까지 생겼다. 결국에는 그날 벌어들인 현금을 훔치려던 부랑자의 소행으로 처리됐지만 파스콸레는 그보다 훨씬 신빙성 있는 소문을 들었다고 했다. 돈 카를로는 카드 놀음 중독으로 솔라라 부인에게 노름빚을 지고 있었다는 것이다.

"그게 뭐 어쨌다는 거야?"

남자친구의 현실성 없는 말에 언제나 회의적인 아다가 물었다.

"돈 카를로는 그 망할 고리대금업자 여편네에게 돈을 갚지 않으려고 했기 때문에 살해당한 거야."

"말도 안 돼. 항상 말도 안 되는 소리만 하고 다닌다니까."

파스콸레가 과장하는 경향이 있긴 했지만 실제로 돈 카를로의 살인범은 끝까지 밝혀지지 않은 데다 공교롭게도 그 후 그의 가게와 물품을 얼마 안 되는 돈에 인수한 것은 바로 솔라라 형제였다. 그들은 가게를 인수한 다음에도 가게 경영은 돈 카를로의 미망인과 그의 장남에게 맡겨두었다.

"그거야 도와주려는 마음에서 아량을 베푼 거지."

아다가 말했다.

"형편없는 사람들이기 때문이야."

파스콸레가 대꾸했다.

그 일에 대해서 안토니오가 어떤 반응을 보였는지는 잘 기억이 나지 않는다. 하지만 고통에 짓눌린 상태라 파스콸레의 말에 신경이 더 예민해졌던 것 같다. 안토니오는 자신의 병이 동네 전체에 퍼져서 연이어 좋지 않은 일이 일어난다고 생각하는 것 같았다.

정말 끔찍한 일이 어느 온화한 봄 일요일에 일어났다. 나는 안토니오, 파스콸레, 아다와 함께 스웨터를 가지러 집으로 올라간 카르멘을 뜰에서 기다리고 있었다. 5분쯤 지났는데 카르멘이 창문 밖으로 고개를 내밀고 오빠에게 소리쳤다.

"오빠! 어머니가 보이지 않아. 화장실 문이 안쪽에서 잠겼는데 어머니가 대답이 없으셔."

파스콸레는 층계를 두 개씩 뛰어올라갔고 우리는 그 뒤를 따랐다. 카르멘이 화장실 앞에 걱정스런 표정으로 서 있었다. 파스콸레는 민망해하면서 예의바르게 화장실 문을 두드려 보았지만 정말로 아무런 반응이 없었다. 안토니오가 파스콸레에게 문을 손으로 가리켜 보이며 말했다.

"내가 나중에 고쳐줄 테니까 걱정하지 마."

안토니오는 손잡이를 붙잡고 거의 뜯어내다시피 비틀어 문을 열었다.

주세피나 아주머니는 평소 밝고 기운이 넘치고 성실하고 상냥한 사람이었다. 수많은 역경을 이겨내기도 했다. 수감된 남편 수발을 결코 게을리 하지 않았다. 내 기억에 아주머니는 아저씨가 돈 아킬레 살인범으로 체포당하는 순간에도 온 힘을 다해 저항했다. 스테파노의 초대를 심사숙고한 후에 받아들이고 카라치 가족과 섣달 그믐날 밤을 함께 보낸 것이 불과 4년 전 일이었다. 아들, 딸과 함께 파티에 참석해서 가족끼리 화해한 것을 기뻐했다. 딸인 카르멘이 릴라 덕분에 새로 개업한 식료품점에 자리 잡았을 때도 행복해했다. 그런 아주머니였는데 남편이 죽은 다음부터는 눈에 띄게 지쳐보였다. 짧은 기간에 예전과 같이 기운찬 모습은 찾아볼 수 없게 되었다. 살도 많이 빠져서 피골이 상접했다. 온몸이 쪼그라들 것 같았다. 그러던 아주머니가 결국 화장실 천장 체인에 매달려 있는 금속 전등갓을 빼내고 천장 고리에 철로 된 빨랫줄을 걸어 묶고는 목을 매고 만 것이었다.

맨 먼저 아주머니를 본 것은 안토니오였다. 그 광경을 보자마자 그는 울음을 터뜨렸다. 안토니오를 진정시키기가 주세피나 아주머니의 자식들인 카르멘과 파스콸레를 진정시키는 것보다 더 힘들었다. 그는 두려움에 떨며 똑같은 말을 반복했다.

"아주머니의 맨발을 봤어? 발톱이 긴데 한쪽 발에만 방금 바른 것 같이 보이는 붉은 매니큐어가 칠해져 있었어."

내 눈에는 제대로 들어오지도 않았는데 안토니오는 민감하게 반응했다. 그는 신경쇠약에 걸렸는데도 두려워하지 않고 가장 먼저 위험에 뛰어들어 문제를 해결하는 것이 사내의 임무를 다하는 것이라는 생각이 예전보다 더 확고해져서 군대에서 돌아왔다. 하지만 안토니오는 선천적으로 섬약했다. 그 일이 일어난 후 몇 주 동안 어두운 집 안 구석에서 주세피나 아주머니의 모습이 보인다고 했다. 그의 상태가 악화되는 통에 나는 그를 진정시키느라고 할 일도 못하고 그를 돌보아야 했다.

내가 고등학교 졸업시험을 볼 때까지 동네에서 정기적으로 만난 사람은 안토니오뿐이었다. 그동안 릴라는 거의 만나지 않았다. 주세피나 아주머니의 장례식 날 남편 옆에서 흐느끼는 카르멘을 껴안고 있는 모습을 잠깐 보았을 뿐이다. 릴라와 스테파노는 주세피나 아주머니의 장례식 때 커다란 화환을 보냈다. 보라색 리본에는 카라치 부부 이름으로 조의 문구가 쓰여 있었다.

80

졸업시험 준비 때문에 안토니오와의 만남을 그만둔 것은 아니었다. 물론 두 가지 일이 겹치기는 했다. 졸업시험이 얼마 남지 않았을 무렵 안토니오가 평소보다 밝은 표정으로 내게 찾아와서 솔라라 형제 밑에서 일하기로 했다고 말했다. 그의 결정이 마음에 들지 않았다. 그가 정상적인 상태가 아니라는 사실에 대한 하나의 증거 같았다. 안토니오는 솔라라 형제를 증오하지 않았던가. 소년 시절 여동생을 지키기 위해 그들에게 대들었던 적도 있었고 파스콸레, 엔초와 함께 마르첼로와 미켈레를 흠씬 두들겨 패고 그들의 자동차를 박살낸 적도 있었다.

무엇보다도 나와 헤어진 결정적인 이유가 마르첼로에게 안토니오가 군 복무를 하지 않게 해달라고 내가 부탁해서가 아니었던가. 그런데 왜 이제 와서 그들에게 굴복하기로 한 것일까. 안토니오는 횡설수설하면서 그렇게 된 경위를 설명했다. 군 복무를 하면서 말단 군인이면 자기보다 높은 지위에 있는 상사의 말에 복종해야 한다는 것을 배웠다는 것이다. 질서가 무질서보다는 낫다는 사실을 알게 됐다고 했다. 등 뒤로 몰래 다가가서 상대방이 인기척을 느끼기도 전에 숨통을 끊어놓는 방법을 배웠다고도 했다.

그의 말을 듣다보니 솔라라 형제 밑에서 일하기로 한 것이 비단 비정상적인 정신 상태 때문만은 아니라는 것을 알 수 있었다. 가장 큰 문제는 경제적 요인이었다. 안토니오는 솔라라 주점에 찾아가 일자리를 구해보려 했다. 마르첼로는 처음에는 퉁명스런 태도를 보였지만 나중에는 한 달에 얼마 정도의 돈을 주는 대가로 일자리를 제시했다. 안토니오는 내게 이야기를 전할 때 액수를 정확히 밝히지 않고 얼마 정도의 돈이라고 했다. 그런데 업무가 명확하지 않았다. 마르첼로가 안토니오에게 그저 대기 상태로 있으라고만 했다는 것이다.

"대기 상태라니?"

"그렇다니까."

"무슨 일에 대한 대기 상태라는 거야?"

"나도 몰라."

"그만둬. 안토니오!"

하지만 안토니오는 일을 그만두지 않은 데다 그 일자리를 받아들인 탓에 파스콸레와 엔초와도 다투게 되었다. 군대에서 돌아온 엔초는 예전보다 더 과묵하고 융통성이 없어졌다. 안토니오가 아프다는 사실을 고려한다 해도 둘 중 누구도 안토니오의 선택을 용서할 수 없었다. 특히 파스콸레가 그랬다. 그는 아다의 남자친구였지만 안토니오를 협박하면서 아무리 미래의 처남이 될 사이라 해도 다시는 그를 보지 않을 것이라 선언했다.

나는 이 상황에서 재빨리 발을 빼고 시험에만 열중했다. 밤낮으로 공부하며 더위에 지칠 때면 가끔 지난여름을 추억하기도 했다. 특히 피누차가 떠나기 전 릴라와 니노와 행복한 삼인조로 지냈던, 적어도 겉으로 보기엔 그랬던 작년 7월을 생각했다. 그러다가 모든 추억을 지워내버리고, 그때 나누었던 대화에 대한 희미한 기억마저 밀쳐내고는 다시 공부에 열중했다.

고등학교 졸업시험은 내 인생에서 중요한 전환점이 되었다. 두 시간에 걸쳐서 자코모 레오파르디의 시에서 자연이 가지는 의미를 주제로 작문을 했다. 나는 외워놓은 시구절을 인용해가면서 이탈리아 문학사 교과서의 내용을 세련되게 재구성하는 글을 써내려갔다. 여러 과목 중에서도 특히 라틴어와 그리스어 시험은 알폰소를 포함한 같은 반 친구들이 정답을 써내려가기 시작할 시간에 나 혼자 시험을 마치고 답안지를 제출했다.

이 일로 나는 시험관들의 관심을 받았다. 특히 분홍색 정장 차림에 미용실에서 손질하고 온 듯이 보이는 하늘색에 가까운 은발의 나이 든 교사가 내게 각별한 관심을 보였다. 가장 반응이 좋았던 시험은 구두시험이었다. 나는 모든 선생님께 칭찬을 받았지만 특히 은발 시험관의 격찬을 받았다. 그분은 내가 말한 내용뿐 아니라 내가 말하는 방식에 감명을 받은 듯했다.

"학생은 글솜씨가 아주 뛰어나군요."

들어본 적 없는 억양이었다. 나폴리 사투리가 아닌 것만은 확실했다.

"감사합니다."

"이 세상에 영원히 지속되는 것은 아무것도 없다고 생각하나요? 시조차도?"

"레오파르디는 그렇게 생각한 것 같습니다."

"확실한가요?"

"네."

"그러면 학생 생각은 어떤가요?"

"전 아름다움이란 속임수라고 생각해요."

"레오파르디의 정원처럼 말인가요?"

레오파르디의 정원에 대해서는 아는 바가 없었지만 그래도 나는 이렇게 대답했다.

"네. 어느 청명한 날의 바다처럼요. 아니면 석양이라고도 할 수 있겠죠. 밤하늘이라고도 할 수 있고요. 아름다움이란 공포 위에 뿌린 가루와도 같아서 아름다움을 걷어내면 우리는 홀로 각자의 두려움과 마주하게 되는 거죠."

영감 넘치는 어조로 말이 내 입에서 술술 나왔다. 임기응변 식으로 지어낸 말은 아니었다. 작문시험에서 쓴 내용을 구두시험에 맞춰서 풀어낸 것이다.

"무슨 과에 진학할 예정이죠?"

나는 과에 대해서 아는 바가 없었다. 들어본 적이 없는 용어였다. 나는 주제를 피해가려고 얼버무리듯 대답했다.

"공무원 시험을 볼 예정이에요."

"대학교에 진학하지 않고요?"

죄라도 지은 양 내 얼굴이 화끈 달아올랐다.

"네."

452

"일자리를 구해야만 하는 상황인가요?"

"네."

자리에 가도 된다고 하기에 나는 알폰소와 같은 반 친구들 곁으로 돌아왔다. 그런데 얼마 지나지 않아 그 선생님이 나를 복도까지 따라와서 피사에 있는 대학교에 대해 오랫동안 설명을 해주었다. 지금 치른 것 같은 시험에 합격하기만 하면 공짜로 공부할 수 있다고 했다.

"이틀 후에 오면 필요한 정보를 알려줄게요."

듣고 있기는 했지만 나와는 전혀 상관없는 이야기 같았다. 이틀 후 학교를 다시 찾은 것은 선생님의 기분을 상하게 해서 낮은 점수를 받을까봐 두려워서였다. 막상 선생님을 만나니 내게 필요한 모든 정보를 커다란 종이에 꼼꼼하게 정리해둔 것을 보고 나는 감동을 받았다.

그 후로 다시는 그 선생님을 만나지 못했고 그분의 이름도 모르지만 나는 정말 그분께 감사해야 한다. 내게 끝까지 존댓말을 하면서도 마지막에는 진심이 느껴지는 품위 있는 태도로 나를 포옹하며 작별인사를 했다.

나는 전 과목 평균 9점을 받으며 졸업시험을 끝마쳤다. 알폰소도 평균 7점을 받아 체면을 세웠다. 암울한 잿빛 건물을 영원히 떠나기 전에 갈리아니 선생님이 지나가는 모습을 보고 선생님께 인사하러 다가갔다.

고등학교를 떠나는 데 대한 아쉬움은 없었다. 내게 그곳의 유일한 의미는 니노도 다녔던 학교라는 것뿐이었으니까. 갈리아니 선생님은 내 뛰어난 시험 결과를 칭찬했지만 그다지 기뻐하는 것 같지 않았다. 여름 동안 읽을 책을 알려주지도 않았고 고등학교 졸업 후 진로에 대해서도 묻지 않았다.

무심한 선생님의 말투에 나는 속이 상했다. 선생님과 관계를 회복했다고 생각했는데 무엇이 문제인 걸까? 니노가 선생님 딸과 헤어진 후 다시는 모습을 나타내지 않은 다음부터 나까지도 니노와 같은 하찮고 진중하지 못하고 신뢰할 수 없는 부류의 아이로 취급당하게 된 걸까? 모든 사람에게 호감 주는 것을 일종의 빛나는 갑옷처럼 두르는 데 익숙해져 있던 나이기에 선생님의 태도에 마음이 상했다. 이제 와 생각해보면 갈리아니 선생님의 무관심은 내 결정에 중요한 영향을 미쳤던 것 같다.

나는 아무에게도 이야기하지 않고 피사의 노르말레 대학교에 입학신청서를 제출했다. 사실 갈리아니 선생님 말고 의논할 만한 상대도 없었다. 그때부터 나는 돈을 버는 데 목숨을 걸었다. 개인 교습을 받은 부유한 집안의 아이들이 내 수업에 만족했기 때문에 과외 선생님으로서 명망이 높아졌다. 덕분에 8월 내내 9월 재시험을 준비하는 학생을 꽤 많이 가르치게 되었다. 나는 이들에게 라틴어, 그리스어, 역사, 철학과 수학까지 가르쳤다.

월말이 되자 나는 꽤 많은 돈을 모았다. 어느새 7만 리라나 모은 것이다. 5만 리라를 어머니께 드렸는데 어머니의 반응은 거칠기 짝이 없었다. 어머니는 돈뭉치를 내 손에서 빼앗다시피 낚아채더니 다급히 가슴속에 챙겨 넣었다. 우리 집 부엌이 아니라 길바닥에라도 있는 것 같았다. 강도라도 만나게 될까봐 두려워하는 것 같았다. 나는 2만 리라를 따로 챙겨놨다고 말하지 않았다.

출발 전날에야 가족들에게 피사에 시험을 보러 가겠다고 했다. 나는 가족들에게 통보하는 것처럼 말했다.

"그곳에서 나를 받아주면 거기서 공부를 하려고요. 학비 걱정은 없을 거예요."

　나는 결연한 어조의 표준어로 이야기를 이어나갔다. 사투리로 할 만한 이야기가 아닌 것처럼. 아버지와 어머니와 동생들이 내가 하고 자 하는 일을 이해해서도 안 되고 이해할 수도 없다는 듯이 이야기 했다. 실제로 가족들은 불편한 표정으로 내 말을 듣고만 있었다. 가 족들의 눈에는 내가 가족의 일원이 아니라 불편한 시간에 잠시 가정 을 방문한 이방인처럼 보이는 것 같았다. 내 이야기가 끝나자 아버 지가 말했다.

　"원하는 대로 하렴. 하지만 명심해. 우리는 너를 도와줄 수 없 단다."

　그러고는 잠자러 가버렸다. 여동생은 자기도 함께 가면 안 되겠느 냐고 물었다. 어머니는 아무 말도 하지 않았지만 자리를 뜨기 전에 식탁 위에 5천 리라를 올려놓았다. 나는 한동안 그 돈에 손을 대지 않고 쳐다만 보고 있었다. 하지만 대학 진학이라는 충동적인 결정을 실현하기 위해서 얼마나 많은 돈을 뿌리고 다녔는지 생각하고는 더 는 망설이지 않고 돈을 챙겼다.

　'어차피 내가 번 돈인걸.'

　이렇게 해서 나는 처음으로 나폴리를, 캄파니아 주를 벗어나게 되 었다. 모든 것이 두려웠다. 기차를 잘못 탈까봐, 화장실에 가고 싶은 데 화장실을 찾지 못할까봐, 날은 저물었는데 생면부지의 도시에서 길을 잃을까봐, 강도를 만날까봐 두려웠다. 수중의 돈을 어머니처럼 모두 브래지어 안에 넣었다. 몇 시간을 불안한 경계심과 시간이 갈 수록 커져가는 해방감이 공존하는 미묘한 상태로 보냈다.

　시간이 지나자 기분은 좋아졌지만 시험 결과는 그다지 좋지 않 을 것 같았다. 하늘색에 가까운 은발의 선생님은 이 시험이 고등학교 졸업시험보다 훨씬 어려울 것이라는 사실은 알려주지 않았다. 특히 라틴어가 정말 어려웠지만 그것은 빙산의 일각일 뿐이었다. 시험은 전반적으로 난도가 높았다. 교수님들은 모든 과목에서 내 지식을 꼼꼼하게 검증했다. 나는 더듬더듬 두서없이 말을 늘어놓았다. 답은 아는데 단어가 생각나지 않는 척했다. 이탈리아어 교수님은 내 목소리마저 거슬리는 듯한 태도로 나를 대했다.

"학생은 글을 쓸 때 논리적으로 주제를 전개하지 않고 논지가 흔들리는군요. 내가 보기에 학생은 비판적인 논리전개 방식을 적용하기 위해 필요한 기본 지식이 없는 분야에 무모하게 뛰어드는 것 같아요."

나는 절망했다. 내가 하는 말에 자신감을 잃었다. 교수님은 이런 내 상태를 알아채고는 비웃듯이 바라보면서 최근 읽은 책에 대해 이야기해보라고 했다. 분명 이탈리아 작가들의 작품을 뜻하는 것이었을 텐데 순간 미처 이해하지 못하고 떠오른 생각 중에 가장 그럴듯해 보이는 주제를 골라 지푸라기라도 잡는 심정으로 이야기했다. 나는 지난여름 이스키아 섬 치타라 해변에서 릴라와 니노와 함께 대화를 나눴던 사뮈엘 베케트의 작품에 등장하는 댄 루니에 대해서 이야기를 했다. 나는 댄 루니라는 인물이 이미 장님인데 벙어리에 귀머거리까지 되고자 했다고 말했다. 비웃는 듯했던 교수님의 표정이 점차 의아한 표정으로 바뀌어갔다. 그러다가 황급히 내 말을 가로막더니 나를 역사 교수님에게 보냈다.

역사 교수님도 만만치 않았다. 그는 내가 녹초가 될 때까지 고도의 정확성을 요하는 질문을 끝없이 늘어놓았다. 평생 그때처럼 내가 무식하게 느껴진 적이 없었다. 학교생활이 힘에 부쳐 성적이 제일 낮았을 때도 이 정도는 아니었다. 어느 시기에 어떤 사건이 일어났는지 모든 질문에 대답을 하기는 했지만 언제나 애매모호한 대답으로 일관했다. 교수님이 집요하게 질문을 퍼부으면 나는 제대로 대답하지 못했다. 마지막에 교수님이 한심하다는 듯이 물었다.

"학생은 교과서 이외에 읽은 책이 있나요?"

나는 대답했다.

"『국가의 개념』을 읽었습니다."

"작가가 누군지 기억나나요?"

"페데리코 샤보입니다."

"무엇을 이해했는지 이야기해봐요."

교수님은 몇 분 동안 내 이야기를 주의 깊게 듣는 듯했다. 그러다 갑자기 내 말을 중단시키더니 잘 가라고 퉁명스레 인사했다. 교수님의 태도로 미루어볼 때 내가 말도 안 되는 얘기를 늘어놓은 것 같았다.

나는 펑펑 울었다. 정신을 놓고 있다가 가장 전도유망했던 내 일부분을 어딘가에 잃어버린 것만 같았다. 그러다가 절망할 필요가 없다고 생각했다. 내가 정말로 뛰어난 아이가 아니란 것은 이미 알고 있지 않았던가. 그래, 진정 뛰어난 것은 릴라지. 진정 뛰어난 것은 니노야. 나는 그저 오만방자했을 뿐이야. 이번에 그 대가를 톡톡히 치른 거야.

그런데 의외로 나는 시험에 합격했다. 이렇게 해서 나는 내 방과 매일 폈다 접었다 할 필요 없는 침대와 책상과 필요한 모든 책을 가질 수 있게 되었다. 이로써 수위의 딸인 나 엘레나 그레코는 태어나고 자란 우리 동네를, 나폴리를 19세의 나이에 혼자서 떠나게 되었다.

81

숨 가쁘게 바쁜 나날이 시작되었다. 나는 얼마 안 되는 허름한 옷가지와 몇 권 되지 않는 책을 챙겼다. 어머니는 뾰로통한 말투로 내게 말했다.

"돈을 벌면 우편으로 보내주렴. 이젠 누가 네 동생들 숙제를 도와주겠니. 너 때문에 성적이 떨어질 게야. 하지만 이제 와서 그게 뭐가 중요하겠어. 너는 네 갈 길을 가렴. 넌 네가 우리보다 잘났다고 생각한다는 걸 알고 있단다."

아버지는 우울하게 말했다.

"여기가 너무나 아프구나. 무엇 때문인지 모르겠어. 이리 오렴, 레누. 네가 다시 돌아올 때까지 내가 살 수 있을지 모르겠구나."

동생들은 동생들대로 나를 집요하게 졸라댔다.

"놀러 가면 같이 잘 수 있어? 함께 식사할 수 있어?"

파스콸레가 말했다.

"레누, 이렇게까지 공부하는 목표가 무엇인지에 대해서는 잘 생각해봐야 해. 네가 누구이고 어느 편에 서야 하는지 절대 잊지 마."

어머니의 죽음을 아직 완전히 극복하지 못한 카르멘은 마음이 약해져서는 내게 고개를 끄덕여 보이고 울음을 터뜨렸다. 알폰소는 망연자실해서 중얼거렸다.

"너라면 공부를 계속할 거라고 생각했어."

안토니오는 내가 어디에 무엇을 하러 가는지 한 귀로 흘려듣고는 몇 번이고 말했다.

"나 이젠 다 나았어, 레누. 다 괜찮아졌어. 군 복무가 나와는 맞지 않았던 거야."

엔초는 아무 말 없이 내 손을 꽉 잡았다. 그 힘이 어찌나 강했는지 며칠 동안이나 손이 얼얼했다. 아다는 웃으면서 말했다.

"리나에게는 말했어? 응? 말했냐고!"

아다는 다시 강조했다.

"꼭 말해줘. 약 좀 오르게."

나는 릴라가 알폰소나 카르멘에게서 내 소식을 들었을 것이라고 생각했다. 그도 아니면 아다에게서 내가 피사로 떠난다는 소식을 전해 들었을 것이 분명한 스테파노라도 릴라에게 내 소식을 전했을 것이라고 생각했다. 그런데도 축하해주러 오지 않은 것을 보면 정말로 내 소식에 마음이 불편한 모양이라고 생각했다.

설사 내 소식을 듣지 못했다 해도 인사조차 제대로 나누지 않은 지 1년이 넘었는데 굳이 대학교에 합격했다는 이야기를 하러 릴라를 찾아간다는 것이 자연스럽지 않게 느껴졌다. 릴라가 가지지 못한 행운을 자랑하러 가고 싶지 않았다.

그 문제는 잠시 접어두고 나는 출발 전에 처리해야 할 일들에 몰두했다.

넬라 아주머니에게 내가 대학교에 진학하게 됐다는 소식을 알리면서 올리비에로 선생님의 주소를 물었다. 선생님께도 이 소식을 전하고 싶었다. 떠나기 전에 내게 오래된 여행 가방을 주기로 한 아버지의 사촌도 방문하고 개인 교습을 해서 받을 돈이 남아 있는 학생들의 집도 한 바퀴 돌았다.

겸사겸사 나폴리와 작별인사를 할 수 있는 좋은 기회인 것 같았다. 나는 가리발디 가를 가로질러서 법원을 지나 단테 광장에서 버스를 탔다. 버스는 보메로까지 올라가 스카를라티 가를 지나 산타렐라로 갔다. 거기서 내린 나는 케이블카를 타고 아메데오 광장으로 내려왔다. 학생들의 어머니는 내가 떠나는 것을 매우 아쉬워했다. 몇몇은 각별한 애정을 표했다. 수업료를 주면서 커피라도 함께 마시고 가라고 했다. 작은 선물까지 따로 준비해두었다. 방문을 마치고 보니 마르티리 광장이 멀지 않은 곳에 있었다.

무슨 일을 해야 할지 머뭇거리다 필란지에리 가 쪽으로 발걸음을 옮기다보니 구둣가게 개업식이 생각났다. 귀부인처럼 차려입은 릴라는 자신이 실은 내적으로는 아무것도 바뀐 것이 없는 것 같다며 불안해했었다. 부유한 동네 출신의 소녀들처럼 세련되지 못하다고 두려워했었다.

'그에 비하면 나는 정말로 변했어.'

여전히 옷차림은 허름했지만 고등학교 졸업장을 받은 데다 피사에 공부하러 가게 됐으니 말이다. 겉모습이 변한 게 아니라 내 내면이 변한 것이다. 외모도 곧 변하게 될 것이다. 그리고 그 변화는 단순한 외모의 변화 그 이상일 것이다.

여기까지 생각이 미치자 기분이 좋아졌다. 안경가게 앞에 서서 안경테를 살펴보았다.

'그래. 우선 안경부터 바꿔야겠어. 지금 안경은 이목구비를 가려버리잖아. 좀더 느낌이 가벼운 안경테를 찾아봐야겠어.'

동그란 모양의 테두리에 알이 얇고 커다란 안경이 눈에 들어왔다. 머리를 위로 올리고 화장법도 배워야겠다고 생각했다. 나는 안경점을 떠나 마르티리 광장으로 갔다.

그 시간에 대부분의 상점은 셔터를 반쯤 내리고 있었다. 솔라라 구둣가게의 셔터는 4분의 3쯤 내려와 있었다. 나는 주위를 돌아보았다. 그러고 보니 요 근래 릴라의 생활패턴에 대해서 아는 바가 전혀 없었다. 식료품점에서 일할 때는 가게가 집에서 가까워도 점심

시간에 집에 가지 않고 카르멘과 가게에서 점심을 해결하거나 내가 학교를 마치고 가게에 들르면 함께 이야기를 하곤 했다. 그때도 그 랬는데 지금은 마르티리 광장 쪽에서 집까지 다녀올 시간이 부족하니 집으로 돌아갔을 확률은 희박해 보였다. 근처 바 같은 곳에서 점심을 해결하거나 점원과 함께 해변으로 산책을 나갔을지도 모른다고 생각했다. 점원이 한 명쯤은 있을 테니까. 아니면 가게 안에서 쉬고 있을 수도 있을 것 같았다. 나는 손바닥으로 셔터를 두드려 보았다. 아무런 반응이 없었다. 다시 두드려 보았지만 마찬가지였다. 릴라의 이름을 부르자 안에서 발소리가 들리더니 릴라의 목소리가 들려왔다.

"누구세요?"

"나야, 엘레나."

"레누!"

릴라가 외쳤다.

셔터가 올라가고 릴라의 모습이 눈앞에 나타났다. 멀리서조차 그녀를 본 지가 꽤 오래된 터라 모습이 많이 바뀐 것 같았다. 흰 셔츠에 몸에 착 달라붙는 푸른색 스커트를 입고 있었다. 잘 손질한 머리에 언제나처럼 공들여 화장을 하고 있었다. 그런데 얼굴이 왠지 넓적해지고 밋밋해진 느낌이었다. 전체적으로 몸이 옆으로 불어나고 납작해진 것 같았다.

릴라는 나를 가게 안쪽으로 끌어당기더니 셔터를 다시 내렸다. 조명이 화려한 가게를 둘러보니 분위기가 완전히 바뀌어 있었다. 정말로 구둣가게가 아니라 살롱 같은 분위기였다.

"정말 잘 됐어, 레누! 내게 인사하러 와줘서 얼마나 기쁜지 몰라."

목소리에 진정성이 느껴져서 나는 릴라의 말이 진심이라고 믿을 수밖에 없었다. 당연한 일이지만 릴라는 내가 피사에 간다는 사실을 알고 있었던 것이다. 나를 꼭 껴안고 두 뺨에 '쪽' 소리를 내며 입맞춤을 했다. 눈에는 눈물이 그렁그렁했다.

"너무너무 기뻐."

릴라는 화장실 문을 향해 소리쳤다.

"나와도 돼, 니노! 레누차야!"

나는 순간 숨이 막혔다. 화장실 문이 열리더니 정말 니노가 나타났다. 평소처럼 고개를 수그리고 손을 주머니에 꽂은 채였다. 긴장했었는지 얼굴이 퀭했다.

"안녕."

니노가 중얼거렸다. 그에게 뭐라고 해야 할지 몰라 손을 내밀자 그는 내 손을 힘없이 잡았다. 릴라가 그동안 일어났던 일을 요약해주었다. 릴라와 니노가 몰래 만나온 지는 1년이 다 되어가고 있었다. 나를 위해서 둘의 행각에 나를 끌어들이지 않기로 한 것은 릴라의 결정이었다. 이 일이 알려지게 되면 나도 위험에 처하게 될 테니 말이다. 릴라는 현재 임신 두 달째로 모든 것을 스테파노에게 털어놓고 그와 헤어질 생각이라고 했다.

82

릴라는 특유의 확고한 어조로 내게 이 모든 일을 들려주었다. 모든 감정을 배제하고 내뱉듯이 말하며 사건의 전말을 빠르게 요약했다. 목소리가 떨리거나 아랫입술이 떨리면 복받치는 감정에 휩쓸리게 될까봐 걱정하는 것 같았다. 니노는 소파에 고개를 푹 숙이고 앉아서 가끔 고개를 끄덕일 뿐이었다. 이야기하는 내내 둘이 손을 꼭 잡고 있었다.

릴라는 소변 검사로 임신한 사실을 알고 나서부터는 그런 식으로 가슴을 졸여가며 가게에서 밀회를 나누는 일에 종지부를 찍기로 마음먹었다고 했다. 이제 그들만의 집에서 그들만의 삶을 살아갈 때가 온 것이다. 릴라는 니노의 친구, 책, 세미나, 영화, 연극, 음악을 비롯한 모든 것을 그와 함께 공유하고자 했다.

"더 이상 떨어져서 사는 것을 견딜 수 없어."

릴라는 그동안 약간의 돈을 따로 챙겨두었다고 했다. 캄피 플레그레이 쪽에 작은 아파트 임대를 월 2만 리라에 계약하는 중이라고 했다. 그곳에 자리 잡고 출산을 기다리려는 것이다.

'대체 어떻게 하려는 거지? 직장도 없이? 니노는 아직 학생인데?'

나는 참지 못하고 말했다.

"스테파노랑 꼭 헤어질 필요가 있겠어? 너 거짓말 잘하잖아. 지금까지 스테파노에게 수도 없이 거짓말을 해왔는데 마음만 먹으면 계속할 수 있지 않겠어?"

릴라는 눈을 가늘게 뜨고 나를 바라보았다. 우정 어린 충고를 가장한 조롱과 원한과 경멸의 감정이 말 저변에 깔려 있음을 명확하게 짚어낸 것 같았다. 니노까지 갑자기 고개를 쳐들고 무엇인가 말하고 싶은 것처럼 반쯤 입을 열었다가 다툼을 피하기 위해서 참는 것을 눈치채고는 릴라가 말했다.

"물론 죽지 않으려고 거짓말을 하기는 했지. 그런데 이제는 계속 이런 식으로 사느니 차라리 죽는 게 나을 것 같아."

그들에게 밝은 미래를 기원하며 작별인사를 했다. 나는 내 밝은 미래를 위해서 다시는 그들과 볼 일이 없기를 바랐다.

83

노르말레 대학교에서 보낸 시기는 릴라와 나의 우정을 떠나 내 인생에서 중요한 의미를 가진다. 처음 대학교에 도착했을 때 나는 수줍음 많은 촌뜨기였다.

얼마 지나지 않아 나는 표준어를 쓸 때 내 말투가 자칫 우스꽝스럽게 들릴 수 있을 정도로 문어체에 가깝다는 사실을 깨닫게 되었다. 특히 애써서 생각해낸 문장을 말하다가 표준어로 적당한 단어가 생각나지 않아 사투리를 표준어화해서 만들어낸 단어로 문장을 메울 때 가장 우스꽝스럽게 느껴졌다.

이런 말투를 고치는 데 꽤나 애를 먹었다. 일반적인 에티켓에 대해서 배운 적이 없었기 때문에 나도 모르게 큰 소리로 말하고 음식을 씹을 때도 쩝쩝거렸다. 다른 사람들이 민망해하는 것을 눈치채고서야 그러지 않으려고 주의했다. 사람들과 친해지고 싶은 마음에 대화를 끊기도 하고 잘 알지도 못하면서 문외한인 분야에 끼어들기도 하고 상대방을 가리지 않고 지나치게 친밀한 태도를 취하기도 했다. 나중에야 문제를 깨닫고 친절하되 어느 정도의 거리를 유지하려고 노력했다.

한 번은 로마 출신의 여학생이 내 질문에 평소 내 억양을 흉내 내서 대답한 적이 있었다. 질문 내용은 잘 기억나지 않지만 다들 깔깔대며 웃어대서 상처받았던 기억이 난다. 하지만 그 순간에는 이들과 같이 웃으면서 내가 생각해도 우습다는 듯 명랑한 목소리로 일부러 더 사투리를 강조했다.

학기 초 몇 주간은 고향에 돌아가 내 검소한 일상에 안주하고 싶은 마음을 참느라 힘이 들었다. 하지만 서서히 학교생활에 정이 들기 시작했다. 나는 여학생, 남학생 할 것 없이 모든 학생과 수위 아저씨들, 교수님들의 호감을 얻기 시작했다. 겉으로 보기에는 별로 애쓰지 않는 것 같았겠지만 실은 피나는 노력의 결과였다. 목소리와 행동을 통제하는 법도 익혔다. 단순한 에티켓을 넘어 모호한 상황에 대처하는 방법에도 익숙해지게 되었다. 나폴리 억양을 최대한 숨겼다. 나는 뛰어난 아이이고 존중받을 만한 사람이라는 것을 보여주되 절대 교만한 태도를 취하지 않았다. 그러기 위해서 내 무지에 대해 자조적으로 풍자했고 좋은 성적을 받아도 전혀 기대하지 않았던 것처럼 놀라는 척했다.

무엇보다도 나는 적을 만들지 않았다. 여학생 중에서 적의를 보이는 아이가 있으면 상냥하면서도 조심스러운 태도로 상대방을 공략했다. 친절하면서도 겸손한 자세로 대하면서 상대방의 태도가 누그러져 그쪽이 오히려 나를 찾게 될 때도 항상 같은 태도를 유지했다. 교수님들을 대할 때도 마찬가지였다. 물론 교수님들을 대할 때는 더 신중한 태도를 취했지만 목적은 같았다. 그들에게 인정받고 호감과 애정을 얻고 싶었다. 엄격하고 다가가기 힘든 교수님은 헌신적인 자세와 평온한 미소로 대했다.

나는 시험에 성실하게 임했고 예의 그 혹독한 자제력으로 공부했다. 힘들기는 하지만 지상 낙원 같은 이곳에서 성적 때문에 쫓겨날까봐 두려웠다. 나만의 공간에 전용 침대, 책상, 의자, 수많은 책이 있는 곳. 나폴리 촌동네에서 멀리 떨어진 곳. 주변은 언제나 공부를 하고 공부한 것을 토론하는 데 익숙한 사람들이 가득한 곳. 내가 어찌나 무섭게 공부했는지 어떤 교수님도 차마 내게 30점 이하의 점수를 주지 못했다. 1년 후 나는 학교에서 가장 전도유망한 학생 가운데 한 명으로 손꼽히게 되었다. 정중하게 고개를 끄덕여 보이면 모누에게 상냥한 응답을 받는 그런 학생이 되었다.

딱 두 번 힘든 순간을 맞기도 했다. 입학한 지 얼마 되지 않아서 일어난 일이었다. 어느 날 아침 내 억양을 놀렸던 그 로마 출신 여학생이 다른 여학생들 앞에서 자기 가방의 돈이 없어졌다면서 나를 공격했다. 그녀는 내게 당장 돈을 돌려주지 않으면 교장 선생님께 일러바치겠다고 고래고래 소리를 질렀다. 순간 나는 평소처럼 사람 좋은 미소로 대응할 상황이 아니라는 것을 깨닫고 우선 온 힘을 다해 그애의 뺨을 한 대 걷어 올리고 사투리로 욕설을 퍼붓기 시작했다.

주변 사람들이 모두 깜짝 놀랐다. 그때까지 나를 힘든 상황에도 기분 나쁜 티를 쉽게 내지 않는 사람으로 알고 있었기 때문에 내 행동에 모두들 어찌해야 할 바를 몰랐다. 로마 출신의 여학생은 한마디도 못하고 피가 뚝뚝 떨어지는 코를 막고 친구 손에 이끌려 화장실로 갔다.

몇 시간이 지나고 나서 둘이 나를 찾았다. 나가보니 나보고 도둑이라고 욕했던 여학생이 돈을 다시 찾았다며 내게 사과했다. 나는 그녀를 껴안아주면서 진심인 것 같으니 사과를 받아주겠다고 했다. 정말로 그렇게 생각했다. 그때까지 나는 잘못을 해도 결코 사과하지 않는 환경에 익숙해 있었으니까.

두 번째 위기는 크리스마스 방학 전에 열린 신입생 축하 파티 때 찾아왔다. 신입생을 위한 무도회로 꼭 참석해야만 하는 행사였다. 파티는 한동안 여자아이들의 유일한 대화거리였다. 카발리에리 광장의 남학생들도 참석할 예정이라 여학생들과 남학생들이 친해질 수 있는 좋은 기회였다. 문제는 입을 만한 옷이 하나도 없다는 것이었다.

그해 가을은 몹시 춥고 눈이 많이 내렸다. 처음에는 눈에 매료되었지만 얼마 되지 않아 얼어붙은 길이 얼마나 불편한지 깨닫게 되었다. 너무 추워서 장갑을 끼지 않으면 손에 감각이 없어질 정도였고 발은 동상에 걸렸다. 내 옷장에 걸려 있는 옷이라고는 2년 전에 어머니가 손수 만들어준 겨울옷 두 벌과 숙모에게서 물려받은 닳고 닳은 코트, 내가 직접 만든 거대한 푸른색 목도리와 셀 수 없이 바닥을 간 중간 굽 높이의 구두 한 켤레뿐이었다. 평소에도 옷 때문에 걱정이었는데 파티복이라니. 친구들에게 부탁을 해볼까? 대부분 그날 입기 위해 옷을 따로 장만하는 추세였으니 파티에 입고 가지 않을 평상복 중에서 입어도 부끄럽지 않을 만한 옷이 친구들에게 있을 법했다.

하지만 릴라와 있었던 일이 떠올랐다. 다른 사람의 옷을 입었는데 그 옷이 몸에 맞지 않을까봐 두려웠다. 그러면 차라리 아프다고 할까. 한동안은 이 방안으로 밀고 가는 것이 가장 좋을 것 같았지만 한편으로는 너무나 우울했다. 아프지도 않은데, 안드레이 공작이나 쿠라긴 공작과 함께 무도회장에 등장하는 나타샤같이 보이고 싶어 죽겠는데 정작 무도회에는 가지도 못하고 음악소리와 사람들이 떠드는 소리며 웃음소리를 들으면서 홀로 누워서 천장만 바라볼 생각을 하니 우울하기 그지없었다. 나는 비참할망정 후회하지 않을 선택을 했다. 머리를 깨끗이 감고 위로 올린 다음 입술에 립스틱을 살짝 칠하고 가지고 있던 옷 두 벌 중에서 그나마 감색이라는 장점이 있는 옷을 입었다.

파티 초반에는 조금 불편했다. 하지만 내 옷차림에는 질투심을 자극하지 않는다는 이점이 있었다. 오히려 혼자 내버려두면 안 될 것 같은 왠지 모를 죄책감을 유발하여 나에 대한 동정심을 불러일으키는 효과가 있었다. 실제로 성격 좋은 여학생들이 내 말동무를 해주었고 꽤 많은 남학생에게 춤 신청을 받았다. 나중에는 내 옷차림과 내 신발에 대해 잊어버릴 수 있었다.

프랑코 마리를 알게 된 것도 바로 그날 밤이었다. 그는 못생긴 편이었지만 재미있고 영리한 청년이었다. 약간은 건방진 구석이 있는데다 낭비벽이 심했고 나이는 나보다 한 살 많았다. 레조 에밀리아의 부유한 가문 출신으로 공산당원이기는 했지만 당의 사회민주주의적 성향에 대해서는 매우 비판적이었다. 나는 그와 함께 얼마 되지 않는 여유시간을 즐겁게 보내곤 했다. 그는 내게 뭐든지 다 사주었다. 옷, 신발, 코트, 내게 눈과 얼굴선을 돌려준 새 안경, 그가 가장 중요하게 생각하는 분야인 정치 관련 서적 등. 그에게서 스탈린에 관한 끔찍한 사실을 들었고 이를 계기로 트로츠키의 책도 읽게 되었다. 덕분에 나는 반(反)스탈린주의적 정서를 갖게 되었고 러시아 연방에는 진정한 사회주의도 공산주의도 존재하지 않는다는 확신을 갖게 되었다. 혁명은 중단되었고 언젠가 다시 시작되어야 한다는 생각을 하게 되었다.

프랑코가 경비를 부담해 난생처음 해외여행도 했다. 우리는 유럽 전역의 젊은 공산주의자들이 참여하는 대회에 참여하기 위해서 파리에 갔다. 담배 연기가 자욱한 곳에서 시간을 보내느라 정작 파리 구경은 거의 하지 못했다. 나폴리나 피사보다 훨씬 다채로운 색상이 인상적이었던 파리의 길과 신경을 거슬리게 하는 경찰차의 경보음, 어딜 가나 흑인이 많아서 신기했던 것 정도가 기억에 남는다. 지나가다 길에서도 흑인을 쉽게 볼 수 있었을 뿐 아니라 프랑코가 프랑스어로 긴 연설을 한 강당에도 흑인이 많았다. 연설 후 프랑코는 큰 박수를 받았다. 나중에 파스콸레에게 내 정치적 경험을 들려주었더니 그는 내 말을 믿으려 하지 않았다.

"다른 사람도 아닌 네가 그런 일을 했단 말이야?"

내가 다양한 독서를 기반으로 트로츠키를 찬양하면서 내 의견을 과시하자 파스콸레는 부끄러움에 입을 다물었다.

프랑코는 내게 학교생활에 유용한 처세술도 일러주었다. 예컨대 공상과학소설을 읽더라도 '공부한다'는 표현을 쓴다거나 모든 문헌에 대한 노트를 꼼꼼하게 작성해두는 것이나 사회적 불평등 문제가 잘 표현된 글을 보면 언제나 열정적인 반응을 보이는 것 등이었다. 나중에 프랑코의 가르침은 교수님들의 강의나 충고를 통해서 보강되었다. 프랑코는 나를 '재교육'시키는 데 집착했고 나는 기꺼이 재교육 대상이 되었다. 하지만 슬프게도 그를 사랑한 것은 아니었다. 그를 좋아하기는 했다. 잠시도 가만히 있지 못하는 그의 불안한 육체를 좋아했지만 그가 내게 없어서는 안 될 존재는 아니었다. 그나마 가지고 있던 그에 대한 약간의 감정은 그가 대학교에서 제적당하면서 함께 사라져버렸다.

프랑코는 한 과목 시험에서 19점을 받고 학교에서 쫓겨났다. 몇 달 동안은 편지를 주고받았다. 그도 학교에 돌아오려는 시도를 하기는 했다. 오직 내 곁에 머무르기 위해서라고 했다. 나도 그가 다시 시험에 도전하도록 용기를 북돋아주었지만 그는 결국 시험을 통과하지 못했다. 몇 번 더 편지를 주고받다가 그 후로는 아무런 소식도 듣지 못했다.

84

여기까지가 대략 1963년부터 1965년 사이에 내가 피사에서 겪은 일이다. 릴라가 없는 내 삶을 이야기하는 것은 식은 죽 먹기다. 시간은 평온하게 흘러갔고 중요한 사건들도 공항 컨베이어벨트 위에 실린 여행 가방처럼 지나갔다. 하나씩 순서대로 들어 올려서 페이지 위에 옮겨다놓기만 하면 그걸로 끝이다.

그동안 릴라에게 일어난 일을 되짚어보는 일은 이렇게 쉽지 않다. 릴라에 대해서 이야기할 때면 컨베이어벨트의 속도가 갑자기 느려지거나 빨라진다. 급커브를 돌기도 하고 경로에서 벗어나기도 한다. 그러면 여행 가방이 떨어지고 가방이 열려 안에 든 것들이 여기저기 흩어지게 되는 것이다. 흐트러진 물건이 내 짐과도 섞여버려서 결국에는 릴라의 물건을 주워 담기 위해서 막힘없이 술술 써내려갔던 내 이야기로 다시 돌아가 지금까지 너무 요약해서 썼던 이야기를 다시 풀어써야 했다.

만약 릴라가 나 대신에 노르말레 대학에 입학했다면 릴라도 나처럼 힘든 상황에서도 언제나 최선을 다했을까. 로마 출신 여학생의 뺨을 때렸을 때, 나는 릴라의 영향을 얼마나 받은 것일까. 멀리 떨어져 있는 릴라가 어떻게 내 가식적인 온화함을 걷어내고 내게 필요한 결단력을 주었으며 욕설까지 퍼붓게 만들었을까. 나는 어디까지 릴라의 영향을 받은 것일까. 망설임과 두려움 속에서도 결국은 프랑코의 방에서 그와 함께 시간을 보내게 된 것도 릴라의 과감함을 배웠기 때문이었다. 프랑코를 사랑하지 않는다는 것을 깨달았을 때와 내 말라붙은 감성에 대해 깨달았을 때의 불만도 릴라가 진정한 사랑이란 어떤 것인지 보여주지 않았다면 느낄 수 없었을 것이다.

그렇다. 내 글쓰기를 힘들게 만드는 것은 바로 릴라다. 나는 평생 내게 일어난 일이 릴라에게 일어났다면 어떻게 됐을지 끊임없이 상상해왔다. 릴라에게 내게 일어난 것과 같은 행운이 따랐다면 릴라는 어떻게 행동했을까. 릴라의 삶은 계속해서 내 삶에 투영된다. 내 말에서는 릴라가 한 말의 메아리가 느껴지고 내 결연한 행동은 릴라의 행동을 재각색한 것이다. 내 부족함은 릴라의 과함 때문이었고 내 과함은 릴라의 부족함을 보완하기 위함이었다. 릴라는 굳이 말하지 않고도 내게 자신을 이해할 수 있는 힌트를 주었고 릴라에 대해 전혀 몰랐던 사실도 나중에 릴라의 공책을 보고 알게 되었다. 그러니 이 모든 사건을 서술하면서 어느 정도의 여과와 시간차, 부분적인 진실과 반쪽짜리 거짓말 등이 포함되어 있다는 사실을 고려하지 않을 수 없다. 여기에서 언어라는 불확실한 도구를 기반으로 힘들게 지난 시간을 측정한 결과물이 나오게 되는 것이다.

　나는 릴라의 고통을 전혀 몰랐다는 사실을 인정하지 않을 수 없다. 릴라가 니노를 차지하고 그녀만의 비밀스러운 기술로 스테파노가 아닌 니노의 아이를 가졌기에 나는 릴라가 행복할 것이라고 생각했다. 릴라가 우리가 자라온 환경에서는 용납할 수 없는 짓을 하려고 했기에, 그러니까 사랑 때문에 남편과 손에 넣은 지 얼마 되지 않은 부유함을 버리고 애인과 뱃속의 아이와 함께 자신의 목숨마저 위험에 빠뜨리려 했기에 나는 릴라가 그만큼이나 행복할 것이라고 생각했다. 소설이나 영화, 만화에 나올 법한 격정적인 행복감을 느낄 것이라고 생각했다.

　그때만 해도 부부간의 행복은 내 관심 밖이었다. 내 관심은 열정에 의한 행복이었다. 내가 아닌 릴라를 찾아온 선과 악이 뒤섞인 극단의 혼동 상태와 같은 행복이었다.

　그렇지만 이제 내가 틀렸음을 안다. 스테파노가 우리를 데리고 이스키아 섬을 떠날 때를 돌이켜볼 때 배가 해안에서 멀어지는 순간 릴라가 느꼈을 아픔을 이제는 실감한다. 릴라는 당장 다음 날부터 매일 아침 해변에서 니노와 만나고, 토론하고, 대화를 나누고, 사랑을 속삭일 수 없다는 것을 깨달았을 것이다. 함께 수영도, 키스도, 포옹도, 사랑도 나누지 못할 거라는 걸 깨닫고 격렬한 아픔을 느꼈을 것이다.

머칠 지나지 않아 카라치 부인으로서의 그녀의 인생은 사라져 진정성을 잃고 말았다.

주변 사람들과의 관계에서 균형을 잡으려고 애를 쓰고 전략을 짜고 전투를 벌이고 전쟁을 준비하거나 동맹을 맺는 삶. 짜증스런 공급업자들과 고객들, 무게를 속여 계산대 서랍에 돈을 쌓는 데 전념하는 삶은 의미를 잃었다. 그녀의 삶에서 구체적이고 진실한 존재는 니노뿐이었다.

릴라는 그런 니노를 갈망하고 있었다. 단 한순간도 그를 원치 않은 적이 없었다. 밤이면 어둠에 잠긴 침실에서 잠깐이라도 그를 잊어보려고 남편에게 매달렸다. 하지만 그것도 잠시일 뿐 그 순간 니노에 대한 욕망이 오히려 더 강렬하고 생생하게 느껴져 스테파노를 처음 본 사람처럼 밀어냈다. 릴라는 침대 한구석에서 울면서 욕설을 퍼부으며 그를 거부하거나 욕실에 들어가 열쇠로 문을 잠가버렸다.

85

릴라는 처음에는 밤에 몰래 도망쳐 나와 포리오로 돌아갈까 생각도 해보았지만 남편이 곧바로 자신을 찾아낼 것이라는 사실을 깨달았다. 알폰소를 통해 마리사에게 니노가 언제 이스키아 섬에서 돌아올 예정인지 물어볼까도 생각했지만 스테파노의 귀에 이야기가 들어갈 수 있을 거라는 생각에 그만두었다. 전화번호부에서 사라토레네 집 전화번호를 찾아 전화를 걸어보기도 했다. 전화를 받은 것은 도나토 사라토레였다. 릴라가 자신이 니노의 친구라고 하자 도나토 사라토레는 성난 목소리로 말을 자르더니 전화를 끊어버렸다. 릴라가 절망에 빠져 다시 섬으로 가는 배를 타는 쪽으로 거의 결심을 굳힐 무렵인 9월 초 어느 날 오후 니노가 고객들로 붐비는 식료품점에 모습을 나타냈다. 수염이 무성한 데다 완전히 술에 취해 있었다.

릴라는 부랑자를 쫓아내기 위해 부리나케 달려 나가려는 카르멘을 제지했다. 카르멘은 니노를 정신 나간 부랑자로 본 것이다.

"내가 알아서 할게."

릴라는 니노를 끌고 나왔다. 침착하게 말하면서 신속하게 움직였다. 카르멘이 어린 시절 함께 초등학교를 다녔을 때와는 너무나 달라진 사라토레 집안의 장남을 알아보지 못했을 거라고 확신했기에 가능했던 일이었다.

릴라는 다급히 움직였다. 겉으로 보기에는 평소처럼 이미 머릿속에 해답을 가지고 있는 사람 같았지만 실은 정신이 없어서 지금 있는 곳이 어디인지조차 판단이 안 되는 상태였다. 상품이 가득 쌓인 선반의 모습은 희미해지고 길의 경계가 사라졌으며 새로 지은 건물의 하얀 벽면도 형체를 잃었다. 무엇보다도 자신이 얼마나 큰 위험을 향해 뛰어드는지 전혀 깨닫지 못했다.

니노다. 니노가 왔어. 그 순간 릴라가 느끼는 감정은 그를 다시 만난 기쁨과 그에 대한 열망뿐이었다. 드디어 니노가 그녀 앞에 다시 나타난 것이다. 온몸으로 그간의 고통을 나타내면서. 바라만 봐도 얼마나 그녀를 찾아 헤매고 원했는지 알 수 있었다. 니노는 가게 밖을 걸으면서도 참지 못했다. 릴라를 붙잡고 입을 맞추려고 했다.

릴라는 니노를 자신의 집으로 이끌었다. 그나마 가장 안전한 곳 같았다. 지나가는 사람이 있었냐고? 적어도 릴라의 눈에는 보이지 않았다. 이웃집 사람들도 보이지 않았다. 릴라가 등 뒤로 아파트 현관 문을 닫자마자 둘은 사랑을 나누기 시작했다. 그 어떤 망설임도 없었다. 당장 니노를 붙잡고 껴안고 곁에 두고 싶은 욕망만을 느꼈다.

어느 정도 흥분이 가라앉은 다음에도 욕망은 줄어들지 않았다. 동네, 이웃 사람들, 식료품점, 길, 기차 소리, 스테파노와 걱정하며 기다리고 있을 카르멘에 대한 기억이 서서히 돌아왔지만 모든 것이 그저 둘 사이에 방해가 되지 않도록 급히 정리해야 할 물건처럼 느껴질 뿐이었다. 신속하게 정리하되 마구잡이로 쌓아올려서 무너지는 일은 피해야 했다.

니노는 아무 말도 하지 않고 떠난 릴라를 책망했다. 릴라를 꼭 끌어안으며 또다시 릴라의 육체를 탐했다. 당장 둘이 떠나자고 졸랐지만 갈 수 있는 곳이 없었다. 릴라는 니노의 말에 우선은 그러자고 대답했다. 릴라는 니노의 광기를 공감했지만 그와는 달리 그러는 사이에 시간이 흐르고 있다는 것을 느꼈다. 1분 1초가 흐를수록 발각될 위험은 커져만 갔다.

릴라는 니노와 함께 바닥에 누워 천장에 매달려서 어딘지 위협적으로 느껴지는 전등을 바라보았다. 방금 전까지만 해도 당장에 니노를 가지고 싶은 마음에 다른 일은 어찌되든 아무런 상관이 없다고 생각했는데 이제는 천장에서 전등이 떨어지거나 바닥에 구멍이 나 둘이 각각 다른 쪽으로 떨어지는 일 없이 니노를 어떻게 자기 곁에 둘 수 있을지 고민했다.

"이제 가봐."

"싫어."

"미쳤구나."

"맞아."

"부탁이니 이제 그만 가."

릴라는 결국 니노를 설득해냈다. 그 후 카르멘이 뭐라고 하거나 이웃들이 뒤에서 수군대거나 스테파노가 다른 식료품점에서 돌아와 자기를 두들겨 팰 것이라고 생각했지만 아무런 일도 일어나지 않자 마음이 가벼워졌다. 릴라는 카르멘의 봉급을 올려주고 남편에게 다정하게 굴면서 니노를 몰래 만날 수 있는 핑곗거리를 만들어냈다.

86

초기의 가장 큰 골칫거리는 모든 것을 물거품으로 만들 수 있는 소문이 아니라 릴라가 사랑해 마지않는 니노였다. 니노는 릴라를 꼭 껴안고, 입을 맞추고, 깨물고, 그녀의 몸에 들어가는 것 외에는 아무 일도 하지 않으려 들었다. 평생 릴라와 입술을 맞댄 채 그녀의 몸 안에서 살기를 원했고 또 그것이 가능한 것처럼 굴었다. 잠깐 헤어지는 것도 감당하지 못했다. 릴라가 다시 사라질까봐 두려워했다. 술에 의존하며 학업도 뒤로한 채 끊임없이 담배만 피워댔다. 이 세상에 오직 자기들만 존재한다고 생각하는 것 같았다. 입만 열면 릴라에 대한 질투심을 드러내며 릴라가 남편과 사는 것을 견딜 수 없다는 말을 미친 듯이 반복했다.

"난 너를 위해 모든 것을 포기했어."

니노는 기진맥진해서 중얼거렸다.

"그런데 넌 아무것도 놓으려 하지 않는구나."

니노가 말하면 릴라가 물었다.

"그래서 어떻게 할 생각인데?"

니노는 릴라의 질문에 어쩔 줄 몰라 하며 풀이 죽거나 모욕을 당한 것처럼 화를 냈다. 니노는 절망스럽게 말했다.

"이제는 날 원하지 않는구나."

릴라는 니노를 원했다. 시간이 갈수록 원하고 또 원했다.

릴라는 니노에게서 다른 것도 원했다. 그것도 지금 당장. 릴라는 니노가 다시 학업에 열중하기를 바랐다. 이스키아 섬에서 그랬던 것처럼 계속해서 자신의 지성을 자극해주기를 원했다. 초등학교 시절의 그 비범한 아이, 올리비에로 선생님을 매혹시키고 『푸른 요정』을 쓴 그 소녀가 다시 모습을 드러내고 기력을 찾은 것이다. 그 소녀를 어두운 심연에서 구해 끌어 올려준 것이 바로 니노였고 이제는 그 소녀가 니노가 예전과 같은 젊은 면학도의 모습을 되찾아 자신에게서 카라치 부인의 모습을 지워버릴 힘을 주기를 원하는 것이다. 릴라는 서서히 자신의 목적을 달성했다.

무슨 일이 있었는지는 잘 모르겠다. 니노가 예전처럼 성난 연인 그 이상의 무엇인가가 되어야겠다는 생각을 한 것일 수도 있고 아니면 단순히 사랑의 열정이 자아를 공허하게 만들고 있다는 사실을 깨달은 것일 수도 있다. 이유야 어찌됐든 중요한 것은 그가 다시 공부를 시작했다는 사실이다. 처음에 릴라는 기뻐했다. 니노는 차츰 안정을 되찾고 이스키아에서와 같은 모습으로 되돌아갔다.

그럼으로써 릴라는 니노를 더 원하게 되었다. 니노만 되찾은 것이 아니라 그와의 대화, 그의 생각을 되찾았던 것이다. 니노가 마지못해 애덤 스미스의 책을 읽으면 릴라도 따라 읽으려 했다. 니노가 애덤 스미스를 읽을 때보다 더 마지못해하며 제임스 조이스의 책을 읽었을 때도 릴라는 니노를 따라 읽었다. 릴라는 어렵게 만날 때마다 니노가 말해주는 책을 모두 샀다. 릴라는 니노와 책에 대해서 이야기를 나누고 싶었지만 그럴 여유가 없었다.

카르멘은 시간이 갈수록 점점 더 혼란에 빠졌다. 도대체 이런저런 핑계를 대며 몇 시간 동안이나 가게를 비울 만큼 릴라에게 급한 일이 뭐가 있는 건지 이해할 수가 없었다. 카르멘은 가게가 가장 바쁜 시간에 자신에게 고객을 응대해야 하는 부담을 고스란히 떠넘긴 채 아무것도 들리지도 보이지도 않는 것처럼 책에 푹 빠져 있거나 공책에 뭔가를 끼적이는 릴라의 모습을 인상을 찌푸린 채 관찰하곤 했다.

"리나, 부탁이니 좀 도와주겠어?"

카르멘이 말해야 릴라는 비로소 고개를 들고 손가락 끝으로 입술을 매만지면서 알겠다고 했다.

스테파노는 신경과민과 체념 사이를 오갔다. 처남, 장인, 솔라라 형제와 다툼이 잦은 데다 해수욕을 충분히 했는데도 릴라에게 아이가 생기지 않는 것도 힘든데 릴라는 구두공장 때문에 문제가 생겨도 비아냥거리기만 했고 밤늦게까지 소설이며 잡지, 신문에 푹 빠져 지냈다. 현실 세계에 흥미를 잃은 듯한 독서에 대한 릴라의 집착이 다시 시작된 것이다.

스테파노는 릴라를 지켜보기는 했지만 도무지 이해할 수 없었다. 어쩌면 이해할 시간도 의지도 없었던 것일 수도 있다. 이스키아에 다녀온 후 릴라는 계속해서 스테파노를 거부하거나 태연스레 멀리했다. 스테파노의 가장 포악한 자아는 그런 릴라와 다시 한 번 대판 싸움을 벌이고 그녀의 태도에 대해 명확하게 해명할 것을 요구하고자 했다. 하지만 신중하고 약간은 소심하기까지 한 또 다른 성격의 스테파노는 그런 마음을 억누르고 아무렇지도 않은 척했다.

'사람 성질을 돋우며 다닐 때보다는 차라리 저러는 게 나을지도 몰라.'

스테파노의 마음을 눈치챈 릴라는 이런 생각을 최대한 오래 지속시키려고 했다. 저녁에 함께 퇴근해서 집으로 돌아온 다음에는 남편을 적의 없이 대했다. 그러나 저녁식사를 마치고 이야기를 나눈 다음에는 조심스럽게 독서에 몰두했다. 남편은 범접할 수 없는, 오직 자신과 니노에게만 허락된 정신적 영역이었다.

그 시절 릴라에게 니노는 무엇이었을까? 성적 환상에서 헤어 나오지 못하게 하는 육체적 욕망의 대상? 그와 같은 수준이 될 수 있게 발전하려는 의지에 불을 붙이는 존재? 은밀한 한 쌍의 연인으로서 미래를 함께할 수 있으리라는 막연한 꿈?

두 연인이 꿈꾸는 미래에는 그들 둘만의 사랑의 오두막과 복잡한 세계에 대해 함께 고찰할 수 있는 작업실이 있었다. 그곳에서 니노는 적극적이고 활발했고, 릴라는 그의 발걸음을 따르는 그림자요 신중한 조언자이자 헌신적인 조력자였다. 가끔 도망치듯 헤어지지 않고 한 시간 정도라도 둘이 시간을 보낼 수 있게 되면 내내 지치지 않고 육체적 쾌락과 언어의 유희를 함께 즐겼다. 그보다 더 완벽할 수는 없을 것 같은 행복한 시간이었기에 헤어진 후 다시 가게 일을 보고 스테파노와 잠자리를 함께해야 한다는 사실이 견딜 수 없었다.

"이렇게는 못 살겠어."

"나도 마찬가지야."

"어떻게 해야 하지?"

"모르겠어."

"언제나 너와 함께 있고 싶어."

아니면 적어도 매일 몇 시간 정도는 함께 있고 싶다고 릴라가 덧붙였다. 하지만 어떻게 안전한 곳에서 매일 일정한 시간을 둘이서만 함께 보낼 수 있겠는가. 집에서 니노를 만나는 것은 위험하기 짝이 없는 일이었다. 그렇다고 밖에서 만나는 것은 그보다 더 위험했다.

　가끔은 스테파노가 가게로 전화를 걸곤 했는데 간혹 릴라가 자리에 없을 때도 있었다. 그럴 때면 그럴듯한 변명거리를 찾는 것이 여간 힘든 일이 아니었다. 니노의 조바심과 스테파노의 불만 속에서 출구 없는 상황에 처했다는 현실감을 느낄 법도 한데 릴라는 도리어 현실이 체스판이나 무대의 배경과 별다를 게 없는 것처럼 행동했다. 채색한 무대 배경을 치우거나 장기 말을 몇 번만 움직이면 세상에서 제일 중요한 니노와 게임을 계속할 수 있을 것이라고 생각했다.

　미래는 내일이 되고 그다음 날이 되고 또다시 그다음 날이 되었다. 릴라는 갑작스럽게 공책을 대학살 장면과 피투성이 이미지로 채우기도 했다. 릴라는 절대로 '나는 살해될 것이다'라는 말을 직접적으로 쓰지는 않았다. 하지만 지역에서 일어난 범죄에 대한 기록을 공책에 남겼고 가끔은 이를 재구성하기까지 했다. 여성을 대상으로 한 살인사건들에서 릴라는 범인의 분노와 피투성이가 된 범죄현장을 강조해서 묘사했다. 뉴스에는 보도되지 않은 구체적인 내용을 덧붙이기도 했다. 눈에서 눈알을 파내고 칼로 목을 베고 내장을 찌르고 가슴을 관통하고 젖가슴을 잘라내는 장면, 배꼽 아래까지 칼로 그어 배가 터지고 날선 칼날로 성기를 긋는 장면을 적나라하게 묘사했다. 자신도 실제로 당할 수 있는 처참한 죽음을 언어화함으로써 두려움을 최소화하고 통제 가능한 것으로 만들려는 것 같았다.

87

　릴라가 오빠와 남편과 솔라라 형제 사이에 끼어든 것도 치명적인 결과가 예측되는 그 게임을 위해서였던 것 같다. 미켈레는 언제나 릴라를 마르티리 광장 가게의 적임자라고 생각했는데 릴라는 이러한 그의 확신을 이용했다. 갑자기 미켈레의 제안을 거부하지 않고 그와 담판을 벌였다. 릴라는 독립적인 가게 운영권과 함께 꽤 두둑한 주급을 보장받는 조건으로 구둣가게에서 일하기로 했다. 카라치 부인이라는 신분에 개의치 않는 것 같았다. 새로 출시된 솔라라 브랜드에 위협을 느끼던 차에 릴라의 행동을 일종의 배신으로 받아들인 리노에게는 전혀 신경 쓰지 않았다.

스테파노도 안중에 없기는 마찬가지였다. 그는 처음에는 길길이 날뛰며 릴라를 협박하다가 나중에는 릴라가 구둣가게에서 일하는 대신 솔라라 형제 어머니에게 자기 이름으로 맺은 채무 계약에 따라 치러야 할 대금과 관련된 복잡한 거래를 시도해보려 했다. 릴라는 미켈레의 감언이설도 무시했다. 그는 릴라의 주위를 맴돌며 가게 재정비 과정을 은근히 감시하면서 리노와 스테파노를 거치지 않고 릴라에게서 직접 새로운 구두 디자인을 얻어내려고 압력을 가했다.

릴라는 오래전부터 오빠와 아버지가 솔라라 형제에게 버림받을 것이라는 사실을 알고 있었다. 결국 솔라라 형제가 모든 것을 차지하게 될 것을 알고 있었다. 스테파노가 살아남기 위해 애쓸수록 점점 더 솔라라 형제에게 구속될 수밖에 없다는 사실도 알고 있었다. 과거에는 이런 생각에 화가 났지만 이제는 상관없는 일이라고 공책에 쓰여 있었다.

물론 리노를 생각하면 속이 상했다. 오빠의 사장 놀음이 벌써 끝나게 된 것을 안타까워하기는 했다. 결혼한 데다 한 아이의 아버지까지 되었기에 더 그랬다. 하지만 과거의 모든 관계는 그녀에게 별 의미가 없었다. 이제 릴라의 애정은 외길만을 걷기 시작했으며 그녀의 생각과 감정의 중심에는 니노만이 존재했다. 과거엔 오빠를 부자로 만들어주기 위해 그렇게나 애를 썼는데 지금은 오직 니노를 기쁘게 하기 위해 움직였다.

릴라가 처음 마르티리 광장의 가게를 살펴보러 갔을 때 신부복을 입은 자신의 사진이 걸려 있던 곳에 아직도 누르스름한 그을음 자국이 남아 있는 것을 보고 놀랐다. 그 흔적이 눈에 거슬렸다. 니노를 만나기 전에 일어난 일 중에서 마음에 드는 일이 하나도 없다고 생각했다. 문득 무슨 이유인지는 모르겠지만 치열했던 릴라의 삶에 결정적인 역할을 한 사건들이 모두 바로 그곳 도시의 한가운데에서 일어났다는 사실을 깨달았다.

밀레 가의 청년들과 충돌이 있었던 것도 그곳이었다. 그날 저녁 릴라는 무슨 일이 있어도 빈곤에서 벗어나야겠다고 결심했다. 그 결정을 후회하면서 신부복을 입은 자신의 사진을 훼손한 것도, 그리고 그 모멸감 때문에 모멸감의 결과인 사진을 가게 장식으로 사용했던 것도 바로 그곳이었다. 유산기를 느낀 것도 그곳이었다.

그리고 지금은 바로 그곳에서 솔라라 형제의 탐욕 때문에 구두사업이 난항을 맞은 것이다. 앞으로 그녀의 결혼이 파탄을 맞이할 곳도 바로 그곳이 될 것이다. 그곳에서 릴라는 스테파노와 그의 이름을 그에게 속해 있는 다른 모든 것과 함께 벗어던질 것이다.

"정말이지 엉망이네."

릴라는 그을음 자국을 가리키며 미켈레에게 말했다. 릴라는 다시 인도로 나가서 광장 중앙에 있는 사자 석상을 바라보다 두려움을 느꼈다.

릴라는 우선 가게를 하얗게 칠했다. 창문이 없던 화장실에 예전처럼 뜰 쪽으로 이어지는 문을 내고 그 문의 절반을 연마한 유리로 처리해 빛이 약간 들어오게 했다. 키아타모네 갤러리에서 보고 마음에 담아두었던 화가의 작품을 두 점 구입했다. 동네 출신이 아니라 마테르데이에서 온 점원을 고용했다. 학교에서 비서가 되기 위한 교육을 받았다고 했다. 미켈레에게서 오후 1시부터 4시까지는 무슨 일이 있어도 둘 다 휴식을 취하게 해준다는 약속을 받아냈다. 점원은 그 일로 언제나 릴라에게 고마워했다. 릴라는 미켈레에 대한 경계를 늦추지 않았다. 그는 릴라의 요구를 무조건 받아들이는 척하면서 세세한 내용과 소소한 지출까지 모두 확인하고 싶어 했다.

한편 마르티리 광장의 일자리를 맡기로 결정함으로써 릴라는 동네에서 더 고립되었다. 아무것도 가진 것 없이 살다가 시집을 잘 가서 부유한 삶을 누릴 수 있게 된 아름다운 여성이 남편이 소유한 가게에서 여주인 노릇을 할 수 있는데 어느 날 갑자기 침대에서 떨어지기라도 한 것처럼 동네와 멀리 떨어진 시내에서 다른 사람 밑에서 하루 종일 일하기로 한 이유를 아무도 이해하지 못했다. 그 때문에 스테파노의 인생만 복잡해졌다.

시어머니는 릴라가 구둣가게를 맡는 바람에 신시가지에 있는 식료품점에서 다시 힘겹게 일해야만 했다. 특히 피누차와 질리올라는 각자 릴라에게 할 수 있는 공격을 모두 쏟아 부었다. 사실 그것은 예상했던 바였다. 예상치 못했던 것은 지금까지 릴라에게 받은 도움과 은혜 때문이라도 항상 릴라를 우러러보던 카르멘이 릴라가 식료품점을 떠나자마자 그녀에 대한 모든 애정을 싹 거둬들였다는 사실이다. 마치 짐승의 송곳니에 손을 스치자 손을 뒤로 잡아 빼는 것 같았다.

카르멘은 릴라의 친구이자 조력자 관계에서 스테파노 어머니의 발톱 아래 놓여 하녀 취급을 받는 신세로 전락하게 되었다. 결코 마음에 드는 변화가 아니었다. 릴라에게 배신당해 가혹한 운명에 홀로 남겨진 것처럼 느껴졌다. 카르멘은 서운함을 다스릴 방법을 몰랐다. 그러다가 결국 자신의 분노를 이해해주지 않는 남자친구와도 크게 다투고 말았다.

엔초는 릴라 편을 드는 데 그치지 않았다. 그에게 릴라는 감히 범접할 수 없는 존재였다. 그는 고개를 저으며 예의 그 단호한 태도로 릴라의 말은 언제나 옳고 반박할 수 없다는 뜻을 짧게 내비쳤다.

"그러니까 내가 하는 것은 다 틀리고 리나가 하는 것은 옳다는 거네."

카르멘이 적의에 가득 차 내뱉었다.

"누가 그래?"

"지금 네가 그랬잖아. 리나는 이렇고 리나는 저렇고. 그럼 나는? 리나는 나를 내버려두고 가버렸어. 그래도 떠난 리나는 잘한 거고 한탄하는 나는 잘못한 거야? 그래? 그렇게 생각하는 거야?"

"아니야."

카르멘은 엔초의 거짓 없고 단순한 짧은 대답을 믿지 못하고 괴로워했다. 사실 그녀는 엔초가 자신을 포함한 모든 것에 싫증이 났다는 것을 이미 느끼고 있었고 그래서 더 화가 난 것이다. 아버지가 돌아가시고 군대에서 돌아온 다음부터 엔초는 자신의 의무를 다하며 평범한 일상을 살았다. 하지만 군대 시절부터 밤마다 고등학교 검정고시를 치르기 위해 공부를 시작했다. 전공은 이야기해주지도 않았다. 이제 그는 자기 생각 속에 틀어 박혀 짐승처럼 으르렁거리기 시작했다. 하지만 내면의 외침일 뿐 겉으로는 침묵을 지켰다. 그런데도 카르멘은 그런 엔초를 견딜 수가 없었다. 특히 엔초가 그 재수 없는 년에 대해서 이야기를 할 때 조금이나마 얼굴에 화색이 돈다는 사실을 받아들일 수 없었다. 카르멘은 엔초에게 소리를 지르면서 흐

느꼈다.

"리나가 정말 싫어. 안하무인이잖아. 그런데 넌 그 애의 이런 점마저 좋은 거지. 내가 모를 줄 알아? 내가 똑같이 행동하면 내 얼굴을 박살내놓을 거면서."

아다는 일찌감치 스테파노를 구박하는 릴라에게 등을 돌리고 자신의 고용주인 스테파노의 편으로 돌아섰다. 릴라가 시내에 있는 고급 가게로 일하러 가버리자 아다는 전보다 더 릴라에게 가혹해졌다. 조금도 망설이지 않고 모두에게 릴라 욕을 대놓고 해댔다. 특히 안토니오와 파스콸레에게는 더했다.

"리나는 언제나 사내들을 속였어."

아다가 말했다.

"남자를 다룰 줄 아니까. 걘 정말 걸레 같은 계집애야."

아다는 안토니오와 파스콸레가 전 세계 남자들의 보잘것없음을 상징하는 것처럼 분개했다. 안토니오가 자기편을 들어주지 않자 소리 질렀다.

"오빠도 솔라라 자식들에게 돈을 받으니까 아무 말도 못하는 거겠지. 오빠도 리나도 같은 회사 직원이니까. 오빠가 리나가 시키는 대로 한다는 거 다 알아. 가게 정리를 돕는다는 것도. 그 애가 물건을 여기저기 옮기라고 시키면 오빠는 고분고분 그 애 말을 듣는다는 것도."

파스콸레에게는 더 심하게 굴었다. 둘의 관계는 갈수록 나빠졌다. 아다는 끊임없이 그를 비난했다.

"정말 지저분해서 봐줄 수가 없어. 게다가 냄새까지 나."

파스콸레는 미안하다고 사과했다. 작업을 마친 후라 어쩔 수 없다고 했지만 아다는 공격을 멈추지 않았다. 틈만 나면 잔소리를 해댔다. 결국에는 파스콸레도 평안한 삶을 위해 릴라를 포기해야 했다. 그렇지 않으면 약혼을 파기해야 할 지경이었으니까. 하지만 파스콸레가 릴라에게서 돌아선 것이 꼭 아다 때문만은 아니었다. 그때까지만 해도 파스콸레는 누이와 애인에게 맞서 릴라의 신분 상승 덕에 자신들이 얼마나 큰 은혜를 입었는지 잊어서는 안 된다고 했었다.

그러던 어느 날 파스콸레는 미켈레가 그의 애마인 줄리에타에 릴라를 태우고 구둣가게에 바래다주는 광경을 목격했다. 릴라는 화장을 짙게 하고 고급 창녀처럼 차려입고 있었다. 순간 파스콸레는 돈이 절박하게 필요한 것도 아니면서 도대체 왜 저런 자식에게 몸을 팔아야 하는지 릴라를 이해할 수가 없다고 생각했다.

언제나 그렇듯이 릴라는 자기 주변에서 커져만 가는 적의에 눈 하나 깜짝하지 않고 새로운 일에 몰두했다. 실제로 릴라가 가게를 맡은 후부터 매출이 급상승했다. 릴라의 구둣가게는 단순히 구두를 사러 가는 곳이 아니었다. 사람들은 성격이 활발하고 화술이 뛰어난 미모의 젊은 여성과 대화를 나누기 위해 그곳을 찾았다.

그녀는 구두와 책을 같이 진열하는 데다 그 많은 책을 정말 다 읽고 지적인 이야기를 나눌 줄 알았다. 사람들에게 초콜릿을 권하는 릴라의 모습은 체룰로 구두나 솔라라 구두를 판매하는 것이 목적이 아니라 그저 소파에 편히 앉아서 사람들과 이런저런 이야기를 나누고 싶어 한다는 인상을 주었다. 변호사, 공학기사, 『일 마티노』지의 신문기자 사모님이나 딸내미, 하는 일이라고는 사교클럽에 시간과 돈을 뿌리고 다니는 것밖에 없는 멋쟁이 청년들과 노신사들은 정말로 그렇게 생각했다.

유일한 방해물은 미켈레였다. 그는 종종 영업시간에 가게를 방문해 릴라에게 집적댔다. 한 번은 특유의 심술궂고 은근한 어조로 말했다.

"당신 신랑감을 잘못 골랐어, 리나. 내 눈이 맞았어. 당신은 정말 사람을 다루는 재능이 탁월해. 당신이라면 앞으로 우리에게 도움이 될 만한 사람들도 잘 다룰 수 있을 거야. 우리 둘이 힘을 합치면 몇 년 안에 나폴리를 정복할 수도 있겠어. 하고 싶은 대로 하면서 살 수 있게 될 거라고."

그는 릴라에게 키스하려 했다.

릴라가 그를 밀쳐냈지만 미켈레는 기분 나빠하지도 않았다. 오히려 그런 상황이 재미있다는 듯 말했다.

"이대로도 괜찮아. 나는 기다릴 수 있어."

"기다릴 테면 맘껏 기다려. 하지만 여기서는 안 돼."

릴라가 말했다.

"여기에 머무른다면 난 내일 당장 식료품점으로 돌아가 버릴 테야."

그 후로 미켈레의 발길이 뜸해진 데 반해 니노와의 은밀한 만남은 잦아졌다. 이 기간에 니노와 릴라는 수개월에 걸쳐 구둣가게에서 매일 세 시간씩 둘만의 시간을 즐길 수 있게 되었다. 얼굴을 볼 수 없는 일요일과 공휴일이 견딜 수 없게 느껴졌다.

니노는 매일 오후 1시에 점원이 가게 셔터를 4분의 3쯤 내리면 화장실 쪽문으로 가게에 들어와서는 점원이 돌아오기 전 오후 4시 정각에 같은 문으로 가게를 빠져나갔다. 두어 번은 미켈레가 질리올라와 갑작스레 들이닥쳤고 한 번은 스테파노가 찾아오는 바람에 긴장이 극에 달했을 때도 있었지만 그럴 때면 니노는 화장실로 몸을 피해 안쪽 뜰과 이어진 문을 통해 밖으로 빠져나갔다.

릴라에게 이 시기는 행복한 삶이 어떤 것인지 미리 맛볼 수 있었던 격정적인 시험 기간이었다. 한편으로는 구두 장사에 기여하는 수완 좋은 젊은 부인 역을 연기하면서 다른 한편으로는 니노를 위해 책 읽고 니노를 위해 공부하고 니노를 위해 생각했다. 가게에서 알게 된 몇몇 중요 인사와 가까워진 것도 앞으로 니노를 돕는 데 유용할 거라고 생각했기 때문이다.

바로 그 즈음 니노는 『일 마티노』지에 나폴리에 대한 글을 기고했는데 이 일로 그는 대학가에서 어느 정도 명성을 얻게 되었다. 나는 이 사실을 전혀 몰랐는데 오히려 다행이었다. 이스키아에서처럼 다시 릴라와 니노의 일에 휘말렸다면 나는 너무 큰 영향을 받아 회복하기 어려웠을 것이다. 무엇보다도 그때 내가 그 기사를 읽었다면 그 글의 상당 부분을 릴라가 썼다는 사실을 바로 알아챘을 것이다. 릴라가 개입한 곳은 깊은 지식이 필요한 정보 서술 부분이 아니라 전혀 상관없어 보이는 주제 간의 연결고리를 찾아낸 발상이 돋보이는 부분이었다.

글의 전체적인 어조도 분명 릴라의 것이었다. 니노에게는 그런 글을 쓸 능력이 없었고 앞으로도 그럴 것이었다. 그런 글을 쓸 수 있는 사람은 오직 릴라와 나뿐이었다.

88

임신 사실을 알게 된 후 릴라는 이 모든 사기극을 끝내려 했다. 1963년 늦가을의 어느 일요일, 릴라는 평소처럼 시어머니 댁에 점심식사를 하러 가지 않고 요리에 몰두했다. 갑자기 약속을 취소해서 미안해진 스테파노가 사과하는 의미로 솔라라 제과점에서 빵을 사다 어머니와 누이에게 갖다주고 집으로 돌아오는 동안 릴라는 예전에 신혼여행을 가기 위해 사놓았던 가방에 속옷과 옷 몇 벌, 겨울 구두 한 켤레를 챙겨 넣고는 거실 문 뒤에 숨겨놓았다. 더러워진 냄비를 모두 잘 닦은 다음 식탁에 정성스럽게 식사 준비를 했다. 서랍에서 고기 써는 칼을 꺼내 싱크대에 올려놓고 행주로 덮어놓았다.

릴라는 남편이 돌아오기를 기다리면서 음식 냄새가 빠지도록 창문을 열었다. 릴라는 창가에서 기차와 밝게 빛나는 역사를 바라보았다. 차가운 바깥 공기에 집 안의 온기가 사라졌지만 싫지 않았다. 오히려 기운이 나는 것 같았다.

스테파노가 돌아와 둘은 식탁 앞에 마주 앉았다. 그는 어머니가 해주는 맛있는 음식을 먹지 못해 짜증이 나 있었다. 릴라가 마련한 음식에 대해선 한마디 칭찬도 없이 리노에 대해 평소보다 더 안 좋게 말했다. 그렇지만 조카에 대해 이야기할 때는 한없이 다정한 태도를 취했다. 스테파노는 조카에게 아버지 리노의 존재는 그다지 중요하지 않은 것처럼 조카를 '내 누이의 아들'이라 불렀다. 디저트 시간이 되자 스테파노는 빵을 무려 세 개나 먹어치웠다. 릴라는 손도 대지 않았다. 스테파노는 크림 범벅이 된 입을 세심하게 닦고 나서 말했다.

"이제 잠이나 좀 잘까?"

"내일부터 가게에 나가지 않으려고 해."

릴라가 대답했다.

순간 스테파노는 그날 오후가 엉망이 될 것임을 직감했다.

"왜?"

"가기 싫어졌어."

"솔라라 형제랑 다투기라도 했어?"

"아니."

"리나, 바보 같은 짓은 하지 마. 나와 당신 오빠가 자칫하면 그들과 크게 한판 벌일 수도 있는 상황이라는 걸 잘 알잖아. 문제를 복잡하게 만들지 말라고."

"아무것도 복잡하게 만들 생각 없어. 그렇지만 가게에는 안 나갈 거야."

스테파노는 아무 말도 하지 않았다. 릴라는 그가 놀랐다는 것을 눈치챘다. 그는 문제를 파고들기보다는 피하고 싶어 한다. 그는 그녀가 솔라라 형제에게 받은 모욕을 털어놓으려 한다고 생각하고 있었다. 보나마나 남편인 자신이 알면 뭔가 반응을 나타낼 수밖에 없고 반응을 나타내면 결국 그들과 관계를 완전히 끊을 수밖에 없을 만한 용납할 수 없는 모욕일 것이라고 생각했다. 그런데 지금은 솔라라 형제와 관계를 끊을 형편이 아니었다.

"좋아."

스테파노는 고심 끝에 말했다.

"싫으면 가지 마. 식료품점으로 돌아와."

릴라가 대답했다.

"식료품점에서 일하기도 싫어."

스테파노는 미심쩍은 눈초리로 그녀를 바라보았다.

"집에 있고 싶은 거야? 좋아. 일하고 싶어 한 것은 당신이었어. 나는 그렇게 하라고 한 적 없어. 그렇지 않아?"

"그렇지."

"그러면 집에 있어. 나는 좋아."

"집에도 있기 싫어."

스테파노는 폭발 직전이었다. 그가 아는 불안감을 쫓기 위한 유일한 방법은 화를 내는 것이었다.

"집에도 있기 싫으면 대체 뭘 하고 싶은 거야?"

릴라가 말했다.

"떠나고 싶어."

"어디로?"

"당신과 있기 싫어졌어. 당신을 떠나고 싶어."

스테파노는 너무 어이가 없어서 웃음을 터뜨렸다. 너무 엄청난 선언이어서 잠깐은 오히려 안심하는 것 같았다. 스테파노는 릴라의 뺨을 가볍게 꼬집으면서 살짝 미소를 머금고는 그들이 부부라는 사실을 상기시켰다. 남편과 아내는 헤어질 수 없는 사이라고 말했다. 다음 주말에는 릴라를 아말피 해변으로 데려다주겠다고 했다. 그곳에서 함께 휴식을 취하자고 했다.

릴라는 이제 둘이 함께 있을 필요가 없다고 침착하게 말했다. 약혼했을 때도 약간의 호감만 느꼈을 뿐이고 지금은 당신을 좋아한 적이 한 번도 없었다는 것을 확실히 깨달았다고 했다. 그러니 그에게 부양받고, 그의 돈벌이를 도와주고, 함께 잠자리에 드는 것 모두 더는 견딜 수 없는 일이라고 했다.

릴라가 말을 마치자 스테파노의 손이 릴라의 뺨을 향해 날아들었다. 어찌나 세게 때렸는지 릴라는 의자 밑으로 나동그라졌다. 릴라는 스테파노가 다시 달려들려는 틈을 타 재빨리 일어났다. 싱크대 쪽으로 달려가 행주 아래 숨겨두었던 칼을 집어 들었다. 스테파노가 다시 릴라를 때리려는 순간 릴라는 스테파노를 향해 칼을 겨누고 말했다.

"한 번만 더 내 몸에 손을 대면 당신 아버지 꼴이 날 줄 알아."

스테파노는 릴라의 입에서 아버지 이야기가 나오자 기가 막혀서 멈칫했다.

"그래. 죽이고 싶으면 죽여 보라지."

스테파노는 중얼거리더니 성가시다는 손짓을 해보이고는 길게 하품을 했다. 도저히 참을 수 없다는 듯 입을 크게 벌리고 하품을 하고 나니 그의 눈가가 촉촉해졌다. 스테파노는 불만에 찬 말을 중얼거리며 릴라에게서 등을 돌렸다.

"그래, 가. 가버리라고. 난 당신에게 모든 것을 주었어. 뭐든 허락했는데 이런 식으로 되갚다니. 당신을 가난에서 구해주고 당신 오빠와 아버지와 당신의 그 거지 같은 가족 모두를 부자로 만들어줬는데 말이야."

스테파노는 식탁으로 돌아가 빵을 하나 더 집어 먹고는 침실로 들어가 갑자기 고함을 쳤다.

"내가 당신을 얼마나 사랑하는지 상상도 못할걸!"

릴라는 칼을 다시 싱크대 위에 올려놓고 생각에 잠겼다.

'내가 정말 자신을 떠날 수 있다고 생각하지 않는 거야. 내게 다른 남자가 있다는 것도 믿지 못하겠지. 도저히 그럴 수 없는 사람이야.'

릴라는 애써 힘을 내어 니노와의 관계와 그의 아이를 임신했다는 사실을 고백하려고 침실로 들어갔다. 하지만 남편은 이미 잠들어 있었다. 마법에 걸린 망토라도 입은 것처럼 잠이 들어버렸다.

릴라는 그길로 코트를 걸쳐 입고 가방을 들고 집을 떠났다.

89

스테파노는 하루 종일 잠만 잤다. 잠에서 깨자 릴라의 모습이 보이지 않는다는 것을 알았지만 아무 일도 일어나지 않은 척했다. 그는 어렸을 때부터 그렇게 행동하는 데 익숙해 있었다. 존재만으로도 두려운 아버지 때문에 언제나 입가에 미소를 띤 채 조용히 느릿느릿 행동하면서 주위 환경과 절제된 거리감을 유지했다. 그렇게 해야만 두 손으로 아버지의 가슴을 갈라 심장을 빼내고 싶은 욕망과 아버지에 대한 두려움을 동시에 통제할 수 있었으니까.

저녁이 되자 스테파노는 집에서 나와 무모한 행동을 했다. 식료품점 직원 아다의 집을 찾은 것이다. 애인 파스콸레와 함께 영화관이나 다른 곳에 있을 거라는 것을 알면서도 아다네 집 창문 아래서 그녀를 불렀다. 아다는 놀랐지만 행복해하면서 창문 밖을 내다보았다.

평소보다 멜리나의 상태가 좋지 않은 데다 솔라라 형제 밑에서 일을 시작한 후부터는 안토니오가 시도 때도 없이 나돌아 다녔기 때문에 그날은 마침 집에 있었던 것이다. 하지만 파스콸레와 함께였다. 남자친구가 있는데도 스테파노는 집으로 올라가 카푸초 집 안에서 시간을 보냈다. 릴라에 대한 이야기는 한마디도 하지 않고 파스콸레와는 정치 이야기를 나누고 아다와는 가게 이야기를 나누면서 시간을 보냈다.

집에 돌아와서는 릴라가 친정에 갔다고 생각하고 잠자리에 들기 전에 꼼꼼하게 면도를 했다. 그는 밤새 깊은 잠을 잤다.

정말 골치 아픈 일은 그다음 날부터 일어났다. 구둣가게 여점원이 미켈레에게 릴라가 출근하지 않았다는 소식을 전하자 미켈레는 스테파노에게 전화를 했다. 스테파노는 아내가 아프다고 둘러댔다.

릴라의 병은 며칠 동안 계속되었다. 결국 눈치아 아주머니가 딸이 잘 있는지, 혹시 도움이 필요한 것은 아닌지 확인하러 릴라의 집으로 찾아갔다.

초인종을 눌러도 아무도 문을 열어주지 않자 가게가 문을 닫을 저녁 시간에 다시 딸네 집을 다시 찾았다.

스테파노는 막 퇴근해서 볼륨을 한껏 높이고 텔레비전을 보고 있었다. 초인종 소리가 들리자 욕설을 퍼부으며 문을 열어주고는 장모를 집 안으로 들였다. 눈치아 아주머니가 물었다.

"리나는 좀 어떤가?"

장모의 말에 스테파노는 릴라가 자기를 떠났다면서 울음을 터뜨렸다.

양쪽 집안사람들이 몰려들었다. 스테파노의 어머니와 알폰소, 아이를 품에 안은 피누차, 리노, 페르난도 아저씨가 모두 한자리에 모였다. 각자 다른 이유로 놀란 상태였다. 릴라의 행방을 진심으로 걱정하면서 그녀가 어디에 있을지 고민하는 사람은 마리아 아주머니와 눈치아 아주머니 정도였다. 다른 사람들은 릴라와는 상관없는 이유로 서로 다퉜다.

리노와 페르난도 아저씨는 구두공장이 문을 닫게 될 지경인데 손가락 하나 까딱하지 않으려는 스테파노가 못마땅했기 때문에 릴라를 제대로 이해하지도 못하고 솔라라 형제 밑에서 일을 하게 내버려뒀다며 그를 비난했다. 피누차는 남편과 시아버지에게 릴라는 항상 제정신이 아니었고 진정한 피해자는 릴라가 아니라 스테파노라면서 화를 냈다. 알폰소가 용기를 내서 경찰이나 병원에 알아봐야 하지 않겠느냐고 하자 그들은 한목소리로 마치 알폰소가 자신들을 모독이라도 한 양 힐난했다. 특히 리노는 지금 이 상황에서 적어도 동네 웃음거리가 되는 일은 피해야 한다고 소리를 질렀다. 그때 마리아 아주머니가 조용히 말했다.

"레누를 찾아간 것일지도 모르겠구나."

그 가설은 서서히 힘을 얻었다. 계속 언쟁을 벌이면서도 알폰소를 제외하고는 릴라가 스테파노와 솔라라 형제 때문에 우울해져서 피사로 떠났다고 믿기 시작했다.

"그래."

눈치아 아주머니가 침착성을 되찾으며 말했다.

"릴라는 언제나 그랬어. 문제가 있으면 곧장 레누를 찾곤 했지."

그때부터 그들은 그 경솔한 여행에 대해서 화를 내기 시작했다. 혼자서 기차를 타고 아무에게도 알리지 않고 그 먼 곳에 가버리다니. 릴라가 나를 보러 떠났다는 말은 너무나 그럴듯하고 안심이 되는 의견이었기에 얼마 지나지 않아 확실한 사실로 굳어졌다. 알폰소가 말했다.

"그런 내일 내가 직접 가서 리나가 레누와 있는지 확인하고 올게."

하지만 그의 의견은 피누차에게 무참히 짓밟혔다.

"넌 일해야지 어딜 갈 생각이야?"

페르난도 아저씨도 중얼거렸다.

"그 애를 가만히 두는 게 좋을 것 같아. 안정을 찾을 수 있도록 말이야."

다음 날부터 스테파노는 릴라에 대해 묻는 사람들에게 말했다.

"피사에 있는 레누차를 보러 갔어요. 거기서 좀 쉬다 올 예정이에요."

다음 날 오후가 되자 눈치아 아주머니는 다시 걱정이 되어 알폰소에게 내 주소를 물었다. 알폰소도 내 주소를 몰랐다. 우리 동네에서 내 주소를 아는 사람은 내 어머니뿐이었다. 눈치아 아주머니는 내 주소를 알아오라고 알폰소를 우리 집으로 보냈다. 하지만 우리 어머니는 다른 사람들에 대한 적개심을 타고나서인지 아니면 내 공부에 방해가 될까봐 두려워서였는지 알폰소에게 제대로 된 주소를 알려주지 않았다. 어쩌면 어머니 자신이 주소를 제대로 알지 못해서였을 수도 있다. 어차피 우리 둘 다 그 주소를 사용할 일은 없을 거라고 생각했었으니까.

어찌됐든 눈치아 아주머니와 알폰소는 내게 말을 빙빙 돌려가며 혹시 릴라가 내게 와 있느냐고 묻는 내용을 편지로 써서 보내기는 했다. 하지만 주소를 제대로 쓰지도 않고 내 이름만 달랑 써서 피사 대학 앞으로 보내는 바람에 시간이 한참 지나고 나서야 내게 도착했다. 나는 편지를 읽고 릴라와 니노에게 더 화가 나서 답장조차 쓰지 않았다.

릴라가 '피사로 떠난' 다음 날부터 아다는 식료품점 업무와 집안일과 약혼자를 돌보는 일을 병행하면서 스테파노까지 돌보기 시작했다. 그를 위해 요리까지 하는 바람에 파스콸레의 불만이 하늘을 찔렀다. 그 일을 두고 심하게 다투기까지 했다.

"하녀 노릇까지 하라고 월급을 받는 것이 아니야."

아다가 쏘아붙였다.

"너랑 싸우며 시간을 허비하느니 하녀 노릇을 하는 게 더 낫겠어."

구둣가게에는 우선 솔라라 형제를 달래기 위해서 알폰소를 투입했다. 알폰소는 구둣가게 일을 좋아했다. 아침 일찍 결혼식 하객처럼 차려입고 나가서는 저녁이면 흡족한 기분으로 돌아왔다. 하루 종일 시내에서 시간을 보내는 것이 마음에 들었던 것이다. 한편 미켈레는 카라치 부인이 실종됨으로써 다루기가 더 힘들어졌다. 어느 날 미켈레는 안토니오를 불러 명령을 내렸다.

"찾아내."

안토니오가 중얼거렸다.

"이봐, 미켈레. 나폴리는 큰 도시야. 피사도 그렇고 이탈리아도 마찬가지야. 대체 어디서부터 시작해야 하지?"

미켈레가 대답했다.

"사라토레 집안 장남부터 시작해봐."

미켈레는 모기만도 못한 인간을 바라볼 때와 같은 눈빛으로 안토니오를 바라보면서 말했다.

"내가 리나를 찾아내라고 시킨 것에 대해서 한마디라도 떠들고 다녀봐. 당장 아베르사에 있는 정신병원에 처넣고 평생 다시 나오지 못하게 해줄 테니. 무엇을 보고 듣든지 나한테만 보고해야 해. 알겠어?"

안토니오는 고개를 끄덕여 보였다.

90

평생 릴라는 '경계의 해체' 현상이 사물보다 사람에게 더 심각하게 나타날 뿐만 아니라 그 형태가 허물어져버릴 수 있다는 사실을 가장 두려워했다. 지난날 가족 중에서 가장 사랑했던 오빠의 경계가 무너져 내리는 것을 보고 기운을 잃었고 스테파노가 약혼자에서 남편으로 변모하는 과정에서 망가지는 것을 보고서도 큰 충격을 받았다.

나는 릴라의 공책을 보고서야 첫날밤 경험이 릴라에게 얼마나 큰 상처로 남았는지 알게 되었다. 내면의 욕망과 분노 때문에 또는 음흉한 계획이나 비열함 때문에 남편이 기형적인 모습으로 변할까봐 얼마나 두려워했는지 알게 되었다. 밤에 눈을 뜰 때마다 남편이 변형된 상태로 침대에 누워 있을까봐 두려움에 떨었다. 남편이 물집 같은 것으로 변할까봐 두려워했다. 체액으로 꽉 차서 물집이 터지면 살이 흐물흐물해져 흘러내릴 것을 두려워했다. 가구와 아파트와 스테파노의 아내인 릴라 자신까지도 주변의 모든 것과 함께 부서져서 살아 숨 쉬는 더러운 그 물질에 흡수될까봐 두려워했다.

그날 릴라는 등 뒤로 집 문을 닫는 순간 하얀 구름에 둘러싸여 자신이 다른 사람들의 시야에서 사라지는 것 같은 느낌을 받았다. 릴라는 그 상태에서 지하철을 타고 캄피 플레그레이에 도착했다. 그제서야 형체가 없는 물체들이 점령하고 있는 물컹한 공간을 떠나서 드디어 자기가 온전한 상태 그대로 머무를 수 있는 곳에 도착한 느낌이었다. 자신도 자기 주변에 있는 사물도 망가지지 않을 곳이라고 생각했다.

릴라는 인적이 드문 거리를 지나 목적지에 도착했다. 노동자들이 살고 있는 건물 3층까지 가방을 끌고 올라가서 어둡고 제대로 관리가 되지 않은 데다 변기와 세면대만 겨우 갖춘 화장실과 오래된 싸구려 가구가 있는 방 두 칸짜리 아파트에 들어갔다. 아파트를 구한 것도 릴라였다. 니노는 시험을 앞두고 있는 데다 『일 마티노』지에 기고할 다음 글을 준비하면서 일전에 썼던 글을 에세이 형식으로 바꾸는 작업도 하고 있었다. 니노는 에세이를 『남부뉴스』지에 보내봤지만 거절당했다. 대신 『북부와 남부』라는 잡지에 실릴 예정이었다.

릴라는 집을 살펴본 다음 임대 계약을 체결하고 석 달치 집세를 선불로 주었다. 집에 들어갈 때만 해도 기분이 너무 좋았다. 평생 자신의 일부분일 것이라고 생각했던 사람과 헤어진다는 게 얼마나 기쁜 일인지 처음으로 깨달았다. 그렇다. 그녀는 그 감정을 기쁨이라고 표현했다. 신시가지에 새로 지은 집에서 누리던 안락함을 잃어버리는 것에 대한 아쉬움을 전혀 느끼지 못했다. 곰팡내도, 침실 구석에 생긴 습기 자국도, 창문을 통해 겨우 들어오는 잿빛 햇살도 눈에 들어오지 않았다. 어린 시절 같은 빈곤한 환경도 그녀를 우울하게 만들지는 못했다. 오히려 선한 마법사의 마법 덕분에 고통받던 곳에서 사라져 행복이 약속된 새로운 곳으로 이동한 것 같은 느낌이었다.

그때 릴라는 또 한 번 자기 자신을 지워버리는 행위에 대해 매력을 느꼈던 것 같았다. 과거의 릴라와는 안녕이었다. 익숙한 큰길도, 구두도, 식료품점도, 남편도, 솔라라 형제도, 마르티리 광장과도 이제 끝이었다. 나와의 관계도, 신부이자 부인이라는 사회적 신분도 흩어져 사라졌다. 기존의 릴라에서 오직 니노의 연인이라는 모습만 남겨두었다. 니노는 저녁이 되어서야 도착했다.

니노는 매우 감동했다. 릴라를 껴안고, 그녀에게 입을 맞추고, 어찌할 바를 모르고 주위를 둘러보았다. 갑자기 누가 들이닥칠까봐 걱정이 되는지 문이란 문과 창문이란 창문을 꼭꼭 잠갔다. 포리오에서 보낸 밤 이후 처음으로 둘은 침대에서 사랑을 나누었다. 그런 다음 니노는 일어나서 공부를 했다. 불빛이 너무 약하다고 불평을 하면서.

릴라도 침대에서 일어나 니노의 복습을 돕기 시작했다. 『일 마티노』지에 보낼 기사까지 함께 검토한 다음에야 새벽 3시에 함께 잠자리에 들어서 껴안은 채 잠이 들었다. 밖에는 비가 내렸고 바람에 유리창이 흔들렸다. 새로운 환경이 아직 어색하기는 했지만 릴라의 마음은 평안했다.

니노의 호리호리한 육체가 얼마나 새롭게 느껴지는지. 스테파노의 몸과는 너무 달랐다. 그의 체취는 또 얼마나 짜릿한가. 그림자의 세계에서 벗어나 드디어 현실 세계로 온 것 같았다. 릴라는 아침이 되어 바닥에 발을 딛자마자 화장실로 달려가서 토악질을 했다.

토하면서도 행여나 니노가 들을까봐 문을 닫았다.

　그들의 동거 기간은 딱 23일 동안 지속됐다. 시간이 갈수록 릴라는 모든 것을 남기고 떠나왔다는 사실이 홀가분하게 느껴졌다. 결혼 후 누려온 안락함에 대한 아쉬움은 전혀 없었다. 부모님, 남동생들, 리노, 조카와의 이별도 전혀 슬프게 느껴지지 않았다. 돈 걱정도 하지 않았다. 중요한 것은 니노와 함께 눈뜨고 잠들 수 있는 것뿐이었다. 그가 공부할 때나 글을 쓸 때 그의 곁에 머물 수 있으면 되었다. 머릿속에 뒤얽혀 있던 생각을 쏟아낼 수 있는 열띤 토론을 할 수 있기만 하면 되었다. 저녁에는 함께 외출해서 영화관에 가거나 독서설명회나 정치 토론회에 참석하기도 했다. 늦은 밤이 되어서야 집으로 돌아왔는데 그럴 때면 추위와 비를 피하기 위해서 몸을 꼭 붙이고 장난으로 티격태격하곤 했다.

　한 번은 파솔리니라는 작가 겸 영화감독의 강연을 들으러 갔다. 그는 언제나 논란을 일으키는 인물로 니노는 그를 탐탁지 않게 생각했다.

　"파솔리니는 호모에다 허튼소리만 떠들어댈 뿐이야."

　니노가 삐죽거렸다.

　실제로 니노는 그의 강연에 갈 마음이 없었다. 집에 남아 공부하고 싶어 했다. 하지만 릴라는 궁금해 하며 니노를 억지로 이끌었다. 그 강연장은 지난날 내가 갈리아니 선생님의 말에 복종하기 위해서 릴라를 데리고 강의를 들으러 갔던 바로 그곳이었다. 릴라는 강의가 아주 마음에 들었다. 릴라는 파솔리니와 이야기를 하고 싶은 마음에 니노를 그가 있는 쪽으로 밀었지만 니노는 신경이 예민해져서 어떻게 해서든 릴라를 데리고 나가려 했다. 특히 욕설을 퍼부어대는 한

무리의 청년들이 인도에 있는 것을 보고는 더 그랬다.

"어서 가자."

니노가 걱정스런 목소리로 말했다.

"저 사람도 싫고 저 파시스트들도 싫어."

하지만 어린 시절부터 매 맞는 데 익숙한 릴라는 도망갈 생각이 전혀 없었다. 니노가 그녀를 골목으로 잡아끌려고 하면 그녀는 몸을 비틀어 빼내고는 웃으면서 청년들의 욕설을 그에 못지않게 험한 욕설로 되받아쳤다. 사람들 간에 몸싸움이 시작되려던 참에 릴라는 몽둥이를 들고 매질을 하는 무리 가운데서 안토니오를 알아보고는 갑자기 니노의 말에 따랐다. 안토니오의 두 눈과 이빨이 금속으로 된 것처럼 번쩍였다. 하지만 다른 사람들과는 달리 고함을 치지는 않았다. 릴라는 안토니오가 다른 사람들을 두들겨 패는 데 몰두해 자기를 알아보지 못했을 거라고 생각은 했지만 아무튼 그날 밤은 엉망이 되었다.

돌아가는 길에도 릴라는 니노와 신경전을 벌였다. 파솔리니가 한 말에 대해서 서로 의견이 너무 달랐다. 둘이 다른 장소에서 전혀 다른 사람의 강의를 들은 것 같았다. 하지만 꼭 그 이유 때문만은 아니었다. 니노는 그날 밤 처음으로 오랜 기간 마르티리 광장에서 밀회를 즐기던 그 시절에 대해 그리움을 느꼈다. 동시에 릴라에게 뭔가 자신을 불편하게 만드는 면이 있다는 사실을 깨달았다. 릴라는 니노가 짜증이 난 상태로 딴생각에 정신이 팔려 있다는 것을 눈치채고 그의 신경이 더 예민해질까봐 폭행자 중에서 고향 친구이자 멜리나의 아들 안토니오를 보았다는 말은 하지 않았다.

다음 날부터 니노는 릴라와 함께 외출하는 것을 내키지 않아 했다. 처음에는 공부를 해야 한다고 했는데 사실 그랬다. 나중에는 자기도 모르게 외부 행사에서 릴라가 너무 지나치게 행동할 때가 있다고 말했다.

"무슨 뜻이야?"

"네 행동이 과하다고."

"그러니까 그게 무슨 뜻이냐고."

니노가 화가 난 목소리로 이런저런 이유를 열거했다.

"너는 항상 너무 큰 소리로 의견을 말해. 누가 조용히 하라고 하면 공격적으로 반응하고. 강사들이 말을 하고 있는데도 혼자서 중얼거리잖아. 그러는 거 아니야."

릴라도 그런 식으로 행동해서는 안 된다는 것을 잘 알고 있었다. 하지만 니노와 함께 있으면 모든 것이 가능한 것 같았다. 간극을 뛰어넘고 중요한 사람들과도 동등한 입장에서 이야기할 수 있다고 생각했다. 사실 릴라는 솔라라 형제의 가게를 운영하면서 이미 중요한 사람들을 즐겁게 하는 데 충분한 소질을 보였다. 니노가 『일 마티노』지에 기사를 싣게 된 것도 릴라가 그때 안면을 터두었던 고객 덕분이 아니었던가. 그런데 대체 뭐가 문제란 말인가.

"너는 수줍음이 너무 많아."

릴라가 말했다.

"네가 그들보다 훨씬 뛰어난 사람이라는 걸 알아야 해. 너는 그 사람들보다 훨씬 중요한 일을 하게 될 거야."

릴라는 니노에게 키스했다. 하지만 니노는 그 후 밤마다 이런저런 핑곗거리를 만들어 혼자 나가버렸다. 집에 있을 때도 공부만 했다. 그러면서도 허름한 노동자 아파트의 형편없는 방음 상태에 대해서 투덜대거나 아버지에게 돈을 구걸하러 갈 생각에 한숨을 쉬었다. 아버지는 틀림없이 잠은 어디에서 자느냐, 무엇을 하며 살고 있느냐,

어디에서 살고 있고 무엇을 공부하고 있느냐는 등의 질문으로 그를 괴롭힐 터였다. 전혀 관계가 없어 보이는 것 간의 연결고리를 찾아내는 릴라의 능력에 대해서도 그는 예전처럼 기뻐하지 않고 고개를 저으며 짜증을 냈다.

얼마 지나지 않아서 그의 기분은 언제나 최악이었고 시험성적은 떨어질 대로 떨어져서는 언젠가부터 릴라와 잠자리에도 같이 들지 않고 공부만 했다. 릴라가 말했다.

"늦었어. 이제 자러 가자."

니노는 무심한 목소리로 대답했다.

"너 먼저 가. 나도 곧 갈게."

이불 밑으로 드러나는 릴라의 실루엣을 바라보면서 니노는 그녀의 따스한 체온을 느끼고 싶은 욕망과 두려움을 동시에 느꼈다.

'나는 아직 대학교도 졸업하지 않은 데다가 직업도 없지 않나.'

니노는 생각했다.

'죽어라 공부만 해도 성공할까 말까인데 결혼한 데다 임신까지 하고 아침마다 토하면서 자제심을 잃게 만드는 이 여자와 여기에서 이러고 있어도 될까.'

『일 마티노』지가 자신의 글을 거절하자 니노는 너무 힘들어 했다. 릴라는 니노를 위로하며 글을 다른 신문사에 보내자고 했다.

"내일 내가 통화해볼게."

릴라는 솔라라 형제의 가게에서 일하는 동안 안면을 터둔 편집장에게 전화를 걸어 글에 무슨 문제가 있는지 물어보려 했던 것이다. 하지만 니노는 쏘아붙였다.

"아무에게도 전화하지 마."

"왜?"

"왜냐면 그 개자식이 관심 있는 것은 내가 아니라 너니까."

"그렇지 않아."

"아니, 내 말이 맞아. 내가 뭐 바보인 줄 알아? 넌 문제만 일으킬 뿐이야."

"무슨 뜻이야?"

"네 말을 듣지 말걸 그랬어."

"내가 뭘 어떻게 했는데?"

"내 생각을 혼란스럽게 했잖아. 너는 한 방울씩 떨어지는 물방울 같아. 똑, 똑, 똑 소리를 내며 떨어지지. 네 마음대로 될 때까지 결코 멈추지 않아."

"네가 생각해낸 글이고 네가 쓴 글이야."

"맞아. 그런데 왜 네 번이나 다시 쓰게 한 거야?"

"다시 쓰려고 했던 건 너야."

"리나. 내 말 똑똑히 들어. 넌 네가 하고 싶은 일을 해. 돌아가서 구두를 팔든 햄을 팔든 마음대로 해. 하지만 부탁이니 이룰 수 없는 꿈을 이루려고 애쓰다가 나까지 망가뜨리지는 말아줘."

그날은 동거가 시작된 지 정확히 23일째 되는 날이었다. 신들은 다른 이들의 방해를 받지 않고 서로를 탐할 수 있도록 23일 동안 이들을 구름 속에 숨겨주었다. 릴라는 니노의 말에 깊은 상처를 받고 말했다.

"꺼져버려."

니노는 화를 내면서 스웨터 위에 재킷을 걸쳐 입고는 문을 등 뒤로 쾅 닫았다.

릴라는 침대에 앉아 생각에 잠겼다.

'10분 후면 다시 돌아올 거야. 책, 공책, 면도용 비누, 면도기도 다

놔두고 갔으니 돌아오겠지.'

그러고는 울음을 터뜨렸다.

'어떻게 감히 그와 함께 살 생각을 했지? 그를 도와줄 수 있다고 생각한 거지? 다 내 잘못이야. 내 머릿속에 든 생각을 써내려다 그에게 잘못된 글을 쓰게 했어.'

릴라는 침대에 누워 니노를 기다렸다. 밤새 기다렸지만 니노는 돌아오지 않았다. 아침에도, 그 후로도 영영 돌아오지 않았다.

92

이제부터 내가 들려줄 이야기는 여러 사람에게서 각기 다른 시점에 들은 이야기를 엮은 것이다. 우선 니노부터 시작해보자. 그는 캄피 플레그레이를 떠난 후 부모님 집으로 피신했다. 어머니는 그를 돌아온 탕자가 받아 마땅한 대우보다 훨씬 더 따뜻하게 대해주었다. 아버지와는 한 시간도 되지 않아 크게 싸웠다. 도나토 사라토레는 사투리로 집에서 아예 나가버리든지 아니면 계속 머무르든지 선택하라고 했다. 그런 식으로 한 달 동안 아무에게도 알리지 않고 자취를 감추었다가 맡긴 돈을 찾으러 온 사람처럼 돌아오는 것은 용납할 수 없는 일이라고 했다.

니노는 제 방에 틀어 박혀서 혼자 깊은 생각에 잠겼다. 당장에라도 릴라에게 달려가 사과하고 그녀를 사랑한다고 외치고 싶었다. 그러나 상황을 분석해보고 나니 자신이 이러지도 저러지도 못하는 상황에 처했음을 깨달았다. 자기의 잘못도, 릴라의 잘못도 아니었다. 욕망 때문이었다. 지금은 그녀에게 돌아가서 입을 맞추고 잘못을 인정하고 싶어서 견딜 수 없지만 다른 한편으로는 오늘 실망감에 못

이겨 우발적으로 한 일이 사실은 잘한 일이라는 것을 너무나 잘 알고 있었다.

'리나는 내게 어울리지 않아. 리나는 임신을 한 데다 그 배 안에 대체 무엇이 들어 있을지 생각하면 겁이 덜컥 나. 절대로 돌아가서는 안 돼. 브루노에게 달려가 돈을 빌려서 레누처럼 나폴리를 떠나야겠어. 다른 곳으로 공부를 하러 떠나야겠어.'

니노는 하루 밤낮을 꼬박 심사숙고했다. 릴라가 그리워 미칠 것 같았지만 다른 한편으로는 릴라의 교육받지 못한 단순함, 지나치게 영리한 무지, 언뜻 들으면 대단한 영감 같지만 실은 위험하기 짝이 없는 발상으로 자신을 끌어당기는 힘에 대해서 생각하면 그리움이 식어갔다.

저녁에 브루노에게 전화를 건 다음 반쯤 정신 나간 상태에서 그의 집으로 향했다. 비를 맞으면서 버스정류장까지 뛰어가 버스에 올라탔다. 그러다가 갑자기 생각을 바꿔 가리발디 광장에서 내려 캄피플레그레이로 가는 지하철을 탔다. 집에 도착하자마자 릴라를 다시 품에 안고 일으켜 세워 현관문 벽 쪽으로 밀어붙일 생각밖에 나지 않았다. 그 순간 니노에게 가장 중요한 것은 그것밖에 없었다. 나머지는 나중에 생각할 셈이었다.

밖은 이미 어두웠다. 니노는 빗속을 성큼성큼 걸어갔다. 자신을 향해 다가오는 어두운 형상은 미처 눈치채지 못했다. 검은 형상은 엄청난 힘으로 니노를 밀어 땅에 쓰러뜨렸다. 그때부터 꽤 오랫동안 니노는 처참히 짓밟혔다. 쉴 새 없이 발길질과 주먹질을 당했다. 때리는 동안 공격자는 감정 없는 목소리로 말했다.

"그녀를 내버려둬. 다시는 그녀를 만나지도 만지지도 마. 따라해 봐. 나는 그녀와 헤어지겠습니다. 따라해. 나는 그녀를 다시는 만나지도 그녀의 몸에 손을 대지도 않겠습니다. 더러운 자식. 다른 사람의 계집을 취하니 기분이 좋아? 어서 말해. 제가 잘못했습니다. 그녀를 떠나겠습니다."

니노가 그의 요구를 그대로 따라했는데도 공격자는 매질을 멈추지 않았다. 니노는 아픔보다는 두려움에 정신을 잃고 말았다.

93

니노를 짓밟은 것은 안토니오였다. 하지만 안토니오는 자신의 주인에게 이 소식을 전하지 않았다. 미켈레가 사라토레의 장남을 찾았냐고 물었을 때 그렇다고 대답했다. 하지만 미켈레가 눈에 띄게 안절부절못하면서 그러면 릴라도 찾았냐고 물었을 때는 찾지 못했다고 했다. 미켈레가 릴라의 소식을 묻자 릴라에 대한 소식은 듣지 못했지만 사라토레 집안 장남과 카라치 부인 사이에 아무런 관계가 없는 것은 확실하다고 했다.

물론 거짓말이었다. 안토니오가 니노와 릴라를 찾은 것은 이미 꽤 오래전의 일이었다. 우연히 공산당원들을 두들겨 패주러 갔다가 그들을 목격한 것이었다. 몇몇 공산당원의 면상을 박살낸 후에 그새 자리를 피한 연인의 뒤를 쫓아갔다. 그들이 함께 지내고 있다는 사실과 그들이 사는 곳도 알아냈다. 그 후 며칠 동안 그들의 행동을 구체적으로 파악했다.

둘의 모습을 보면서 경외심과 질투심을 동시에 느꼈다. 안토니오는 릴라가 놀라웠다. 어떻게 그렇게 좋은 집, 남편과 식료품점, 자가용에 구두사업, 솔라라 형제와의 거래까지 모두 내팽개친 채 땡전 한 푼 없는 학생 나부랭이를 선택할 수 있단 말인가. 예전 고향집보다 못한 집에 살면서 말이다.

릴라는 용감한 걸까 아니면 정신이 나간 걸까. 안토니오는 니노에 대한 질투심에 사로잡혔다. 그가 가장 참기 힘들었던 것은 나와 안토니오가 사귀던 시절 내가 좋아했던 그 못생긴 말라깽이 자식에게 릴라까지 푹 빠졌다는 사실이었다.

도나토 사라토레 아들놈의 매력은 대체 뭘까. 그의 장점은 대체 뭘까. 밤낮을 고민하다가 그는 결국 신경과민증세까지 오고 말았다. 특히 손이 예민해져서 쉴 새 없이 깍지를 끼고 기도하는 것처럼 꽉 쥐곤 했다.

안토니오는 릴라를 해방시켜주어야겠다는 결론을 내렸다. 당사자인 릴라는 자유로워지고 싶은 마음이 전혀 없었지만 말이다. 하지만 사람들이 자신에게 뭐가 좋고 뭐가 나쁜 것인지 이해하기까지는 시간이 걸리는 법이다. 그러니 진정 남을 돕는다는 것은 생의 특정한 순간에 자기 혼자서는 도저히 못할 법한 일을 대신해주는 것이라고 생각했다.

미켈레가 사라토레네 장남을 두들겨 패라고 명령을 내린 것은 아니었다. 애당초 니노와 릴라가 함께 있다는 사실을 전하지 않았으니 그런 명령을 내릴 턱이 없었다. 그를 때린 것은 안토니오가 결정한 일이었다. 릴라에게서 그를 떼어놓고 그로서는 도저히 이해할 수 없는 이유로 릴라가 포기한 많은 것을 그녀에게 되돌려주기 위해서였다.

다른 한편으로는 그저 니노를 패주고 싶어서이기도 했다. 니노가 싫어서가 아니었다. 안토니오에게 니노는 계집애같이 부드러운 피부에 너무 길고 가냘픈 뼈대를 가진 보잘것없는 약골일 뿐이었다. 니노 자체보다는 릴라와 내가 과거부터 현재까지 그에게 특별한 의미를 부여했기 때문에 그를 쓰러뜨리고 싶었던 것이다.

훗날 안토니오가 그 이야기를 들려주었을 때 나는 그를 이해할 수 있을 것 같았다. 애틋한 마음에 그가 겪었을 격렬한 감정을 위로하는 의미에서 나는 안토니오의 뺨을 부드럽게 쓰다듬었다. 안토니오는 얼굴이 빨개지더니 어쩔 줄 몰라했다. 그는 자신이 짐승 같은 사람이 아니라는 것을 증명하려는 듯 말했다.

"그래도 나중에 내가 도와줬어."

안토니오는 사라토레네 장남을 일으켜 세우고는 반쯤 넋이 나간 상태의 그를 약국 앞까지 데려다주었다. 그러고는 파스콸레와 엔초에게 릴라 문제를 의논하러 우리 동네로 되돌아왔다. 둘은 마지못해 안토니오와 한 약속 장소에 나왔다. 둘 다 그를 친구로 생각하지 않은 지 오래였다.

안토니오 누이의 약혼자 파스콸레는 특히 더 심했다. 하지만 안토니오는 개의치 않았다. 솔라라 형제에게 몸을 팔아넘긴 자신에 대한 그들의 적의가 우정을 망가뜨릴 정도라고는 생각하지 않았다. 서운한 마음에 투정을 부리는 정도일 뿐이라고 생각했다. 안토니오는 니노에 대한 이야기는 꺼내지 않았다. 자신이 릴라를 찾았고 릴라를 도와줘야 한다는 사실만 이야기했다.

"우리가 그 애를 어떻게 도와?"

파스콸레가 거칠게 물었다.

"자기 집으로 돌아가게 해야지. 리나는 레누차를 만나러 간 게 아니야. 캄피 플레그레이에 있는 다 쓰러져가는 아파트에서 살고 있어."

"혼자서?"

"그래."

"대체 왜 그런 거래?"

"나도 몰라. 이야기는 안 해봤어."

"왜?"

"미켈레 솔라라가 시켜서 찾아낸 거거든."

"너 정말 더러운 파시스트로구나."

"나는 파시스트고 뭐고 아무것도 아니야. 그저 내 일을 했을 뿐이야."

"잘했다. 그래서 원하는 게 뭐야?"

"미켈레에게는 리나를 찾았다고 하지 않았어."

"그래서 어쩌려고?"

"일자리를 잃고 싶지 않아. 나는 돈을 벌어야 하거든. 내가 거짓말한 것을 미켈레가 알게 되면 나는 해고될 거야. 그러니 너희 둘이 가서 리나를 집으로 데려다줘야겠어."

파스콸레는 다시 안토니오에게 거친 욕설을 내뱉었다. 안토니오는 파스콸레의 거친 말에 거의 반응을 나타내지 않았다. 하지만 미래의 처남이 될 사람이 릴라가 남편과 그 모든 것을 버리고 떠난 것은 잘한 일이라고 하자 그제야 불안해지기 시작했다. 파스콸레는 릴라가 솔라라 형제가 운영하는 가게를 떠나기로 결심했고 스테파노와의 결혼이 실수였다는 것을 깨달은 거라면 굳이 자기가 나서서 릴라를 데려오고 싶지 않다고 했다.

"그러면 리나를 캄피 플레그레이에 혼자 내버려두겠다는 거야?"

안토니오가 믿을 수 없다는 듯이 물었다.

"돈 한 푼 없이 혼자서?"

"그러는 우리는 뭐 부자야? 리나도 다 컸으니 사는 게 어떤 건지 알겠지. 그런 선택을 했다면 나름대로 이유가 있을 테니 내버려두자고."

"리나는 우리가 필요할 때마다 도와줬잖아."

릴라가 준 돈이 생각나자 파스콸레는 부끄러워졌다. 파스콸레는 부자와 빈민, 동네 안팎에서 여성들이 처한 상황에 대한 일반론적인 이야기를 중얼거리면서 경제적으로 도움을 주는 거라면 자기도 참여할 의향이 있다고 했다. 그때까지 한마디도 하지 않고 이야기를 듣고만 있던 엔초는 성가시다는 듯 파스콸레의 말을 멈추게 한 다음 안토니오에게 말했다.

"어디 주소 좀 줘봐. 대체 무슨 생각을 하고 있는 건지 내가 리나와 이야기해볼게."

94

다음 날 엔초는 정말로 릴라를 찾아갔다. 지하철을 타고 캄피 플레그레이에서 내려 길을 찾아 건물 입구에 섰다.

나는 한동안 엔초에 대한 소식을 거의 듣지 못했었다. 그때 그는 자신을 둘러싼 모든 것에 신물이 나 있는 상태였다. 허구한 날 넋두리만 늘어놓는 어머니도, 형제를 부양해야 한다는 부담감도, 야채시장의 카모라 일당도, 야채와 과일이 담긴 수레를 끌고 동네를 돌아다녀봤자 시간이 갈수록 수입이 줄어든다는 사실도, 파스콸레와 나누는 정치 이야기도, 심지어는 카르멘과의 관계조차도 탐탁지 않아 했다. 하지만 워낙 내성적인 성격이라 엔초를 파악하기란 쉽지 않았다.

카르멘에게서 그가 비밀리에 공부를 시작했다는 말은 들었다. 그는 기술학교 졸업 학위를 따고 싶어 했다. 그 이야기를 들었던 때가 아마도 크리스마스였던 것 같은데 같은 날 카르멘은 그해 봄 엔초가 군대에서 돌아온 이래로 그녀에게 딱 네 번 입을 맞췄을 뿐이라고 나에게 말했다. 그러면서 화를 내며 덧붙였다.

"사내도 아닌 것 같아."

우리들은 남자가 여자를 잘 돌보지 않으면 종종 사내가 아니라고 말했다. 그렇다면 엔초는 사내일까? 아닐까? 나는 남성의 어두운 일면을 전혀 이해하지 못했다. 사실 우리 모두가 그랬다. 그렇기 때문에 남자들이 혼란스러운 행동을 하면 무조건 사내가 아니라고 표현하곤 했다.

솔라라 형제, 파스콸레, 안토니오, 도나토 사라토레 같은 사내들은 스타일은 서로 달랐지만 여자를 원한다는 사실은 의심할 바 없었다. 공격적인 여성을 좋아할 수도 있고 종속적인 여성을 좋아할 수도 있고 털털한 여성을 좋아할 수도 있고 섬세한 여성을 좋아할 수도 있지만 어쨌거나 분명한 것은 여성을 원한다는 사실이었다. 노르말레 대학교 시절 내 애인이었던 프랑코도 이들 부류에 속했다.

하지만 알폰소, 엔초, 니노 같은 사내들은 달랐다. 이들 역시 여성 취향이 서로 다르기는 했지만 여성을 대할 때 항상 어느 정도 거리감을 유지하면서 냉정한 태도를 취했다. 여성과 남성 사이에는 벽이 있는데 그 벽을 뛰어넘는 일은 여자들의 몫이라고 생각한 것 같았다.

엔초는 군 복무 후에 이런 성향이 더 강해졌다. 여성의 마음을 사기 위해 아무것도 하지 않았을 뿐 아니라 세상 그 누구의 마음에 들려고도 하지 않았다. 원래 작았던 키가 더 작아진 것 같았다. 마치 자기 자신을 압축시켜서 몸 전체가 에너지로 꽉 찬 하나의 덩어리가 되어버린 느낌이었다. 살이라고는 붙어 있지 않은 얼굴 피부는 한껏 펼쳐놓은 파라솔처럼 팽팽했고 걸어갈 때는 다리를 제외한 신체의 그 어떤 부분도 움직이지 않았다. 팔도 목도 머리도 심지어는 붉은 기가 감도는 금발마저도 헬멧처럼 두피에 딱 달라붙어 움직이지 않았다. 릴라를 찾아가기로 마음먹은 후 그는 파스콸레와 안토니오에게 릴라를 찾아가보겠다는 이야기를 먼저 하기는 했지만 의논하려고 한 것이 아니라 짧은 통보로 모든 논란의 소지를 차단하기 위해서였다.

캄피 플레그레이에 도착했을 때도 엔초는 망설임이 없었다. 그는 길을 찾아 건물 입구에 도착해 계단을 올라갔다. 그리고 흔들림 없는 태도로 릴라가 사는 집의 초인종을 눌렀다.

95

10분이 지나고, 한 시간이 지나고, 하루가 지나도 니노가 돌아오지 않자 릴라의 못된 성격이 고개를 들었다. 버림받았다기보다는 모욕을 당한 것처럼 느껴졌다. 릴라 자신도 자기가 니노에게 적합한 상대는 아니라는 것을 인정하고 있었지만 니노가 단 23일 만에 자신의 삶에서 사라짐으로써 그 사실을 잔혹하게 확인시켰다는 것이 참을 수 없게 느껴졌다.

화가 난 릴라는 니노가 놔두고 간 물건을 모두 버렸다. 책, 속옷, 양말, 스웨터, 심지어는 몽당연필까지도. 그러고는 후회가 되어 울음을 터뜨렸다.

울다 지쳐 눈물이 마르자 릴라는 자기가 통통 부어올라 못생겨진 데다 바보 같다고 생각했다. 자신이 사랑했고 자신을 사랑한다고 생각했던 니노가 일으킨 그 쓸쓸한 감정 때문에 비참하게 느껴졌다.

동시에 도시의 모든 소음이란 소음이 다 들리는 얇디얇은 벽면으로 둘러싸인 헐벗은 공간이, 아파트의 실체가 모습을 드러냈다. 그제야 고약한 냄새와 계단 입구에서 들어오는 바퀴벌레, 습기 때문에 생긴 천장의 얼룩이 눈에 들어왔다. 릴라는 유년 시절로 다시 돌아간 것 같은 느낌을 받았다. 꿈 많던 유년 시절이 아니라 하고 싶은 일을 할 수 없었던, 잔혹한 상실감과 온갖 위협과 폭력으로 점철된 유년 시절이 생각났다.

릴라는 불현듯 어린 시절 우리에게 희망이자 위안이었던 부자가 되겠다는 꿈이 머리에서 사라져버린 것을 깨달았다. 캄피 플레그레이의 빈곤은 어린 시절 놀이의 터전이었던 우리 동네의 빈곤보다 더 암울했다. 곧 태어날 아이 때문에 상황이 악화된 데다 가지고 온 돈을 얼마 되지 않은 동안에 모두 써버렸는데도 릴라에게 있어 부는 어린 시절 그랬던 것처럼 상이나 보상처럼 느껴지지 않았다.

유년 시절 꿈꿔왔던 금화와 보석이 넘쳐나는 금고에 대한 환상은 사춘기 시절 식료품점 계산대 서랍과 마르티리 광장 구둣가게에 채색된 금속 상자에 쌓인 고약한 냄새가 나는 꼬깃꼬깃한 지폐 뭉치로 실현되었지만 이제는 그마저도 중요하지 않았다. 그나마 남아 있던 돈에 대한 환상이 완전히 사라져버린 것이다.

돈과 소유욕의 관계는 그녀를 실망시켰다. 자신을 위해서도 곧 태어날 아이를 위해서도 바라는 게 아무것도 없었다. 릴라에게 부유해지는 것이란 니노를 가지는 것이었다. 니노가 떠나버린 지금 릴라는 가난해졌다. 돈으로는 해결할 수 없는 빈곤함이었다. 어린 시절부터 저질렀던 수많은 실수가 쌓이고 쌓여 마지막 실수로 결말을 맺었다. 자기가 사라토레 집안의 장남 없이 살 수 없듯이 그도 그럴 것이라고 믿어버리고 만 것이었다. 자신들이 세상에 둘도 없는 특별한 운명을 타고났으며 평생 서로 사랑할 것이라고 믿은 것이었다. 사랑만 있으면 다른 것은 아무것도 필요치 않을 것이라고 믿은 것이었다.

자신의 잘못된 판단으로 인해 처하게 된 상황을 나아지게 할 방도가 없었기에 릴라는 죄책감에 빠져 집 밖으로 나가지도, 니노를 찾지도 않았다. 먹지도 않았고, 마시지도 않았다. 자신과 아이의 삶이 의미를 잃고 허물어질 때까지 그저 기다리기로 했다. 릴라는 아무런 감정도 느낄 수 없었다. 버림받았다는 사실조차 실감이 나지 않았기에 화도 나지 않았다.

그때 누군가 초인종을 눌렀다.

릴라는 니노일 것이라고 생각하고 문을 열었지만 거기엔 엔초가 서 있었다. 그래도 실망스럽지 않았다. 엔초가 어린 시절 교장 선생님과 올리비에로 선생님이 시킨 경합에서 패배한 후 분을 못 이겨 자기에게 돌팔매질을 한 다음에 과일을 가져다주었던 것처럼 지금도 과일을 가져다주러 온 것이라고 생각하니 웃음이 나왔다.

엔초는 그 웃음을 릴라의 상태가 정상이 아니라는 증거로 받아들였다. 이웃 사람들이 릴라를 사내를 받는 창녀라고 오해할까봐 집 안에 들어와서도 예의상 문을 살짝 열어두었다. 주변을 둘러보고 나서 릴라의 흐트러진 모습을 바라보았다. 아직까지는 표시가 잘 나지 않아 임신을 한 것까지는 몰랐지만 도움이 필요한 상태라는 것은 확실히 알 수 있었다. 엔초는 특유의 진지한 태도로 아직도 진정하지 못하고 웃고 있는 릴라를 향해 무뚝뚝하게 말했다.

"그만 가자."

"어디로?"

"네 남편에게 가야지."

"스테파노가 보내서 온 거야?"

"아니야."

"그럼 누가 보낸 건데?"

"누가 보내서 온 게 아니야."

"난 아무 데도 가지 않아."

"그럼 나도 여기 있을게."

"언제까지?"

"네가 가기로 마음먹을 때까지."

"일은 어쩌고?"

"지겨워졌어."

"카르멘은?"

"네가 훨씬 더 중요해."

"카르멘한테 일러야겠다. 그러면 너와 헤어지려 할걸?"

"내가 말할 거야. 벌써 마음먹은 일이야."

그때부터 엔초는 목소리를 낮추고 냉정하게 말했다. 릴라는 깔깔
거리면서 놀림조로 대답했다. 이미 사라진 지 오래인 과거의 세상과
인물들과 감정에 대해서 말장난을 하는 것 같았다. 비현실적인 대화
를 나누는 사람의 태도였다. 엔초는 이를 눈치채고 얼마 동안 아무
말도 하지 않았다. 집 안을 둘러보다 릴라의 여행 가방을 찾아내고
는 서랍이며 옷장에 있는 물건들을 가방에 넣었다. 릴라는 그가 하
는 대로 내버려두었다. 순간 그녀에게 엔초는 피와 살로 구성된 사
람이 아니라 영화관 화면에서 볼 수 있는 컬러로 된 그림자처럼 보
였다. 이야기를 하는 동안에도 릴라의 눈에는 엔초가 빛의 굴절로
인해 나타나는 현상으로 비춰질 뿐이었다. 엔초는 짐을 다 싼 다음
릴라에게 기억에 남을 만한 이야기를 들려주었다. 그는 언제나처럼
상대방에게 집중하면서도 거리감을 유지하면서 이야기했다.

"리나, 나는 어린 시절부터 너를 좋아해왔어. 너는 너무나 아름답

고 똑똑한데 나는 키도 작은 데다 못생기고 별 볼일 없는 사람이라 좋아한다고 말하지 않았던 거야. 이제 네 남편에게 돌아가자. 난 네가 네 남편을 떠난 이유도 모르고 알고 싶지도 않아. 내가 아는 것은 너는 여기에 있을 수 없다는 거야. 넌 이 쓰레기 같은 곳에서 살 사람이 아니야. 너의 집 현관까지 데려다주고 기다릴게. 스테파노가 널 함부로 대하면 올라가서 그 자식을 죽여버릴 거야. 하지만 그렇게 하지는 않을 거라고 생각해. 아니, 네가 돌아가면 기뻐할 거야. 우리 약속하자. 네 남편과 이야기가 잘 되지 않으면 내가 너를 그에게 데려다주었으니 내가 책임지고 너를 다시 데리고 나올게. 어때?"

릴라는 웃음을 멈췄다. 눈을 가늘게 뜨고 처음으로 엔초의 말에 진지하게 귀를 기울였다. 그때까지 둘 사이에는 왕래가 거의 없었다. 하지만 가끔이나마 그들 사이에 일어난 일을 옆에서 지켜볼 때면 나는 항상 놀라곤 했다. 그들 사이에는 혼란스러웠던 어린 시절의 경험으로부터 비롯된 무언가 정의내릴 수 없는 감정이 존재했다. 나는 릴라가 엔초를 은연중에 신뢰하고 있었다고 생각한다. 엔초라면 정말로 믿을 수 있다고 생각했던 것 같았다. 엔초가 가방을 들고 열려 있는 문 쪽으로 가자 릴라는 잠시 망설이다가 그를 따라 나갔다.

96

엔초가 릴라를 집으로 데려다준 날 저녁, 그는 정말로 릴라와 스테파노 집 창문 아래서 한참을 기다렸다. 스테파노가 릴라를 때리기라도 했다면 엔초는 집으로 올라가 스테파노의 숨통을 끊어놓았을 것이다. 하지만 스테파노는 릴라를 때리지 않았다. 오히려 청결하고 정돈이 잘 된 집 안으로 그녀를 기쁘게 맞이했다. 스테파노는 증거도 없는데 릴라가 정말로 나를 보러 피사에 다녀온 것처럼 행동했다.

릴라는 그 어떤 변명도 하지 않았다. 다음 날 잠에서 깬 후 마지못해 스테파노에게 말했다.

"나 임신했어."

스테파노는 너무나 기뻐했다. 릴라가 "당신 아이는 아니야"라고 덧붙였는데도 한없이 행복한 웃음을 터뜨렸다. 릴라가 화를 내며 같은 문장을 두세 번 반복하면서 남편을 주먹으로 때리려 하자 스테파노는 릴라를 달래면서 입을 맞추며 속삭였다.

"이제 그만해, 리나. 그만. 그만. 나 정말 너무 행복해. 지금까지 당신을 제대로 보살펴주지 않은 거 알아. 하지만 이제 그만하자. 내게 더는 아픈 말을 하지 말아줘."

스테파노의 두 눈에는 기쁨의 눈물이 차올랐다.

릴라는 오래전부터 사람들이 진실 때문에 스스로 상처받지 않기 위해서 거짓말을 한다는 사실을 잘 알고 있었다. 하지만 남편이 기쁨에 겨워 자기 자신을 철저히 속이는 것을 보고 놀랐다. 그렇지만 이제는 정말이지 상관없다고 생각했다. 스테파노도 아이도 상관없었다. 릴라는 아무런 감정 없이 "당신 아이가 아니야"라고 몇 번 되뇌다가 임신기의 무기력함에 몸을 내맡겼다. 스테파노가 우선은 고통스러운 진실을 외면하고 싶은 것이라고 생각했다.

'상관없어. 원하는 대로 하라지. 어차피 지금 고통받지 않더라도 나중에 가서는 괴로울 테니.'

릴라는 스테파노에게 하고 싶은 일과 하기 싫은 일 목록을 열거하기 시작했다. 우선 구둣가게에서도 식료품점에서도 일하고 싶지 않다고 했다. 친구와 친척을 막론하고 아무도 만나고 싶지 않다고 했다. 솔라라 형제는 꼴도 보기 싫다고 했다. 대신 집에서 아내와 어머니 역할을 하겠다고 했다. 스테파노는 릴라가 며칠 지나지 않아 생각을 바꿀 것이라고 생각하고 릴라의 요구사항을 들어주었다. 그런데 릴라는 정말로 아파트에서 문을 걸어 잠그고 스테파노의 사업과 오빠와 아버지의 사업, 양가 친척 일에 얽매이지 않으려 했다.

피누차가 디노라는 애칭을 가진 아들 페르난도를 데리고 두어 번 찾아왔지만 릴라는 문을 열어주지 않았다.

한 번은 리노가 신경이 잔뜩 날카로워진 상태로 찾아왔다. 릴라는 오빠를 집 안에 들이고 그가 늘어놓는 불평불만을 들어주었다. 릴라가 가게에서 자취를 감춘 뒤 솔라라 형제가 얼마나 화를 냈는지, 스테파노가 제 일만 챙기고 구두공장에는 한 푼도 더 투자하지 않는 바람에 사업이 얼마나 힘들어졌는지에 대해서 주절주절 늘어놓았다. 리노가 입을 다물자 마침내 릴라가 말했다.

"오빠. 오빠는 우리 집 장남인 데다 이제는 성인이고 결혼도 하고 아들까지 생겼잖아. 그러니 부탁이야. 이제부터 제발 나한테 찾아오지 말고 스스로 인생을 좀 살아봐."

리노는 기분이 완전히 상했다. 주변 사람들은 모두 부자가 됐는데 누이는 시집 사람이 되어 친정 생각은 눈곱만큼도 하지 않아 자기만 어렵게 되었다고 했다. 그나마도 이제까지 이루어낸 것을 다 잃게 생겼다면서 징징대다가 풀이 죽어 돌아갔다.

미켈레까지도 일부러 시간을 내서 릴라를 찾아왔다. 그는 스테파노가 집에 없을 시간만을 골라서 왔다. 처음에는 하루에 두 번씩이나 찾아왔다. 하지만 릴라는 결코 문을 열어주지 않았다. 숨소리조차 내지 않고 부엌에 조용히 앉아 있었다. 그녀가 끝내 문을 열어주지 않자 어느 날 미켈레는 "네가 뭐 대단한 사람이라도 되는 줄 알아? 이 창녀 같은 년. 넌 나와 한 약속을 지키지 않았어!"라고 외치며 떠나갔다.

릴라가 반갑게 맞는 사람은 눈치아 아주머니와 시어머니 마리아 아주머니뿐이었다. 어머니들은 릴라가 임신한 동안 그녀를 세심히 돌보아주었다. 릴라는 구역질은 멈췄지만 안색이 잿빛으로 변했다. 겉모습보다 몸 속이 뚱뚱해지고 부어오른 느낌이었다. 몸 안의 모든 기관에 살이 붙기 시작한 것 같았다. 아이의 숨결에 배가 고기로 만든 풍선처럼 점점 부풀어올랐다. 배가 한없이 불러오자 릴라는 평소에 가장 두려워하던 일이 일어날까봐 걱정이 되었다. 자기 몸이 계속 커지다 터져버려서 몸 속 내용물이 밖으로 흘러나와 버릴까봐 두려웠다. 그러다 갑자기 뱃속의 존재를, 그 부조리한 형태의 생명을, 날이 갈수록 커져가다가 어느 순간 자신의 몸에서 꼭두각시 인형처럼 나오게 될 그 조그만 결정체를 사랑하게 되었다.

릴라는 아이 생각에 정신을 추슬렀다. 임신에 대해서 아무것도 몰랐기 때문에 실수하지 않으려고 임신과 임신 기간에 뱃속에서 일어나는 현상과 출산 준비에 대한 책을 닥치는 대로 읽기 시작했다. 릴라는 몇 달 동안 거의 집 밖으로 나가지 않았다. 옷이며 집에 필요한 물건들을 사는 것도 그만두었다. 대신 어머니와 알폰소에게 신문과 잡지를 두어 종류 가져다 달라고 했다. 그 외에는 특별히 돈을 쓰지도 않았다.

한 번은 카르멘이 돈을 부탁하러 들렀는데 릴라는 자기에게는 돈이 없으니 스테파노에게 부탁해보라고 했다. 카르멘은 풀이 죽어 돌아갔다. 릴라는 이제 다른 사람을 신경쓸 겨를이 없었다. 그녀에게 중요한 것은 오직 아이뿐이었다.

카르멘은 이 일에 큰 상처를 입고 전보다 더 노골적으로 릴라에 대한 적의를 드러냈다. 새 식료품점에서 맺었던 동맹관계를 파기했다는 이유로 릴라를 아직 용서하지 않고 있었는데 릴라가 돈지갑까지 닫아버리자 더욱 용서할 수 없게 되었다. 그녀는 무엇보다도 릴라가 제멋대로 행동하고 다니는 것을 용납할 수 없었다. 릴라는 갑자기 사라졌다가 돌아왔다. 그런데도 여전히 사모님 노릇을 하면서 좋은 집에서 살고 게다가 아이까지 생겼다.

카르멘은 여자란 창녀처럼 굴수록 더 잘살게 되는 법이라고 떠들고 다녔다. 그에 비해서 자기는 아침부터 저녁까지 보람 없이 헉헉대면서 일을 하는데도 연달아 불행한 일만 일어난다고 했다. 아버지는 감옥에서 숨을 거둔 데다 어머니는 생각조차 하고 싶지 않은 끔찍한 방식으로 세상을 떠나지 않았는가. 그러던 중에 엔초까지도 어느 날 저녁 가게 앞에서 그녀를 기다리고 있다가 약혼을 파기하고 싶다고 했다.

그게 다였다. 언제나처럼 그는 말이 짧았다. 그 어떤 설명도 하지 않았다. 카르멘은 울면서 오빠를 찾았고 파스콸레는 이유를 묻기 위해 엔초를 찾았다. 엔초는 설명하지 않았고 둘은 그 후로 말을 하지 않게 되었다.

나는 부활절 방학 동안 잠시 고향에 돌아갔을 때 공원에서 카르멘을 만났다. 그녀는 나를 붙잡고 하소연했다.

"군 복무 기간 내내 그를 기다려준 내가 멍청이지. 아침부터 저녁까지 돈 몇 푼 벌어보겠다고 일하는 내가 바보야."

카르멘이 울면서 말했다. 카르멘은 이제 모든 것에 지쳤다고 했다. 그러더니 밑도 끝도 없이 릴라 욕을 해댔다. 릴라가 미켈레와 바람을 피웠다고까지 했다. 미켈레가 카라치네 집을 배회하는 모습을 종종 봤다고 했다.

"그 애는 바람을 피우지 않거나 돈이 없으면 못 살아."

카르멘이 내뱉었다.

니노에 대한 말은 한마디도 듣지 못했다. 놀랍게도 동네에 릴라와 니노의 관계에 대해서 아는 사람은 한 명도 없었다. 안토니오가 자기가 니노를 험하게 두들겨 팼다는 것과 릴라를 찾으러 엔초를 보냈다는 이야기를 들려준 것은 바로 그즈음이었다. 안토니오가 평생 나에게만 이 이야기를 했고 아무에게도 이 이야기를 하지 않았다고 나는 확신한다.

알폰소에게 알아낸 이야기도 있다. 알폰소를 압박하자 그는 마리사에게서 니노가 밀라노로 공부하러 떠났다는 이야기를 들었다고 했다. 그들과 대화를 나눈 덕분에 부활절 전주 토요일에 우연히 릴라를 큰길에서 만났을 때 내가 릴라의 인생에 대해서 릴라보다 아는 바가 더 많고 적어도 지금까지 들은 바로는 니노를 내게서 앗아간 결과가 그다지 좋지 않았다는 사실에 미묘한 기쁨을 느꼈다.

내가 다시 릴라를 만났을 때 릴라는 배가 꽤나 많이 나와 있었다. 깡마른 몸에 배만 혹처럼 튀어나와 있었다. 얼굴에는 임신한 여성 특유의 생기 넘치는 아름다움이 없었다. 오히려 얼굴이 약간 못생겨진 느낌이었다. 안색이 누런 데다 광대뼈가 튀어나와 보였다. 둘 다 아무렇지 않은 양 행동했다.

"몸은 어때?"

"좋아."

"배 만져봐도 돼?"

"그럼."

"그 일은 어떻게 됐어?"

"무슨 일?"

"이스키아 섬에서 있었던 일 말이야."

"다 끝났어."

"안타깝네."

"너는 어때?"

"공부하고 있어. 내가 지낼 공간도 있고 필요한 책도 다 있어. 남자친구 비슷한 사람도 있고."

"남자친구 비슷한 사람이라고?"

"그래."

"이름이 뭔데?"

"프랑코 마리라고 해."

"직업은?"

"나처럼 학생이야."

"너 안경 정말 잘 어울린다."

"프랑코가 사줬어."

"이 옷은?"

"옷도 프랑코 선물이야."

"부자인가보네?"

"응."

"잘됐다. 공부는 잘 돼?"

"힘들어. 열심히 하지 않으면 쫓겨날 수 있거든."

"그렇게 되지 않도록 조심해."

"그래야지."

"네가 부러워."

"부럽긴."

릴라는 산달이 7월이라고 했다. 과거 자기에게 해수욕을 권했던 의사의 관리를 받는다고 했다. 동네 산파가 아닌 의사에게 출산을 맡길 예정이라고 했다.

"아이가 걱정 돼."

릴라가 말했다.

"그래서 아이를 집에서 낳기 싫어."

병원에서 아이를 낳는 것이 더 좋다는 말을 책에서 읽었다고 했다. 릴라는 미소를 지으며 배를 어루만졌다. 그러고는 의미가 모호한 말을 내뱉었다.

"내가 아직도 여기 있는 것은 아이 때문이야."

"뱃속에 아이가 있는 건 멋진 느낌이야?"

"아니. 소름이 끼치지만 그래도 기쁜 마음으로 감수하는 거야."

"스테파노는 화가 풀렸어?"

"편한 대로 생각하는 것 같아."

"무슨 뜻이야?"

"그는 아직도 내가 잠시 정신이 나가서 너를 보러 피사에 갔었다고 생각하고 있어."

"피사에? 너랑 내가 함께 있었다고?"

"그래."

"그가 물어보면 정말 그렇게 말해야 해?"

"원하는 대로 해."

우리는 편지를 쓰기로 약속하고 작별인사를 했다. 하지만 한 번도 편지를 주고받지 않았고 나 역시 굳이 출산 소식을 물으려 하지 않았다. 가끔 어떤 생각이 막연하게 떠오르려 했지만 나는 그 생각이 무엇인지 완전히 인식하기 전에 일부러 떨쳐내버렸다. 나는 릴라에게 뭔가 일이 일어나 아이가 태어나지 않기를 은근히 바라고 있었다.

97

그 기간에 나는 자주 릴라 꿈을 꿨다. 한 번은 릴라가 레이스가 치렁치렁한 녹색 잠옷을 입고 침대에 앉아 있는 꿈을 꿨다. 현실에서 한 번도 한 적이 없는 땋은 머리를 하고 있었다. 품 안에 분홍색 옷을 입은 여자아이를 안고 있었는데 슬픈 목소리로 되풀이해서 말했다.

"사진을 좀 찍어줘. 하지만 아이 모습은 나오지 않게 해줘. 나만 나오게 해줘."

또 한 번은 내게 반갑게 인사하며 나와 이름이 같은 딸을 불렀다.

"레누! 어서 와서 이모에게 인사드리렴."

그러자 우리보다 훨씬 늙어 보이는 뚱뚱한 거인이 나타났다. 릴라는 내게 아이의 옷을 벗기고 몸을 씻긴 다음 기저귀를 갈고 포대기를 둘러달라고 했다.

잠에서 깬 후 알폰소에게 전화를 걸어 아이가 잘 태어났는지, 릴라는 행복한지 묻고 싶었다. 하지만 공부할 것이 너무 많고 시험 준비를 해야 했기에 다음 날이면 잊어버리고 말았다.

8월에 학업과 시험에서 벗어나게 되었지만 그 해에는 집에 돌아가지 않았다. 나는 부모님에게 이런저런 이유를 둘러대고는 프랑코와 함께 베르실리아에 있는 그의 별장에서 여름을 보냈다. 그곳에서 나는 처음으로 비키니를 입었다. 한주먹에 다 들어갈 정도로 작은 수영복을 입자 내 자신이 대담하게 느껴졌다.

크리스마스가 되어서야 카르멘에게서 릴라가 극심한 산통에 시달렸다는 것을 알게 되었다.

"하마터면 죽을 뻔했어."

카르멘이 말했다.

"결국에는 의사 선생님이 릴라의 배를 갈라야 했어. 그렇지 않으면 아이가 태어나지 못했을 거래."

"사내아이야?"

"응."

"건강해?"

"정말 예쁜 아이야."

"리나는?"

"리나는 몸이 좀 불었어."

스테파노가 아이에게 자기 아버지의 이름을 물려주기 원했다는 것도 알게 되었다. 릴라는 아이에게 아킬레라는 이름을 붙이기를 결사 반대했다. 한동안 싸우는 일이 없었던 부부는 그 일로 병원이 울릴 정도로 언성을 높이며 다투었다. 고함이 온 병원에 울려 퍼졌다. 간호사들에게 주의를 들을 정도로 소리가 컸다. 결국 아이의 이름은 젠나로, 그러니까 릴라 오빠의 이름을 따서 리노로 결정됐다.

나는 카르멘의 말을 듣기만 할 뿐 별다른 말은 하지 않았다. 기분이 좋지 않았고 그 감정을 참기 위해서 무심한 태도를 취했기 때문이다. 카르멘이 내 태도를 지적했다.

"나만 말을 계속하려니 뉴스 채널이라도 된 것 같아. 너는 우리가 어떻게 되든 상관없는 거지?"

"그럴 리가."

"너 정말 예뻐졌다. 목소리도 달라졌어."

"내 목소리가 안 좋았어?"

"우리랑 비슷한 목소리였지."

"지금은?"

"우리 같은 목소리가 덜해."

그때 나는 1964년 12월 24일부터 1965년 1월 3일까지 열흘간을 고향에서 보냈지만 결국 릴라를 보러 가지는 않았다. 나는 릴라의 아이를 보고 싶지 않았다. 아이의 입과 코와 눈매와 귀 모양에서 니노의 모습을 볼까봐 두려웠다.

집에서는 나를 급히 인사하러 잠시 들른 중요인사 취급을 했다. 아버지는 흡족한 눈으로 나를 바라보았다. 나는 아버지의 만족스러운 눈길을 느낄 수 있었다. 하지만 내가 말이라도 걸려 하면 왠지 민망해했다. 내게 무엇을 공부하고 있는지, 무엇에 필요한 공부인지, 대학 졸업 후에는 어떤 일을 할 생각인지도 묻지 않았다. 알고 싶지 않아서가 아니라 내가 말을 해줘도 이해하지 못할까봐 두려워서였다.

아버지와는 달리 어머니는 여전히 분노에 찬 몸짓으로 집 안을 돌아다녔다. 헷갈릴 수 없는 어머니 특유의 걸음소리를 들으며 어머니를 닮을까봐 두려워했던 어린 시절이 생각났다.

다행히도 나는 성공했다. 나는 어머니와 아주 많이 달랐다. 어머니는 그 사실을 깨닫고 그런 나를 내심 서운하게 생각했다. 지금도 내가 큰 잘못이라도 한 것처럼 말을 했다. 어머니의 목소리에는 언제나 희미한 비난조가 섞여 있었다. 하지만 과거와는 달리 내게 설거지나 식탁정리나 바닥청소를 시키지 않았다.

한동안은 동생들과도 어색했다. 동생들은 내게 표준어로 이야기하려고 애를 썼다. 틀리면 스스로 실수를 정정하며 부끄러워했다. 나는 동생들에게 내가 변하지 않았다는 것을 보여주려고 노력했고 점차 동생들도 그렇게 믿게 되었다.

저녁에는 무엇을 해야 할지 몰랐다. 옛 친구들은 이제 함께 모이지 않았다. 파스콸레는 안토니오와 사이가 좋지 않아 어떻게 해서든 그를 피하려 했다. 안토니오는 아무도 만나지 않으려 했다. 그를 여기저기 내보내는 솔라라 형제 때문에 시간이 없어서이기도 했고 친구들을 만나도 할 말이 없어서이기도 했다. 친구들과 일 이야기를 할 수는 없는데 그에게 일 외에는 사생활이라고 할 만한 것이 없었으니까. 아다는 식료품점에서 퇴근하면 집으로 곧장 달려와 어머니와 동생들을 돌보든가 아니면 너무 피곤하고 우울해서 바로 잠자리에 들었다. 남자친구 파스콸레마저 좀처럼 만나지 않아 파스콸레는 신경이 몹시 날카로워져 있었다.

카르멘은 이제 옛 친구들을 모두 증오했고 모든 일에 넌덜머리를 냈다. 아마 나도 별반 다르지 않았을 것이다. 식료품점 일도 하기 싫어하고, 카라치 부부도 싫어하고, 자신을 버린 엔초와 그런 엔초의 면상을 박살내지 않고 가벼운 다툼만 벌이고 만 오빠도 증오했다.

엔초는 도무지 모습을 나타내지 않았다. 그는 병색이 깊은 어머니 아순타 아주머니를 돌봐야 했다. 돈을 벌기 위해 일을 하지 않는 날에는 밤낮을 가리지 않고 어머니를 보살폈는데 그러면서 놀랍게도 기술학교 졸업장을 따냈다. 나는 엔초가 독학으로 그 힘든 학위를 따냈다는 소식에 호기심이 생겼다.

'엔초가 이렇게 될 줄 누가 알았겠어.'

피사에 돌아가기 전에 나는 일부러 엔초를 찾아가 함께 산책하자고 겨우겨우 설득했다. 시험 결과를 진심으로 축하했지만 엔초는 별일 아니라는 듯 인상을 찡그려 보일 뿐이었다. 어찌나 과묵한지 결국 나 혼자서만 떠들어대고 그는 거의 말을 하지 않았다. 하지만 헤어지기 전에 내게 던진 한마디는 기억한다. 산책하는 동안 우리는 릴라에 대한 이야기는 한마디도 하지 않았었는데 마치 그동안 내가 그녀에 대한 이야기만을 했던 것처럼 그가 갑자기 말했다.

"어쨌든 리나는 온 동네 통틀어서 최고의 엄마야."

그 '어쨌든'이란 표현에 나는 기분이 우울해졌다. 그때까지 엔초
가 특별히 섬세한 사람이라고 생각한 적은 한 번도 없었다. 그런데
그가 내 옆에서 걸으면서 말은 안 했지만 내가 내심 릴라를 원망하
고 있다는 것을 느꼈던 것 같다. 엔초는 내가 릴라에게 화난 이유와
그녀에 대해 가지고 있는 원망스러운 마음을 내 행동에서 읽어내린
것 같았다.

98

릴라는 어린 리누초에 대한 애정 때문에 다시 외출을 시작했다.
그녀는 아이를 머리부터 발끝까지 파란색 옷이나 하얀색 옷으로 차
려입힌 다음 오빠가 터무니없는 가격을 주고 구입한 호화롭지만 불
편하기 짝이 없는 유모차에 태우고 혼자 신시가지를 거닐었다. 리누
초가 울면 식료품점으로 갔다. 거기서 좋아서 어쩔 줄 모르는 시어
머니와 애정 어린 고객들의 칭찬을 들으면서 젖을 먹였다. 그동안
카르멘은 릴라와 아이를 귀찮아하면서 고개를 푹 숙이고 한마디 말
도 없이 일에만 열중했다.

릴라는 아이가 조금만 칭얼대도 젖을 줬다. 아이가 자신에게 딱
달라붙어 있을 때의 느낌이 좋았다. 모유가 자신의 몸에서 아이에게
흘러나와 가슴이 가벼워지는 느낌도 좋았다. 아이와의 관계는 그녀
삶의 유일한 기쁨이었다. 릴라는 아이가 자신에게서 떨어져 나가게
될 순간이 두렵다고 공책에 고백했다.

릴라는 날씨가 좋아지자 석회로 만든 길에 약간의 수풀과 다 죽어
가서 비루해 보이는 나무밖에 없는 신시가지를 떠나 성당 앞 공원까

지 산책을 나갔다. 지나가던 행인들 모두 아이를 보기 위해 발걸음을 멈추고 칭찬을 해 릴라를 기쁘게 했다. 기저귀를 갈아야 할 때는 옛 식료품점을 찾았다. 가게에 들어가면 고객들은 모두 어린 리누초를 반갑게 맞았다.

아다는 지나치게 깨끗한 앞치마를 걸치고 창백한 얼굴의 얇은 입술에는 립스틱을 바르고 머리를 깨끗이 정돈한 채 바쁘게 움직이며 릴라, 유모차, 아이 모두 일에 방해가 된다는 티를 냈다. 아다는 이제 스테파노에게도 명령조였다. 시간이 갈수록 노골적으로 주인과 부적절한 관계를 맺은 하녀처럼 행동하고 다녔다.

릴라는 그래도 별 신경을 쓰지 않았다. 그보다는 무례할 정도로 느껴지는 남편의 무심함이 그녀를 더 혼란스럽게 했다. 둘만 있을 때는 아이에 대해서 무심하기는 해도 냉정하지는 않았는데 밖에서는 고객들은 아이가 내는 소리를 흉내 내면서 아이를 안아보고 입맞추고 싶어 안달인데 정작 아버지인 스테파노는 아이에게 눈길조차 주지 않았다. 오히려 아이에게 관심이 없다는 사실을 일부러 보여주고 싶은 것 같았다.

릴라는 아이를 가게 뒤로 데리고 가서 몸을 씻기고 급히 옷을 다시 입힌 다음 공원으로 돌아갔다. 그곳에서 애틋한 마음으로 아이를 관찰했다. 스테파노가 자신의 눈에는 보이지 않는 그 무엇인가를 봤을지도 모른다는 생각에 아이 얼굴에서 니노의 흔적을 찾아보았다. 하지만 얼마 지나지 않아 그만두기로 했다.

하루하루가 별다른 감흥 없이 흘러갔다. 아이를 돌보는 데 집중해서 책 한 권을 읽는 데 몇 주가 걸렸다. 하루에 기껏해야 두세 페이지 읽을 뿐이었다. 공원에서 아이가 잠들면 가끔 새싹이 돋아나는 나뭇가지를 쳐다보면서 멍하게 있거나 이제는 너덜너덜해진 공책에 무엇인가를 적으면서 시간을 보내곤 했다.

한 번은 성당에서 멀지 않은 곳을 걷다 장례식이 있는 것을 보고 아이와 함께 보러 갔다가 엔초 어머니의 장례식이라는 것을 알게 되었다. 릴라는 창백한 얼굴에 딱딱한 자세로 서 있는 엔초를 보았지만 그에게 조의를 표하지 않았다.

또 한 번은 유모차를 옆에 두고 벤치에 앉아 녹색 표지의 두꺼운 책을 보고 있는데 깡마른 노인네가 눈앞에 나타났다. 숨 쉴 때마다 목에 빨려 들어갈 듯 움푹 파인 뺨에 지팡이를 짚고 있었다.

"내가 누군지 알아보겠니?"

처음에는 알아보기가 쉽지 않았다. 하지만 노인의 눈빛을 바라보니 올리비에로 선생님의 위엄 있는 눈빛이 퍼뜩 떠올랐다. 릴라는 감정에 복받쳐서 벌떡 일어나 선생님을 껴안으려 했지만 선생님은 귀찮다는 듯 몸을 빼냈다. 릴라는 선생님에게 아이를 보여주며 자랑스럽게 말했다.

"이름은 젠나로예요."

그러고는 다른 사람들처럼 선생님도 아이를 칭찬해주기를 기다렸다. 그런데 올리비에로 선생님은 아이를 쳐다보지도 않았다. 옛 제자가 읽던 곳을 잊지 않으려고 손가락을 책 사이에 끼고 있는 두꺼운 책에만 관심을 나타냈다.

"무슨 책이니?"

릴라는 신경이 날카로워졌다. 외모며 목소리는 많이 변했지만 눈빛과 퉁명스러운 말투는 교실에서 질문을 던지던 때 그대로였다. 그래서 릴라도 과거의 태도로 되돌아가 선생님에게 무뚝뚝하고 공격적인 말투로 대답했다.

"『율리시스』예요."

"오디세이에 대한 책이냐?"

"아니요. 현세가 얼마나 비참한지에 대해 쓴 책이에요."

"그리고 또 어떤 이야기를 하지?"

"그뿐이에요. 우리 머릿속에는 쓸데없는 생각만 가득하다고 해요. 인간은 살과 피와 뼈로 구성된 존재일 뿐이라고. 다 똑같은 거라고. 그저 먹고, 마시고, 섹스하는 것에만 관심이 있을 뿐이라고요."

마지막 말에 선생님은 학교에서처럼 릴라를 야단쳤고 릴라는 뻔뻔스럽게 웃음을 터뜨려 늙은 선생님의 심기를 언짢게 했다. 올리비에로 선생님은 릴라에게 책이 어떠냐고 물었다. 릴라는 너무 어려워서 다 이해하기는 힘들다고 했다.

"그런데 왜 읽는 거니?"

"제가 알던 사람도 읽었거든요. 좋아하지는 않았지만."

"너는?"

"저는 마음에 들어요."

"어려워도 말이니?"

"네."

"제대로 이해할 수 없는 책은 읽지 말아라. 상처만 줄 뿐이야."

"상처받을 만한 일이 어디 이것뿐인가요?"

"행복하지 않니?"

"그냥 그래요."

"넌 더 크게 될 아이였는데."

"이미 그렇게 된걸요. 결혼하고 아이까지 낳았잖아요."

"그거야 아무나 할 수 있는 일이고."

"저도 그 아무나 가운데 한 사람이에요."

"아니야."

"아니에요. 선생님이 틀렸어요. 선생님은 언제나 틀렸다고요."

"어릴 때도 버르장머리가 없었는데 지금도 여전하구나."

"선생님이 저를 제대로 가르치지 못해서겠죠."

올리비에로 선생님은 릴라를 물끄러미 바라보았다. 릴라는 선생님의 표정에서 자신의 실수에 대한 불안감을 읽었다. 선생님은 릴라의 눈빛에서 어린 시절 자신이 보았던 지성을 찾고자 했다. 자신이 틀리지 않았다는 사실을 증명하고 싶었던 것이다. 릴라는 생각했다.

'얼굴에서 선생님의 생각이 옳았다는 것을 증명할 흔적을 당장에 지워버려야겠어. 내 재능을 아깝게 허비했다는 설교를 다시는 듣고 싶지 않아.'

그러면서도 또다시 시험을 치르는 느낌이었다. 릴라는 선생님의 생각이 틀렸다는 것을 증명해보이고 싶은 마음과는 달리 선생님이 정말 그렇게 생각할까봐 걱정이 되었다.

'실은 내가 멍청한 아이라는 것을 알아채고 있는 거야.'

릴라의 심장이 점점 더 세게 뛰었다.

'우리 가족 모두 멍청하고 내 조상들도, 내 후손들도 모두 멍청하다는 것을 눈치채고 있는 거야. 리누초마저도 말이야.'

릴라는 화가 치밀어 올라 책을 가방에 넣고 유모차 손잡이를 움켜쥐었다. 이제 그만 가봐야겠다고 중얼거렸다.

'정신 나간 노인네 같으니라고. 아직도 나를 매로 다스릴 수 있다고 생각하나보네.'

릴라는 지팡이 손잡이를 꽉 잡은 채 몸을 집어삼킬 듯한 고통에 온 힘을 다해 저항하는 조그마한 선생님을 공원에 내버려두고 떠났다.

99

그날 이후 아들을 똑똑하게 만들려는 릴라의 집착이 시작되었다. 처음에는 어떤 책을 사야 할지 몰라 알폰소에게 서점 주인들에게 물어봐달라고 했다. 알폰소가 책을 두어 권 가져다주자 릴라는 책을 열심히 읽었다. 릴라의 공책에는 어려운 책을 읽는 방법을 적어놓은 글도 있었다. 릴라는 힘겹게 책장을 넘기기는 했지만 조금만 시간이 흐르면 글의 의미를 놓치고 다른 생각을 했다. 그런데도 억지로라도 눈으로는 문장을 읽어나가면서 손으로는 책장을 기계적으로 넘겼다. 그러다보면 전체적인 의미는 이해가 잘되지 않더라도 단어 정도는 기억에 남았고 뭔가 생각하게 만드는 것 같은 느낌을 받았다. 그러면 다시 책을 읽었고 읽으면서 먼저 했던 생각을 바꾸거나 생각의 폭을 넓혔다. 내용을 완전히 파악하면 다른 책을 읽기 시작했다.

밤늦게 집에 돌아온 스테파노는 릴라가 저녁 준비도 하지 않고 아이에게 혼자 만들어낸 놀이를 시키고 있는 것을 발견했다. 아무리 화를 내도 릴라는 반응을 보이지 않았다. 릴라는 이미 오래전부터 스테파노를 그런 식으로 대했다. 릴라는 마치 집 안에 자기와 아들밖에 없어서 스테파노의 이야기가 들리지 않는 것처럼 행동했다. 스테파노를 위해서가 아니라 자기 배가 고파야 몸을 일으켜 요리를 하곤 했다.

오랫동안 일종의 상호 관용의 시간을 가졌던 그들이었는데 그 무렵부터는 관계가 다시 나빠지기 시작했다. 어느 날 저녁 스테파노는 릴라에게 그녀도 아이도 모든 것이 다 지긋지긋하다고 소리쳤다. 또한 번은 자기가 무슨 짓을 하는지도 모른 채 너무 어릴 때 결혼을 했다고 했다. 릴라가 "나도 내가 지금 여기서 무엇을 하는 건지 모르겠

어. 아이랑 떠나야겠어"라고 대답하자 당장 떠나버리라고 소리치는
대신 인내심을 잃고 아이가 보는 앞에서 릴라를 때렸다. 아이는 바
닥에 깔아놓은 이불 위에서 갑작스런 소란에 멍해져 엄마를 바라보
았다. 스테파노가 욕설을 퍼붓는 동안 릴라는 코에서 피를 흘리면서
도 아이를 보고 웃으며 표준어로 말했다.

"아빠가 장난을 치는 거야. 우리는 놀이를 하고 있단다."

언젠가부터 릴라는 아이에게 말할 때는 표준어만 썼다.

왠지 모르겠지만 릴라는 어느 순간부터는 조카인 페르난도까지
돌보기 시작했다. 그 애는 이제 디노라고 불렸다. 리누초와 다른 아
이를 비교하고 싶어서일 수도 있고 자기 아이만 돌보기가 망설여져
서 조카도 돌보는 것이 옳다고 느껴서일 수도 있었다.

피누차는 디노를 실패한 삶의 살아 있는 증거라고 생각하고 계속
윽박지르며 가끔은 손찌검까지 했다.

"그만두지 못해? 그만두라고! 원하는 게 대체 뭐야? 내가 미쳤으
면 좋겠니?"

그런데도 릴라가 디노를 집으로 데려가 리누초와 알 수 없는 놀이
를 시키는 것은 두 팔을 걷어 부치고 반대했다. 피누차는 릴라에게
화를 내면서 말했다.

"내 아들은 내가 알아서 할 테니 네 아들이나 생각해. 그렇게 시간
이 남아돌면 남편이나 좀 신경써주고. 이렇게 가다간 그마저 잃게
될 테니 말이야."

이런 상황에 리노가 끼어들었다.

릴라의 오빠에게는 최악의 시기였다. 그는 어떻게 해서든 생산을
멈추지 않아야 한다는 사실을 이해하지 못하고 솔라라 형제를 부자
로 만들어주는 일에 신물이 나 공장을 닫으려는 아버지와 계속해서

다툼을 벌였다. 페르난도 아저씨는 과거 자신의 작은 작업실을 그리워했다. 마르첼로와 미켈레와도 끊임없이 다퉜다. 이들은 아직도 리노를 속없는 아이 취급을 하면서 진짜 돈 문제는 스테파노하고만 이야기를 했다.

리노와 가장 많이 다투는 것은 스테파노였다. 그는 처남이 이제는 돈을 한 푼도 주지 않는 데다 자기 몰래 구두사업을 송두리째 솔라라 형제의 손에 넘기기 위해 비밀리에 흥정을 벌이고 있다고 생각하고는 고함을 지르고 욕지거리를 주고받으며 다툼을 벌였다.

리노는 자기가 대단한 사람이라도 되는 양 속여서 결혼하게 했다고 자신을 비난하는 피누차와도 싸웠다. 피누차는 리노를 자기 아버지 페르난도, 스테파노, 마르첼로와 미켈레를 비롯한 모든 사람에게 조종당하는 꼭두각시라고 비난했다.

리노는 피누차가 엄마 역할에 열중해서 아내로서의 임무를 게을리 하는 릴라에게 불만이 있다는 것과 그런 릴라에게 잠시도 아이를 맡기고 싶어 하지 않는다는 것을 알고는 피누차를 자극하기 위해서 직접 아이를 데리고 누이에게 갔다. 구두공장 일이 날이 갈수록 줄어들고 있었기 때문에 가끔은 몇 시간이고 신시가지에 있는 누이의 집에서 릴라가 리누초와 디노를 데리고 무엇을 하는지 지켜보곤 했다.

리노는 릴라의 모성애 가득한 인내심에 매료되었다. 릴라가 아이를 즐겁게 해주는 모습과 집에서는 항상 징징거리거나 우울한 강아지 새끼처럼 아기 놀이용 울타리에 멍하게 있던 아들이 릴라와 함께 있을 때는 모든 일에 열심이고 반응이 빠른 데다 행복해보이기까지 한다는 사실에 놀랐다.

"아이들에게 뭘 시키는 거니?"

리노가 감탄하며 물었다.

"놀이를 시키는 거야."

"그전에도 놀기는 했는데."

"놀면서 배울 수 있는 놀이야."

"왜 그렇게 많은 시간을 허비하는 건데?"

"장래에 어떤 사람이 될지 결정되는 시기는 아기 때라는 내용을 책에서 읽었거든."

"내 아들은 잘 자라고 있는 것 같아?"

"오빠가 직접 관찰해봐."

"응. 그렇게 하고 있어. 네 아들보다는 뛰어난 것 같아."

"그거야 내 아들이 아직 더 어리니까 그렇지."

"네 생각에 디노는 똑똑한 것 같니?"

"아이들은 모두 영리해. 훈련만 잘 시키면 돼."

"그렇다면 내 아들도 잘 훈련시켜줘, 리나. 예전처럼 금세 싫증내지 말고. 디노가 똑똑한 아이로 성장할 수 있게 해줘."

어느 날 저녁 스테파노가 평소보다 빨리 퇴근했다. 그날 스테파노는 신경이 특히나 날카로운 상태였다. 그러던 중에 부엌 바닥에 앉아 있는 처남을 보니 엉망인 집안 꼴과 집안일에 대한 릴라의 무관심, 자기는 안중에도 없고 아이에게만 관심을 쏟는 릴라에 대한 분노가 폭발했다. 스테파노는 아내에게 우울한 표정을 지어보이는 대신 리노에게 이 집은 내 집이고 매일같이 내 집에 와서 시간 낭비 하는 꼬락서니를 보고 싶지 않다고 했다. 구두공장이 망해가는 것도 다 리노가 게을러터져서 그런 것이라고 했다. 체룰로 집안사람들은 하나같이 믿을 수 없다고 했다. 한마디로 당장 꺼지지 않으면 엉덩이를 발로 차 쫓아내겠다는 뜻이었다.

난리가 났다. 릴라가 오빠에게 그런 식으로 말하지 말라고 소리쳤다. 리노는 그때까지 소심하게 표현하거나 아니면 조심하느라고 마음속에만 담아두었던 모든 말을 쏟아붓기 시작했다. 험한 욕지거리가 오가는 가운데 혼란에 빠진 아이들은 아이들대로 소리를 치면서 장난감을 서로 빼앗으려고 했다. 어린 리누초는 자기보다 큰 디노에게 제압당했다.

리노는 스테파노에게 고래고래 고함을 질렀다. 목이 부풀어오르고 핏대가 전깃줄처럼 섰다. 돈 아킬레가 온 동네에서 훔쳐놓은 돈으로 주인 행세하는 것은 식은 죽 먹듯 쉬운 것이라고 고함을 쳤다.

"너는 아무것도 아니야. 하찮은 자식 같으니라고. 그나마 네 아비는 악당 노릇이라도 제대로 할 줄 알았지. 너는 그것조차 제대로 못하잖아."

그러고는 끔찍한 일이 일어났다. 릴라는 공포에 질린 채 그 모든 광경을 목격했다. 갑자기 스테파노가 고전무용 발레리노가 파트너를 잡듯이 두 손으로 리노의 허리를 붙잡았다. 둘은 같은 키에 체격도 비슷했다. 그런데도 스테파노는 주먹질을 해대며 고함을 치고 얼굴에 침을 뱉는 리노를 놀라운 힘으로 들어 올리더니 벽을 향해 던져버렸다. 리노의 팔을 잡아 바닥에 질질 끌고 현관으로 가서는 문을 열고 그를 다시 일으켜 세운 다음 계단 아래로 밀어버렸다. 리노가 반항하고 릴라가 놀라서 남편에게 매달리며 제발 진정하라고 애원했지만 소용이 없었다.

스테파노는 여기에서 멈추지 않았다. 길길이 날뛰며 돌아오는 그를 보고 릴라는 그가 디노에게도 똑같은 짓을 하려 한다는 것을 알아챘다. 아이를 계단 아래로 던져버리려는 것이었다. 릴라는 스테파노에게 달려들어 어깨를 붙잡고 얼굴을 잡아당기고 손톱으로 할퀴었다.

"스테파노! 그 애는 아직 아이야. 어린아이라고!"

스테파노는 동작을 멈추고 조용히 말했다.

"나 정말 힘들어. 이젠 못해먹겠어."

100

한동안 상황이 복잡해졌다. 리노는 누이의 집에 발걸음을 끊었지만 릴라는 여전히 리누초와 디노를 함께 있게 하고 싶어 했다. 그래서 스테파노 몰래 릴라가 직접 오빠네 집으로 가기 시작했다. 피누차는 뚱한 태도로 릴라의 방문을 마지못해 참았다. 처음에는 릴라도 피누차에게 자기 의도를 잘 설명해주려고 했다. 아이들에게 반응훈련과 교육적인 놀이를 시키는 것이라고 했다. 심지어는 온 동네 아이를 모두 참여시키고 싶다는 이야기까지 했다.

하지만 피누차의 반응은 시큰둥했다.

"넌 정신이 나갔어. 네가 무슨 일을 벌이는지 상관하고 싶지 않아. 내 아이를 데려가고 싶어? 죽이고 싶어? 마녀처럼 먹어치우고 싶어? 그렇게 해. 어차피 원치 않은 아이였어. 저 아이를 원한 적이 한 번도 없어. 네 오빠는 내 인생을 망쳤고 너는 내 오빠의 인생을 망쳐놓았어."

피누차는 다시 소리쳤다.

"그러니 불쌍한 오라버니가 바람을 피우는 건 잘하는 일이야."

릴라는 아무런 대꾸도 하지 않았다. 피누차의 말이 무슨 뜻인지 묻지도 않았다. 상관없다는 몸짓을 해보였다. 귀찮은 파리를 쫓아내는 듯 무심한 몸짓이었다. 조카를 돌보지 못해 아쉬워하면서도 리누초를 데리고 나와 다시는 그 집에 가지 않았다.

하지만 막상 집에 혼자 남게 되자 릴라는 두려웠다. 스테파노가 돈을 주고 창녀를 사는 것은 상관없었다. 저녁에 자신이 일을 치르지 않아도 되니 오히려 기뻤다. 하지만 피누차의 말을 들은 다음부터는 아이가 걱정되기 시작했다. 남편에게 정말 여자가 있고 매일 매 순간 그 여자를 원하게 된다면 이성을 잃고 자신을 쫓아낼 수도 있었다. 그때까지만 해도 릴라는 스테파노와 결혼 생활을 청산하는 일을 일종의 해방처럼 느꼈다. 하지만 이제는 좋은 집과 자동차, 여유로운 시간, 아이를 좋은 환경에서 키우는 데 필요한 모든 것을 잃게 될까봐 두려웠다.

릴라는 밤에도 잠을 거의 이루지 못했다. 근래에 스테파노가 분노한 것은 타고난 성격 문제가 아니었을 수도 있다. 온화한 표정의 가면을 벗겨내는 타고난 나쁜 피 때문이 아니었을 수도 있다. 자신이 니노에게 반했던 것처럼 정말로 다른 여인과 사랑에 빠져 감옥 같은 결혼 생활을 견디지 못하게 되어 화를 낸 것일 수도 있을 것이다. 아버지로서의 책임과 가게 일과 사업조차도 참을 수 없을 지경이 된 것일 수도 있는 것이다. 아무리 생각해도 무엇을 해야 할지 알 수 없었다.

릴라는 이 문제에 맞서 어떻게 해서든 상황을 정리해야 한다는 것은 알았지만 내심 스테파노가 자기는 그대로 내버려두고 정부와 즐기는 정도에서 그치기를 바라면서 문제해결을 뒤로 미루거나 포기했다. 2년 정도만 참으면 된다고 생각했다. 그 정도면 아이가 자라고 어느 정도 교육을 받은 후일 테니까.

그때부터 릴라는 집을 잘 정돈하고 스테파노가 돌아오는 시간에 맞춰 요리를 하고 저녁식사를 준비했다. 하지만 리노와 그 소동을 벌인 다음부터 스테파노는 과거의 온화한 모습을 되찾지 못하고 언제나 불만과 걱정이 가득해 보였다.

"무슨 문제가 있어?"

"돈 문제지 뭐."

"그뿐이야?"

스테파노가 버럭 화를 냈다.

"그뿐이냐니?"

스테파노에게 인생의 유일한 문제는 돈이었다.

저녁식사를 마치면 스테파노는 계산을 하면서 욕지거리를 해댔다. 새 식료품점 매출이 예전 같지 않은 데다 솔라라 형제, 그중에서도 미켈레는 구두사업과 관련해서 모든 것이 자기 것이고 다른 사람과 나눌 만한 이유가 없는 것처럼 굴었다. 스테파노나 리노, 페르난도 아저씨에게는 한마디도 하지 않고 과거 체룰로 디자인 구두 제작을 도시 외곽에 있는 구둣방에 저렴한 금액으로 의뢰한 데다 릴라가 디자인한 구두를 약간만 변형시켜 다른 구두 제작공들에게 만들게 했다. 그런 식으로 장인과 처남이 함께 시작한 작은 사업은 말 그대로 늪에 빠져 투자금을 한 푼도 못 건질 상태였다.

"알겠어?"

"응."

"그러니 날 좀 성가시게 하지 마."

하지만 릴라는 스테파노의 설명에 만족하지 않았다. 남편은 최근 부쩍 일부러 과거 얘기를 들먹이면서 불안해하고 자신에게 적대감을 드러냈다. 이런 것들이 진짜 이유를 숨기기 위한 핑계처럼 느껴졌다.

스테파노는 매사에 릴라 탓을 했다. 특히 릴라 때문에 솔라라 형제와 관계가 불편해졌다고 했다. 릴라에게도 소리를 질렀다.

"대체 빌어먹을 미켈레 솔라라 자식에게 무슨 짓을 한 거야? 얘기 좀 해봐!"

릴라가 대꾸했다.

"난 아무 짓도 하지 않았어."

스테파노가 말했다.

"그런데 왜 걸핏하면 당신 이야기를 들먹이면서 나를 못 잡아먹어 안달인 거지? 당신이 한번 얘기를 좀 해봐. 이대로 가다가는 너희 둘 면상을 박살낼 것 같아!"

릴라가 발끈했다.

"나랑 자고 싶다고 하면 그렇게 해줄까?"

릴라는 말하는 순간 그렇게 소리 지른 것을 후회했다. 가끔 경멸감이 신중함을 누를 때가 있다. 하지만 이미 말은 내뱉었고 스테파노는 릴라의 뺨을 때렸다. 사실 뺨을 맞은 것은 아무 일도 아니었다. 평소처럼 두꺼운 손바닥 전체로 때린 것이 아니라 손가락 끝으로 때린 정도였으니까. 더 아팠던 것은 그가 역겨워하며 그녀에게 던진 말이었다.

"아무리 책을 읽고 공부를 해도 넌 천박한 년이야. 너 같은 계집은 참을 수가 없어. 역겨워."

그날 이후부터 스테파노의 귀가시간은 점점 늦어졌다. 일요일에도 평소처럼 정오까지 늘어지게 자는 대신 아침 일찍 집을 나서서 하루 종일 모습을 나타내지 않았다. 릴라가 일상적인 가정 문제를 꺼내려 하면 화부터 냈다.

더위가 시작되자 릴라는 리누초를 바다에 데려가야겠다고 생각했다. 여름휴가 이야기를 꺼내자 스테파노가 말했다.

"가고 싶으면 알아서 버스로 토레가베타에나 가봐."

릴라는 은근슬쩍 다른 제안을 했다.

"차라리 집을 하나 임대하는 게 좋지 않을까?"

"왜, 아침부터 저녁까지 창녀 짓이나 하려고?"

스테파노는 그대로 집을 나가 밤에도 돌아오지 않았다.

얼마 지나지 않아 모든 것이 명확해졌다. 하루는 릴라가 아이를 데리고 시내에 갔다. 책을 읽다 거기서 인용한 책을 사러 서점에 갔는데 그 책이 없었다. 도시를 돌아다니다 알폰소에게 찾아달라는 부탁을 하려고 마르티리 광장의 구둣가게에 들렀다. 그때까지 알폰소는 만족스러워하며 계속해서 구둣가게를 맡고 있었다.

그곳에서 릴라는 우연히 잘생긴 멋쟁이 청년을 만났다. 릴라가 만난 청년 가운데 가장 잘생긴 축에 속했는데 이름이 파브리치오라고 했다. 손님이 아니라 알폰소의 친구였다. 릴라는 그와 이야기를 나누면서 잠깐 시간을 보냈다. 아는 것이 아주 많은 청년이었다. 함께 문학과 나폴리 역사, 아이 교육법 등에 대해서 밀도 있는 대화를 나눴다. 파브리치오는 특히 마지막 주제에 대해서 많은 것을 알고 있었는데 알고 보니 대학에서 관련된 공부를 하고 있다고 했다. 알폰소는 가만히 그들의 대화를 듣고 있다가 리누초가 칭얼대기 시작하자 조카를 달래주었다. 그러던 중에 고객들이 들어와 알폰소는 고객을 응대해야 했다.

릴라는 파브리치오와 조금 더 이야기를 나누었다. 머리가 맑아지는 흥미로운 대화를 기분 좋게 나눈 지 너무나 오랜만이었다. 떠나기 전에 파브리치오는 아이처럼 기뻐하며 릴라의 두 뺨에 입을 맞추었다. 알폰소에게도 마찬가지였다. 그의 두 뺨에 쪽 소리를 내며 입을 맞춘 후 나가면서 큰 소리로 말했다.

"오늘 대화 너무 즐거웠어요."

"나도 마찬가지예요."

릴라는 우울해졌다. 알폰소가 손님을 상대하는 모습을 보면서 그곳에서 알게 된 사람들이 생각났다. 니노 생각도 났다. 내려진 셔터와 어둑한 실내, 즐거웠던 대화. 1시면 살그머니 들어와 사랑을 나눈 후에 정확히 4시가 되면 떠나갔지. 상상 속에서만 존재했던 시간 같이 느껴졌다. 기묘한 환상 같았다. 릴라는 향수에 잠겨 주변을 둘러보았다. 그 시절에 대한 향수는 아니었다. 니노에 대한 향수도 아니었다. 그저 시간이 흘러갔다고 느꼈을 뿐이었다. 전에는 중요했던 것이지만 이제는 의미를 잃었다는 것을 느꼈다. 그때나 지금이나 머릿속은 여전히 혼란스러웠다. 아이를 데리고 가게를 나서려는 참에 미켈레가 들어왔다.

미켈레는 릴라에게 반갑게 인사했다. 리누초와 놀아주면서 엄마와 똑같다고 했다. 바에서 릴라에게 커피를 대접한 후 집까지 차로 바래다주겠다고 했다. 차에 탄 미켈레가 릴라에게 말했다.

"오늘이라도 당장 남편을 떠나도록 해. 내가 당신을 돌봐줄게. 당신 아이도 말이야. 보메로 구역 아르티스티 광장 쪽에 집을 한 채 마련해두었어. 원한다면 지금 당장이라도 데려가서 보여줄 수 있어. 어차피 당신을 생각하면서 사둔 집이거든. 거기서 원하는 건 뭐든 해도 좋아. 책을 읽어도 좋고, 글을 써도 좋아. 뭔가를 다시 만들어도 좋고. 잠을 자고, 웃고, 이야기도 하면서 리누초와 함께 있어. 난 그저 당신을 바라보고 당신 이야기를 들을 수만 있으면 돼."

심술기 없는 미켈레의 목소리는 처음이었다. 그는 운전을 하면서 릴라의 반응을 살피기 위해 걱정스레 릴라의 모습을 훔쳐보았다. 그가 말하는 내내 릴라는 앞만 바라보면서 가끔 리누초의 입에서 고무젖꼭지를 빼내려 했다. 릴라는 아이가 고무젖꼭지를 너무 오래 빤다고 생각했다. 아이는 엄마의 손을 힘차게 밀어냈다. 릴라는 중간에 한 번도 끼어들지 않고 미켈레의 말을 듣고만 있다가 그가 입을 다물자 물었다.

"말 끝났어?"

"그래."

"그럼 질리올라는?"

"질리올라가 무슨 상관인데? 좋은지 싫은지만 말해줘. 나머지 일은 그다음이야."

"싫어, 미켈레. 내 대답은 싫다는 거야. 당신 형도 원치 않았고 당신도 원치 않아. 우선 당신네들 둘 다 끌리지 않아. 뭐든 할 수 있다고 생각하고 상대방에 대한 존중은 전혀 없이 모든 것을 앗아가 버리기 때문에 싫어."

미켈레는 바로 반응을 나타내지 않았다. 다만 고무젖꼭지에 대해서는 한두 마디 중얼거렸다. 아이가 울지 않게 그냥 놔두라는 말이었던 것 같다. 미켈레는 다시 어두운 목소리로 말했다.

"잘 생각해봐, 리나. 내일이면 벌써 후회하고 나를 찾아와 애원하게 될지도 몰라."

"그럴 리가 없잖아."

"그래? 그렇게 생각한다면 내 말을 들어봐."

미켈레는 릴라를 제외한 모든 사람이 알고 있는 사실을 알려주었다.

"당신 어머니와 아버지 그리고 빌어먹을 오라비도 알고 있어. 모두들 맘 편하게 살려고 당신한테 숨기고 있는 것뿐이라고."

미켈레는 스테파노가 아다와 바람을 피우고 있다고 했다. 그것도 아주 오래전부터. 처음 그들의 관계가 시작된 것은 릴라가 이스키아 섬으로 휴가를 가기 전부터였다는 것이다.

"당신이 휴가를 보내고 있을 때 아다는 매일 밤을 당신 집에서 보냈어."

릴라가 이스키아에서 돌아오자 둘은 한동안 만나지 않다가 참지 못하고 다시 만나기 시작했다고 했다. 그러다 또다시 헤어졌다가 릴라가 동네에서 자취를 감추었을 때부터 다시 만나기 시작했다는 것이다. 최근 스테파노가 레티필로에 집을 얻어 지금은 그곳에서 밀회를 즐긴다고 했다.

"내 말 믿어?"

"응."

"그러면 어떻게 할래?"

무엇을 어떻게 한단 말인가. 릴라는 자기 남편에게 정부가 있고 그 정부가 다름 아닌 아다라는 사실 때문에 심기가 불편해진 것이 아니었다. 오히려 스테파노가 이스키아 섬에 왔을 때 한 말과 행동이 얼마나 어이없는 것이었는지 생각하고 충격을 받았다. 그때 남편의 고함과 주먹질, 다급했던 출발이 떠올랐다.

"당신도, 스테파노도 다 역겨워."

릴라가 미켈레에게 말했다.

101

릴라는 남편을 먼저 배신한 것이 자기가 아니었다는 것을 알고는 평정을 되찾았다. 그날 저녁 리누초를 침대에 눕힌 다음 스테파노가 돌아오기를 기다렸다. 자정이 조금 지나서 스테파노가 돌아왔을 때,

릴라는 아직 부엌 식탁에 앉아 있었다. 릴라는 읽고 있던 책에서 시선을 떼고 스테파노를 바라보면서 아다에 대해서 알고 있고 언제부터 그 관계가 시작됐는지도 알지만 상관없다고 했다.

"나도 당신이 내게 한 짓과 똑같은 짓을 했어."

릴라가 입가에 미소를 띠고 또박또박 말했다. 그러고는 예전부터 누차 말했듯이 리누초가 스테파노의 아이가 아니라고 말했다. 자기는 스테파노가 누구랑 잠자리를 하든 상관없으니 하고 싶은 대로 하라고 했다.

"대신 오늘 이후로 내 몸에 손댈 생각일랑은 하지도 마!"

릴라가 갑자기 소리를 질렀다.

무슨 생각으로 그렇게 말한 것인지는 모르겠다. 단지 모든 것을 명확하게 하고 싶었던 것일 수도 있다. 아니면 무슨 일이 일어나든 될 대로 되라는 마음이었을 수도 있다. 스테파노가 모든 것을 인정하고 자신을 두들겨 패거나 집에서 쫓아내거나 부인인 자기에게 정부의 시중을 들게 할 수도 있다. 스테파노가 어떤 식으로든 자신을 공격할 수 있다는 것은 알았다. 원하는 것이라면 뭐든 돈으로 살 수 있고 모든 것을 자신의 소유물로 생각하는 사내 특유의 오만함을 드러낼 것이라고 생각했다.

그런데 스테파노는 사태를 명확하게 설명하고 결혼의 실패를 인정하는 대신 침착하지만 위협적인 말투로 아다는 가게 여점원일 뿐 그들의 관계에 대한 소문은 다 근거 없는 거짓이라고 했다. 스테파노는 화를 내면서 다시 한 번만 자기 아들에 대해 그런 추악한 말을 지껄이면 신께 맹세코 릴라를 죽여버리겠다고 했다. 리누초가 자기 판박이라는 사실은 모두가 인정하는 바이니 그런 식으로 자기를 자극하는 것은 아무런 소용이 없는 일이라고 했다.

스테파노는 놀랍게도 예전과 똑같이 릴라에 대한 자신의 사랑을 선언했다. 릴라는 자기 아내이고 둘은 사제 앞에서 결혼을 했으니 자신은 평생 그녀를 사랑할 것이며 그 무엇도 그들을 갈라놓을 수는 없다고 했다.

스테파노는 릴라에게 입을 맞추려고 다가갔지만 릴라가 밀쳐내자 그는 그녀를 번쩍 들어 올리더니 아기 요람이 있는 침실로 데리고 갔다. 그러고는 몸에 걸친 것은 모조리 찢어버렸다.

릴라는 낮은 목소리로 흐느낌을 참으며 애원했다.

"리누초가 깨서 우리를 보면 어떡해. 제발 부탁이니 저쪽으로 가자."

그는 릴라의 말을 무시하고 강제로 그녀의 몸을 범했다.

102

그날 이후 릴라는 얼마 남지 않은 자유마저 박탈당했다. 스테파노의 행동은 부당하기 짝이 없었다. 릴라가 그와 아다의 관계를 알게되자 최소한의 조심성도 잃었다. 밤에 집에 돌아오지 않기가 다반사였고 일요일에는 한 주 건너 한 번씩 애인을 차에 태우고 드라이브를 나갔다.

그해 8월에는 아다와 함께 휴가를 가기까지 했다. 둘은 스포츠카를 타고 스톡홀름까지 갔다. 물론 공식적으로 아다는 피아트사에서 일하는 사촌을 방문하러 토리노에 간 것이었다. 스테파노는 자기는 그렇게 행동하면서 정작 릴라에게는 비정상적인 질투심을 보였다. 아내가 외출하는 것을 못마땅해 하면서 장도 집에서 전화로 보게 했다. 릴라가 한 시간쯤 아이를 데리고 바람을 쐬러 나갔다 오면 누구를 만났고 무슨 이야기를 나눴는지 꼬치꼬치 캐물었다. 결혼을 한 후로 스테파노가 그때처럼 남편 노릇을 하면서 릴라를 감시한 적은 없었을 것이다.

스테파노는 자신이 외도한 것 때문에 릴라의 외도도 정당화될까 봐 두려워하는 것 같았다. 레티필로에서 아다와 밀회를 즐길 때 하는 짓거리는 그의 상상력을 자극했다. 스테파노는 릴라가 그보다 더 한 짓을 그녀의 정부들과 할 것이라는 망상에 사로잡혔다. 자기는 대놓고 바람을 피우면서 릴라의 부정 때문에 웃음거리가 될까봐 두려워했다.

그렇다고 모든 사내를 질투하는 것은 아니었다. 나름대로 순서가 있었다. 스테파노가 가장 두려워하는 것은 미켈레였다. 스테파노는 미켈레가 매사에 자신을 속였다는 생각에 사로잡혀 있는 데다 그와의 종속관계가 평생 유지될까봐 두려워하고 있었다. 릴라는 미켈레가 자신에게 입을 맞추려 했던 것도 자신을 정부로 삼으려 했던 것도 이야기하지 않았다. 그런데도 스테파노는 미켈레의 성질을 돋우기 위해 릴라와 만나지 못하게 하면 그들의 사업 관계도 파탄을 맞을 수 있다는 것을 본능적으로 알고 있었다.

그러면서도 한편으로는 사업적인 차원에서라도 릴라가 조금이라도 정중하게 미켈레를 대해주기를 바랐다. 결과적으로 릴라가 어떻게 행동하든 마음에 들지 않았다. 가끔은 "미켈레랑 만나서 이야기했어? 당신한테 또 구두 디자인을 해달래?"라고 집요하게 물으면서 릴라를 압박했고 가끔은 "저 빌어먹을 자식한테 인사도 하지 마. 알았어?"라고 고함을 쳤다. 그리고는 릴라가 타고난 창녀라는 사실에 대한 증거를 찾기 위해 서랍 속을 뒤졌다.

엎친 데 덮친 격으로 파스콸레와 리노가 상황을 더 악화시켰다.

파스콸레는 릴라보다 더 늦게, 가장 마지막으로 자신의 약혼녀가 스테파노의 정부라는 사실을 알게 되었다. 누가 이야기해준 것이 아니라 어느 늦은 오후 레티필로에 있는 집 현관에서 두 남녀가 껴안고 나오는 모습을 두 눈으로 직접 목격한 것이었다. 그날 아다는 어머니를 돌봐야 해서 그를 만날 수 없다고 했다. 그는 그대로 직장 일과 정당 일로 항상 바빴기에 여자친구가 거짓말을 하거나 자기와 만나지 않으려고 핑계를 대도 별다른 신경을 쓰지 않았다.

그들의 모습에 파스콸레는 엄청난 상처를 받았다. 마음 같아서는 당장에라도 둘의 숨통을 끊어 놓아도 모자를 지경이었지만 공산당원 교육을 충실히 받았기에 그렇게 하고 싶은 욕구를 통제할 수 있었다. 그즈음 파스콸레는 동네 공산당 서기관으로 선출되었다. 그렇기 때문에 과거에는 함께 자란 다른 사내아이들처럼 마음 내키면 얼마든지 여자아이들을 창녀라고 욕했지만 이제는 그렇게 하지 않았다. 시사 문제에 대한 관심을 소홀히 하지 않고, 『통일전선』지를 읽고, 공산당 전단지를 꼼꼼히 읽을 뿐 아니라 관할 구역 토론회 사회까지 보게 된 후부터는 그렇게 할 수 없었다.

이제 파스콸레는 여성을 최소한 남성보다 못한 존재로 규정하려하지는 않았다. 여성의 감정과 이상과 자유를 인정하려 했다. 파스콸레는 분노와 관대함 사이에서 갈등하다가 다음 날 저녁 작업이 끝나자마자 지저분한 상태 그대로 아다에게 가서 모든 것을 알고 있다고 했다.

아다는 오히려 마음이 편안해진 듯 스테파노와의 관계를 인정하고 울면서 용서해달라고 했다. 파스콸레가 돈 때문에 그런 것이냐고 묻자 아다는 스테파노를 사랑한다면서 그가 얼마나 선하고 관대하고 상냥한 사람인지는 자기만 안다고 했다. 아다의 말에 파스콸레는 카푸초네 부엌 벽을 주먹으로 내리쳤다. 그는 아픈 손을 쥐고 울면서 집으로 돌아갔다.

파스콸레는 밤새 카르멘과 대화를 나눴다. 파스콸레는 아다 때문에, 카르멘은 도무지 잊을 수 없는 엔초 때문에 괴로워했다. 상황이 심각하게 악화된 것은 파스콸레가 배신을 당했는데도 아다와 릴라의 명예를 지켜야 한다고 마음먹었기 때문이었다.

파스콸레는 일이 터지고 난 후 처음으로 상황을 바로 잡을 생각으로 스테파노를 찾아갔다. 그러고는 그에게 복잡하기 짝이 없는 일장 연설을 늘어놓았다. 아내와 헤어지고 애인과 안정적인 살림을 차려야 한다는 골자였다. 그러곤 릴라를 찾아가 아내로서의 권리와 여성으로서의 감정을 스테파노가 짓밟게 내버려두었다고 그녀를 책망했다.

어느 날 아침, 새벽 6시 30분쯤 되었을 때, 스테파노가 출근길에 나서려는 파스콸레를 찾아와 온화한 태도로 자신과 아내와 아다를 내버려두라며 돈을 쥐여줬다. 파스콸레는 돈을 받아 세어보고는 집어던지며 소리쳤다.

"나는 어렸을 때부터 계속 일을 해왔어. 네 도움 따윈 필요치 않아."

그러고는 변명이라도 하듯 직장에 늦으면 일자리를 잃을 것이라고 말했다. 스테파노에게서 상당히 멀어진 후에 파스콸레는 생각을 고쳐먹고 뒤돌아섰다. 그는 흩어진 돈을 줍고 있는 스테파노를 향해 소리쳤다.

"너는 돼지 같은 파시스트였던 네 아비보다 형편없는 자식이야!"

둘은 처절하게 치고받으며 싸움을 벌였다. 억지로 떼어놓지 않았으면 어느 한쪽이 목숨을 잃었을 것이다.

상황을 힘들게 만든 것은 리노도 마찬가지였다. 그는 누이가 디노를 똑똑한 아이로 교육시키지 않고 포기한 것을 견디지 못했다. 처남이 돈 한 푼 주지 않을 뿐 아니라 자신에게 폭력을 행사했다는 사실도 받아들이지 못했다. 스테파노가 아다와 공공연하게 함께 다니면서 릴라를 비참하게 만드는 것도 참을 수 없었다. 리노는 이 모든 상황에 전혀 예상치 못했던 방식으로 반응을 보였다. 릴라를 때리는 스테파노를 따라 자기도 피누차를 때리기 시작한 것이다. 애인을 만든 스테파노를 따라 자기도 애인을 만들었다. 그러니까 스테파노가 자신의 누이에게 가하는 박해를 자신도 똑같이 스테파노의 누이에게 가하기 시작한 것이다.

피누차는 절망에 빠졌다. 그녀는 눈물을 흘리며 애원도 해보고 그만두라고 간청도 해보았다. 하지만 소용없는 일이었다. 리노는 어머니 눈치아 아주머니도 두려워할 정도로 피누차가 입만 뻥긋해도 이성을 잃고 고함을 질렀다.

"그만두라고? 진정하라고? 그럼 지금 당장 네 오라비에게 가서 아다를 내버려두고 리나를 존중하라고 해! 우리는 한 가족이라고 전하란 말이야! 그리고 스테파노와 솔라라 자식들이 내게서 훔쳐간 돈을 내놓으라고 해!"

피누차는 기다렸다는 듯이 학대받는 집구석에서 도망쳐 나와 오빠가 있는 식료품점으로 달려가 아다와 손님들이 모두 보는 앞에서 흐느껴 울었다. 스테파노가 누이를 가게 뒤로 이끌면 피누차는 남편의 요구를 일일이 열거하며 오빠에게 당부했다.

"그 개 같은 자식에게 한 푼도 주지 마! 당장 가서 그 자식을 죽여버려."

103

부활절 방학을 맞아 내가 고향에 돌아왔을 때 상황은 대략 이러했다. 피사로 떠난 지 2년 반쯤 지난 후였고 한창 뛰어난 학생으로서 명성을 누리고 있던 때였다. 나는 명절마다 부모님, 특히 어머니와 언쟁을 피하기 위해 마지못해 나폴리로 돌아오곤 했다.

매번 기차가 역사에 들어서는 순간부터 내 신경이 날카로워지기 시작했다. 사고가 나서 방학이 끝나도 노르말레 대학에 돌아가지 못하게 될까봐 두려웠다. 심각한 병에 걸려서 혼잡한 병원에 입원을 하거나 뭔가 끔찍한 일이 일어나 가족들 때문에 발목이 잡혀 공부를 중단하게 될까봐 두려웠다.

집에 온 지 채 몇 시간이 지나지 않아서 어머니는 릴라, 스테파노, 아다, 파스콸레, 리노에게 닥친 온갖 불운에 대해서 이야기해주었다. 안 좋은 이야기만 골라서 하는 것 같았다. 도산 직전의 구두공장에 대해서 이야기하면서 1년 전만 해도 돈이 넘쳐나 대단한 양 거들먹거리며 스포츠카를 샀던 사람이 1년 만에 모든 것을 팔아치우고도 모자라 솔라라 부인의 붉은 공책에 이름을 올리는 신세가 되어 허풍을 떨 수 없게 됐다고 했다. 어머니는 장광설을 끝내며 말했다.

"네 친구는 공주마마처럼 결혼식을 하고, 커다란 자동차에, 새 집에 모든 것을 이루었다고 생각했겠지만 지금은 네가 훨씬 더 뛰어난 데다 아름답기까지 하지 않니."

어머니는 흡족함을 나타내지 않으려는 듯 인상을 찡그리면서 내게 쪽지를 내밀었다. 내 앞으로 보낸 쪽지였지만 당연히 어머니가 먼저 열어본 다음이었다. 나를 만나고 싶다는 릴라의 쪽지였다. 다음 날인 성 금요일 점심에 집으로 초대하고 싶다는 것이었다.

릴라만 나를 만나고 싶어 한 것이 아니었다. 나는 방학 내내 바빴다. 얼마 지나지 않아 파스콸레가 뜰에서 내 이름을 불렀다. 파스콸레는 내가 어두컴컴한 부모님의 집이 아니라 올림포스 산에서 재림이라도 한 것처럼 내게 여성에 대한 자신의 생각을 늘어놓으려 했다. 자기가 얼마나 고통스러운지 들려주고 자기 행동에 대해서 내가 어떻게 생각하는지 듣고 싶어 했다.

저녁에는 같은 의도로 피누차가 나를 찾아왔다. 그녀는 리노에게도 릴라에게도 잔뜩 화가 나 있었다. 다음 날 아침에는 예기치 않게 아다가 방문했다. 아다는 증오심과 죄책감에 사로잡혀 있었다.

나는 세 사람 모두에게 어느 정도 거리를 유지하면서 이야기했다. 파스콸레에게는 침착하라고, 피누차에게는 우선은 아이 생각만 하라고, 아다에게는 그녀의 감정이 진정한 사랑인지 확신을 가지는 게 중요하다고 했다. 피상적인 말을 해주면서도 가장 관심이 간 사람은 아다였다. 아다가 이야기를 하는 동안 나는 정독해야 할 책이라도 되는 듯 그녀를 가만히 바라보았다.

아다는 미친 멜리나의 딸이자 안토니오의 누이였다. 아다의 얼굴에서 어머니의 모습도 보였고 오빠의 모습도 보였다. 아버지 없이 자라면서 수많은 위험에 노출되었으며 고생에 익숙해 있었다. 몇 년 동안 시도 때도 없이 정신줄을 놓는 멜리나와 함께 동네의 건물 계단을 청소해왔다. 어린 시절 솔라라 형제의 차에서 어떤 일을 당했는지도 알 만했다. 문득 상냥한 주인 스테파노에게 반하는 것도 무리가 아니라는 생각이 들었다. 아다는 내게 그를 사랑한다고 했다. 그들은 서로 사랑한다고 했다.

"그러니 리나에게 전해줘."

아다가 열에 들뜬 눈빛으로 말했다.

"마음을 속일 수는 없다고 말이야. 리나가 스테파노의 아내일지는 모르겠지만 스테파노는 이미 나에게 모든 것을 다 내주었고 지금도 그렇게 하고 있다고 말이야. 나는 그에게 남자라면 원할 만한 모든 관심과 사랑을 쏟아 붓고 있어. 이제 곧 아이도 안겨줄 거야. 그러니까 그는 내 거야. 이젠 리나의 소유가 아니란 말이야."

나는 아다가 모든 것을 가지고 싶어 한다는 것을 깨달았다. 스테파노도, 두 가게도, 돈도, 집도, 자동차까지도. 이를 위해 투쟁하는 것은 아다의 권리라는 생각이 들었다. 사실 정도의 차이가 있을 뿐 우리 모두 그런 싸움을 하고 있지 않은가. 아다는 얼굴이 너무 창백한 데다 눈이 퉁퉁 부어 있었다. 나는 아다를 진정시키려 했다. 아다가 고마워하자 나는 기분이 좋아졌다.

선지자처럼 사람들이 내게 찾아와 조언을 구하고 훌륭한 표준어로 충고랍시고 아다와 파스콸레와 피누차를 더 혼란스럽게 하는 것이 나는 좋았다. 나는 역사와 고전 문헌학, 언어학을 공부하고 내 자신을 연마하면서 작성한 수많은 주석 노트의 용도가 이런 것인가 보다고 자조적으로 생각했다. 나는 그간의 학업에서 얻은 지식을 고작 친구들을 몇 시간 동안 진정시키는 데 사용하고 있었다.

그들은 내가 중립적인 위치라고 생각했다. 특별히 악의가 없는 데다 공부하느라 감정이 고갈된 상태라고 생각했다. 나도 친구들이 내게 부여한 역할을 맡기로 했다. 나만의 걱정거리와 피사에서 행한 나의 대담무쌍한 행동에 대해서는 언급하지 않았다. 나는 피사에서 프랑코를 내 방에 들이거나 내가 그의 방으로 숨어들었다. 발각되면 쫓겨날 수 있었는데도. 베르실리아에서 둘만 휴가를 보내면서 부부처럼 지내기도 했다. 나는 친구들에게 그런 말은 하지 않았다. 그때는 그저 그런 대우를 받는 게 흡족하게 느껴졌다.

점심시간이 다가올수록 기쁨이 불편한 감정으로 변했다. 나는 마지못해 릴라의 집으로 향했다. 릴라가 단숨에 우리 둘의 관계에 있어 예전과 같은 우위를 되찾아 내 선택에 대한 확신을 잃게 할까봐 두려웠다. 어린 리누초에게서 니노의 흔적을 발견해서 릴라가 내 소중한 인형을 앗아가 버렸던 기억이 되살아날까봐 두려웠다. 그렇지만 그런 일은 일어나지 않았다. 릴라가 리누초라고 부르는 그녀의 아들은 갈색머리의 잘생긴 아이로 아직 니노의 모습은 보이지 않았다. 릴라를 닮고 어떤 면에서는 스테파노도 닮아서 마치 니노와 릴라와 스테파노 세 사람의 공동 작품 같았다.

릴라는 그녀답지 않게 연약해 보였다. 나를 보자마자 눈가가 촉촉해지면서 온몸을 떨기 시작했다. 나는 그녀를 진정시키기 위해 꼭 껴안아주어야 했다.

릴라가 내 앞에서 체면을 잃지 않으려고 급히 머리를 손질했다는 것을 알 수 있었다. 입술에 립스틱도 급히 찍어 바르고 약혼 시절에 입었던 레이온 소재의 비둘기색 드레스를 입고 굽 높은 구두도 신고 있었다.

릴라는 여전히 아름다웠지만 얼굴뼈가 더 커진 느낌이었다. 눈은 더 작아지고 피부 아래엔 피가 아니라 불투명한 액체가 흐르는 느낌이었다. 삐쩍 말라서 껴안을 때 뼈가 느껴질 정도였지만 딱 달라붙는 옷 때문에 볼록 나온 배만 강조되어 보였다.

릴라는 처음에는 잘 지내고 있는 것처럼 행동했다. 내가 아이를 좋아하자 기뻐했다. 아이와 놀아주는 모습이 마음에 들었는지 리누초가 할 수 있는 것을 보여주고 리누초가 얼마나 말을 잘하는지 들려주고 싶어 했다. 그녀답지 않게 안절부절못하면서 책에서 읽은 용어들을 두서없이 쏟아냈다. 릴라는 내가 한 번도 듣지 못한 작가의 이름을 대면서 내가 보는 앞에서 자신이 직접 고안해낸 훈련을 아이에게 억지로 시켰다.

릴라는 가끔 경련을 일으켰다. 입을 갑자기 크게 벌렸다가 말하면서 복받쳐 오르는 감정을 참기 위해 입을 꼭 다물곤 했다. 눈도 빨개졌다. 눈이 분홍빛으로 물들었다가 입을 꽉 다물면 용수철이 달린 기계가 자동으로 움직이는 것처럼 분홍빛이 금세 사라져버렸다.

릴라는 동네 모든 아이에게 열심히 공을 들인다면 다음 세대부터는 모든 것이 바뀔 것이라고 여러 번 말했다. 뛰어난 아이, 멍청한 아이, 착한 아이와 못된 아이를 구분할 필요가 없어질 것이라고 했다. 릴라는 리누초를 바라보다가 다시 울기 시작했다.

"내 책을 망가뜨려버렸어."

릴라는 책을 망가뜨린 것이 리누초라도 되는 양 눈물을 흘리며 말하면서 내게 두 동강난 책을 내밀었다. 나는 가까스로 범인은 리누초가 아니라 스테파노라는 것을 이해했다.

"그이가 내 물건을 뒤지기 시작했어."

릴라가 중얼거렸다.

"스테파노는 내가 생각하는 것조차 원하지 않아. 아무리 하잘것없는 것이라도 뭔가를 숨기고 있다는 것을 알아내면 내게 손찌검을 해."

릴라는 의자에 올라가 침실 옷장 위에서 금속 상자를 하나 가지고 내려오더니 내게 내밀었다.

"이 상자 속에는 니노와 일어난 모든 일이 들어 있어. 머릿속에 떠오른 많은 생각과 네겐 이야기하지 않은 우리 이야기가 있어. 가져가 줘. 스테파노가 찾아서 읽을까봐 두려워. 그가 내 글을 읽는 것을 원치 않아. 이 글은 그의 것이 아니야. 누구의 것도 아니야. 심지어는 네 것도 아니야."

104

나는 마지못해 상자를 받아들었다.

'이걸로 뭘 하지? 대체 어디에 두어야 한담.'

나는 속으로 생각했다. 우리는 식탁에 자리를 잡았다. 놀랍게도 리누초는 벌써 혼자 식사를 할 줄 알았다. 나무로 된 작은 포크와 스푼으로 자기 접시에 음식을 담았다. 리누초는 처음에는 약간 쑥스러워하다가 일단 말문이 트이자 또박또박 표준어로 말하기 시작했다. 내 모든 질문에 똑바르고 정확하게 대답하면서 자기도 내게 질문을 했다. 릴라는 나를 자기 아들과 이야기하게 내버려두고 음식에는 거의 손도 대지 않았다. 생각에 잠겨 접시만 바라보았다. 내가 자리에서 일어날 즈음에야 입을 열었다.

"니노도 이스키아 섬에서 있었던 일도 마르티리 구둣가게에서 있었던 일도 잘 기억이 나지 않아. 그땐 정말 나 자신보다 그를 더 사랑했는데. 이제는 그에게 무슨 일이 일어난 건지 어디로 사라진 건지 알고 싶지 않아."

릴라의 말이 진심처럼 느껴져서 나는 니노에 대해 들은 소식을 알려주지 않았다.

"한때의 열병일 뿐이었던 거야."

내가 말했다.

"그런 열병은 적어도 시간이 조금만 지나면 낫는다는 장점이 있지."

"너는 행복하니?"

"그렇다고 해야지."

"머리가 너무 예쁘다."

"뭘…"

"네게 부탁이 하나 더 있어."

"말해봐."

"스테파노가 나랑 아이를 죽이기 전에 이곳을 떠나야 해."

"그러지 마. 걱정되잖아."

"네 말이 맞아. 미안해."

"내가 뭘 해줄까?"

"엔초에게 가줘. 엔초에게 내가 노력해봤지만 소용없었다고 전해줘."

"무슨 말인지 모르겠어."

"이해하지 못해도 상관없어. 어차피 너는 피사로 돌아가야 하니까. 네겐 네 인생이 있잖아. 그냥 그렇게만 전해줘. 리나는 노력했지만 소용이 없었다고. 알았지?"

릴라는 아이를 품에 안고 나를 현관까지 배웅해주었다. 릴라가 아이에게 말했다.

"리누초, 레누 이모에게 인사하렴."

리누초는 미소를 짓고 내게 손을 흔들었다.

105

나는 나폴리를 떠나기 전에 엔초를 찾아갔다. 내가 말했다.

"리나가 자기는 노력했지만 소용없었다고 전해달래."

엔초의 얼굴에 그 어떤 감정도 드러나지 않았다. 나는 릴라의 전언이 그에게 아무런 의미가 없는 것 같다고 생각했다.

"릴라 상황이 정말 좋지 않아."

내가 덧붙였다.

"하지만 내가 무엇을 해야 할지 모르겠어."

엔초는 입을 꾹 다물고 무거운 표정을 지었다. 우리는 작별인사를 했다.

릴라에게 절대로 열어보지 않겠다고 약속했지만 나는 기차에 탄 후 그녀가 준 금속 상자를 열어보았다. 상자 속에는 공책이 여덟 권 들어 있었다. 첫 줄부터 마음이 아파오기 시작했다. 피사에 도착한 다음에도, 날이 가고 달이 갈수록 고통은 커져만 갔다. 한 문장 한 문장이, 릴라가 아주 어린 시절 쓴 문장까지도 내가 쓴 문장을 공허하게 만드는 것 같았다. 과거에 쓴 문장이 아니라 지금 쓰고 있는 글도.

이와 동시에 공책 곳곳에서 나는 생각과 아이디어와 영감을 얻었다. 나는 그때까지 공부만 열심히 했을 뿐 어떠한 성취도 이루어내지 못한 것처럼 느껴졌다. 나는 릴라의 공책을 달달 외울 때까지 읽고 또 읽었다. 그러고 나니 나를 존경하는 친구들과 내가 더 발전하도록 애정 어린 격려의 시선으로 바라보는 교수님에게 둘러싸인 채 보내온 대학생활이 릴라가 고향 동네의 일상 속에서 구겨지고 지저분해진 공책에 급히 적어 내려간 글로 묘사한 그 격정적인 삶에 비하면 너무 안일하고 그렇기 때문에 너무나 뻔하게 느껴졌다.

지난날 내 모든 노력이 무의미하게 느껴졌다. 겁에 질려 몇 달 동안 공부도 잘 되지 않았다. 프랑코가 학교에서 제적을 당하는 바람에 내 곁에는 아무도 없었다. 나에게 엄습한 초라함을 도무지 떨쳐낼 수 없었다. 이러다가는 나도 성적이 나빠져서 제적당해 집으로 돌아가게 될 것 같았다.

어느 늦가을 저녁 나는 뚜렷한 계획도 없이 금속 상자를 들고 밖으로 나왔다. 솔페리노 다리에서 걸음을 멈추고 상자를 아르노 강에 던져버렸다.

106

피사에서 보낸 마지막 1년은 과거 3년 동안의 나의 관점을 완전히 바꾸어놓았다. 배은망덕하게도 나는 피사가 싫어졌다. 친구들과 교수님들, 시험이며 추운 날씨, 따스한 저녁이면 바티스테로에서 열리는 정치모임, 영화 상영까지 다 싫었다. 언제나 똑같은 도심지도 싫었다. 팀파노, 룬가르노 파치노티, 5월 24일 가, 산 프레디아노 가, 카발리에리 광장, 콘솔리 델 마레 가, 산 로렌초 가와 같이 평소와 똑같은 곳만 다니는데도, 빵집 아저씨가 언제나처럼 내게 인사를 건네고 신문 판매하는 아주머니와 날씨 이야기를 나눠도 모든 것이 낯설게만 느껴졌다. 처음부터 똑같이 따라하려고 무던히도 애썼던 그들의 목소리도, 피사의 돌멩이, 나무, 간판, 구름이나 하늘 색깔마저도 낯설게 느껴졌다.

릴라의 공책 때문에 그렇게 된 것인지는 모르겠다. 물론 공책을 읽고 난 후 상자를 버리기 훨씬 전부터 나는 대학생활에 매력을 잃었다. 전투에 용맹스럽게 임하는 듯한 초기의 느낌이 사라진 지 오래였다. 시험볼 때도 가슴이 뛰지 않았고 최고 점수를 받았을 때 느끼던 기쁨도 사라졌다. 목소리와 행동거지, 옷차림과 걸음걸이를 바꾸면서 느꼈던 기쁨도 사라졌다. 처음에는 무슨 변장대회라도 나가는 것 같았다. 가면을 너무 잘 만들어서 '거의' 진짜 얼굴이 된 것 같았다.

불현듯 '거의'라는 단어가 마음에 와 닿았다. 내가 해낸 건가. 거의 그렇다. 나폴리에 있는 고향 동네에서 이제는 완전히 벗어난 건가. 거의 그렇다. 나는 교육 수준이 높은 환경에서 자라난 아이들과 친구가 되었는가. 거의 그렇다. 갈리아니 선생님이나 그녀의 아이들보다 더 수준 높은 아이들과 친구가 되었는가. 거의 그렇다. 시험에 시험을 거치면서 권위 있는 교수님들에게 인정받는 학생이 되었는가. 거의 그렇다.

'거의'라는 단어 뒤에 실상이 숨겨져 있는 것 같았다. 나는 두려웠다. 피사로 온 첫날부터 나는 두려웠다. 나는 '거의'라는 수식어를 붙일 필요 없이 자연스럽게 남들에게 인정받을 수 있는 사람들이 두려웠다.

노르말레 대학에 그런 학생은 많았다. 라틴어, 그리스어, 역사 시험 성적이 우수한 학생들을 뜻하는 것이 아니었다. 이들은 뛰어난 교수님들과 지난날 학교를 거쳐간 다른 모든 중요 인사들처럼 대부분 남학생들이었다. 이들이 앞서나갈 수 있는 것은 힘겨운 학업의 현재와 미래의 목적을 이미 잘 알고 있기 때문이었다. 집안이 좋거나 타고난 재능 덕분이었다. 이들은 신문이나 잡지를 만드는 방법도 알고 있었고 출판사 조직이 어떻게 구성되어 있는지도 이미 잘 알고 있었다. 라디오나 텔레비전 방송국이 무엇인지, 영화가 어떻게 만들어지는지, 대학 서열이 무엇인지, 우리가 사는 작은 마을이나 도시 너머에는 무엇이 있는지, 알프스 산맥이나 바다 너머에는 무엇이 있는지 이미 잘 알고 있었다. 중요 인사들의 이름과 존경할 만한 사람은 누구고 경멸해야 할 사람은 누구인지 이미 알고 있었다.

이에 비하면 나는 아는 것이 아무것도 없었다. 내게는 신문이나 책에 이름이 실린 사람은 모두 신처럼 보였다. 누군가 내게 부러워하는 목소리나 적의를 가진 태도로 저 사람이 바로 그 사람이라든지, 저 사람이 바로 그 누구누구의 아들이라든지, 저 사람이 또 다른 대단한 사람의 조카라고 하면 나는 입을 다물거나 그냥 아는 척했다. 물론 이들이 언급하는 이름이 '정말로' 중요한 가문의 성이라는 것은 본능적으로 알 수 있었다.

하지만 나는 그때까지 그런 이름은 한 번도 들어본 적이 없었고 그런 인물들이 대체 무슨 중요한 일을 했는지도 몰랐으며 명망 있는 사람들 간의 관계도 알지 못했다. 예컨대 아무리 시험준비를 열심히 해도 어떤 교수님이 내게 갑자기 "내가 어떤 계보를 통해서 이 대학에서 이 과목을 가르치게 됐는지 학생은 알고 있나?"라고 묻는다면 나는 십중팔구 대답하지 못했을 것이다. 그런데 다른 학생들은 그 배경을 다 알고 있었다. 그러다보니 나는 이들 사이에서 실수하거나 틀린 이야기를 할까봐 두려워하며 지낼 수밖에 없었다.

프랑코가 내게 반했을 때 그 두려움은 많이 누그러들었다. 그는 나를 이끌어주었다. 나는 그가 이끄는 대로 움직이는 법을 배웠다. 프랑코는 명랑하고 배려심이 깊었지만 어떤 면에서는 뻔뻔할 정도로 두려움이 없었다. 자신이 읽은 책은 다 옳고, 자기 생각도 옳다는 확신이 있기에 언제나 권위 있게 이야기했다.

나는 사적인 자리에서나 가끔은 공적인 자리에서도 프랑코의 명성에 기대어 말하는 법을 배웠다. 솔직히 나도 말은 꽤 잘했다. 적어도 실력이 좋아지고 있었다. 그의 강함에 기대어 가끔은 그보다 더 대담한 태도를 취해 사람들에게 큰 호응을 얻기도 했다. 많이 나아지기는 했지만 그래도 여전히 내게 능력이 없을까봐, 말실수를 할까봐, 다른 사람들은 모두 잘 아는 사실에 대해서 내가 얼마나 무식하고 경험이 없는지 드러날까봐 불안했다.

프랑코가 원치 않게 내 인생에서 떨어져나가는 순간 두려움이 다시 몰려왔다. 마음속 깊은 곳에 이미 자리 잡고 있던 생각이 옳다는 것이 증명됐다. 그동안 프랑코의 부유함과 높은 교육 수준, 학생들 사이에서 꽤나 명망 높은 좌파 청년이라는 그의 지위와 사교성, 권력자들에게 대항한다는 내용을 대학교 안팎에서 균형 있게 연설하는 그의 용기와 아우라가 그의 애인이며 여자친구이며 동료였던 나에게까지 자동적으로 확장되었던 것이다. 그가 나를 사랑한다는 사실 자체가 내 능력의 공식적인 인증서였던 셈이었다.

그랬던 그가 대학교에서 쫓겨나 그의 명성이 사라지자 나도 그 후광을 받지 못하게 되었다. 좋은 가문 출신의 학생들은 이제 일요일마다 나를 그들의 파티나 소풍에 초대하지 않았다. 몇몇은 다시 내 나폴리 억양을 놀려대기 시작했다. 프랑코가 내게 선물했던 모든 것은 이제 유행이 지난 한물간 물건이 되어버렸다.

얼마 지나지 않아서 나는 내 삶에 들어온 프랑코의 존재가 내 현실을 잠시 가려 주었을 뿐 전적으로 바꾸어놓은 것은 아니었다는 사실을 깨달았다. 나는 다른 이들과 완전히 동화된 것이 아니었다. 기를 쓰고 공부해서 좋은 성적을 얻어내고 어느 정도의 호감과 존중을 받기는 했지만 당당한 태도로 터득한 지식에 대한 최고의 결과를 보여주는 학생 축에는 속하지 못했다.

나는 평생 두려움을 이겨내지 못할 것이다. 말을 잘못 할까봐, 너무 과장된 어조로 말할까봐, 어울리지 않는 옷을 입을까봐, 옹졸한 마음을 들킬까봐, 흥미 있는 아이디어를 내놓지 못할까봐 평생 두려움에 떨며 살아갈 것이다.

107

그 시기가 암울했던 데는 다른 이유도 있었다. 내가 프랑코의 방에서 밤을 보낸다는 소문은 이미 카발리에리 광장에 쫙 퍼져 있었다. 둘이서 파리와 베르실리아에 다녀온 일도 마찬가지였다.

나는 헤픈 여자라는 오명을 얻었다. 프랑코가 사람들에게 열렬히 주장하던 성적 자유 이론에 나 스스로도 얼마나 적응하기 힘들었는지 설명하기는 복잡했다. 그에게 자유롭고 의식이 깨인 사람으로 보이고 싶어서 그런 내 감정을 숨겼었다는 사실도 설명하기 힘들었다. 그렇다고 공공연하게 프랑코가 내게 복음처럼 전파한, 반쪽짜리 처녀는 최악이라는 이론을 떠들고 다닐 수도 없는 일이었다.

반쪽짜리 처녀란 기왕 하려면 제대로 할 것이지 애매하게 엉덩이만 내어주는 부르주아 계집들을 의미했다. 그렇다고 내겐 16세에 결혼을 하고 18세에 바람을 피워서 애인의 아이를 임신한 채 다시 남편에게 돌아간 데다 이외에도 수많은 일을 저지른 친구가 있다는 이야기를 할 수도 없었다. 프랑코와 잠자리를 가진 것은 릴라가 벌인 격동의 연애사에 비하면 별일 아니라고 말할 수도 없었다.

나는 나를 향한 여학생들의 심술궂은 일격과 남학생들의 잔혹한 평가와 내 풍만한 가슴을 쫓는 그들의 끈질긴 시선을 감내해야만 했다. 내 전 남자친구를 대신하려는 남학생들의 노골적인 구애를 그에 못지않게 노골적으로 거부해야 했다. 내게 거부당한 후 그들이 쏟아내는 천박한 말에 익숙해져야만 했다. 나는 이를 꽉 물고 묵묵히 참으면서 생각했다.

'이것도 다 한때 일이겠지.'

어느 날 오후, 산 프레디아노 가에 있는 카페에서 상당히 많은 학생이 보는 앞에서 내게 찝쩍거리다 거부당한 사내가 두 여학생과 길을 나서려는 나를 향해 소리를 질렀다.

"야, 이 나폴리 촌년아, 방에 놔두고 온 내 푸른색 스웨터 좀 가져다줘."

나는 웃음소리를 뒤로하고 아무런 대꾸도 하지 않고 자리를 떠났다. 얼마 가지 않아서 한 청년이 나를 뒤쫓아오고 있다는 것을 깨달았다. 우스꽝스러운 외모 때문에 기억에 남은 학생이었다. 니노처럼 어두운 매력의 지적 분위기가 있는 청년도 아니었고 프랑코처럼 장난기 있는 청년도 아니었다. 그는 안경을 쓰고 수줍은 태도로 항상 혼자 다녔다. 헝클어진 검은 곱슬머리에 몸매가 다부졌고 비뚜름하게 걸어 다녔다. 그는 학교까지 나를 따라오더니 내게 말을 걸었다.

"그레코!"

누군지는 몰라도 내 이름을 알고 있었다. 나는 예의상 걸음을 멈췄다. 청년은 자기 이름을 피에트로 아이로타라고 소개했다. 쑥스러워하며 두서없이 말을 쏟아냈다. 그는 자기 일행들이 한 행동에 대해서 부끄럽게 생각한다고 했다. 무엇보다도 그는 비겁하게 그들에게 맞서지 못한 자기 자신이 싫다고 했다.

"맞서다니. 왜?"

비꼬는 투로 묻기는 했지만 나는 구부정한 자세에 두꺼운 안경을 쓰고 평생 책만 읽고 살아온 듯한 말투로 이야기하는 그 우스꽝스러운 머리 모양과 분위기의 청년이 우리 동네 청년들처럼 프랑스 호위 기사같이 행동해야 할 의무감을 느꼈다는 사실에 약간 놀라기도 했다.

"네 명성을 지키기 위해서지."

"내겐 지킬 만한 명성이 없어."

그는 사과와 작별인사 비슷한 것을 뒤섞은 듯한 몇 마디를 중얼거리더니 자리를 떠났다.

다음 날 그를 먼저 찾은 것은 나였다. 강의 시간에는 그의 옆자리에 앉았고 함께 오랫동안 산책을 하기도 했다. 그는 여러 면에서 나를 놀라게 했다. 우선 그도 나처럼 이미 논문 준비를 시작했고 라틴 문학을 주제로 삼았다고 했다. 그는 나와는 달리 '논문'이라고 부르지 않고 '작업'이라고 불렀다. 한두 번 '책'이라는 말이 그의 입에서 흘러나왔다. 지금 준비하고 있는 책을 대학교를 졸업하는 대로 출판할 계획이라고 했다. 작업이라고? 책을 출판해? 대체 무슨 말을 하는 거지? 이제 거우 22세인데도 말투에 무게감이 느껴졌고 어려운 문헌을 계속 인용했다. 벌써 노르말레 대학이나 아니면 다른 대학에 자리를 맡아놓은 것처럼 말했다.

"정말로 논문을 출판할 생각이야?"

내가 믿기 어렵다는 투로 물었다.

그는 당연한 것을 묻는다는 듯 나를 바라보았다.

"결과가 좋으면 그래야지."

"잘 쓴 논문은 다 출판하는 거야?"

"그렇게 하지 말란 법은 없잖아."

피에트로는 바쿠스의 의식에 관한 공부를 하고 있었고 나는『아이네이스』제4권을 공부하고 있었다. 나는 중얼거렸다.

"바쿠스가 디도보다 더 흥미로운 주제일지도 몰라."

"잘 풀어내기만 하면 흥미롭지 않은 주제는 없어."

우리는 일상적인 이야기는 거의 나누지 않았다. 미국이 서유럽에 핵무기를 제공할 수 있는 가능성에 대해서도, 프랑코와 그랬던 것처럼 펠리니와 안토니오 중 누가 더 뛰어난지에 대해서도 논하는 법이 없었다. 피에트로와는 오직 고전 라틴 문학과 그리스 문학에 대한 이야기만 나눴다.

그는 놀라운 기억력의 소유자였다. 관계가 없을 것 같은 텍스트 간의 연결고리를 찾아내서 눈앞에 책이 펼쳐져 있는 것처럼 내용을 줄줄 읊었다. 젠체하거나 거들먹거리지도 않았다. 면학도로서 당연한 일이라는 듯한 태도였다.

그와 시간을 함께 보낼수록 그가 얼마나 뛰어난지 알 수 있었다. 나는 절대로 그처럼 될 수 없을 것이었다. 내가 틀릴까봐 조심스러워하는 부분에서 그는 사려 깊게 생각한 다음 결코 가볍지 않은 의견을 너무나 수월하게 제시했다. 그와 함께 두세 번 이탈리아 가나 대성당과 캄포산토 부근으로 외출하고 오니 주변 사람들이 나를 다르게 대하기 시작했다. 어느 날 아침에는 안면이 있는 여학생이 내게 친한 척하면서 은근한 적개심을 드러내며 물었다.

"대체 너는 남자아이들에게 무슨 짓을 하는 거니? 이번에는 이아로타 가문의 아들 마음을 사로잡았더라."

나는 피에트로의 아버지가 누군지 몰랐다. 분명한 것은 같은 학년 친구들이 내게 다시 존경심을 표하기 시작했고 그들이 파티를 열거나 술집에서 시간을 보낼 때 나를 초대하기 시작했다는 사실이다. 이들이 나를 찾는 이유가 피에트로를 데리고 오기를 바라기 때문일 거라는 생각이 가끔 들기까지 했다. 그만큼 피에트로는 워낙 자기 일에만 몰두했다.

나는 주변 사람들에게 새 남자친구의 부모님이 어떤 사람인지 알아보았다. 그 결과 나는 피에트로의 아버지가 제노바에서 그리스 문학을 가르치는 교수이며 사회당의 중요 인물이라는 사실을 알게 되었다.

나는 이 사실이 기쁘지 않았다. 피에트로 앞에서 너무 순진한 말을 하거나 틀린 말을 할까봐 두려웠다. 지금까지는 그렇지 않았더라도 나중에라도 그럴까봐 두려웠다. 그는 여전히 자신의 논문 겸 출판물에 대해서 열심히 말했지만 나는 바보 같은 말을 하게 될까봐 내 논문에 대한 언급을 점점 피했다.

어느 일요일, 그는 가쁜 숨을 쉬면서 학교로 달려와 자기를 찾아온 가족들, 그러니까 자기 아버지, 어머니, 누나와 함께 점심식사를 하자고 했다. 나는 덜컥 겁부터 났다. 최대한 예쁘게 치장하면서 생각했다.

'말하면서 분명히 접속법을 틀릴 거야. 나를 생뚱맞은 아이라고 생각하겠지. 대단한 사람들이니 분명 기사가 운전하는 큰 차를 타고 왔을 거야. 대체 무슨 말을 해야 하지? 꿔다놓은 보릿자루처럼 보이지는 않아야 할 텐데.'

하지만 막상 그들을 보자 마음이 편해졌다. 아이로타 교수는 보통 키에 구김이 많이 간 회색 양복 차림이었다. 넙데데한 얼굴은 피곤에 찌들어 있었고 커다란 안경을 쓰고 있었다. 모자를 벗자 머리카락이 하나도 없는 것을 알게 되었다. 어머니 아델레는 예쁜 얼굴은 아니었지만 섬세해 보였고 날씬했다. 세련됐지만 거들먹거리는 면이 전혀 없었다. 아이로타 집안의 자가용은 줄리에타로 바꾸기 전에 솔라라 형제의 애마였던 밀레첸토였다. 제노바에서 피사까지 차를 몰고 온 것이 기사가 아니라 피에트로의 누나 마리아로사라는 사실을 알게 되었다. 마리아로사는 영리한 눈빛에 우아했다. 나를 보자마자 오랜 친구처럼 껴안고 뺨에 입을 맞췄다.

"제노바에서 여기까지 혼자서 운전한 거야?"

"응. 나는 운전을 좋아하거든."

"운전면허는 따기 어려웠어?"

"아니, 전혀!"

마리아로사는 24세인데 벌써 밀라노 대학에서 예술사 교수의 조교로 일하고 있었다. 피에로 델라 프란체스카를 공부하고 있다고 했다. 그녀는 나에 대한 모든 것을 알고 있었다. 정확히 말하면 동생이 나에 대해 알고 있는 것이 전부이니 공부와 관련된 관심사밖에 몰랐다고 해두자. 아이로타 교수님과 부인 아델레 여사도 딱 그 정도만 알고 있었다.

그날 오전 나는 아이로타 가족과 즐거운 시간을 보냈다. 그들은 나를 편하게 대해주었다. 피에트로와 달리 그의 가족은 대화의 주제가 다양했다. 점심은 그들이 묵고 있는 호텔 레스토랑에서 먹었다. 아이로타 교수와 마리아로사는 정치를 주제로 다정한 언쟁을 벌였다. 파스콸레나 니노, 프랑코에게서 귀동냥을 하기는 했지만 내가 잘 모르는 분야였다. 그들의 대화는 이런 식이었다.

"사회주의자들은 계급 간 협력론을 주장하면서 스스로 함정에 빠졌어요."

"너는 함정이라고 하지만 나는 중재라 불러."

"말이 중재지 언제나 기독교민주당만 승리하잖아요."

"중도 좌파의 길은 어려운 거야."

"그렇게 어려우면 다시 사회주의로 돌아가면 되잖아요."

"국가는 위기에 처해 있고 개혁이 필요하단다."

"하지만 지금 개혁하고 있는 것이 아무것도 없잖아요."

"너라면 뭘 할 건데?"

"혁명이오. 오직 혁명뿐이지요."

"혁명을 하려면 우선 국가를 중세 시대 같은 상태에서 벗어나게 해야지. 정부에 우리 같은 사회당원들이 없었다면 너희 학생들은 학교에서 성에 대한 이야기만 해도 감옥에 끌려갔을 거다. 평화를 주장하는 내용의 전단지나 뿌리고 다니는 학생들도 마찬가지이고."

"북대서양조약기구 문제를 어떻게 해결하는지 지켜보겠어요."

"우리 입장은 언제나 반전주의였다. 제국주의에 대해서도 마찬가지이고."

"기독교민주당과 협력하면서 반미주의를 유지할 수 있다고 생각하세요?"

이런 식의 문장들이 빠르게 오갔다. 둘 다 이런 토론을 즐기고 있다는 것을 알 수 있었다. 오래전부터 익혀온 습관 같았다. 두 부녀를 바라보면서 내가 한 번도 가져보지 못했던 것이 무엇인지 깨달았다. 그것을 평생 가지지 못할 것이라는 사실도 깨달았다.

어떻게 표현할 수 있을까. 뭐라고 딱 꼬집어서 말하지는 못하겠다. 사회 문제를 아주 사적인 문제로 만드는 일종의 훈련이라고도 할 수 있을 것 같았다. 사회 문제를 그저 좋은 성적을 받기 위해 정보로 과시하는 것에 그치지 않고 정말 현실적인 문제로 인식하는 능력이라고 할 수 있겠다. 모든 것을 개인적인 문제나 실력을 인정받기 위한 이용 수단으로 축소하지 않으려는 사고방식이었다.

마리아로사는 친절했다. 그녀의 아버지도 마찬가지였다. 둘 다 절제된 어조로 말을 했다. 갈리아니 선생님의 아들 아르만도나 니노처럼 표현을 과장하지도 않았다. 그런데도 다른 때에는 내게 멀고 차갑게 느껴졌던, 그저 창피당하지 않기 위해서 알아두는 정도였던 정치적인 문제에 대해 정말로 관심이 생겼다. 서로의 말에 빠르게 응답하면서 전혀 상관없게 느껴지는 주제를 넘나들며 북베트남 폭격과 몇몇 대학에서 일어난 학생 시위, 반제국주의 투쟁의 온상인 남미와 아프리카에 대한 대화를 이어나갔다. 이 부분에서는 딸이 아버지보다 더 많은 것을 알고 있는 것 같았다. 마리아로사는 정말 박학다식했다.

마리아로사는 마치 자기가 직접 체험한 것을 말하는 것처럼 이야기를 했다. 참다못한 아이로타 교수가 아델레 부인에게 어이없다는 듯한 시선을 보내자 부인이 말했다.

"여기서 디저트 주문을 안 한 사람은 너밖에 없단다."

"저는 초콜릿 케이크로 할게요."

마리아로사가 밉지 않게 인상을 찡그려 보이며 말을 멈췄다.

나는 찬탄어린 눈빛으로 그녀를 바라보았다. 마리아로사는 운전도 하고, 밀라노에 살고, 대학교에서 강의도 했다. 적개심을 드러내지 않으면서도 아버지에게 맞설 줄도 알았다. 그에 비하면 나는 어떠한가. 입을 열기 두려워하면서 입도 뻥긋 못하는 내가 창피하게 느껴지기도 했다. 나는 참지 못하고 소리 높여 말했다.

"미국인들이 히로시마와 나가사키에 한 짓을 생각하면 인류를 향한 죄악의 대가를 치러야 한다고 생각해요."

순간 침묵이 흘렀다. 아이오타 집안사람들의 시선이 모두 나를 향했다. 마리아로사가 훌륭하다고 외치면서 악수를 청했고 나는 그녀의 손을 잡았다.

나는 용기를 얻어 말을 쏟아냈다. 지난날 각기 다른 시기에 익혀두었던 문장의 조각들을 사용했다. 나는 계획경제와 합리주의, 기독교사회 민주주의의 파멸과 신자본주의에 대해서 이야기했다. 구조란 무엇이고, 혁명이란 무엇인지에 대해 논했다. 아프리카와 아시아, 유치원과 아동심리학자인 장 피아제, 경찰과 사법부의 공존, 모든 국가 조직에 기생하는 부패한 파시스트들에 대해서 열변을 쏟았다.

두서없이 숨 가쁘게 이야기를 늘어놓았다.

나는 가슴이 세게 뛰었다. 어디에서 누구와 있는지 잊고 있었다. 그런데도 주변 사람들이 내 의견에 점점 동조하는 것 같아 다행이라는 생각이 들었다. 꽤 좋은 인상을 남긴 것 같았다. 그처럼 수준 있는 사람들이 다른 사람들처럼 내가 어디 출신이고 아버지와 어머니가 무슨 일을 하시는지 묻지 않은 것도 마음에 들었다. 그 순간 나는 나일뿐이었다.

오후까지 함께 이야기를 나누다가 저녁식사 전까지 모두 산책을 했다. 걸음을 뗄 때마다 아이로타 교수를 알아보는 사람들과 마주쳤다. 부인과 함께 지나가던 두 교수도 아이로타 교수를 보고 열정적으로 인사했다.

108

다음 날 나는 벌써 기분이 안 좋아지기 시작했다. 피에트로의 부모님과 시간을 보내면서 나는 노르말레 대학에서 쏟은 노력이 부질 없었다는 것을 다시 한 번 깨달았다. 좋은 성적만으로는 충분치 않았다. 더 많은 것이 필요했다. 하지만 그것은 내가 타고나지도, 배우지도 못한 것이었다. 잔뜩 흥분해서 그토록 두서없게 말을 늘어놓은 것이 너무나 부끄럽게 느껴졌다. 논리적인 체계도 없었고 괜히 흥분한 데다 마리아로사나 아델레 부인, 피에트로처럼 재치 있게 말하지도 못했다.

나는 대학을 다니면서 쉼표 위치 하나까지도 꼼꼼히 확인하는 연구원다운 체계적인 치밀함을 익히기는 했다. 그 점은 이미 시험을 통해서, 준비 중인 논문을 쓰면서 입증되었다. 하지만 나는 나태했다. 문학적 소양만 쓸데없이 많이 쌓았을 뿐 아이로타 집안사람들처럼 매끄럽게 논리를 전개할 나만의 무기가 없었다. 아이로타 교수는 자식들에게 전투 전에 마법의 무기를 하사해준 불멸의 신이었다. 마리아로사는 천하무적이었고 피에트로도 지나치게 예의바른 감이 없지 않았지만 나름대로 완벽했다.

그런데 나는 어떤가. 나는 잘해봐야 그들의 곁에 붙어 있는 정도일 뿐이다. 그들의 광채 덕분에 빛날 수 있을 뿐이다.

나는 피에트로에게 버림받을까봐 불안해졌다. 내가 먼저 그를 찾고, 그에게 매달리게 되었다. 그에게 정이 들었다. 피에트로가 내게 고백하기를 헛되이 기다렸다. 그러던 어느날 저녁 결국 내가 그의 뺨에 먼저 입을 맞추자 그가 드디어 내 입술에 입을 맞췄다. 우리는 저녁마다 어두워질 때를 기다려 외딴 곳에서 만나기 시작했다. 내가 그를 만지면 그도 나를 만지기는 했지만 내 안에 들어오지는 않았다. 안토니오와 사귀던 때로 다시 돌아간 것 같았다. 하지만 차이는 아주 컸다. 저녁이면 그 유명한 아이로타 가문의 아들과 외출한다는 사실에 나는 흥분이 되었다. 그의 존재는 내게 힘이 되었다.

가끔은 공중전화로 릴라에게 전화를 걸어볼까 생각도 해보았다. 새 남자친구가 생겼고, 우리 둘의 대학 졸업논문이 출판될 것이라는 소식을 알리고 싶었다. 제대로 만든 표지에 제목과 이름이 적힌 진짜 책이라고. 십중팔구 내 남자친구와 함께 대학교에서 강의를 맡을 것이라는 소식과 남자친구의 누나인 마리아로사는 24세밖에 안 됐는데 벌써 대학에서 강의를 하고 있다는 이야기도 하고 싶었다.

이 말도 해주고 싶었다.

"네 말이 맞아, 릴라. 어린 시절에 교육을 제대로 받으면 커서 뭘 하든 수월해져. 엄마 뱃속에서 배울 것을 다 배우고 태어난 사람 같아져."

나는 결국 전화를 하지 않았다. 릴라에게 전화하는 것이 무슨 소용이란 말인가. 내가 하고 싶은 말은 한마디도 하지 못하고 그녀에게 일어난 일이나 들으려고? 내게 말할 틈을 준다 해도 무슨 말을 해야 할까? 사실 피에트로에게 일어날 일이 내게는 절대로 일어나지 않을 거라는 걸 잘 알고 있었다. 그도 프랑코처럼 내 인생에서 곧 자취를 감출 것이라는 것도 알고 있었다. 아마 그 편이 나을 수도 있다는 것도 알고 있었다. 사실 나는 그를 사랑하지 않으니까. 내가 이 좁고 어두운 길과 푸른 들판을 그와 함께 걷는 것은 그저 두려움을 조금이라도 덜어내기 위해서니까.

109

1966년 크리스마스 방학을 얼마 남기지 않고 나는 심한 독감에 걸렸다. 나는 고향집 이웃 아주머니에게 전화를 걸어서 내가 방학 동안 집에 돌아가지 못할 것이라는 소식을 알렸다. 그즈음에는 우리 동네에도 전화기가 있는 집이 꽤 많았다. 그 후 며칠 동안 대학가가 텅 비어가면서 고요해지는 가운데 나는 혼자 쓸쓸히 고열과 기침에 시달렸다.

먹은 것이 거의 없었고 물을 마시기도 힘들었다. 어느 날 아침 지칠 대로 지쳐서 꾸벅꾸벅 졸고 있는데 고향 사투리로 시끄럽게 말하는 목소리가 들렸다. 우리 동네 아주머니들이 창가에서 소리를 지르며 싸우는 소리 같았다. 너무나 익숙한 어머니의 걸음걸이가 들려왔다. 내 마음속 깊은 곳에 잠재되어 있던 바로 그 소리였다. 아니나 다를까 어머니가 노크도 없이 문을 활짝 열어젖히고는 가방을 잔뜩 들고 걸어 들어왔다.

상상도 할 수 없는 일이었다. 어머니는 평생 고향을 떠난 적이 거의 없었다. 기껏해야 시내에 가는 정도였다. 내가 아는 한 나폴리 밖으로 나간 적은 한 번도 없었다. 그런 어머니가 밤새 기차를 타고 나를 위해서 미리 준비해온 명절 음식을 잔뜩 들고 여기까지 온 것이었다. 어머니는 큰 소리로 동네 사람들끼리 서로 다툰 이야기를 전했다. 그날 밤 당장 나를 데려가기 위해 잔소리를 퍼부었다. 어머니는 자기 말대로만 하면 내가 거짓말처럼 나을 거라고 생각했다. 어머니는 동생들과 아버지를 돌봐야 하기 때문에 그날 밤에 꼭 떠나야 한다고 했다.

나는 고열보다 어머니 때문에 더 기운이 빠졌다. 어찌나 고함을 지르고 물건을 부산스럽게 옮겨대는지 사감 선생님이 뛰어올 것만 같았다. 어머니는 정신없이 물건을 정리하기 시작했다. 갑자기 구역질이 나고 정신이 아득해져서 심연 속에 빠져드는 것 같았다. 어머니가 심연 속까지 따라오지 못하기를 간절히 바라면서 눈을 감았다.

하지만 어머니는 잠시도 가만히 있지 않았다. 친절하지만 여전히 전투적인 태도로 쉴 새 없이 방을 돌아다니면서 아버지와 동생들, 이웃 사람들과 친구들 소식을 전했다. 당연히 카르멘, 아다, 질리올라, 릴라 이야기가 나왔다.

나는 어떻게 해서든 듣지 않으려 했지만 어머니는 계속 물었다.

"그 애가 무슨 짓을 한 건지 알겠니? 무슨 일이 일어난 건지 알아들었어?"

그러면서 어머니는 내 대답을 재촉했다. 팔을 만지거나 이불 속에 있는 발을 만지면서 내 몸을 흔들어댔다. 나는 몸이 아파서 쇠약한 상태이기에 평소보다 더 예민해졌다. 어머니의 행동을 도저히 참을 수가 없었다. 한마디 할 때마다 내 친구들이 나보다 성공하지 못했다는 사실을 강조하려는 어머니에게 화가 나 중얼거렸다.

"그만하세요."

어머니는 내 말에 개의치 않고 똑같은 말을 반복했다.

"너는 그 애들과는 달라."

하지만 내가 더 상처받았던 것은 자부심 뒤에 언제라도 상황이 변할 수도 있다고 생각하는 어머니의 두려움이 느껴졌기 때문이었다. 어머니는 내 성적이 나빠져서 자랑거리가 되지 못할까봐 두려워하고 있었다. 어머니는 세상이 안정적인 곳이라는 것을 믿지 않았다.

어머니는 내게 억지로 음식을 먹이고, 땀을 닦아주고 수도 없이 열을 재게 했다. 어머니는 당신 인생의 트로피 같은 내가 죽기라도 할까봐 두려워진 걸까. 내가 기력이 빠져 학교를 포기하고 영광을 잃고 집으로 돌아오게 될까봐 두려운 걸까. 어머니는 광적으로 릴라의 이야기에 집착했다.

어머니의 그런 모습을 보면서 나는 비로소 어머니가 어린 시절부터 얼마나 릴라를 의식했는지 깨달았다. 내 어머니까지도 릴라가 나보다 뛰어난 아이라는 것을 알고 있었던 것이다. 그런 그녀를 내가 앞섰다는 사실에 놀라서 아직도 완전히 믿지 못하고 있는 것이었다. 이제는 동네에서 가장 운 좋은 어머니 자리를 놓칠까봐 두려워하고 있는 것이었다.

어머니의 저 전투적인 모습을 보라. 저 허영심 가득한 눈빛을 보라.

어머니에게서 뿜어져 나오는 기운을 느끼면서 절뚝거리는 걸음걸이 때문에 다른 사람보다 생존을 위한 몸부림이 더 처절했을 것이라고 생각했다. 그렇기 때문에 우리를 대할 때든 다른 사람들을 대할 때든 사나운 태도를 취하는 것이다.

그에 비해 아버지는 어떠한가? 아버지는 작고 허약했다. 언제나 친절한 태도로 얼마 되지 않는 팁을 받기 위해서 눈치 있게 손을 내밀 자세를 갖추고 있었다. 아버지는 절대로 모든 장애물을 이겨내고 그 장엄한 시청 건물에 입성하지 못할 것이다. 험한 세상을 이겨낸 어머니와는 다를 것이다.

어머니가 떠난 다음 주변이 조용해지자 한편으로는 안심이 됐지만 다른 한편으로는 열 때문인지 감정이 복받쳤다. 어머니가 절뚝이는 걸음걸이로 홀로 미지의 도시를 걸으면서 지나가는 사람들에게 기차역으로 가는 길을 묻는 모습이 눈에 아른거렸다. 어머니는 버스 타는 데 돈을 쓸 사람이 아니었다. 단돈 5리라도 함부로 쓰지 않았다.

그래도 어찌어찌해서 역까지 무사히 도착할 것이다. 표를 맞게 사고 기차를 맞게 타 밤새 불편하기 짝이 없는 의자에 앉거나 선 채로 나폴리로 돌아갈 것이다. 나폴리에서도 집 정리를 하고, 음식을 준비하기 위해 먼 길을 걸어서 갈 것이다. 집에 도착하자마자 잠시도 쉬지 않고 크리스마스 만찬을 위해 뱀장어를 자르고, 샐러드와 닭고기 수프, 크리스마스 전통과자 스트루폴리를 준비할 것이다. 여전히 화가 난 상태이겠지만 머릿속으로는 한 가지 생각을 끊임없이 되뇌이며 위안을 삼고 있을 것이다.

'레누차는 그 누구보다 뛰어난 아이야. 질리올라나 카르멘이나 아다나 리나보다 더.'

110

어머니는 릴라가 최악의 상황에 처하게 된 것은 순전히 질리올라 때문이라고 했다. 모든 것은 4월의 어느 일요일 제빵사네 딸내미가 아다에게 교구성당에서 상영하는 영화를 같이 보러 가자고 하면서 시작되었다. 다음 날 저녁 질리올라는 가게를 마감하고 아다를 찾아 가 말했다.

"혼자서 뭐해? 우리 부모님 집에 가서 함께 텔레비전이나 보자. 어머니를 모시고 와도 좋아."

그런 식의 만남이 반복되면서 언제부턴가는 질리올라의 남자친구인 미켈레 솔라라와도 함께 저녁에 외출을 하게 되었다. 보통 질리올라와 그녀의 남동생, 미켈레, 아다, 안토니오로 구성된 5인조가 함께 시내 산타 루치아 구역에 있는 피자집으로 피자를 먹으러 가곤 했다. 미켈레는 운전을 하고 질리올라는 한껏 차려입은 채 조수석에 앉고 질리올라의 동생 렐로와 안토니오와 아다는 뒷좌석에 앉았다.

안토니오는 자신의 고용주와 여가시간을 보내는 것이 달갑지 않아 처음에는 아다에게 할 일이 있다고 둘러댔다. 질리올라가 그 말을 미켈레에게 전하자 미켈레는 안토니오가 뒤로 빼는 것에 대해 매우 언짢아했기에 안토니오는 결국 고개를 푹 수그리고 따라 나갈 수밖에 없었다.

대화의 주체는 거의 두 여인이었다. 미켈레와 안토니오는 말 한마디 나누지 않았다. 미켈레는 이런저런 거래 관계에 있는 피자집 주인과 비밀 얘기를 나누기 위해 아예 자리를 비울 때가 많았다. 질리올라의 동생은 묵묵히 피자를 먹으면서 지루해했다.

두 처녀의 대화 주제는 거의 아다와 스테파노의 연애 이야기였다. 스테파노가 아다에게 준 선물이나 지난여름 스톡홀름으로 떠난 여행이 얼마나 멋졌는지 이야기했다. 그 여행을 가기 위해 아다는 불쌍한 파스콸레에게 온갖 거짓말을 해야만 했다. 아다는 스테파노가 식료품점에서 자신을 사장보다 더 높은 사람처럼 대해준다고 했다. 아다는 이야기를 하면서 스테파노 생각에 마음이 애틋해져서 말을 멈추지 않았다. 질리올라는 듣고 있다 이따금씩 맞장구쳤다.

"마음만 먹으면 성당에서 결혼을 무효화시킬 수 있대."

아다가 말을 멈추고 인상을 찌푸렸다.

"나도 알아. 하지만 쉬운 일이 아니야."

"어렵다는 거지 불가능한 일은 아니잖아. 사크라 로타 바티칸 법원에 문의해야 한대."

"그게 뭔데?"

"나도 자세히는 잘 몰라. 어쨌든 사크라 로타 법원에서는 모든 게 가능하대."

"확실해?"

"어디선가 읽었어."

아다는 예기치 않게 찾아온 우정에 너무 기뻤다. 그때까지는 혼자 두려움에 떨기도 하고 자신의 행동을 후회하기도 하면서 스테파노와의 사랑을 간직해왔다. 그런데 이제는 다른 사람에게 이야기를 하면 기분이 훨씬 나아진다는 것을 깨닫게 되었다. 자신의 처지가 합리화되고 죄책감이 사라졌다. 한결 가벼워진 기분을 망치는 사람은 여전히 적대적인 오빠 안토니오뿐이었다. 실제로 집에 돌아오는 길에 둘은 항상 다퉜다. 안토니오가 참지 못하고 누이의 뺨을 때리기 직전까지 간 적도 있었다.

"대체 왜 네 일을 동네방네 떠들고 다니는 거야? 그럴수록 우리가 창녀와 포주 남매 취급을 당하게 된다는 걸 모르겠어?"

아다는 불쾌하기 짝이 없는 어조로 쏘아붙였다.

"미켈레가 왜 우리와 함께 식사를 하는지 알아?"

"내 상사니까."

"어련하겠어."

"그럼 왜?"

"내가 스테파노랑 사귀니까 그러는 거야. 스테파노는 중요한 사람이니까. 정신 나간 엄마의 아들인 오빠만 바라보고 있었으면 나도 그런 엄마의 딸 이상은 되지 못했을 거야."

안토니오는 이성을 잃고 소리쳤다.

"넌 스테파노와 사귀는 게 아니야. 넌 그 자식의 창녀일 뿐이라고!"

아다는 울음을 터뜨렸다.

"그렇지 않아. 스테파노는 나만 사랑해."

그러던 어느 날 밤, 최악의 사태가 벌어졌다. 그날 카푸초네 집안 식구들은 모두 집에 있었다. 가족끼리 막 저녁을 마친 참이었다. 아다가 설거지를 하는 동안 안토니오는 허공을 바라보고 있었고 남매의 어머니 멜리나는 필요 이상으로 기운차게 빗자루질을 하며 옛 노래를 흥얼거렸다. 그러다가 멜리나가 무심코 아다의 발 위로 빗자루질을 했다. 그 때문에 난리가 났다. 지금도 그런 미신이 있는지는 모르겠지만 옛날에는 처녀의 발 위로 빗자루질을 하면 평생 결혼을 못할 것이라는 속설이 있었다. 멜리나의 빗자루가 아다의 발등을 스치는 순간, 아다는 자신의 미래를 보았다. 아다는 바퀴벌레가 지나가기라도 한 것처럼 뒤로 펄쩍 물러섰고 그 바람에 손에 들고 있던 접시가 바닥에 떨어졌다.

"발등에 빗자루질을 했잖아요!"

아다의 고함소리에 놀란 멜리나는 입을 다물지 못했다.

"일부러 그러신 게 아니잖아."

안토니오가 말했다.

"아니야. 일부러 그런 거야. 둘 다 내가 평생 결혼을 못했으면 좋겠지? 내가 고생하는 게 편하니까 평생 나를 붙잡아두려는 거야!"

멜리나는 아니라고 말하면서 딸을 껴안으려고 했다. 하지만 아다가 거칠게 뿌리쳐 뒤로 떠밀리는 바람에 멜리나는 의자에 몸을 부딪쳐 깨진 접시 조각이 흩어져 있는 바닥에 쓰러졌다.

안토니오가 어머니를 돕기 위해 달려갔지만 멜리나는 두려워서 고함을 지르기 시작했다. 아들도 딸도 모든 것이 두려웠던 것이다. 아다는 그런 어머니에게 응답이라도 하려는 것처럼 더 크게 소리를 질렀다.

"엄마랑 오빠가 아무리 그래도 나는 꼭 결혼할 거야. 그것도 당장에. 리나가 비켜주지 않으면 내가 직접 나서겠어. 리나를 죽여버릴 테야."

안토니오는 참지 못하고 거칠게 문을 닫고 밖으로 뛰쳐나갔다. 평소보다 깊게 절망했다. 그날 이후부터 자신의 인생에 불어 닥친 새로운 비극에서 빠져나오려고 안간힘을 썼다. 귀머거리에 벙어리 시늉을 하면서 되도록이면 스테파노의 식료품점 앞을 지나치지 않으려고 했다. 스테파노와 마주치기라도 하면 그를 흠씬 두들겨 패주고 싶은 욕망을 참지 못할까봐 시선을 다른 곳으로 돌렸다.

머리가 아팠다. 무엇이 옳고 무엇이 그른 일인지 판단이 되지 않았다. 릴라를 미켈레에게 데려다주지 않은 일이 올바른 일이었을까. 엔초에게 그녀를 집으로 데려다 달라고 한 일이 잘한 일이었을까. 릴라가 남편에게 돌아가지 않았다면 아다의 상황이 달라졌을까.

안토니오는 모든 일은 우연히 일어난다고 생각했다. 딱히 선한 일도 악한 일도 없었다.

안토니오의 생각은 그 지점에서 멈췄다. 틈만 나면 다시 아다와 싸웠다. 마치 그것만이 악몽에서 깨어날 수 있는 유일한 방법인 것 같았다.

안토니오는 동생을 향해 소리쳤다.

"미친년 같으니라고. 그 자식은 유부남이야. 어린 아들까지 있다고. 너는 어머니보다 더 나빠. 왜 사리판단도 못해?"

그럴 때마다 아다는 질리올라에게 달려가 말했다.

"우리 오빠는 미치광이야. 날 죽이려고 해."

이런 연유로 어느 날 오후 미켈레는 안토니오를 불러 독일에 가서 처리할 일이 있다고 했다. 안토니오는 거부하지 않았다. 오히려 흔쾌히 미켈레의 명령에 따랐다. 누이와 어머니에게 인사 한마디 없이 독일로 떠나버렸다.

안토니오는 독일에 가면 예전에 신부님이 틀어주던 영화에서 본 나치 일당들을 만날 것이라고 생각했다. 그는 그들에게 칼부림을 당하거나 총에 맞아 죽을 것이라고 생각하니 기뻤다. 어머니와 누이의 고통을 눈앞에서 지켜보면서 아무것도 못 하는 것보다 차라리 살해당하는 게 낫다고 생각했다.

안토니오가 기차에 몸을 싣기 전에 유일하게 만난 사람은 엔초였다. 엔초는 매우 바빴다. 그즈음 엔초는 가지고 있는 것을 닥치는 대로 팔아치우고 있었다. 노새도 수레도 어머니의 작은 가게도 철길에 있는 작은 텃밭까지도 모조리 팔아치웠다. 그렇게 마련한 일부 자금을 동생들을 돌봐주기로 한 노처녀 숙모에게 주기로 했다고 말했다.

"너는 어떻게 할 셈인데?"

안토니오가 물었다.

"일자리를 찾고 있어."

"새 생활을 시작하려고?"

"그래."

"잘 생각했어."

"그렇게 할 수밖에 없는 상황이야."

"나는 더 나아지지 않을 거야."

"말도 안 되는 소리."

"아니야. 하지만 괜찮아. 지금 가면 언제 돌아올지 몰라. 부탁이니 가끔이라도 어머니와 아다와 다른 동생들을 찾아봐주겠어?"

"내가 고향을 떠나지 않는다면 그렇게 할게."

"우리가 실수를 했어, 엔초. 리나를 집에 돌려보내서는 안 되는 거였어."

"그럴 수도 있지."

"모든 게 엉망진창이야. 뭘 해야 할지 모르겠어."

"네 말이 맞아."

"안녕."

"안녕."

둘은 악수조차 나누지 않았다. 안토니오는 가리발디 광장에 가서 기차를 탔다. 힘겹고 긴 여행이었다. 기차는 밤낮으로 달렸고 수많은 사람의 성난 목소리가 핏줄을 타고 흐르는 것 같았다. 몇 시간이 채 안 되어 벌써 지쳐버렸다.

발에 쥐가 났다. 군대에서 돌아온 이후로 그런 장거리 여행은 한 적이 없었다. 가끔 기차에서 내려 분수대 물로 목을 축였다. 그럴 때조차 기차를 놓칠까봐 두려웠다. 피렌체 기차역에서는 너무나 우울해서 '여기서 여행을 멈추고 레누차를 찾아가야겠다'는 생각을 했다고 뒷날 나에게 들려주었다.

111

안토니오가 떠나자 질리올라와 아다의 관계는 더욱 돈독해졌다. 질리올라는 아다가 오래전부터 생각만 하고 있던 일을 실행에 옮기라고 충고했다. 그러니까 더 기다리지 말고 스테파노의 결혼 생활을 끝장내라는 것이었다.

"리나는 그 집에서 떠나야 해."

질리올라가 말했다.

"그 자리에 네가 들어가야 해. 너무 기다리면 스테파노 눈에 콩깍지가 떨어져서 모든 것을 잃게 될 거야. 일자리마저 잃게 될걸? 리나가 다시 스테파노의 마음을 얻으면 그에게 너를 쫓아내라고 할 테니까."

질리올라는 경험에서 나온 말이라면서 자기도 미켈레와 똑같은 문제가 있다고 했다.

"미켈레가 먼저 청혼하기를 기다리고 있다가는 노처녀로 늙어죽고 말 거야."

질리올라가 아다에게 속삭였다.

"그래서 요즘 압력을 좀 넣고 있어. 1968년 봄이 오기 전에 나와 결혼하든지 아니면 헤어지자고 했어. 될 대로 되라지."

이 말을 들은 아다는 스테파노를 은근히 압박하기 시작했다. 아다는 스테파노를 적나라하고 끈적한 욕망의 그물 속에 가두어놓고 그를 한껏 치켜세워 특별한 존재처럼 느끼게 했다. 그러곤 키스를 하면서 속삭였다.

"이젠 결정해야 해. 나와 리나 둘 중에 하나를 선택해야 해. 리나를 아이랑 길바닥에 내쫓으라는 말이 아니야. 당신 아들인걸. 당신도 아버지로서의 의무를 다해야 하잖아. 그러니까 영화배우들이나 다른 유명 인사들이 하는 것처럼 해. 돈을 좀 쥐여주는 거야. 동네 사람치고 당신의 진짜 아내가 나라는 걸 모르는 이는 아무도 없어. 나는 영원히 당신과 함께 있고 싶어."

스테파노는 말로는 그렇게 하겠다고 대답하면서 레티필로에 마련해놓은 집의 불편한 침대에서 그녀를 꼭 끌어안았다. 하지만 실제로는 별다른 조치를 취하지 않았다. 집에 돌아가 릴라에게 깨끗한 양말이 없다거나 파스콸레나 다른 사내들과 이야기하는 모습을 목격했다는 이유로 고함을 칠 뿐이었다.

일이 진전될 기미가 보이지 않자 아다는 절망했다. 어느 일요일 아침 우연히 카르멘과 마주쳤는데 그녀는 두 군데 식료품점 일이 돌아가는 꼴에 대해서 잔뜩 불평을 늘어놓았다. 둘은 이런저런 이야기를 하다가 결국 각각 다른 이유로 자신들의 불행의 근원이라고 여기는 릴라를 두고 독기어린 욕설을 쏟아내기 시작했다. 아다는 분을 이기지 못해 카르멘이 전 남자친구의 동생이라는 사실조차 잊어버리고 스테파노에 대한 자신의 감정을 털어놓았다.

소문의 진상을 알고 싶어 안달이 났던 카르멘은 아다의 불평을 흔쾌히 들어주면서 은근히 아다의 성질을 돋우는 추임새를 넣으며 맞장구를 쳤다. 그러면서 오빠인 파스콸레를 배신한 아다와 자신을 배신한 릴라 모두에게 해가 될 만한 조언만 골라 했다.

그렇지만 카르멘이 아다의 말에 관심을 가진 것이 꼭 원망스러운 마음 때문만은 아니었다. 다른 사람도 아닌 유년 시절의 친구가 유부남과 부적절한 관계를 맺었고 자신도 이 일에 어느 정도 연루되었다는 사실이 기분 좋았기 때문이었다.

동네의 계집아이들은 어린 시절부터 누군가의 부인이 되기를 꿈

꿨지만 커가면서는 정부에 대한 막연한 동경심을 키웠다. 정부는 부인보다 활발하고, 전투적이고 무엇보다 더 현대적인 느낌이었다. 그래서 정실부인이 (아이들의 상상 속에서 기존 부인은 대부분 성격이 못됐고 이미 오래전부터 남편 몰래 바람을 피우곤 했다) 중한 병에 걸려서 죽으면 정부 노릇에서 벗어나 사랑하는 남자의 아내가 되어 그동안 간직해온 사랑의 꿈을 이루기를 은근히 바랐다. 옳지 않은 측의 편을 드는 셈이었지만 이는 궁극적으로는 일련의 과정을 통해 기존 관습이 재정립되기를 바랐기 때문이다.

카르멘은 처음에는 위선적인 조언을 해줬지만 나중에는 아다의 이야기에 푹 빠져들고 말았다. 아다가 정말로 걱정되기 시작한 그녀는 어느 날 진심을 담아 아다에게 말했다.

"이런 식으로 계속 갈 수는 없어. 그 못된 계집을 쫓아내고 스테파노와 결혼해서 네가 그에게 아이를 낳아주어야 해. 솔라라 형제에게 사크라 로타에 아는 사람이 있는지 물어봐."

아다는 망설이지 않고 카르멘과 질리올라의 조언을 받아들였다. 어느 날 저녁 피자집에서 식사를 하면서 미켈레에게 물었다.

"사크라 로타까지 손을 뻗칠 수 있겠어?"

미켈레는 비꼬는 어조로 대답했다.

"그건 잘 모르겠어. 알아볼 수는 있겠지. 어디든 친구 한 명쯤은 찾을 수 있으니까. 우선은 네 것이나 잘 챙길 생각이나 해. 성가시게 하는 사람이 있으면 나한테 보내고."

미켈레의 말은 중요한 의미를 가졌다. 아다는 모든 사람의 지지를 받고 있는 것처럼 느꼈다. 평생 이토록 많은 사람의 응원을 받은 적은 한 번도 없었다. 하지만 질리올라의 자극과 카르멘의 조언도, 영향력 있는 미켈레의 기대하지 않았던 보장성 발언도 아다를 실질적인 공격에 나서게 하지는 못했다. 지난해와는 달리 시 가든에나 몇 번 갔을 뿐 외국 여행도 가지 않은 스테파노에 대한 서운함조차 그녀를 행동에 나서게 하지는 못했다. 아다가 더 이상 기다리지 못한 것은 그보다 더 실질적이고 구체적인 사건이 일어났기 때문이었다. 그것은 바로 그녀의 임신이었다.

임신했다는 사실을 알고 아다는 뛸 듯이 기뻤지만 그 사실을 혼자 간직했다. 스테파노에게도 말하지 않았다. 어느 날 오후 작업 가운을 벗고 잠시 바람을 쐬려는 것처럼 가게를 나간 아다는 릴라의 집으로 갔다.

"무슨 일 있어?"

카라치 부인이 현관문을 열어주며 의아한 듯 물었다.

아다가 대답했다.

"무슨 일이 일어났는지는 너도 잘 알고 있잖아."

아다는 아이 앞에서 모든 일을 털어놓았다. 침착하게 영화배우들과 유명한 자전거 선수들의 이야기를 들먹여가며 자기가 50년대 유명한 자전거 선수인 파우스토 코피와 불륜관계였던 일명 '순백의 숙녀'의 현대 버전이라도 되는 양 이야기를 했다. 진실한 사랑 앞에서는 교회와 하나님도 결혼식을 무효화시킨다면서 사크라 로타 바티칸 법정 이야기를 했다.

릴라가 입만 벙긋해도 피가 나도록 흠씬 두들겨 패주려고 벼르던 아다는 릴라가 가만히 앉아서 단 한마디도 하지 않고 자신의 말을 듣기만 하자 당황했다.

아다는 신경이 곤두서서 집 안을 돌아다니기 시작했다. 평소에도 자기가 자주 드나들어서 이미 집 안 구조를 잘 파악하고 있다는 것을 과시하려는 의도이기도 했고 릴라에게 더러운 집안꼴에 대해 잔소리를 퍼붓기 위해서이기도 했다.

아다가 쏘아붙였다.

"이 더러운 집안꼴 좀 봐. 접시는 하나같이 더러운 데다 먼지가 잔뜩 쌓였잖아. 양말이랑 속옷은 땅바닥에 널려 있고 말이야. 불쌍한 스테파노! 대체 어떻게 이런 데서 살지?"

아다는 결국 통제할 수 없는 격정적인 감정에 사로잡혀 침실 바닥에 있는 더러운 빨랫감을 주우며 고함을 쳤다.

"내일부터는 내가 와서 집 안 정리를 해야겠어. 너는 침대도 제대로 정리할 줄 모르잖아. 이것 좀 봐. 스테파노는 이런 식으로 침대 시트를 접는 걸 싫어해. 너한테 백만 번 말했는데도 소용이 없다고 내게 말했어."

아다는 불현듯 멈춰서더니 혼란스러워하며 낮은 목소리로 말했다.

"리나, 네가 떠나야만 해. 그렇지 않으면 네 아이를 죽여 버릴 거야."

아다의 말에 릴라는 고작 이렇게 대답할 뿐이었다.

"너 지금 네 어머니처럼 행동하고 있어."

그렇다. 릴라는 그렇게 말했었다. 릴라의 목소리가 상상이 간다. 릴라는 목소리에 감정을 담을 줄 모르는 아이였다. 그러니 아다의 귀에는 분명 예의 그 냉정하고 악의적이고 무심한 어투로 들렸을 것이다. 하지만 몇 년 후 릴라는 자기 집에서, 그 지경이 된 아다를 보면서 애인 도나토 사라토레에게 버림받은 멜리나가 사라토레 식구들이 동네를 떠나던 날 소리를 지르던 모습과 멜리나의 집 창문에서 날아와 니노를 죽일 뻔했던 다리미가 생각났다고 나에게 말했다. 어린 시절 릴라 자신에게 인상 깊었던 그 기나긴 고통의 불길이 이제 아다의 얼굴에도 아른거리고 있었던 것이다. 단지 이번에는 아다의 마음에 불꽃을 일으킨 것이 사라토레의 부인이 아니라 릴라였을 뿐이다. 그때까지만 해도 아무도 깨닫지 못했었지만 과거 상황이 현재에도 반복되는 고약한 거울놀이 같았다. 하지만 릴라만은 그 사실을 깨달았다. 그렇기 때문에 아다를 증오하거나 평소처럼 망설이지 않고 반격에 나서는 대신 씁쓸함과 동정심을 느꼈던 것이다. 그래서 릴라는 "여기 좀 앉아봐. 캐머마일 차를 끓여줄게"라고 말하면서 아다의 손을 잡으려 했다.

아다는 릴라의 말 한마디 한마디를, 특히 자신의 손을 잡는 그 행동을 일종의 모욕으로 받아들였다. 발끈하며 몸을 뒤로 빼내는가 싶더니 흰자위만 보이는 눈으로 릴라를 소름끼치게 쩨려보았다. 겨우 눈동자가 제자리로 돌아오자 아다는 고함을 지르기 시작했다.

"너 지금 나보고 미쳤다는 거야? 내가 우리 엄마처럼 미친년이라고? 내 말 똑똑히 들어, 리나. 이 손 치워. 저리 비키라고. 캐머마일 차는 너나 마셔. 나는 엉망인 집을 정리해야겠어."

아다는 입을 꾹 다문 채 빗자루질을 하고, 바닥을 닦고, 침대를 다시 정리했다. 릴라는 그러는 아다의 모습을 두 눈으로 쫓았다. 아다의 몸이 인형처럼 보였다. 너무 빨리 움직이다 망가져 버릴까봐 두려웠다.

릴라는 리누초를 데리고 집 밖으로 나왔다. 아이에게 눈에 보이는 사물을 손으로 가리키면서 이름을 말해주고, 동화를 지어 들려주면서 신시가지를 거닐었다. 아이를 즐겁게 해주기 위해서라기보다는 자신의 불안함을 다스리기 위해서였다.

아다가 현관을 나서서 약속에 늦은 것처럼 달려 나가는 모습을 멀리서 보고 난 후에야 릴라는 집으로 돌아갔다.

112

아다가 잔뜩 흥분해서 가쁜 숨을 쉬며 가게로 돌아오자 스테파노는 어둡지만 침착한 목소리로 어디에 다녀왔느냐고 물었다. 아다는 줄을 선 고객 앞에서 대답했다.

"당신 집 정리하러. 집 상태가 엉망이더라."

그러고는 진열대 너머에 있는 손님들을 바라보면서 덧붙였다.

"침대 옆 협탁에 먼지가 얼마나 많이 쌓여 있는지 글씨도 쓸 수 있겠더라."

스테파노가 아무런 대꾸도 하지 않자 그곳에 있는 사람들은 실망했다. 손님이 모두 빠져나가고 가게 문을 닫을 시간이 되자 아다는 가게 바닥을 쓸고 닦으면서 스테파노를 계속 곁눈질로 바라보았다.

스테파노는 아무런 반응을 보이지 않았다. 그저 계산대 앞에 앉아 독한 향의 미제 담배를 피워대면서 마감을 할 뿐이었다. 마지막 담배를 다 피우자 셔터를 내릴 때 쓰는 기다란 봉을 꺼내들고 가게 밖으로 나가지 않고 안에서 셔터를 내렸다.

"뭘 하려고?"

아다가 경계하며 물었다.

"오늘은 정원 쪽 문으로 나가자."

그러더니 아다의 뺨을 수차례 때렸다. 처음에는 손바닥으로 때리다가 급기야는 손등으로 때렸다. 아다는 정신을 잃지 않으려고 진열장에 몸을 기댔다.

"감히 내 집에 갈 생각을 해?"

고함을 치지 않으려다 보니 목에서 쥐어 짜내는 소리가 났다. 스테파노는 심장이 터질 것 같아 어떻게 해서든 안정을 찾으려 했다.

아다에게 손을 댄 것은 그때가 처음이었다.

스테파노는 부들부들 떨며 퉁명스럽게 말했다.

"다시는 그런 짓 하지 마!"

그러더니 피를 흘리는 아다를 가게에 홀로 내버려두고 나가버렸
다.

다음 날 아다는 가게에 나가지 않았다. 흠씬 두들겨 맞은 몰골로
릴라의 집을 다시 찾았다. 릴라는 멍든 아다의 얼굴을 보고 어서 들
어오라고 했다.

"캐머마일 한 잔만 타줘."

아다가 말했다.

릴라는 캐머마일을 만들어주었다.

"아이가 잘생겼네."

"그래."

"스테파노와 똑같이 생겼어."

"그렇지 않아."

"눈이랑 입매가 똑같은걸."

"아니라니까."

"책을 읽고 싶으면 읽어. 내가 아이도 보고 집안일도 할게."

릴라가 호기심 어린 눈빛으로 아다를 바라보다가 말했다.

"하고 싶은 대로 해. 대신 아이에게는 가까이 다가가지 마."

"걱정하지 마. 아이한테 나쁜 짓은 하지 않을 거야."

아다는 일을 시작했다. 집 안 정리를 하고 빨래를 해서 햇볕에 널
고 점심식사를 준비하면서 저녁에 먹을 음식까지 마련했다. 한참 일
하던 아다는 릴라가 아이와 놀아주는 모습에 매료되어 하던 일을 멈
췄다.

"몇 살이지?"

"두 살하고도 4개월이야."

"아직 어린데 너무 몰아붙이는 거 아니야?"

"아니야. 자기가 할 수 있는 것만 하는 거야."

"나 임신했어."

"무슨 말이야?"

"정말이야."

"스테파노 아이야?"

"그럼."

"그이도 알아?"

"아니."

릴라는 결혼 생활이 완전히 끝났다는 것을 예감했다. 릴라는 변화가 눈앞에 닥쳤음을 깨달았지만 언제나처럼 후회되지도 않고, 불안하지도 않고, 걱정되지도 않았다.

스테파노가 집에 돌아오니 릴라는 거실에서 책을 읽고 있고 아다는 부엌에서 아이와 놀고 있었다. 집에서는 좋은 냄새가 났고 집 안은 커다랗고 값비싼 물건처럼 빛이 났다.

스테파노는 매질이 아무런 소용이 없었다는 사실을 깨달았다. 얼굴이 창백해지고 숨이 막혀왔다.

"꺼져."

스테파노가 아다에게 나지막하게 말했다.

"싫어."

"대체 무슨 생각이야?"

"이제 여기에서 살 거야."

"내가 미치는 꼴을 보고 싶어서 그래?"

"응. 둘 다 미쳐버리지 뭐."

릴라는 책장을 덮고 아이를 품에 안고는 아무 말 없이 예전에 내가 공부를 했고 지금은 리누초의 침실이 된 방으로 들어갔다. 스테파노는 아다에게 속삭였다.

"당신 나를 망치려는 셈이야? 나를 사랑한다는 것도 거짓이었나 보네. 이러면 고객들이 다 떨어져 나가. 돈 한 푼 벌 수 없게 된다고. 가뜩이나 상황이 좋지 않다는 것은 당신도 잘 알잖아. 제발 원하는 게 뭔지 말해봐. 뭐든지 해줄게."

"당신과 항상 함께 있고 싶어."

"좋아. 하지만 여기서는 안 돼."

"여기에 있을 거야."

"여긴 내 집이야. 리나도 있고 리누초도 있다고."

"이제부터는 나도 있을 거야. 나 임신했어."

스테파노는 의자에 털썩 주저앉았다. 아무 말 없이 자기 앞에 서 있는 아다의 배를 바라보았다. 아다의 옷, 속옷, 피부 너머로 이미 어느 정도 형체가 잡힌 아이의 모습이 보이는 것 같았다. 살아 숨 쉬는 생명체가 자신의 품에 뛰어들 태세를 갖추고 있는 것 같았다. 그 순간 누군가 문을 두드렸다.

솔라라 주점에서 일하는 웨이터였다. 그곳에서 일한 지 얼마 안 되는 16세의 소년이었다. 그가 스테파노에게 미켈레와 마르첼로가 당장 보고 싶어 한다고 전했다. 스테파노는 마음을 가다듬었다. 집 안의 소동을 생각하면 그 순간만큼은 솔라라 형제의 요청이 구원의 손길처럼 느껴졌다. 스테파노는 아다에게 말했다.

"여기서 한 발자국도 움직이지 마!"

아다는 미소를 지으면서 고개를 끄덕였다. 스테파노는 집 밖으로

593

나가서 차를 타고 솔라라 주점으로 향했다.

'대체 어쩌다 내가 이 지경이 된 거지?'

스테파노가 생각했다.

'아버지가 살아계셨다면 쇠몽둥이로 두 다리를 분질러놓으려 했을 거야. 여자 문제에, 빚에, 솔라라 부인의 붉은색 장부에까지 이름이 오르다니. 뭔가가 잘못된 거야. 리나, 그래 리나가 모든 것을 망쳐버렸어. 그나저나 마르첼로와 미켈레 자식들은 이 시간에 뭐가 급하다고 나를 찾는 거지?'

그들은 구시가지에 있는 스테파노의 식료품점을 원하고 있었다. 딱 꼬집어서 말한 것은 아니었지만 결국 그 뜻이었다.

우선 마르첼로가 스테파노에게 돈을 더 빌려줄 용의가 있다고 했다. 그렇지만 먼저 체룰로 구두를 완전히 자기들에게 넘기라고 했다. 믿을 구석이라곤 하나도 없는 게으른 처남과의 관계도 끊으라고 했다. 이외에도 사업이 되었든, 부동산이 되었든 담보가 필요하다고 했다. 그러니 생각을 좀 해보라고 했다.

그러곤 마르첼로가 자리에서 일어났기 때문에 그 후로는 스테파노와 미켈레 둘이서 담판을 짓게 되었다. 둘은 오랫동안 리노와 페르난도 아저씨의 작은 구두공장에서 건질 만한 것이 뭐가 있는지 계산해보았다. 스테파노가 그 정도면 마르첼로가 말한 그 담보를 대신할 수 있는지 묻자 미켈레는 고개를 저으며 말했다.

"담보는 꼭 필요해. 게다가 스캔들은 사업에 좋지 않은 영향을 미칠 거야."

"무슨 의미야?"

"난 무슨 의미인지 알겠는데. 자네는 누구를 더 좋아하는 거야? 리나야 아니면 아다야?"

"자네가 관여할 일이 아니야."

"아니야. 돈과 관련이 있으면 자네 일이 곧 내 일이야."

"무슨 대답을 기대하는 거야? 자네도 남자잖아. 남자들 세계에서는 일이 어떻게 돌아가는지 잘 알잖아. 리나는 내 아내야. 아다는 다른 의미이고."

"그러니까 사랑하는 것은 아다 쪽이다?"

"그래."

"그러면 우선 그 상황부터 정리해. 그러고 나서 생각해보자고."

며칠이 흘러갔다. 스테파노가 얽히고 얽힌 상황에서 빠져나올 방법을 찾아내기 전까지 괴로운 나날이 흘렀다. 그는 일은 뒷전으로 밀어놓고 아다와 싸우고 릴라와도 싸웠다. 그동안 구시가지의 식료품점은 걸핏하면 문을 닫았다. 동네 사람들은 문 닫은 상점을 보며 과거 기억을 떠올렸다. 아름다웠던 릴라와 스테파노의 약혼 시절 모습과 그들이 타고 다니던 오픈카를 생각했다. 그 시절 릴라와 스테파노는 페르시아 왕자와 소라야 왕비 커플 같았고 존 에프 케네디와 재클린 케네디 커플 같았다. 결국 스테파노는 모든 것을 포기하고 릴라에게 말했다.

"당신과 리누초가 지낼 만한 좋은 곳을 마련해두었어."

"참 관대하기도 하셔라."

"일주일에 두 번 아이를 보러 갈게."

"오지 않아도 돼. 어차피 당신 아이도 아닌걸."

"못된 년 같으니라고. 내가 기어코 당신 얼굴을 박살내야겠어?"

"원하는 대로 해. 이젠 익숙하니까. 당신은 당신 아이나 생각해. 내 아이는 내가 돌볼 테니까."

스테파노는 숨을 몰아쉬며 화를 냈다. 릴라를 때리려고 하다가 참으며 말했다.

"집은 보메로에 있어."

"어디라고?"

"내일 데려가서 보여줄게. 아르티스티 광장에 있어."

릴라는 미켈레가 자신에게 한 제안이 퍼뜩 머리를 스쳐 지나갔다.

"보메로 구역 아르티스티 광장 쪽에 집을 한 채 마련해두었어. 원한다면 지금 당장이라도 데려가서 보여줄 수 있어. 어차피 당신을 생각하면서 사둔 집이거든. 거기서 원하는 건 뭐든 해도 좋아. 책을 읽어도 좋고, 글을 써도 좋아. 뭔가를 다시 만들어도 좋고. 잠을 자고, 웃고, 이야기도 하면서 리누초와 함께 있어. 난 그저 당신을 바라보고 당신 이야기를 들을 수만 있으면 돼."

릴라는 도저히 믿을 수 없다는 듯이 고개를 저으며 남편에게 말했다.

"당신 정말 쓰레기야."

113

릴라는 리누초의 방 안에서 문을 걸어 잠그고 앞으로 할 일에 대해 생각에 잠겼다. 부모님 집으로는 절대 돌아가지 않을 생각이었다. 이제 삶의 무게는 오롯이 자신의 것이었다. 다시 누군가의 딸이되고 싶지는 않았다.

오빠도 믿을 수 없었다. 리노는 제정신이 아니었다. 스테파노에게 복수하려고 피누차를 괴롭히는 데다 언제부턴가는 장모인 마리아 아주머니와도 다투기 시작했다. 모아놓은 돈은 땡전 한 푼 없는데 빚만 늘어나 절망에 빠진 상태였다.

믿을 만한 사람은 엔초뿐이었다. 릴라는 오래전부터 그를 믿었고 지금도 마찬가지다. 그날 이후로 한 번도 모습을 나타내지 않았고 동네에서 아예 자취를 감춘 것 같았지만 그를 믿었다.

'나를 이곳에서 데리고 나가주겠다고 약속했어.'

릴라는 생각했다. 그러면서도 엔초가 약속을 지키지 않기를 바라기도 했다. 그가 자기 때문에 곤경에 처할까봐 두려웠다. 스테파노와 부딪힐까봐 두려운 것이 아니었다. 스테파노는 이제 릴라에 대한 미련을 완전히 버린 데다 실은 비겁한 겁쟁이였다. 맹수 같은 괴력을 소유했는데도 그렇다.

릴라가 정말 두려워한 것은 미켈레였다. 당장 오늘내일이 아니더라도 생각조차 못했을 때 갑자기 들이닥쳐 그에게 굴복하지 않으면 철저히 응징할 것이었다. 릴라뿐만 아니라 그녀를 도와준 모든 사람에게. 그러니 아무도 끌어들이지 않고 혼자 사라지는 게 나을지도 모른다고 생각했다.

'일자리를 찾아야 해. 뭐라도 말이야. 아이를 굶기지 않고 지붕을 제공할 만한 정도의 돈을 벌 수 있어야 해.'

릴라는 아이 생각만 해도 기운이 빠졌다. 리누초의 머릿속에 어떤 장면과 말이 남아 있을까. 아이가 들었을 험한 말들이 생각났다. 뱃속에서 내 목소리를 들었을까. 아이의 신경 체계에 어떤 영향을 미쳤을까. 사랑받고 있다고 느꼈을까 아니면 거부당하고 있다고 느꼈을까. 내 마음의 동요를 눈치챘을까. 어떻게 해야 아이를 보호할 수 있을까. 음식과 사랑을 주고 교육을 시켜야겠지. 아이에게 영원히 상처가 될 수 있는 일을 막아주어야 한다.

나는 아이의 친부를 잃었다. 그는 아이에 대해서 아무것도 모른다. 그는 아이를 절대로 사랑해주지 않을 것이다. 스테파노는 아이 아버지는 아니지만 아이에 대해 애정이 없었다고는 할 수 없다. 하지만 결국 다른 여자와 자신의 진짜 아이를 위해서 우리를 팔아넘기지 않았나..이 아이는 어떻게 될 것인가.

이제 리누초는 내가 다른 방으로 사라져도 내가 그곳에 있다는 것 정도는 안다. 실제 물건을 능숙하게 다룰 줄도 알고 상상 속에서 물건을 가지고 놀 줄도 안다. 혼자서 스푼과 포크를 사용해 식사를 할 줄도 알고 물건으로 모양을 만들거나 다른 모양으로 변형시킬 줄도 안다. 단어가 아니라 문장으로 말할 줄도 안다. 그것도 표준어로. 자신을 3인칭이 아닌 1인칭으로 칭한다. 알파벳을 알고 벌써 자기 이름을 조합할 수도 있다. 색깔 있는 물건을 좋아하고 성격도 밝다. 그런데 이 험한 꼴을 다 보았으니 어쩌면 좋단 말인가.

나는 아이 앞에서 모욕을 당하고 매를 맞았다. 내가 물건을 집어 던지면서 사투리로 욕설을 퍼붓는 모습도 보았다. 이대로 이곳에 머무를 수는 없다.

114

릴라는 스테파노와 아다가 없을 때만 조심스럽게 방 밖으로 나왔다. 리누초가 먹을 음식을 준비하고 자기도 뭔가를 깨작였다. 집안 사정이 소문이 다 났다는 것도, 온 동네 사람들이 뒤에서 험담을 한다는 사실도 알고 있었다. 11월의 어느 늦은 오후, 전화벨이 울렸다.

"10분이면 도착해."

릴라는 목소리를 알아듣고 별로 놀라는 기색도 없이 대답했다.

"그래."

릴라가 말했다.

"엔초."

"응."

"이러지 않아도 돼."

"알아."

"솔라라 형제도 얽혀 있어."

"그 자식들은 엿이나 먹으라지."

엔초는 정확히 10분 후에 도착했다. 집으로 올라가니 릴라가 자기와 아이의 물건을 가방 두 개에 나눠 준비해놓은 상태였다. 약혼반지와 결혼반지를 포함한 모든 귀금속은 침실 협탁 위에 놓여 있었다.

"이 집을 떠나는 것이 이걸로 두 번째야."

릴라가 엔초에게 말했다.

"이번에는 다시는 돌아오지 않을 거야."

엔초는 주변을 둘러보았다. 집에 들어온 것은 처음이었다. 릴라가 그의 팔을 붙잡고 끌어당겼다.

"스테파노가 들이닥칠 수도 있어. 가끔 그래."

"그게 무슨 걱정이야?"

엔초가 말했다.

엔초는 비싸 보이는 물건들을 만져보았다. 꽃병과 재떨이, 반짝이는 은으로 된 식기류들. 릴라가 유아용품과 살림에 필요한 물건들을 써놓은 작은 공책을 들춰보았다. 엔초는 선택을 후회하지 않을 자신이 있느냐는 듯한 시선을 던졌다. 엔초는 산 조반니 아 테두초 공장에 일자리를 구했다고 했다. 그 근처에 방 세 칸에 약간 어두운 부엌이 딸린 집을 얻어놓았다고 했다.

"하지만 그곳에는 스테파노가 네게 준 것과 같은 물건은 없어. 나는 네게 그런 것을 줄 능력이 없어."

엔초가 덧붙이면서 릴라에게 말했다.

"확신이 없어서 두려워하는 것 같아."

"나는 결심했어."

릴라가 다급히 리누초를 품안에 안으며 말했다.

"그리고 아무것도 두렵지 않아. 이제 가자."

엔초는 그래도 망설였다. 시장 볼 목록을 쓴 공책에서 종이를 한 장 찢더니 뭔가를 적었다. 그러고는 종이를 탁자 위에 올려놓았다.

"뭐라고 쓴 거야?"

"산 조반니 집 주소."

"왜?"

"숨바꼭질을 하려는 게 아니니까."

엔초가 드디어 가방을 들더니 계단을 내려갔다. 릴라는 현관문을 열쇠로 잠그고 열쇠를 그대로 꽂아두었다.

115

나는 산 조반니 아 테두초에 대해서 아는 바가 아무것도 없었다. 릴라가 엔초와 그곳으로 떠났다고 했을 때 내게 떠오른 것은 니노의 친구인 브루노 아버지가 그 지역에 햄 공장을 갖고 있다는 말이었다. 생각이 여기에 미치자 짜증이 났다. 이스키아 섬에서 보낸 여름을 잊은 지 오래였다. 순간 그해 여름 즐거웠던 기억은 이미 기억 속에서 희미해졌고 유쾌하지 않은 추억만 남아 있다는 사실을 깨달았다. 그때를 연상시키는 모든 소리며 냄새가 역겹게 느껴졌다.

그때 기억 중에서도 가장 참기 힘들어 두고두고 눈물을 흘린 일은 도나토 사라토레와 있었던 사건이었다. 그토록 고통스러운 상태가 아니었다면 내가 도나토 사라토레와의 행위를 기분 좋게 느꼈을 리가 없었다. 오랜 시간이 지난 후에야 나는 어둠 속 마론티 해변의 차가운 모래 위에서 내가 사랑하는 남자의 아버지인 그 속물과 가진 내 첫 경험이 불명예스러운 일이었다는 사실을 깨달았다. 나는 그 사실에 수치심을 느꼈고 그 수치심은 당시 내가 경험하고 있던 전혀 다른 성격의 수치심과 합쳐졌다.

그 시절 나는 밤낮으로 논문만 붙들고 있었다. 피에트로에게 내가 쓴 부분을 큰 소리로 읽어주면서 그를 괴롭혔는데도 그는 언제나 친절했다. 고개를 저으며 기억 속에서 내게 유용할 수 있는 베르길리우스의 시구절이나 다른 작가들의 작품 구절을 꺼내어 이야기해주곤 했다. 그의 입에서 나오는 모든 말을 받아 적고, 글을 쓰는 데 참고하면서도 내 기분은 언제나 가라앉아 있었다.

나는 두 가지 상반된 감정에 갈피를 잡지 못하고 있었다. 도움이 필요했지만 그에게 부탁하는 것이 수치스럽게 느껴졌다. 그가 고마웠지만 그에 대한 적개심도 느꼈다. 내게 자신의 관대함으로 부담을 주지 않으려고 안간힘을 쓰는 그의 모습이 오히려 짜증스러웠다.

제일 싫었던 것은 피에트로와 함께 또는 피에트로가 논문 평가를 받기 바로 전이나 후에 내 논문을 평가받아야 할 때였다. 나와 피에트로의 논문을 지도해주는 조교수는 마흔 줄에 접어든 진지하고 세심한 남자였는데 가끔은 친근하게 굴기도 했다.

조교수는 피에트로를 졸업 후면 당연히 강의를 맡게 될 동료 교수처럼 대하는 반면 나는 그저 조금 뛰어난 구석이 있는 평범한 학생으로 대하는 경향이 있었다. 그럴 때마다 나는 화가 나거나 자존심이 상해서, 아니면 그가 내 선천적인 열등함을 알아챌까봐 두려워서 해야 할 말도 하지 않곤 했다. 나는 생각했다.

'피에트로보다 앞서야 해.'

'아는 게 많기는 하지만 밋밋하고 상상력이 없잖아.'

피에트로의 논리 전개 방식과 그가 친절하게 제시하는 의견은 너무나 조심스러웠다. 나는 기존의 논리 구조를 해체하고는 내 기준에 독창적으로 생각되는 아이디어를 바탕으로 글을 재구성하곤 했다. 논문을 들고 교수님에게 가면 교수님은 내 말에 귀를 기울이고 칭찬을 해주셨지만 별 비중을 두지는 않았다. 내 노력이 단지 내용이 좋은 경기를 하기 위한 몸부림에 지나지 않는다는 듯이 대했다. 얼마 되지 않아 나는 피에트로에게는 미래가 보장되어 있었지만 나는 그렇지 않다는 사실을 깨달았다.

하루는 경솔한 말을 하고 말았다. 조교수가 내게 친근하게 물었다.

"학생은 정말 감수성이 뛰어나군요. 졸업 후 교직에 남을 생각인가요?"

나는 그가 당연히 대학에서 강의를 맡을 것이냐고 묻는 것으로 생각하고 기쁨에 겨워 두 뺨이 빨개졌다. 나는 가르치는 것도 좋고 연구하는 것도 좋다고 대답하고는 계속해서 『아이네이스』 제4권에 대한 연구를 할 수 있으면 좋겠다고 했다. 조교수는 그새 내가 오해했다는 사실을 깨닫고 민망해했다. 그는 평생 동안 공부하는 기쁨에 대한 일반적인 이야기를 두서없이 늘어놓으면서 내게 그해 가을에 있을 국가고시를 보는 것이 어떻겠느냐고 조언했다. 얼마 되지 않는 사범학교에 들어갈 수 있는 기회라고 했다.

"우리는 훌륭한 선생님을 배출할 수 있는 역량 있는 훌륭한 교수들이 필요해요."

그가 흥분하여 목소리를 높였다.

그게 끝이었다. 나는 너무나 수치스러웠다. 나도 모르게 과도한 자신감에 넘쳐 피에트로와 동급으로 취급받고 싶은 욕망을 키워왔던 것이다. 나와 피에트로의 유일한 공통점은 어둠이 내려오면 주고받는 하찮은 성적 유희뿐인데 말이다. 그는 가쁜 숨을 내쉬며 몸을 비벼댔지만 내가 허락하는 것 이상의 것은 요구하지 않았다.

뭔가에 가로막혀 얼마간 논문 진도가 나가지 않았다. 문장이 눈에 들어오지 않아 책장을 바라보고 있거나 멍하니 침대에 누워서 천장만 바라보고 있을 때가 많았다. 나는 앞으로 무엇을 해야 할지 깊이 고민했다. 당장에라도 모든 것을 포기하고 고향으로 돌아가야 하나. 일단 졸업한 다음 중학교 선생님이 될까. 선생님이라. 그래 올리비에로 선생님보다는 갈리아니 선생님 같은 교사. 아니, 아무리 그래도 갈리아니 선생님만은 못하겠지… 그래, 그레코 선생님이 되는 거다. 동네에서는 중요 인사가 될 테니까. 어렸을 때부터 모르는 게 없었던 시청 수위의 딸이 교사가 되다니.

우리 동네에서라면 나만 빼고는 사실 내가 그다지 크게 성공하지 못했다는 사실을 아는 사람이 아무도 없을 것이다. 고향 사람 중에서 그 누구도 나처럼 피사에서의 대학 생활을 경험하거나 중요한 교수님들을 알지 못했으니까. 피에트로나 마리아로사나 아이로타 교수 같은 사람들을 만나지 못했으니까. 그렇게 노력하고, 그렇게 기대를 많이 하고, 그렇게나 좋은 추억이 많은데 나는 결국 한계를 뛰어넘지 못한 것이다.

프랑코와 보낸 시절을 평생 그리워할 것이다. 그때 당시에는 미처 깨닫지 못했지만 그와 보낸 몇 년이 얼마나 즐거웠는지 생각하니 우울해졌다. 비, 추위, 눈, 아르노 강 주변으로 풍겨오던 봄 내음, 꽃이

만발한 도시의 전경, 서로의 체온. 옷을 고르고 안경을 새로 맞추며 나를 변화시키면서 즐거워하던 그의 모습. 그리고 파리에 대한 추억도 있다. 낯선 나라로 떠나는 설레는 해외 여행. 카페, 정치와 문학에 대한 토론. 그때 우리는 비록 노동 계급이 사회에 통합되고 있는 추세였지만 그래도 곧 혁명이 일어날 것이라 믿어 의심치 않았었다. 그리고 프랑코 마리. 프랑코의 침실에서 보낸 나날들과 그의 몸. 다지난 일이다.

나는 작은 침대 위에 누워 신경이 예민해져 잠 못 이루며 몸을 뒤척였다. 불현듯 내가 내 자신을 속이고 있다는 생각이 들었다. 프랑코와 함께한 시간이 그렇게나 좋았던가. 그때도 내 수줍음은 여전했다. 그때도 지금처럼 불편한 상황을 참아냈고, 수치를 당하고 모멸감을 느껴도 이겨내려 애를 썼었다. 가장 기쁜 순간들까지도 면면히 뜯어보면 감정이 희석될 수밖에 없는 것일까? 그렇다.

마론티 해변의 암울한 기억이 프랑코와 피에트로의 육체까지 확장되었다. 나는 애써 기억을 떨쳐버렸다.

언젠가부터 논문 진도가 나가지 않아서 기간 내에 논문을 끝내지 못할 것 같다는 평계로 나는 피에트로와 만나는 횟수를 줄여나갔다.

어느 날 아침 나는 네모난 줄이 있는 공책을 한 권 구입해서 바라노 해변에서 내게 일어난 일을 3인칭 시점으로 서술하기 시작했다. 같은 시점으로 이스키아 섬에서 일어난 일과 나폴리와 동네 이야기도 조금씩 써내려갔다. 그러고는 등장인물의 이름과 장소와 상황을 바꿨다.

나는 주인공의 삶 속에 웅크리고 있는 어둠의 힘을 상상했다. 그 존재는 주변 세상을 산소 용접기의 불꽃으로 납땜할 수 있는 능력이 있었다. 보랏빛에 가까운 짙푸른 반구형 지붕 아래서 불꽃이 일면서 모든 일이 주인공에게 유리하게 전개되다가 갑자기 모든 것이 산산조각 나서 보잘것없는 잿빛 조각으로 부서져버렸다.

그 이야기를 쓰는 데 20일이 걸렸다. 그동안 아무도 만나지 않고 식사할 때만 밖으로 나갔다. 마지막으로 몇 페이지를 다시 읽어보니 마음에 들지 않아 나는 글을 그만 쓰기로 했다. 하지만 그 과정에서 나는 안정을 되찾았다. 수치심이 내게서 공책으로 옮겨간 것 같았다. 다시 사람들과 어울리면서 서둘러 논문을 마무리 짓고 피에트로도 다시 만나기 시작했다.

나는 피에트로의 친절함과 배려심에 감동했다. 피에트로의 졸업식 날에는 아이로타 가족과 피에트로 부모님의 피사 친구들이 찾아왔다. 놀랍게도 이제는 피에트로의 인생계획과 그를 기다리고 있는 미래에 대해 그 어떤 적의도 느껴지지 않았다. 그에게 예정된 멋진 삶을 진심으로 기뻐해줄 수 있었다. 졸업식 파티에 초대해준 그의 가족이 고마웠다. 특히 마리아로사는 나를 따뜻하게 대해주었다. 우리는 파시스트들이 그리스에서 일으킨 쿠데타에 대해서 열띤 논의를 나누었다.

나는 그다음 학기에 졸업했다. 어머니가 축하해주러 와야 한다는 의무감을 느낄까봐 부모님에게는 알리지 않았다. 프랑코가 선물해준 옷 중에서 그나마 아직까지 입을 만한 옷을 입고 교수님들을 찾아갔다. 오랜만에 내 자신에게 진심으로 만족했다. 23세가 채 되기도 전에 대학 졸업장을 따낸 것이다. 최고 점수로 문학 학사학위를 받았다. 아버지의 최종학력은 초등학교 졸업이었고 어머니는 그나마도 2학년에서 멈췄다. 내가 아는 한 조상들 중에서 제대로 읽고 쓸 줄 아는 사람은 아무도 없었다. 그러니 나는 가히 기적적인 일을 해낸 것이었다.

같은 학년 여자친구들 외에 나를 축하해주러 온 것은 피에트로가 유일했다. 그날 날씨가 매우 더웠던 걸로 기억한다. 학생들과 행사를 마친 후 나는 잠깐 몸도 씻고 논문도 놓아둘 겸 방으로 돌아왔다. 피에트로는 밑에서 나를 기다리고 있었다. 내게 저녁을 사주고 싶다고 했다. 거울 속에 내 모습을 비추어보니 꽤 예뻐 보였다. 나는 내 이야기를 쓴 공책을 가방에 넣었다.

피에트로가 나를 레스토랑에 데리고 간 것은 그때가 처음이었다. 예전에 프랑코는 나를 종종 레스토랑에 데리고 가곤 했었다. 그에게서 포크와 나이프, 물잔과 와인잔 사용법 같은 식사 예절을 배웠다. 피에트로가 내게 물었다.

"우리 사귀는 건가?"

나는 미소를 지으며 말했다.

"모르겠는데."

그가 주머니에서 작은 선물상자를 꺼내 내게 건네며 속삭였다.

"나는 지난 1년 동안 그렇다고 생각했어. 만약 네 생각이 다르다면 그냥 졸업 선물로 생각해줘."

포장을 풀자 녹색 상자가 모습을 드러냈다. 상자를 여니 보석이 박힌 반지가 있었다.

"너무 예쁘다."

내가 말했다.

손가락에 끼어보니 딱 맞았다. 스테파노가 릴라에게 선물해주었던 반지가 생각났다. 내가 받은 반지보다 훨씬 화려했다. 그래도 그 반지는 내가 처음으로 선물받은 보석이었다. 프랑코는 내게 많은 선물을 해주었지만 장신구는 해주지 않았다. 내가 가지고 있는 유일한 장신구는 어머니가 준 은팔찌뿐이었다.

"우리 사귀는 거 맞아."

나는 이렇게 말하고 식탁 너머로 몸을 뻗어 그의 입술에 입을 맞췄다. 피에트로는 얼굴을 붉히며 중얼거렸다.

"선물이 또 하나 있어."

그는 내게 봉투를 건넸다. 그 안에는 그의 논문 겸 책의 초안이 담겨 있었다.

'정말 빠르구나.'

나는 이렇게 생각하면서도 그에 대한 애정이 느껴졌다. 유쾌하기까지 했다.

"나도 네게 줄 선물이 있어."

"뭔데?"

"별것 아니야. 정말로 나만의 것을 네게 주고 싶은데 무엇을 줘야 할지 몰라서."

나는 가방에서 공책을 꺼내어 그에게 내밀었다.

"소설이야."

내가 말했다.

"원본이야. 유일한 카피이고. 최초의 창작 시도이자 포기 각서야. 이제 다시는 소설을 쓰지 않으려고."

나는 웃으며 덧붙였다.

"조금 과감한 장면도 있어."

피에트로는 당황스러워하는 것 같았다. 그는 내게 고맙다고 인사하고 공책을 식탁 위에 올려놓았다. 그 즉시 나는 그에게 공책을 준 것을 후회했다.

'피에트로는 진지한 학자 타입인 데다 유서 깊은 가문 출신이고 향후 커리어의 기초가 될 바쿠스 의식에 대한 에세이 출판을 앞두고 있는데 괜히 공책을 줬나봐. 타자기로도 쓰지 않은 보잘것없는 소설로 그를 난처하게 하다니 내가 잘못 판단했어.'

나는 그렇게 생각하면서도 불편하지는 않았다. 그는 그이고 나는 나니까. 그에게 사범학교에 지원했다고 말했다. 나폴리로 돌아갈 예정이라는 이야기도 했다. 나는 이탈리아 남부에, 그는 북부에 머무를 예정이니 연애하기가 쉽지 않을 것 같다고 웃으며 말했다.

피에트로는 진지한 태도로 일관했다. 그에게는 이미 확실한 계획이 있었고 내게 그 계획을 설명해주었다. 2년 안에 대학교에 자리를 잡고 나와 결혼하겠다고 했다. 1969년 9월로 날짜까지 정해두었다.

그는 내가 준 공책을 식탁에 두고 레스토랑에서 나왔다. 나는 장난조로 그에게 말했다.

"내가 준 선물은?"

그는 당황하며 공책을 가지러 달려갔다.

우리는 오랫동안 산책을 했다. 입을 맞추고 포옹하면서 아르노 강가를 걸었다. 나는 진담 반 농담 반 조로 내 방에 몰래 들어오지 않겠느냐고 물었다. 그는 고개를 젓고는 내게 열정적으로 입을 맞췄다. 안토니오와 피에트로 사이에는 도서관 하나가 통째로 있었지만 둘은 정말 닮아 있었다.

116

나폴리로 돌아온 일은 망가진 우산을 쓰고 나갔다가 강한 바람에 갑자기 우산이 뒤로 젖혀지는 일을 당한 경험과 비슷했다. 고향에 도착했을 때는 한여름이었다.

나는 바로 일자리를 구하고 싶었지만 대학 졸업생이라는 지위 때문에 예전처럼 소소한 일거리를 찾아 나서기가 껄끄러웠다. 그야말로 빈털터리였지만 부모님께 손을 벌리고 싶지 않았다. 이미 나 때문에 희생을 많이 하신 분들이 아닌가. 나는 신경이 곤두섰다. 좁은 길도, 허름한 건물도, 대로도, 공원도, 동네의 모든 것이 짜증스럽게 느껴졌다. 처음에는 오랜만에 돌아온 고향의 돌멩이 하나, 공기에 실려 오는 우연한 향취에도 가슴이 벅차올랐었는데.

피에트로에게 다른 여자친구가 생기거나 내가 시험에 합격하지 못하면 어떻게 하지? 동네에 갇혀 동네 사람들과 평생을 보낼 수는 없는 노릇이었다.

내 부모님과 동생들은 나를 무척이나 자랑스러워했다. 그렇지만 나는 우리 가족들이 나를 왜 자랑스럽게 생각하는지 그 이유조차 제대로 모른다는 것을 알고 있었다. 내가 무슨 일을 할 수 있을까. 대체 왜 돌아온 걸까. 어떻게 해야 이웃들에게 내가 가족의 자랑이라는 것을 증명할 수 있을까.

나는 작은 집에서 비좁게 생활하고 있는 가족들의 삶을 더 복잡하게 만들고 있었다. 나 때문에 저녁이면 잠자리를 마련하는 일이 더 힘겨워졌다. 내가 없었던 가족의 일상생활에 나는 걸리적거리기만 할 뿐이었다.

나는 앉으나 서나 책만 읽었다. 쓸데없는 학구열이었다. 우리 식구들은 거만한 사색가를 방해하지 않으려고 노력하면서도 대체 내가 무슨 계획을 가지고 있는 건지 궁금해 했다.

어머니는 처음에 내 남자친구에 대한 호기심을 애써 참았다. 내가 털어놓지도 않았는데 내 약혼반지를 보고 약혼자의 존재를 알아챘다. 어머니는 피에트로의 직업과 수입을 알고 싶어 했고 그가 언제 그의 부모님과 우리 집으로 찾아올지, 결혼 후 어디에 신혼살림을 마련할 예정인지 알고 싶어 했다.

나는 처음에는 어느 정도 대답을 해주었다. 대학교 강사로 지금은 쥐꼬리만 한 월급밖에 못 받지만 이미 다른 교수님들에게 인정받은 논문을 책으로 출판하려고 준비 중이라고 했다. 2년 후에 결혼할 예정이고 그의 부모님이 제노바에 계시니 아마도 그곳으로 가거나 꼭 제노바가 아니더라도 그가 자리를 잡는 곳으로 따라갈 것이라고 했다.

나를 물끄러미 바라보는 시선과 항상 똑같은 질문을 반복하는 걸로 보아서 어머니는 이미 선입견에 사로잡혀 내 말이 아예 귀에 들어오지 않는 것 같았다. 나는 결혼을 허락받으러 집에 찾아오지도 않는 데다 교직에 있기는 하지만 돈은 제대로 벌지 못하며 책은 출판했으나 유명하지 않은 사람과 사귀고 있는 것이다.

예전처럼 내게 대놓고 난리를 치지는 않았지만 어머니는 언제나처럼 신경이 곤두서 있었다. 자신의 불만을 어떻게 해서든 참아보려 했다. 못마땅한 마음을 전달할 수 있는 방법을 몰라서였을 수도 있었다. 실제로 내가 쓰는 언어 때문에 주변 사람들은 나에게 더욱 이질감을 느끼게 되었다. 나는 어머니로서는 이해하기 힘든 너무 복잡한 언어를 사용했다. 나는 억지로 사투리를 써보려고 했고 내 말이 너무 복잡하다 싶으면 문장을 최대한 단순화하려고 노력했다. 하지만 너무 단순하게 만들려다보니 문장이 부자연스러워지고 의미가 모호해졌다.

피사 사람들에게는 내 나폴리 억양을 말투에서 지우려 했던 노력이 통하지 않았는데 정작 우리 가족과 동네 사람들에게는 통했다. 길에서나 상점, 우리 집 건물 층계참에서 마주친 사람들은 나를 존경심과 비웃음이 섞인 태도로 대하며 등 뒤에서 나를 피사 사람이라고 부르기 시작했다.

　그때부터 나는 피에트로에게 장문의 편지를 보내기 시작했다. 그는 나보다 더 긴 편지로 내게 응답했다. 처음에는 내 소설에 대해서 몇 마디라도 언급할 줄 알았는데 나중에는 나조차도 소설에 대한 일을 잊어버렸다. 그와 주고받았던 편지들을 아직까지도 간직하고 있는데 편지에는 일상적인 내용이 하나도 없었다. 그 시절 생활을 이해하는 데 필요한 구체적인 내용은 전혀 없었다. 예를 들어 빵 가격이라든지 영화표 가격, 그 당시 수위나 교수 급여가 어느 정도였는지 알 수 있을 만한 내용은 없었다.

　뭐랄까. 우리는 그가 읽은 책이나 우리가 연구하는 데 유용한 기사, 이런저런 사색, 대학가 학생들의 동요에 대해 의견을 나눴다. 네오아방구아르디아 풍조에 대해서도 의견을 나누기도 했는데 내게는 생소한 이 개념을 놀랍게도 피에트로는 잘 알고 있었다. 피에트로는 네오아방구아르디아에 흥미를 느끼고 이런 말도 썼다.

　"잔뜩 구겨진 종이뭉치로 책을 만들어도 재밌을 것 같아. 문장을 시작하다가 잘 안 되면 구겨버린 종이를 모아 책을 만드는 거지. 벌써 몇 장 모아놓기까지 했어. 구겨진 그대로 인쇄하게 하려고. 그러면 우연히 만들어진 종이 구김이 만들려다 만 미완의 문장과 뒤섞이는 거야. 이것이야말로 사실 오늘날 유일한 문학일지도 몰라."

　그의 마지막 말은 내게 충격을 주었다. 내 소설을 읽은 다음 내가 그에게 한 선물이 유행이 지난 구시대적 산물이라는 것을 나름의 방식으로 돌려 말한 것이라고 의심했던 기억이 난다.

　무더웠던 몇 주 동안 수년간 누적되어온 피로가 내 몸을 덮쳐와 나는 기운이 하나도 없었다. 여기저기에 올리비에로 선생님의 건강 상태를 물었다. 나는 선생님의 상태가 호전됐기를 바랐다. 내가 이룬 성과를 만족해하는 선생님의 모습을 보면서 조금이라도 힘을 얻고 싶었다. 선생님의 동생이 선생님을 포텐차로 모셔갔다는 사실을 알게 되었다.

나는 몹시 외로웠다. 어찌나 외로운지 릴라가 그리워질 지경이었다. 격정적으로 서로를 비교하던 때가 그리웠다. 릴라를 찾아가 그동안 우리 관계가 얼마나 벌어졌는지 확인하고 싶었다. 하지만 그렇게 하지 않았다. 대신 나는 할 일 없이 동네 사람들이 릴라에 대해서 어떻게 생각하는지 릴라에 대한 소문을 열심히 캐고 다녔다.

제일 먼저 안토니오를 찾아갔지만 그는 이미 고향을 떠난 후였다. 그가 독일에 정착하기로 했다는 소문이 돌았다. 안토니오가 보기 좋게 살이 붙은 몸매에 눈동자가 파란 은색에 가까운 금발머리 독일 미녀와 결혼해 쌍둥이의 아버지가 되었다고 하는 사람도 있었다.

다음으로 알폰소를 찾아갔다. 고향에 돌아온 후 나는 종종 마르티리 광장의 구둣가게를 방문했다. 알폰소는 정말 멋지게 변해 있었다. 세련된 스페인 귀족 같아 보였다. 사투리 억양이 듣기 좋게 묻어나는 수준 높은 표준어를 구사했다. 솔라라 형제의 가게는 알폰소 덕분에 순풍을 만난 돛단배처럼 잘 나가고 있었다. 급여도 만족할 만한 수준이어서 알폰소는 폰테 디 타피아에 집을 얻을 수 있었다. 고향 동네, 형제들, 식료품점 특유의 냄새와 기름때에 찌들어 일하던 시절에 대한 아쉬움은 전혀 없었다.

"내년에 결혼하려고 해."

알폰소는 결혼 소식을 전하면서도 특별히 기뻐하는 것 같지는 않았다. 연애 기간이 길었던 만큼 마리사와의 관계는 안정기에 접어들었다. 이제 마지막 과정을 거치는 일만 남았다. 몇 번인가 그들과 함께 시간을 보냈는데 둘이 잘 어울렸다. 마리사는 쉴 새 없이 재잘대던 과거의 활기를 잃은 듯했다. 이제는 알폰소의 뜻에 반하는 말을 하지 않으려고 조심하는 것 같았다.

나는 마리사에게 그녀의 아버지에 대해서도, 어머니와 형제들에 대해서도 묻지 않았다. 니노에 대해서조차 묻지 않았고 그녀도 특별히 오빠 이야기는 하지 않았다. 니노가 그녀의 삶에서 영원히 사라져버렸다고 생각하는 것 같았다.

파스콸레와 그의 누이 카르멘도 만났다. 파스콸레는 여전히 나폴리와 인근 지역 이곳저곳을 돌아다니면서 벽돌공 일을 하고 있었고 카르멘도 아직까지 신시가지에 있는 식료품점에서 일하고 있었다. 나를 보자마자 제일 먼저 한 이야기는 둘 다 애인이 새로 생겼다는 소식이었다. 파스콸레는 아직 나이가 어린 잡화상점 큰딸과 몰래 사귀고 있었고 카르멘은 큰길에 있는 주유소 사장과 약혼했다고 했다. 마흔 줄에 접어든 성격 좋은 사내로 카르멘을 아주 많이 좋아한다고 했다.

피누차도 찾아갔는데 거의 못 알아볼 뻔했다. 그녀는 옷차림이 헝클어진 데다 신경질적이고 삐쩍 말라 있었다. 인생을 다 포기한 듯했다. 스테파노에게 복수하려는 리노의 주먹질 때문에 온몸에 멍이 들어 있었다. 말로는 표현할 수 없는 불행의 흔적이 눈가와 입가에 깊게 파인 주름에서 뚜렷이 드러났다.

마지막으로 마음을 다잡고 아다를 찾아갔다. 후처로 들어갔다는 수치심 때문에 피누차보다 상태가 더 좋지 않을 거라고 생각했다. 그런데 아다는 예전 리나가 살던 집에서 살고 있는 데다가 너무 예뻤다. 마음도 편안해 보였다. 얼마 전에 여자아이를 출산해서 마리아라는 이름을 붙였다. 임신 기간에도 일을 쉬지 않았다고 자랑스럽게 말했다. 그녀가 두 식료품점을 이끌어 나가는 진정한 주인이라는 것을 알 수 있었다. 그녀는 양쪽 가게를 바삐 오가며 모든 것을 관리했다.

내 유년 시절 친구들은 모두 릴라에 대한 이야기를 해주었지만 가장 정보가 많은 사람은 아다였다. 무엇보다도 릴라를 가장 잘 이해하려는 태도를 보였다. 릴라에게 호감에 가까운 감정을 가지고 있는 것 같았다.

아다는 행복했다. 아이가 태어나서 행복했고, 부유함과 가게 일, 스테파노 덕분에 행복했다. 그 모든 행복에 대해서 릴라에게 진심으로 감사하는 마음을 가지고 있는 것 같았다. 아다는 감동스러운 목소리로 말했다.

"나도 정말 정신 나간 짓을 많이 했어. 인정해. 하지만 리나와 엔초는 나보다 더 정신 나간 짓을 했지. 눈에 보이는 게 없는 것 같았어. 자신들에게 무슨 일이 일어날지 신경도 안 쓰는 것 같았어. 나와 스테파노도 그랬지만 그 못돼먹은 미켈레 자식까지 겁을 냈을 정도니까. 릴라가 아무것도 안 갖고 나간 걸 알아? 귀금속도 다 놔두고 갔다는 것도? 어디로 가는지 주소를 번지수까지 정확하게 써놓은 걸 알아? 자기들은 상관하지 않으니 원하면 직접 찾아와서 해볼 테면 해보라는 투야."

나는 주소를 달라고 해서 적어놓았다. 주소를 옮겨 쓰는 동안 아다가 내게 말했다.

"리나를 만나면 스테파노가 아이를 보러 가지 않는 것이 내 탓이 아니라고 전해줘. 그이는 할 일이 너무 많거든. 그래서 마음이 좋지 않지만 보러 가지 못하는 거야. 솔라라 형제는 아무것도 잊지 않았다고도 전해줘. 특히 미켈레를 조심하라고. 리나에게 아무도 믿지 말라고 전해줘."

117

릴라는 엔초가 얼마 전에 중고로 구입한 세이첸토를 타고 산 조반니 아 테두초로 이사를 했다. 가는 내내 한마디도 나누지 않았다. 둘다 아이에게만 이야기를 걸면서 침묵을 참아냈다. 릴라는 리누초가 어른이라도 되는 것처럼 이야기를 했고 엔초는 '좋아' '뭐' '그래' 따위의 짧은 대답으로 일관했다.

릴라는 산 조반니에 대해서 아는 바가 거의 없었다. 딱 한 번 스테파노와 함께 산 조반니 시내에서 커피를 마신 적이 있었는데 그때는 느낌이 좋았다. 그런데 직장 일과 당원 활동 때문에 그곳을 자주 찾던 파스콸레는 릴라에게 이 동네에 대해서 불만을 토로한 적이 있었다. 일하기에나 당원 활동을 하기에 만족스럽지 못한 곳이라고 했다.

"형편없는 곳이야."

파스콸레가 말했다.

"시궁창 같은 곳이라고. 부를 창출할수록 빈곤층이 많아지는 곳이지. 당이 아무리 강해져도 아무것도 바꿀 수 없는 곳이야."

하지만 매사에 비판적인 파스콸레의 성향을 고려해볼 때 그의 평가는 믿을 만한 것이 못 된다고 생각했다.

릴라는 황량한 길과 허름한 건물, 최근 지은 듯 보이는 거대한 건물 사이를 지나면서 지금 자기가 아이를 쾌적한 해변 마을로 데려가고 있는 중이라고 상상하기로 했다. 엔초와는 확실하게 선을 그어야 한다고 생각하고 그 이야기를 어떻게 꺼내야 할지 고민했다. 도리상으로라도 그렇게 해야 한다고 생각했다.

하지만 그것도 생각일 뿐 차마 말을 꺼내지는 못했다. 릴라는 속으로 조금만 기다리자고 생각했다. 그렇게 셋은 엔초가 임대해놓은 집에 도착하게 되었다. 새로 지었는데도 벌써 허름해 보이는 건물의 3층이었다. 방에는 가구가 거의 없었다. 엔초는 꼭 필요한 물건만 갖추어놓은 상태라면서 다음 날부터 필요한 것을 마련하겠다고 했다. 릴라는 지금까지 갖추어놓은 것만으로도 충분하다며 엔초를 안심시켰다.

릴라는 부부침대를 보고 이야기할 때가 왔다는 것을 깨달았다. 릴라는 다정하게 엔초에게 말했다.

"나는 너를 존경해, 엔초. 어린 시절부터 그랬어. 혼자 공부해서 고등학교 졸업장까지 따냈지. 대단한 끈기가 필요한 일이라는 걸 잘 알아. 나는 그런 끈기가 없었어. 그 점에서 나는 정말 너를 높이 평가해. 너는 내가 아는 사람 중에서 가장 관대한 사람이기도 해. 그 누구도 너처럼 나와 리누초를 위해 나서주지 않을 거야. 하지만 그렇다고 너와 잠자리를 함께할 수는 없어. 우리가 단둘이 만난 것이 겨우 두세 번에 지나지 않아서가 아니야. 네가 끌리지 않아서도 아니고. 내겐 그런 욕구가 사라져버렸어. 나는 여기 있는 이 벽이나 탁자와 별다를 바가 없어. 그러니 내 몸에 손을 대지 않고 같은 지붕 아래 살 수 있다면 우리는 함께할 수 있어. 그렇지 않다 해도 너를 이해해. 내일 아침부터 머무를 만한 곳을 찾아볼게. 그래도 나는 네가 나를 위해서 한 일에 평생 감사할 거야."

엔초는 릴라의 말을 끊지 않고 듣고만 있었다. 릴라가 말을 마치자 부부침대를 손으로 가리키며 말했다.

"네가 여기에서 자. 나는 간이침대를 쓸게."

"난 간이침대가 더 좋아."

"리누초는?"

"간이침대가 하나 더 있던데."

"혼자서 잘 수 있어?"

"그럼."

"원하는 만큼 머물러도 돼."

"정말?"

"그럼."

"불미스런 일로 우리 관계가 망가지는 것은 원치 않아."

"그런 걱정은 하지 않아도 돼."

"미안해."

"이대로가 좋아. 혹시나 그런 욕구가 돌아오면 내가 네 곁에 있다
는 걸 기억해줘."

118

그렇지만 그런 욕구는 돌아오지 않았다. 오히려 이질감만 커져갔
다. 눅눅한 실내 공기, 더러운 빨랫감, 제대로 닫히지도 않는 화장실
문. 릴라에게 산 조반니는 고향 동네 끝에 자리 잡은 깊은 구렁텅이
같이 느껴졌으리라. 살아남기에 급급해 어디에 발을 디디는지 신경
을 쓰지 못하다가 깊은 구멍에 빠지고 만 것이다.

우선은 리누초가 걱정이었다. 평소에 얌전했던 아이가 낮이면 스
테파노를 찾으며 떼를 썼고 밤에는 울면서 잠에서 깼다. 릴라가 자
신에게 관심을 보이고 놀아주면 조용해졌지만 예전처럼 릴라의 놀
이에 빠져들지는 않았다. 오히려 귀찮아했다. 릴라가 새로운 놀이를
만들면 처음에는 눈을 반짝이며 엄마에게 키스를 하고 가슴에 손을
넣고 기쁨의 소리를 질렀다. 그러다가 바로 엄마를 밀쳐내고, 혼자

서 놀거나 바닥에 펴놓은 이불 위에서 꾸벅꾸벅 졸았다. 길을 걷다가 열 발짝도 걷지 못하고 다리가 아프다면서 안아달라고 했다. 릴라가 안 된다고 하면 땅바닥에 주저앉아 소리를 질렀다.

처음엔 릴라도 버텨보려 했지만 조금씩 아이에게 져주기 시작했다. 밤에도 엄마 침대에 오게 해줘야 안정을 찾았기에 결국 아이를 데리고 자야 했다. 아이의 영양상태가 좋아 꽤나 무거웠는데도 장을 보러 갈 때는 안고 다녀야 했다. 한 손에는 가방을, 한 손에는 아이를 안고 다니다보니 돌아올 때는 녹초가 되어 있었다.

얼마 되지 않아 릴라는 가난한 삶이 어떤 것이라는 것을 깨달았다. 책은커녕 잡지책이나 신문도 살 수 없었다.

리누초를 위해 챙겨온 물건은 리누초가 눈에 띄게 자라다보니 벌써 작아졌다. 릴라 자신도 입을 옷이 거의 없었지만 개의치 않았다. 엔초가 매일 힘겹게 일하면서 필요한 생활비를 주었지만 원체 월급이 적은 데다 그마저도 쪼개어 동생들을 돌봐주는 친척에게 보내야 했다.

그러다보니 집세, 전기세, 가스비를 내고 나면 남는 돈이 없었다. 그래도 릴라는 걱정하지 않았다. 릴라의 마음속에서 돈을 쌓아놓고 물쓰듯이 쓰던 시절은 빈곤하던 어린 시절과 별 차이가 없었다. 돈이란 있을 때나 없을 때나 실체가 없기는 매한가지였다.

그보다는 지금까지의 교육이 수포로 돌아갈까봐 걱정하며 리누초를 불과 얼마 전까지 그랬던 것처럼 활기차고, 뭐든지 열심히 잘 받아들이는 모습으로 되돌리려고 애썼다. 그렇지만 이제 리누초는 층계참에서 이웃집 아이와 함께 놀 때만 즐거워보였다. 거기서 리누초는 싸우기도 하고 몸을 더럽히며 웃고, 더러운 것을 주워 먹으며 즐거워했다.

릴라는 부엌에서 리누초를 관찰했다. 릴라는 그렇게 층계 쪽으로
난 문을 통해서 리누초와 그의 친구가 잘 노는지 확인하곤 했다. 릴
라는 리누초가 뛰어난 아이라고 생각했다. 자기보다 큰 아이보다 더
뛰어나다고 생각했다.

'이제는 아이를 유리벽 안에 가두어놓을 수 없다는 것을 인정해
야 할 것 같아. 필요한 것을 다 해주었으니 이제는 혼자 알아서 해야
한다는 것을 말이야. 그러니 이제 서로 치고받기도 하고 물건을 빼
앗기도 하면서 지저분해지는 것도 익숙해질 필요가 있어.'

하루는 층계참에 스테파노가 모습을 드러냈다. 가게 일을 미뤄두
고 아들을 보러오기로 마음먹었던 것이다. 리누초는 기뻐하며 그를
맞았고 스테파노는 잠시 아이와 놀아주었다. 하지만 릴라의 눈에는
그가 지겨워하는 것이 보였다. 그가 집에 돌아갈 시간만 기다리고
있다는 것을 알았다. 예전에는 자기와 아이 없이는 못 살 것 같은 사
람이었는데 지금은 시계를 쳐다보며 하품을 해대고 있었다. 분명 자
기 어머니나 아니면 아다가 보내서 마지못해 온 것 같았다. 릴라에
대한 사랑도 질투도 다 옛날 일이 되어버린 것 같았다. 스테파노는
이제 초조해하지 않았다.

"리누초를 데리고 산책이나 다녀올게."

"항상 팔에 안겨 있으려고 해."

"안아주면 되지."

"아니야. 좀 걷게 해줘."

"내 마음대로 할 거야."

스테파노는 리누초를 데리고 나가더니 30분 만에 돌아왔다. 가게
일 때문에 급히 돌아가 봐야겠다고 했다. 리누초가 보채지도 않았고
안아달라고 하지도 않았다고 했다. 스테파노가 말했다.

"주변 사람들이 당신을 체룰로 부인으로 알고 있더군."

"실제로 그러니까."

"과거에 당신 숨통을 끊어놓지 않았고 지금도 그렇게 하지 않는 것은 당신이 내 아이의 어미이기 때문이야. 하지만 당신과 그 망할 놈의 남자친구는 지금 위험한 짓을 하고 있어."

릴라는 코웃음을 치며 그를 자극했다.

"나쁜 자식, 자기 면상을 박살낼 수 없는 약한 사람들 앞에서나 그렇게 센 척할 줄 알지."

잠시 후 릴라는 스테파노가 미켈레를 두고 한 말이라는 것을 깨닫고 계단을 내려가는 그의 뒤에 대고 층계참에서 소리쳤다.

"미켈레에게 근처에 나타나기만 하면 얼굴에 침을 뱉을 거라고 전해!"

스테파노는 아무런 응답을 하지 않고 길 쪽으로 모습을 감췄다. 그 후로도 네다섯 번쯤 리누초를 보러왔다. 마지막으로 찾아왔을 때는 분개하며 릴라를 향해 소리쳤다.

"당신은 당신 가족의 수치야. 이젠 당신 어머니도 당신을 보고 싶어 하지 않아!"

"당신과의 삶이 어땠는지 모르시나 보지."

"나는 당신을 여왕처럼 대해줬어."

"그렇게 사느니 거지처럼 사는 게 나았어."

"아이가 생기면 떼어내 버려. 내 성을 주고 싶지는 않으니까!"

"이제 아이는 안 낳을 거야."

"왜? 이제는 그 짓거리 안 하려고?"

"꺼져버려!"

"아무튼 나는 경고했어."

"어차피 리누초도 당신 아이가 아닌데 당신 성을 쓰고 있는걸."

"더러운 년 같으니라고. 항상 그 말을 달고 사는 걸 보면 정말인가 보네. 너도 아이도 다시는 보고 싶지 않아."

사실 스테파노는 끝까지 릴라의 말을 믿지 않았다. 하지만 편의상 그렇게 믿는 척하기로 했다. 이제는 릴라 때문에 겪었던 혼란스러운 감정이 평안한 일상 속에 잊혀지기를 원했다.

119

스테파노가 올 때마다 릴라는 엔초에게 남편의 방문에 대해서 자세히 들려주었다. 엔초는 주의 깊게 릴라의 말에 귀를 기울였지만 입을 여는 법이 거의 없었다. 여전히 감정 표현을 아꼈다. 공장에서 무슨 일을 하는지도 이야기해주지 않았다. 일이 마음에 드는지도 말하지 않았다.

엔초는 새벽 6시면 집을 나서서 저녁 7시가 되어서야 돌아왔다. 저녁식사를 하고 아이와 잠시 놀아주면서 릴라의 이야기를 들었다. 릴라가 아이에게 필요한 것을 말하면 다음 날 돈을 마련해주었다. 스테파노에게 아이 양육비를 부탁해보라고 한 적도 없었고 릴라에게 일거리를 찾아보라고도 하지 않았다. 부엌에 함께 앉아 릴라의 이야기를 들을 수 있는 저녁 시간이 오기만을 기다리면서 살아가는 것 같은 눈빛으로 그녀를 가만히 바라볼 뿐이었다. 밤이 깊으면 자리에서 일어나 릴라에게 잘 자라고 하고 침실에 들어갔다.

그러다 릴라가 우연히 마주친 누군가와의 만남이 꽤 중요한 결과로 이어지는 일이 생겼다. 어느 날 오후 릴라는 아이를 이웃집에 맡기고 혼자 집을 나왔다. 등 뒤에서 누군가 끈질기게 경적을 울려 뒤돌아보니 고급 승용차가 있었고 어떤 사람이 차창 밖으로 손짓을 하고 있었다.

"리나!"

자세히 보니 늑대를 연상시키는 니노의 친구 브루노의 얼굴을 알아볼 수 있었다.

"여기서 뭘 하고 있어?"

브루노가 물었다.

"나 이제 여기서 살아."

릴라는 바로 자신의 상황에 대해서 들려주지 않았다. 당시만 해도 그런 이야기를 하는 것이 쉽지 않은 시기였으니까. 니노 이야기도 하지 않았다. 그것은 브루노도 마찬가지였다. 릴라는 브루노에게 대학교를 졸업했는지 물었다. 그는 공부를 그만두기로 했다고 말했다.

"결혼은 했어?"

"결혼은 무슨."

"여자친구는?"

"있을 때도 있고 없을 때도 있지."

"그럼 지금은 뭘 해?"

"아무것도 안 해. 다른 사람들이 나 대신 일을 해주거든."

릴라는 장난조로 브루노에게 물었다.

"그럼 내게도 일자리를 하나 마련해줄 수 있어?"

"네가? 뭘 하려고?"

"일하고 싶어."

"살라미 햄이니 모르타델라 햄 같은 걸 만들 수 있겠어?"

"못할 게 뭐 있겠어?"

"남편은?"

"이제 남편은 없어. 대신 아들이 하나 있지."

브루노는 릴라가 농담을 하는 것이 아닌가 하는 생각에 그녀를 찬찬히 살펴보았다. 그러다 생각이 복잡한지 얼버무렸다.

"썩 편한 일은 아닌데."

브루노가 말했다. 그러더니 일반적인 남녀 문제에 대해 열변을 토했다. 자기 어머니와 아버지도 항상 싸운다면서 자기도 최근에 유부녀와 불같은 사랑에 빠졌다가 버림받았다고 했다. 브루노치고는 말이 너무 많았다. 자기 이야기를 들려주기 위해 릴라를 바로 데리고 갔다. 릴라가 이제 가봐야겠다고 하자 브루노가 다시 물었다.

"정말로 남편이랑 헤어진 거야? 정말 아이가 있어?"

"그래."

브루노는 인상을 찌푸리더니 냅킨에 뭔가를 적어주었다.

"이 사람을 찾아가봐. 아침 여덟 시부터 출근하니까 가서 이 종이를 보여주도록 해."

릴라는 민망한 듯 미소를 지었다.

"이 냅킨을 말이야?"

"그래."

"이거면 되겠어?"

브루노는 고개를 끄덕였다. 릴라의 짓궂은 말투에 갑자기 주눅이 든 것 같았다. 그가 낮은 목소리로 속삭였다.

"그해 여름은 정말 좋았는데."

릴라가 말했다.

"나도 그렇게 생각해."

120

나는 이 일에 대해서도 나중에야 알게 되었다. 아다가 준 릴라의 산 조반니 집 주소를 보고 바로 릴라에게 가려고 했지만 때마침 나의 삶에 결정적인 사건이 일어났다.

어느 날 아침 피에트로가 보내온 장문의 편지를 마지못해 읽다가 맨 마지막 장에 내가 준 문서(그렇다. 그는 내 소설을 그렇게 불렀다)를 어머니에게 보여주었다는 말이 짧게 쓰여 있었다. 소설이 너무나 훌륭하다고 생각한 아델레 부인은 원고를 타자로 쳐서 수년 전부터 번역 일을 해온 밀라노의 출판사 측에 긴내주었는데 반응이 좋아 출판을 요청해왔다는 것이다.

그러니까 그때가 어느 가을 늦은 오전이었다. 그날 아침 희미한 잿빛 햇살을 나는 아직도 기억한다. 나는 부엌에 있는 탁자에 앉아 있었는데 바로 옆에서 어머니가 같은 탁자에서 다리미질을 하고 있었다. 낡아빠진 다리미를 천 위로 힘차게 밀 때마다 팔꿈치 밑으로 탁자의 진동이 느껴졌다. 나는 얼마 되지 않는 그 문장들을 한참 쳐다보고 있었다. 이 모든 것이 현실이라는 것을 내 자신에게 납득시키기 위해 어머니에게 표준어로 조용히 말했다.

"어머니, 내가 쓴 소설을 출판할 거라고 여기에 쓰여 있어요."

어머니는 다리미질을 멈추고 다리미를 옆에 세워놓았다.

"네가 소설을 썼어?"

어머니가 사투리로 물었다.

"그런 것 같아요."

"썼다는 거야, 안 썼다는 거야?"

"썼어요."

"그럼 돈도 주는 거니?"

"모르겠어요."

나는 그길로 솔라라 주점으로 달려갔다. 그곳에서는 그나마 편하게 시외전화를 할 수 있었다. 몇 번을 시도한 끝에 질리올라가 진열대 뒤에서 외쳤다.

"연결되었으니 이제 통화해도 돼."

나는 드디어 피에트로와 통화할 수 있었지만 그는 출근하기 위해 급히 나가려던 참이라고 했다. 소설에 관해서라면 자기도 편지에 쓴 내용 이상은 모른다고 했다.

"읽어보긴 한 거야?"

내가 흥분해서 물었다.

"그럼."

"아무 말도 없었잖아."

그는 시간이 없었다고 했다. 공부할 게 있는 데다 다른 바쁜 일이 있었다는 변명을 늘어놓았다.

"그래서 어땠는데?"

"좋았어."

"좋았다니, 그뿐이야?"

"좋았다니까. 어머니랑 이야기해봐. 나는 언어학자이지 문학가가 아니야."

피에트로는 내게 자기 부모님 집 전화번호를 알려주었다.

"전화하고 싶지 않아. 쑥스러운걸."

피에트로가 약간 짜증을 내고 있다는 것이 느껴졌다. 언제나 정중한 어조를 유지하는 그로서는 드문 일이었다.

그가 말했다.

"네가 쓴 소설이니 네가 책임을 져야지."

나는 아델레 부인에 대해서 아는 바가 거의 없었다. 네댓 번 만났지만 그때마다 몇 마디 안 되는 인사말을 주고받았을 뿐이었다. 그때까지 나는 아델레 부인을 부유하고 교양 있는 한 가정의 어머니로만 알고 있었다.

아이로타 가족들은 자기들에 대해서 이야기하는 법이 거의 없었다. 자신들의 일에 누가 관심이나 있겠느냐는 듯한 태도로 행동하면서 그래도 자기들이 하는 일이 무엇인지 정도는 모든 사람이 다 알고 있을 것이라고 생각하고 있었다.

나는 그제야 비로소 아델레 부인에게도 직업이 있으며 어느 정도 영향력이 있는 인물이라는 것을 알게 되었다. 나는 불안에 떨면서 전화를 했다. 가정부가 전화를 받아 아델레 부인을 바꿔주었다. 부인은 내게 상냥하게 인사했지만 존댓말을 썼다. 나도 존댓말로 응답했다. 부인은 출판사 사람들이 내 글이 훌륭하다는 데 의견 일치를 보았고 이미 계약서 초안을 보낸 걸로 알고 있다고 했다.

"계약서라고요?"

"그럼요. 혹시 다른 출판사와 계약 중인가요?"

"아니요. 하지만 쓴 글을 다시 읽어보지도 않았는데요."

"그럼 그 글이 초안이란 말인가요? 처음으로 쓴?"

아델레 부인은 말도 안 된다는 투로 되물었다.

"네."

"그대로 출판해도 괜찮아요. 확실해요."

"조금 더 손봐야 하는데요."

"내 말을 믿어요. 쉼표 하나 손댈 필요 없어요. 진정성이 있고 자연스러운 글이에요. 진실된 작품만이 가질 수 있는 신비로운 힘이 있어요."

아델레 부인은 상황의 아이러니함을 강조하면서도 다시 내 글을 칭찬했다. 아델레 부인은 『아이네이스』 같은 위대한 문학작품도 교정을 본 작품이 아니라고 했다. 물론 나도 그 정도는 알고 있던 사실이었다. 아델레 부인은 내가 당연히 혼자 글쓰는 연습을 해왔을 것이라고 생각하고 다른 작품이 있는지 물었다. 난생처음으로 쓴 소설이라고 고백하자 놀라는 눈치였다.

"재능도 있지만 운도 좋군요."

아델레 부인이 소리쳤다. 부인은 출판사 스케줄에 갑자기 공백이 생겼다는 사실을 털어놓았다. 그래서 출판사 사람들은 내 소설이 훌륭할 뿐 아니라 운도 좋았다고 생각한다는 것이었다. 출판 시기를 봄으로 잡고 있다고 했다.

"그렇게 빨리요?"

"싫은가요?"

나는 다급히 그렇지 않다고 했다.

진열대 뒤에 있던 질리올라가 전화 내용을 듣고는 호기심을 나타냈다.

"무슨 일이야?"

"나도 잘 모르겠어."

나는 대답만 하고 급히 가게를 나왔다.

나는 믿을 수 없는 행복감에 사로잡혀 온 동네를 돌아다녔다. 관자놀이가 심하게 울렸다. 질리올라에게 차갑게 굴거나 그녀의 말을 잘라버리려고 그렇게 대답한 것이 아니었다. 정말로 무슨 일이 일어나고 있는 건지 실감이 나지 않아서였다.

갑작스러운 이 소식은 대체 무슨 의미인가. 피에트로의 짧은 글과 그의 어머니와 나는 시외전화로 확실해진 것은 아무것도 없었다. 게다가 계약서라니. 계약서에는 보수, 권리, 의무에 대한 내용이 나오지 않는가. 괜한 곤경에 처하게 되는 것이 아닐까?

며칠 후엔 출판사에서 계획을 바꿔 책을 출판하지 않기로 할지도 모른다는 생각이 들었다. 내 글을 다시 읽어보니 형편없고 무의미하게 느껴져 생각을 바꿀지 모른다는 생각도 들었다. 책을 아직 읽어보지 못한 사람들이 그 책을 출판하기로 한 사람에게 화를 낼 수도 있다고 생각했다. 출판사 사람들은 모두 아델레 부인 탓을 하게 될 것이고 그렇게 되면 부인도 결국 생각을 바꿔먹고 수치스러워할 것이다. 나 때문에 창피를 당했으니 아들에게 나와 헤어지라고 할 것이다.

그런 생각을 하다 보니 추억의 동네 도서관 앞을 지나게 되었다. 그곳에 마지막으로 온 것이 언제였더라? 도서관에 들어가니 아무도 없었다. 먼지와 무료함이 뒤섞인 냄새가 났다.

나는 무심히 책장 사이를 걸으며 책 제목이나 작가 이름을 제대로 보지 않고 너덜너덜해진 책들을 손으로 훑어 내렸다. 오래된 종이에 책을 묶은 면실이 돌돌 말려 있었다. 알파벳 글씨와 잉크 자국. 수많은 책과 어지러울 정도로 수많은 단어들. 그 가운데에서 『작은 아씨들』을 찾아냈다.

그 일이 정말 실현되려는 걸까? 릴라와 내가 함께하기로 했던 일이 나에게, 다른 누구도 아닌 바로 나에게 일어나려고 하는 것이 아닌가. 몇 달 후면 내가 쓴 글을 종이에 인쇄해서 여기에 있는 책처럼 실로 꿰매고 풀로 붙일 것이다. 책 겉면에는 '엘레나 그레코'라는 이름이 찍히겠지. 내 이름 말이다. 이로써 집안의 오랜 문맹 또는 반(半)문맹에 가까운 무지의 끈을 끊고 아무도 몰라주던 암울한 가문의 이름은 영원히 빛날 것이다. 3년, 5년, 10년 또는 20년이 지나면 내 책도 저 책장에 꽂히게 되겠지. 내가 태어난 이 고향 동네 도서관에 내 책이 꽂히다니. 도서 목록에 책 제목이 올라가서 사람들은 우리 동네 수위의 딸이 무엇을 썼는지 읽기 위해서 내 책을 대여해갈 것이다.

나는 화장실 물 내리는 소리를 듣고는 페라로 선생님이 나타나기를 기다렸다. 깡마른 얼굴에 주름이 더 많이 잡히기는 했겠지만 어린 시절 내가 성실한 학생이었을 때와 똑같은 모습으로 나타나기를 기다렸다. 제멋대로 뻗쳤지만 숱이 풍성한 백발이 여전히 좁은 이마를 덮고 있겠지.

드디어 내게 일어난 일을 알아줄 사람을 만날 수 있을 것 같았다. 머리에 열이 나고 관자놀이가 울릴 정도로 흥분해 있는 내 상태를 이해해줄 사람을 만날 수 있을 것 같았다. 그런데 화장실에서 나온 사람은 키가 작고 통통한 40대의 남자였다. 처음 보는 사람이었다.

"책을 대여하시게?"

그는 내게 물었다.

"서둘러줘요. 마감하려던 참이었거든요."

"페라로 선생님을 찾아왔는데요."

"선생님은 은퇴하셨어요."

그는 문을 닫아야 한다며 서두르라고 했다.

나는 도서관을 나왔다. 이제 진짜 작가가 되었는데 온 동네를 통틀어 "정말로 대단한 일을 해냈구나"라고 감탄해줄 사람이 아무도 없었다.

121

돈을 벌 수 있을 것이라고는 꿈에도 생각지 못했는데 계약서 초안을 받아보니 출판사가 내게 20만 리라를 선지급하겠다는 내용이 있었다. 10만 리라는 계약서에 서명을 할 때, 나머지 10만 리라는 작품이 출간될 때 준다는 것이었다. 아델레 부인의 입김이 작용했음이 틀림없었다. 어머니는 숨도 쉬지 못했다. 도저히 믿을 수 없다는 눈치였다.

아버지는 "몇 개월을 일해야 그 많은 돈을 벌 수 있는데"라고 했다. 두 분 모두 동네방네 자랑을 하고 다녔다.

"우리 딸아이가 부자가 됐어요. 작가가 된 데다 대학 교수와 결혼을 앞두고 있어요."

나는 다시 피어났다. 사범학교 입학 시험 준비를 그만두었다. 돈을 받자마자 옷과 화장품을 사고 난생처음 미용실에 갔다. 그러고는 미지의 도시 밀라노를 향해 떠났다.

역에서 길을 찾느라 애를 먹었지만 겨우겨우 내가 타고갈 지하철을 탔다. 나는 불안에 떨면서 출판사 건물 앞에 도착했다. 누가 묻지도 않았는데 나는 수위에게 오만 가지 방문 목적을 늘어놓았지만 그는 내 말을 듣지 않았다. 내가 말하는 동안 신문에서 눈을 떼지도 않았다.

나는 엘리베이터를 타고 올라가 문을 두드리고 들어갔다. 사무실은 눈부시게 깨끗했다. 여자인 데다 한눈에 봐도 좋은 가문 출신은 아니지만 나는 불과 23세의 나이에 책을 출판할 권리를 쟁취했다. 누구도 내 실력에 이의를 제기할 수 없다는 것을 증명하고 싶었다. 그러기 위해서 머릿속으로 지금까지 공부해온 모든 지식을 총동원하느라 정신이 없었다.

출판사 사람들은 나를 예의바르게 맞아주었다. 이곳저곳을 돌며 인사를 하게 했다. 내 원고를 손보고 있던 편집장과도 이야기를 나눴다. 나이가 많은 데다 대머리였지만 인상이 좋았다. 함께 두 시간쯤 책에 대한 이야기를 나눴다. 그는 나를 칭찬하면서 아델레 부인에게 존경심을 표했다. 자기 생각에 교정해야 할 내용을 적어놓은 원고 사본을 한 부 건네주었다. 작별인사를 할 때는 진중한 목소리로 말했다.

"아름다운 작품이에요. 매끄럽게 잘 쓴 동시대 이야기예요. 문체도 독특하고요. 가장 중요한 것은 페이지마다 굉장히 강렬한 힘을 내뿜고 있다는 거예요. 세 번이나 반복해서 읽어보고 있는데 그 힘이 대체 어디에서 나오는 건지 모르겠어요."

나는 얼굴을 붉히며 감사드린다고 했다.

아, 내가 무슨 일을 해낸 것인가? 모든 일이 이렇게 빨리 이루어지다니. 모든 사람이 나를 좋아했다. 나는 모든 이의 호감을 살 만하게 행동했다. 내 학업에 대해서 이야기하고 어디에서 공부했는지 이야기했다. 『아이네이스』 제4권을 주제로 논문을 썼다고 했다.

내 작품에 대한 정중한 평가에 갈리아니 선생님과 그녀의 아이들, 마리아로사의 말투를 흉내 내어 예의바르면서 정확하게 응답했다. 지나라는 이름의 사랑스럽고 유쾌해 보이는 직원이 내게 숙소가 필요하냐고 물었다. 내가 고개를 끄덕이자 가리발디 가에 있는 호텔에 방을 잡아주었다. 놀랍게도 모든 것을 출판사가 지불한다는 것을 알게 되었다. 식비며 기차표까지 출판사 부담이었다. 지나는 내게 지출 내역만 제출하면 환급을 받을 거라고 설명한 뒤 아델레 부인에게 안부를 전해달라고 부탁했다.

"내게 직접 전화까지 하셨어요."

지나가 말했다.

"당신을 매우 아끼는 것 같아요."

다음 날 나는 피사로 향했다. 피에트로의 품에 안기고 싶었다. 기차에서 편집장이 쓴 내용을 하나씩 읽어보았다. 내 글을 훌륭하게 생각하고 더 좋은 책으로 만들려는 관점으로 책을 보니 만족스러웠다. 목적지에 도착할 즈음에는 내 자신이 자랑스럽기 그지없었다. 피에트로는 우리보다 나이가 많은 그리스 문학부 조교수의 집에 잠자리를 마련해주었다. 그 조교수와는 나도 안면이 있었다.

피에트로는 저녁에 나를 식당으로 데려가서는 자기가 가지고 있던 타자로 친 내 원고 사본을 보여주었다. 놀랍게도 그도 벌써 한 부를 받아 옆에 메모를 해두었던 것이다. 우리는 함께 그가 표시한 내용을 꼼꼼히 살펴보았다. 그답게 엄격한 기준을 적용했다. 그가 지적한 부분은 거의 다 어휘에 관한 내용이었다.

"생각해볼게."

내가 고마움을 표하면서 말했다. 저녁식사 후 우리는 인적이 드문 잔디밭을 산책했다. 오랜 시간 동안 추위에 떨면서 서로의 몸을 탐했는데 거추장스러운 코트와 울 스웨터 때문에 애를 먹었다. 애정 행위를 마친 후 피에트로는 주인공이 해변에서 처녀성을 잃는 장면을 잘 손봐야 할 것 같다고 했다. 나는 당혹스러워하면서 말했다.

"중요한 장면인데."

"너도 그 부분은 약간 과하다고 했잖아."

"출판사에서는 별 이견이 없었어."

"나중에는 말할 거야."

나는 신경이 예민해져서 그 부분도 한 번 생각해보겠다고 했다.

다음 날 나는 우울한 기분으로 나폴리를 향했다. 해변의 내용이 젊은 나이에 다독가인 데다 바쿠스 예식에 대한 책까지 쓴 피에트로에게도 부담스럽게 느껴졌다면 어머니나 아버지, 동생들, 동네 사람들은 어떻게 받아들일까. 기차에서 편집장과 피에트로의 조언을 참고하여 다시 글을 읽었다. 지울 수 있는 부분은 지워보았다. 나는 좋은 책이 나오기를 바랐다. 누구도 그 책 때문에 상처받지 않기를 바랐다. 앞으로 다른 책을 쓰게 될 것이라고는 생각하지 않았다.

122

집에 도착하자마자 나는 비보를 전해 들었다. 내가 없을 때 내 앞으로 온 편지는 당연히 읽어볼 권리가 있다고 확신하는 어머니가 그새 포텐차에서 보내온 소포를 열어 보았던 것이다. 상자에는 초등학교 시절 내가 썼던 공책 몇 권과 올리비에로 선생님의 여동생이 쓴 카드가 있었다. 카드에는 선생님이 20일 전에 편안하게 임종을 맞으셨다고 쓰여 있었다. 돌아가시기 전에 내 이야기를 자주 하셨다고 했다. 선생님이 기념으로 간직하고 있던 초등학교 시절의 내 공책을 내게 돌려보내라고 당부하셨다고 했다.

엘리사는 벌써 몇 시간 동안이나 하염없이 울고 있었다. 나는 그런 내 동생보다 더 슬퍼했다. 우리의 반응이 보기 싫었는지 어머니는 막내에게 고함을 쳤다. 그러고는 장녀인 내가 똑똑히 들을 수 있도록 큰 소리로 말했다.

"그 멍청한 여편네는 나보다 더 어머니 노릇을 하려 했지."

나는 온종일 올리비에로 선생님 생각에 잠겼다. 내가 최고 성적으로 대학교를 졸업한 데다 책까지 출판하게 된 것을 아셨다면 얼마나 자랑스러워하셨을까. 모두 잠자리에 들자 나는 부엌문을 닫고 조용한 분위기에서 공책을 하나하나 훑어보았다. 선생님은 정말 나를 잘 가르쳐주셨다. 선생님 덕분에 예쁜 필체를 가지게 되었다. 오히려 성인이 되어서 글씨가 조그맣게 변하고 빠르게 쓰려다보니 모양이 단순해진 게 아쉬웠다.

맞춤법 실수가 있을 때마다 선생님이 역정을 내시면서 써놓은 표시를 보고 나는 미소를 지었다. 훌륭한 문장이나 어려운 문제에 대한 해답 옆에 '우수함' '아주 우수함'이라고 꼼꼼히 적어놓은 선생님의 글씨를 보며 내게 항상 좋은 점수를 주었던 선생님을 생각하니 절로 미소가 번졌다.

선생님은 정말 내 어머니보다 더 어머니 같은 사람이었을까. 얼마 전부터는 그런 생각에 확신이 없었다. 그렇지만 선생님은 내 어머니가 상상조차 할 수 없는 길을 제시해주었고 거의 강요하다시피 내게 그 길을 가도록 했다. 그 부분에 대해서는 감사했다.

잠자리에 들려고 상자를 치우다 공책 사이에 얇은 종이 묶음이 끼어 있는 것을 발견했다. 열 장 남짓한 모눈종이가 핀으로 고정되어 접혀 있었다. 갑자기 마음이 횅해지는 느낌이 들었다. 릴라가 쓴 첫 소설 『푸른 요정』이었다. 릴라가 그 이야기를 쓴 것이 언제였더라? 13, 4년 전이었을 것이다. 어린 시절 색연필로 채색된 표지와 예쁘게 그려 넣은 제목이 얼마나 마음에 들었는지 모른다. 그때 릴라가 쓴 그 이야기가 진짜 책처럼 느껴져 나는 릴라를 부러워했다.

나는 종이 묶음 가운데를 펼쳐보았다. 책장을 고정해두었던 핀에 녹이 슬어 종이에 갈색 자국이 남았다. 선생님이 글 옆에 '정말 아름다운 문장'이라고 메모해놓은 것을 보고 나는 깜짝 놀랐다. 그러니까 올리비에로 선생님은 그 책을 읽고 마음에 들었던 건가. 한 장 한

장 페이지를 넘기니 '놀랍다' '좋다' '너무 훌륭하다'는 글씨가 빼곡했다. 나는 순간 화가 났다.

'심술궂은 늙은이 같으니라고.'

나는 생각했다.

'왜 이야기가 마음에 들었다고 이야기해주지 않은 건가요? 왜 릴라에게 그런 칭찬을 해주지 않은 거죠? 왜 릴라 대신 내 교육에만 그리도 열을 올린 건가요? 단지 구두수선공인 아버지가 딸을 중학교에 진학시키지 않겠다고 한 것 때문인가요? 그것이 선생님의 행동에 대한 충분한 설명이 된다고 생각하나요? 선생님에게는 대체 무슨 문제가 있었기에 릴라에게 화풀이를 하신 건가요?'

이제는 희미해져가는 잉크 자국을 따라, 당시 내 필체와 너무나 비슷한 릴라의 필체를 따라서 『푸른 요정』을 처음부터 다시 읽어보았다. 첫 장부터 속이 뒤틀리기 시작했고 온몸에서 진땀이 났다. 다 읽고 나서야 실은 처음 몇 줄만 읽고도 바로 느꼈던 사실을 완전히 인정했다.

릴라가 어린 시절에 쓴 몇 장 안 되는 짧은 이야기가 바로 내 책의 숨겨진 심장이었던 것이다. 내 글의 문장과 문장 사이를 이어주는 보이지 않지만 단단한 그 실이 어디에서 비롯되었는지, 내 글에 온기를 불어넣는 것이 무엇인지 이해하려면 화사하게 색칠한 표지에 제목도 서명도 없고 녹슨 핀으로 고정한 어린아이가 쓴 열 장 남짓한 종이 묶음을 읽어야 할 것이었다.

123

나는 밤새 한숨도 자지 못하고 날이 밝기를 기다렸다. 오랫동안 가져왔던 릴라에 대한 적개심이 눈 녹듯이 사라졌다. 갑자기 내가 그녀에게서 앗아간 것이 그녀가 내게서 앗아간 것보다 훨씬 많은 것처럼 느껴졌다.

나는 그날 당장 산 조반니 아 테두초에 가기로 마음먹었다. 릴라에게 『푸른 요정』을 돌려주고 내가 쓴 공책도 보여주고 싶었다. 함께 책장을 넘기면서 올리비에로 선생님이 쓴 평가를 보며 즐기고 싶었다.

나는 무엇보다도 릴라를 내 옆에 앉혀놓고 말하고 싶었다.

"우리가 얼마나 잘 통하는지 좀 봐. 우리는 두 몸을 가진 한 사람이기도 하고 한 몸을 가진 두 사람이기도 해."

나는 노르말레 대학에서 배운 엄격한 규칙에 따라서, 피에트로에게서 배운 문헌학과 관련된 지식을 바탕으로 릴라가 어린 시절에 쓴 이야기가 어떻게 내 마음속에 깊은 뿌리를 내려 몇 년 후에 다른 책으로 탄생하게 되었는지 보여주고 싶었다. 릴라의 이야기와는 다른 성인의 관점에서 쓴 내 이야기이지만 그녀의 이야기와는 떼려야 뗄 수 없는 책이다. 어린 시절 뜰에서 함께 놀면서 그녀와 함께 끊임없이 만들어내고 해체하고 다시 조합해내던 상상의 산물이었다. 나는 릴라를 껴안고, 입을 맞추면서 말하고 싶었다.

"릴라, 이제부터는 무슨 일이 일어나든지 우리 절대로 헤어지지 말자."

그날 아침 나는 정말이지 힘든 시간을 보냈다. 온 도시가 나와 릴라 사이를 떨어뜨려 놓기 위해서 모든 수단을 동원한 것 같았다. 나는 가난에 찌든 육체들 사이에 견디기 힘들 정도로 꽉 끼인 채 마리나행 만원버스를 탔다. 한참을 가다가 나는 사람들이 더 많이 탄 버스로 갈아타야 했는데 하필이면 버스를 잘못 탔다. 나는 마음이 상할 대로 상해서 엉망이 된 채 버스에서 내렸다. 속으로 분노를 삭이며 한참을 기다린 다음에야 다음 버스를 탔다.

기껏해야 나폴리를 벗어나지 않는 그 짧은 여행이 나를 완전히 지치게 했다. 오랫동안 받은 고등학교와 대학 교육은 나폴리에서 도무지 써먹을 데가 없었다. 산 조반니에 도착하기 위해서 나는 과거로 돌아가야 했다. 릴라가 큰길이나 광장 근처가 아니라 과거의 시간이 시냇물처럼 흐르는 곳으로 이사를 한 것 같았다. 우리가 학교에 다닐 때보다 더 먼 과거, 규율도 존중도 없는 암흑의 시대로 되돌아간 것 같았다.

나는 고향 동네에서도 가장 험한 축에 속하는 사투리로 욕을 했고 그만큼 욕을 먹었다. 위협을 하기도 했고 조롱을 당하면 되받아쳤다. 사실 나는 이런 못된 태도에 익숙해 있었다.

피사에서 생활할 때에는 나폴리의 경험이 유용했지만 나폴리에서는 피사의 경험이 아무짝에도 쓸모가 없었다. 방해만 될 뿐이었다. 예의 바른 태도와 목소리, 잘 가꾼 외모, 책에서 배운 내용을 머릿속으로 고민하고 언어로 표현하는 일은 모두 나의 나약함의 증표일 뿐이었다. 언뜻 보기에 반항조차 하지 않을 것 같은 쉬운 표적처럼 보이게 했다.

산 조반니를 향하는 버스에서 내려 걸어가면서 나는 필요하다고 생각할 때 평소의 온화한 모습을 던져버리는 능력에 새로 획득한 지위에 대한 자부심으로 인해 생긴 허영심을 결합시켰다. 나는 만점으로 대학을 졸업한 데다 아이로타 교수님과 식사도 하고 그의 아들과 약혼까지 한 사람이다. 우체국에 돈도 조금 있고 밀라노에서는 수준 높은 사람들에게 존중을 받았다. 그런 나를 이 거지 같은 사람들이 감히 이렇게 대하다니.

엄청난 내면의 힘이 솟아나는 것을 느끼면서 나는 예전과 같이 동네 안팎에서 행동하던 것처럼 '아무 일도 일어나지 않은 척'하는 태도를 보이지 않았다. 버스 승객들과 다투면서 나는 몇 번이나 사내들이 내 몸을 더듬는 것을 느꼈다. 그때마다 마음껏 분노를 표출하면서 경멸에 찬 고함을 질렀다. 내 어머니나 릴라의 입에서나 나올 법한 차마 옮길 수 없는 말을 퍼부었다. 어찌나 화를 냈는지 버스에서 내릴 때 누군가 따라와서 나를 죽이려 들지도 모른다는 생각이 들었다.

그런 일은 일어나지 않았다. 나는 분노와 두려움을 동시에 느끼면서 버스 정류장에서 멀어졌다. 집을 나설 때만 해도 단정한 모습이었는데 지금은 몸과 마음이 너덜너덜해진 것 같았다.

나는 마음을 다잡으려고 애쓰며 생각했다.

'진정해. 이제 거의 다 왔어.'

지나가는 행인들에게 길을 물었다. 산 조반니 아 테두초로 이어지는 길을 걷다보니 차가운 바람이 얼굴을 때렸다. 파손된 벽과 어두운 출구가 이어지는 지저분한 길을 걷다보니 누런 운하를 지나는 것 같았다. 나는 상냥하지만 너무 많은 정보를 쏟아내는 통에 결국은 하나도 유용하지 않은 사람들의 안내에 갈피를 못 잡고 정처 없이 동네를 헤매고 다녔다.

드디어 찾던 길과 건물을 발견했다. 강한 마늘 냄새를 맡으면서 지저분한 계단을 오르는데 아이들 소리가 들려왔다. 녹색 스웨터를 입은 뚱뚱한 여인이 열려 있는 문밖으로 얼굴을 내밀었다. 그녀는 나를 발견하고는 소리 질렀다.

"누구 찾는 사람이 있어요?"

"카라치 부인이오."

내가 말했다. 그녀가 당황해하는 표정을 보고 나는 냉큼 "스칸노 부인이오"라고 말을 바꿨다. 엔초의 성이었다. 그래도 그녀의 표정에 별 변화가 없자 나는 "체룰로 부인이오"라고 말했다. 그제야 그녀는 체룰로 부인이라고 되뇌더니 두꺼운 팔을 들어올리면서 "더 올라가야 해요"라고 말했다. 나는 그녀에게 고맙다고 하고 지나가려는데 그녀가 난간으로 다가가 위를 바라보며 소리를 질렀다.

"티티나! 여기 리나를 찾는 사람이 있어. 지금 올라가고 있어!"

리나. 그 이름을 이곳에서 낯선 이들의 입에서 듣게 되다니. 그제야 내가 마지막으로 릴라를 보았을 때의 모습 그대로 릴라를 기억하고 있다는 사실을 깨달았다. 그때 릴라는 아직 스테파노의 집에 살고 있었다. 근심 가득한 삶일망정 가구, 냉장고, 텔레비전이 갖추어진 집과 정성껏 돌본 티가 나는 아이는 어느덧 자연스럽게 그녀 인생의 한 부분이 되어 있었다.

그때 릴라의 모습은 전보다 시들기는 했지만 그래도 부유해 보이는 젊은 부인의 모습이었다. 내가 다시 릴라를 찾아 나섰을 때는 그녀가 무엇을 하며 어떻게 사는지에 대해 아는 바가 아무것도 없었다. 소문은 릴라가 놀랍게도 남편과 멋진 집과 돈을 버리고 엔초 스칸노와 떠나버린 것에 멈춰 있었다. 릴라가 산 조반니에서 브루노를 만나서 일자리를 구하게 된 사실을 몰랐으니 집을 나설 때만 해도 나는 새로 이사 간 집에서 릴라가 책 한 권을 펼쳐들고 아이에게 교육적인 놀이를 시키고 있거나 집에 없더라도 잠시 시장을 보러 나간 정도일 것이라고 생각했다. 나는 순진하게도 기계적으로 그라닐리 너머 마리나 경계 지역에 있는 산 조반니 아 테두초라는 지명을 가진 곳에서 릴라가 아이와 함께 있는 장면이 그대로 재현되고 있을 것이라고 생각했다. 나는 그런 기대감으로 계단을 올라갔다.

'드디어 해냈어. 드디어 목적지에 도착했어.'

나는 계단을 오르며 생각했다. 그렇게 해서 티티나의 집 문 앞에 이르렀다. 티티나는 젊은 여인이었다. 그녀는 조용히 흐느껴 우는 여자아이를 품에 안고 있었다. 아이는 가벼운 딸꾹질을 하고 있었고 추위로 빨개진 콧구멍에서는 콧물이 나와 윗입술까지 흘러내리고 있었다. 그녀의 치마 양옆으로는 다른 두 아이가 서 있었다.

티티나는 닫혀 있는 앞집 문을 눈으로 가리키면서 경계하듯 말했다.

"리나는 없어요."

"엔초도 없나요?"

"네."

"아이를 데리고 산책을 나간 건가요?"

"누구시죠?"

"엘레나 그레코라고 해요. 리나 친구예요."

"그러면 리누초를 알아요? 리누! 너 이 아가씨를 본 적 있니?"

티티나는 양옆에 서 있는 한 아이의 머리를 살짝 손바닥으로 쳤다. 그제야 나는 리누초를 알아볼 수 있었다. 아이는 내게 미소를 짓더니 표준어로 말했다.

"안녕, 레누 이모. 엄마는 오늘 저녁 여덟 시에 돌아오실 거예요."

나는 리누초를 안아 올렸다. 너무 잘생기고 말도 잘한다고 칭찬을 해주었다.

"정말 똑똑한 아이예요."

티티나가 맞장구를 쳤다.

"천생 교수님이라니까요."

그 순간부터 티티나는 나에 대한 경계심을 풀고 집으로 들어오게 해주었다. 나는 어두운 복도에서 분명 아이들의 것인 듯한 물건에 발이 걸려 넘어질 뻔했다. 주방은 어지러웠고 모든 것이 잿빛 조명에 잠겨 있었다. 재봉틀에는 천이 바늘에 박힌 채 그대로 있었고 여러 가지 색상의 천 조각이 바닥에 떨어져 있었다. 티티나는 민망한 듯 갑자기 정돈을 시작하려다 이내 포기하고 내게 커피를 만들어주었다. 여자아이를 품에 안은 채였다.

나는 리누초를 무릎 위에 앉혔다. 내가 멍청한 질문만을 늘어놓자 리누초는 어쩔 수 없다는 듯한 태도로 그래도 활기차게 대답해주었다. 그러는 동안 티티나는 내게 릴라와 엔초 이야기를 들려주었다.

"릴라는 소카보 공장에서 살라미 햄을 만들고 있어요."

티티나가 말했다.

나는 깜짝 놀랐다. 그제야 브루노가 떠올랐다.

"소카보라면 그 햄 제조업자 말인가요?"

"맞아요. 그 소카보예요."

"아는 사람인데."

"좋은 사람들은 아니죠."

"저는 아들을 알아요."

"할아비건 애비건 자식이건 다 그 나물에 그 밥이에요. 돈을 벌고 나니 땡전 한 푼 없던 시절은 잊어버린 거죠."

나는 엔초에 대해서도 물었다. 티티나는 엔초가 전기기관차 공장에서 일하고 있다고 했다. 그 말을 할 때 나는 그녀가 엔초와 릴라를 부부라고 생각하고 있다는 사실을 알았다. 그녀가 엔초를 두고 호감과 존경을 담아 체룰로 씨라고 불렀기 때문이다.

"리나는 언제 돌아오나요?"

"오늘 저녁에요."

"그러면 아이는요?"

"아이는 내가 데리고 있어요. 먹기도 하고 놀기도 하고 모든 것을 여기서 해요."

결국 여행은 끝나지 않았던 것이다. 내가 다가갈수록 릴라는 멀어져만 갔다. 나는 물었다.

"여기서 공장까지 걸어가면 얼마나 걸릴까요?"

"20분이오."

나는 티티나의 설명을 종이에 받아 적었다. 그러는 동안 리누초는 예의바르게 물었다.

"이제 가서 놀아도 돼요, 이모?"

리누초는 내가 좋다고 할 때까지 기다렸다가 복도에 있는 아이를 향해 달려갔다. 곧바로 사투리로 욕설을 퍼붓는 소리가 들렸다. 티티나는 민망한 듯 나를 바라보더니 부엌에서 표준어로 소리쳤다.

"리노! 그런 나쁜 말을 하면 못써요. 또 그러면 아줌마가 가서 손에 맴매할 거야."

나는 미소를 지었다. 버스 여행이 생각났다.

'그러면 나도 손에 맴매 맞아야겠네?'

버스에서 리누초와 똑같은 짓을 했으니 말이다. 복도에서 다툼이 끝나지 않아 나는 결국 티티나와 함께 달려 나가야 했다. 두 아이가 서로에게 물건을 던져대며 사납게 소리 지르면서 주먹다짐을 벌이고 있었다.

124

나는 온갖 종류의 쓰레기가 쌓인 먼지 이는 비포장도로를 따라 소카보 공장에 도착했다. 얼어붙은 하늘로 한 줄기 검은 연기가 피어올랐다. 공장을 둘러싼 벽이 나타나기도 전에 갖가지 동물 지방이 섞인 냄새가 나무 타는 냄새와 섞여 뿜어져 나오는 악취에 구역질이 났다.

수위는 나를 비웃으면서 일하는 시간에 소꿉친구를 찾아오면 안 된다고 했다. 브루노 소카보 씨와 이야기하고 싶다고 하자 말투를 바꾸면서 브루노 씨는 거의 공장에 나오지 않는다고 중얼거렸다. 나는 그렇다면 집에 전화를 해보라고 했다. 수위는 민망해하며 아무런 이유 없이 그를 귀찮게 할 수는 없다고 했다.

"전화를 걸지 않으시겠다면 전화를 찾아서 내가 직접 걸겠어요."

내가 말했다. 그는 어찌할 바를 몰라 나를 쩨려보았다. 마침 어떤 사람이 자전거를 타고 가다가 멈추더니 사투리로 뭔가 추잡한 말을 했다. 수위는 그를 보자 마음이 놓이는 듯 내 존재를 무시하고 그와 수다를 떨기 시작했다.

마당 한가운데에 모닥불이 타오르고 있었다. 불 옆을 지나가니 화염이 잠시 동안 차가운 공기를 갈랐다. 나지막한 노란색 건물에 이르러 묵직한 문을 열고 들어갔다. 문을 여니 밖에서도 심하게 나던 동물 지방 냄새가 참을 수 없을 정도로 역겨웠다. 언뜻 보기에도 잔뜩 화가 난 것처럼 보이는 젊은 여자와 마주쳤다. 그녀는 흥분된 손길로 머리를 매만지고 있었다. 그녀에게 "실례합니다"라고 하자 그녀는 고개를 푹 수그린 채 나를 몇 걸음 지나쳤다가 멈추어 섰다.

"무슨 일이죠?"

그녀가 무례한 태도로 물었다.

"체룰로라는 사람을 찾고 있는데요."

"리나 말인가요?"

"네."

"소시지 속을 채우는 작업장으로 가봐요."

그곳이 어딘지 물었지만 그녀는 내 말에 대꾸도 없이 가버렸다. 나는 그다음 문을 열었다. 열기가 확 덮쳐오면서 지방에서 나는 악취를 더 역겹게 했다. 작업장은 아주 넓었다. 증기가 나오는 우윳빛 액체가 가득 찬 통들이 있었다. 그 안에는 형체가 거의 없는 어두운 고깃덩어리들이 떠다니고 있었다. 인부들이 통 속에 들어가 몸을 엉덩이까지 담근 채 구부정한 자세로 천천히 액체를 휘젓고 있었다. 그곳에도 릴라의 모습은 보이지 않았다. 질퍽한 타일 바닥에 앉아 관을 고치고 있는 남자에게 물어 보았다.

"어디로 가야 리나를 찾을 수 있을까요?"

"체룰로 말이오?"

"네, 체룰로요."

"체룰로라면 반죽 작업장에 있지요."

"햄 속을 채우는 작업장에 있다는데요."

"알면서 왜 묻는 거요?"

"반죽 작업장은 어디예요?"

"똑바로 가면 바로 앞에 있소."

"속 채우는 작업장은요?"

"오른쪽이오. 거기에도 없으면 고기를 뼈에서 뜯어내는 작업장이나 고기 저장고로 가보쇼. 체룰로는 언제나 옮겨 다니니까."

"왜요?"

그는 심술궂은 미소를 지어보였다.

"당신 친구요?"

"네."

"그럼 관둡시다."

"말씀해주세요."

"기분 나빠하는 거 아니죠?"

"그럴 리가요."

"당신 친구는 한마디로 골칫거리요."

남자가 알려준 곳으로 가는 동안 아무도 나를 붙잡지 않았다. 인부들은 남자건 여자건 주변 일에 철저히 무관심했다. 서로 웃거나 욕설을 주고받을 때조차도 자신들의 입에서 나오는 웃음소리와 목소리, 작업하고 있는 그 쓰레기 같은 재료며 악취에서조차 고립되어 있는 느낌이었다.

나는 푸른색 가운을 입고 머리에 모자를 쓴 채 고기 손질을 하고 있는 여공 사이에서 릴라의 모습을 찾아보았다. 기계가 고철소리를 내는 가운데 잘 갈린 부드러운 재료들이 혼합된 반죽을 만들어냈다. 하지만 그곳에도 릴라의 모습은 보이지 않았다. 소시지 피에 지방 덩어리가 섞인 분홍색 반죽을 넣고 있는 곳에도, 인부들이 날카로운 단칼로 껍질을 벗겨내 내장을 제거하고 광기에 사로잡힌 몸짓으로 위험해보이는 칼날을 휘두르며 고기를 써는 곳에도 없었다.

릴라를 발견한 곳은 고기 저장고였다. 그녀는 하얀 입김을 뿜어내며 냉장고에서 나왔다. 자그마한 사내의 도움을 받아 어깨에 붉은색 냉동고기를 짊어지고 있었다. 릴라는 고기를 수레에 넣고는 다시 냉장고로 들어가려 했다. 붕대 감은 릴라의 손이 내 눈에 들어왔다.

"릴라!"

릴라는 조심스럽게 뒤돌아보고는 나를 확신 없는 눈초리로 바라보았다.

"여기서 대체 뭐하는 거야?"

릴라가 말했다. 열에 들뜬 눈에 두 뺨은 평소보다 움푹 파여 있었
는데도 전체적으로 살도 붙고 키도 커진 느낌이었다. 릴라도 푸른색
가운을 입고 있었지만 가운을 긴 코트 위에 걸치고 군화를 신고 있
었다. 나는 그녀를 껴안고 싶었지만 차마 그렇게 하지 못했다. 왠지
모르게 릴라가 내 품안에서 부서져버릴 것만 같아 두려웠다.

나를 먼저 오랫동안 껴안은 것은 릴라였다. 습기찬 천에서 주변보
다 더 고약한 악취가 났다.

"이리 와."

릴라가 말했다.

"우선 여기에서 니기지."

릴라는 자기와 함께 일하던 사내에게 "2분이면 돼!"라고 소리치
고는 나를 구석으로 데리고 갔다.

"나를 어떻게 찾은 거야?"

"그냥 들어왔어."

"들어오게 해줬어?"

"널 찾는다고 했고 브루노의 친구라고 했어."

"잘했어. 이제 다들 내가 사장 아들내미에게 오럴 섹스를 해준다
고 생각하고 나를 괴롭히지 않겠네."

"무슨 말을 그렇게 해."

"다 그런 거야."

"여기가 그런 곳이라는 거야?"

"어디든 다 똑같아. 대학은 졸업했니?"

"응. 그런데 그보다 더 좋은 일이 생겼어, 릴라. 나 소설을 썼어. 오
는 4월에 출판된대."

릴라의 얼굴은 잿빛에 가까웠고 핏기라고는 하나도 없었는데도

순간 얼굴에 화색이 돌았다. 붉은 기운이 목 위로 퍼지며 두 뺨과 눈 가까지 올라가는 모습이 보였다. 릴라는 눈동자가 불길에 타오르기라도 할 것처럼 눈을 가늘게 떴다. 릴라는 내 손을 잡았다. 처음에는 손등에 그러고는 손바닥에 입을 맞췄다.

"네가 잘 되어 얼마나 기쁜지 몰라."

릴라가 속삭였다.

그 순간 나는 릴라의 다정한 행동에 별로 신경을 쓰지 못했다. 그 보다는 상처투성이로 부어오른 손에 충격을 받았다. 릴라의 손은 오래전에 베인 상처와 새로 베인 듯한 상처로 망가져 있었다. 왼손 엄지에 난 상처는 갓 베인 듯 상처에 염증이 나 있었다. 오른손에 감긴 붕대 안에는 그보다 더 끔찍한 상처가 있을 것 같았다.

"손은 어떻게 된 거야?"

릴라는 손을 빼내어 주머니에 넣었다.

"별거 아니야. 살점을 뜯어내다 보면 손이 망가져."

"그런 일도 해?"

"자기들 마음대로 일을 시키는걸."

"브루노에게 이야기 해봐."

"브루노가 제일 악질이야. 그가 공장에 나오는 건 우리 중에서 누구를 숙성고에서 따먹을 수 있을까 보기 위해서야."

"릴라!"

"사실이 그런걸."

"너 어디 아픈 거니?"

"아니야. 고기 저장고에서는 추위를 참는 대가로 한 시간에 10리라씩이나 일당을 더 쳐줘."

사내가 소리를 질렀다.

"체룰로! 2분 지난 지 오래야!"

"지금 가!"

릴라가 말했다.

"올리비에로 선생님이 돌아가셨어."

내가 속삭였다.

릴라는 어깨를 으쓱해 보이면서 말했다.

"어차피 아프셨잖아. 일어날 일이었어."

나는 수레 옆에 있는 사내가 안절부절못하는 모습을 보고 급히 덧붙였다.

"선생님이 내게『푸른 요정』을 보내주셨어."

"『푸른 요정』이 뭔데?"

릴라가 정말 기억을 못하는 건가 싶어서 나는 물끄러미 바라보았다. 그녀는 진심인 것 같았다.

"네가 열 살 때 쓴 책이잖아."

"책?"

"그때 우리는 그렇게 불렀어."

릴라는 입술을 꽉 다물고 고개를 저었다. 릴라는 직장 일에 지장이 있을까봐 긴장하고 있었지만 내 앞에서는 제멋대로 행동할 수 있는 사람처럼 굴었다. 그런 릴라를 보고 이제 그만 가봐야겠다고 생각하고 있는데 그녀가 말했다.

"너무 오랜 시간이 흘렀어."

그러고는 몸을 부르르 떨었다.

"열이 있는 거 아니야?"

"아니야."

나는 가방에서 종이 묶음을 꺼내 릴라에게 내밀었다. 릴라는 종이 묶음을 받아들고 무엇인지 알아보기는 했지만 아무런 감정도 보이지 않았다.

"나는 교만한 아이였어."

릴라가 중얼거렸다.

나는 급히 그렇지 않다고 했다.

"그 이야기는 말이야."

내가 말했다.

"지금 읽어봐도 너무 아름다워. 다시 읽다가 은연중에 항상 그 이야기를 기억하고 있었다는 것을 깨달았어. 내 책도 결국은 거기에서 나오게 된 거야."

"이 보잘것없는 글에서?"

릴라는 신경질적인 소리로 크게 웃었다.

"그럼 네 책을 내는 출판사 사람은 미친 거네."

사내가 고함을 쳤다.

"계속 기다리게 할 거야?"

"귀찮게 좀 굴지 마!"

릴라가 대답했다.

릴라는 주머니에 종이 묶음을 꽂아 넣고는 내 팔짱을 끼었다. 함께 출구를 향해 갔다. 릴라를 만나려고 내가 얼마나 옷차림에 신경을 썼는지, 여기까지 오기가 얼마나 험난했는지 생각이 났다. 우리가 만나면 눈물을 흘리면서 서로의 속내를 털어놓고 함께 이야기를 나누고 오전 내내 고백과 화해의 시간을 가질 줄 알았는데 겨우 팔짱을 끼고 이렇게 걷는 것이 전부라니. 게다가 릴라는 옷을 잔뜩 껴입은 채 지저분하고 상처투성이였는데 나는 양갓집 규수 흉내나 내고 있었다.

나는 릴라에게 리누초가 너무 잘생기고 똑똑하다고 칭찬했다. 나는 릴라의 이웃집 여인을 칭찬하며 엔초의 안부도 물었다. 릴라는 내가 리누초를 좋아하자 기뻐하며 자기도 이웃사촌을 칭찬했다. 하지만 릴라가 생기가 돈 것은 엔초 이야기를 할 때였다. 그때만은 얼굴이 환해지더니 말이 많아졌다.

"엔초는 친절해."

릴라가 말했다.

"선량한 데다 아무것도 두려워하지 않아. 머리가 얼마나 좋은지 몰라. 밤이면 언제나 공부를 해. 아는 게 정말 많아."

릴라가 다른 사람에 대해서 그렇게 말하는 것을 나는 한 번도 들어본 적이 없었다.

나는 물었다.

"무슨 공부를 하는데?"

"수학."

"엔초가?"

"그래. 컴퓨터에 관한 책을 읽었는데, 아니 광고를 봤다고 했나? 아무튼 거기에 푹 빠졌어. 컴퓨터라는 것은 영화에서처럼 삐삐거리면서 꺼졌다가 켜지는 번쩍거리는 색전등 같은 것이 아니래. 컴퓨터의 본질은 언어라고 했어."

"언어라고?"

릴라의 눈빛이 예리해졌다. 익숙한 눈빛이었다.

"소설을 쓰기 위한 언어가 아니야."

릴라가 '소설'이란 단어를 은근히 무시하는 투로 말하는 것 같아 거슬렸다. 뒤이은 웃음소리도 거슬렸다.

"프로그래밍을 위한 언어야. 저녁에 리누초가 잠들고 나면 엔초는 공부를 시작해."

릴라의 아랫입술은 추위와 건조함에 갈라졌고 얼굴은 피로에 초췌해져 있었다. 그런데도 엔초가 밤에 공부한다는 말을 할 때는 당당하기 그지없었다. 비록 3인칭 단수를 주어로 말했지만 컴퓨터에 푹 빠진 것이 엔초만은 아니라는 것을 나는 알 수 있었다.

"그동안 너는 뭘 해?"

"곁에 있어줘. 엔초는 피곤해서 혼자 있으면 잠이 들거든. 둘이 있으면 참을 만해. 한 사람이 말을 하면 다른 사람이 대답을 하면서. 너 순서도라는 게 뭔지 아니?"

내가 고개를 저어보이자 릴라의 눈이 아주 작아졌다. 릴라는 내 팔을 놓더니 나를 자신의 새로운 열정에 끌어들이기 시작했다. 모닥불에서 나무 타는 냄새와 동물의 지방과 살점, 신경줄이 타는 매캐한 냄새가 풍기는 마당에서 코트 위에 푸른 작업복을 껴입은 릴라는 상처투성이에 머리는 헝클어지고 얼굴은 백짓장처럼 창백한 데다 얼굴에 화장기라고는 찾아볼 수 없는데도 다시 기운을 차리고 생기를 되찾았다. 릴라는 모든 것을 진실과 거짓이라는 이분법적 논리 체계로 단순화하는 것에 대해서 이야기했다. 그녀는 부울대수와 내가 한 번도 들어보지 못한 개념들을 언급했다. 그런데도 언제나 그랬던 것처럼 릴라의 언어는 나를 매혹시켰다.

그녀가 이야기를 이어나가는 동안 내 눈앞에는 한밤중의 허름한 집 풍경이 펼쳐졌다. 리누초는 방에 잠들어 있고 엔초는 어딘지 알 수 없는 전기기관차 공장에서 일하느라 지쳐 침대에 앉아 있다. 릴라의 모습도 보였다. 릴라는 고기를 익히는 통 속에서나 고기 살을 발라내는 작업장에서나 그것도 아니면 영하 20도의 고기 저장고에서 온종일 힘겹게 일한 다음 그와 함께 이불 위에 앉아 있다. 잠을 희생하고 잔혹한 불빛 아래 함께 앉아 있다.

그들의 목소리도 들렸다. 둘은 순서도를 구성하는 연습을 한다. 세상에서 블필요한 부분은 정리해버리고 일상의 모든 행위를 단 두 개의 가치, 0과 1로 도식화하는 연습을 하고 있다. 허름한 방 안에서 리누초를 깨우지 않기 위해 그 무미건조한 언어를 낮은 목소리로 속삭인다.

순간 나는 내가 거기까지 릴라를 찾아간 것이 교만심 때문이라는 것을 깨달았다. 물론 좋은 마음에 애정을 가지고 한 행동이기는 하지만 그 긴 여행이 결국 릴라가 잃어버린 것을 나는 얻었다는 것을 과시하기 위해서였나는 것을 깨달았다.

릴라는 내가 자기 앞에 나타난 순간 이 사실을 깨달았다. 그래서 동료와의 마찰과 벌칙금을 낼 수 있는 위험을 무릅쓰고 지금 나에게 내가 얻은 것은 아무것도 아니라는 이야기를 하고 있는 것이다. 사실 살아가면서 승리하는 것은 별 의미가 없다고, 자신의 인생은 나만큼이나 다양하고 무모한 모험으로 가득하며 시간은 그저 별 의미 없이 흘러가기 마련이니 가끔 이렇게 만나 한 사람의 머릿속에 떠오른 터무니없는 생각과 다른 사람의 머릿속에 메아리치는 정신 나간 생각을 나누는 것도 좋지 않겠느냐고 말하고 있는 것이었다.

"엔초와는 잘 지내?"

내가 물었다.

"응."

"아이를 낳을 셈이야?"

릴라는 장난스럽게 얼굴을 찡그려 보였다.

"우리는 애인 사이가 아니야."

"아니야?"

"응. 그럴 마음이 생기지 않아."

"엔초는?"

"기다리지."

"오빠같이 느껴지나보다."

"아니야. 남성으로서 이끌려."

"그런데 왜?"

"모르겠어."

우리는 불 옆에 멈춰 섰다. 릴라가 수위를 가리키며 말했다.

"저 자식을 조심해. 나갈 때 네 몸을 더듬고 싶어서 네가 모르타델라 햄을 몰래 훔쳤다고 할지도 몰라."

우리는 포옹하고 뺨에 입을 맞췄다. 나는 다시 찾아오겠다고 했다. 다시는 릴라를 잃고 싶지 않다고 했다. 진심이었다. 릴라는 미소를 지으며 속삭였다.

"그래. 나도 널 잃고 싶지 않아."

릴라도 진심이라는 것이 느껴졌다.

나는 몹시 흥분한 상태로 공장을 떠났다. 마음속으로는 릴라를 두고 떠나는 것이 괴로웠다. 릴라가 없으면 내게 아무런 중요한 일도 일어나지 않을 것이라는 과거의 확신이 되돌아왔다. 그러면서도 릴라의 몸에서 나는 기름 냄새 때문에 한시라도 빨리 그곳을 떠나고 싶었다. 급히 걸음을 옮기다가 참지 못하고 한 번 더 릴라에게 인사하려고 뒤돌아보았다. 릴라는 모닥불 옆에 서 있었다. 옷차림 때문에 여자같이 보이지도 않았다. 릴라는 『푸른 요정』을 들춰보다가 종이 묶음을 불 속에 던져버렸다.

125

릴라에게 내 소설이 어떤 내용인지, 언제부터 서점에서 판매가 시작될 예정인지 말해주지 못했다. 피에트로에 대한 이야기도, 2년 안에 그와 결혼할 것이라는 계획도 들려주지 못했다. 릴라의 삶이 내 삶을 압도하는 바람에 내 삶이 다시 뚜렷하고 견고한 틀을 되찾기까지 여러 날이 걸렸다.

내 본연의 모습으로 돌아오게 해준 것은 책의 초안이었다. 사실 내 본모습이 무엇인지는 나도 잘 모르겠지만. 도톰한 종이에 인쇄된 139페이지의 글. 내 글씨로 적힌 공책의 문장이 인쇄된 것을 보니 기분 좋은 이질감이 느껴졌다. 그렇게 나는 제자리로 돌아왔다.

나는 글을 읽고 또 읽고 수정하면서 즐거운 시간을 보냈다. 밖은 추웠고 얼어붙을 듯한 바람이 헐거워진 문지방으로 들어왔다. 나는 공부를 하고 있는 잔니와 엘리사와 함께 탁자에 앉아 있었다. 어머니는 주변을 맴돌며 힘겹게 일하고 있었지만 우리를 방해하지 않기 위해서 매우 조심스럽게 움직였다.

얼마 안 있어 나는 다시 밀라노로 향했다. 그때 난생처음으로 택시를 타는 호사를 누렸다. 하루 종일 내 글을 검토하는 데 시간을 보낸 대머리 편집장이 말했다.

"택시를 불러드리죠."

나는 감히 거절하지 못했다.

밀라노에서 피사에 도착했을 때도 나는 주변을 돌아보면서 생각했다.

'못할 게 뭐 있겠어? 부잣집 마나님 놀이를 한 번만 더 해보자.'

나폴리에 도착했을 때도 가리발디 광장의 혼잡함 속에서 또 한 번

택시를 타고 싶은 유혹을 느꼈다. 우리 동네까지 택시를 타고 가고 싶었다. 뒷좌석에 편히 앉아 있다가 내가 택시에서 내리면 운전기사가 문을 열어주는 상상을 했다. 하지만 내키지 않아 결국 버스를 타고 집으로 돌아왔다. 그런데도 내 분위기가 예전과는 달라졌던 것 같다. 딸아이와 산책을 나온 아다에게 인사하자 그녀는 나를 무심하게 바라보고는 지나쳐갔다. 그러다 멈춰서더니 뒤돌아서서 내게 말했다.

"세상에, 너 정말 좋아 보인다. 못 알아볼 뻔했어. 다른 사람 같아."

그 순간은 기분이 좋았지만 나는 곧 우울해졌다. 다른 사람이 되어 좋을 게 뭐가 있단 말인가. 나는 내 모습 그대로 남고 싶었다. 릴라에게 얽매이던 그 시절의 내 모습 그대로. 어린 시절 놀던 뜰과 잃어버린 인형, 돈 아킬레를 비롯한 모든 것을 그대로 간직한 채. 그것이야말로 내게 일어나고 있는 일을 더 깊이 느낄 수 있는 유일한 방법이었다.

그렇다고 변화를 막을 수는 없는 일이었다. 그 시절, 나는 의도하지 않았는데도 피사에 있을 때보다 더 많은 변화를 겪었다. 봄에 책이 출판된 후 내 책은 학위보다 더 뚜렷한 정체성을 내게 부여해주었다. 어머니, 아버지, 여동생과 남동생들에게 출판된 책을 보여주자 식구들은 침묵 속에서 책을 돌려보았다. 겉표지만 볼 뿐 아무도 내용을 들춰보지는 않았지만. 식구들은 불안한 미소를 지으며 책 표지를 뚫어져라 쳐다보았다. 위조문서를 발견한 경찰들 같았다.

먼저 입을 연 것은 아버지였다.

"내 성이로구나."

말투에서 만족감이라고는 조금도 느껴지지 않았다. 자랑스러워하는 것이 아니라 내가 자기 주머니에서 돈이라도 훔친 것 같은 말투었다.

며칠이 지나 첫 서평이 나왔다. 나는 불안해하며 모든 서평을 읽었다. 약간이라도 비판하는 내용이 있으면 상처를 받았다. 온 가족 앞에서 가장 호의적인 서평만 읽었다. 아버지의 기분이 좋아졌다. 엘리사는 한숨을 쉬며 말했다.

"레누차라고 서명하지 그랬어. 엘레나가 뭐야."

흥분된 나날 속에서 어머니가 사진 앨범을 사서 나에 대한 좋은 평을 오려 붙이기 시작했다. 어느 날 아침에는 내게 물었다.

"네 약혼자 이름이 뭐라고 했지?"

어머니는 이름을 뻔히 알고 있으면서도 내게 하고 싶은 말이 있어서 그 얘기를 꺼낸 것이었다.

"피에트로 아이로타예요."

"그러면 나중에 네 이름은 아이로타가 되겠구나."

"네."

"결혼하고 또 책을 쓰면 책 표지에 아이로타라고 쓸 거니?"

"아니요."

"왜?"

"엘레나 그레코라는 이름이 좋으니까요."

"나도 그렇단다."

어머니가 말했다.

말을 그렇게 했지만 어머니는 내 책을 읽지 않았다. 아버지도 페페도 잔니도 엘리사도 마찬가지였다. 처음에는 동네에서 내 책을 읽은 사람이 아무도 없었다. 어느 날 아침 사진기자가 와서 두 시간가량 공원, 큰길, 터널 입구로 나를 끌고 돌아다니면서 사진을 찍었다. 얼마 후 『일 마티노』지에 내 사진이 나왔다. 이후에 나는 길 가던 행인이 나를 알아보고 호기심에서라도 내 책을 읽을 줄 알았다. 그런데 아무도 심지어 알폰소, 아다, 카르멘, 질리올라, 형인 마르첼로보다는 책을 읽는 축에 속하는 미켈레조차도 내 책이 좋다든지 싫다든지 말이 없었다. 이들은 그저 내게 반갑게 인사하고는 그냥 지나쳐 버렸다.

처음으로 밀라노의 한 서점에서 독자 간담회를 하게 되었다. 얼마 지나지 않아 아델레 부인이 독자 간담회를 개최하자고 압력을 넣었다는 것을 알게 되었다. 피에트로의 어머니는 멀리서도 책 출판과정을 세심하게 챙겼고 간담회 때문에 일부러 제노바에서 밀라노까지 왔다. 내가 묵고 있는 호텔까지 찾아와 오후 시간을 함께해주고 사려 깊은 태도로 내가 침착함을 유지할 수 있도록 해주었다. 그런데도 나는 손 떨림이 멈추지 않았고 말도 잘 나오지 않는 데다 입에서는 쓴맛이 났다. 할 일이 있다면서 피사에 남은 피에트로에게 나는 특히 화가 났다. 밀라노에 사는 마리아로사는 간담회 전에 쾌활한 태도로 잠시 들렀다가 할 일이 있어서 바로 떠나야 했다.

나는 두려움에 떨면서 서점에 도착했다. 홀이 꽉 차 있는 것을 보고 눈을 내리깔고 들어갔다. 떨려서 기절하기 일보 직전이었다. 아델레 부인은 참석한 사람 중 꽤 많은 이들과 인사를 나누었다. 모두 부인의 친구들이거나 지인들이었다. 그러고는 맨 앞줄에 앉아서 내게 힘내라는 시선을 보내며 비슷한 연배로 보이는 바로 뒷좌석에 앉은 중년 여성과 가끔 이야기를 나누었다.

나는 그때까지 딱 두 번 대중 앞에서 이야기를 해본 적이 있었다. 두 번 다 프랑코가 시켜서 억지로 이야기를 했는데 청중이라고 해봤자 너그러운 미소를 입가에 띤 그의 친구 대여섯 명이 다였다. 지금과는 전혀 다른 상황이었다.

내 앞에는 세련되고 교양 있어 보이는 생면부지의 타인 40여 명이 침묵 속에서 내게 시선을 고정시키고 있었다. 호감이라고는 찾아볼 수 없는 눈빛이었다. 그들은 대부분 아이로타 가문의 명성을 생각해서 그 자리에 어쩔 수 없이 참석한 사람들이었다. 나는 당장에라도 자리에서 일어나 도망치고 싶었다.

그러는 사이에 행사가 시작되었다. 당시 꽤 유명했던 연세가 지긋한 비평가이자 대학 교수가 내 책에 대한 칭찬을 쏟아 부었지만 내 귀에는 한마디도 들어오지 않았다. 속으로 내가 해야 할 말만 되뇌고 있었다. 나는 배가 아파서 의자에 앉아 안절부절못했다. 주변 세상이 혼란 속에서 사라져가는 것 같았다. 그런데 내게는 사라진 세상을 다시 붙잡아 원래 상태대로 되돌릴 만한 권위가 없었다.

나는 겉으로는 자신감에 넘치는 척했다. 내 차례가 되자 그저 말을 멈추지 않으려고 입에서 나오는 대로 말했다. 손짓도 너무 많이 했고, 문학에 대해서 알은체도 너무 많이 했다. 고전 문학에 대한 지식을 과도하게 드러내며 잘난 척했다. 그러다 갑자기 침묵이 흘렀다.

내 앞에 있는 사람들은 나를 어떻게 생각할까. 내 옆에 앉은 대학 교수이자 비평가는 내 말을 어떻게 평가하고 있을까. 호의적으로 보이는 아델레 부인의 저 표정 뒤에는 내심 나를 지지한 것에 대한 후회가 감추어져 있는 것이 아닐까. 아델레 부인을 바라보는 순간 나도 모르게 눈빛으로 내 말에 대한 동의의 표시를 구걸했음을 느끼고 수치스러웠다. 그러는 동안 내 옆에 있던 대학 교수는 진정하라는 듯 내 팔을 살짝 만지고는 청중의 참여를 유도했다. 많은 사람이 민망해하면서 자기 무릎이나 바닥으로 시선을 고정시켰다.

맨 처음 입을 연 사람은 두꺼운 안경을 쓴 초로의 남성이었다. 다른 청중들은 모두 그가 누군지 아는 듯했지만 나는 몰랐다. 그가 입을 열자 아델레 부인은 인상을 찡그렸다. 그 남성은 오랫동안 문학성보다는 이윤만 챙기려드는 출판계의 타락에 대해 이야기했다. 그러고는 비평가들과 일간지 3면 문학란의 상업적 유착 관계에 대해서 이야기를 이어나갔다.

마지막으로 그는 내 책에 대해서 집중적으로 논하기 시작했다. 처음에는 조소조로 말하다가 너무 과하다고 생각한 부분에 대해서는 반감을 적나라하게 드러내면서 비판을 가했다.

나는 얼굴이 빨개져서 그의 비판에 대한 답이라고는 할 수 없는 주제에서 빗나간 일반적인 이야기를 웅얼거렸다. 그러다 나는 제풀에 지쳐서 말을 멈추고 시선을 탁자에 고정시켰다. 비평가이자 대학 교수는 내가 말을 더 할 줄 알고 용기를 내라는 듯 미소를 지어보였다. 그러다 내게 이야기를 계속할 생각이 없다는 것을 알아차리고 짜증스러운 목소리로 물었다.

"다른 분은요?"

홀 맨 뒤에서 누군가가 손을 들었다.

"말씀하시죠."

큰 키에 헝클어진 머리, 검은 수염이 무성한 청년이 전 발언자의 의견을 경멸하듯 비판했다. 내 옆에 앉아 있는 사람 좋아 보이는 대학 교수가 한 책 소개에 대해서도 부분적인 이견을 제시했다. 그는 우리가 지방주의가 강한 나라에서 살고 있으며 틈만 나면 불평할 줄밖에 모른다고 했다. 아무도 두 팔을 걷어붙이고 모든 것이 정상적으로 작동하도록 재정비할 생각은 하지 않는다고 했다. 그러더니 내 소설의 현대성을 칭찬했다.

목소리만 듣고도 알 수 있었다. 그는 다름 아닌 니노 사라토레였다.

인간의 본성과 역사를 담은 이야기의 힘

• 옮긴이의 말

올봄 끝자락에 '나폴리 4부작' 제1권『나의 눈부신 친구』번역을 마친 후 시작한 제2권『새로운 이름의 이야기』번역 작업은 유난히 무더웠던 올여름 더위 때문인지 더디게 진행되었다. 알록달록했던 가을 낙엽이 어느새 다 떨어지고 앙상한 나뭇가지만 남은 것을 보니 정말 시간이 많이 흐르기는 흘렀나보다.

고된 작업이 끝난 후에 느낄 수 있는 소박한 성취감과 오랜만에 느껴보는 여유를 즐기며 독자들보다는 조금 빨리 작품을 접하고 여러 번 읽어본 옮긴이로서 짤막하게나마 감상을 정리해보려고 책상 앞에 앉아 한참을 멍하니 컴퓨터 화면을 바라보았다. 5개월에 걸쳐 동고동락했던 작품에 대해서 할 말이 너무나 많았는데 막상 머릿속을 스쳐지나갔던 수많은 생각을 정리하려니 쉽지가 않다.

줄거리를 요약해보면 실마리가 보이지 않을까 싶어 중요한 내용을 간단히 나열해본다.

믿었던 신랑에 대한 배신으로 끝난 결혼식 피로연, 신혼여행에서 '강간'당하는 신부, 가정 폭력, 혼외정사, 사랑하는 남자를 친구에게 빼앗긴 후 상실감과 반발심으로 그 남자의 아버지와 맺는 성관계, 가출, 맞바람, 임신, 이혼…

열거해놓은 내용만 보면 세상에 이런 막장 드라마가 또 있을까 싶다. 소설을 읽으면서 그런 느낌을 받았냐면 그건 아니다.『새로운 이름의 이야기』는『나의 눈부신 친구』못지않게, 아니 그보다 더 흡입력 있고 매력적이다. 여전히 우아하고 삶의 정곡을 찌른다.

페란테의 작품에서 소설이 가지고 있는 '통속적인 요소'는 전혀 저급하게 느껴지지 않는다. 그렇다면 이 소설의 어떤 면이 플롯의 통속성을 '지우고' 문학적으로 '승화'시킨 것일까.

페란테 소설의 매력은 무엇보다도 작품의 '다층성'이다. 대중적인 요소가 풍성한 이야기 속에 여성 문제, 계급 문제, 물질만능주의, 이탈리아 사회의 남부 문제 등 수많은 사회적 이슈를 함축하고 있다. 동시에 페란테는 시대와 국가에 국한되지 않는 인간의 감성을 다루는 데 탁월하다.

『새로운 이름의 이야기』는 제1권에 이어 날이 갈수록 복잡해지고 엉클어지는 릴라와 레누의 우정을 중심으로 전개된다. 하지만 이에 못지않게 극의 중심이 되는 감성은 '두려움'이다. 성장하는 것에 대한 두려움, 원하는 사람이 되지 못할 수도 있다는 두려움, 사랑에 대한 두려움, 자기 자신의 신체에 대한 두려움, 통제할 수 없는 감정에 대한 두려움, 선택과 결정에 대한 두려움, 실패에 대한 두려움 그리고 무엇보다 삶에 대한 두려움.

두 소녀의 성장과 깨달음은 언제나 두려움을 수반한다. 그 누구에게도 내보이고 싶지 않은 인간 내면의 가장 깊숙한 곳에 감춰져 있는 두려움을 끄집어내는 작가의 솜씨가 놀랍다. 얼마나 현실적이고 적나라한지 밝은 태양 아래 민낯으로 거울을 바라보는 느낌이다. 나 자신과 너무나 닮아 있기에 오히려 시선을 피하고 싶은 거울 속에 맺힌 상을 바라보는 것 같다.

『새로운 이름의 이야기』에서 페란테는 두 주인공의 두려움과 내적 갈등을 묘사하는 데서 멈추지 않는다. 페란테는 두 소녀가 각자의 두려움과 결핍성을 예술적으로 승화하는 과정을 보여준다. 유년기와 사춘기를 다뤘기에 어느 정도 서정적인 면이 있었던 『나의 눈부신 친구』에 비해 『새로운 이름의 이야기』에서 두 소녀가 마주하는 현실은 한없이 비정하고 잔혹하다. 두 소녀는 각자의 고민거리를 안고 암울한 청년기를 맞이한다.

릴라는 결혼이라는 잘못된 선택으로 인해 모든 것을 잃는다. 성장의 동력이 되었던 가족에 대한 사랑도, 부에 대한 갈망도, 구두 제작을 통한 자아실현의 꿈도 모두 잃고 일종의 정신적 아노미 상태에 빠진다.

레누도 마찬가지다. 어린 시절부터 릴라에 대한 열등의식에 시달리던 그녀는 사랑하던 니노마저 릴라에게 빼앗기자 상실감과 절망감에 니노의 아버지 도나토 사라토레와 첫 경험을 한다.

이들 둘이 각자의 잘못된 결정과 이에 대한 후회를 승화시키는 방식을 묘사한 부분은 소설에서 가장 인상적인 장면이자 페란테의 문학적 저력을 보여준다.

릴라는 망가질 대로 망가진 자아를 결혼식 신부복 사진을 대상으로 한 가학적 예술행위로 표출한다. 릴라에게 신부복은 파멸의 상징이다. '릴라 체룰로'라는 완벽하게 독립적이었던 자아는 결혼으로 인해 어린 시절 악의 상징이었던 '카라치'라는 새로운 성(姓)에 흡수된다.

과거의 릴라는 이제 존재하지 않는다. 가장 사랑하는 오빠 리노의 경계가 해체되는 것을 두 눈으로 똑똑히 목격했던 어린 시절처럼 이제 릴라는 자기 자신의 육체와 영혼이 해체되는 것을 느끼고 괴로워한다. 그런 릴라의 심리 상태를 표출한 것이 마르티리 광장의 구둣가게를 장식하게 되는 그녀의 상처난 사진이다.

구둣가게에 모여든 하찮은 인간들을 당장에라도 짓밟아버릴 태세로 다리를 쭉 뻗고 있는 거대한 외눈박이 여신 형상의 릴라 모습은 강렬한 이미지로 머릿속을 맴돈다. 『나의 눈부신 친구』 첫 장면에서 우리는 66세가 된 릴라가 세상에서 자신의 모습을 흔적도 남기지 않고 사라지면서 이야기가 시작한 것을 기억하고 있다. 마르티리 광장 가게 벽에 걸린 거대한 사진은 릴라가 그런 행동을 할 것이라는 최초의 징조이자 표현이다. 잘못된 결혼으로 인한 절망 상태에서 릴라는 끊임없이 카라치라는 이름에 흡수되어버리는 자신의 이미지를 싱싱한다. 아버지 돈 아킬레의 유령에게 몸을 삼킨당해 본연의 모습을 잃은 남편 스테파노의 몸에서 나오는 탐욕과 폭력과 비겁함이 뒤섞인 끈적끈적한 체액에 흡수되어 소멸되는 상상은 늘 릴라를 짓누른다. 스스로 사라지는 것은 릴라라는 강인한 여인이 선택한 현실에 대한 능동적인 반항이다. 자신의 사진을 매개체로 삼아 물질계에서 이룰 수 없는 욕망을 예술적인 형태로 표출한 것이다.

레누도 마찬가지다. 릴라에 대한 열등감과 선천적인 한계, 결핍성, 가장 친한 친구와 가장 사랑하는 사람을 동시에 잃은 상실감으로 인해 레누 역시 도나토 사라토레와의 성관계라는 치명적인 실수를 저지른다.

말은 이렇게 했지만 나는 속으로는 다르게 생각했다.

'그렇지 않아. 거짓말이야.'

불평등에는 고약한 그 무엇인가가 있다는 것을 나는 드디어 깨달았다. 그것은 내면 깊은 곳에서 작용하며 금전적인 문제를 초월하는 것이다. 식료품점과 구두공장과 구둣가게에서 벌어들이는 돈으로는 우리의 출생 배경을 숨기지는 못한다. (중략) 내가 릴라보다 더 잘 아는 것이 적어도 한 가지는 있다는 것을 나는 깨달았다. (중략) 그 소녀는 자신의 의지와는 상관없이 우리보다 우월했다. 그것은 받아들이기 힘든 현실이었다.

릴라가 자기 파괴의 욕구를 자신의 신체를 훼손한 사진으로 표현했듯이 레누는 잘못된 선택에 대한 자신의 수치심을 소설 형식을 빌려 표현한다.

그때 기억 중에서도 가장 참기 힘들어 두고두고 눈물을 흘린 일은 도나토 사라토레와 있었던 사건이었다. 그토록 고통스러운 상태가 아니었다면 내가 도나토 사라토레와의 행위를 기분 좋게 느꼈을 리가 없었다. (중략) 어느 날 아침 나는 네모난 줄이 있는 공책을 한 권 구입해서 바라노 해변에서 내게 일어난 일을 3인칭 시점으로 서술하기 시작했다. (중략) 그 이야기를 쓰는 데 20일이 걸렸다. (중략) 마지막으로 몇 페이지를 다시 읽어보니 마음에 들지 않아 나는 글을 그만 쓰기로 했다. 하지만 그 과정에서 나는 안정을 되찾았다. 수치심이 내게서 공책으로 옮겨간 것 같았다.

릴라가 자기 파괴의 욕구를 사진으로 표현했듯이 레누는 자신의 수치심을 글에 전가한 것이다. 이 부분은 두 소녀가 본능적으로 자기 자신을 치유하는 순간이자 예술가의 삶의 아픔과 고뇌를 담은 가장 순수한 의미에서의 미술과 문학 작품이 탄생하는 순간이기도 하다.

소설의 또 다른 중요한 주제는 인물들을 통해서 나타나는 페란테의 역사의식이다. 여기에서도 페란테는 단순히 주인공들이 태어나고 자라난 시대적·지역적 배경을 기술하는 것에서 멈추지 않는다. 작가는 한걸음 더 나아가 역사라는 거대한 강물은 수많은 개개인의 삶으로 이루어져 있다는 사실을 이야기하고 있다. 그 강물이 고이지 않고 유유히 흘러가게 하는 것은 결국 개인의 삶 속에서 이루어지는 판단과 선택이라고 이야기하고 있다.

『새로운 이름의 이야기』에서 나폴리는 이탈리아의 축소판이다. 1944년생인 릴라와 레누의 이야기를 따라가다 보면 전후 국가의 재건, 격동의 60년대(제2권이 68운동을 눈앞에 둔 시점에서 멈춘다는 것도 의미심장하다), 경제 부흥으로 인한 휴양 문화, 성의 해방, 물질만능주의 등 당시의 사회상을 읽어낼 수 있다. 그뿐만 아니라 페란테는 소설 속 등장인물을 통해 그 시대를 지배하던 사상과 흐름을 현실감 있게 재현하고 있다. 예컨대 소설 속 돈 아킬레는 파시즘을, 공산당원인 파스콸레 부자는 코뮤니즘을 체현한 인물들이다. 추상적인 사상이 페란테의 소설 속에서 살아 숨 쉬는 인물들을 통해 육체와 영혼을 얻은 것이다.

이번 이야기에서 페란테가 특히 주목하는 부류는 니노, 갈리아니 선생님, 피에트로 등으로 상징되는 불완전한 지식인들이다. 릴라와 레누에게 빛나는 아폴로 같은 존재인 니노는 사실 오직 자신의 지적 허영심을 충족시키기 위해 사회 문제에 관심을 보인다. 철학적 사유를 담지 않는 언어의 기술적인 면만을 강조하는 궤변론자다. 대의와 명분을 중요시하며 학생들에게 이상적인 교사상을 보여주었던 갈리아니 선생님은 자기 딸과의 애정 문제에 관계되었다는 이유로 제자들에 대한 애정을 거두어들인다. 직함만 보면 대표적인 인텔리라 할 수 있는 시인이자 기자인 도나토 사라토레는 자신의 모든 지식을 원초적인 욕구를 충족시키기 위한 도구로 사용한다. 레누를 사랑하기는 하지만 현실과 동떨어진 학자 스타일의 피에트로도 완벽한 지식인이라고는 할 수 없다.

페란테는 이런 다양한 인물을 통해서 당대의 불완전한 지식인들의 자화상을 보여준다. 그리고 이들에 대한 가장 적나라한 비판은 갈리아니 선생님의 집에서 열렸던 파티에서 돌아오는 길에 릴라의 입을 통해서 서술된다.

> (릴라는) 그들은 아버지 대, 조부모 대, 고조부 대부터 그 곳에서 책을 읽고 공부를 했을 것이고 수백 년 동안 자자손손 적어도 변호사나 의사나 교수 정도는 해왔을 집안이라고 했다. 그러니까 모두 그렇게 입고, 먹고, 그런 식으로 말하고, 행동하는 것이 몸에 밴 것이라고 했다.
>
> "그 사람들이 그렇게 행동하는 것은 태어날 때부터 그래왔기 때문이야. 하지만 머릿속에 정말 자기 자신이 힘들여 생각해낸 것은 하나도 없어. 모르는 게 없는 척하지만 실은 아무것도 모르는 인간들이야."

페란테가 주목하는 또 다른 계층은 여성이다. 여성 문제는 페란테가 언제나 중요하게 다루어온 주제다. 우리는 이미 제1권에서도 여자아이라는 이유 하나만으로 사회적인 제약을 받는 릴라와 레누의 모습을 지켜본 바 있다. 하지만 연작 전체의 관점에서 보면 제1권보다 제2권에서 여성을 바라보는 시선이 조금 더 성숙해진다. 이는 1인칭 화자의 성장과도 관계가 있을 것이다.

십대 후반이 된 레누는 처음으로 어머니 나이 또래의 여성들에게 시선을 돌린다. 레누는 누군가의 아내나 누군가의 어머니로서만 존재할 수 있을 뿐 가진 것도 없고, 여성성도 잃어버린 동네의 여인들이 실은 자기와 나이 차이가 그렇게 많지 않다는 사실을 깨닫고 놀라워한다.

　나는 별다른 생각 없이 큰길에 서 있는 여인들의 모습을 자세히 살펴보기 시작했다. 그 순간까지 한정된 대상만을 바라보며 살아온 것 같은 생각이 들었다.

　내 관심은 오로지 아다, 질리올라, 카르멘, 마리사, 피누차, 릴라 그리고 같은 반 친구들 같은 내 또래 여자아이들에게만 집중되어 있었다. 막상 멜리나나 주세피나 아주머니, 눈치아 아주머니나 마리아 아주머니의 몸을 제대로 바라본 적은 한 번도 없었다. (중략)

　그날은 우리 동네 모든 어머니의 모습이 너무나 선명하게 눈에 들어왔다. 어머니들은 신경질적이고 남편의 말에 무조건 복종하는 존재들이었다. (중략) 눈과 볼이 움푹 들어가고 너무 삐쩍 말랐거나 거대한 엉덩이와 부어오른 발목에 가슴이 축 처져 뚱뚱했다. (중략)

　지금 생각해보면 놀랍게도 그때 당시 이들의 나이는 기껏해야 나보다 열 살에서 스무 살 정도 많은 정도였다. 그런데도 여성스러운 매력은 이미 흔적도 없이 사라진 후였다. 소녀 시절에 옷이며 화장으로 그토록 뽐내고 싶어 했던 여성성이 사라져버린 것이다. 어머니들은 남편과 아버지와 남자 형제들의 육신에 잠식되어 날이 갈수록 외모까지도 그들을 닮아갔다. 그렇지 않더라도 육체적 노동으로 노쇠하거나 병을 얻어 여성성을 잃어갔다.

　제1권에서 어린 레누가 어머니의 절뚝거리는 걸음걸이를 부정하려고만 했다면 제2권에서는 자신의 어머니를 포함한 전 세대의 여성들을 연민과 이해의 시선으로 바라본다. 그러면서도 뛰어난 성적으로 대학을 졸업했지만 여성이라는 이유로 남자친구인 피에트로와 같은 미래를 보장받지 못하는 현실에 안주하지 않으려고 애쓴다.

릴라도 마찬가지다. 릴라의 결혼 생활이 불행할 수밖에 없었던 것도 자립심이 강하고 반항아적 기질이 있는 릴라와 가부장적이고 체제 순응적인 스테파노와의 결합이 어울리지 않았기 때문이다. 릴라는 스테파노의 폭력 앞에 자존감과 자아를 잃어가는 것을 느끼며 과거 그런 인생을 살아온 어머니들에게 빙의되는 느낌을 받기도 한다. 남자에게 버림받거나 무조건 복종함으로써 망가져버린 그녀들의 삶에 자신의 삶도 휩쓸려 가는 듯한 느낌을 받고 괴로워한다.

나는 릴라의 말에 가만히 귀를 기울였다. 릴라는 평소보다 훨씬 이야기에 몰두했다. 특히 멜리나와 주세피나 아주머니에 대해서 이야기할 때는 감정을 한껏 담았다. 릴라는 멜리나의 쭈그러진 몸과 주세피나 아주머니의 펑퍼짐한 육체와 그들의 고통에 동화된 것처럼 이야기했다. 이야기를 하면서 얼굴, 가슴, 배, 엉덩이를 자신의 몸이 아닌 것처럼 어루만졌다. 두 여인에 대해서 모든 것을 알고 있다는 듯이 세세히 이야기했다. (중략) 릴라는 약혼과 결혼식 준비로 정신이 없을 때에도 주세피나 아주머니를 시야에서 놓친 적이 없었던 것처럼 그녀에 대해서 이야기했다. 멜리나에 대해서도 아다와 안토니오의 어머니가 정말로 자신의 머릿속에 들어오기라도 한 것처럼, 그녀의 광기를 완전히 이해하고 있다는 투로 말했다.

릴라가 니노를 사랑하게 된 것도 그와 함께 있을 때는 본래 자신의 모습으로 돌아갈 수 있었기 때문이다. 라파엘라 카라치 부인이 아니라 영특하고 호기심 많던 릴라 체룰로의 모습을 되찾을 수 있기 때문이다. 하지만 니노도 결국에는 가부장적인 사회에서 완전히 탈

피한 인물은 아니었고 그런 그가 릴라의 강인함을 부담스럽게 느끼기 시작하면서 이들의 짧았던 사랑은 파탄을 맞게 된다. 여성해방에 대한 논의가 좀더 활발히 진행되는 68운동을 기점으로 제3권에서 이야기가 어떻게 전개될지도 기다려진다.

두 여인의 60년에 걸친 우정사를 담은 이 소설에서 두 주인공은 끊임없이 전 세대의 결핍과 죄악을 반복하게 될까봐 두려워한다. 어머니를 닮지 않으려 했던 레누처럼 릴라도 구세대의 악행을 답습하지 않고 자기 세대에서 뭔가 변화해야 한다는 원칙을 본능적으로 따르는 인물이다. 비록 대단한 사회운동에 참여하거나 거창한 정치 구호를 외치지는 않지만 릴라는 주어진 환경에 굴하지 않고 조금이라도 발전하기 위해 애쓴다. 교육의 중요성을 깨닫고 아들 리누초뿐 아니라 동네 아이들을 교육시키고 싶어 하는 릴라의 모습에는 말만 앞세우는 공허한 지식인이 아니라 사회가 진정으로 요구하는 것이 무엇인지 경험으로 깨닫고 행동하는 현명한 민중의 모습이 잘 나타난다.

이러한 릴라에 반해서 스테파노는 결국 탐욕스러웠던 자기 아버지와 같은 길을 가고 솔라라 형제는 기득권 세력이 구축해놓은 시스템에 기생하며 착취를 계속한다. 역사라는 거대한 흐름 속에서 인류는 릴라나 레누 같은 인물들에 의해 조금씩 앞으로 나아가고 스테파노나 솔라라 형제 같은 인물들에 의해서 퇴보하는 것이다.

'나폴리 4부작'에는 릴라와 레누라는 두 주인공뿐 아니라 수많은 인물이 등장한다. 이들은 각각 상징적이기는 하되 결코 평면적이지 않다. 페란테는 인물들의 선택에 대해서 결코 뻔한 답을 제시하지 않는다. 하나하나 각자의 고민을 가지고 살아가기 위해 몸부림치는 생생한 인물들이다. 페란테는 이런 인물들을 통해서 역사란 무엇인가라는 거대한 담론을 가장 친근하고 사실적인 방식으로 풀어내고 있는 것이다.

어린 시절 뜰에서 놀던 꼬마아이들의 이야기로 시작해서 참 먼 길을 걸어온 것 같은데 두 여인은 이제 막 20대 초반에 접어들었을 뿐이다. 한 작품의 번역을 마치면 친숙해졌던 인물들과 헤어질 생각에 아쉬움이 남기 마련인데 아직은 둘을 다시 마주할 수 있을 거라는 생각에 마음이 놓인다. 작품이 함의하는 바에 대해서 길게 이야기를 늘어놓기는 했지만 페란테의 소설이 가지는 가장 큰 강점은 무엇보다도 이야기를 끌어가는 힘이다. 제1권에서처럼 제2권에서도 작가는 가장 극적인 순간에 이야기를 멈춘다. 영화를 보다 긴장해서 손에 힘을 잔뜩 주고 있는데 갑작스레 암전이 된 기분이다.

릴라와 레누는 또 어떤 길을 걷게 될지, 얼마나 많은 일을 겪으며 서로에게 멀어졌다 결국에는 자석의 양극처럼 다시 다가가기를 반복할지 궁금하다. 이제는 두 여인과 친숙해졌을 독자들도 나와 같은 기대와 인내심으로 다음 편을 기다려주었으면 하는 마음이다.

2016년 겨울
김지우

엘레나 페란테 Elena Ferrante

이탈리아 나폴리에서 출생한 작가로, 나폴리를 떠나 고전 문학을 전공하고 오랜 세월을 외국에서 보냈다는 사실 외에 알려진 바가 없다. '엘레나 페란테'라는 이름조차도 필명이다. 작품만이 작가를 보여준다고 주장하는 페란테는 어떤 미디어에도 모습을 드러내지 않고 서면으로만 인터뷰를 허락한다. 이탈리아에서는 여전히 작가의 정체와 관련된 여러 가지 소문이 떠돌지만 아직도 베일에 싸여 있다.

1992년 첫 작품 『성가신 사랑』을 출간해 이탈리아 평단을 놀라게 한 페란테는 2002년 『홀로서기』를 출간한다. 에세이집 『라 프란투말리아』(2003)와 소설 『어둠의 딸』(2006), 『밤의 바다』(2007)를 출간한 뒤 2011년 '페란테 열병'(#FerranteFever)을 일으킨 '나폴리 4부작' 제1권 『나의 눈부신 친구』를 출간한다. 이어서 『새로운 이름의 이야기』 『떠나간 자와 머무른 자』 『잃어버린 아이 이야기』까지 총 네 권을 출간해 세계의 베스트셀러 작가가 된다.

'나폴리 4부작'은 이탈리아와 영미권을 비롯해 프랑스, 스페인, 독일 등 총 43개국에서 번역·출간되고 있다. 2014년 '나폴리 4부작' 제2권으로 국제 IMPAC 더블린 문학상에 노미네이트되었고, 2015년에는 이탈리아에서 최고 권위를 자랑하는 문학상 스트레가상의 최종 후보로 선정되었다. 2016년에는 '나폴리 4부작'의 제4권으로 맨부커 인터내셔널상 최종 후보에 올랐으며, 『타임』지는 '세계에서 가장 영향력 있는 100인' 가운데 한 명으로 엘레나 페란테를 선정했다.

김지우 金志祐

이탈리아에서 어린 시절을 보냈고 한국외국어대학교 이탈리아어과를 졸업했다. 동 대학교 국제지역대학원에서 유럽연합지역학으로 석사학위를 받은 후 현재 이탈리아대사관에서 근무하고 있다. 주요 번역 작품으로는 엘레나 페란테의 '나폴리 4부작' 제1권 『나의 눈부신 친구』, 헨델의 오페라 「리날도」, 베르디의 오페라 「맥베스」, 벨리니의 오페라 「노르마」, 모레티의 영화 「비앙카」, 안토니오니의 영화 「일식」 등이 있다.

나폴리 4부작 제2권

새로운 이름의 이야기

지은이 엘레나 페란테
옮긴이 김지우
펴낸이 김언호

펴낸곳 (주)도서출판 한길사
등록 1976년 12월 24일 제74호
주소 10881 경기도 파주시 광인사길 37
홈페이지 www.hangilsa.co.kr
전자우편 hangilsa@hangilsa.co.kr
전화 031-955-2000~3 **팩스** 031-955-2005

부사장 박관순 **총괄이사** 김서영 **관리이사** 곽명호
경영이사 김관영 **편집주간** 백은숙
편집 노유연 박홍민 배소현 임진영
마케팅 이영은 **관리** 이주환 문주상 이희문 원선아 이진아
디자인 창포 031-955-2097 **CTP출력 및 인쇄** 예림 **제본** 예림바인딩

제1판 제 1 쇄 2016년 12월 12일
제1판 제15쇄 2025년 1월 6일

값 17,000원
ISBN 978-89-356-7021-5 04880
ISBN 978-89-356-6974-5 (세트)

● 잘못 만들어진 책은 구입하신 서점에서 바꿔드립니다.
● 이 도서의 국립중앙도서관 출판시도서목록(CIP)은 서지정보유통지원시스템 홈페이지(seoji.nl.go.kr)와
   국가자료공동목록시스템(www.nl.go.kr/kolisnet)에서 이용하실 수 있습니다.
   (CIP제어번호: CIP2016028063)

● 이 책은 이탈리아 외무부의 번역 지원금을 받았습니다.
   (Questo libro è stato tradotto grazie ad un contributo alla traduzione assegnato dal
   Ministero degli Affari Esteri e della Cooperazione Internazionale Italiano.)